U0404184

王水照 編

歷代文話

第三册

復旦大學出版社

論學須知

〔明〕莊元臣 撰

《論學須知》一卷

明　莊元臣　撰

莊元臣，字忠甫（一作忠原），自號方壺子，歸安（今浙江湖州）人。又自署松陵（今江蘇吴江）人。隆慶二年（一五六八）進士。有《莊忠甫雜著》二十八種，又編有《三才考略》。

此書爲其《莊忠甫雜著》之一，書前并題《曼衍齋草》。莊氏認爲「文，心聲也」，「天下之至文」「本乎自然」，原乃無思無飾之文；然後世却病於「不能思」、「不能飾」，因而應求「思之之方」與「飾之之術」。此書以《孟子》、韓愈及蘇氏父子之文爲典範，而尤推崇蘇文。提出爲文有四要訣，即「意」、「章法」、「句法」、「字法」，以「立意欲婉而高，章法欲圓而神，句法欲亮而健，字法欲精而確」爲文章理想之境，并分節一一予以闡發。如論立意，應力避「庸」「悖」「迂」「稚」「浮」「陋」之弊，對立意與擇題關係詳予搜討，分拗題立意、拗俗立意、輕題立意、題外尋意、就題立意、借題寓意、設難以盡意、牽客以伴主等十五類，雖或有以時文之法説古文之傾向，然於文章學理論與批評均有所豐富與深入。因「動引蘇文爲證據」，亦可視作蘇軾散文研究之專書，其書罕覯，尚未引起學蘇者重視。

僅有《莊忠甫雜著》本（清永言齋抄本，藏北京國家圖書館）。今即據以録入。

（王宜瑗）

論學須知

明　莊元臣　撰

論學須知引

夫文，心聲也。意積于心而聲衝於口，如泉之必達，如火之必爇，如疾痛之必鳴號，不待思之而後得也。然雖不思而性靈之所抒洩，天真之所吐露，自有倫有次，有文有理，斐然可觀，不待飾之而後工也。今觀陽和動而草木發，青者、碧者、紅者、紫者，大者如盤，小者如錢。旖旎者富貴，輕盈者芳妍，斯非天下之至文哉？果孰思之而孰飾之？又嘗觀孔子之書，其言簡而明，微而婉，精邃而弘博，驟而觀之，即愚夫孺子，亦能臆度其髣髴，而至欲窮其旨歸，則鉅儒宿師，白首兀兀而曾未能窺測其涯涘者，斯又非天下之至文哉？又孰思之而孰飾之？故夫知造化聖人之文者，始可以論文矣。蓋造化不求觀，聖人不求名，皆本乎自然而發乎不得已，故其文獨至也。次惟老子《道德》五千言，奥衍弘深，粹然一出於正，而子思、孟子之言，方之爲煩，庶幾聖人之津吻。若夫《左氏》之浮誇，《國策》之雄奇，兩漢之閎肆，六朝之艷麗，文愈燦而體愈漓矣！何也？至文不思而此以思，至文不飾而此以飾。緣思而得者，意之靡也。緣飾而工者，詞之淫也。譬之學鳥語者，其宛轉聲音，與鳥無異，然使雜之鳥聲之中而聽之，則不待審音者而可別也。何也？鳥之聲發于無心，而人之聲出于有意也。故夫《典》《謨》而下無文章，《六經》以後無著述。道喪千載，夫復何言！雖然，昔之爲文者病於思，而今之爲文者病於不能思。昔之爲文者病於飾，而今之爲文者病於不能飾。匪獨人心之愚，風會使之然也。夫世方以文求士，而有抱堯舜、挾周孔者，悉藉此爲贄，而至苦於思之不得，飾之不工，無論文媿于古，即一日出彊，胡所載哉！夫思之必有思之之方，飾之必有飾之之術。無方而思，是舍罝而索兔也。無術而飾，是未諳繪事而操染也。吾見其計之窮已。大抵文章自《孟子》而下，即已挾方術而著書。但家私其方，人秘其術，各立門户，以相誇詡，顧覽者未加察耳。余習博士業，而質性鈍劣，行文時往往澁於思而艱於詞。其初茫然莫得畔岸，撫膺自訟曰：「嗟乎！吾不敢望爲不思不飾之文，奈何求其思與飾而不可得也？」於是日取《孟子》《韓子》與蘇氏父子之文，俯而讀，仰而維，日夜探索其方術之所在。久之，遂能悉了其解，毫無隱機。雖其雄辨之才，弘博之識，與人俱往，而至其構造繪飾之法，則芻狗猶可再陳，糟粕尚有餘瀝也。故輒取所得，筆之於紙，號曰《論學須知》，使後世有知我者，不弁髦其説而循習之，或可用爲出彊之一助。而罪我者，必將曰「能言者未必能行也」，則未必非激勵之機也云耳。

論蘇文當熟

文章之體，與時升降。故古之文簡，今之文煩。古之文含蘊，今之文發洩。古之文質厚，今之文浮薄。此非趨尚之殊，風氣漸靡然也。是故秦不如周，漢不如秦，唐不如漢，宋不如唐。至元與明，又不如宋矣。今世之士，負才自喜，採難字，集澀句，以詰曲聱牙爲高，以謬悠難解爲玄，自謂欲凌秦漢而上，而不知反讓唐宋而下也。今試屈指當代文士，其登壇建旗鼓，爲後進所推轂者，蓋有數人。而此數人之中，其最高者，不過與曾、王齊驅。若遇韓、柳、歐、蘇，便當北面，何可遂衙官宋唐，奴僕秦漢乎？大抵體製有古今，軌轍無先後，善學者師其軌轍，不善學者師其體製。師其體製者，古而實今；師其軌轍者，今而實古。即如王通之《中説》，絶類《論語》，而眉山之文章，不襲《孟子》。然世不以王氏之文繼統孔子，而皆謂蘇氏之法淵源《孟子》者，王師其體製，而蘇師其軌轍也。夫不務求唐宋之精神，而必欲遠襲周秦之形跡，見亦陋矣。故余今所論，皆唐宋以下之軌轍，韓、柳、歐、蘇，莫不由斯。而余生平所最喜玩者，尤在眉山父子，故動引蘇文爲證據，覽者慎無執班而遺豹也。

論文家四要訣

昔王右軍有《筆陣圖説》，余謂非獨筆有之，文亦宜然。意者，大将也；章法者，陣勢也；句法者，士卒也；字法者，盔甲也。奚以明其然也？意爲一篇之綱紀，機局待之以布置，詞章待之以發遣，如大將建旗鼓，而三軍之士，臂揮頷招，奔走如意也，故曰意爲大將。章法者，首尾相應，脉絡鉤連，形圓而勢動，節短而機藏，如陣之出奇無窮也，故曰章法爲陣勢。句法則以氣爲主，以鋪張爲用，以雄壯富贍爲精，意進亦進，意退亦退，意行亦行，意止亦止，卒徒之用也，故曰句法爲士卒。字法則所以鞶帨繡藻乎句者也，故曰字法爲盔甲。爲文而漫無意見，徒騁華詞，是以孟賁、烏獲之卒，不立帥以統之，而使人自爲鬭，可一鼓而奔耳。有旅如林，不足奇也。得意而不知章法，則如韓、白、衛、霍之才，而未習戰陣行伍之事，勝算雖獲，而部隊不整，金鼓不節，其軍可撓也。章法已飭，而句法未工，是集數百之卒，而列八陣之圖，陣勢雖極其圓妙，而形單勢弱，虜見之而笑矣。有句法而無字法，則如山野驍勇之卒，鋭氣甚盛，而乃使之袒裼徒跣，揭竿負鋤而列，亦何以壯軍容也？故立意欲婉而高，章法欲圓而神，句法欲亮而徤，字法欲精而確。持是四美，以决勝于文塲，吾保其攻無堅城，而戰無勁兵矣。

一 論立主意

凡構思立意，隨衆是非，如矮人看塲者，謂之庸；務奇而毁夷讐跖者，謂之悖；求備而不近人情者，謂之迂；言不合理者謂之稚；鋪張偉麗而漫無指歸者，謂之浮；集怪字，採澁句，以文飾其短淺者，謂之陋：此數者皆意之所忌也。凡爲文有拗題立意者，謂題旨與文義相拗背不合也。如本作《思堂記》，而通篇却説「不思」之妙；本作《寶繪堂記》，而却説「尤物不可留意」，然究竟卒歸到題旨上，所謂反經合道者也。有拗俗立意者，謂俗見皆同聲相和，而獨另出一意，以砥柱中流。如俗見但知晁錯以忠受禍，而獨推本其自取；俗見但知圯上老人授留侯以兵法，而獨原其教留侯以忍；俗見但言不勝爲用兵之禍，而獨言勝爲用兵之大禍是也。有輕題立意者，如作《莊子祠堂記》，只言其侮聖乃所以尊聖，而《盜跖》《胠篋》《説劍》等篇，非其本意而已，全不説起立祠堂意思是也。有題外尋意者，如《既醉備五福》題，不沾沾在「五福」上講，而推原「君子所以享是五福者，必有所以致之」，是主張在題外也。有就題立意者，如《刑賞忠厚》篇，只就「忠厚」二字上演出一篇議論而已，更不作奇特見解是也。有借題寓意者，如《木假山記》借假山以寓本家父子百折不回，恭順而不阿是也。有設難以盡意者，如《春秋論》則通篇皆是問答之語；如《王者不治夷狄論》，前面大演《春秋》之法，嚴于拒戎，以作難詞，而末方解出所以不治戎之故，是難處三之二，而解處三之一也。有牽客以伴主者，如本作《放鶴記》，却借酒來伴說；本說詩人以既醉美君子，却借譏刺來伴說是也。此法蘇策中用之最多。有抑揚以發意者，如《醉白堂記》，始則云「豈獨有羡于樂天而已乎？方且願爲尋常無聞之人而不可得者」，終則云「同乎萬物而與造物者游，非獨自比于樂天而已也」。或抑于尋常人之下，或揚之造物者之上，立意奇絶，可驚可愕，真是文人妙手。學者能熟此法，下筆便有神通。有深文以暢意者，如欲明荀卿之罪，若只就荀卿身上發揮，不過喜爲大言高論耳，未見其罪也。今尋出一個李斯來究其罪，深于桀紂，而推其學，本于荀卿，則卿之罪，不得從末減矣。所謂鍛鍊既成，雖咎繇聽之，猶以爲死有餘辜者，此類是也。蘇家此訣本于《戰國》而得于《孟子》者爲多，故余嘗有詩曰：「楊墨如何便食人，齊園陷阱未全真。只緣老吏深文手，萬古含寃那得伸。」有借形以影意者，如周公、孔子，本無罪湯武之言，然即孔子贊堯舜，贊禹文，周公稱「四人迪哲」，皆上不及湯，下不及武王，因看出聖人罪湯武微意，此是因形得影，空中尋出個佐證，文人最巧。有臆度以生意者，如皋陶曰「殺之」三，堯曰「宥之」三，又如《范增論》中「夫豈獨非其意，將必力争而不聽也」，二事何曾經見？以意度之，想當如此，遂以此立說耳，所謂無風起浪者歟！有轉折以透意者，如《韓非論》中，因非之說謂「不忍殺人，不足以爲仁，而仁亦不足以治民，而不仁不足以亂天下」，前二句是正詞，後二句是反詞，惟轉到後二句處，然後下得「則刀鋸斧鉞何施而不可」之句，此因正炤反，轉折之法也。今時文中亦往往用之，如《待文王而興》文云「既以有所待而興，則必以無所待而自棄」，惟轉得到自棄上，方于凡民意痛快耳。有引事以證意者，如《諫上論》是也。有引喻以明意者，如《日喻》、《稼說》等篇是也。凡此數法，亦足以盡意之大凡矣。

二 論章法

意立則可以成章。然一意而欲弘演其詞，多者千萬言，少者亦不下八九百言，自非得布置之法，未有不詮次失倫，枯槁索莫者。是故直詞陳意，則寡枝葉而窘波瀾；煩言無紀，則亂部隊而重間架。步武大方，則板俗可厭；湊接不密，則瘢痕歷然。知翕而不知張者，如縛翼而不能飛；知張而不知翕者，如漏卮而不可注。凡此數者，皆章法之所忌也。大抵章法之所貴者開闔，而開闔之所貴者圓融。有全篇之大開闔，有段落之小開闔。大開闔則大圓成，小開合則小圓成。使觀者如入武陵桃源，處處錦爛，仙境宛然，而蹊逕回盤，紆繞屈曲，入時不知來路，出時不知去路，游者爽然自得，而又茫然自失，斯其章法之至神者矣。欲知大開闔，當講欲言而不言之法；欲知小開闔，當講收放之法；而欲知圓成之妙，當講遮藏頭面、參差布置之法。何謂欲言而不言？凡做文字，必先有個主意，此主意若當頭就說出，文機便死，後面雖挣得氣長，只是奄奄餘息，槁然無可觀矣。故必迂其途路，多其款曲，由隱之顯，由略之詳。將欲吐之，又復吞之；將欲示之，又自秘之。直到水窮山盡處，然後曝然傾出本色，一發便收，纔能鼓舞人心，竦動眼目。譬如蓄寶之家，必有至寶，觀寶者至其門，始則取其未甚珍者示之，不厭，則取其次者示之，又不厭，則取其上珍者示之，而至寶固未出也。俟觀者目眩神馳之後，乃始賫篋開緘，拂席焚香，一展而即藏之。此波斯胡之所以嘆息而不忍去也。向使客未坐定，而至寶先掀，則其餘者，客已閉目而不欲視矣。蘇家最秘此訣，篇篇用之。而《管仲》、《高帝》、《伊尹》、《范增》等篇，則尤其較著者也。然欲用欲言而不言之法，又當熟于「影題法」、「虛引法」、「實引法」、「譬喻法」、「設難法」乃可。所謂「影題」者，未露出題面，而先會題意講個影子，如《晁錯論》自「天下之患，最不可爲」起，至「天下之禍，必集于我」一段，皆是影晁錯事來，暗講在前。今之論破論承，俱用此法。「虛引法」者，虛把古人作個公案，不曾實指其人出來，凡蘇文中有「古之君子」、「古之聖人」、「古之人君」等類是也。「實引法」則實指某人某事以爲證矣。二法不妨並用。「譬喻」「設難」之法，人所易曉，無容復悉。凡要用欲言不言之法者，必先影題一段，虛引一段，實引一段，譬喻一段，設難一段，然後説到主意上，便覺委婉紆徐，爛然成文矣。此所謂全篇中一大開闔也。何謂「收放相生之法」？篇中段落處，若只信筆直寫，無有關闌曲折，便是酒腐肉帳，何以言文？故須先收而後放，既放而復收，如葫蘆相似，尖其頂而大其頷，大其頷而細其腰，細其腰而大其腹，所以便成佳器。若如東瓜直腹，人何取焉？然欲用「收放相生之法」，又當熟于「暗提法」、「鋪張法」、「總括法」、「斷制法」乃可。所謂「暗提法」者，凡段落中過接處，必先揭起下意，總提幾句，然後待下面分解。如《孔子從先進》文云：「聖人則不然，其志愈大，故其道愈高。其道愈高，故其合愈難。」下文正詳明此意。又如《上曾丞相書》云：「今夫叩之者急，則應之者疑。其詞夸，則其實必有所不副。」下文亦詳明此意，所謂「暗提法」也。「鋪張法」者，多其詞藻，以敷衍之，使邊幅不窘。如《秦始論》中，其鋪張禮樂處一段云：「聖人非不知箕踞而坐，不揖而食，便于人情而適于四體之安也。將必使之習于迂闊難行之節，寬衣博帶，珮玉履舄，所以回翔容與而不可馳驟。上自朝廷而下至於民，其所以視聽其耳目者，莫不近于迂闊。其衣以黼黻文章，其治民以諸侯，嫁娶死喪，莫不有法。嚴以鬼神，而重以四時，所以使民自尊而不輕爲奸。」看此一段，只把一個「禮」字，鋪張許多説話，不曾有一句堆積，不曾有一句懶散，真如長江大河之勢。文之放處，合當如此。「總括法」者，舉前面浩汗鋪張之意，而總收幾句以起下文。如《上富丞相書》云：「名爲天下之賢人，而貴爲天子之宰相，無貪于得，而無懼于失，無羡于功名，而無畏于博學，是果無間可入也。」此句即是上文所言之意，但前縱而今操耳。此即《孟子》「天下之士悦之」，平鋪了四段。又收云「人悦之好色富貴無足以解憂」者，正是此法也。「斷制法」者，上文既鋪叙其案，而末即從而結斷之，蓋以結斷爲閑鎖也。如《厲法禁》文云：「今夫大吏之爲不善，非特簿書米鹽出入之間也，其位愈尊，則其害愈大，其權愈大，則其下愈不敢言。幸而有不畏彊禦之士，出力以排之，又幸而不爲上下之所抑，以遂成其罪，則其官之所減者，至于罰金，蓋無幾矣。」此一段是鋪敘其案也。下即斷之云：「夫過惡暴著于天下，而罰不傷其毫毛，鹵莽于公卿之間，而纖悉于州郡之小吏，宜天下之不心服也。」此是「斷制法」也。總而論之，凡鋪張處皆其放也；凡暗提處、總括處、斷制處，皆其收也。收而放，放而復收，所謂段落中小開闔也。何謂「遮藏頭面」之法？凡一篇段落中，各有起頭，各有煞尾，此乃文之湊接處，最要圓轉無痕，故須起處藏頭，收處藏尾。如績麻者，其斷處，必綰着續處，而不見其斷；其續處，必綰着斷處，而不見其續，乃爲妙手。不然，便蓬鬆散斷，而不成緯矣。所謂「起處藏頭」者，如《孫武論》中欲轉到不役于利者能擇，却不用轉語，只云：「深山大澤，有天地之寶，無意于寶者得之。操舟于河，舟之順逆，與水之曲折，忘于水者見之。」文若不斷，而意已換過，是起處藏頭也。起處既不覺其爲起，則上面收亦不覺其爲收，此謂「彌縫罅漏，湊接無痕」之法。何謂「參差布置之法」？凡行文最忌落格眼窠臼，所謂「格眼窠臼」者，上段緊接下段，前段緊接後段，如格眼一個挨一個，全無錯綜活動處。此乃板門文字，正文人所忌。故須用「遠交近攻」之法。所謂「遠交近攻」者，每段湊接處，意或不相連，而却遠遠相應。如《伊尹篇》云：「夫天下而不能動其心，是故其才全。以其全才而制天下，是故臨大事而不懼。」此四句只是暗提法，而于伊尹事尚未發透。此下就該接「蓋太甲之廢，天下未嘗有是，而伊尹」云云一段，便是正脉。乃又插入「古之君子」一段，又插入「後之君子」一段，又插入「孔子叙書」一段，然後接到太甲身上來，與暗提四句相應。又如《留侯論》中云：「子房以蓋世之才，不爲伊尹太公之謀，而特出于荆軻聶政之計，以僥倖于不死，此圯上之老人所爲嘆息者也。」此下就該「夫老人者以爲子房者才有餘，而憂其度量之不足」一段議論，乃是正脉，却又插入「楚王」一段，然後應轉。又如老泉《高帝論》「若以常格論之，則知有吕氏之禍也」，下便當接「是故以樊噲之功，一旦遂欲斬之而無疑」，至「後世之患，無大于此矣」一段，然後接「雖然，其不去吕后何也」，至「雖有變而天下不摇」一段，然后接「夫高帝之視吕后」一段，如此便落格眼窠臼。今以「雖然」一段，叠在中間，而兩頭自相呼應，文脉便錯落不板。譬如奕棋，只管一着頂一着下去，有何趣味？國手則散散布局，角腹錯置，若不相顧。後來鬬陣合圍，東逐西擒，却着着相應，乃見布勢之妙。此文家竇訣，可爲智者道，難與俗人言也。又有「詞對而意不對」者，如《易論》起云「聖人之道，得《禮》而信，得《易》而尊」，上半篇講《禮》，下半篇講《易》，詞若相對，而意則專重《易》邊。又如《明論》以「賢人」「聖人」並起，而意則專重「賢人」一邊是也。又有「意對而詞不對」者，如《上田樞密書》本以「棄天褻天」與「逆天」並重，後只發不敢棄，不敢褻，而「逆天」之意，只在言外見之是也。凡此皆錯綜布置之法，能熟此法，則大開闔得大圓成，小開闔得小圓成矣。

又文家起處與轉處，其法甚多。有直叙題起者，如《范增》、《管仲》等篇是也；有影題作冒起者，如《晁錯》、《留侯》等篇是也；有譬喻起者，如《盖公堂記》、《日喻》、《稼説》等篇是也；有發難起者，如韓文公《諍臣論》是也；有援引起者，如《樂全先生文序》及《送勤上人序》是也。至如轉處，有以譬喻作轉詞者，如《孫武子論》中「深山大澤有天地之竇」云云是也；有以引語作轉詞者，如《伊尹論》引《孟子》曰「伊尹耕于有莘」云云是也；有以虚引作轉詞者，如「古之君子，必有高世之行」是也；有以「雖然」作轉詞者，如「雖然，其不去吕后何也」；有以「且夫」作轉詞者，如「且夫人君之所恃以爲天下者」是也；有以「或曰」作轉詞者，如「或曰李斯始皇定天下」是也；有單以「且」字作轉詞者，如「且其意不在書」是也；有單以「夫」字作轉詞者，如「夫太甲之廢」是也。凡此皆章法之變，故附記之。

三 論句法

章法定，則可以脩句。而句法雕刻太苦，則傷氣；草野倨侮，則傷雅；懶散無節，則部隊不整；排偶太多，則神情不流；删削繁蕪，或窘于邊幅；曼衍枝葉，或離其本根：此數者，皆句法所忌也。大抵修句貴長短相間，宫商相和，散對相錯，輕重相承，緩急相合，伸縮相换，反正相發，枝葉相生，而最妙者，在虚實相替。何謂「長短相間」？凡長句之後，則宜間之以短；短句之後，則宜間之以長，則氣不滯不縮。如《對御試策問》云：「陛下之所震怒而賜遣者，何人也？此句短合于聖意誘而進之者，何人也？此句長所謂朝夕議論深言者何人也？此句短越次躐等召而問訊者何人也？此句長」是善用長短之法者也。何謂「宮商相和」？蓋散文雖與四六異體，而其平仄音律，亦要和諧。如《韓文公廟碑》云：「文起八代之衰，道濟天下之溺，忠犯人主之怒，而勇冠三軍之帥。此豈非參天地、關盛衰、浩然而獨存者乎？」又云：「智可以欺王公而不可以欺豚魚，力可以得天下而不可以得匹夫匹婦之心。故公之精誠，能開衡岳之雲，而不能回憲宗之惑；能馴鱷魚之暴，而不能弭皇甫鎛、李逢吉之謗；能信于南海之民，廟食百世，而不能使其身一日安于朝廷之上。」試以此段文字，擊節大聲讀之，真琅琅琤琤，有金石絲竹之聲，所謂宮動商隨，角宣徵應者也。何謂「散對相錯」？凡文中用了幾句不齊整話，須以齊整語接之，如《策略五》文中云：「創業之君，出于布衣，其大臣將相，皆有握手之歡。凡在朝廷者，皆其嘗試擠掇以知其才之短長，彼其視天下如一身，苟有疾痛，其手足不期而自救。當此之時，雖有近憂，而無遠患。此一段是不整齊語及其子孫生于深宮之中，而狃于富貴之勢，尊卑闊絶，而上下之情疏，禮節繁多，而君臣之義薄。是故不爲近憂而常爲遠患。此一段是整齊語」（該如此双行細字寫）是散對相錯之法也。何謂「輕重相承」？凡上句輕，則當以輕句承之；上句重，則當以重句承之。如《喜雨亭》起云：「亭以雨名，志喜也」，此句本輕，故接云「古者有喜，則以名物，示不忘也」，亦只輕輕相接，不甚濃重。至如《文公廟碑》起云「匹夫而爲百世師，一言而爲天下法」，此一句有千鈞之力，故接云：「是皆有以參天地之化，關盛衰之運，其生也有自來，而其逝也有所爲矣」，得此四句，便擔當得起，不然就被上句壓倒了，此所謂「輕重相承」者也。何謂「緩急相合」？若前面文勢來得緩散，則宜急截住之；前面文勢來得猛急，則宜緩緩結果他。如《刑賞忠厚之〔至〕》篇自「古者賞不以爵禄」起，至「刀鋸不足以威也」，文勢已來得浩漫闊衍，此處就該急收到題目上去，故接云：「是故疑則舉而歸之於仁，以君子長者之道待天下，使天下相率而歸于君子長者之道」，此三句有强弩射潮之勢，是緩而收之以急也。又如《文公廟碑》云：「是氣也，寓于尋常之中，而塞乎天地之間，卒而遇之，王公失其貴，晉楚失其富，良平失其智，賁育失其勇，儀秦失其辨」，此段文字極來得猛勇迅利，一兩句抵當不住，如轉圓石于千仞之上，非一人之力所能唐突者，故下接云：「是孰使之然哉？其必有不依形而立，不恃勢而行，不待生而成，不隨死而亡者矣」，連下數個「不」字，以逶迤其文勢，方可以兜住得上五個「失」字。此急而收之以緩者也。何謂「伸縮相换」？凡句法詳贍處屬「伸」，收攝處屬「縮」，太詳贍，則令人生厭心，故須收攝之法以换之。如《物不可以苟合論》中云：「後世求速成之功而倦于遲久，故其欲成也，止于足以成；欲得也，止于足以得；欲合也，止于足以合」，此三句已屬詳贍，下若再以「敗、失、散」應轉三句，便覺冗頑，故即收云：「其始不詳，其終將不勝弊」，只如此皆换了「敗、失、(得)〔散〕」三意，何等伸縮變化！何謂「正反相發」？大凡有正意，必有反意。舉正固可以該反，舉反固可以該正。然亦有一正一反，相爲往復者。如

《喜雨亭記》云：「無麥無禾，歲且薦饑，獄訟繁興，而盜賊滋熾，則吾與二三子雖欲優游而樂于此亭，其可得耶？」此是反意；「今天下不遺斯民以旱，而賜之以雨，則吾與二三子得相與優游而樂于此亭者，皆雨之賜也，其又可忘耶？」此是正意。是正反相發也。何謂「枝葉相生」？蓋一句生出一句，連連綿綿，頂針下去也。如《策斷上》中云：「兵不素定而出于一時，當其危疑擾攘之間，而吾不能自必，則權在敵國。權在敵國，則吾欲戰不能，欲休不可。進不能戰，而退不能休，則其計將出于求和。求和而自我，則其所以爲購者必重。軍旅之後而繼以重購，則國用不足。國用不足，則加賦于民。加賦而不已，則凡暴取豪奪之法，不得不施于今之世矣。」此單句頂針之法也。又如老泉《審勢論》云：「夫强甚者，威竭而不振；弱甚者，惠褻而不以爲德。故處弱者利用威，而處强者利用惠。乘强之威以行惠，則惠尊；乘弱之惠以養威，則威發而天下震慄。」此雙關頂針之法也。總之，所謂「枝葉相生」之法也。何謂「虛實相替」？蓋起初因實字生虛字，後即以虛字替實字，如架屋者，因地立柱，因柱架梁，又因梁架椽，重重搭架而飛構也。如《厲法禁》篇起云：「昔者聖人制爲刑賞，知天下之樂乎賞而畏乎刑也，是故施其所樂者，自下而上；施其所畏者，自上而下。」始因「刑、賞」二字，生出「樂、畏」二字，後只承「樂、畏」二字頂去，不言「刑、賞」，而「刑、賞」之意自了然言外。又如《無阻善》篇云：「無所望而爲善，無所愛惜而不爲惡者，天下一人而已矣。以無所望之人，而責其爲善；以無所愛惜之人，而求其不爲惡，則天下知其不可也。」前因「善、惡」二字，生出「無所望」、「無所愛惜」字面，後撇却了閑文，只頂此字面説去，反覺飛動不羈，就如下文以「爵、禄」二字作案，然後承云：「使天下無必得之由，亦無必不可得之道」，因説了「必得」、「必不得」五字，後反反覆覆，只管將此五字翻騰，再不提起「爵、禄」字面，皆是借虚替實之法，句法中之最妙者也。

四　論字法

句既成，又當琢磨其字法。蓋句之旋轉流動，全係于字。一字妙，則其句燦然有光；一字惡，則其句闇然無色。是故用字粗，則爲俗句；用字怪，則爲僻句；用字庸，則爲腐句；用字稺，則爲嫩句；用字單，則爲弱句；用字浮，則爲無用之句；用字重，則爲累滯之句。凡此皆字法之大所忌也。大抵下字貴亮，貴確，貴新，貴勁，貴平正，貴圓轉，貴濃淡適匀，貴音律和諧。即看《大臣論下》中一段云：「内以自固其君子之交，而厚集其勢，外以陽浮而不逆于小人之意，以待其間。寬之使不吾疾，狃之使不吾慮，啖之以利以昏其志，順適其意以殺其怒，然後待其發而乘其隙，推其墜而挽其絶，故其用力也約而無後患。」此段無論句字之遒勁，而用字尤爲精確。你看「厚集」字、「陽浮」字、「寬」字、「狃」字、「啖」字、「昏」字、「順適」字、「殺」字、「乘」字、「推」字、「墜」字、「挽」字、「絶」字，那一個不新儆？那一個不的當？那一個不圓活？那一個不響亮？三蘇之文，雖無所不妙，而用字尤工。他不曾蹈襲《左》、《國》、秦、漢等字，而自超妙入神，不知何處得來！嘗觀其用一字二字，以至四字，無不精采圓活。如《厲法禁》中云：「夫權貴豪顯而難令者，此乃聖人所借以狥天下者也。」一個「狥」字，何等簡易神奇！此用一字之妙也。又如《厲法禁》中云：「過惡暴于天下，而罰不傷其毫毛，鹵莽于公卿之間，而纖悉于州郡之小吏」，看「鹵莽、纖悉」字，不落色相，不費唇舌，何等圓巧！此用二字之妙也。又如《贊劉侍讀》云「横翔捷出，冠壓百吏」，《留侯論》云「倨傲鮮澳而深折之」，《秦始皇論》中云「回翔容與而不可馳驟」，《上神宗書》云「彈劾積威之後，庸人亦可以奮揚；風采消委之餘，豪傑有不〔能〕振起」，看「横翔捷出」、「倨傲鮮澳」、「回翔容與」、「彈劾積威」、「風采消委」，如此字面，不怪不僻，而意旨宛然。此用四字之妙也。要之，字法太濃則氣滯，太淡則味薄，純平則聲浮，純仄則聲澁。故必濃淡相間，平仄相調，琢磨如圭璧，圓明如走珠，音響如金玉，新采如紈綺，斯爲字法之上乘者矣。

行文須知

〔明〕莊元臣　撰

《行文須知》一卷

明 莊元臣 撰

此書亦爲《莊忠甫雜著》之一種，乃論應舉時文之作。莊氏另編有《三才考略》十二卷，分區樂律、學校、兵制等十二門類，採輯事料，亦備科舉答策之用（參見《四庫全書總目提要》卷一三八類書類存目）；然本書着重於時文寫作之義理、技巧之闡揚，兩書相輔而行。莊氏論作時文，首舉格、意、調、詞四端。「格」如屋之間架，有翕張、步驟、奇正、伸縮、呼吸、起伏之變，「格定然後可以成文」；「意」如屋之有材，「格既定，必須意到，乃可成文」，應以「衍題」、「發題」之法以盡「意」；「調」如室之隔節段落，爲文者格定意到「又必須調遣有法」，使之「前後有倫，呼應有勢，起伏有情，開闔有節，乃臻妙境」；「詞」如室之綵繪，主張修詞之法，「貴大雅，貴清空，貴華麗，貴爽剴，貴溜亮，貴潔掉」。本書又對八股之種種節目，如破題、承題、起講、提頭、虛股等，均設專節，輔以本朝程墨中式範文加以具體論析，自謂「剖析關竅，若陰陽黑白」，「用心亦勤拙矣」。然終不足以言文章獨抒己意之根本。結尾論「平淡、精神、圓融」三妙，意欲爲時文樹規立式，所論却頗見靈活，稍可藥思澀筆膠之病。

僅有《莊忠甫雜著》本（清永言齋抄本，藏北京國家圖書館）。今即據以録入。

（王宜瑗）

行文須知目録

行文須知

行文須知

明　莊元臣　撰

大凡行文，有意、格、詞、調。格者如屋之間架，間架定，然後可以作室；格定，然後可以成文。格有翕張，有步驟，有奇正，有伸縮，有呼吸，有起伏。題板者可使之活，題繁者可使之簡，題襍者可使之清，題紊者可使之整。詳畧斷續，初無定局，曲折變化，任乎其人。故有一題而文人人殊，迥若人面之不同者，然不妨並美。總之能不詭於題者，能各成箇體段，則爭奇鬭巧，惟意所適。雖然，欲大雅，不欲纖巧；欲片段，不欲瑣碎。脱化而不失之疏漏，正大而不失之板俗，新而不失之幻，潔而不失之枯，平而不失之腐。斷中有續，正中有奇，題直處有把關手，題曲處有偷關手，題空處有弄丸手，題叢處有解牛手，題暗處有點眼手，題活處有縛虎手，題突處有塹山手，題缺處有堙谷手，題連處有破竹手。枝幹相生，連連綿綿；濃淡相勻，郁郁嫣嫣；正反相承，覆覆翩翩；詳畧相因，隱隱顯顯。使讀之者解頤，覽之者神爽，而莫知其所以然而然，乃爲上乘之格。

何謂題板者可使之活？如《道千乘之國》題，無輕重低昂，極是板題，顧涇陽先生將推原法總題，後將究竟法總繳，中間只玲瓏寓意，不使一訓詁寔語，何等活潑。何謂題繁者可使之簡？如已卯浙江《質諸鬼神而無疑》二節，中間曰言曰行，曰遠曰近，有許多字眼要發，錢檟却云：「是故時出而爲動，則世世道之；時出而爲言，則世世法之；時出而爲行，則世世則之。以言乎遠，遠者有望矣；以言乎近，近者不厭矣。豈一人之力，能要天下後世也哉？蓋民物之易理，非若幽明之難格也，未有知足窮天地鬼神之奧，而不能得匹夫匹婦之心；生民之易周，非若古今之難究也，未有知足以察三王百世之紀，而不能通斯世斯民之志。」不沾沾然發題，而題旨了然，是却能化繁作簡。何謂題襍者可使之清？如丙子應天《誠者自成也》全章，到末節有「成己成物」，「仁智内外」，「時措」種種等項，一齊並出，極是襍亂，顧涇陽却于過文題明云：「若是而成己矣。己成而物亦因之矣。人己兼成，則隨所措而咸宜也。君子何以能然哉！」先把「成己成物」「時措」意吊起了，下只講仁智能合内外，便自清理。何謂題紊者可使之整？如癸未《四營而成易》四節題，先説成卦，後説小成，次序紊亂，李九我却先題云：「今夫尸卦之始終，有一變之易矣，有小成之卦矣，有大成之卦矣。顧胡然而成易也，則以四營之法在也。胡然而成卦也，則以有八變之法在也。胡然而小成也，則以有八卦在也。」先分定了次序，後只從題講去，自有條理。何謂詳略斷續，初無定局，曲折變化，任乎其人？如癸酉科「君仁莫不仁」四句，江解元把上三句細細發揮，除提頭過文，中間自有八小股，然不嫌其多；方明齋只把仁義提明云：「仁義者，人君之正道，而所以進退人才恒于斯，所以經綸政事恒于斯也。」下只述過云：「君而仁焉，無往而不仁，而人政之間皆仁矣。君而義焉，無往而不義，而人政之間皆義矣。君而正焉，無之而不正，而人政之間皆正矣。」後就接國定去講，亦不嫌其爲少，是詳畧無定式也。又如壬午應天《以善服人》題，程文以「善養人」下數句一串講去，人服處就串心服字，心服處就串王字，固見筆力；王鳳洲逐句講去，先説明服字，次説明心字，後説明王字，隨題起意，亦不妨大雅。即如丁丑「我亦欲正人心」節，墨卷在承三聖處俱斷一斷，而程文一滚做去，愈覺新奇。是斷續無定式也。何謂欲大雅不欲纖巧？如丁丑《子貢問士》三節題，程文講完首句，收一句云：「士必如是而後無忝于稱名也已」，下便接去云「然此天下士也，不易能也」，何等大雅樸素！馮開之硃卷云：「若而人者不以孝弟稱，而大德固不踰也；不以信果著，而細行亦不虧也」，語意纖巧，有乖大方，故場中于此處，亦不滿之，後雖三易其詞，終較程文落一着。何謂欲片段不欲瑣碎？就如丁丑《子貢問士》，程文于首節虚寔相生法講四比，馮開之提起二句串講二比，皆正大冠冕，有廊廟氣度；袁了凡則做了六比云：「所謂士者，豈徒以其才耶？以此心而行己，則貴有耻焉；以此心而承君，則懼有辱焉。必其行己也，不昧夫羞惡之良，而于出使也，又擅夫專對之美。嚴此耻于己，所以養其不爲之節也；免此辱于君，所以達其有爲之才也。」雖是用意化板爲活，終覺瑣碎，譬如踽踽凉凉之士，廉隅非不脩飾，然厠之冠冕珮玉之儔，自覺有寒澀猥瑣之態矣。何謂脱化而不失之疏漏？如丙子應天《舉舜而敷治》三節題，顧涇陽中間只把舜命禹益命稷契意做二比，而首節不暇耕意，却在中節末揔發出來,是凌駕而不鹵莽也。何謂正大而不失之板俗?如甲戌「惟天下至聖」三節題,孫月峯于首節數段,逐段講還,他却收云:「蓋質縱于天,質之粹也,不假于學而自足也。德成于性,德之純也,無待于外而自足也。信乎其爲至聖矣。」又如鄧定宇《生財有大道》,前半平頭講四段,皆澹蕩大雅,自與板局殊科。何謂新而不失之幻?如壬午山西《天下國家可均》程文,人都于上三句分三段講,彼却羅紋講云:「天下國家之均也,爵禄之辭也,白刃之蹈也,據其事勢所在,孰不視之以爲難?然任智者能均之,若節者能辭之,輕生者能蹈之,隨其資力所近,則皆勉之可至。三者而果難也,人無有能之,人苟能之,君子以爲易矣。」却極新,又極穩。何謂潔而不失之枯?如己卯陝西「吾十有五」全章,程文字字嚴緊,句句清潔,然瘠而中腴,愈讀愈不厭,蓋淘洗之入于聖者也。何謂平而不失之腐?如徐存齋「由堯舜至于湯」三節程文,先把見知聞知提明,中間只隨題叙去,增減不多幾字,後只把見知聞知皆有功于世道意收二比,繳一句云:「蓋道之所以傳而不絶者如此,而繼孔子者容獨無人乎?」冷宛如此,枯淡若無,然有一毫塵俗氣否?所謂皮膚剥盡,惟有一真實也。何謂斷中有續?如馮會元《我亦欲正人心》,講到承三聖處,「今之天下,惟其無三聖人者也,故楊墨從而亂之也。而予之正人心,凡以承三聖人也,故必欲辭而闢之也。」此處似若斷了,下便接云:「孰予之迹,則其説也長,而稱予之衷,則其責也重。」此四句不動錐鑿,却自膠連,所謂斷中有續,如以刀截水一般,文之神解處正在此。何謂正中有奇？如癸酉山西《大哉孔子》程文，初玩之，只平平順題發揮，細玩中間，如所謂「道，形而上，本無定名可求；藝，形而下，始有成迹可執。」又如所謂「射御非學所先也，審執于射御者，將以成名也。如以成名而已矣，則藝誠可執；如其藝而已矣，則御尤易成名。」此等語，皆苦心揣摩，如囊中露穎，最爲奇特。何謂題直處有把關手？如丙子《操則存》題，魏崑溟文講完了首四句，却收云：「無定時而以一念之操舍爲其時，無定向而以一念之存亡爲定向。」又如己卯「凡事豫則立」二節題，陸見石講完了首節，總一總云：「蓋當幾而措者，其功常勞，而處之常若不給。先事而立者，其功常逸，而應之常若有餘。」皆能于關隘處立鎖栅，不似直口布袋樣子。何謂題曲處有偷關手？如丁丑《我亦欲正人心》程文，其講上半節云：「持仁義之本原，而于無父無君之教則遏之，期于經正民興，以纘平寧之績，蓋常深切著明其説矣，而非好也。究離遁之末流，而于害政害事之弊則防之，期于撥治反正，以繼春秋之志，蓋嘗叮嚀反復其言矣，而非好也。」兩個「而非好也」就帶起下句意了，故下便云：「人心之蔽錮已深，則提撕之不容不力」云云，不用過文，暗拖暗接，最屬匠心，乃文家之隱巧處。何謂題空處有弄丸手？如顧涇陽《舉舜而敷治》文，講畢了首二節意了，不就粘着堯以不得舜爲己憂實講，却于空處發二比云：「由是觀之，堯一日而無舜，則就與命禹益」云云，然後方接到末節，是全于題外發意，空中弄丸，毫無粘滯氣習，文家凌駕處正在此。何謂題叢處有解牛手？如甲戌「夫易彰往而察來」二節，孫月峯講完了上節，到下節云：「是以將意其涉于玄妙歟，則名之小也，旨之遠也，事之肆也，其稱名之襍者固如斯也；將意其囿于卑近歟，則類之大也，言之中也，事之隱也，其理之不越者又如此也。」此等處，正如庖丁批大郤，導大窾，因其固然而未嘗不中肯綮者也。何謂題暗處有點眼手？如丙子江西《堯以不得舜爲己憂至謂之仁》，王命爵文講完了首節，過云：「堯舜之憂，堯舜所以仁天下」，點出「仁」字，題旨便躍如。又如陳與郊「用上敬上」過云：「夫以下焉者而貴夫上焉者，則其情易趨，而天下方溺于貴貴，以上焉者而尊夫下焉者，則其勢難忘，而天下或昧于尊賢，抑孰知其義之一乎？」如此喚醒「一」字，何等爽愷透露！何謂題活處有縛虎手？如庚辰《智譬則巧文》，程文講了首二句，却把正意大發二比云：「聖學精微，必知之真，乃行之至，孔子德本生知，有通極于化者，夫是以化不可爲耳。聖道高遠，必造其理，斯履其事，孔子知由天縱，有妙于神者，夫是以神不可測耳。由射于百步之外者然。」如此發方拿得譬巧譬力死殺，不被他走作，真是降龍縛虎手段。何謂題突處有塹山手？如「使禹治之」節中，只有「江淮河漢」句，極是突兀難平，周仕佐却云：「蓋嘗觀于江之殷也，淮之入也，河之道，漢之流也，而其流有足徵者」，只如此鏟平了他，是塹山手也。何謂題缺處有堙谷手？如《周公兼夷狄》句，王守溪補出武王來，于《季桓子》句題，程文補出定公來，便穩足無缺失意，是堙谷手。何謂題連處有破竹手？凡題目三段一樣者，須于前段發揮明透，而後兩段只輕遞過，則開闔有情，而語不重複。如張鳳磐《由堯舜至于湯》三節，高鶴《一鄉之善士》二節文，是爲破竹手也。何謂枝幹相生連連綿綿？如辛未《先進于禮樂》程文後半篇，前二比下「實」字、「厚」字，後二比就承「實」字、「厚」字生去，如根發苗，如幹生葉。又如丙子陝西《有布縷之征》程文，過處云：「以下奉上，謂之大義，以上用下，謂之定制」，下遂承云：「義所當供，制所當取」，亦是一法。何謂濃淡相勻、郁郁嫣嫣？如田鍾台《吾豈若使是君爲堯舜》起云：「堯舜之道，不惟可窮，而亦可達。樂堯舜之道，特以獨善而非兼善」四句，是濃抹，下便接云：「吾豈若以此上致其君，使是君爲堯舜之君哉？吾豈若以此下澤其民，使是民爲堯舜之民哉？吾豈若以此顯設于上下，于吾身親見之哉？」三句是淡妝。又收云：「蓋自昔而言，行道似不如獨善之爲真；自今而言，則躬耕實不如行道之爲公也」，四句又是濃抹，極見大雅。及觀沈蛟門《孟義》，則如齊紈蜀錦，文彩掩映，然純乎濃抹而絶無淡妝，不免帶脂粉習氣，所以讓田公一頭。此魁元卷之大凡也。何謂正反相承、覆覆翩翩？如壬子《仲尼亟稱于水》程文，過到末節云：「吾以知君子之學，其敦本尚行，而與聲名相孚者，此原泉之水也，固君子之所重也。其釣名干譽，而與本原相違者，此易涸之水也，尤君子之耻也。」又如己卯《遵先王之法》三節，過到末節云：「爲政因之，則簡而有功，若丘陵之于高，川澤之于下，而智者必資也。不因之則勞而無功，若爲高而舍夫丘陵，爲下而舍夫川澤，而不智孰甚焉。」前是借有本以發無本，此是借智者以發不智，皆以正得反，以反形正之訣，最有力，最自然。何謂詳畧相因、隱隱顯顯？如《子貢問士》程文，講首節凡四比，前二比是反起虚述，隱而略也；後二比是實講題意，詳而顯也。至如蕭良有《如有王者》一篇，皆由略而詳，由隱而顯，極有步驟，極有條理。又如甲子浙江蕭鳴鳳「唐虞之際」二句，講「唐虞」句凡四比，極有虚實相生之法，云：「堯之放勳於前，而舜繼之，大聖相承，其交會之時何如也；舜之重華于後，而堯啓之，大道相傳，其授受之際何際也！貞元會于華夏，而百年興豪傑之期；光岳萃于人文，而萬古仰明良之運。」前二比虚，後二比實，作文者熟之，永無疊床贅複之病。此乃文格之大者，至于中間曲折條件，又當别悉。

文之有意，如屋之有材，間架既定，必須材備，乃可作室。格既定，必須意到，乃可成文。文之意，其作用百端，大都不過二途盡之。一曰「衍題」，二曰「發題」。「衍題」者，推見成之題，而推衍其詞以成文，有裝點而無增加也。如蕭良有《如有王者》文，中二比云：「德教所敷，不崇朝而偏天下可矣，然可以偏天下，而不能深入乎天下，誠舉一世而躋之蕩平之域，是仁也，是必世而後能也。風聲所播，不終日而感人心可矣，然可以感人心而不能浹洽乎人心，誠舉萬邦而措之熙皞之天，是仁也，是必世而後致也。」上四句是反振未至于世則不能仁，下三句是倒跌仁必本于世，只隨題敷衍，而至必世所以能仁之意，略不曾發出。又如己卯山東《民可使由之》程文中二比云：「天下之正路，而使天下均蹈之，迹耳。非所以迹也，究而極焉，則埋之無方無體者，雖中人且弗悟也，將責之顓蒙之俗，而勢愈難矣。天下之周行，而使天下共履之，道耳。非所以道也，進而求焉，則民之不著不察者，雖日用且莫覺也，槩諭以精微之論，而惑滋甚矣。」上四句衍「民可使由」，下四句衍「民不可使知」，而至「可由不可知」之故，全未發明，是爲衍題之法。「發題」者，凡題中語意渾然，不露出所以然之故，而吾直把其所以然之意，挑剔出來，無有剩意，所謂抉朦朧之關，啓覆藏之篋是也。如蕭良有《如有王者》後二比云：「王者日以其精神心術，與天下相流貫，而至于一世，則所隆施久矣。天下所以咸若其化也，不然，非悠遠而求博厚，能乎哉？天下日以其心思志慮，與王者相潛通，而至于一世，則所涵濡深矣。王者所以聿觀厥成也，不然，非久道而求成化，得乎哉？」此是將必世所以能仁之意，發透無遺矣。又如《民可使由》程文末二比云：「天下之當然具于性，而民皆可率性也。故取足于由，天下將無不可化之民。民性之本然原于天，而民鮮能達天也，故取必于知，天下始有不可循之教。」亦是將「可由不可知」之故，發明出來，是爲發題之法。蓋題所以然之故，只有得此意。若八股俱將此意來發，不失之窘，則失之複。故作文須曉得衍題之法，然後詳畧淺深，俱有次第，一篇如出一股，無疊床架屋之病。然題亦有可衍而不可發者，如《論篤是與》節是也。蓋題已自爲訓詁，無復隱所以然之意于其中，吾將何以發之，則但可衍題之法而已。題亦有可發而不可衍者，如《物皆然心爲甚》題是也。股股須發出心之所以甚于物意，乃爽人目，若只隨題敷衍，有何意趣？故作文者于題目到手時，先把題相視，思其可衍乎，不可衍乎，可發乎，不可發乎，可衍發互用乎，不可衍發互用乎，則下筆自了然無礙矣。然發題之法，但主于推原，須隨題生解，不可預擬。至于衍題之法，其機括極多，作文者須洞曉其奥妙，乃能縱横任意，伸縮自如。有抑揚之法，有操縱之法，有倒須之法，有反正之法，有究竟之法，有借客伴主之法，有跌撲之法，有先述後講之法，有先講後述之法。總之，文章之意，以簡切勝浮誇，以藴藉勝透露，以樸拙勝奇巧，以紆迴勝徑直，請爲剖悉其故。何謂抑揚之法？大凡欲抑必先揚，欲揚必先抑。然有本身之抑揚，有借客之抑揚。如蕭漢冲「文德教所敷，不崇朝而徧天下可矣。」此就在王者身上，尋出一箇速化意，以振久道意，此本身之抑揚也。及觀程文提云：「任法以齊民，其治傷于欲速，不知其仁也。」次比對云：「違道以悦民，其治止于驩虞，然而未仁也。」此又別尋兩様卑下人品，以揚起王者必世之仁，此借客之抑揚也。二法不同，不妨並用。有抑中再抑而後揚，揚中再揚而後抑者。如庚午浙江凌登瀛《禹吾無間然矣》其提云：「飲食宫室，人之所必資者，常情厚以自奉，未有不求備者也，而况富有天下，其勢尤易逞者乎？事神治民，君之所當務者，人情忽于遠圖，鮮有能加意者，而况貴爲天子，其心尤易溺者乎？」常情易犯是一層，天子尤易犯又一層。如此兩層抑揚，轉覺錯落醒目。凡股中若無抑揚之法，便無頓挫，便不鬆爽。你看戊辰科田、沈二公《庸義》，其前半各備盡抑揚之法，兹不盡録。唐荆川用此法極熟，自謂「生平得力處盡在此」。若壬午陜西《人有不爲》程文云：「剛大之器，不爲一節試功，則其器常完，而臨事可以不懾，遺大投艱，惟所運量矣。弘遠之才，不爲偏長取效，則其才常厚，而當機可以不撓，持危定傾，惟所斡旋矣。」二比句句實發，不用抑揚，而精神足以達之，然亦大費氣力矣。所以後二比不能實發，只將究竟衍之，勢不得不爾也。故知文無抑揚，則波瀾不興，邊幅易窘，不可不知。何謂操縱之法？文章以八股爲率，自虛比至中二比，大略題意已幾發盡矣。後二比欲另搜意，另布股法最難。故要熟操縱之法。中二比既縱，則後二比操之使急，如彈琴者，聲音紆徐緩放之後，即緊絃促節，爲噍殺追細之調以收之，然後翕張人心，爽悦人耳，爲文亦然。即如乙酉順天《論篤是與》程文中二比云：「其言切而不浮，似非儇薄人矣，而要之言語之間，可以揣摩而取，則彼醇篤其外而儇薄其中者，未必無若人也。孰爲君子而孰爲色莊也。其言蓄而不露，似非巧詐人矣，而要之言詞之旨，可以虛矯而飾，則彼中藏巧詐而外爲馴謹者，未必無若人也。孰爲君子而孰爲色莊也。」此二比是將題意寬衍二大比。是末二比云：「吾能知詐言之非樸矣，而大巧者常以其巧而托之乎樸，將安從而辨之？吾能知詐言之非忠矣，而大詐者將以其詐而托之乎忠，又安從而辨之？」此二比意思，不異于前比，只是前二比寬，而後二比緊，前二比衍之更長，而此二比約之更短，便自迥然不同調，爽然醒人目矣。所謂操也，有操之成短比者，如前文是也；有操成兩句三句或四句，而後以餘意續成一比者，其詳著于後。何謂倒順之法？順題鋪叙爲順，逆題倒發爲倒。如庚辰《如有王者》程文中二比云：「羣黎百姓，情有壅而難通者，歷年多，則膏澤之浸潤已深，而耳目心志，若一體之聯屬矣。四方萬國，化有阻而難及者，行政久，則德教之涵濡已徧，而精神命脉若一氣之周流矣。」二比是從必世處説到仁上，所謂順叙者也。末二比云：「仁漸義磨，熙熙然並育，仁也，而不知王者必悠遠以積之，蓋湛恩穠澤，不可以歲月計效也。禮陶樂淑，皡皡乎時雍，仁也，而不知王者必從容以和之，雖過化存神，不能以俄頃奏功也。」二比是從仁處轉到必世上，所謂倒發也。一順一倒，不用换意，而間架迥然不同，其法最妙。何謂反正之法？題中之意，正發已盡，則用反詞發之。即如《必世後仁》題，魏允中文「淳龐沕穆之俗，固得悠遠之餘也已」，以悠遠講必世，是正發，程文云：「蓋湛恩穠澤，不可以歲月計效也」，以「不可以歲月計效」講必世，是反發。又如錢仲美「質諸鬼神而無疑」二節云：「民物之易理，非若幽明之難格也，未有知足以窮天地鬼神之奥，而不能得匹夫匹婦之心。生民之易周，非若古今之難究也，未有知足以察三王百世之紀，而不能通斯世斯民之志。」以未有發必能，亦是反發。正反法熟，則布詞自不堆積、不重複矣。何謂究竟之法？題中正意已發盡，不能再發，只得落題一步，説他究竟道理。如《論篤是與》程文後二比云：「吾方以君子求天下，而所言或不在是，何以爲斯世維忠厚之道。吾方以色莊黜天下，而所與或在于是，何以爲斯世禁浮靡之風。」不正講君子色莊難辨意，却把濫與之流弊究竟處來講，亦是一法。何謂借客伴主之法？題中之意，有一箇主，必有一箇對待之客。對待者，如説君子，便有小人來對待，説治便有箇亂來對待。對待者，雖不在題意内，却可請來作伴。如壬午《水哉》程文講末節，末二句云：「吾是知君子之學，其敦本尚行而與聲名相孚者，此原泉之水也，固君子之所重也。其釣名干譽而與本原相違者，此易涸之水也，尤君子之所恥也。」是因「君子之所恥」，生出「君子之所重」來，然道理却如此。孟子當時亦偏顯此意了，今却代他補完，愈覺周密而不覺增添。又如己卯《遵先王之法》三節，程文講末節云：「爲政者因之，則簡而有功，若丘陵之于高，川澤之于下，而智者必資也。不因之則勞而無功，若爲高而舍夫丘陵，爲下而舍夫川澤，而不智孰甚焉。」亦是此法。何謂撲跌之法？本欲發此意，却先走過一步，然後跌轉正意來，行文便有筆力，有猛勢。如丁丑《我亦欲正人心》程文後二比：「人心之蔽錮已深，則提撕之不容于不力，雖盡吾詞，猶懼道之不白，無以臻廓如之效也，欲相忘于無言得乎？邪説之横流方熾，則詆斥之不容于不嚴，雖竭吾力，猶懼勢之莫反，無能破執一之非也，欲置之于不論得乎？」要説「不容不言」，先説言猶恐其不勝，便自了然。《民可使由之》程文，中二比云：「雖中人且弗悟也」，「雖日用且莫覺也」，亦是此法。此與抑揚法相近而微不同。何謂先述後講之法？先將題面虛述過，然後實講題意，文便凌駕，且好下手。如壬午南京《以善服人》程文，講了「服人」二句，接下云：「必以善養人乎，則不但服人也，而能服天下。又不但服力也，而能服其心。」先將「善養」與「服人」「心服」等題面，一齊吊出了，然後接「憫人之不善」二比實講，不惟格新，而意亦好發揮。何謂先講後述之法？不咬着題目字眼切講，只將題意暗暗發出，然後直把題目收一句，亦是凌駕體。如顧涇陽《舉舜而敷治》末云：「堯一日而無舜，則孰與命禹益？舜一日而無禹益，孰與拯昏墊之患，而登天下于平成？堯一日而無舜，則孰與命稷契？舜一日而無稷契，則孰與粒阻饑之民，而躋天下于揖遜？」雖不説出「憂」字而所以當憂之意已暗暗發揮，故後只須述云：「然則憂舜之不得者堯也，君道也；憂禹臯陶之不得者舜也，相道也。」何等明快新奇！然此二法，亦是近日時文之變體，前此未嘗有也。何謂以簡切勝浮誇？作文發意，要在得力，得力則一句可以當十，不得力則十句不能當一。故文有愈簡而愈透，有愈繁而愈晦者；有愈淡而愈濃，有愈華而愈無味者；則簡切浮誇之優劣可見也。如陝西《吾十有五》全章程文，他講「志」字，只曰「不至于從欲不止矣」一句，講「立」字，只曰「操存其志者又十有五年，而吾始可與立也」，講「不惑」字，只曰「研窮其所立者又十年，而吾始能不惑也」，講「知命」字，只曰「所以不惑者而上達焉，命可知矣，時其在五十乎？」講「耳順」字，只曰「所以知者而一貫焉，耳斯順矣，時其在六十乎？」講「從心不踰」字，只曰「無欲非矩，無矩非心」，何等透快，何等潔凈。及觀時刻，并是年墨卷，便有許多曼衍贅龐之句，可厭矣。故予嘗爲詩曰：「雪裡孤梅五六花，清標素骨壓奇葩。羞殺東園桃李亂，遊人興盡厭繁華。」何謂以藴藉勝透露？凡發題意，意隨言盡者爲透露，意在言表者爲藴藉。透露可以爽人目，然再觀之，便覺斬然無味。惟藴藉者，始玩若淡然無味，玩畢令人沖然有餘味，再玩則覺身在春風和氣中，心醉神怡，讀之不忍釋手，乃文之最上乘者。如丁丑《子貢問士》題，主意原重在「行己有耻」上，故陸可教講後二比末繳云：「此雖未必優于四方之使，而視之行己有恥者，亦可以無議矣。此雖未必孚于鄉曲之心，而視之行己無恥者，固有間矣。」把命題主意，咬定發揮，何等爽快。然意隨言竭，不耐咀嚼。馮開之繳云：「夫士也，行脩于家而聲譽隨之，斯固尚德者所深嘉也，可以其設施之未究而少之哉？」對云：「夫士也，操勵于己而終身以之，斯亦取節者所必録也，可以其硜硜之小人而棄之哉？」不點出「行己」字面，而重本之意，隱然見于言外，令觀者意消，自然勝陸一籌，所以便有元魁之别，故予嘗爲之詩曰：「枝頭紅白尚含英，惹得游人新意生。刮地東風催發盡，十分春色已無情。」何謂樸拙勝奇巧？如辛未《生財有大道》題，郭青螺講了首句，把下四句一齊提起云：「是大道也，非小術也，而果安在哉？財始于生，耗于食，一人耕之，衆人聚而食之，欲天下之無饑，不可得也。財聚于爲，靡于用，下之人徐而圖之，上之人疾而用之，欲天下之無貧，不可得也。」然後四句串作二比，極精工，極刻煉，固爲美。及觀鄧定宇講首句畢了，不下一接語，直云「財以生而聚，患于不衆也」云云，散散鋪叙四段，若不復鍛煉，不加裁剪，然天然風骨，有雍容委蛇之度，玩之平平，測之益遠。將郭卷比之，便覺有江海沼澗之别，况點出「是大道也」，已露寒酸，又足之曰「非小術也」，益見伎倆。此正所謂樸勝于奇，拙勝于巧。試將元魁卷並觀，則段段皆然，不止此耳。故予嘗爲之詩曰：「十仞墻垣百尺臺，網羅風月入襟懷。争如破屋扁舟子，明月清風萬里來。」何謂紆廻勝徑直？文雖貴自然，不尚奇巧，然須委婉蹁躚，不可直致。即如鄧定宇《先進于禮樂》，講完了上節，收云：「夫即時人之論，則禮樂之用，必從後進而不從先進明矣。」此處若就落一句如「用之則吾從先進焉」，便覺直遂，終非夫子渾然口氣。渠却緩緩説出：「君子所以爲君子，野人所以爲野人，後進不得稱君子，先進不得稱野人，故吾不願從後進而願從先進。」末遂須「願從」意，再發二比，轉折處如鶴之翔，如鵬之舉，雍容優游，不似黄雀鼓翅奮翼，躁急直遂者比。又如孫月峯《惟天下至聖》文，講完了首節，收云：「質縱于天，質之粹也，無假于學而自足也。德成于性，德之純也，不待于外而自足也，信乎其爲至聖矣。」故作隄防，所以障去流，皆用意委曲處。不然便似東瓜無腰，不若葫蘆有頸之可愛也。故予嘗爲之詩曰：「曲曲廻廊繞碧流，重重朱户鎖山樓。不是居停耽僻隘，恐防紅杏出墻頭。」凡此作文意之大凡也。其得心應手，則不容以言盡。

文之有調，如室之有隔節段落。造室者，間架既定，然又須隔節段落，極其委曲，然後室不空曠直突，所謂複道曲房也。爲文者，格式既定，意思既到，又須遣調有法，使一股之中，前後有倫，呼應有勢，起伏有情，開闔有節，乃臻妙境。今之不知文者，謂調即是詞，詞即爲調，誤矣。「調」字有二義：有遣調之義，有和調之義。遣調者，如大將行兵，士卒器械，既已精利，又須調撥諸帥，某爲先鋒，某爲後應，某爲仗隊，某爲誘卒，使其多而不雜，散而有紀，乃爲名將。爲文亦然。一股已立，又須布置，何意爲起，何意爲承，何意爲轉，何意爲合，使曲而不突，緊而不懈，腴而不瘠，勻而不複，乃爲佳器。和調者，如庖人烹味，嘗其酸鹹辛辣，使皆適口，而無偏濃之味。爲文亦然。一股之中，相其起承轉合，氣緩處促之使捷，意晦處刮之使明，句滯處琢之使溜，機窘處衍之使開。詞太硬者調之以温和，意太露者調之以蘊藉。此皆調之作用，故有意雖淺而不覺其淡，詞雖清而不嫌其單者，其調法善也。有意愈多而反覺其雜，詞雖華而反厭其浮者，其調法不善也。即如《如有王者》墨卷論之，蕭良有中二比，立意在衍題，衍題之法，必須寬寬説來，方邊幅不窘，然順題衍去，又覺平淡，氣無勢，故先把「德教所敷，不崇朝而偏天下可矣」二句是起，「然可以偏天下，而不能深入乎天下」二句作承，「誠舉一世而躋之蕩平之域」一句作轉，「是仁也，是必世而後能也」二句作合，總看這一比，凡七句，前四句虚，後三句實，虚實相生之法也。有前四句之虚，故不窘；有後三句之實，故不浮。是其調撥之妙處。且其起處響亮，承處從容，轉處便捷，合處唤醒，緩急有度，呼吸應機，是其和調之妙處。再觀魏允中二比云：「仁之漸，義之磨，若是乎世脩其政也」三句是起，「則大君之經綸，與四海之精神，相爲流貫」三句是承，而「皡皡乎其大順焉」一句是轉，「淳龐沕穆之俗，固得之悠遠之餘也已」二句是合，魏是立意要發題，故須順叙。順叙必須衍發互用，除大君之精神發題外，其餘通是衍調，「仁之漸」三句衍「世」字，「皡皡乎大順」衍「仁」字，「淳龐沕穆」句又衍「仁」字，「悠遠之餘」又衍「世」字。雖以發題爲主，然句句要切發，則意易窘而氣太重，故須以衍字之法襯之，而中間得力處只用三句，便自濃淡適勻，且「皡皡乎大順」最好，蓋「仁」字本該再講一句方是，因起處是三句了，承處又是三句了，若轉到「仁」字又是兩句，文氣便覺重滯，故只以一句接住，而下又合發兩句以足「仁」字之意，其意重在「淳龐沕穆」句，蓋恐「大順」句説「仁」字未透，故又着此四字以顯之。「悠遠」句不得不帶來伴説耳，皆是他苦心調遣處。再觀閻士選中二比云：「禮樂文章，其仁天下之具，至一世而始備，而天地氣運，亦若待聖人返薄而漸歸之淳者。」五句是起；然後「治還沕穆，而風以移焉，俗以易焉。」三句是承，亦是轉；「雍熙悠久之化臻矣」一句是合。首五句極力發出所以然之意，後四句只把「仁」字衍開，發題處甚奇特，承接處亦有力氣，不爲題所壓倒，是其調度也。然一味濃抹而無淡妝，文之以意詞勝而不以格調勝者，其于和調之功，尚未精熟耳。再觀沈一中中二比云：「仁育而義正，可不崇朝而徧天下矣」二句是起；「若夫漸之摩之，使天下由于道而不知」二句是承；「必一世而後可」一句是轉，「蓋精神心術不久則不流，其所積漸然也」三句是合。此比格局亦是倒叙，與蕭卷略同，然蕭卷不露出所以然之意出來，留在末二比發，沈之「精神心術」三句，已露出所以然之意了，故後二比不能再發，只得把「仁」字重講，然不免與「漸之摩之」二句意重複。沈之所以不得盡同于蕭者，只爲蕭之承句尚訓釋起句，不就倒着題上，所以以「仁」字意作轉，以「世」字意作合，故不俟推原而意自足；沈却以「仁」字意作承，以「世」字作轉，而合處尚缺，故不得不以推原意補足之，只在承處調度少差，便迥然不同。沈後二比費許多思索，終不及蕭之自然。信知調遣之際，須當斟酌一篇材料而布置之，不可草草也。再觀劉庭蘭中二比云：「當其受命之始，政教既已脩明」二句是起，而「延之於一世之後」一句是承，「則所以甄陶涵育于其中者，愈有固國家之元氣」二句是轉，而「沕穆之風，于是乎浹宇内矣」二句是合。前五句是發題，後一句是衍題。發題處既重，則衍題處簡捷，詞度自好。若闇卷衍發俱重，所以便覺太濃了。又如甲戌《學如不及》諸魁卷中比，盡以上半股講「學如不及」，下半股講「猶恐失之」，都以知行立柱。陳與郊文云：「以擇天下之道而勿明勿措焉，如有所不及知矣，心猶竦然曰：道不易明，能保其擇之無遺已乎？早夜以思，惟恐失其所爲知也，而何敢以自逸？」對云云。褚棟文云：「其學之爲知也，則凡稽古考文，以博觀乎斯道之散殊者，皇皇焉既如有所不及知矣，猶恐一人之聰明有限，不足以盡無窮之義理。而所知者，或失則疏也。」對云云。其調遣布格，皆大同小異。及觀孫月峯文：「將爲明道之學歟，非必研窮無術，然後恐其知之失也。孜孜于察識，其知如不及矣，而自視猶歉焉，曰得無遺于聞見乎，憂退之懷，即與求進之念俱存也。」對云云。雖是亦把知行立柱，然兩句不截然分講，「非必研窮無術」句，把「如」字、「猶」字，一齊振起，大有力量，中間只衍作四句，說盡題目，至合處又把兩句題雙結，操而縱，縱而復操，調度絶新，無論他處盡美盡善，只二比，一時諸卷中，莫有同其格者。彼不知文之士，必欲另换柱頭，另索奇意，方以爲新特，不知孫卷亦何嘗脱「知行」二字，其意思亦何嘗發人所未發，只是調遣布置間，略加組織，便異常調耳。故予常爲之詩曰：

「海錯山羞未足稱，太羹端不廢河蘋。但能調得鹽梅味，膏膾還應讓莧芹。」大抵新其意，不若務新其格調。格調新而售者什九，意新而售者什一。即如閻士選《如有王者》文，中間論到禮樂文章，又論到挽回氣化上，意何等奇特！蕭作只説一個「仁必待于世」，意何平常！然却加蕭于閻之上者，蕭以格調勝，而閻以意詞勝也。又如癸未《吾之于人也》全章，諸魁卷講「誰毁誰譽」處，有云：「毁則有識者方譏其巧詆，孰而吾懲乎？」有云：「毁之行也，起于真非之不明，而其弊使人眩惑而易聽」；有云：「自偏于毁，而天下謂我以憎者之口，揚人之心矣。」皆刻意新奇，誇靡鬬巧。及觀李九我，却云：「自憎心勝者，則有餘嫉，而毁行矣。吾之于人，未嘗生一憎心也，而何毁焉？」玩之似平常，新奇不逮前文遠甚，然雅淡無俗氣，不以綺靡爲工，而詞理未嘗不逮，所以主考具眼，置之于首。格調之勝于尚意，于此可見。故予嘗爲戒奇之詩，曰：「齊瑟原來不是竽，陽春寡和謾長吁。三年學得屠龍技，争柰無龍却羨魚。」聊作此以自儆云。

文之有詞，如室之綵繪，綵繪施，則滿室絢爛，詞藻工，則疊篇光彩。文多有意同，而一則燦然增色，一則闇然無光，詞有工不工也。大都脩詞之法，貴大雅，貴清空，貴華麗，貴爽剴，貴溜亮，貴潔掉。忌陳腐，忌堆垛，忌晦滯，忌輭弱，忌纖巧，忌奇幻。你看從來元作，其詞必平正大雅，洞達明白，讀之者如曾經覽過一般，無一字駭目，無一字礙口，行乎其所當行，止乎其所當止，真如江海之流，不作淙淙細響，居然大觀矣。至觀魁作，則名言錯出，古句層發，錦爛處如朝霞映彩，跌宕處如崗巒偃挺，急健處如蒼鶻摩空，舞蕩處如雲龍戲海，觀之者但覺可驚可愕，可珍可喜，而莫知其所從來，然亦決無險怪誕縱之詞也。至于落選之卷，非庸陋鄙俚，則狠僻不馴，其見惡于人，無足怪者。然人知文中實字之當鍊，而不知文中虛字之尤當工；人知文中實句之有力，而不知文中虛句之尤有力。如馮開之《子貢問士》提云：「夫士貴有守也，亦貴有用也」，着一「亦」字，便有輕才重節之意。又如《我亦欲正人心》「今之天下，惟無三聖人者也，故楊墨從而亂之也」，着一「者」字，便見要責望于承三聖之人，若只説「無三聖人也」，但像死殺要三聖人出來了。又如《先進于禮樂》程文，講首節，既要渾融，又要微露傷今之意，故其下字眼最爲斟酌。如曰「世之論者乃曰」，下一「乃」字，便□不足之意；又云：「見其簡而遂以爲陋也，見其直而遂以爲俚也」，曰「見」、曰「遂」、曰「以爲」，皆寓不深加察之意。對云：「蓋習其繁而以爲有度也，習其縟而以爲有章也」，曰「習」、曰「而以爲」，皆寓靡于習染之意，其抑揚褒貶處，全在虛字上斡旋。又如蕭會元《如有王者》入題云：「吾試度之，如有王者作也，意者其必世而後仁乎？」夫子當時原是尚論古道，非身親見之，故云「吾試度之」，曰「意者」，皆極力模寫「如」字意。又如《中庸義》云：「道無過也，世得無有爲道而過焉者乎？隱則索之，怪則行之，而徒以譽後世之術，何爲者也？吾以爲」云云，夫子當時言天下或有此等人品，不曾實指世人，故曰「得無有」、曰「者乎」，皆是格詞最得口氣，下「何爲者也」四字，多少蘊藉！若説出他以過求病道意，便爲俗品。又如《誰毁誰譽》程文，後云：「當其時，曾有以善阿一人而作好者乎？ 至于今，所以公其是而不可私以好者，即此民也，雖欲枉而譽之，謂吾民何？」下「謂吾民何」四字，亦多少含蓄！ 若墨卷中有云：「乃欲以不直之毁，行之公恶之民，則見積毁而勿真，必不信矣。」詞雖擬古，然失聖人渾然語意，且意露盡無餘，便令觀者不耐咀嚼。 此所謂以虚詞含實意，言有盡而意無窮，修詞之上乘也。又對比之中，若不立柱子，須要字中有眼，詞中有筋，使其先後次序，不相混淆，乃爲老手。 如袁了凡于馮開之《子貢問士》文，上節二比，先曰「任」，後曰「惜」，「惜」生于「任」也；先曰「行」，後曰「名」，「名」生于「行」也；先曰「合」，後曰「成」，始「合」而終「成」也；先曰「防」，後曰「持」，「防」暫而「持」久也；先曰「用于國家」，後曰「使于他邦」，由本國而出使也；先曰「可以爲使」，後曰「可以專對」，爲使而後有言也；先曰「國體重」，後曰「君命伸」，國重則命自伸也。 又如蕭良有《論語義》中二比亦然。 先曰「德教」，後曰「風聲」，先曰「偏天下」，後曰「感人心」，先偏而後可感也；先曰「蕩平」，後曰「熙皞」，由治而後可忘也；雖不立柱，而步驟截然。 不爲合掌，方爲有紀律之文。又文章過文，乃喚醒題目處，爲文中之眼，所不可少，然不必用而用之，又爲腰間生眼，反傷渾成之體，不若不用之爲愈。 你看鄧定宇《生財有大道》文，篇中凡□頭四腹四脚，曾有一過文否？然題意亦何嘗不明？ 始知諸卷之作，多重過文者，皆畫蛇添足者也。 又如壬子科應天《奮乎百世之上》五句題，孫溥在「非聖人而能若是乎」句下作一過文，極精鍊膾炙，及杜静臺于此處無過文，反覺天然，學者于此可悟機局矣。大凡鍊字鍊句之法，與其麗而繁，無寧樸而簡，一字而可以顯意，不必以二字足之；一句而可以顯意，不必以兩句足之。如丙戌黃汝良《執其兩端》中二比云：「理介于可從可違之路，姑兩存而互參之。惟剖悉之後，得其粹然中者，乃始以藪納爲注厝。蓋采之輿論，其該豈曰議論多而成功少乎？」既曰「兩存互參」，便是「剖悉」，何必又着「惟剖悉之後」出來？既曰「以藪納爲注厝」，則講用中意已顯，又何必復反言以顯言之？況「乃始以藪納爲注厝」截住了，便覺硬塞，故程文于此處皆删削之，頓覺精潔透徹，始知詞能達意，亦能晦意。故予嘗誦唐詩至「虢國夫人承主恩，平明上馬入宮門。却嫌脂粉汙顏色，淡掃娥眉朝至尊」，因爲翻然有感云。

破題

有正破，如沈一中《如有王者》破：「聖人化成天下，以久道得之也」，以「久道」破「必世」，是正。有反破，如蕭會元「聖人尚論夫王道，無近功者也」，不說他久，只說他「無近功」，是反破。有倒破，如曹會元「大哉堯之爲君，聖人贊帝德配天而難名，而其大至矣」，把「大」字倒放在下句，是倒破。有破意，如《文莫吾猶人》程文云：「聖人以文勝爲己媿，勉人之尚行也」，題若「以文自任」，而實意「以文自媿」，不破詞而破意，此破中之絶佳者。有晐破，如《民可使由之》程文：「論君子之教，有不能盡行于民焉」，題原重下句，故只説「不盡行」，便自該盡了題，若説「有能有不能」，便落下乘矣。有清空破，如馮會元《子貢問士》：「聖人與賢者論士，而其所重可知矣」，連重節字也不説出，而旨自躍如。又如《我亦欲正人心》：「大賢自發其衛道之心，其所任者重矣」，不染一着相字，何等高妙。他如「大賢欲明道以繼往聖，而其言不容己矣」，便下李多矣。又如《學如不及》，孫曠破：「敏于求而猶自歉」，沈大冲破：「惟其心之無窮而已」，「無窮」二字，何等清空，勝孫多矣。作破者須當刻意效之，乃能動人。凡作長題，須要上下二句相呼應。如司馬晰《大哉孔子》：「時人以無名議聖，而聖人欲以藝之卑者自名也」，「無名」與「自名」相呼應，便自醒目。又如黄葵陽《先進》破：「聖人志先代之禮樂，雖違時而必從也」，「志」字與「必從」字相呼應，絶妙之作；程破云：「聖人述時人之所尚，表在己之所從」，便判兩截了，此破之下也。

承　題

有倒承，如《吾十有五》程文云：「夫所欲即矩，則化矣，而必由志學以進焉，學之不可已也如是夫」，把末節倒在先，然後説到學上，是倒。又如《予懷明德》程文云：「夫無聲無臭，天之所以爲不顯也，知天則知德矣。《皇矣》、《蒸民》之詩，何以語此？」亦是倒承。有反承，《如有王者》程文云：「夫德深入于人則仁矣，非聖人久于其道，而何以致此！」後二句是反言以明之。有先反後正承，如翁仲益《用下敬上》云：「蓋尊賢而果異于貴貴，則但知有貴可矣。惟其義之一，而可輕重于其間哉？」又如《敬大臣則不眩》程文云：「蓋事每眩于任之不專也。敬大臣以定國是，而奚眩之有？」此皆起句反説以振題者。有斷制承，如《大哉孔子》程文：「蓋惟無所執，斯無所名，此聖人所以爲大也，彼常人何以知之？」此全以己意發揮，不沾沾粘題而作，最爲高手。有議論承，如陸可教《子貢問士》云：「夫士貴于才德之至，而苟能不失其身焉，皆聖人所不棄也，故觀聖人之論士，而士當務于守矣。」又如唐荆川《太師摯》文云：「蓋樂官之賤，宜不可責以去就之義也，况侑食尤樂官之賤者，而皆避亂之去焉，可以識聖人正樂之功矣。」發波瀾于數語之内，可謂寸山吐霧，尺水興波者矣。凡承題起句，非反則正，反者如前先反之法是也。若正起，必須緊根破題字面來，如《由誨汝》程文云：「聖人教賢者以真知，在不昧其心而已」，承云：「夫知原于心也」，就根着「心」字。沈一貫破云：「聖人于賢者，而教以不欺爲知也」，承即云「夫心之神明，不可欺也」，緊着「欺」字。陳與郊《用下敬上》破云：「論上下之敬，而要其義之同焉」，承云「夫能行吾敬之爲義也」，緊根着「義」字。凡承題中句，要脩鍊工緻，如陳文選《素以爲絢兮》云：「夫禮無質不立也，賢者以詩悟焉，聖人以言詩與焉，而重質之心可想矣」，中二句何等和雅。又如顧涇陽《舉舜敷治》文云：「夫天下非人不治也，得舜以總治，得禹臯陶以分治，而後民可安焉。固知聖人之憂不同于農夫之憂也。」中二句何等飭鍊。

起講

有反振起，如王圖《君子不以言舉人》起云：「世之需才也甚重，而每以言取之；其求言也甚切，而每以人棄之：斯二者之所爲皆過也，其惟君子乎？」是反起。有影題起，如顧涇陽《舉舜而敷治》起云：「且天下之未治也，聖人能以心憂之，而不能以身殉之也。爲君者舉治民之責，付之于一相，爲相者舉治民之責，付之于羣有司，天下可坐而理矣。」又如馮嘉《遇年饑》起云：「人君之爲國也，不能必歲之無歉，而能必歲歉之不爲患，以其固結于上下之間者有足恃也。」此皆不明説題目，而暗暗影題意來講。有議論起，如馮開之《子貢問士》起云：「古之爲士者，才節出于一；今之爲士者，才節出于二。自才節分，而士始以才顯矣；自士以才顯，而論士者益輕節矣。夫子蓋欲維之也。」又如陸可教《我亦欲正人心》起云：「治亂之機，乘乎世道，而起乎人心，幸而有聖人焉，時出而維之，而不使至于大亂。然而非聖人之得已也，若禹、周公、孔子是也。」此皆于題外自起議論。有案斷起，如《大哉孔子》程文起云：「大德不官，大道難名。聖如孔子，不可以名求矣。常人智不及此，乃言曰」云云。又如黄葵陽《先進于禮樂》起云：「禮樂之用，萬世無弊，而習俗之異，則人心爲之也。」此皆先立公案在此，下面只消順題做去。有直接起，如孫會元《用下敬上》云：「有名分則有君臣，有道德則有友誼，友之不可無也尚矣。吾謂不可挾者何哉？」又如《告公從》程文起云：「甚矣！君臣相遇之難也，臣能進之，而不能使其言之必用，固往往有之，今六四而曰告公從」云云，此皆直入題目，比于反振者又是一格。又如文恪公《周有八士》起云：「想周盛時，有文武啓之，丕顯丕承于前，有成康繼之，重熙累洽于後，道化洋溢而人文宣朗，光岳氣完而貞元會合，于是」云云，亦是直起。

提頭

有案斷提，如蔡貴《十室之邑》提云：「質以忠信爲美，而學以聞道爲先，是質固學之所基，而學尤質之所擴者。」立此案斷，落去方明。有反提，如田會元《由誨汝知之》提云：「是非以理之在物者，盡知于心，而後謂之知也，亦非以知之在心者，必徧乎物，而後謂之知也。」又如陳禹郊《學如不及》云：「道本吾人之所可及，而怠心勝者，視之爲易焉，道之所以不及也；亦本吾人之所可得，而忽心勝者，恃之爲不失焉，道之所以終失也。」皆反振題目。有正提，如沈璟《學如不及》提云：「學以致道也，而其所未及者尚多，非可以今之所及者，而自謂其無不及也。學以求得也，而其所未得者尚多，非可以今所得者，而自謂無所失也。」又蕭會元《如有王者》提云：「治之極于仁尚矣，顧天下無一日不以仁望于王者，乃王者則未嘗以日夕求仁于天下。吾試度之」云云，此皆正提。有總挈提，如顧解元《道千乘之國》提云：「千乘之國，大國也，上有不易理之萬幾，而下有不易結之民心；上有不容濫之財用，而下有不容竭之民力；甚矣其道之難也。」此皆暗總提法。有推原提，如王圖《君子不以言舉人》提云：「君子之心公，公則爲國家求實用；君子之心恕，恕則爲國家集衆思」，是推進一步提。

虚股

有排對，如魏解元《如有王者》云：「蓋必久于其道，涵濡之者素矣，然後王猷丕而太平之業成；恒于其德，膏澤之者深矣，然後王道純而從欲之治洽。」有排對而兩意者，如顧解元《舉舜而敷治》文云：「舜也仰承一人付托之重，而殫心以釋其望；俯念四海屬望之深，而務擇賢以分其職。」有客主走對者，如蕭會元《如有王者》：「蓋道至于王，則轉移之下有圓機；而治至于仁，則大化之成非速效。」又如黄葵陽《先進于禮樂》：「聲名文物之盛，雖目擊夫近世之風，而淳龐敦厚之遺，不敢失乎作者之意。」皆是請客伴主作對。有分題走對，如《敬大臣則不眩》：「崇禮優貌，羣臣無敢望焉，而下有具瞻；圖事揆策，羣臣無敢參焉，而上有成算。」是把題目截開相對。有交互走對者，如《遵先王之法》程文：「心不可見，緣可見之法以繼其心；法不可窮，濟有窮之心以神其用。」又如高解元《去讒遠色》程文：「以至貴者視德，而遏吾間發之放心；以至虚者養心，而堅吾貴德之實念。」皆交互走對，意同而詞不同。有連珠走對者，如沈瓚《去讒遠色》：「如是以屏吾之欲，則吾之心無敢二于士，而貴德之念以純；如是以貴士之德，則士之心無敢二于君，而勸賢之道攸寓。」又如王解元《賢賢易色》：「隨四者之倫，無一不盡，而理常切于躬行；隨盡倫之念，無一不誠，而功不虧于實踐。」以意相連而詞相對者。有推原排對者，如《造端乎夫婦》：「太極之本體，分之爲兩儀，散之爲事物，本無有而無不有；真機之顯設，夫婦洧其端，天地會其全，亦無在而無不在。」

中股

有明柱，如陳與郊《學如不及》：「以擇天下之道，而勿明勿措焉，如有所不及知矣，心猶悚然曰道不易明，能保其擇之無遺矣乎？早夜以思，惟恐失其所爲知也，而何敢以自逸也？以守天下之道，而勿篤勿措焉，如有所不及行矣，心猶惕然曰道不易體，能保其守之勿背乎？早夜以思，惟恐失其所爲行也，而何敢以自諉也？」此明以知行作柱。有暗柱，如馮會元《子貢問士》：「所任者綱常，而行不爲苟合，蓋凜乎以耻自防矣。而用于國家，則可以爲使，一出而國體以重焉，此其蘊藉何偉也。所惜者名義，而名不爲苟成，蓋卓乎以耻自持矣。而至于他邦，則可以專對，一言而君命以伸焉，此其抱負何宏也。」先曰「任」，後曰「惜」，先曰「行」，後曰「名」，先曰「合」，後曰「成」，先曰「用于國家」，後曰「使于他邦」，先曰「可以爲使」，後曰「可以專對」，俱有次第，移易不動，是爲暗柱。有衍題講法，如蕭會元《如有王者》，只把「仁」字衍開，而以一句歸到「世」上，不曾發出「必世所以能仁」意，其「所以能仁」意，留在後二比發之，是爲衍題之法。且先曰「德教」，後曰「風聲」，先曰「徧天下」，後曰「感人心」，詞中有筋，句中有骨，絶妙之文。有發題之法，如閻士選《如有王者》：「禮樂文章，其仁天下之具，至一世而始備，而天地氣運，亦若待聖人返樸而漸歸之淳者。然後治還沕穆，而風以移焉，俗以易焉，雍熙悠久之化臻矣。紀綱法度，其仁天下之術，至一世而始精，而天地氣化，亦若待聖人挽灕而漸歸之厚者。然後人還固有，而民志格焉，民行興焉，時雍風動之治成矣。」自「禮樂文章」至「歸之淳者」，俱是發出「必世所以能仁」之意，是爲發題講法。有順題講，如陳與郊《學如不及》是也，已見在前。有倒題法，如蕭會元《如有王者》文是也。他人皆説「必世後仁」，渠却説「仁必本于世」，便自超然邁俗。又如《學如不及》，他人皆先講了「學如不及」，然後講到「猶恐失之」，俱成格眼套子，孫會元「非必研窮無術，然後恐其知之失也；非必克治無地，然後恐其行之失也」，把「如」字「猶」字兩意一齊都吊醒，便爲國手冠場，此等處，學文者不可不知。

末二股

有倒題之法，《如有王者》文云：「仁漸義摩，熙熙然並育，仁也，而不知王者必悠遠以積之，蓋湛恩濊澤，不可以歲月計效也。禮陶樂淑，皞皞乎時雍，仁也，而不知王者必從容以和之，雖過化存神，不能以俄頃奏功也。」倒把「仁」字提在先，轉到「必世」上，是爲倒題之法。有偏下發題之法，如《敬大臣則不眩》程文：「事未集也，資其謀以爲謀」二比是也。有推原之法，如蕭會元《如有王者》云：「王者日以精神心術，與天下相流通，而至于一世，則所隆施久矣，天下所以咸若其化也。不然，非悠遠而求博厚能乎哉？」二比是推原「必世所以能仁」之意，因中二比用衍題之法，不曾發此意，故後比便發之。又如《民可使由之》程文，後二比亦是此法。有喝題推原之意，如陳與郊《學如不及》云：「其功愈積而其神愈不寧，非過也，以無窮視吾道，而以無止法者視吾學，自不覺憂勤之若是耳，豈以須臾爲得懈者耶？其氣愈鋭而其心愈不足，非矯也，以惟微者視道心，而以惟危者視人心，自不覺其競業之若是耳，豈以泮奂爲無虞者耶？」「其功愈（盡）〔積〕」兩句，已喝盡題目了，「非過也」以下，俱是推原他所以勤學之心。有喝題涵咏法，如孫會元《學如不及》云：「時習弗懈，何其心之專也，而作輟是防，則猶若有不專者在也。此心之兢業，惟慮道之終非己有，而不敢以一息懈矣。」對云云，「時習勿懈」四句，已喝盡題目了，「此心」三句，只渾融把勤學之心，涵咏幾句收煞，亦是一法。有反振起法，如魏解元《如有王者》文云：「本其神明之德，非不能爲斯世求速化，而機不容强，惟舒徐以俟之。自昔聖人在上，而仁覆天下，其不可以歲月計功，類如此矣。」「本其」二句是反振法，「自昔」二句是涵咏法，因中間已點出「必世」字面，故只説從容舒徐便了題意。有另立柱法，如王荆石《事君能致其身》約有十二股，然每各另起柱，不用倒换正變之法，如黄葵陽《忠焉能勿誨乎》文亦然。但在今時嫌于太實，故時文多不用之。有賓主交互對法，如《人有不爲》程文云：「其在君子，以其素所不爲者信天下，雖爲古今所不韙之事，而無愧無怍，直負荷而有餘；其在天下，以素所不爲者信君子，雖爲宇宙所未有之功，而不沮不撓，可對揚而無歉」，以「君子」「天下」，互爲賓主作對。如蕭會元《如有王者》文亦然。有反正對法，如「無一念不運于道之中」，對「無一念敢踰于道之外」之類是也。又如高解元《孟義》後二比云：「聖人之精神心術，一息不運，則化機不流」，對云「天下之萬幾庶政，一念及之，則業挫可勉」是也。凡中比末比，各有變對法，則無合掌之病。如《民可使由之》程文中比云：「天下之正路，而使天下均蹈之迹耳。非所以迹也，究而極焉，則理之無方無體者，雖中人且弗悟也，將責之顓蒙之俗，而勢愈難矣。天下之周行，而使天下共履之，道耳。非所以道也，進而求焉，則民之不著不察者，雖日用且莫覺也，槩諭以精微之論，而惑滋甚矣。」因此二比不立柱頭，故用變對法，就不合掌。如《天下有道則庶人不議》末比云：「天子方采之里巷之傳，詢之商旅之論，豈禁而不議哉？君之建立，惟道則公，亡可議耳。庶人則進無逢迎之意，退無忌諱之思，豈畏而不議哉？民之心思，惟道則服，無容議耳。」巧搆天然，絶醒人目。又《如有王者》程文云：「蓋湛恩濊澤，不可以歲月計效」，對云「雖過化存神，不能以俄頃奏功」，何等變化，極堪爲法。

上下四股格

凡上下四股各半篇，俱要虛實相生。上半當由虛而實，四比如同一比。下當由實而虛，亦四比如同一比。如《子貢問士》程文上半篇云：「士以守身爲本，學不爲己，非士也，必也行己有耻乎；士以適用爲先，才不通方，非士也，必也使于四方不辱君命乎。」此二比只反起得二句，直指題目，尚未實講。次接二比云：「非仁非義之事，雖小不爲，而裕内者有實體；講信脩睦之猷，無往不效，而善外者有實用。」此比方實講有耻不辱，是四比合成一比，由虛而實者也。又如《先進于禮樂》程文，後半篇云：「禮樂所以養德也，而養德者宜處其實，不宜處其華；教化所以維風也，而維風者宜居其厚，不宜居其薄。」此二比是發出「先進」所以當從之意在此，即承云：「以求諸實，先進有焉，有其實，則用以治心而心平，用以治身而身正，周公之懿範猶存，固吾之所夢想者也，雖戾于俗而奚恤乎？以求諸厚，先進有焉，有其厚，則用之朝廷而化行，用之邦國而俗美，文武之遺風未泯，固吾之所憲章者也，雖以爲野何傷乎？」此二比根前二比來，前是原，後是委，前是案，後是斷，如蛛絲馬跡，牽連不斷，亦合四比如一比，所謂由實而虛者也。至于過文處不可直致，須當總結幾句，如魏解元《操則存》文，畢了上四句，却總一總云：「無定時而以一念之操舍爲其時，無定向而以一念之存亡爲其向」，就把上意收一收，自覺有關鍵，有吞吐。又如陸見石

《凡事豫則立》，上節已講盡了，又總云：「蓋當幾而措者，其功常勞，而處之常若不給；先事而豫者，其心常逸，而應之常若有餘。」有此數句，何等可人！

長題

凡長題，依文講則題役我，凌文講則我御題，故有先述後講之法，又有抑揚伸縮之法。如《錢櫝質諸鬼神》二節文講到下半篇云：「是故時出而爲動，則世世道之；時出而爲行，則世世法之；時出而爲言，則世世則之。以言乎遠，遠者有望矣；以言乎近，近者不厭矣。豈吾一人之力，能要天下後世哉？蓋民物之易理，非若幽明之難格也，未有知足以窮天地鬼神之奥，而不能得匹夫匹婦之心；生民之易周，非若古今之難究也，未有知足以察三王百世之幾，而不能通斯世斯民之志。」總述在前，總發在後，便好馳騁筆意。有先講後述之法，如顧解元《舉舜而敷治》，講到末節云：「由此觀之，堯一日而無舜，則孰與命禹益，舜一日無禹益，則孰與拯昏墊之患，而登天下于平成；堯一日無舜，則孰與命稷契，舜一日無稷契，則孰與粒阻饑之民，而躋天下于揖遜。然則憂舜之不得者堯也，君道也；憂禹皐陶之不得者舜也，相道也。彼以百畝之不易爲憂者，蓋忘情于天下者之所爲耳。即禹益稷契之徒，猶有不屑，况君如堯，相如舜，獨奈何而躬匹夫之事哉？」此是先發所以當憂意，後只消述過，不必再講，最得凌駕之法，長題之妙訣也。又有暗拖暗接之法，如《我亦欲正人心》程文云：「揭仁義之本原，而于無父無君之教則遏之，期于經正民興，以纘平寧之績，蓋嘗深切著明其説矣，而非好也。究離遁之末流，而于害政害事之弊則防之，期于撥亂反正，以繼春秋之志，蓋嘗叮嚀反覆其言矣，而非好也。」兩句「而非好也」，是暗拖法，後即承云：「人心之蔽錮已深，則提撕之不容于不力，雖盡吾詞，猶懼道之不白，無以臻廓如之效也，欲相忘于無言得乎？邪説之横流方熾，則詆斥之不容于不嚴，雖竭吾辨，猶懼勢之莫返，無能破執一之非也，欲置之于不論得乎？」二比無過文而自接，是暗接法，所謂「黑夜徹過關」是也。至于題之數句一樣者，則不可不知遞法。有雙頭遞者，如陸解元《凡事豫則立》下半篇文云：「夫人而在下位，民所蒞也，君所尊也。而苟無道以得君，民誰與我？無道以信友，君誰與我？蓋合君事而其事一于豫也。親所事也，友所與也。而苟無道以事親，友者推矣，無道以誠身，親者離矣。蓋合親友而其事一于豫也。」此是雙頭遞法。有連珠遞法，如陸解元《惻隱之心》文云：「以惻隱觀仁，仁心發而愛也，是仁之端也，而羞惡之心，以知耻者激之，亦義之所以呈其緒而已矣；以辭讓觀禮，禮心發而爲敬也，是禮之端也，而是非之心，以有知者鑒之，亦智之所以示其徼而已矣。」此是連珠遞法。有錯文遞法，孫會元《夫易彰往而察來》，講第二節云：「是以將意其涉于玄妙歟，則名之小也，旨之遠也，言之曲也，事之肆也，其稱名之雜者固如此也；將意其囿于卑近歟，則類之大也，詞之文也，言之中也，事之隱也，其理之不越者又如此也。」此是錯文遞法。又如葉向高《何謂知言》云：「言有詖者矣，漸而邪，漸而淫，又漸而遁。病在言也，而吾知其根于心。心有蔽者矣，蔽生陷，陷生離，離生窮。病在心也，而吾知其發于言。」又如《人不足與適》文云：「端紳笏于朝廊，而君仁也，君義也，君正也，若牖其衷矣。語化原于穆清，而莫不仁也，莫不義也，莫不正也，若翼其行矣。」皆是此法。

收

有總括收，如顧解元《敬事而信》文是也。有咏嘆收，如魏解元《夫子循循然善誘》文云：「吁！誘之未承也，而于道無所得，以無所得而見其道之難也。誘之既承也，而于道僅有所得，以僅有所得而益見其道之難也。」只把作文意咏嘆一番，即《詩》所謂「撮其大要以爲卒章」者是也。有請客伴主法，如蕭會元《如有王者》收云：「信乎未至于世，雖欲觀赫赫之迹而不可得也，功深則弗可驟也；既至于世，雖欲無熙熙之績而不可得也，化積則弗可掩也。」有交互收，如劉庭蘭《君子易事》文云：「要之易事而悦之難，則雖不苟徇一人，而不足以隘其天地之量。悦難而事之易，則雖不輕棄一人，而不足以病其正大之情。」有推原收，如龍文明《是故動而世爲天下道》云：「是何也，學必從天命而後可以言經綸，未有外知天而可以通民心之天者；學必立人極而後可以稱制作，未有外知人而可以鼓斯人之心者。」是推原所以不如此則不終譽之故。有究竟收，如褚棟《學如不及》云：「夫惟學如不及也，則功有以副乎其心矣，此其所以終無不及也。夫惟猶恐失之也，則志有以帥乎其氣矣，此其所以終無失也。」是落一步收法。有反收，如劉應秋《動而世爲》文云：「借曰不如是而永終譽也，是不必達天地鬼神之奥，而可以垂世法世則之化；不必通三王百聖之撰，而可以洽有望不厭之心；必不然矣。」是反收之法，最有力。有繳足收，如吴解元《君子謀道》云：「夫惟心乎憂道，此謀道之功，所以先也。夫惟心不憂貧，此謀食之計，所以後也。」是繳轉上文。有斷制收，如《大哉孔子》程文云：「要之意必固我之盡忘，夫子無成心也，何所執也。仕止久速之惟時，夫子無應迹也，何所執也。無所執，故無成名。無成名，故成其爲大。吾不迹識黨人者果能知夫子之意否也。」此以己見斷制。又如陳所藴《棘子成》文云：「如子成之論，將文以掩質，而無復上下之防，如子貢之論，將文與質並，而無復本末之辨，得二説以折衷之，惟夫子所謂文質彬彬而已。」亦是斷制法。有拓開收，如文莫《吾猶人》程文云：「甚矣行之難也，文之不足尚也。夫人情豈相遠，吾之所難，恐世未必獨易，而有志于君子者，夫亦知所緩急焉可也。」又如楊逢《我非生而知之者》文云：「要之美質不容以易得，則生知者，豈惟吾之所未及哉？固天下之所不多見也。因文亦可以見道，則學知者，豈惟吾之所有事哉？固天下之所不可廢也。」皆是拓開一步，以足本文未盡之意。

要之，元魁之文或有俗詞，決無俗意俗格。看歷科會元之文，其家數各異，然總之造意皆正大冠冕，論事處皆廟廊老成之議，論理處皆宋儒根據之言，不規規繪事琢句以爲奇者。其造格皆詳贍坦夷，新而不詭，正而不庸，組織中有踈淡，縝密中有曠蕩，令讀者視之有餘光，咀之有餘味。故會元之文，有逐篇看之，不覺其佳，合七篇看之，而始見其妙者。有逐比看之，不見其佳，合八股看之，而始見其妙者。蓋爲彼不矜細節，而致意大體故也。

古人云：「文隨識長」，作文之士，全要擴充識見。識見既擴，落筆自迥出塵凡。你看三家村裡人，出言皆齷齪，可厭人聽。至若通都大市中人，議論便稍稍闊綽，即無超越之談，自有一種豐趣，爽人耳根。及觀豪俠之士，名山大川，皇都勝邑，無所不遊；百家子史，古繪法物，無所不覽；名卿巨公，高賢達士，無所不交；則其出言吐氣，百種奇特，可驚可愕，雖戲談恢諧，片字隻語，皆能聳豁聽聞。凡夫聞之，笑而却走；中人聞之，疑信交集；上士聞之，莫逆于心，握手促膝，依依不忍別，遂成石交。故唐人有《俠士詩》曰：「燕趙悲歌士，相逢劇孟家。寸心言不盡，前路日將斜。」深得俠骨之髓。故知識有廣狹，則言有大小，此事理之信然，無足怪者。夫言既然，何獨至于文而疑之？余觀歷元魁之作，其起講提頭處，皆有一生英特卓犖之議論，落落成宇宙名言。如許石城「君子之志于道也」二句文，他講「志道」處二比，真有氣凌百家，吞壺倒瀛之景象。王守溪《周公兼夷狄》一句提云：「武王既作之于上，周公則佐之于下」，補出武王，何等識見。王荆石《事君能致其身》起講云：「人之一身，君臣父子之倫屬焉」，以後承説：「未仕則爲父來，父母說來，他偏繫父母說來，何等膽氣，何等識見。尤瑛《使禹治之》起講云：「天人之相爲勝也久矣，使君子惟聽天所命，而不爲之所焉，則世道將何賴哉！」此豈是三家村裡說話？袁洪愈《周監于二代》起講云：「王者之制禮以御天下也，所以須風氣之宜，而立治民之極者也。」只此二句，便知爲臺閣之士矣。又如鄧定宇《生財有大道》起講、孫會元《學如不及》起講、馮開之《子貢問士》與《我亦欲正人心》起講、李九吾《吾之于人也》起講，皆是駕虛鑿空，劈起議論，真足驚世駭俗，如何不是會元？此由平日心胸闊大，識見高朗，有海闊天高，鳶飛魚躍的氣宇，纔能吐出這般話頭，所謂洪鐘無細響，海水無流萍。頻迦在㲉，聲逾衆鳥，種骨既異，開口便別耳。雖然，如此有識須有養，養得和平，則有奇特之見，而又能發之以大雅，無怒號蹶張之態。不然，如灌夫罵坐，與王衍揮白玉麈談玄理氣象何如！

文章有神解，有妙解，有理解。神解者，于段落處，不用一字過接，而筋脉緊緊相連，如出一塊生成，令人讀之順眼，尋之無端，真如人身元氣，周流于榮衛百骸，人但覺肢體和調，舉動適意，而其妙有莫可尋覓者。如馮開之「執予之迹」四句，真是神解也。凡好文中多有之，不知文者不識耳。妙解者，題中叢雜難處分處，却有妙訣，處之帖然，不露唇齒，不動斧鑿，自臻妙境，所謂匠心處是也。如《誰毁誰譽》程文云：「無論毁非君子之道，在所不爲，即使譽以成人之美，亦必有試。」先把無毀意放在前，似乎振無譽意不醒矣，乃其妙處，全在「無論」、「即使」四字上。得此四字，便倒「無毀」意，愈覺醒眼，通場無人及此。又如《孔子嘗爲委吏》二節程文，他主意原重在「立朝行道」上，便把「位卑」句串講，而抑揚其詞以輕重之，則不失題目，又不礙主意，此皆苦心獨得處，所謂妙解者也。理解者，把道理發入骨髓，毫無剩意，如唐荆川《克伐》、《怨欲》等文是也。理解、妙解，人所易知，惟神解則非深造之士不能作，亦非巨眼之士不能識。嗚呼！文何容易哉！凡用詞有以疏勝密，以雜勝清者，此又文人顯意于言表，妙之妙者也。如王任《固天縱之將聖》提云：「今夫生人之類，若是其不齊，而智愚賢否之各異者，亦天有以限之也。」論人之常調，則欲發限字意，只當説愚不肖，不應併智賢溷説，今溷説而意愈了，只説一邊，索然無味矣。是以疏勝密，雜勝清也。唐詩中嘗有此法，此可與智者道耳，若與俗人言，是痴人前説夢矣。

論股法圓融

大凡布置股法，最要圓融變化，不要蹈襲尋常格眼。一蹈襲尋常格眼，便落陳腐窠穴，一時擺脱俗套不開，便做時樣新詞，早則和泥拖水，終是凡胎，不是仙骨，學者最須識此機關。另立法以避之，一得離了舊路，便任遊戲縱横，縱無驚人之意，駭人之詞，自然與俗套不同，如鶴立鷄羣，望而知非籬壁間物也。然欲另立法，大非易事，必須精熟發意之法，乃可庶幾。大抵其法有什一。人順講者，吾倒題以足之，如蕭會元《如有王者》中比是也；人正講者，吾反借以形之，如諸理齋《賢哉回也》後半篇是也；人實講者，吾抑揚以鬆之，如王命爵《惟天下至誠爲能化》中二比是也；有前呼後應之法，如孫會元《學如不及》中二比是也；有迴光返照之法，如《待文王而後興》程文：「其興也既必待文王而後興，則其止也亦必以無文王而自止」是也，又如劉廷蘭《易事難悦》文云：「是故世有善悦君子者必以其道而後可也，其悦之也不亦難乎？」亦是此法；有相生以透意者，如孟子因爲我「兼愛」生出「無父無君」，因「無父無君」，生出「禽獸」，因「禽獸」生出「相食」，節節生發，以究竟到極處，然後意方痛快也。有收上以接下者，即頂針句法，如顧解元《論語》文云：「君子懼夫事之由我而隳也，勿之敢慢焉爾已。」此是反形法，亦是頂針法。又有雙呼而雙應者，即雙關法是也。又有一股之中先演而後發者，又有先講而後述者，又有先反而後正者。凡此數法，皆須精通熟用，然後斟酌擇取，要之期避尋常軌轍乃止，斯爲文之上乘。嗚呼！此法未易知也。你看會場中所紀集天下豪傑，各鬭神通，生平長技，無有不展，然出八股題目，而能改絃易轍，獨孫、蕭二會元而已，其餘魁卷，雖新詞奇意，人人不同，然中二股法，千篇一律矣。

後二比股法　裁剪寫意

後二比，前之所論，略已備矣，尚有寫意裁剪之法，未及細悉，故復識之于此。寫意者，題中字句不必一一體貼切發，只渾渾融融，寫個意象，如鏡中花，水中月，不落色相，而光景宛然在目，乃爲上品。所以然者，蓋題中字眼，中二比已發盡了，至此復爲陳述，不饒舌可厭乎？故須輕輕淡淡，描寫個意思，而人已豁然矣。如魏解元《如有王者》中二比，將「必世」字、「仁」字，與所以然意，通發盡點盡了，到末比只云：「本其神明之懿，非不能爲斯世求速化，而機不能强，惟舒徐以俟之。自昔聖人在位，而仁覆天下，其不以歲月計功，類如此矣。」看此比，何嘗説出題中骨董來？只寫個「王道不求近功」的大意而已。然觀者何嘗嫌他踈畧模糊，但覺耳目清爽，與俗子堆積重複者，天壤逕庭矣。裁剪者，度其題意只如此，已覺明了，雖有新詞佳意，却用擯撇，不然便爲漫長無節，方家所厭。即如蕭會元《如有王者》後二比云：「至于一世，則所隆施久矣」，此下若欲演出「仁」字，尚有許多華采詞藻可湜，渠却不用，只將「天下所以咸若其化」一句收住，便是劊子殺人，一刀兩段手訣，若再下兩三句，就不直錢矣。又看王文恪公《周公兼夷狄》末二比「天冠地履，華夷之分截然，人皆曰百姓寧也」，此下若在他人，必要演出兼驅等功業，以歸美周公，渠却只云「不知誰之功」，詞簡而意多，詞含而意顯，詞空而意實，真是方家手筆，誇多鬭靡，何敢望其萬一也。所以然者，彼之識見，能于文外作主張，而人之識見，反爲文字所眩蔽，故彼能審勢，而此不能審勢，彼能裁剪，而此不能裁剪也。陳止齋所謂「抱甕而知輕重者，必在甕外；望室而知高下者，必在室外」，旨哉言乎！嗚呼微矣。

裁剪詩

自古人情憎贅瘤，形骸還我復何求。片言已了箇中意，鈍子叨叨説未休。

深文詩

楊墨如何便食人，齊園陷阱未全真。只緣老吏深文手，萬古含冤那得伸。

妙妙詩

月魄溶溶白如練，粉素□□汙霜絹。翻將墨汁灑周遭，一輪桂影當空見。

轉折發意凡四訣

抑揚轉折且況　相生轉折楊墨　總收轉折　又照轉折如以利

平淡精神圓融

方壺子既作《行文須知》，剖析關竅，若陰陽黑白，雖未知大方謂何，然用心亦勤拙矣。但奇正長短，濃淡莊冶之變，雜舉並言，體備衆妙，人罕兼長，觀者未睹指歸，不免有河伯望洋之嘆。蘇子稱「孫武之法，不難於用而難于擇」，正謂是歟？遂復集近科程墨，的然中制舉之式者三十篇，每篇皆具三妙。三妙者，平淡、精神、圓融而已。平淡非庸腐之謂也，詞不必動衆，要之明理，即恒人之所能道，賢智之所不屑，或亦弗棄也，斯吾所謂平淡者也。精神非詭怪之謂也，冥會題神，翕張自我，或振題以起仆，或收題以促節，或反題以出奇，能令識者爽心，而庸夫悦服，斯吾所謂精神者也。圓融非模糊之謂也，意到筆隨，神行官止，合縫則斷者可續，勢溜而過若不知，不屬沉思之功，非關鍛鍊之力，莊周所謂「動吾天機而不知所以然」，斯吾所謂圓融者也。三者合則成式，闕一則疵，闕二則病，一亡焉則不成文。今日都人士操觚翰而從事者，林林滿天下，其庸惡陋劣者，姑置弗論，論其最喜新奇者，字雕句琢，語語欲驚人，段段皆錦綺，此能爲精神矣，而或不足於平淡。守途轍者，順理敷詞，言不敢造殊異，意不欲立玄微，此能爲平淡矣，而或不足于精神。間有深淺入時，濃淡合色矣，而處處起波，未藏頭面，稜稜圭角，尚露斧痕，此能爲精神平淡矣，而不足于圓融。夫不足於平淡，則詞艷者必多浮，意高者必多僻。驟觀之則喜，諦觀之則厭。少年豪舉之人觀之則喜，老成崇雅之人觀之則厭。况刻鏤之思，創獲之句，多鋭于首行而衰于末篇。一卷之中，首尾互異，令人窺我短矣，故售者什三，失者什七。不足于精神，則有安瀾之度，無波濤之文，有平坡之形，無層巒之勢，固不忤覽者之心，亦不聳覽者之目。况平實雅淡，多與凡庸淺近相似，主者不察，往往同類而棄之，故售者什二，失者什八。不足於圓融，則運氣多滯而不流，措詞或澀而不溜，平淡處無滑膩之姿，精神處有肥胖之病，排擊剸割之力則有餘，批隙導窾之技則不足，能令覽者首肯，未能令覽者意消，故售者什五，失者亦什五。惟夫體備衆長，文兼三妙，方能允協規式，鼓舞人心。精神之極而忽入於平淡，則如飲醇飫鮮之後，而進以苦茗清泉，蔑不悦暢矣。平淡之極而忽入于精神，則如游衢路康途，而瞥見奇峰峭石，蔑不神驚矣。精神平淡之中，而和之以圓融，則如美人淡妝濃抹，妖媚已多，而加之以柔情之窈窕，姿態之蹁躚，使人心如其妙而口不能言，蔑不羡戀矣。此所謂輒試而輒售，百發而百不失者也。然要之，平淡宜施之於叙題，精神宜施之於起束，圓融宜施之於轉摺、過度，則又其用之截然而不可易者也。雖然，欲求平淡，則務淺顯其詞，欲求精神，則務精研其思，皆可以按迹而求，循法而獲也。至於圓融之妙，則機由天授，興自神來。方其未來也，則雖運思入微，嘔心枯鬚，而筆膠詞澀，意欲續而愈斷，情欲合而愈離，五内焦躁，莫可奈何。及其既來也，則冀乎如鴻毛遇順風，沛乎如巨魚縱大壑，前思未盡，後思踵至，意不刻而自高，詞不鍊而自卓，筆底雲生，心神欲狂，當此之時，不知何物足以喻其得意也。此非學力可幾，在勿助勿忘間得之耳。爲文者試參之《行文須知》，以窮其變態，約之三妙，以一其趣操，使其心與手應，筆與意隨，而猶有敝裘于秦關，泣足于楚闕者，天下無之也。愚雖不敏，請嘗試之。

文訣

〔明〕莊元臣　撰

《文訣》一卷

明 莊元臣 撰

此書亦爲《莊忠甫雜著》之一種，由論文章之隨筆五十六則所組成。莊氏信筆而書，并無一定體例，但多體悟有得之見。如論文章極詣應爲「無意立言之言」，尤在脱略「文章習氣」：「凡文字所以不能妙入古人地位者，正爲處身在文章習氣中」，主張純出自然，絶無「拘束括閡之病」。論爲文者之寫作準備在於「積」與「養」：「積其事與詞，更在積其識；養其精與神，更在養其氣。」論文之功能，貴在實用」，而非「掇拾華藻以爲觀美」。論文風之奇特與平易關係，主張「於易簡中求神奇，不當於艱險中求新特」，從奇、易統一中求奇。論向古賢學習，「無務初之早同，而務求終之不異，乃稱善學」。强調不求形似，反對亦步亦趨，刻板模擬。因而文亦以有識爲尚：「文而無識，謂之字林，不可謂之文。」嚴斥「勦人涕唾」而「貴發人之所不知」，均有針砭當時文弊之意。間亦論及時文，認爲「擬題選文，是今世士子一大弊」，提醒士子作時文，要「去得『時』字習氣，乃爲上乘」。對時文心懷保留。全書大抵名言雋語，絡繹不絶，識見不俗。但亦有强調過當之處。如莊氏於文章風格，推崇閒雅舒緩，貶斥縱横凌厲，以至指責《戰國策》雖非不佳，「終有干戈之氣，識者見之，當與妖孽并觀」，失之偏激。

僅有《莊忠甫雜著》本（清永言齋抄本，藏北京國家圖書館）。今即據以録入。

（王宜瑗）

文訣

計四十八則又拾遺八則

明　莊元臣　撰

蘇東坡《題西林壁》詩云：「横看成嶺側成峰，遠近高低無一同。不識廬山真面目，只緣身在此山中。」此詩後二句，勘盡世間法，豈獨爲西林壁題者！　如吾輩作文亦然。凡文字所以不能妙入古人地位者，正爲處身在文章習氣中。凡有意作此事，身便爲此事所包裹，不能作事外規模。歷看古今立言的人，決不如無意立言之言爲高，立功的人，決不如無意立功之功爲大。所以言宗典謨，功推唐虞，皆得之無心故也。即如戰國一魯連，儀、秦輩便不能與之争功，劉、項《大風》及《垓下之歌》，司馬相如、楊雄輩，便不能與之争文，正爲身處其外，正不屑屑爲是也。夫不屑屑于是而偶然爲之，則其意思自無拘束括閡之病，而一段光明磊落之氣，必與古人不同者，其天全也。心之精神，其出入之竅甚微，定而養之，勿動勿摇，則其竅通明，而津津流出，暢于四肢，發于事業，宣于文章，燁然而光，挺然而奇，皆是物也。若塵念一起，則其竅遽窒，而流注不續矣。况患得患失之情，紛馳衝突，乍水乍火，是土窒其竅而梗之以石也，豈復有天哉！　故作事者，能勿跳身事中，而自塞其通明之竇，則横行天下，且無難者，何况雕蟲文字之業哉！

吾喜觀兩漢以前之文，獨以其無文人氣習，蓋漢以前學者，猶不沾沾以文詞自喜也。

凡作碎雜文字，貴離多合少，不可只就題上敷衍，必出生平所自得之見，發爲議論，使其扶輿磅礴，窮變極態之後，然後忽歸題上，如以一木飛渡千仞石梁，乃爲警策奇傑。

凡奥妙之理，須借淺易之事以徵發之，淺易之事，須推奥妙之理以深遠之，則其文精而明，近而玄，觀者樂其爽愷雋永，而莫測其故之所在。

昔文與可論畫竹曰：「凡畫竹者，必先具成竹于胸中，執筆熟視，乃見其所畫者，急起從之，奮筆直遂以追其所見，如兔起鶻落，少縱則逝矣。」蜀人孫知微者，善畫水，欲于壽寧院壁作湖灘水石，營度經歲，終不肯下筆。一日倉皇入寺，索筆墨甚急，奮袂如風，須臾而成。作輸瀉跳蹙之勢，汹湧欲崩屋也。余嘗論此二事，以爲文與可之竹、孫知微之水，非畫也，皆胸中神識所結，如形立而影生耳。今之作文作畫者，其中本無結想欲流之勢，待執筆伸紙，而後伊吾尋索之。此如無形而欲求其影也，豈不哀哉！

蜣螂弄丸，結想之極，神附于丸，而遂離其殼，蓋想能挾神而飛也。今技藝之家，能入玄超妙者，皆神貫其中，如蜣丸然，故能傳于不朽。不然，枯紙淡墨，何足動人而寶愛若此？

蘇子瞻《南行集序》云：「昔之爲文者，非能爲之爲工，乃不能不爲之爲工也。山川之有雲，草木之有華實，充滿鬱勃而見于外，夫雖欲無有，其可得耶？自少聞家君之論文，以爲古之聖人，有所不能自已而作者。故軾與弟轍爲文至多，而未嘗敢有作文之意。」觀蘇家父子之論文如此，其與秘其餖飣帖括，父子兄弟私相寶授，以爲文章捷徑者，豈不遠哉！雖三蘇才具過人，自足拔世，要之學問頭顱指途示的之功，不可誣也。

自昔論爲文者，其功曰「積」、曰「養」。「積」者，非徒積其事與詞而已，貴于積其識。「養」者，非徒養其精與神而已，貴于養其氣。靜觀天下之義理，而精思旁達，日有新得，所謂積其識也。心得既富，機格通曉，勿輕輸洩，亦勿輕以語人，使其渟注飽滿，浸淫浹洽，無少滯礙，勃勃然蒸于胸腹，而衝于咽喉，若不可以已者，然後展紙濡筆而出之，則滔滔汩汩，自有一瀉千里之勢，所謂養其氣也。蓋行文如用兵，識者，將帥之謀略，氣者，三軍之勇敢，欲定將帥之謀略，在未戰而先料其戰，欲作三軍之勇敢，在欲戰而不使之戰。戰謀既素定于中，而戰氣又久蓄于内，故動如鬼神，而勢如風雨。今之爲文者，徒以事詞相誇，而至于識與氣，不惟不足，乃亦不知。吾不知所積所養者何物也。嗚呼！道喪久矣，漆園公所謂「百世而後知其解者是旦暮遇之也」。

蘇次公云：「余師先君而友子瞻，父兄之學，皆以古今成敗得失爲議論之要。以爲士生于世，治氣養心，無惡于身，推是以施之人，不爲苟生也。不幸不用，猶當以其所知，著之翰墨，使人有聞焉。」蘇家父子淵源蓋略如此。

士爲四民之首，古人以德行者名之爲士，今人以文學者名之爲士，其意以有文學者必有德行也。夫有德行，則知識高妙，自拔出常人之上，故以爲四民首耳。然則所貴于文學者，正欲其因文字以發舒其知識，豈但欲其掇拾華藻以爲觀美哉？如徒以觀美取之而不求其實用，則與衛懿公之養鶴何異？故曰凡今所取之士，皆鶴也。

文出于心得者，尚不必能措之實用，況又不根于心者哉？今人之文，如鸚鵡學人言，雖終日言而未嘗能自鳴其意。

意能包理，調能束意，詞能繡調，字能鐫詞，則文之極貴備矣。

善格者，不易意而奇；善調者，不易辭而神。

凡行文用字，當于易簡中求神奇，不當于艱險中求新特。文中有難字，如木之有癭，石之有暈，絲之有類，鏡之有點，惟不得已斯用之，非得已而不得已者也。試觀二典之文，其中難者，惟「僝」字、「异」字而已，其餘則皆今文也，可謂其文之不古耶？

歐陽公論王荆公文而云：「爲文最忌造語，忌模擬，孟韓之文雖高，不必學也。」自古文家之立論如此。

凡章法以錯綜爲奇，句法以倒疊爲奇，字法以取象爲奇，命意以反經合道爲奇。奇者可一用偶用而不可純用也，純用則詭僻而復不可賞矣。

宋文公有云：「今學校所教，既不本於德行，而所謂藝者，又皆無用之空言。其又弊，則所謂空言者，又皆怪妄無稽，而適以敗壞學者之心術，治經者不讀經之本文與先儒之傳註，但取近年科舉中選之文，諷誦摹倣，轉相祖述，以治經爲經學之賊，以作文爲文字之妖，是以人才日衰，風俗日下。朝廷郡國，有一疑事嘗試，則公卿大夫相顧眙愕而不知所從，亦可以知其爲教之得失矣。議者不原其本所自，尚猶以程試文字之不工爲患，豈不謬哉？」

擬題選文，是今世士子一大弊。但明其理，通其義，何題不可作？但廣其識，富其辭，何文不可成？以題發題即易耳，乃欲以我擇題乎哉？以我作文即易耳，乃欲以人助我乎哉？道在邇而求之遠，事在易而求之難，可爲一嘆！

解惑者師，而俗師適以甚其惑。廣聞者書，而陋書適以亂其聞。人知親師誦書可謂好學矣，而不知所擇，非徒無益，而又害之，可不慎哉？

賢父兄者，寧以根本之學詔子弟，使其爲之難而成之遲，無以捷約之經示子弟，使其趨之易而掇之速。掇之愈速，則達之愈遲。甚至終身不悟者，其害子弟不少矣！

奕不必傳于秋，而善奕者無不合秋之數者也。射不必傳于羿，而善射者無不契羿之彀者也。工不必傳于垂，而善工者無不符垂之規者也。文不必傳于班、馬、蘇、韓，而善文者無不協班、馬、蘇、韓之轍者也。入門異路，詣極同歸。學者無務初之早同，而務求終之不異，乃稱善學。若急于初同，雖近似而非自得，阻于終異，尚懸隔而未入微。孟子不云乎：「先聖後聖，其揆一也。」

得志行乎中國，若合符節，苟未能如符節之合也者，則亦不謂之聖也。昔世尊拈花，迦葉微笑；孔言終日，顏子不違。嗚呼！近之矣，不知此者，不足以言至文。作文如合丸散，百藥搗細和末，丸材具矣，而無蜜終不能膏膩成丸。凡學問藻麗，文之藥末也，而識與意，則其蜜也。有文學矣，而不能成至文，夫亦無膏膩以合之乎？

凡作時文，去得「時」字習氣，乃爲上乘。或問：何如方去得「時」字習氣？曰：粘接不欲太亮，步驟不欲太順，發揮不欲太盡。能脩此三者，則于「時」字亦去其半矣。

句法，一句三意者爲寔，一句兩意者爲醲，一句一意者爲厚；兩句一意爲薄，三句一意爲漓。正句無勢，順句無鋒。字不堅則句懶，字不新則句塵，字不確則句晦，字不厚則句長。故善煉句者，善煉字者也。

善畫者，不正貌其象，多傾側欹斜以見勢，故意足而神遠。善爲文者亦然。舍其正位而舉其偏傍，故議論鋒起而不窮。嘗讀《〔皇〕〔黄〕庭經》曰：「上有黄庭，下有關元。前有幽扉，後有命門。」每拊掌嘆曰：「是文家訣也。」

善架者架意，不善架者架詞。架意不疊，架辭多複。層疊其意而徑省其詞，可以與古爲徒矣。

善用字者，一字可以當一句。不善字者，一句不能當一字。此學力厚薄之驗也。

多閲唐宋文，利于氣而傷于調；多閲先秦文，利于調而傷于氣。傷調者，調鬆而不可寔；傷氣者，氣澀而不可舒。要當規調于先秦，借氣于唐宋。集兩利而去兩傷，斯善閲文者矣。

善作文者，不惟立意不犯正位，而摛辭亦不犯正位。如言馬，不言馬而言羈的；言牛，不言牛而言幅衡；言人，不言人而言其衣服、居處、爵號。言也者，所以通己于人也。舉其端而人知之，斯已而已，何必甲爲甲而乙爲乙哉？《左》、《國》之文，良可法也。

文章須要理會氣象。氣象好時，自能卓出等夷，變急爲緩，變繁爲簡，變纖媚爲莊嚴，變激烈爲和平，變馳驟爲安詳。使其舉止雍容，意思閒雅，有大人先生優游端重之度，無少年俠客揮霍佻巧之風。斯其氣象爲過人矣。

凡句之警策者，其意必高下相傾，不平敷而曼衍。凡作文之法，意脉顯而句脉隱，則色蒼；多其意而短其節，則氣歛；括其端而含其竟，則味厚；約其精而超其粗，則趣長；截其流而束其會，則筋固；高其源而揚其波，則勢猛。知此數法，則孟、韓之温醇，遷、固之雄剛，孫、吴之簡切，投之所向，無不如意矣。此參寥聞之疑始，而副墨子得之而傳于予者也。

行文猶行馬也，御馬者，必先相道里之險夷曲折，而制其駕御之方。曰某處宜馳驟，某處宜迴旋，某處宜按輿徐行，某處宜駐牧解勒。故馬未行而疾徐緩急之節，已先具于胸中矣。夫文亦然。臨文之頃，必先相定其文之局勢，曰何所當括，何所當漫，何所當奔突，何所當攔遏，何所當斗折，何所當薷度。文未成而合闢錯綜之形，已瞭然于心目矣。故文者，始乎意，定乎象，成乎文。文者生乎意象之後者也。無意象而欲爲文，譬猶放舟于海，駕馬于陸，揚帆舉策而不定其所往也，吾不知其何所托宿矣。

或問「制舉之文，何以能佳？」曰：「不求佳于制舉，則自佳矣。」或曰：「何謂也？」曰：「文至制舉薄業耳。其意則識之餘也，其詞則學之餘也。務廣其識，積其學。本既得矣，何難其餘？若但求之制舉，則技窮于是，靡有餘矣，焉得佳？」

凡作詩文，不可强作，須其含意懷情，鬱積充發，如水滿而欲决，如抱冤而欲訴，然後取製作之法，爲之經紀厝置，取漁獵之詞，爲之鋪張粉飾，不刻意而文已成矣。古人爲人作傳記序説，不得意，則經年涉月不肯下筆。忽然得之，頃刻揮寫，不加點竄，故其文皆官止神行，如化工造物，小大長短，不可毫髮加損，蓋由動于天机而發于神識也。近世脩文之士，操筆伊吾之時，其中尚無成見，徒掇拾菁麗，尺累而寸積之，約略近千百言，似可成篇而即已耳。非其首尾備具，脉絡聯屬，行乎其不得不行，而止乎其不得不止也。夫文者言也，言者所以達意也。今人對客立談，必輸寫其胸腹之停貯，若本無意而强言，其色便赧然，而其言便嚼蠟無味，此愚俗之所共知也。而至于文獨不然，何哉？今夫文之傳于世者，必其無意于傳世，故世不得不傳之也。無意于傳世，則于文非有意爲之，而發于不得不爲之識。不得不爲之識，必天下之真識，故世亦不得不傳之也。鳥之鳴春，蟲之鳴秋，彼亦豈期應天時感人聽哉？氣之所至，不得已而然耳。夫惟出于不得已，故鳴者不知其勞，而聽者不知其厭也。夫文所以飾質也，聲所以暢實也。無質而爲文，猶設色于空而求其麗也。無實而爲聲，猶叩音于虚而求其響也。故學者毋急于求名，毋貪于成文，要在静觀天下之義理，反覆其所以然之故，既以得之于心，必以所聞見合之。合而不謬，則居之安，居之安，則出而書之于紙，洋洋乎其無滯矣。雖然，法不可不知，而詞不可不富也。夫法不知，則不傷于錯雜，必傷于徑直，無翕張馳驟之勢。詞不富，則或窘于重複，或儉于樸素，無璀璨陸離之觀。譬之于紈帛，意者，絲也；法者，機杼也；詞者，綵色也。有絲而無機杼，則帛不成；有機杼而無綵色，則帛不絢。欲以製錦繡，裁衮冕，登用于明堂殿陛之上，不亦難乎？故求之心以蓄其意，參之名家以悟其法，博之典籍以集其詞，然後于藝文之道，思過半矣。

文章之意，必憑氣而發。氣不可不勇，不勇則力歉，而言每嗇于其意；氣不可不節，不節則氣馳，而言每浮于其意。學者當未臨文之先，宜蓄氣而使之鋭，及執筆之際，宜控氣而不使之馳。如養馬然，氣欲其行千里而不倦，又欲其中和鸞而不驟，故飲食宜豐，輿銜宜勒。夫行文之時，亦有輿銜調之，節度是也。秦漢之文與唐宋同主于達意，此無以異者。獨秦漢人能控御其氣，而唐宋人多暴其氣，故遂分優劣云耳。

凡作文字，當如山川地形，要使其有高深磊砢之勢，方成大觀。若使直叙事理，苟求通暢，則如陂陁平遠，彌望遥遥綿亘千里，徒爲荒郊甌脱之地而已，何足寓覽者之目哉！

文字無總微説約之處，則澶漫而不緊；無多言繁稱、連類比物之處，則廉劌而不暢；無順比滑瀉之處，則剥喙而不澤；無雕刻詭躁之處，則條達而不奇。叙而不議，往而不復，駛而不激，縱而不横，若此者可以道情，未可以行遠也。

有載道之文，有論事之文。載道之文，以俟後聖，雖深奥其詞可也。論事之文，以諭世俗，不通暢條達，則不能發皇耳目，抉導顓愚。揚雄之《太玄》，猶曰「將以載道」，不厭其幽眇也。《法言》本以論事，以折衷是非耳，乃作詰曲聱牙之句，何也？欲詔聾者而故微其聲，欲相瞽者而故匿其形，雖曰善爲，吾不信也。彼猶不知文字之體，而欲以立言成名，遠矣，宜乎子雲之後，更無子雲也。

人而無神，謂之肉塊，不可謂之人。軍而無將，謂之團卒，不可謂之軍。文而無識，謂之字林，不可謂之文。嗚呼！今之汗牛充棟者，皆字林耳，吾安得文而見之也哉？

天地之道如局鐍，學士之文如啓鑰。鐍得鑰而後開，道得文而後闡。夫然，故文足貴也。若勦人涕唾，貢人厭飫，洋洋纚纚，瀾翻不休，是以户内之煩壤爲寡，而嘔吐以益其穢也，不亦悲夫？

語言者，所以爲人也；笑啼者，所以自爲也。故人有獨啼獨笑，而無獨語獨言。文也者，所以爲人也；詩也者，所以自爲也。故詩貴言吾之所自得，而文貴發人之所不知。言其所自得，雖真率淺近可也；發人所不知，非有祟論卓議，不可爲也。今人索詩思于玄眇，取文旨于凡陋，不亦倒行而逆施之乎？噫！弊也久矣！

文之意，猶金也；調，猶廓也。若束調之急，而迫意外淫，是躍冶之金也。若達意之專，而縱詞汗漫，是無匡之廓也。要當使意不漏調，調能縛意，如蝸之在殻，如蚕之在繭，斯爲合作矣。吾以是求之而都無憾者，其惟《左氏》、《國策》乎？近世如新建王之文，意則暢矣，而不範于調；如弇州王之文，調則岐矣，而不控其意：二公皆有偏至而無兼長，尤非詞壇之建鼓也。

凡爲文有本意，有支意。本意尋常，則支意苦索而終不得異。若本意奇拔，則支意平寫而自嘉人一等。譬如卉木，種凡則花不得不凡，種異則花不得不異。今人作文，能知加意于本者寡矣。

作文之法，意欲緊，詞欲寬。意緊則腠理實，詞寬則體貌閒。頂接轉摺之間，最忌造次迫切，使其安詳舒緩，若斷若續，有意無意，斯爲貴品矣。夫文猶言也，言者談天灸轂，目如電光，舌如波濤，雄談誠可驚四座矣。雖然，有樂廣、阮籍之徒居其間，默然端坐，揮麈微笑，徐以片言定其是非，則其人將面赤汗流，悔其前言之不節也。故夫急不如緩，繁不如簡，激烈慷慨，不如和平容與。言既若是，文亦宜然。諺曰：「有風不可盡使，有錢不可盡用。」此善諭也。夫文方其得機得勢之時，溜如建瓴，驟如風雨。當其時，須使蓄不盡展之氣，而後不傷于馳驟，此「有風不可盡使」之説也。方其得詞得意之時，溢若湧泉，勃若蒸雲，當其時，須使留不盡之料而後不傷于狼藉。此「有錢不可盡用」之説也。夫文之太盡者，下筆若可快意，初玩亦能動人，然使反覆細觀，則不特人易厭飫，而己亦覺面目可憎矣。故意多則以偏裁之，詞多則以調雋之，勢順則以法勒之。常令有雍雍肅肅之風，毋令見喋喋呫呫之態，真上乘之文已。余蓋志之而未逮也。

佳文氣象，要如鶴然。夫鶴軒翔行立，意思閒雅，雖迫之不驚，逐之不驟，處危急而神自安，禽中之君子也。大雅之文，正當如是。

又嘗見廟朝禮樂之地，其君子皆垂紳縉笏，執圭鳴佩，進止趨蹌，必從容舒緩，有儀有度，方爲盛時文物。若縱横馳突，凌厲揮霍者，金革戎馬之容，非佳祥之事，有道之世不貴也。作文之體，亦復如是。《國策》之文非不佳，終是有干戈之氣，識者見之，當與妖孽並觀。聞黄鳥之嚶嚶者，不問而知其爲春；聞蟋蟀之瞿瞿者，不問而知其爲秋。故文章氣象緩急，治亂存亡之徵也。

凡鍊句、鍊調、鍊格，皆有二法。鍊句有增鍊、有減鍊。鍊調有裁鍊、有倒鍊。鍊格有鎔鍊、有撥鍊。句之所貴者，華與古也。調之所貴者，脱與婉也。格之所貴者，操縱虛實也。非增不華，非減不古；非裁不脱，非倒不婉；非鎔不操縱，非撥不虛實：是爲文之六貴。

嘗言：作應求請之文，不當專爲其人立論，須借題以發舒名理，使卓然成不刊之論，而後天下傳頌之不衰。若指爲一人而出，則如族譜私牘，但其家録藏之可矣，何與人事而瀆士大夫覽耶？作者不可不知此意。

凡作文於叙事處，可以着健調；於鋪張處，可以着綺辭；於提挈處，可以着名理；於論斷處，可以着偉識；於證據處，可以着記聞；於比借處，可以着物理。雖韓、蘇復起，不易吾言矣。

嘗論文章家貴以意實調，以調括意，而人多傷於偏。至狥意者勇於達意，而不覺其辭之汗漫以至於淫；狥調者急於束調，而不覺其意之局迫以至於晦。此皆偏盲之見有所獨蔽焉耳。夫以超然蓋世之意融之以爐煙，度之以型範，則如精銅純鐵，爲鼎彝刀劍盤盂鉤匕，何適不美？而必沾沾曰「司馬」、曰「左氏」云乎？今陶冶鑄金而曰「吾舍歐冶干將之型無範」者，不問而知爲迂工也。余惡世人吠聲而不察其實，聊爲私論之。

爲祭文者，但當以生平哀慕告於亡人，欲存殁共此欷歔而已。若事行之實，自有誌、表可述，非此列也。

嘗評古今詩畫升降之品曰：古人於詩寫意，於畫刻畫；今人於詩刻畫，於畫寫意。詩寫意，故虚而能含，若刻畫，則露而無味矣。畫刻畫，故形象逼真，若寫意而簡而失似矣。畫物不似物，同於兒戲；作詩必此詩，見齊學究。詩畫相反，有如此者。

文章立意之妙，觀所起，不能測所止，隨看隨解，至盡後知。此惟蘇、韓文能得其解，餘人莫及也。

爲文妙在立意曲折，架造峻嶒，如宴飲者，鉤致衆賓以娱主人。觀者但見盈堂嘩笑，四坐風生，以爲主人燕樂之盛，而不知佳客之鼓吹爲多也。

嘗論夏瑚商璉，古色蒼然。今陶冶氏效而爲之，其象似也，其色似也，然寶法物者，弗取也。豈惟弗取，將又惡其贋而斥之。夫文何異於是？

先正爲人作傳記，止擇其平生一大節目起議論，未嘗瑣瑣摭拾細美，而斯人之賢自見。如韓文公作《子厚墓誌》，只在救夢得上着力；蘇子瞻《范文正文集》只在萬言一書着力；《惠勤詩序》只在不負歐陽公上着力。

由拳集·文論

〔明〕屠隆　撰

《由拳集·文論》一卷

明 屠隆 撰

屠隆（一五四二——一六〇五），字長卿、緯真，號赤水、鴻苞居士，浙江鄞縣（今寧波）人。萬曆進士，除潁上知縣，調任青浦知縣，遷禮部主事，遭人誣陷，罷官歸家，遨游吴越間。作傳奇《曇花記》、《修文記》、《彩毫記》。詩文則有《由拳集》、《白榆集》、《鴻苞集》等。傳見《明史》卷二八八。

《文論》評論歷代文學之發展情況，對當時擬古之風進行總結與自我批評。作爲後七子的支流人物，屠隆雖未擺脱擬古理論之影響，囿於古今成見而卑視韓、歐散文和宋詩，但他已看出七子派因「模辭擬法，拘而不化」而造成文章「千篇一律」之痼疾，企圖有所變化。其論文强調藝術風格之多樣化，要求文章應「自得」而有獨特之個性。

本文見於《由拳集》卷二十三《雜著》，有明萬曆刊本。今即據以録入。

（崔　銘）

文論

明 屠隆 撰

世人譚六經者，率謂六經寫聖人之心，聖人所稱道術，醇粹潔白，曉告天下，萬世燦然，如揭日月而行，是以天下萬世貴之也。夫六經之所貴者道術，固也，吾知之，即其文字奚不盛哉！《易》之冲玄，《詩》之和婉，《書》之莊雅，《春秋》之簡嚴，絶無後世文人學士纖穠佻巧之態，而風骨格力，高視千古，若《禮・檀弓》、《周禮・考工記》等篇，則又峰巒峭拔，波濤層起，而姿態横出，信文章之大觀也。

六經而下，《左》、《國》之文，高峻嚴整，古雅藻麗，而渾樸未散，含光醞靈，如江海之波，汪洋浩淼，非有跳沫搖漾之勢，而千靈萬怪，淵乎深藏。明月照之，則天高氣清；長風蕩之，則排空動地。可喜可愕哉，左氏之爲文矣。賈、馬之文，疏朗豪宕，雄健雋古，其蒼雅也如公孤大臣，龐眉華髮，峩冠大帶，鵠立殿庭之上，而非若山夫野老之翛然清枯也；其葩豔也，如王公后妃，珠冠繡服，華軒翠羽，光采射人，而非若妖姬豔倡之翩翩輕妙也。其他若屈大夫之詞賦，才情傅合，縱横璀燦，蓋詞賦之聖哉。《莊》、《列》之文，播弄恣肆，鼓舞六合，如列缺乘蹻焉，光怪變幻，能使人骨驚神悚，亦天下之奇作矣。譬之大造，寥廓清曠，風日熙明，時固然也。而飄風震雷，揚沙走石，以動威萬物，亦豈可少哉。諸子之風骨格力，即言人人殊；其道術之醇粹潔白，皆不敢望六經，乃其爲古文辭一也。

由建安下逮六朝，鮑、謝、顔、沈之流，盛粉澤而掩質素，繪面目而失神情，繁枝葉而離本根，周、漢之聲，蕩焉盡矣，然而穠華色澤，比物連彙，亦種種動人。譬之南威、西子，麗服靚妝，雖非姜、姒之雅，端人莊士，或棄而不睨，其實天下之麗，洵美且都矣。八珍醇醴，以視之古者太羹玄酒之風，則媿矣！蓋太上不貴而後世爭馳，天下之甘旨也。鄭衛之聲擬之咸池、六英，奚翅霄壤？不可奏諸宗廟朝廷，然而悦耳快心，則天下之繁音也。

詩自《三百篇》而下，有漢魏古樂府。漢魏而下，有六朝《選》詩。《選》詩而下，有唐音。唐音去《三百篇》最遠，然山林宴遊之篇，則寄興清遠；宫闈應制之什，則體存富麗；述邊塞征戍之情，則凄惋悲壯；暢離别羈旅之懷，則沉痛感慨；即非古詩之流，其於詩人之興趣則未失也。

文體靡於六朝，而唐昌黎氏反之，然而文至於昌黎氏大壞焉。詩教變於唐人，而宋諸公反之，然而詩至於宋諸公大壞焉。昌黎氏蓋所謂「文起八代之衰」者，今讀其文，僅能摧駢儷爲散文耳。妍華雖去，而淡乎無采也；醲腴雖除，而索乎無味也；繁音雖削，而瘖乎無聲也。其氣弱，其格卑，其情緩，其法疏，求之六經、諸子，是遵何以哉？世人厭六朝之駢儷，而樂昌黎之疏散，翕然相與宗師之，是以韓氏之文，遂爲後世之楷模，建標藝壇之上，而羣趨旌干之下，一夫奮臂，六合同聲，斯不亦任耳而不任目之過乎？六經而下，古文詞咸在，正變離合，總總夥矣，然未有若昌黎氏者。昌黎氏之文，果何法也？藉令昌黎氏之文出於周、漢，則不得傳。何者？周、漢之文無此者，周漢誠無用此文爲也。昌黎氏之所以爲當時宗師而名後世者，徒散文耳。今姑無論其他，即如西漢制誥，誰非散文？冲夷平淡，都無波峭之氣，而樸茂深嚴，遠而望之，則穆然光沉，迫而視之，則神采隱隱，風骨格力，往往而在。昌黎氏之文若是邪？論者謂善繪者傳其神，善書者模其意。昌黎氏之文蓋傳先哲之神，而脱其軀殼，模古人之意，而遺其形畫者也，奚必六經，必諸子哉？且風骨格力，韓子焉不有也？嗟乎！今韓子不屑屑於擬古而古意嬌然具存，即奚必如六經如諸子，而自爲韓子一家之言可也；今第觀其文，卑者單弱而不振，高者詰屈而聱牙，多者裝綴而繁蕪，寡者率略而簡易，雖有他美，吾不得而知之矣，尚焉取風骨格力於其間哉。

厥後歐、蘇、曾、王之文，大都出於韓子，讀之可一氣盡也，而玩之則使人意消。余每讀諸子之文，蓋幾不能終篇也。標而趨之者，非韓子與？

宋人之詩，尤愚之所未解。古詩多在興趣，微辭隱義，有足感人。而宋人多好以詩議論，夫以詩議論，即奚不爲文而爲詩哉？《詩三百篇》，多出於忠臣孝子之什，及閭閻匹夫匹婦童子之歌謠，大意主吟咏，抒性情，以風也，固非傳綜詮次以爲篇章者也，是詩之教也。唐人詩雖非《三百篇》之音，其爲主吟咏，抒性情，則均焉而已。宋人又好用故實，組織成詩，夫《三百篇》亦何故實之有？用故實組織成詩，即奚不爲文而爲詩哉？甚而叫嘯怒張以爲高厲，俚俗猥下以爲自然，之數者，蘇王諸君子皆不免焉，而又往往自謂能入詩人之室，命令當世，則吾不知其何説也。

明興，北地李獻吉、信陽何仲默、姑蘇徐昌穀，始力興周、漢之文。詩自《三百篇》而下，則主初唐。厥後諸公繼起，氣昌而才雄，徒衆而力倍，古道遂以大興，可謂盛矣。然學士大夫之奮起其間者，或抱長才而乏遠識，踔厲之氣盛，而陶鎔之力淺，學《左》、《國》者得其高峻而遺其和平，學《史》、《漢》者得其豪宕而遺其渾博，模辭擬法，拘而不化。獨觀其一，則古色蒼然；總而讀之，則千篇一律也。愚嘗取以自諗，蓋亦時時有之。有之而思變之，猶未得其要領焉。嗟乎，文難言哉。愚意作者必取材於經史，而鎔意於心神，借聲於周、漢，而命辭於今日，不必字字而琢之，句句而擬之，而浩博雄渾，識者自知其爲周漢之文，不作昌黎以下語，斯其至乎？今文章家獨有周、漢之句法耳，而其渾博之體未備也，變化之機未熟也，超妙之理未臻也。故吾願與海内諸君子勉之矣。

夫文不程古，則不登於上品；見非超妙，則傍古人之藩籬而已。壯夫者，禀靈異之氣，挺秀拔之姿，竭生平才智以從事文章家，乃不能高足遠覽，洞幽極玄，以特立千百載之下，與古人並驅而前，分道而抗旌，而徒傍人藩籬，拾人咳唾，以爲生活。彼古人且奴眎之曰：「是爲我負擔而割裂我者。」傳之後世，以爲何如？又非所以令韓、歐諸君子見也，令韓、歐見如是之文，彼且得而藉口曰：始二三君子姍笑我，將謂二三君子之文必標異而出之，立於太古之上也，奈何影響古人，而以詫古爲如是，不於我可少寬乎？吾文即非古，然何者非自得？而徒呫呫倣古自喜也！若然，則二三君子苟非得之超妙，無輕議古；苟非深於古，無輕訾韓、歐也。夫挾天子以令諸侯，諸侯將奔走焉；麋而虎皮，人得而寢處之矣。深於古以訾韓、歐，是挾天子以令諸侯者也；影響古人而求勝之，則麋而虎皮矣。諸君子其無爲韓、歐寢處哉！

文章四題

〔明〕屠隆 撰

《文章四題》一卷

明 屠隆 撰

《文章》、《文行》、《求名》、《古今巨文》四文均收入屠隆晚年所作之《鴻苞集》卷十七。《文章》概述從遠古至明代文章發展之基本綫索，其盛衰與時代盛衰相一致，藉以闡明文章之功用重大，因此文士必須頤養性靈，嚴肅操觚染翰之事。《文行》則對「文人無行」之舊説提出異議，例舉往古優秀作家以「行潔志芳」而能「發金玉之聲」，亦强調文士自我修養之重要。《求名》對以矯飾、謾駡來獲取虚名之文士，進行批判，亦是《文行》一文之反面映證。《古今巨文》則可視作屠氏爲習文者所列之「必讀書目」。此四文自成體系，儘管作者仍難免有崇古鄙今之復古傾向，但其論文重點已不在模仿而在「性靈」、「流品」。

《鴻苞集》四十八卷，有明萬曆三十八年茅元儀刻本（已收入《四庫全書存目叢書》子部第八十九册）；該書頗罕見，清人摘録其「尤切於身世之用者」，成《鴻苞節録》十卷。此四文亦見於《鴻苞節録》卷六上，有咸豐七年刊本。今即據明萬曆本録入。

（崔 銘）

文章

明　屠隆　撰

文章華而不實，比於雕蟲，此非通論也。發造化之秘，闡人事之紀，盡古今之變，用固宏矣。神聖大道，儁傑偉功，異人靈迹，賢淑令範，所以光於六合，垂照千禩者，非託之文章不永。《石鼓》、《岣嶁》、《竹書》、《汲冢》、《元苞》、《穆天子傳》、《陰符》、《廣成》、六經諸文字，悉經神聖之手，可亦以雕蟲目之耶？按海鹽王文録作《文脉》曰：「粤開闢而文顯。」羲、農、黄、譽，肇造文原；唐虞都俞，賡歌亮采，文之一大聚也，是謂文脉之泰。文王拘羑演《易》象，武王伐商告《武成》，箕子釋縲叙範疇，姬公返東詠《豳》《雅》，又文之一大聚也。周末孔子生，侯甸轍環，杏壇鐸振，雲從多士，雨化髫髦，修六經，著魯論，祖帝謨，立師極，又文之一大聚也。孟子繼出，崇王道，斥雜霸，黜功利，明仁義，距楊墨，紹先聖，又文之一大聚也。由是涣漫無紀，「九流」「七略」之學興焉，陽翟巨賈亦知文貴，致客撰《吕覽》，詫都市，文之一聚於私室也。荆楚小邦，且展文規，屈宋創騷些，揚哀音，文之一聚於夷方也。荀卿肆其閎怪，李斯稔其陰賊，咸陽一炬，百家煨燼，文之大厄也。是謂文脉之否。壁藏塚瘞，腹記口傳，漢興，除挾書之律，增寫書之官，遣求書之輶，廣獻書之路，石渠天禄，虎觀蘭臺，羣萃英儒，表章聖學，别有兔園之藪、淮南之儲，亦文之一大聚也。賈、董射策，申、伏明經，子長史漢，長卿辭賦，唐山樂章，東方《神異》。東漢尊更老，尚經術，班氏、劉向、賈、鄭、崔、蔡，蔚爲詞宗，亦文之一聚也。東都喪亂，典籍淪没，曹氏父子延鄴下七才，倡爲皇初之體，朝提猛士，夜接詞人，亦文之一聚也。江左風流，六朝綺豔，富於張陸，放於嵇阮，俊於江鮑徐庾，竟陵、簡文廣延納，昭明妙編選，亦文之一聚也。王仲淹講道河汾，續經陳策；無功養志東皐，作賦稱詩，亦文之一聚也。唐興，太宗右文鴻藻，蔚起貞觀，永徽聲隆正始，開元、天寶臻乎極盛，李杜詩稱大將，而沈宋、王孟、錢劉、元白各把一麾，韓、柳文擅宗工，而湜、籍諸子，益標雅譽，又文之一聚也。五代昏濁，文運凋零，君椎臣鄙，目不知書，又文之一厄也。有宋受命，五星聚奎，文運重光焉，周、程、張、朱以窮理，歐、蘇、曾、王以達詞，金溪、横浦以尊性，涑水、金華以攻史，冀方以探數彰，永康以諳兵勝，又文之一大聚也。金元易世，宋學猶存，容城之高標，魯齋之宏任，草廬之該博，虞揭之風雅，文敏之敏贍，鐵崖之藻逸，亦文之一聚也。我大明掃除氛穢，再闢乾坤，氣運高昌，聲靈赫濯，淵穎鴻古，潛溪蔚暘，郁離奇偉，正學典裁，簡迪遒勁，縉紳放逸，三楊宏麗，季迪俊藻，名篇雅什，照暎朝野，而二祖以天縱鉅筆，神來飆發，上下賡酬，争光日月，又文之一大聚也。自後河東白沙，彝正伯安，倡鄒魯之絶學；空同、大復、廷實、昌穀、君采，挽秦漢之頽風；濟南、琅琊繼之新都，又繼之諸子，鵲起以至今日，文非周秦兩漢不談，詩非漢魏盛唐不屬，莊士佩服周孔，高人兼綜三教，謂非文之一聚不可也。總而言之，黄虞以後，周孔以前，文與道合爲一；秦漢而下，文與道分爲二。六經理道既深，文辭亦偉。秦漢六朝工於文而道則舛戾。宋儒合乎道，而文則淺庸。我朝道學，知宗宋儒而踐履多疏，文章知慕秦漢而陶鎔未化，然其風尚則亦可嘉已。夫文者華也，有根焉，則性靈是也。士務養性靈而爲文，有不鉅麗者否也，是根固華茂者也。夫宣尼爲六經，柱下爲《道德》，漆園爲《南華》，釋迦爲《楞嚴》，豈常人可以襲取而辦哉？言高於青天，行卑於黄泉，汪洋流漫而無本源，立見其涸，言之垂也必不遠。古今蠹魚於篇翰中者不少，藏之名山，副在京師者，寥寥乎。則文不可襲也。

文行

文人言語妙天下，譚天人，析性命，陳功德，稱古今，布諸通都，懸於日月，亦既洋洋纚纚矣。苟按之身心，毫不相涉，言高於青天，行卑於黄泉，此與能言之鸚鵡何異？務華絶根，則無爲貴文章矣。文人無行，自昔著之，余以爲不然。夫能文者，必禀扶輿清淑之氣，豈其土苴堀堁一出土囊之口。俯仰千古，要以行潔志芳，發而爲金玉之聲者，其得數多矣。游夏宗孔，儒行罔僭；丘明素臣，書法無隱；夷吾博論，霸功偉然；鄭僑多聞，相業鴻峻。屈平篤宗臣之義，莊列希至人之蹤，關尹吐太上之經，亢倉通無爲之旨。洛陽經國，發議閎純；菑川明道，操履粹白。子長感慨，正論而逢禍；東方詼諧，直言以悟主。夏侯耆儒，匡時侃侃；安世長者，禔身温温。劉向精忠，以憂宗國；匡衡敦大，以立功名。朱雲折角，伸節於上方；龔勝譚經，匪躬於漢室。班彪拒僭命以尊王，桓譚不附讖以媚上。賈逵博雅沖虚，康成矜莊檢柙。亭伯坎壈不易其操，平子幽深豫識其變。陳思愛士共兄，大梁遜德北海。瓌姿瑋度，元禮齊聲。平原兄弟，服膺儒術，意絶輕佻；司空茂先，竭節本朝，智兼淹朗。元凱威信播於襄陽，太沖恬退聞於齊國。嵇阮挺人外之標，江蔡立清士之目。東廣微行，通乎神明，習鑿齒清暎乎江介。叔寶平情於非意，夏侯正色於臨刑。劉越石勤王死事，文藻爛於星虹；郭景純鈎玄洞冥，忠蓋表乎天日。王逸少才高氣曠，作深山道士之觀；許玄度神散資澄，多神仙林壑之趣。夏侯湛備孝弟之性，温潤盈篇；向子期有莊老之襟，翛寥滿紙。袁山松九死不回，羅君章一介無昐，王子年玄風大暢，皇甫謐雅志幽潛。淵明沖遠鴻逸，人羣抱樸博綜，蟬蜕塵埃。蕭子雲仙仙升遐，任彦升休休獎士。昭明清真，貴介氣盡；孝穆通偉，文士習除。陶都水入道挂冠，高風眇邈；徐孝克養母鬻婦，獨行清孤。劉峻知命勇退，多士爲楷；高允秉節蹈道，人倫是宗。文中講學於河汾，無功葆光於東皐。虞褚立朝耿亮，燕許端揆寬和，廣平氣局堅貞，曲江風格峻整。少陵憂國，緯恤萬方；青蓮矯首，神遊八極；右丞淘洗，深入禪那；襄陽蕭閒，不忝高士。賀監乞鑑湖以投老，陳陶託西山以養真。顧況接方外之交，長源抱出世之度。昌黎望起山斗，柳州氣壯羅池。蘇州焚香掃地，氣韻故佳；香山玩世修真，風流曠絶。秦徵君高閎南之峰，司空圖抗中條之迹。方干布衣簡遠，盧仝處士逍遥。皮陸高蹈泉石，放其幽情；郊島清寒煙霞，引其深趣。王樸蘇威，經綸偉手，嚴重有聲；竇儀李昉，詞翰儁流，行履無缺。石徂徠天性峭直，孫明復雅志端方，范堯夫德符其言，胡安定文稱其質。廬陵醇儒，爲後進之領袖；眉山俊傑，作國家之師模。君實樸茂，名貫華夷；祖禹沈剛，聲聞婦孺。黄魯直瀟灑，孝友天成；陳無己淵深，苦節霜凛。米元章丰神拔流俗，李龍眠襟度高古人。康侯明仲，矩矱森然；廷秀傅良，觚稜陡絶。嗟乎，所貴於雕龍繡虎，先登藝壇，政以其流品清徹，琬琰其辭，寶而傳之，椒塗桂馥，有餘芬矣。不然金盤盛腐，玉膚蒙穢，祇可嘔也。晉王徽之縱誕，乃曰：「井丹高潔，不如相如慢世。」子猷自狀，故云爾，然何可爲訓也？

求名

古今好名，人多有之，獨文士爲甚。余往往見後進之士不務閉户讀書，深沈厚積，而日惟矯厲鏜鞳，以獵虛聲，或以傲忽，或以狂譎，或以嫚罵，或以奇詭，皆非必本其天性，無亦假之以爲立名地耳。嘗爲弇州稱苦，後來者争相附託，仰爲青雲，學操不律，綴文者輒割裂《四部稿》，餖飣而出之。近有一二險詖之流，無從標詡，則思掊擊弇州以立名。夫美醜在人，自有衡鑑，掊擊弇州，天下將遂信其有卓絶之品耶？昔陳子昂以詩文久客長安不知名，計無所出，乃以重價買一琵琶，至即摧破之，諸公聞之以爲奇，並詣子昂，詩名因起。古人求名亦良苦哉。今之掊擊弇州，亦摧破琵琶之故智也，然必無益於名聲，祇自陷輕薄耳。語云：「鼓鐘于宫，聲聞於外。」夫名豈可掩取乎？

古今鉅文

夫文章者，河嶽英靈，人倫精采，日月齊光，草木含潤，金石可泐，斯文不磨，上帝愛之，鬼神妬之，匪小物矣。余嘗上下古今，英華良亦有數，稍分品類，摘取鴻士鉅文數十首，披襟讀之，心神怡曠。語宏放則《穆天子傳》，《莊子·逍遥篇》、《庚桑楚》，《列子·黄帝》、《天瑞》，《離騷》，《遠遊》，宋玉《大言賦》，《淮南子·(淑)〔俶〕真訓》，司馬相如《天人賦》，《漢武帝外傳》，東方朔《十洲記》，張衡《思玄賦》，嵇康《養生論》，阮籍《大人先生傳》，劉伶《酒德頌》，木玄虚《海賦》，王子年《諸名山》，王簡棲《頭陀寺碑》，李太白《大鵬賦》，《南岳魏夫人傳》，蘇子瞻《赤壁賦》。語奇古則《周禮·考工記》，《禮記·檀弓》，秦惠王《詛楚文》，《韓非子·説難》，《離騷》，《天問》，《左傳》子産論實沈臺駘，秦始皇琅琊臺刻石銘、之罘碑，司馬相如《封禪文》，楊雄《解難》，班固《封燕然山銘》。語悲壯則《史記·荆軻傳》、《項羽世家》，司馬相如《長門賦》，李陵《遺蘇武書》，《離騷》，《惜往日》，《悲回風》，鄒陽《獄中書》，邯鄲淳《曹娥碑》，陳琳《爲袁紹檄豫州》，鮑明遠《蕪城賦》，江淹《恨賦》，駱賓王《討武后檄》，《柳毅傳》，胡邦衡《論王倫封事》。語莊嚴則《左傳》，吕相《絶秦書》，

《國語》周襄王對晉文請隧，司馬遷《三王策文》，班固《典引》，諸葛孔明《出師表》，張載《劍閣銘》，夏侯湛《東方朔畫贊》，韓昌黎《平淮西碑》，蘇子贍《表忠觀碑》。語閒適則仲長統《樂志論》，張平子《歸田賦》，潘安仁《閒居賦》，范曄《龐公傳》，陶淵明《歸去來辭》，王羲之《蘭亭序》，皇甫松《大隱賦》，王東皐《無心子傳》及答馮子華處士、程道士二書，白樂天《醉吟先生傳》，陸龜蒙《甫里先生傳》。語綺麗則宋玉《高唐》、《神女》二賦，《史記·司馬相如傳》，伶玄《趙飛燕外傳》，陳思王《洛神賦》，王子年《燕昭王》，謝莊《殷淑妃誄》、《月賦》，宋之問《秋蓮賦》，元微之《連昌宫辭》。夫千萬禩作者佳篇不乏矣，而余取其會心者如此，譬之披沙揀金，往往見寶，饑可使飽，寒可使温，倦可使醒，憂可使喜，何必罷精神于汗牛充棟，兀兀經年，作書中老蠹魚乎？

言文

〔明〕譚浚 撰

《言文》三卷

明　譚浚　撰

譚浚，字允原，南豐（今屬江西）人。生卒年不詳，嘉靖、萬曆間在世。生平多病，好里居。善詩，多古樂府；博覽群籍，或稱之「古雅邃永，有風人之度；淵識峻思，有端人之心」（邵廉《南豐譚氏輯序》）。有《譚氏集》。

《言文》約成於萬曆七年（一五七九），主要輯録折衷前人之説。卷上論述創作及鑒賞等問題，對唐宋古文家的創作觀念多有稱引，不乏中肯之見，如主張作文「順其意而自成之」、「文質不偏勝，情詞斯適宜」、「氣充質粹」、「精要而不晦」、「充滿而不蕪」、「夸貴有則，飾貴得宜；失宜乃誕，失則乃誣」、「緣常以應變，用正以馭奇」、「變故而歸新，革弊而趨善」，反對「逐奇而失正」、「從變而亂常」、「屋下架屋」、「事事擬學」等。卷中對經史諸子、小學音韵等典籍進行解題述旨。卷下分文體釋名考源，標舉例文。作者在文道關係、文體源流等方面承襲程、朱理學家明道宗經文學觀念，卷中選述典籍重道輕文，卷下將百十九種文體分别歸宗《五經》亦不盡合理。

有北京大學圖書館藏明萬曆間刊《譚氏集》本（内有《言文》三卷、《説詩》三卷）。今據以録入。

（聶安福）

南豐譚氏輯序

昔友李郭凡曰：「勺泉譚浚者，好里居，善病，不出應客。讀書翛然，多識嫺詞。」余心善之。庚午繇掖垣出守，道經故里，余季女許配若子。兩出守歸憂，可十年不我覯，他可知也。庚辰一覯，北裝期促，不復密敘，悵然去盱。舟中拜寄六詩，曼歌擊節，商飈颯然。頫仰人代幾何，年半百僅一面，又焉别也。癸未解蜀事歸里，時就勺泉，出巵酒爲歡慷慨，顧眄久之，忘形骸之爾我也。及出生平爲詩若文什，輯《説詩》、《言文》、《全雅類編》、《元書》、《醫宗》、《家譜》、《邑志》也，各自爲之叙矣，又屬余弁諸。不佞未竟業而悚然以莊。君業自隱晦，不以此聞於人，亦聞于郭凡而爲之叙，又聞於潛谷鄧氏而遺之書，此不得於不知者之耳而得於有知者之心。潛谷書謂「古雅邃永，有風人之度；淵識峻思，有端人之心」。郭凡《叙》：「詩多古樂府漢魏體，惟自得之致。」揚推如此。此語文章之際能使疏親而親疏，能使邇遠而遠邇。余寧無歉於二君者哉！昔太冲之作佳矣，而求叙於玄晏，抑何爲乎？夫詩文，不佞有志焉而未之偟也，聞大家者言：「六詩」變而屈宋之騷出，靡麗乎長卿，聖矣。樂府，「三詩」之餘也。五言古，蘇李其風乎，而法極建安矣。七言古，暢於《柏梁》、《燕歌》乎，而法極杜李矣。律絶暢於唐乎，而法極大曆矣。《書》變而《左氏》、《戰國》乎，而法極司馬《史》矣。此謂本於《詩》、《書》，意在斯乎。詩取裁於叢説，文取法於前言。匡衡《解頤》，揚馬叙賦。魏陳《典書》，應劉虞陸，論辨多矣。有謂「各照一隅，鮮觀衢路」，於是博采爲《説》爲《言》，以啓伏習者之門也。惟詞取達意，學歸一貫。何《六藝》周公所釋，游、夏所增，張揖所廣，陸佃所埤，猶捃遺補蓺以會其全也？及類書徵事，《初學》、《書鈔》、《類萃》、《御覽》備矣，猶於東京而前廣焉恐遺，盛唐而後畧焉恐雜，搜隱芟煩以充其類也。欲隨索隨有，無腐茂陵之毫，其功豈尠哉？惟太皞觀象以畫八方，取夬以代結繩。三蒼制字，六書爲教。同文之用，等於水火，達於上下，遍于荒陬，書貞其元，奚可廢也？惟秦醫託於《素問》，張機秘于《玉函》。掄劉張所是，黜王朱所非。漢唐以來，獨臻其妙。醫有所宗，奚可違也？惟宗者身所由生，邑者族所由聚。于宗有譜，譜者布也，柯分條布，别微而統同，敦始而修睦，崇仁義之本，厚風俗之道也。于邑有志，志者識也，識事取義，斷禮而正法，述往而思來，明國家之制，辨人事之紀也。譜，家史也；志，國史也。知其志非徒輯文獻而已也。推而明之，其司馬氏所謂紹明世，繼《春秋》，本《詩》、《書》、《禮》、《樂》之際，意在斯乎。是爲序。

萬曆癸未仲秋賜進士第侍經筵兵科給事中知四川成都府事中憲大夫邵廉撰

譚氏集序

譚氏集者，南豐譚浚允原父彙所論次書爲集也。允原少而善詩，長而博綜，周覽於「七畧」、「九流」之事。以爲史、頡製書實祖羲畫易結繩，而黄帝正名百物資焉，大小篆、秦隷、真、行、《急就》其裔也，而原本於六書，作《元書》。有書而後，典謨訓誥，《彖》《象》《文言》，安平儀曲，戡亂誓命，因書而成文，《易》、《書》、《禮》、經之《春秋》坊焉，世所行碑表傳記叙論若雜著，其裔也，而原本於四經，輯《言文》。有文而後，咨嗟咏嘆，永言之而成聲。有聲而剛柔輕重，徐疾小大，有自然之節族以成音，音成而比於中和理解，《詩》、《樂》興焉，降而騷賦，又降而古近體，其裔也，而原本於六詩，輯《説詩》。諸搆書綴文聲詩之體法畢具，曰綦鞠各有法也爾。夫是書也，文也，詩也，皆天之文也，地之紀也，人之倫、物之則也，飛走草木之性情形體也，《爾雅》之所訓、《博雅》《埤雅》之所廣也。於是備文晰義，區别罏分，俾各歸其官而適於用，諸經史百子叢説，各去其重復，畧其要删，《全雅類編》輯焉。已乃反其身之所從出、親疏愛敬之有本，考其土之物生、邑里政教謡俗之隆污以見志，輯《家譜》、《邑志》。曰輯者，本漢中壘《集畧》而名，而以其生平之文若詩爲别集附焉。蓋允原生承平之代，舍經生之業以不試，而錯綜於藝文白首也，遂能兼總條貫，旁皇周望，遠志而輯成。令得少試其精力之所折衝，知計之所研綜，何可爲量數！而屢屢此業也，顧不惜哉！允原少而善病，病間好書，則日取岐黄家言枕籍耽翫之，洞然於運氣府藏之精微，於聲色臭味之變皆五以爲紀，六以爲節也，以曉然於養節攻療之法，嘗曰：「使我得一當盧緩仲景者諧矣，即叔和、彦修、東明，吾且有以益之。」輯《醫宗》，表醫有宗也，岐黄之謂也。令小試於利濟何量！顧人鮮知者。允原亦守高，又不試，而屢屢爲鄉曲細民困急者德也，不尤惜也哉！顧余力不能張而相之，爲叙論如此。間之者曰：君少壯時所爲古體詩業皚皚有建安風，即近體娟秀，已淹於開元、大曆，乃徙業而博綜，力分矣。雖其甚博，而亦安所成名乎？余解之曰：昔杜少陵號稱「詩聖」，實蓄厚力完以成其雄深。令不薄《騷》《雅》、淹曹劉、研鍊於沈宋之聲律，亦何渠能集諸家長稱大成抵此乎？說者謂不讀萬卷書不能讀杜詩，非虚語也。乃陶公冲澹自然，一本之性情，文取指達，似無取於博，今其集上自六佐七輔、四叔八伯，迨中古之四友七穆、四豪三傑，晚近世之顧厨俊七賢八達，皆謹書而備見之也，則君之博綜，固君之所以爲詩也哉。君故與太學良翰遊，太學博學，善屬文。名家欽衽，相與切劘，故成其博綜如此。

萬曆丙戌長至新城學潛畊夫鄧元錫撰

言文目録

卷上

卷中

卷下

言文序

文之爲言也大矣哉！文以既言，言以既志，志非言不達，言非文不章。古語曰：文極聖，聖極地，地極天，兼三極而極之曰道。維至圓匪規而克方，天之道也；至方匪矩而克圓，地之道也。至圓至方而規無所用其巧，矩無所用其工，聖人之道也。天由清而動以圓，地由寧而静以方，人由和而動静以常，大道之文也。文乎上者，匪直日月星辰雲漢雷風之謂也，維自然之元，元於無自，自一而大然，命曰太一之文。文乎下者，匪直山川草木鱗毛羽介之謂也，造化之端，端於有無，無端而造，命曰化端之文。文乎兩之中者，匪直禄位男女形名之謂也，維聖人傳未有之將然，作無極之有極，後天地而作，先天地而識，遺天地而終，繼天地而極，是聖人之述作，命曰經世之文。文乎三者之中，匪直窈冥廣博富貴崇高之謂也，惟道之得其一而無所不有，得其元而無適不然，端其始而靡不攸止，會其化而歸其有極。上帝以之而允長，巍巍乎罔極；后土以之而允久，蕩蕩乎罔垠；世代以之而允績，熙熙乎罔終。天非自天，有代于天者；地非自地，有行于地者；人非自人，有存乎人者；道非自道，有明乎道者。聖人者，所以得道而傳乎世；天地者，所以載道而行乎人；器宇者，所以包藏斯道而著之極，命曰大道之文。文凡五守：生之所自謂之精，精者，真也。生物之精妙合純正，純一不雜依乎精。精之所薄謂之神，神者，伸也。凡物之屈伸動静有變，變化不測依乎氣，並精出入謂之氣，氣者，持也。凡物之闔闢主持有機，出入不廢依乎數，隨神往來謂之數，數者，致也。凡物之遠邇致之有期，往來不息依乎意，衷有意度謂之意，意者，制也。凡物之大小制之有器，出入往來無不依乎形。有形斯有精，有精斯有神，有神斯有氣，有氣斯有數，有數斯有意。五者之有而貴恒守。其守則有，其喪則亡，其聚則翕，其散則零。靡散靡喪，無弊無傾，大道以行，斯文以明。文也者，備萬有而爲言也。言今者必察其古，言來者必察其往。不由已然，孰足以逆百代而不禦，陳五行而不汩，叙《九疇》而不斁，截六際而不絞。言遠者必徵乎邇，言幽者必徵乎明。不由乎此，孰足以知動静專直、翕闢始終、死生之説、鬼神之情？言天地者必驗于人，言人者必驗于物。不本諸身，孰足以觸類乎萬物，周行乎四時，紀綱乎百度，彌綸乎八荒，範圍乎天地，通德乎神明？言文者必宗乎道，言道者必宗乎聖。不致其極，孰足以辨儒墨，識虚寂，别刑法，明從横，决大疑，斷大事，經大猷，動大衆？是不相爲妨而相爲助，不相爲體而相爲用，無不有而無所不有，無不在而無所不在，則文何庸言，言何庸文，文何庸志，志何庸心。庸言之者，如魏文述典、子建序書、德璉文論、士衡《文賦》、仲治《流别》、弘範《翰林》、劉勰《文心》、韓柳諸書、王涯《辨文》、《文思博要》、《文道元龜》、文公《語録》、忠簡《文則》。

歷代以來，文人繼作，或雜出詞章，或泛及論議，不勝悉舉，何無言乎？言各一隅，末由會通，則言何以悉文？文何以悉志？志何以悉心？心欲悉之，得非言乎？合而言之，文可見矣，故曰言文。大明萬曆七年己卯三月丙寅，南豐譚浚允原。

言文卷上

明譚浚纂

譚希哲
譚希彥　校

原流

夫文者，經天地，緯陰陽，究人神，端紀綱，正名分，洞性情，弘德業。今知古，古知今，言惟文，道惟教，體有適，用無窮。言上古之文，《三墳》、《五典》也。《三墳》已亡，《五典》惟二。迄今之作，其原于經。《易》言陰陽，知性命，斯無拘泥。《書》記紹元，著事功，斯無謷訐刻。《詩》教淳良，出詞氣，斯遠暴慢。《禮》用節文，動容貌，斯立威儀。《春秋》斷事，正名分，斯決是非。寔文之宗也。故論、説、序、詞，宗于《易》。辨、議、評、斷、判，論之流也。説、難、言、語、問、對，説之流也。原、引、題、跋，序之流也。繇、集、畧、篇、章，詞之流也。誥、命、表、誓，宗于《書》。詔、制、策、令，誥之流也。訓、教、戒、敕、示、喻、規、讓，命之流也。章、奏、議、駁、劾、諫、彈事、封事，表之流也。檄、移、露布，誓之流也。贊、頌、賦、歌，宗于《詩》。銘、箴、碑、碣，贊之流也。誦、封禪、《美新》、《典引》，頌之流也。七詞、客詞、連珠、四六，賦之流也。諧、讔、謎、諺，歌之流也。書、儀、祝、謚，宗于《禮》。劄、札、啓、簡、牘牒。牋、刺，書之流也。制、律、法、赦、關津、過所，儀之流也。祈、祠、禱、會、盟、詛，祝之流也。號、誄、吊、祭、哀、誌，謚之流也。史、傳、符、記，宗于《春秋》。記、志、編、録，史之流也。緯、疏、註、解、釋、通、義，傳之流也。璽書、契、券、約、狀、列，符之流也。譜、簿、圖、籍、案，記之流也。一宗出而流別，乃支分而脉綴。惟理存而意致，氣克而情備，則質懿而體全也。此經史子集、篇章句言、一音半義，千變萬化形焉。

文理

維物維則者，本然之理；弗損弗益者，本然之文。盖天地生物而昭理，聖人因物而爲文。河出圖，馬之旋毛也，伏羲則之而造《易》。洛出書，龜之甲象也，夏禹則之而陳《範》。魯獲麟，國史時事也，孔子感之而修《春秋》。《易》卦以象陰陽而萬象在于數畫，《洪範》以叙休咎而彝倫在于九章，《春秋》以正善惡而萬代在于準繩。斯本然之理，不外于物則也，故曰：人文之爲德，與天地並位。位乎上者，天之文，日月星辰也；位乎下者，地之文，華嶽河海也；位乎中者，人之文，八卦、《九疇》、《春秋》也。皆本然之文，不可損益也。是達意以爲詞，言近以指遠，尚簡以馭煩，守約以該博。得其理，一畫一字亦存其義；失其理，雖百千萬言徒爲贅耳。《記》曰：「安定詞。」《易》曰：「辨物正言，斷詞則備。」《中庸》曰：「簡而文，温而理。」孔子曰：「君子博學於文，約之以禮，可以弗畔矣夫。」

致意

文之所以爲文者，詞也。文而不以詞，何以爲文？詞之所以爲詞者，意也。詞而不以意，何以爲詞？意之所以爲意者，理也。意而不以理，何以爲意？孟子曰：「不以文害詞，不以詞害志，以意逆志，是謂得之。」莊子曰：「世之所貴者書也，書不過語。語有貴也，語之所貴者意也，意有所隨。」又曰：「可以言論者，物之粗也。可以意致者，物之精也。」此虎豹之文不得不炳于犬羊，鸞鳳之音不得不鏘于燕雀，金玉之光不得不炫于瓦石。非有意先之，由于理也。由于理者，順其意而自成之也。蘇子曰：「非能爲之爲工，乃不能不爲之爲工也。山川之有雲霧，山木之有華實，充滿勃鬱而見于外，雖欲無有其可得耶？」又曰：「隨物賦形而不可知也。所可知者，常行于所當行，常止于不可不止。」此意止而言止者，言之至也。言止而意無窮者，意之極也。《易》曰：「書不盡言，言不盡意。」故魏帝論文以意爲主，以氣爲輔，以詞爲衛也。

充氣

《左傳》曰：「氣以實志，志以定言。」又曰：「不招不從，無守氣矣。」李德裕曰：「氣不可以不貫。氣不貫，雖有英詞麗藻，如編玉綴珠不得爲完璞矣。鼓氣以壯勢爲美。」韓子曰：「氣，水也。言，浮物也。水大則物之大小畢浮，氣盛則言之長短聲之高下皆宜。」元遺山曰：「格見于成篇，渾然不可鐫。氣見于言外，浩然不可屈。」李空同曰：「詞之暢者，氣也。中和者，氣之最也。」故曰率意委和則情融而理暢，鑽礪過分則神疲而氣衰。凡少壯鑒淺而志盛，長大識堅而氣衰。志盛者思鋭以勝勞，氣衰者慮密以傷神。此曹公懼爲文之傷命，陸雲嘆用思之困神。夫思有利鈍，時有通塞，必宣和其心，調暢其氣。意得則舒卷而命筆，理伏則投筆而卷懷，逍遥箴勞，談笑藥倦，此之謂衛氣。

備情

性情發爲詞章，文理相爲經緯。情者，文之經；詞者，理之緯。經行而後緯成，理定而後詞暢。文質不偏勝，情詞斯適宜。是故喪者不文，則知嘗言不徒質也。又謂美言不信，則知謹言不徒文也。譬虎豹之鞟同于犬羊，文而質也；犀兕之皮施其丹漆，質而文也。顏魯公曰：「文勝質則繡其鞶帨而血流漂杵，質勝文則野于禮樂而木訥不華。歷代相因，莫貴適中。」尹和靖曰：「聖人文章載于《六經》，自丘明作《傳》，文章始壞，文勝質也。詩人篇什，吟咏心志以諷上，要約而寫真，爲情而造文也。詞人賦頌，夸耀文采以釣世，淫麗而煩濫，爲文而造情也。若情詞宛宛，則文質彬彬矣。」

氣質

人性無不善，氣質或不齊。述情在氣，思圓而不滯者其氣充然。鋪詞以質，義當而不雜者其質粹然。理瘠詞肥，駁無統屬，歉于質也。骨弱詞勝，錯不環周，劣于氣也。故學貴慎初，習貴從正。雖世態美惡不變其質，風俗剛柔不移其氣。此衰周之有孔門，戰國之有孟氏也。苟靡于初而失其正，習華隨侈，流蕩忘本，猶樸斲成形則終不可移，絢繪定象而卒不可改。此枝詞病道，含毫損神，自昔爲之而後悔之。墨悲染絲，楊耻雕蟲，此之謂也。

體勢

心無權衡，勢必輕重。因情立體，即體成勢。詞平而氣倍者文之體，詞斷而意属者文之勢。圓者規體，其勢自轉；方者矩體，其勢自安。式經者進于典雅，效騷者達于富麗，學子者流于放誕。桓譚曰：「或好浮華而不知實覈，或靡衆多而不知要約。」陳思云：「或好煩文博采，深沉其旨；或好離言辨白，分毫析釐。或尚淺近，乏于醞籍；或尚省約，乖于敷褥。然結文聯詞將以明理，異勢失體，何以爲情？」陸雲曰：「情固先詞，勢實宜澤。」元遺山曰：「氣象氤氲由深于體勢，意度盤礴由深于作用。」劉禛曰：「文之體指實强弱使之，其詞已盡而勢有餘也。」是矣。

句字

文生于心，心托于聲，聲形而成字，字聯而成句，句聚而成章，章積而成篇。字者，孳也，孳乳而相生，形聲相益，字之錬擇，聲不訛也。句者，局也，局言而分疆，因字而聯句，句之清正，字不妄也。章者，彰也，彰情而總義，因句而成章，章之明靡，句無玷也。篇者，編也，編事而包體，因章而成篇，篇之彪炳，篇無疵也。蓋篇統首尾，定與奪，合涯際，彌綸一篇，總其文理也。章原情意，據理義，用事類，布物色以串數章，意窮而爲體也。句置虚實，定輕重，布疏密，排反順以司數言，相接而爲用也。字避詭異，省聯邊，權重出，諷單複，詳見《説詩》。錬字以成聲，操聲以諧韻也。故改句以代字爲難，造篇而易字不易，必篇無冗章，章無冗句，句無冗字也。

立言

宣于志曰言，飾其言曰文，猶儐以行禮，相以諧樂，素以爲絢，甘以受和，雜而不越，蔚其式宜。　句無虚字曰實。《易・彖》、《春秋》、《儀禮》、《尚書》之文，今贊頌賦歌之流。　文有助語曰順。《檀弓》曰：「勿之有悔焉耳矣。」《孟子》曰：「然而無有乎爾。」《禮記》、《語》、《孟》及今論説詞序之流。　語實虚用曰活。《左傳》曰「以三軍軍其前」、《公羊傳》曰「入其門則無人門焉」者，則下「軍」字，陳之意；下「門」字，守之意也。　語簡理具曰約。《公羊傳》云：「聞其磌然，視之則石，察之則五。」經曰：「隕石于宋五。」詞義具矣。　又如《檀弓》載申生及智悼子事，比《左傳》文而《檀弓》猶簡。　後減于前曰省。《舜典》云：「至於南岳如初禮。」《儀禮》云：「其他如皮弁之儀。」　語委曲曰婉。《論語》曰：「非敢爲佞也。」又曰：「諾，吾將仕矣。」　他言以喻曰隱。《論語》「有美玉於斯」一章，《孟子》「城門之軌」二句。　明言其義曰正。《春秋》書「不郊猶三望」，又書「仲遂卒猶繹」，是謂不當望、繹而猶爲之也。　反言其意曰歇後。《論語》「禮云禮云，玉帛云乎哉」四句，又「曾謂太山不如林放乎」。　語含其意曰蓄。《左傳》載晉敗於邲，「誓曰：『先濟者賞。』軍爭舟，舟中之指可掬。」則含以刀截攀舟之指。《公羊傳》載秦敗于殽，但云「匹馬只輪無反者」，則含要擊其軍。　旁取韻取曰協。《論語》：「政者，正也。」《禮記》：「銘者，自名也。」乃旁取也。《易》曰：「嗑者，合也。」《孟》曰：「校者，教也。」乃韻取也。　疑不增曰闕。《詩・小雅》之《南陔》六篇也，《春秋》之夏五書之墳典也。　改其雷同曰易。《舜典》「正月上日」、「月正元日」、「正月朔日」，《左傳》舉《詩》爲「勺曰」、「武曰」、「《七月》之卒章」。　纏糾盡理曰交錯。《荀子》曰：「不利而利之，不如利而後利之之利也。利而後利之，不如利而不利者之利也。」《莊子》尤極其法。　總詞顯義曰斷。《論語》「焉用佞」一章、「賢哉回也」一章，首末重斷其事也。《中庸》「舜其大知也歟」、《左傳》「晉靈公不君」一章，先斷以起事也。《孟子》「伯夷隘」一節、《左傳》「一戰而霸，文之教也」，後斷以盡事也。　問答語。《論語》：「吾何執？執御乎？」自問而答也。《左傳》楚望晉軍，與伯犁問答而不言問答也。《樂記》載賓侔賈與孔子言樂，屢問而屢答也。　長短章句。長章盡義，《學》、《庸》、《孟子》也。短章包義，《易經》、《春秋》也。長句者，《論語》「人不間於其父母昆弟之言」、《禮記》「無乃使人疑夫不以情居瘠者乎」。短句者，《語》曰：「愛人。」曰：「知人。」《記》曰：「立孫。」曰：「畏。」曰：「厭。」曰：「溺。」　纍語聯語，《尚書》「寬而栗」一節，語纍意殊也。《大學》「知止而後有定」一節，語聯意順也。

設喻

劉氏曰：「風通興同，比顯興隱。比以附理，蓄憤斥言；興以起情，環譬寄諷。比乃切類指事，事出言外；興乃依微擬議，言見本文。比興雖異，譬喻略同。」　直詞以譬曰明。《書》曰：「烈於猛火。」《論語》：「譬如北辰。」《孟》曰：「猶水之就下。」　隱詞以喻曰晦。《書》曰：「時日曷喪。」《語》曰：「割雞焉用牛刀。」《左傳》曰：「是豢吴也。」　援古喻今曰引。《書》曰：「古人有言曰：牝雞無晨。」又曰：「人無於水監。」　先事後喻曰申。《書》曰：「爲山九仞，功虧一簣。」《中庸》曰：「夫政也者，蒲盧也。」　事相對喻曰偶。《語》曰：「百工居肆以成其事，君子學以致其道。」《荀子》曰：「流丸止於甌臾，流言止於智者。」　事相狀喻曰假。《記》曰：「負劍辟咡詔之。」俯仰之狀，非真帶劍也。《史》曰：「文侯擁篲。」爲恭之貌，非真持箒也。　詞畧義存曰簡喻。《書》曰：「爾惟風，下民惟草。」　詞詳義盡曰備喻。《孟》曰：「君子之德，風也；小人之德，草也。草上之風必偃。」　托物相責曰詰喻。《語》曰「朽木不可雕也」三句、「虎兕出於柙」三句。《左傳》：「人之有墻以蔽惡也。墻之隙壞，誰之咎也？」　以類相次曰貫喻。《書》曰：「元首明哉，股肱良哉。」又曰：「王省惟歲，卿士惟月，師尹惟日。」　群集曰萃喻。《書》曰「若金，用汝作礪」三章，又曰「若稽田」三節。《孟》曰「麒麟之於走獸」一章。　他事曰泛喻。《語》曰「觚不觚，觚哉，觚哉」，《老子》曰「飃乎似無所止」者，此泛喻而簡。其《莊子·齊物》、《列子·天瑞》則泛喻而繁。　即理曰顯喻。《孟》曰：「人也者，仁也。」此喻約而顯。又曰「故凡同類者，舉相似也」六節，此喻博而後顯也。

事類

《禮》言：「古之學者，比物醜類。」《易》言：「君子多識前言往行，沿詞以盡情，選言以盡義，舉人以叙事，援物以明理。引必有證，擬必有倫。」故《周易·泰》、《漸》兩引帝乙，《歸妹》、《既濟》則引「高宗伐鬼方」，《書·五子之歌》述大禹之訓，《盤庚》之誥叙遲任之言，《無逸》枚舉商王，《召奭》歷言殷佐，荀卿《宥坐》出於《家語》，馬遷世家出於《國語》，《傳》引《詩》、《書》見「變易」章。孟子陳王道則文王治岐，事鄰國則太王居邠，好勇則舉文武，性道則稱堯舜，德行則言夷、惠，暴亂則指桀、紂，功罪則指桓文。蓋詞之險易，文之充虚，寔由于此。假象過大則與類相遠，逸詞過壯則與事相違，辨言過理則與事相失，麗語過美則與情相悖。四過者適以亂大體而妨正教也。

煩簡

《孟》曰：「博學而詳説之，將以反説約也。」陳忠簡曰：「言簡而不疏，旨深而不晦。若疑有闕文非簡，讀之詞蔽非深。」世子申生爲驪姬所譖，或令辨之。《左傳》載其事曰：「或謂太子：『之辭，君必辨焉。』太子曰：『君非驪姬，居不安，食不飽。我辭，姬必有罪。君老矣，吾又不樂。』」《檀弓》則曰：「『盍言子之志於公乎？』世子曰：『不可。公安驪姬，是我傷公之心也。』」智悼子未葬，晉平公飲以樂。杜蕢謂大臣之喪重於疾日，不樂。左氏言其事曰：「辰在子卯，謂之疾日。君徹宴樂，學人舍業，爲疾故也。君之卿佐，是謂股肱。股肱或虧，何痛如之！」《檀弓》則曰：「子卯不樂，智悼子在堂，斯其爲子卯也大矣。」前二説皆《檀弓》詞簡爲優。《書》曰：

「能得師者王，謂人莫己若者亡。」劉向載楚王之言曰：「其君賢君也，而又有師者，王；其君下君也，而群臣又謂莫君若者，亡。」《書》曰：「爾惟風，下民惟草。」《論語》曰：「君子之德風，小人之德草。草上之風必偃。」《孟子》加二「也」字，見「設喻」。《説苑》載泄冶之言曰：「夫上之化下猶風靡草，東風則草靡而西，西風則草靡而東，在風所由而草爲之靡。」觀諸説則經傳之分、煩簡之文見矣。

文式

陳中簡曰：「《六經》之道同歸，《六經》之文同式。」《易》之《中孚》曰：「鳴鶴在陰，其子和之。我有好爵，吾與子縻之。」使入《詩·雅》，孰別爻詞？《詩》之《抑》曰：「其在于今，興迷亂于政。顛覆厥德，荒湛于酒。女雖湛樂從，弗念厥紹。罔敷求先王，克共明刑。」使入《書》誥，孰別《雅》詞？《書·顧命》曰：「牖間南，敷重篾席，黼純，華玉仍几。西序東嚮，敷重底席，綴純，文貝仍几。」使入《春官》，孰別《命》語？

倒言爲文，倒文通義者，《禹貢》曰：「厥篚玄纖縞。」又曰：「雲土夢作乂。」以「纖」在「玄」下、「土」在「夢」上也。《左傳》曰：「盜所隱器。」乃隱盜所得器也。《春秋》書：「吴子遏伐楚，門于巢，卒。」《公羊傳》云：「入巢之門而卒也。」經先言門，後言于巢，文倒而義深。何休曰：「吴子伐楚，過巢，不假途，暴入巢門。門者以爲犯巢而射之。故與巢得殺之，所以强守禦也。」　文有交錯，體相纏糾，析理後盡也。《書》曰：「念茲在茲，釋茲在茲。名言茲在茲，允出茲在茲。」《易傳》曰：「乾知大始，坤作成物。乾以易知，坤以簡能。易則易知，簡則易從。易知則有親，易從則有功。有親則可久，有功則可大。可久則賢人之德，可大則賢人之業。」　子思《中庸》言誠，孟子、告子言性，皆是也。

易凡

《記》曰：「無勦説，無雷同。必則古昔，稱先王。」署爲修飾以易尋常。　夫取《詩》則爲「《詩》云」，取《書》則爲「《書》曰」，此凡體也。　《國語》直言「鄭詩」、「曹詩」，指《那》頌卒章爲亂詞，摘《小宛》首章爲篇目。　《左傳》引《詩》則爲「勺曰」、「武曰」，或云賦某詩之某章，或云某詩之卒章，不載其文而意自具也。其曰「《棠棣》之七章以卒」，則七章以盡八章也。其曰「《揚之水》卒章之四言」，則「我聞有命」也。　《禮記》以《咸有一德》爲尹告。《荀子》以《禹謨》爲道經。《左傳》以《五子歌》爲「夏訓有之」，以《大雅·桑柔》篇爲周芮良夫之詩。《國語》以《周頌·〔時〕邁》篇爲周文公之頌，以《康誥》爲先王之令，《周書》爲西方之書。　《左傳》言《易》或云「《周易》有之，在師之繇」，或云「且其繇曰」，或云：「筮之，遇艮之八，謂艮之隨也。」其言龍曰：「在乾之姤曰：『潛龍勿用。』其同人曰：『見龍在田。』其大有曰：『飛龍在天。』其夬曰：『亢龍有悔。』其坤曰：『見群龍無首。』其坤之剥曰：『龍戰于野。』」觀其言龍一物，歷舉《易》詞亦不凡也。

偶詞

儷詞之體十二：正對、言對、順對、類對、字對、駢對爲劣，反對、事對、互對、假對、章對、句對爲優。　或字字相麗，或句句相銜，或宛轉相承，或鬲行懸合。　詞義雖殊，對偶一也。　正對者，事異而義同。「威武五行，怠棄三正。」「四時行焉，百物生焉。」　反對者，理殊而趣合。「惠廸吉，從逆凶。」「滿招損，謙受益。」「德日新，萬邦惟懷；　志自滿，九族乃離。」　言對者，雙比空詞也。「其難其慎，惟和惟一。」「隱居以求其志，行義以達其道。」　事對者，並舉實驗也。「斮朝涉之脛，剖賢人之心。」「歸馬于華山之陽，放牛于桃林之野。」　順對者，意義聯屬也。「不矜細行，終累大德。」「貧而無怨難，富而無驕易。」　互對者，詞理交錯也。「惟聖罔念作狂，惟狂克念作聖。」「學而不思則罔，思而不學則殆。」　類對者，述事從類也。「水流濕，火就燥。」「雲從龍，風從虎。」「散鹿臺之財，發鉅橋之粟。」　假對者，借物比事也。「木從繩則正，后從諫則聖。」「玉不琢不成器，人不學不知道。」　章對者，分章長對也。《堯典》之「分命羲仲」四章，《易》之《文言》、《繫詞》。句對者，就句相對也。「甘酒嗜音，峻宇雕墻。」「有過無大，刑故無小。」「罪疑惟輕，功疑惟重。」字對者，每字短對也。《舜典》之「濬哲文明，温恭允塞」八字也，《仲虺誥》之「佑賢輔德」二十字也。駢對者，合掌重出也。《孝經》之「行思可樂，作事可法，容止可觀，進退可度」也。

諧協

音之起由于心，情之動形于聲。聲成文而爲音，音員和而爲韻。或諧其聲，或轉其注，或取偏旁，或倒句字。《易傳》曰：「蒙者，蒙也。」「比者，比也。」「象也者，像也。」《禮記》曰：「樂者，樂也。」「禮也者，理也。」此諧音也。《祭義》曰：「禮者，履此者也。義者，宜此者也。」《鄉飲義》曰：「夏之爲言假也。」「冬之爲言中也。中者，藏也。」此轉注也。《周禮》曰：「五人爲伍。」《告子》曰：「生之謂性。」《孟》曰：「征之爲言正也。」《中庸》：「誠者，自成也。」此偏旁也。《書》曰：「無偏無黨，王道蕩蕩。無黨無偏，王道平平。」《老子》曰：「道之爲物，惟恍惟忽。忽兮恍兮，其中有像。恍兮忽兮，其中有物。」此倒换韻也。《書》曰：「佑賢輔德，顯忠遂良。兼弱攻昧，取亂侮亡。推亡固存，邦乃其昌。」《文言》曰：「坤至柔而動也剛，至静而德方。後得主而有常，含萬物而化光。」《記》曰「玄酒在室」十六句韻及諸經傳諧叶音韻，不勝悉舉。又有字同音異、音異義同者。「委蛇」而爲「逶迤」，乃行貌。「於戲」而爲「嗚呼」，乃嘆詞。「欸乃」讀爲「襖靄」，漁歌也。「可汗」讀爲「克寒」，人名也。此音異而義殊。「宿留」，史書讀爲「秀溜」，乃宿止而留滯也。「般若」，佛書讀爲「鉢惹」，乃般般相若也。此音異而義同。忘、望，乘、盛，平仄互，音義則同也。

聲音

沈約別四聲，陸法言著《廣韻》，定清濁，上下以六十字母。若熟讀之，反切無難。若刻畫之，古道非矣。五音者，角則舌縮却，徵則舌點齒，宮則舌居中，商則開口張，羽則口撮聚。四聲者，平則哀而安，上則厲而舉，去則清而遠，入則直而促。此古之教歌者，使之呼疾中宮而徐中徵，角徵響高而宮羽響下。濁則語氣難呼，清則言詞易紐。飛則聲颺不還，沉則響發而斷。雙聲鬲字而每舛，疊韻襍句而必睽。無逐詭異，務在剛斷。左礙則尋右，末滯則討前。故聲相應曰和，音相轉曰韻。韻氣一定，餘聲易遣；和體抑揚，遺響難契。改韻從調，所以節文詞氣。詳見《説詩》。故魏武論賦，嫌於積韻，善於資代。陸雲稱四言轉句，四句爲佳。賈誼、枚乘兩韻趣易，聲韻微操。劉歆、桓譚百句不遷，則唇吻告勞矣。

句法

諺詞曰：之乎也者矣焉哉，下得來時真秀才。古文考之亦可法矣。《左傳》曰：「其有以知之矣。」又曰：「其無乃是也乎。」此助詞多也。《檀弓》曰：「南宮縚之妻之姑之喪。」《樂記》曰：

「不知手之舞之，足之蹈之。」此「之」字多也。《中庸》曰：「博也厚也，高也明也，悠也久也。」《易傳》用「也」字亦多。《考工記》：「脂者，膏者，羸者，羽者，鱗者。」《莊子》「者」字亦多。韓文効之。《學記》曰：「藏焉修焉息焉游焉。」《祭統》曰：「見事鬼神之道焉，見君王之義焉。」「見」、「之」、「焉」字十句。《書》曰：「臣哉隣哉，隣哉臣哉。」《賡歌》亦用「哉」字。《易傳》曰：「帝出乎震，齊乎巽。」「乎」字八句，連篇用之。《禮運》曰：「洞洞乎其敬也。」「乎」、「其」、「也」三句。《國語》曰：「上帝〔之〕粢盛於是乎出。」「之」、「於是乎」六句。《莊子》廣之。《易・繫》曰：「列貴賤者存乎位。」「存乎」五句。又曰：「法象莫大乎天地。」「莫大乎」六句。《莊子》曰：「與乎其觚而不堅也。」凡十句。《老子》曰：「與兮若冬涉川。」「兮」字七句。《荀子》曰：「井井兮其有條理也。」疊字、「兮」、「其」、「有」、「也」十句。《易傳》云：「夫易，廣矣，大矣，又備矣。」《毛詩》小序《六月》詩二十四句「矣」字。《老子》曰：「或行或隨，或歔或吹。」此八「或」字。《詩・北山》篇、韓《南山》詩仿此。《左傳》曰：「名有五：有信，有義，有象，有假，有類。」《禮記》「有」字亦多。《書》曰：「有若虢叔，有若閎夭。」「有若」五句。《禮器》曰：「有直而行也，有曲而殺也。」「有」、「而」、「也」，九句。《檀弓》曰：「人喜斯陶，陶斯咏。」「斯」字八句。《中庸》曰：「誠則形，形則著。」「則」字八句。《荀子》曰：「儼然壯然。」八「然」字。《莊子》曰：「而容崖然，而目衝然。」「而」、「然」四句。《書》曰：「而色而莊。」《考工記》曰：「而盉之，而清之。」「而」、「之」五句。《莊子》曰：「奚爲？奚據？奚避？」八「奚」字。《莊子》曰：「似鼻，似口，似耳。」八「似」字。《論語》曰：「皦如

《書》曰：「乃聖乃神，乃武乃文。」《老子》曰：「容乃公，公乃正。」五句「乃」字。《考工記》：「可規，可萬，可水。」六「可」字。《易傳》：「乾爲天，爲圜，爲君。」一篇俱「爲」字。《列子》曰：「自壽自夭，自窮自達。」八「自」字。《月令》曰：「秫稻必齊，麴蘖必時。」五句「必」字。《曲禮》曰：「毋側聽，毋噭應。」「毋」字十二句。《荀子》曰：「無欲無惡，無始無終。」十二「無」字。《左傳》曰：「無始亂，無怙富。」九句「無」字。《洪範》曰：「雨曰霽。」六「曰」字。「一曰水，二曰火」。五數目「曰」。《易傳》、《曲禮》尤多。

《易傳》曰：「富有之謂大業。」「之謂」字八句。又曰：「闔户謂之坤。」「謂之」八句。經傳尤多。賈誼《新書》：「親愛利子謂之慈，反慈爲嚚。」「謂之」、「反」、「爲」各五十六句。《論語》曰：「《詩》可以興。」「可以」三句。《曲禮》曰：「敖不可長。」「不可」四句。《禮運》曰：「郊所以定天位也。」「所以」五句。《中庸》曰：「知所以脩身，則知所以治人。」四句「知所以」。《易》曰：「君子體仁足以長人。」「足以」四句。《老子》曰：「天無以清，將恐裂。」「無以」六句。《禮》曰：「以之居處有禮，故長幼辨也。」「以之」、「故」、「也」五句。《禮運》曰：「慮之以大，愛之以敬。」「之以」六句。《大司業》曰：「以致鬼神，以和邦國。」「以」字六句。《易傳》曰：「其稱名也小。」「其」、「也」六句。《樂記》曰：「其哀心感者其聲嘸以殺。」十二句。《燕居》曰：「鼎得其象，宫室得其度量。」「得其」十句。《老子》曰：「天得一以清。」「得一以」六句。《莊子》曰：「狶韋氏得之以挈天地。」「得之以」九句。《家語》曰：「未嘗知哀，未嘗知憂。」「未嘗知」五句。《列子》曰：「有生者，有生生者。」各五句。又曰：「生之所生者死矣，而生生者未嘗終。」亦各五句。

删布

敷陳實義謂之布，剪裁浮詞謂之删。其思贍而才優者善布，其才覈而思約者善删。善删者字去而意留，精要而不晦；善布者句疊而事實，充滿而不蕪。字删而意闕則短乏而非覈，章布而言重則紛冗而非贍。此陸機才優而詞繁、陸雲思劣而詞省也。夫一意重出者義之駢枝，一詞累致者詞之贅疣，故句可削則見其疏也，舊評《蘭亭記》之「絲竹管絃」，《滕閣序》之重「星」、斗辰、牛女、「彭澤」、「彭蠡」之類也。比事斷理者詞之綱領，支分節解者義之條目，故字難減乃知其密也。舊評《檀弓》、《左傳》，見前「煩簡」。或引而伸之、觸而長之，一字布爲一句，一句布爲一章，此《儀禮》有《記》、《義》，《易》卦有《繫》《傳》也。或言一以蔽之，道一以貫之，一篇删爲一章，一章删爲一句，此《春秋》經文游夏不能贊一詞，宓羲卦畫統于三聖《十翼》也。

夸飾

文之有形，因夸而成；詞之有象，緣飾而尚。飾浮于奇，心聲乃亂；夸過于太，名實乃乖。

善作者不以詞妨義，善觀者惟以意逆志。故言多則其麗不億；言少則靡有孑遺；言久則一日三秋；言易則宋不崇朝；言高則峻極于天；言狹則河不容刀；言重則一介不與；言輕則天下如徙；言喜則九圍挾纊；言怒則千里流血；言善則降百祥，不善則降百殃；言好則百身可贖；言惡則豺虎不食；言異則鳥翼覆稷，鳦卵生契；言怪則龍戰于野，載鬼一車；言感則百獸率舞，魚鳥咸若；言化則鴞集泮林而懷好音，荼在周原，其甘如飴。然夸貴有則，飾貴得宜。失宜乃誕，失則乃誣，或衮得于孟氏，或鑒失于莊子。

變奇

正常有則，變奇無方。正奇雖反，出奇以相成；常變雖異，變通以趨時。文以反正爲奇，詞以殊常爲變。盖青出于藍而青于藍，絳通于蒨而絳于蒨，層冰成于積水而凛于積水，大輅始于椎輪而質于椎輪，此《周詩》縟于《周書》，《易・繫》文于《春秋》，《卿雲》、《南風》之作文于唐謡，「峻宇雕墻」之句縟于虞咏，楚詞矩于商周篇什，漢賦祖于屈宋騷詞，在拓衢路而置關、長馭轡而按節，緣常以應變，用正以馭奇也。法用顛倒，回互不常，上字而移下，中詞而出外，或糾詞以盡理，或飾詞而脱凡，倒文而順義，疊文而布篇，反意而用詞，變詞而用意，勿逐奇而失正，勿從變而亂常。

因革

代有今昔，事有因革。《書》曰：「舊典時式。」《詩》曰：「率由舊章。」乃多聞而擇其善，多見而識其非也。賈誼賦鵩多出《鶡冠》之語，柳子厚謂賈所引用者足取。相如《封禪文》述言于子長，班孟堅謂相如賢遷遠矣。張湯疑奏而再却，倪寬更其詞而漢主歎奇。虞松草表而屢遣，鍾會易其字而晉帝稱善。此乃追觀易爲明，循勢易爲力，變故而歸新，革弊而趨善，必沿流而依原，因幹而討枝也。是或翻案駁文者述其事而反其意，奪胎換骨者因其語而易其事也。或云屋下架屋者妙而無益，此楊雄《太玄》則見譏于王隱也。或事事擬學者泥而不通，庾亮《〔揚〕都賦》未免誚于謝傅也。漁獵前代、戕賊文史而戒于退之，不出胸臆、非由機杼而慎于文通也。

因義

《易》曰：「初率其詞而揆其方。」《記》曰：「人不詞費，直而不有。」故詞有内外急緩難易，以義爲正。《春秋》書「齊人取子糾殺之」，《公羊傳》曰：「取，内詞也。」《穀梁》曰：「外不言取。取，易詞也。」「許叔入于許。」胡傳：「入，難詞也。」「公追齊師至巂弗及。」至巂，急詞也。弗及，内詞也。「郊牛之口傷，改卜牛，牛死，乃不郊，猶三望。」之口，緩詞也。乃，亡乎人之詞也。

猶三望，可已之詞也。《穀梁》曰：「《春秋》内其國而外諸夏，内諸夏而外夷狄，爲以内外之詞也。」子謂管仲「如其仁」，内詞也。謂子西「彼哉，彼哉」，外詞也。「其如視諸斯乎」，易詞也。「不曰如之何」，難詞也。孟曰：「天下惡乎定！」急詞也。「姑舍是。」緩詞也。子曰：「吾誰欺？欺天乎？」重詞也。「吾不如老農。」輕詞也。「君子哉若人！」重詞也。「於是乎君子！」輕詞也。

革華

《易》曰：「吉人之詞寡，躁人之詞多，誣善之人其詞游。」《記》曰：「天下無道則詞有枝葉。」《家語》曰：「不繁詞。」又曰：「詞達而勿多也。」韓文曰：「今以博學宏詞選人，予四試州縣而後取。自所試讀之，類俳優之詞，忸怩而心不寧，所謂耻過作非也。」聖道曰經，經降爲史，所謂文勝質矣。史降爲子，所謂大義乖矣。降于魏晉，所謂軻死不得其傳焉。降于齊梁，其弊甚矣。隋李諤奏書謂：「好雕虫之小藝，競一字一韻之巧。連篇累牘，月露風雲之狀。世俗以此相尚，朝廷以此取士，故文繁政亂。」隋帝詔天下公私文翰並宜實録，時泗州刺史司馬幼之表華艷，付所司治罪。自是臣人咸知正路，棄絶華綺，遂有文中子、陳伯玉者出。斯乃實録之詔、革華之奏其功致之也。

才思

文之巨細係乎才，詞之工拙由乎思。圖功造次者應機而斷，凝績悠久者研慮而得也。枚皋命賦輒成，劉安詔《騷》即上，曹植授簡如口誦，王粲舉筆如宿搆。及止馬制書、刻燭限韻、搦管如流、揮毫如飛者，徒聞其速，未永其傳也。長卿含筆腐毫，子雲輒翰驚梦，子平《二都》之賦十年乃成，太沖《三都》之賦十載始就。然楊雄謂相如入室，桓譚謂子雲絶倫，劉勰謂子平宏拔，陸機服左思莫加，盖見其工不計其遲也。《西京記》曰：「長卿淹遲，首尾温麗。枚皋敏速，時有累句。」是知疾行無善迹矣。盧思道曰：「自是編苦疾，知他織錦遲。」則知密察有文理矣。若夫才乏而鄙澁，學疏而苦遲，使觀者不快而陋其固也；才冗而搆篇長，學野而出詞速，令讀者不達而厭其繁也。此勉强之爲文也，而非安安之思矣。

感遇

文生于性情，教移于時世，學殊于所遇，文章事業難兼。風異于所感，教化興亡易變。歐陽脩曰：「遭時之士功烈顯于朝廷，名譽光于竹帛，視文章爲末事。失志之人窮居隱約而致于學，苦心危慮而精其思，感激發憤而宣於言。」此唐之劉、柳無稱於事業，姚、宋不見於文章，乃遇之殊也。李華曰：「文章本乎作，哀樂繫乎時。本乎作者，《六經》之志也。繫乎時者，樂文武而哀幽厲也。」柳冕曰：「君子感哀樂爲文章，以知治亂。屈、宋以降感哀樂而亡雅正，魏、晉以還感聲色而亡風教，宋、齊以下感物色而亡興致。」乃感之異也。或謂馬遷一人之文，令人讀其《莊生》、《魯連傳》即欲遺世，讀《李廣傳》即欲立鬭，讀《石建傳》即欲俯躬，讀《信陵》、《平原君傳》即欲好士，讀《游俠傳》即欲流涕者，蓋各得其情而肆于心也。故曰文章與政通，風俗以文移。

著述

文不外道，道不外文。文非道何述？道非文何著？道者，文之體；文者，道之用。述其道者由乎學，著其文者由乎才。學者博也，博于聞見而述之也。才者裁也，裁其合宜而著之也。以才爲主，以學爲輔。才自内發，學本外成。學優而才短者劬勞於詞情，才長而學劣者迍邅於事義。桓寬曰：「内無學而外爲文，若畫脂鏤冰，費日捐功。」蓋學有餘而質不足則流，才有餘而雅不足則蕩。流蕩不返，使人有淫麗之心存焉，文斯病矣。此柳氏謂楊、馬之才而不知教化，荀、陳之學而不知文章。是故心之所之謂之志，志之所宣謂之言，言之有章謂之文，文之有理謂之道。聖人作之，賢者述之，儒者著之也。

讁瑕

《老子》曰：「善言無瑕讁。」《左傳》曰：「文以考典，典以志經。忘經而多言，舉典將焉用之？」《家語》曰：「聞記不善，無務多談。」《吕氏春秋》云：「葛天氏之樂，三人歌八闋。」相如《上林》則云：「千人唱，萬人和。」陳思王《報孔章書》亦因而用之。《世紀》云：「列風淫雨。」《尚書大傳》則云：「列風淮雨。」傅毅制誄已沿而襲之。《左傳》曰：「鮑莊之知不如葵，葵猶能衛其足。」又曰：「葛藟猶能庇其根。」陸機《園葵》詩則云：「庇足同一智。」《禮記》云：「母没而杯圈不能飲，口澤之氣存焉。」潘岳《悲内兄》則云「感口澤」。朱子曰：「韓愈《上宰相書》，《菁菁者莪》詩『註』都寫『説』。『載沉載浮』，浮沉皆載也。《書》之『棐』與『匪』同，先儒錯解作『輔』，張衡亦錯了。」歐氏曰：「馬遷《史記》，堯舜禹湯文武皆出於黄帝。稷、契於高辛爲子，乃同父異母之兄弟，其世次而下之，湯與王季同世。湯下傳十六世而爲紂。王季下傳一世而爲文王，二世而爲武王。是文王以十五世祖臣事十五世孫紂，武王以十四世祖代十四世孫而王。舜娶堯二女，據圖爲曾祖姑。人倫之理豈顛倒如此！」章氏亦云：「遷《史》多誤，得罪於經也。」夫諸子如是，況其下者乎！

監失

《孟》曰：「盡信書不如無書。」歐氏曰：「學《春秋》者捨經而從傳，不信孔子而信三子，惑也。」經書魯隱曰「公及邾」，又書「公薨」，三子皆曰：「是攝也。」經書「趙盾殺其君夷皐」，三子曰：「非盾也，是趙穿也。」經書「許世子止弒其君買」，三子曰：「非弒之也。買病死，而止不嘗藥耳。」經簡而直，傳新而奇。簡直無悦耳之言，新奇有可喜之論。公羊、穀梁以尹氏卒爲正卿，左氏以尹氏卒爲隱母。一爲男子，一爲婦人，可盡信乎？晉范寧曰：「《左氏》艷而富，其失也誣。《穀梁》清而婉，其失也短。《公羊》辨而裁，其失也俗。《左傳》以鬻拳兵諫爲愛君，是人主可脅也；文公納幣爲用禮，是居喪可昏也。《穀梁》以衛輒拒父爲尊祖，是子可叛父也；以不納子糾爲内惡，是仇讎可容也。《公羊》以祭仲廢君爲行權，是臣器可窺也；以妾母稱夫人爲合宜，是嫡庶可齊也。」王通曰：「范寧有志于《春秋》，徵聖經而詰衆傳。」又曰：「《春秋》之失自歆、固始，棄經而任傳。史之失自遷、固始，記繁而志寡。」蘇氏曰：「固譏遷失而固未得，曄譏固失而曄尤甚。」史曰：「目見毫毛而不見其睫。」夫書非一世之文，失非一日之傳，辨非一人之能也，即衆辨而觀其義則思過半矣。

興廢

文以道而立，道以文而行。文以治而隆，道以亂而替。焕乎陶唐，郁乎周代。秦暴焚坑，斯文乃厄。漢孝武置寫書之官，建藏書之府，劉向及歆撮爲《七畧》，麒麟、天禄，二閣。内庫始充，又厄王莽之亂。光武中興，班固、傅毅依《七畧》爲《志》，充石室、蘭臺、東觀、仁壽，四閣。又厄董卓之亂。代魏鄭默制《中經》，荀勗著《新簿》，白虎、觀名。石渠，閣名。宣明鴻都，又厄惠、懷之亂。代宋王儉别撰《七志》，道佛附焉，又厄齊末之兵。梁初任昉，文德殿名。列藏，華林園名。總集。及處士阮孝緒更爲《七録》，詞義不經，部目頗序。文帝歸籍于江陵，又焚于周師入郢。後魏都燕，孝文徙洛，圖籍稍充，又厄尒朱之亂。隋牛弘表請搜訪異本，一卷賞帛一疋，校寫既定，本即歸主。乃召工書補闕，宫閣内外，正副其本，三萬餘卷。唐本僞鄭，盡收圖籍，東都泝河，底柱漂没，仍以經史子集部分爲四軸，帶帙籤異色，圖書之藏爲盛，又厄禄山之亂。文宗以千錢購卷，四庫復充，又厄黄巢之亂，亡於洛陽之徙。五代馮道始奏鏤板印行，至宋太宗大校文籍，用出内帑，不費有司，昭文、館名。宣和、殿名。太清、樓名。崇文，閣名。李昉、徐鉉大陳觀覽，高宗渡江，又厄散佚。自秦至斯，十厄殊甚，豈興廢有時而存亡隨世哉？

去弊

歐氏曰："周衰學廢，先王之道不明，異端之説並起，孔子患之，乃修《詩》、《書》以止紛亂，亦畧遠而詳近，上述前世止於堯舜，著大畧而不道其前。馬遷遠出孔後，《史記》上述黄帝以來，詳悉世次，不量力而務勝，宜其失之多也。"見前。章俊卿引宋樂史謂《儀禮》五疑之外猶多疑者。如吉凶賓嘉，獨闕軍禮；自天子至士有冠禮，獨闕大夫；賓有八禮，獨載《覲禮》、《公食大夫禮》及本末異同之類也。《志》曰："秦燔書坑儒而存醫藥卜筮。"鄭氏曰："陸賈，秦之儒臣。酈食其，秦之儒生。叔孫通，秦之文學。"盖燔坑者，時論不合者耳。然口耳所傳、屋壁所藏猶足以垂世立教，何卜筮固存也？後無明易之人，醫藥固存也。今無純一之書，豈非聖經竟傳無弊而異道雖存亦亡者耶？盖燔書而書存者，存以正也；窮經而經絶者，絶以異也。異則煩，煩則弊，弊則存之者鮮矣。夫隋設二臺，東妙楷臺、西寶臺。募以金帛，宋建三館，昭文。費出内帑，非不存也，存之無弊者鮮矣，存而能知行者尤鮮矣。故曰：非存書之難而讀書之難，非讀書之難而讀書之正爲難。欲讀其正，必去其弊。

辨僞

《三墳》亡而《五典》闕，《周官》廢而職書失，至孔聖而《五經》復明，諸子而要道始亂，秦坑燔而口説流行，漢附會而疏義殊異。此謂正典興於治隆，微言絶於衰亂也。故後漢好圖讖，晉世重玄言，梁園廣佛藏，妄作日以滋，風教日以雜，緯浮于經，僞憑于真，四部徒分，十厄已甚。見上。雖隋求卷書賞帛一疋，唐以千錢易書一卷，然書以帙多爲貴，學以見廣爲尚，人以嗜利僞作。況繕寫之傳，無後之版刻；楷稿之作，殊古之篆隸。故作僞者易其事，辨真者難其人。此真之存者少，存之僞者雜。宋編《御覽》、《綱目》二書，各引用一千六百九十種載于卷首，今之亡者既已多矣，存之僞者其孰辨乎？歐陽修謂《文言》、《繫詞》非孔子之作，而程、朱大儒未常黜之。又謂河圖、洛書，僞説之亂經也，漢宋文儒何悉疏之？《鶡冠子》十六篇，韓退之讀而叙之，柳宗元謂好事者僞爲之。《晏子春秋》，劉向、班固列於儒家，柳宗元謂學墨者依托之。蘇武、李陵詩文，昭明選之，五臣疏之，杜甫師之，蘇子瞻謂後人所擬。豈文人之辨文也殊異若此？苟文之不若數子，將何以辨文？辨文之可異于數子，又何以言文哉？故曰：「天不生聖人，萬古如長夜。」不其然乎！

貴精

學莫貴于古道，道莫精于《六經》。故《易》本三古四聖，《書》黜《八索》、《九丘》。列國之詩，前代之史，孔子删而修之。《禮記》中《學》、《庸》，子書中《孟氏》，先儒取而輯之，非以其多而以其精。苟以多聞爲貴而以簡古爲歉，何古之難而精？何今之易而駁也？蓋秦漢而後，殺青炙簡，刀書。易之以筆，簡編易之以紙，古篆易之以楷草。然筆毫楷草猶有繕寫之艱，其爲文也雖非三代《六經》之儔，亦非後世之所能及。五代而後又行鏤版，市鬻之易，其爲時也，文詞學術當倍蓰于古人，何五代之文不及晉魏，晉魏之文不及兩漢，兩漢之文不及七國？去古愈遠，從正愈疏，學者愈易，爲文愈陋矣。矧挾獨見之私而無從善之公，懷争奇爲是而以典古爲否。其爲教也，以繁華爲尚而以放蕩馳騁爲能；其爲學也，稔習見聞而不知其偏，同趨世俗而不知其靡。劉歆曰：「信口説而背傳記，是末師而非往古者多矣。」子思曰：「文理密察，足以有别也。」

異教

王文中子曰：「玄虚長而晉室亂，非老莊之罪也？齊戒脩而梁國亡，非釋迦之罪也？」韓文公曰：「古之爲民者四，今之爲民者六。古之教者處其一，今之教者處其三。」又曰：「不塞不流，不止不行。」程明道曰：「道之不明，異端害之也。昔之害近而易知，今之害深而難辨。昔之惑人也因其迷暗，今之入人也因其高明。自謂之窮神知化而不足以開物成務，皆正路之蓁蕪、聖門之蔽塞也。」夫仁義禮知，聖賢之説也，老氏以爲不足而主清虚。清净無爲，老氏之説也，釋氏以爲不足而主寂滅。後世黄冠釋子妄稱禍福，不察老子之爲柱史，年八十去周西游扶風，死葬槐里；釋氏年十九而學，三十而成，七十九而没。或言莫知其所終，或言復見身者，誕者異之也。程子謂《老子》論道德而雜權詐，本末乖矣。晁氏謂《老子》居亂世憂懼所爲之書也。姚崇曰：「五帝三王之時，民致仁壽，國祚延長，未有佛教，豈抄經鑄像之力、設齋施物之功耶？」傅奕曰：「佛，西胡黠人欺術，夷狄以自神。至入中國，纖兒幻夫文飾之。」朱子謂釋書初只四十二章，經甚鄙近。至晉宋間，中華文士自立講師問難，剽竊《老》、《莊》，變換其説。至達磨出《楞嚴》極好，説者曰：「能斯作者固亦鮮矣，從斯流者亦甚謬矣。」抑老佛之言虚寂而畧其鍊養，至赤松子、魏伯陽言鍊養而不言虚寂，盧生、李少君、欒大之屬言服食而不言鍊養，張道陵、寇謙之徒言符籙而不言服食，後之黄冠則言科教而不及服食煉養，盖愈遠而愈失矣。欒大、少君諸輩以此殺身者宜哉。漢谷永諫成帝疏、唐柳宗元《報李睦州書》、韓退之誌李于、歐陽永叔序《黄庭經》，歷歷可觀矣。

右《言文》宗會三十四章。

言文卷中

世代

夫文與道，一而已矣。斯文興替，與世推移，風動于上，俗變于下。二帝三王，《六經》、《四書》，治世治人之文，文之純也。聖人之言謂之經，道之宗也，此孔子没而微言絶。賢者之言謂之傳，道之傳也，此七十子喪而大義乖。是有列國之語，衰世謀士之文，文之靡也。《唐語》曰：「三代之文，道義所在。三代而後，氣節所發。」乃若荀卿、屈、宋之詞，黄、或曰《陰符經》，亦托言者。老、列、莊之談，蘇、張、范、蔡之辨，穰苴、孫、吴之言兵，管、慎、申、韓、商、李之法術，墨翟、晏嬰之儉愛，尹文、公孫之刑名，莊辛、魯共之論，樂毅、仲連之書，詞則古而道或乖也。後此而近古者其西漢乎，其君也，高、文、景、武、宣、元之詔；其臣也，賈誼《過秦》、《積貯》之論，晁錯之《貴粟》、《備兵》，鄒陽、枚乘之諫書，仲舒之《賢良策》、《限民田論》，相如之諫獵、喻檄，馬遷之叙書、列傳，充國《屯田》，劉向《封事》，匡衡抗疏，劉歆移讓，班彪《王命》，班固表贊，孔明《出師》，此先儒選文之所同也。此外鱗萃，豈無名言？參諸輯録，去取鮮同。惟在精一，不煩甄序矣。朱子曰：「秦漢以來，猶先有其實而後托於言，惟其無本，不能一於道也。若宋玉、相如、王褒、楊雄之徒，則以浮華爲尚矣。」蘇老泉曰：「遷、固之雄剛，孫、吴之簡切。董生得聖人之經，流爲迂；晁錯得聖人之權，流爲詐。有二子之才而不流者賈生乎？」方遜志云：「漢儒之文有益于世，得聖人之意，惟董、賈焉；攻浮靡綺麗之詞，不根據道理者，莫陋于司馬相如。韓退之屢稱古今文章之盛，相如必在其中，而董、賈不與焉，其去取之謬如此。」歐陽氏曰：「兩晉無文，惟《歸去來詞》耳。」程子曰：「隋王通書有格言，後人附會續經之類非其作也。」皮日休曰：「文中之道，曠百祀而得室援者唯昌黎之文，吾唐以來一人而已。」方氏曰：「唐文爲法後世者惟退之，退之之文舍《原道》無稱焉。舉唐人之不及退之可知也，後世之不及唐者又可知也。」程子謂《原道》語多病而意近理。朱子曰：「東京降於隋唐，愈下愈衰，去道愈遠，韓愈《原道》力變而未能。韓文議論正而規模闊，柳文較精密高古而不甚醇正，陸宣公奏議事理委曲，此唐文之變也。及宋歐陽修出，力變而未能，亦未免韓氏之病也。老蘇文雄渾，大蘇文明快，小蘇學術同而不甚分曉，曾南豐比蘇文較質而近理。」又曰：「文章歐、曾、蘇，道理到二程。」又序周子之《太極》、《通書》，謂其宏綱大用，非秦漢以來諸儒所及。程子謂張子《西銘》極純無雜，秦漢以來學者所未到。又謂邵子《皇極》之書如空中樓閣，四通八達，此代宋之文又其變也。夫六代唐宋之文，道理詞章之辨，其作者非一時之傳也，其知者非一人之言也，故錯舉群儒之論以參訂世代之變，其或庶乎。迨明興諸文則煥然復古，其方盛大而未量也，言則俟乎君子。

經義

夫載至道莫先於經，兹述陳言亦昭其義。《記》曰：「温柔敦厚，《詩》之教也。疏通知遠，《書》之教也。博厚易良，《樂》之教也。潔静精微，《易》之教也。恭儉莊敬，《禮》之教也。屬詞比事，《春秋》之教也。故《詩》之失，愚；《書》之失，誣；《樂》之失，奢；《易》之失，賊；《禮》之失，煩；《春秋》之失，亂。」陸氏曰：「《六經》無失，學者失之也。」《莊子》曰：「《詩》以道志，《書》以道事，《禮》以道行，《樂》以道和，《易》以道陰陽，《春秋》以道名分。」董子曰：「《詩》道志，長於質。《禮》知節，長於文。《樂》詠德，長於風。《書》著功，長於事。《易》本天地，長於數。《春秋》是非，長於治人。」楊子曰：「説志者莫辨乎《詩》，説事莫辨乎《書》，説天莫辨乎《易》，説體莫辨乎《禮》，説禮莫辨乎《春秋》。」班氏曰：「《樂》以和神，仁之表也。《詩》以正言，義之用也。《禮》以明體，明白著見，故無訓也。《書》以廣聽，知之術也。《春秋》以斷事，信之符也。五者五常之道，相須而備，而易爲之原。」文中子曰：「《書》以辨事，《詩》以正性，《禮》以制行，《樂》以和德，《春秋》以舉往，《易》以知來。不學《春秋》無以主斷，不學《樂》無以知和，不學《書》無以議制，不學《易》無以通禮。四經非具體不能及，故聖人後之而先《詩》、《禮》，謂不學《詩》無以言，不學《禮》無以立。」蘇氏曰：「哀王道、傷時莫過乎《詩》，量遠近、賦九州莫過乎《尚書》，道陰陽、言悔吝莫過乎《易》，設尊卑、防微漸莫過乎《禮》，和人情、動風俗莫過乎《樂》，明善惡廢興、吐詞令莫過乎《春秋》。」歐氏曰：「《易》言動静得失吉凶之常理，《春秋》言善惡是非之實録，《詩》言政教興衰之美刺，《書》言堯舜三代之治亂，《禮》、《樂》之書雜出諸儒之記，大要治國修身之法也。」朱子曰：「《易》之卦畫、《詩》之咏歌、《書》之記言、《春秋》之述事、《禮》之威儀、《樂》之節族，列爲《六經》而垂萬世。推其興衰，皆出於天命所爲，非人力所及。」又曰：「談經者有四病：本卑也而抗之使高，本淺也而鑿之使深，本近也而推之使遠，本明也而使之至於晦。」劉勰曰：「《詩》列『四始』，《書》標『七觀』，《易》張《十翼》，《禮》正『五經』，《春秋》『五例』。」程子曰：「《六經》之書，在涵蓄中默識心通精義爲本。」

經

經，徑也，常行之典也，言如徑路無所不通，可常行也。《文心》曰：「三極彝訓曰經，恒久之至道，不刊之鴻教也。」《白虎通》云：「《易》、《詩》、《書》、《禮》、《樂》、《春秋》爲《六經》。」至秦亡《樂》，分《儀禮》、《周禮》、二《記》，《春秋》以《左氏》、《公羊》、《穀梁》三傳，爲《九經》。宋以《論語》、《孝經》、《孟子》、《爾雅》，爲《十三經》。《大學》、《中庸》原屬《禮記》。程正叔曰：「道之在經，大小遠近高下森列其中。」

《易》

《書説》曰：「日從月爲易，象陰陽也。」言晝夜相變易也，故易無體，生生之謂易。《周禮》：「筮人掌《三易》。」夏曰《連山》，商曰《歸藏》，周曰《易》。其經皆八，其别皆六十四。伏羲所畫，文王《卦詞》，周公《爻詞》，孔子《彖詞》、《象詞》、《文言》、《繫詞》、《説卦》、《序卦》、《雜卦》，謂之《十翼》。班固曰：「人更三聖，世歷三古，秦燔不與焉。」說見前篇。史云《連山》、《歸藏》，晉隋始出，僞書。

《書》

書，著也，著於竹帛。《釋名》曰：「庶也，以紀庶物。」孔安國云：「先君孔子討論《墳》、《典》，斷自唐虞以下，迄于周秦。典、謨、訓、誥、誓、命之文，所以恢弘至道、示人軌範也。」《正義》云：「《書》有十名：典二、謨三、貢一、歌一、誓八、誥八、訓一、命九、征一、範一也。」

《詩》

詩，志也，志之所之，發於言也。《漢・藝文志》曰：「古者采詩之官，王者所以觀風俗、知得失、自考正也。孔子純取周詩，上采殷，下取魯，凡三百五篇。遭秦而全者，以諷誦，不獨在竹帛也。」「六義」、「四始」目録見《説詩》。

《禮》

禮，履也，理人事神。《釋名》曰：「體也，得其事體。」徐氏曰：「从示，古衹字。从豐，器也。」《漢・藝文》云：「帝王世有損益，成周曲爲之防，事爲之制。周衰，諸侯僭度削籍焉。」《儀禮》是經，吉、凶、軍、賓、嘉也；《周禮》是緯，三百六十官也；《禮記》是傳。朱子曰：「以《儀禮》置于前，附《禮記》于後，如《儀禮》有《冠禮》、《昏禮》、《射禮》，則附《冠義》、《昏義》、《射義》之類。《曲禮》少儀，以類相從。」又曰：「韓子苦《儀禮》難讀，只是經不分章，記不隨經耳，猶《易》之《象》、《象》、《繫詞》得失。」「五疑」見前，餘見《通典》。

《春秋》

杜預曰：「史之所記，表年以首事。年有四時，故錯舉爲名。」孔子因魯史，據行事，仍人道，因興立功，就敗成罰，假日月以定曆數，籍朝聘以正禮樂，褒諱貶損。丘明論本事作《傳》，口説流行。又有《公羊》、《穀梁》。章氏曰：「事備於《左氏》，例明於《公羊》，義精於《穀梁》。五短三長，得失異同也。」經之大旨乃誅亂臣，討賊子，内中國，外夷狄，貴王賤霸而已。

《墳》

《左傳》曰：「倚相，良史也。是能讀《三墳》、《五典》、《八索》、《九丘》。」《尚書序》曰：「墳，大也，言大道也。」《釋名》曰：「墳，分也，論三才之分，天地人之始，其體有三。」謂伏羲《八卦》、神農《本草》、黄帝《内經》也。然古史、《漢志》未載，至梁《七録》始有《本草》三卷，《隋志》始有《素問》九卷。蓋上古文字未著，若伏羲卦畫可知，以《本草》、《素問》爲二墳，謬矣。又有山墳、氣墳、形墳之説，尤謬也。

《索》《丘》

《春秋傳》杜氏解曰：「《八索》者，八卦之説。」《傳》稱良史之事。《廣雅》曰：「索，著也，素王之法。」《釋名》曰：「若孔子聖而無位以制其法。」三註未是孰是。《釋名》曰：「《九丘》，丘，區也。區别九州之志土氣，教化所宜，皆三王以上之書。」孔子贊《易》以黜《八索》，述《職方》以除《九丘》，又曰：「索，求也。丘，聚也。」蔡九峯曰：「《墳》、《典》、《索》、《丘》，春秋之時簡編脱落不通，孔子删之。」

《典》

《説文》云：「五帝之書。從册在丌上，尊閣之也。」蔡邕《獨斷》曰：「典，常也，法也，謂世代可爲常法也。」《釋名》曰：「典，鎮也，制教法以鎮定上下，差等有五。」今《書》存《堯典》、《舜典》，文史之祖莫先於此。

《謨》

《説文》云：「議謀也。」徐氏曰：「慮一事畫一計爲謀，泛議將定其謀曰謨。」君臣之間，嘉言善政，《書》《禹》、《臯陶》、《益稷》三謨，所以備二《典》之未備也。故曰：典者，帝王之常道。謨者，人臣之嘉言。

《四書》

胡致堂曰：「《論語》、《孟子》，聖賢之微言，諸經之管轄。《大學》、《中庸》，《孟子》之倫也。」朱子曰：「讀《大學》以定其規模，次讀《論語》以立其根本，次讀《孟子》以觀其發越，次讀《中庸》以求古人之微妙。」

《論語》

《漢・藝文志》：「孔子應答弟子及時人相與之言而接聞於夫子之語也。當時門人各有所記，夫子卒，輯爲論纂。」程子曰：「成於有子、曾子之門人，其書二子獨以子稱。」朱子曰：「逐文逐意，各是一義，故曰《五經》之管轄，《六藝》之喉衿也。」

《孟子》

趙氏《題詞》曰：「孟子以儒道游于諸侯，不肯枉尺直尋時君，謂之迂闊，退而論集，與弟子疑難答問，著書七篇。」韓子稱軻書「醇乎醇者也。孔子傳之孟軻，軻之死，不得其傳焉。」皮日休奏請孟子入學祀云：「道存乎正，文極乎奥。古之士以湯、武爲逆，楊、墨爲達智，其不讀《孟子》乎？由是觀之，《孟子》之功利于人不輕矣。」故天下學者咸曰孔孟。

《孝經》

《藝文志》：「《孝經》，孔子爲曾子陳孝道也。」何休謂：子曰：「吾志在《春秋》，行在《孝經》。」然首章云：「仲尼居，曾子侍。」當是曾子弟子樂正子春爲之。朱子曰：「疑非聖言，不得切要。」胡致堂曰：「章指淺陋，不可經名。」

小　學

《藝文志》云：「古者八歲入小學，習書數。」故《周官》施教法于邦國都鄙及保氏教國子皆六藝，禮、樂、射、御、書、數也。歐陽修曰：「《爾雅》出漢世而有訓詁之學，《三蒼》制字、許氏《説文》而有偏傍之學，孫炎作音而有音韻之學，漢篆隸異體而有字書之學。」

《爾雅》

楊雄云：「孔門游、夏之儔所記以解釋六藝者也。」《記》言史佚教其子以《爾雅》。《爾雅》者，小學也。又言孔子教魯哀公學《爾雅》。《爾雅》之出遠矣，學者皆云周公所記。「張仲孝友」之類，後人所增耳。疏曰：「《釋言》，周公所作。《釋言》而下，子夏所足，叔孫所益。」魏張揖採《蒼》、《雅》遺文爲《廣雅》，避隋煬帝諱更名《博雅》，然其文義未盡耳。予方以天地人時事物道器群分類萃，備悉文義，著爲《全雅》。卷數另部。

六書

《史》曰：「宓羲始畫八卦，造書契以代結繩之政。」《説文》曰：「黄帝之史倉頡見鳥獸蹄迹以作書。」故《周官》保氏教六書，曰指事、象形、諧聲、會意、轉註、假借。及周宣王太史籀著大篆，秦李斯等省籀文爲小篆，程邈省爲隸書，王次仲改爲八分，漢史游作《急就章》，愈趨便易。自楷草行，六書微矣。予參考古今譜義，以六書十體八法爲集，名曰《元書》，歐公所謂偏傍字體之學也。

音韻

《説文》曰：「單出爲聲，成文爲音，音員爲韻。」《史正義》云：「先儒音字比方爲音。」至魏秘書孫炎作反音，又未甚切。《經藉志》署吕静、夏侯詠、陽休之、周思言、李奉節、杜素卿諸韻。隋陸法言著《廣韻》，唐孫愐著《唐韻》，有四聲八病，實昉于沈約、周顒也。詳見《説詩》。至宋夏英公集上古之音爲《古韻》，吴才老作《補音》補夏公之未備者，附以叶音，亦諧聲也。國朝楊升菴復集古音，發明轉註者六書之一也。周德清以字别陰陽、聲分平仄，著《中原音韻》，爲虞學士所賞。如東、紅二字，紅字上平聲，聲高，從陽；東字下平聲，聲低，從陰。上去二聲各止一聲，無陰陽之别。入聲直促難諧，以之派入平上去三聲者，廣其音焉。是非穿鑿，學者詳之。辨見《説詩》。

九　數

黄帝使隸首作筭數，故《周官》保氏教民「九數」：一曰方田，以御田疇界域；二曰粟布，以御交質變易；三曰差分，以御貴賤稟税；四曰少廣，以御積幕方員；五曰商功，以御功程積實；六曰均輸，以御遠近勞費；七曰盈朒，以御隱雜互見；八曰方程，以御錯揉正員；九曰勾股，以御高深廣遠。魏劉徽曰：「今《九章算經》乃漢張蒼等删補周公之遺書也。」後周甄鸞作草，唐李淳風注，因乘歸除是也。

禮　樂

六藝之一曰禮。五禮經見前文。《王制》：「司徒修六禮以節民性。」冠、昏、喪、祭、鄉、相見也。二曰樂。《雲門》、《咸池》、《大韶》、《大夏》、《大護》、《大武》，六樂也。以六律、六吕、五聲、八音、六舞合樂以致鬼神祇，以和邦國，以諧萬人，以安賓客，以悦遠人，以作動物，勸之以《九歌》、六府、三事。詳見《三禮》、《通典》。

射御

六藝之三曰五射：一曰白矢。貫侯過，見其鏃白也。二曰參連。前放一矢，後二矢，參連而去也。三曰剡註。羽頭高鏃低而去，剡剡然。四曰襄尺。臣與君射，不並君立，讓君一尺而退。五曰井儀。四矢貫侯，如井字之容儀。

六藝之四曰五御：一曰鳴和鸞。和在式，鸞在衡，升車則馬動，而和鸞相應。二曰逐水曲。車隨水勢屈曲。三曰過君表。褐纏旃以爲門，裘纏質以爲梲，間容握驅而入，擊則不得入。君表，即褐纏旃也。四曰舞交衢。車在高道，其旋應舞節也。五曰逐禽左。御驅逆之車，逆驅禽獸使左，當人君以射之也。

右言小學六章，今惟《爾雅》爲先，六書次之，音韻又次之，九數又其次之。至于禮樂，大學難之。其于射御，今學者希，此古道之不復也。

《家語》

魏王肅得之孔子二十二世孫猛所傳，因爲之註。曰《孔子家語》者，當時公卿大夫及七十子所咨訪問對也，與《論語》、《孝經》並時弟所記。其正實切事者爲《論語》，餘集而録之爲《家語》，煩而不要，由諸弟子叙述之才優劣然也。朱子曰：「記得不純，却是當時書也。」陳氏曰：「其間有見于《左傳》、《大戴》諸書。」或者疑之。外有《曾子》二卷、《子思》七卷，採摭《戴禮》，詞不雅馴，其僞別矣。

《國語》

周、魯、齊、晉、鄭、楚、吴、越八國之語。古者列國皆有史官紀載時事，其文不主《春秋》之經，故名《外傳》。漢賈生、史遷綜述之，劉向更考校正，至章帝時，鄭司農訓解，賈侍中發明，建安虞公、唐公損益註釋，宋真西山取爲《正宗》「議論」之卷。

《國策》

劉向《序》曰：「中（興）〔書〕本號《國策》、《國事》、《國語》、《長書》、《脩書》。向以爲戰國游士輔所用之國之謀策，宜爲《戰國策》。」定三十三篇，周、秦、齊、楚、趙、魏、韓、燕、宋、衛、中山之策。曾南豐曰：「上繼春秋，下至秦漢之起二百五十年之間，載其行事，固不得而廢也。」真西山《正宗》列于「議論」之卷。

《性理》

明太宗皇帝命儒臣輯先儒成書及議論格言，輔翼《五經》、《四書》，有裨斯道者，信斯帙也。黄勉齋曰：「禹、湯、文、武、周公生而道行，孔、孟生而道明，周、程、張、朱法之，道統之傳，歷世可考也。」周子《太極》、《通書》，張子《西銘》、《正蒙》，程子《定性書》，邵子《皇極經世》。　王陽明曰：「晦菴折衷群儒之説，發明《六經》、《語》、《孟》之旨，不可得而議之。陸象山辨義利之分，立大本，求放心，示後世篤實爲己之學，而世儒附和雷同，概目之以禪學，誠可冤也。　是書編輯繁博，解説混淆，知者擇焉。　孔子曰：「以約失之者鮮矣。」

《通鑑》

晁氏曰：「述史者三：編年者，事係日月於年。紀傳者，分記君臣行事。實録者，雜取兩者之法。」　王氏曰：「一曰時政記。君臣議論政事。二曰起居注。左右史記言動。三曰日曆。因時政、起居潤色之。四曰臣僚。墓碑、行狀。」　鄭樵曰：「本紀記年，世家傳代，表以正曆，書以類事，傳以著人。」又曰：「惟志爲難，次莫如表。此范曄、陳壽能爲記傳，不敢作表志焉。」　諸見後卷「史」、「紀」、「編」、「録」。

高氏謂司馬光《通鑑》采正史、雜史二百二十家。若不觀正史，未易決《通鑑》之功績也。

胡安國脩爲《舉要補遺》，文愈約而事愈備。朱子因別義例著爲《綱目》，大書提要爲綱，分註備言爲目，綱如經，目如傳，名曰《資治通鑑綱目》。後宋有李燾《長編》，陳桱《續鑑》；及遼金元，乃劉剡續編耳。蓋自《尚書》、《春秋》至漢遷、固以及宋元史鑑，其古今是非得失在學者博而約之矣。餘見前「讁瑕」、「監失」。

諸　子

王室式微，諸侯廼熾。《六經》熄于斯時，諸子騰於季代。各言其志，務成一家。王霸之支流，經傳之餘裔。言雖相反，意或相成。六國以前，自開户牖；兩漢而後，依采緒餘。漢司馬談著之六家，儒、道、陰陽、法、名、墨也。劉向、班固列爲九流，益從衡、雜、小説，九家之外附兵、農、天文、五行、卜筮、醫形、仙釋之類。學者若能舍短取長，改弊用中，亦可助聖賢之道，通古今之畧矣。文中子曰：「史談述九流，知其不可廢，知其各有弊也。」

儒

《漢·藝文志》：「儒家者流，出于司徒之官，助人君順陰陽明教化者也。游文于《六經》，留意于仁義，宗師仲尼，以重其言。然惑者既失精微，而辟者又隨時抑揚，違離道本，苟以譁衆取寵。後進循之，是以《五經》乖析，儒道寖衰。」《隋·經籍志》：「《周官》，太宰以九兩繫邦國之人，其四曰儒。俗儒爲之，多設問難，巧詞亂體。」故史談曰：「博而寡要，勞而少功。」子曰：「女爲君子儒，毋爲小人儒。」明矣。其荀卿、賈誼、董仲舒、楊雄之流也。後言《漢志》即《藝文志》，《隋志》即《經籍志》也。辟，音僻。

道

《漢志》：「道家者流，出于史官，歷記成敗禍福之道，然後知秉要執本，清虛自守，卑弱自持，君人南面之術也。放者爲之，則絶去禮學，兼棄仁義，曰獨任清虛可以爲治。」《隋志》云：「《六經》之義，是所罕言，世無師説。漢曹參始薦盖公，能言黄老，文帝宗之，道學衆矣。下士爲之，不推其本，苟以異俗爲高，狂狷爲尚，迂誕譎怪而失真。」史談言道家，無以病之，亦趨時好異也。其黄老、莊列、尹子、伯陽、景升之流也。

法

《漢志》：「法家者流，出於理官，信賞必罰，以輔禮制。刻者爲之，則無教化，去仁愛，任刑法而欲致治，至於殘害至親，傷恩薄厚。」《隋志》云：「《易》著『先王明罰飭法』，《書》曰『明于五刑，以弼五教』。《周官》，司寇『掌建國之三典，以佐王刑邦國，詰四方』，司刑『以五刑之法麗萬民之罪』。」史談曰：「不別親疏，不殊貴賤，壹斷于法，則親親尊尊之恩絶矣。故曰嚴而少恩。」若管仲、韓非、商鞅、慎到之流也。

名

《漢志》：「名家者流，出于禮官。古名位不同，節文異數。謷許也。者爲之，則苟鉤鈲破也。析亂而已。」《隋志》：「名者，所以正百物，叙尊卑，列貴賤，控名而責實，無相僭濫也。《周官》，宗伯『以九儀之命，正邦國之位，別名物之類也。』」史談曰：「名家苛察繳繞，剸决於名，時失人情，故曰儉而善失真。」若尹文、鄧析、公孫龍之流也。謷，工釣反。鈲，普革反。

墨

《漢志》：「墨家者流，出于清廟之守。茅茨土簋，糲食藜羹以貴儉，養三老五更以兼愛，選士大射以尚賢，宗祀嚴父以右鬼，順四時而行以非命，孝視天下以尚同。蔽者爲之，見儉之利非禮，兼愛而無別。」《隋志》：「《周官》，宗伯『掌建邦之天神、地祇、人鬼』，肆師掌立國祀、廟中禁令、是非之職。」史談曰：「儉而難遵。然彊本節用，則人給家足。」若墨子、晏子之流。韓退之謂墨與聖人相爲用，不相用不足以爲孔、墨。故自漢以孔、墨並稱，非百家九流之比。此孟氏闢之以防其流也。

從横

《漢志》：「從横家者流，出于行人之官。言當權事制宜，受命而不受詞。及邪人爲之，則尚詐諼而棄其信。」《隋志》：「從横者，所以明辨説，善詞令，以通上下之志者也。《周官》『掌交以節與幣，巡邦國之諸侯及萬姓之聚，導王之德意志慮，使辟行之，而和諸侯之好，達萬民之説，諭以九税之利、九儀之親、九牧之維、九禁之難、九戎之威』是也。佞者爲之，則便詞利口，至于賊害忠信，覆邦亂家。」若《鬼谷子》、《戰國策》，蘇、張之輩也。柳氏謂劉、班未録《鬼谷》，乃後出之書。

雜

《漢志》：「雜家者流，出于儀官。兼儒、墨，合名、法，知國體之有此，見王治之無不貫。及盪者爲之，則羡漫而無所歸心。」《隋志》：「古者，司史記前言往行，禍福存亡之道。蓋出史官之職也。放者爲之，不求其本，材少而多言，學非而博記，則錯雜而無所指歸。」其《鬻子》、《吕覽》、《淮南子》，程本、王克之流也。

小說

《漢志》：「小説家者流，出于稗官，街談巷語，道聽塗説之所造也。小知之所及，亦使綴之而不忘，如一言可采，亦芻蕘狂夫之議也。《周官》『訓方氏掌道四方之政事與其上下之志，誦四方之傳道』是也。子曰：『雖小道必有可觀者焉，致遠恐泥。』」其《齊諧》志怪者，晉張華《博物志》、梁任昉《述異記》、宋李昉《太平廣記》之類也。

農

《漢志》：「農家者流，出于農稷之官。播百穀，勸耕桑，以足衣食。鄙者爲之，以爲無所事聖王，欲使君臣並耕，悖上下之序。」《隋志》：「《書》叙八政，一曰食，二曰貨。子曰：『足民食。』《周官》：冢宰『以九職任萬民』，一曰『三農生九穀』；地官司農『掌巡邦野之稼，而辨穜稑之種，周知其名與其所宜地，以爲税而懸于邑閭』也。」漢崔寔《四人月令》、魏賈勰《齊民要術》、唐韓諤《四時纂要》之類。

陰陽

漢史談曰：「陰陽之術，大詳而衆忌諱，使人拘而多畏。然其序四時之大順，不可失也。四時、八位、十二度、二十四節，謂生長收藏，天道之大經，弗順無以爲天下紀綱。」《漢志》：「陰陽家者流，出于羲和之官，敬順昊天，歷象日月星辰，敬授民時。拘者爲之，牽於禁忌，泥於小數，舍人事而任鬼神。」《隋志》無陰陽家，止有五行、天文、曆數，亦原於此。

二　五行

《洪範》：「初一曰五行。」《漢志》：「五行者，五常之形氣也。其訣亦起五德終始，推其極無所不至。」《隋志》引《傳》曰：「『天生五材，廢一不可。』卜筮以考吉凶，占百事以觀來物，觀形法以辨貴賤。《周官》，保章、馮相掌卜筮、占夢，太史之職總司之。小數者纔得十觕粗畧也。便相惑亂。」

三　天文

《洪範》曰：「念用庶徵。」《周官》：「馮（章）〔相〕氏掌十二歲、十二月、十二辰、十日、二十八星之位，辨其序以會天位。」 遷《史》有《天官書》。《漢志》云：「序二十八宿，步五星日月，紀吉凶之象，聖王以參政也。 星事凶悍，非湛密者不能由也。」 《隋志》：「『謫見于天，日月爲食。』孛彗淩犯，各有所應。」其張衡《渾天儀》、《周髀筭經》、《丹元子》、《步天歌》之類。

四 曆數

《史》曰：「黄帝使容成造曆。」《易》曰：「先王治曆明時。」《書》曰：「定四時成歲。」又曰：「協用五紀。」《傳》曰：「閏以正時，時以序事，事以厚生，生民之道。」《周禮》：「保章氏掌天星。」《漢志》：「曆譜者，叙四時之政，正分至之節，會日月五星之辰，考寒暑殺生之實，以定三統。聖人知命之術也。」又曰：「數術者，史卜之職久廢，其書亦無其人。」 其高辛之重黎、唐虞之羲和、有夏昆吾、殷商巫咸、周室史佚、萇弘，春秋時魯有梓慎、鄭有裨竈、晉有卜偃、宋有子常、楚有唐昧、趙有尹皐，六國時楚有甘公、《星經》。 魏有石申，漢有唐都，庶得麄觕。 邵子曰：「能推步者，甘公、石公四七法。也。 能布筭者，漢洛下閎也。大都曆。 知曆法、曆理者，揚子雲也。」

五 卜占

《洪範》曰：「明用稽疑。」《周官》：太卜掌《三易》、《三夢》、《三兆》。 玉兆，陽數，奇，在左在上；瓦兆，陰數，偶，在右在下；原兆，陰陽奇偶錯列，上下左右。其體百二十，其頌繇皆千二百也。致夢，出于思慮有困而至；觭夢，俯仰與事相接而夢；咸陟，無心感物而升，自然而然。其經運十，其别九十。十者，十暉也，觀妖氛，辨吉凶，曰祲、象、鑴、監、闇、瞢、彌、叙、隮、想也。《周官》眂祲掌之，觀天地之會，辨陰陽之氣，以日月星辰占六夢之吉凶：一曰正夢，安静而夢。噩夢，驚諤而夢。思夢，想念而夢。寤夢，時道而夢。喜夢，時悦而夢。懼夢。恐懼而夢。今《夢》、《兆》二書亡矣。《三易》：一曰《連山》，夏得人統，以艮爲首，艮爲山，相連不絶。二曰《歸藏》，殷得地統，以坤爲首，坤爲土，萬物藏于中。三曰《周易》，得天統，以乾爲首，乾爲天，天道變易不常。説見前。後有焦氏《易林》、京房《章句》。《漢志》：「蓍龜者，聖人所用。衰世懈于齋戒，婁煩卜筮，神明不應。」又：「雜占者，『德勝不祥，義厭不恚。』桑穀共生，太戊以興。雊雉登鼎，武丁爲宗。然惑者不稽諸躬，而忌訞見之。」

六　形法

形法者，出于五行。見上。《唐志》：「《六壬》推一時，《命》、《相》推一身，《葬書》推一家，《遁甲》推一國。」《隋志》：《遁甲》十三家。唐李靖《纂訣》以休、生、傷、杜、景、死、驚、開八門，唐胡乾《推九星八門三奇六儀》。《葬書八五經》，依托八卦五行爲詞。《青囊經》，馬氏《考》、晁氏皆云郭璞書也。傳載葬母後爲王敦所殺，吕才以六説詰其不驗，是已。今世云《青囊》，赤松子書也。曹一行又云漢青先生之書，尤謬矣。《相書》，史載秦有唐舉、漢有許負，各詳其驗。《志》云其書三十二家，世已放失。況荀子非之，杜牧論之，豈無謂乎？《命書》有《禄命》、《星禽》、《五星》。吕才叙宋忠、賈誼誚司馬季主高談禄命以悦人心。王充《論衡》：「覩《禄命》而知骨體。」此書行之久矣。以五説詰其不驗，切中其謬。舊云《星命解鴞經》、《五星紫堂訣》、《百中三曆》之類，明者不泥焉。《六壬》者，大撓作甲子以紀日月，容成著律曆以通歲時。盧藏用云：「得失興亡，並關人事；吉凶悔吝，無涉天時。」乃著《論折滯》。顧況云：「後世裁衣拜官徵于曆日，豈不悖哉！左道亂政，先王無赦。漢曆以天赦母倉爲吉，天竺聿法與大演有差，吾誰歸矣？」《周官》：「土方氏掌土圭之法，以致日景，以土地建邦國都鄙，辨土宜土化之法。」異矣墨子，史遷著《日者》，是其一也。

醫

《漢志》：「醫經者，原人血脉經絡骨髓陰陽表裏，以起百病，用度箴石湯火所施，調百藥齊和所宜。」「經方者，本草石之寒温，量疾病之淺深，假藥味之滋，因氣感之宜，辨五苦六辛，致水火之齊。」「方技者，皆生生之具，王官之一守。太古有岐伯、俞拊，中世有扁鵲、秦和，蓋論病以及國，原診以知政。漢興有倉公。今其術掩昧。」後漢有張仲景、華佗。古書維《素問》，依托軒、岐，不無舛駁。《金匱玉函》不行于世，是以無明焉。予乃纂述諸書合于式而歸于一，名曰《宗經》，見于别册。

兵

《書》「八政」，一曰師，師以克亂，文以武備。《易》曰：「矢弧之利，以威天下。」《周官》太司馬掌九法九伐以正邦國是也。《漢志》：「勸之以仁義，行之以禮遜，《司馬法》是其遺事。自春秋、戰國，出奇設伏，變詐作矣。漢興，著定三十五家。至孝成，命任宏論兵書四種。」「權謀者，以正守國，以奇用兵，先計後戰，兼形勝，包陰陽，用技巧也。」「形勢者，雷動風舉，後發先至，離合背向，變化無常，以輕疾制敵也。」「陰陽者，順時而發，推刑德，隨斗繫，因五勝，假鬼神而爲助也。」《漢志》三者共四十家，今以《吕望二韜》、《孫子》、《吴子》、《司馬法》、《黄石公三畧》、《尉繚子》、《李衛》爲兵法七書。

仙

《漢志》：「神仙道家者流，所以保全性命之真，而游求于其外。聊以盪意平心，同死生之域，而無怵惕於胸中。惑者誕欺怪迂之文彌以益多。孔子曰：『索隱行怪，後世有述焉，吾不爲之矣。』」若魏夫人愛《黄庭經》，爲歐陽公所删，假無仙子以序之。漢魏伯陽撰《參同契》，而朱子考異之。漢阮倉作《陳留傳》、《列仙圖》，劉向作《列仙傳》。其流言久矣，此儒先好奇之通弊也。《漢志》「房中八家」，曰：「聖王制外樂以節内情。迷者弗顧，則生疾而隕命。」

釋

佛生天竺，名釋迦牟尼，周昭王二十四年甲寅四月八日生。十九而學，三十而成，演道四十九年而殁于周穆王五十二年二月十五日，年七十九也。殁後，弟子大迦葉與阿難纂其常言成書。漢明帝遣蔡愔、秦景使天竺求書，《四十二章》歸中國之始。至梁武帝華林之集，入中國者五千四十八卷，曰經，曰論，曰律，謂之三藏。文中子曰：「西方之聖人也，不通於中國」是已。其文異訓，其音殊詁，謂釋迦者能也，牟尼者寂嘿也，佛者覺也。蔣奇之云：「有祖師出，直指人心，見性成佛，爲教外别傳。於動容發語之頃，上根利器之人目擊而得之。由是去佛謂之禪，離義謂之玄。」又謂「禪出於佛，玄出於義也」。

右言經史子集四十（七）〔八〕章。

言文卷下

論

劉熙曰：「論，倫也。」言各有倫而同歸於理也。故《書》有「論道經邦」之説。鄭康成曰：「論，綸也。」經綸世務，彌綸群言而研精一理也。《説文》曰：「議也。」應和難詰，首尾以終其事。莊周以名《齊物》，不韋《六論春秋》。《文則》云：「自《記》有《禮論》、《樂論》，遂有莊辛《幸臣論》、賈誼《過秦論》。」李充曰：「論難貴理，不求支離。鑽堅求通，鉤深取極。義貴員通，詞忌破碎。」今舉業有「論言」，見別録。

辯

辯，别也，判也。《説文》作：「辯，治，从言在（辩）〔辛〕之間。」罪人相訟也。辯別事理以折是非之極致者，《莊子》、《孟子》是也。《家語》有《辯政》、《辯物》，宋玉遂有《九辯》。

議

議，語也，謀也，擇也，評也，《漢·仲舒傳》云「誼論考問」也。或君臣聚會之言，或師友切磋之語。《書》曰：「議事以制，政乃弗迷。」《易》曰：「君子制度，數議德行。」王通曰：「黄帝合宫之聽，堯衢室之問，舜總章之訪，皆議也。」漢有《鹽鐵議》，賢良、文學、大夫之問對也。

評

評，平也，訂平其理也，品論之也。原於《禮記·經解》，流於《穀梁傳序》及平理而論其失也。後有佐法評、月旦評、詩評、文評、史評。

斷

斷，决也，專一貌。斷事務精於法律，標以顯義，約以正詞。程子曰：「《五經》之有《春秋》，猶法律之有斷例也。」

判

判，分也，半也。剖，判也，《說文》云「版也」。皈皈，平廣也。《唐・選舉志》：試身、言、書、判。凡引經用事須切題目，緣情擬罪須見根因。今舉業有「判」，見別册。

説（説）

「說，述也，宣述人意也。」《易》有《說卦》，《禮》有論說，韓非《說難》、《說林》、《儲說》，劉向《說苑》。

說，懌也，說之使說懌也。伊尹隆殷，太公興周，燭武紓鄭，端木存魯，趙良說商君，楚人說襄王，必披忠信以獻主，飛文敏以濟詞也。

難

難，拒也。《書》曰：「而難任人責也。」《孟》曰：「禽獸又何難焉？」《漢書》：「相如著書，假蜀父老爲詞而難，諷天子。」東方朔「設客難己，用位卑以自慰喻」。

語

「論難曰語。」《周禮疏》曰：「發端曰言，答述曰語。」如《論語》則仲尼微言，門人所纂。《國語》則列國言事，史官所記。後有陸賈《新語》。

言

「直言曰言。」無所指引借譬也。「言，宣也，宣彼之意也。」孔子《文言》，莊子《寓言》，賈山《至言》。

問

《説文》曰：「訊也。」王通曰：「廣仁益智，莫善于問。」《禮》有《曾子問》、《哀公問》，屈平《天問》。

對答

《説文》曰：「對，應無方也。从寸，法度也。从士，事實也。」《左傳》王孫滿對楚子問鼎、太叔對簡子問禮。宋玉始造對問以申志，東方朔効而廣之，蔡邕答齊議月令問答。

序

《張蒼傳》云：「叙、緒、序通。」叙，次第也。緒，舉其綱要，如繭之抽絲。《尚書序》曰：「序者，所以序作者之意。」劉勰曰：「次事銓文，則序引共紀。」《正宗》曰：「序事起于古史。」叙始末，明事物。若《易·序卦》，《詩》、《書》篇端皆有小序，又有大序。子夏序《詩》，孔安國序《書》。

原

原，推原也。原始要終，原理之本。辛文子有《道原》，淮南子、韓子有《原道》諸篇。

引

引，伸也，長也。引者胤詞，昭然義見，宜相附近，故引各冠其篇首。漢班固有《典引》。

題跋

題，引也，目也。毛氏曰：「視也，顯也。題于圖籍之首。跋，本也，跋于圖籍之後。」

詞 辭辤

《説文》云：「詞，言之助也。从言从司，在音之内，言之外也。」「辭，訟也。从𤔔，理也。从辛，辠也。」理辠爲辭。　辤，从受辛，會意，不受也。三字作用淆之久矣。《文心》曰：「舌端之文，通己于人。」《周官》：太祝「作六詞以通上下親疏，曰辭、曰命、曰誥、曰會、曰禱、曰誄。」　禮詞尊卑，上下中節。　使詞傳命往來，事情簡要。　正詞禁人，法語嚴切。　婉詞諷人，巽語寬厚。　權詞機謀，逆助順導。

繇 音宙，又音由。

顔師古曰：繇本作籀，謂卦兆詞也。《左傳》始作繇。夏后鑄鼎繇，《左傳》懿氏、伯姬諸繇，《國語》伐驪諸繇。

集

古以名氏名篇，未有集名。劉歆之《輯略》本於東京閔馬父論《商頌》之亂。韋註：「輯，成也。」遂有别集之名。晉摯虞遂有《文章流别》，唐分經、史、子、集四部。

畧

畧，簡也，法也，大要也。用功少曰畧。《黄石公三畧》，劉歆《七畧》，後世有《通畧》。

篇

文斷曰篇。篇，聯也。一篇，一義相聯也。《詩疏》：「篇，編也。」出情鋪事，明而徧也。《易》之上、下篇，《詩》三百篇，《書》五十篇。

章

意斷曰章。《説文》云：「从音十。十，數之終也。樂竟爲一章。」《詩疏》曰：「總義包體以明情。」《書疏》曰：「成事成文曰章。章，彰也，明也。宅情曰章。」《漢》：「約法三章。」

右《言文》原《易》之流二十二章。

誥告

《説文》云：「誥，告也。」从言告，以文言告曉之也，故曰文告之詞。一曰告上曰告，發下曰誥。《左傳》作「靠」。《周禮》「六詞」，「三曰誥」；士師「五戒」，「一曰誥，用於會同」，以喻衆也。《正宗》曰：「以之播告四方，《湯誥》、《大誥》也。」《左傳》，鄭告晉受盟于楚。今舉業有「誥」。

詔

詔，昭也，照人不見事則犯以示之也。从言从召，上下通用之義。《周禮》太宰「以八炳詔」，謂教導之也。起于秦，漢儀四品一曰詔，詔告百官。王通曰：「一言天下應，一令不可易。其恤也周，其用也悉。」胡氏曰：「高帝求賢詔曰：『吾於天下賢士功臣，可謂亡負矣。』非王者罪己之言。」朱子謂：「高帝詔曰：『肯從我游，吾能尊顯之。』豈可以待天下之士耶？」

制

制，裁也。秦改命爲制。漢帝下書四品，一曰制，制施舍令。蔡邕曰：「制度之命，王曰法制。三代無，秦漢有。」王通曰：「五帝之典，三王之誥，兩漢之制，粲然可見。帝王之制，其有大制天下而不可割者乎。」

策册

策，謀也，符命也。漢帝下書四品，一曰策，策賢也，約勑封侯，使賢不犯。《音義》作「簡」。策問例置案上，試者對策射取而答之，曰射策。若録政化得失顯而問之，曰對策。射策者，探事而獻説；對策者，應詔而陳政。蔡邕曰：「不備百文，不書於策。」哀策問册同之。漢武帝《對賢王策》，董仲舒《賢良策》。今舉業有「策」，似論而方。問者審計之是非，答者决事之可否，見「别册」。

令

令，命也。出令申禁，有若自天。管仲下令如流水，使民從也。《説文》曰：「發號也。」皇后出言曰令。漢高帝有《教天下令》，淮南王有《訓群公令》。

命

大曰命，小曰令。上出爲命，下禀爲令。唐虞七國並稱曰命，上命下之言。《正宗》曰：「以之封國命官。」《書》有《微子》、《蔡仲》之命也。《周禮》「六詞」，「二曰命」。晉江統作《遺命》。

訓

訓，教也，順其意以教訓之也。《爾雅》曰：「訓，道也。」道説文義。《尚書》有《伊訓》，漢丞相主簿繁欽辭其先生訓。

教

教者，上所施下所教也。帝曰詔，王及后曰教，諸侯之言曰教。《文心》曰：「鄭弘守南陽，條教緒明而治；孔融守北海，麗文罕理而乖。」

誡

誡，戒勑也，警也。《書》曰：「戒之用休。」《易》曰：「小懲而大誡。」李充曰：「誡誥施于弼違。」《文筌》曰：「豫設警誡，原《書》之《伊訓》、《無逸》。」後祁午戒趙文子，方朔戒子孫。文中子曰：「君子思過而預防之，所以有戒也。切而不指，勤而不怨，曲而不諂，直而有禮。」

勑敕、勅同

勑，正也，戒也。《漢書》：「勑戒州郡。」《書》曰：「勑天之命。」杜預曰：「勑，執鞭以出教令。今帝用勑。」

示

《說文》云：「天垂象，吉凶以示人。从二三，垂日月星也。」師古曰：「《漢書》以視爲示，以目視物，以物視眎。」《詩》云：「視民不恌。」《禮》云：「常視無誑。」《詩》云：「示我周行。」

喻喩同

喻，告也。及其未悟，告之使曉也。和順温色，曉喻于人曰喻；正詞嚴色，規儆于人曰戒。漢高祖入關告喻，漢相如檄喻巴蜀。

規

《說文》云：「規，有法度也。」會意，从夫言。丈夫識用必合規矩，言爲可聞，行爲可見。原

《書》之《太甲》及左史倚相規申公。

讓

讓，責也，詰也，讓也。《左傳》，景王使詹桓伯責晉，子産對晉讓壞垣。《書》曰：「詰爾戎兵。」讜，直言也，又曰偏也。漢東平王蒼上表讓驃騎將軍。

表

表，明也，標也，如物之標。表，表著事物，明白以曉主上。漢儀制有四，一曰表，表以陳情。《文筌》曰：「或列表明事，或樹表題墓。」任昉云：「始于劉安《諫伐閩越》。」劉勰曰：「雅義以扇其風，清文以馳其麗。文舉薦禰衡，氣揚采飛；孔明辭後主，志盡文壯。」李充曰：「表以遠大爲本，不以華藻爲先。子建求自試，可謂成文；羊祜辭開府，可謂德音。」今舉業表體六：賀、進、請、謝、陳、諫。見「别册」。

章

《釋名》曰：「思之于内，施之于外。」漢儀制有四，一曰章。章以謝恩，奏以造闕。對揚王庭，明照心曲。要而非畧，明而不淺。後漢察舉，必施章奏。左雄奏議，臺閣爲式；胡廣章奏，天下第一。與前「篇」、「章」不同。

奏

奏，進也，敷下情進于上也。秦始立奏。漢儀制有四，一曰奏。奏以案劾，劾驗政事。陸機曰：「奏宜平徹閑雅。」漢魏相條國家便宜奏，趙充國屯田奏，唐陸宣公奏議，枚乘奏諫吴王。

議

議，論難也。議之言，宜事物，審合宜也。堯咨四岳，舜疇五臣，漢立駁議。顧事實于前代，觀變通于當時。漢善駁，應邵爲首；晉能議，傳咸爲宗。

駁

駁，雜也，雜議其不純。三代爲敷奏；秦改爲表，四曰駁。推覆平論，有異事進之曰駁。六國秦漢兼稱上書。漢主父之駁挾弓，程曉之駁校事。

劾

劾，法有罪也。《廣雅》云：「推窮罪人也。」案劾之奏，所以明憲清國。周之太僕，繩愆糾繆；秦之御史，職主文法。漢置中丞，總司案劾。位在鷙擊，氣須砥礪。筆端振風，簡上嚴霜。

諫

諫，証也，以道正人行也。《白虎通》云：「諫，間也，更也。是非相間，革更其行也。」《詩箋》云：「諫之言干也，干君之意而告之。君失于上，臣補于下。臣諫于下，君從于上。取泰于否，易昏于明。」《國語》有祭公謀父諫征犬戎，秦鄒陽有諫吳王書。

彈事

《文筌》曰：「臺評、彈劾。」彈事，迭相斟酌，惟新準舊弗差，必有典形，詞有風軌。晉王深集雜彈文，任彥昇《奏彈曹景軍情》，沈休文《奏彈王源婚事》。《文選》。

封

《文心》曰：「漢制八儀，密奏陰陽，皂囊封版。」漢魏相奏霍氏專權封事，劉向條灾異封事、極諫外家封事。

誓

誓，約束也，約信曰誓。《周禮》：士師「五戒，一曰誓」。《書》有《禹誓》、《甘誓》。《文心》曰：「有虞戒于國，夏后誓于軍。殷誓軍門之外，周誓交刃之師。宣訓我衆，未及敵人。春秋征伐，出于諸侯。名振威風，曝彼昏亂。齊桓征楚，詰菁茅之闕；晉厲伐秦，責箕郜之灾。兵以定亂，莫敢自專。天子親戎，則稱躬行天討；諸侯禁師，則云肅將王誅。」

檄

檄，激也，下官迎激其上之書。戰國以誓爲檄。「檄者，皎也，皎然明白，宣布于外也。故分閫推轂，奉詞伐罪。奮其勇怒，徵其惡稔。揺奸凶之膽，訂信順之心。」李充曰：「檄不切厲則敵心凌，言不誇壯則軍容弱。」隗囂之激切事明，陳琳之麗壯骨梗，鍾會檄蜀甚明，桓温檄胡尤切。

移

移，易也，移風而易俗，令往而人隨也。官曹不相臨則移箋表。相如《難蜀》，喻博而詞辨，文移之首；陸機《移百官》，言簡而事顯，武移之要。如劉歆之《移太常》，孔稚圭之《移北山》。蓋逆黨用檄，順衆資移。洗濯其堅，明符其意。用小異而體大同也。

露布 一名「露版」

露者，露而不封；布者，布于視聽也。《文心》曰：「布于四海，露之群臣。」「插羽示訊，不可詞緩，露版宣衆，不可義隱。必事昭而理辨，氣盛而詞斷。」「述休明，叙否剥，指天時，審人事，驗强弱，角摧勢，標蓍龜，懸藻鑑。詭作以驗旨，煒煒以騰説。」

右《言文》原《書》之流共二十七章。

賛

賛者，稱人之美，纂集其事而叙之也。文中子曰：「有美不揚，天下何觀？」君子於君，賛其美而匡其失也。李充曰：「容象圖而賛立詞，簡而義正。颺言則先發數詞，傳閡則後評數語。」

《書》有益贊于禹，史有班固諸贊。或四言之句，或數韻之詞。約舉以盡情，昭灼以送文耳。

銘

銘，名也，美其善功可稱也。《記》曰：「銘者一稱，而上下皆得也。賢而勿伐，可謂恭矣。先祖無美而稱，是誣也。有善弗知，不明也，知而不傳，不仁也。」《文心》曰：「軒轅刻輿兆以弼違，大禹勒筍簴以招諫。成湯盤盂之規，武王户席之戒。周公慎言金人，仲尼革容欹器。觀器必也正名，審用貴乎慎德。」蔡邕曰：「天子令德，諸侯記功，大夫稱伐，物莫不朽于金石。故近世咸銘于碑。」摯虞曰：「德勳立而銘著。」

箴

箴，戒也，諷刺以救失，猶箴石以攻病也。昭明曰：「箴興于補闕。」胡廣《叙箴》曰：「聖王求之于下，忠臣納之于上。」崔瑗《叙箴》曰：「所宜君子之德，斯乃體國之宗。」故舜求之用木，禹聽之垂鞀。衛武箴居于褻御，魏降諷官于后羿。周辛甲百官之箴王闕，而《左傳》載虞人一箴。楊雄範之，爲《九州》二十五篇。見《藝文類萃》。夫箴官銘器，警戒寔同。箴全禦過，文質確切。銘兼褒贊，體貴弘潤。

碑

碑，彼也，追述君父之美而竪石書之。始于宗廟麗壯之碑、周穆紀迹弇山之石。《文心》曰：「碑，埤也。秦漢紀號封禪，樹石埤岳。」《初學記》曰：「碑，悲也，所以悲往事。」今墓隧宫室之事，其序則傳，其文則銘。訛傳《岣嶁》，夏禹治水碑也。漢惠《四皓碑》。

碣 碑通

碣者，特立之石。《漢書》疏云：「方謂之碑，員謂之碣。」李斯所造，原于石鼓，周宣獵碣也。」《文心》曰：「漢來碑碣雲起，莫高于蔡邕。郭陳二碑，巧義卓立。勒器贊勳，入銘之域。樹碑述意，同誄之區。」晉潘尼作《黄門碣》。

頌

頌者，美盛德之形容。「敷寫似賦，不入于華侈；敬慎如銘，畧異于規戒。」咸池張樂，有焱作頌；見《莊子·天運》。成王始冠，祝雍作頌；見《家語》、《大戴禮》。談天雕龍，齊人作頌。見《史記·荀卿》。漢董子頌山川，王褒頌賢臣。劉伶《酒德》變爲文詞，班、傅《北征》、《西（逝）〔征〕》變爲序引。馬融《廣城》、《上林》，雜而似賦。此摯虞品藻之精覈也。

誦

誦，諷也。徐氏曰：「臨文爲誦。誦，從也。」《晉語》有國人之誦，《左傳》有輿人之誦。盖直言不詠，短詞以諷也。

封禪

《管子》曰：「封泰山、禪梁父者七十二家。」《史記正義》曰：「泰山上築壇祭天曰封。泰山下小山名梁父，除地祭地曰禪。禪，神之也。」馬遷《八書》之一，《文選》目爲《符命》。梁許懋曰：「舜柴岱宗，是爲巡守。秦引封禪紀號，緯書之曲説，妄亦甚矣。」秦皇、孫皓，主好名于上，臣阿旨于下。胡致堂曰：「賢乎懋之學正矣。」王通曰：「封禪非古也，其秦漢之侈心乎！太史公作《書》，引管仲語，乃出齊魯陋儒之説。《詩》、《書》不載，非事實也。」

美新

《漢書》：王莽下書曰：「定有天下之號曰新。」楊雄本文曰：「巡四民，迄四岳，增封太山，禪梁父。斯受命者之典業也。」李充曰：「楊子論秦之劇，稱新之美。此計其勝負，比其優劣也。」

典　引

蔡邕曰：「典者，常也，法也。引者，伸也，長也。」《尚書疏》：「堯常法曰典。漢紹其序，引而長之也。」班固本序云：「相如《封禪》，靡而不典；子雲《美新》，典而亡實。」劉勰斯謂：「《典引》所叙，歷鑑前作，斐然餘巧。豈非追觀易爲明，循勢易爲力歟？」

賦

賦者，敷也，敷布其義，直陳其事也。班固曰：「古詩之流，《雅》《頌》之亞。或抒下情而通諷諭，或宣上德而盡忠孝。」古賦以情義爲主，事類爲佐，則言省而文有列；今賦以事形爲本，義正爲助，則言煩而詞無常矣。春秋之後，周道寖衰，聘問不行于列國，《詩》學逸在布衣。故屈、荀憂國以諷，咸有隱惻之意。其後競爲侈麗，没其諷喻之義。故楊子悔之，耻雕蟲而篆刻。詳《説詩》。

七　詞

傅玄《七謨序》曰：「枚乘始作《七發》，而後傅毅《七激》、崔駰《七依》。」摯虞曰：「雖盛泰之詞，不没諷諭之義。其流遂廣，其義遂變，淫麗之尤矣。」子雲所謂「先騁鄭衛之聲，曲終而雅奏」也。《文心》曰：「莫不高談宮觀，壯語畋獵。窮奇服饌，極媚聲色也。」

連　珠

沈約曰：「連珠之作，始自子雲。詞句連續，互相發明，若珠之排結也。」傅玄叙云：「興于漢章帝，班固、賈逵、傅毅受詔作之，蔡邕、張華之徒廣焉。不指其事情，必托喻以達旨。」磊落自轉如珠，順對貫串不斷。文小易周，思閑可贍。義明而詞麗，事員而音澤。《文心》曰：「士衡運思，理析文敏。」

客　詞

《文選》目録客詞於設論。夫身挫憑乎道勝，時屯寄於情泰。《文心》曰：「方朔《客難》，托古慰志；班固《賓戲》，含懿華采；崔寔《客譏》，文整而質；景純《客傲》，情見而蔚；陳思《客問》，詞高理疏；庾凱《客咨》，意營文粹。」

四　六

《文筌》云：「四六其語，諧協其聲，偶麗其詞，鋪叙其篇。一約事，二分章，三明意，四屬詞。此唐人故規，蘇子瞻取則也。又用事親切，屬對奇巧，變法剪裁、融化，此宋人新規，王介甫取法也。」臺閣之詔、誥、表、牋、檄、牒，時俗之啟、賀獻、昏聘、通問、請謝之類。疏、祈禱、勸緣之屬。青詞、方士讖過之屬。朱衣、方士籲天之屬。致語。樂工用工之詞。

歌

《玉海》云：「樂詞曰詩，詩聲曰歌。」《山海經》云：「帝俊八子，始爲歌。」故有《八闋》、《九叙》。《書》曰：「歌永言。」大禹成功，《九叙》維歌；太康滅德，《五子》述訓。《采薇》見史，《蒡莫》載記；《接輿》、《滄浪》，經傳歷著。韓休曰：「情發于中，申以歌音，文生于情，飾以詞采。」歌、賦本屬詩，《説詩》詳之。

諧

「諧，皆也，詞淺會俗，皆悦笑也。」《楚詞》曰：「突梯滑稽。」註曰：「轉免隨俗也。」宋譏華元之瞑目，魯歌臧紇爲侏儒，嗤戲爲俳。淳于説甘酒，宋玉賦好色，會詞微諷。及優孟諷漆城，優旃諫葬馬，譎詞止暴。故子長《史》傳《滑稽》，詞回義正。本體不雅，其流易弊。方朔、枚臯哺糟啜醨，詆嫚媟弄，見視如倡。

讔

「讔，隱也，遯詞隱意，譎譬指事也。」還楊求師而稱麥麴，叔儀乞糧而呼庚癸。莊姬托詞龍尾，臧文謬書羊裘。意生權詐，事出機急也。漢世《隱書》，歆、固編録。東方曼倩，詆戲無補。晉代頗非俳優，化爲謎語。

謎

謎，迷也，迴互其詞，使昏迷也。或體目文字，或圖象品物。纖巧弄意，淺察銜詞。義婉而正，詞隱而顯。荀卿《蚕賦》兆其體。雖有小巧，用乖遠大。齊鮑照作字謎詩。

諺 稗語

諺，俗言也，直語也。廛路淺言，有實無華。稗語閭巷，細碎之言。古有稗官采言，後世謂之偶語、俚語。《書》曰：「古人有言，牝雞無晨。」《詩》云：「先民有言，詢及蒭蕘。」傳曰「夏諺有之」、「周諺有之」之類。

右《言文》原《詩》之流共二十章。

書

書，如也，寫其言如其意。楊雄云：「言，心聲也。書，心畫也。」舒也，舒布其言，染之簡牘，取象乎夬。戰國以前，君臣同書。後漢稍有名品，公府奏記，郡將奏牋。三代頗疏，春秋始盛。七國危麗，兩漢紛紜。李斯《上始皇》，方朔《謁公孫》，孔融《白事》，史遷《報任安》。

劄

《文心》曰：「筆劄雜名，古今多品。總領黎庶，則譜籍簿録；醫曆星筮，則方術占試；申憲述兵，則律令法制；朝市徵信，則符契券疏；百官詢事，則關刺解牒；萬民達志，則狀列詞諺。」唐人奏事，非表非狀者謂之劄子，謂之録子，謂之榜子。陸贄有《榜子集》。札，櫛也，編之如櫛，相比密也。《説文》云：「札，簡之薄小者。」

簡 牘牒

蔡邕曰：「單執一札曰簡。」牘札牒策，同物異名。連編諸簡爲策。杜預曰：「大事書于策，見前。小事簡牘而已。」牘，睦也。書，版也。自執進見，以爲恭睦之謂。牒，葉也，如葉在枝。短簡爲牒。議事未定，故諮謀謂之牒。牒之尤密謂之籤。槧，牘牒也。楊雄曰：「叔孫通，槧人也。」雄常懷銅提槧，訪四方之言。函，書筒也。衺、帙同，書衣也。可卷舒曰卷，編次曰帙。

牋 箋同

牋，表識其情也。牋記爲式，上窺乎表，下睨乎書。敬而不攝，簡而無傲。清惠其才，蔚文其響。班固説平王牋；崔寔奏記公府，崇讓之德音；黃香奏記江夏，肅恭之遺式；劉廙謝恩，喻切以至；陸機自叙，體閑而巧。

刺 諫

《釋名》曰：「書姓名于奏曰畫刺。作再拜起居字皆達其體，書盡邊，徐引筆如畫也。下官刺，長書中央一行而下。又爵里刺，書其官爵郡縣鄉里也。」《文心》曰：「刺，達也。詩人諷刺，

《周禮》三刺。事序相達，若計之通結矣。」　諫，數也，數其過而諫之。《詩序》云：「下以風刺上。」《孟子》曰：「刺之無刺也。」别矣。

儀

「儀，度也，從人義。」惟人可法度。義，事之宜。《左傳》云：「有儀可象謂之儀。」太史公緣人情制禮，依人情作儀。胡致堂曰：「或先王有之不宜于今，或古未有之而可義起。」若曹褒證漢儀雜以讖語，非也。先儒以《禮記》爲《儀禮》傳，是也。《禮》有《少儀》。

制

制，裁也。上行于下，猶匠之制器也。《説文》云：「从刀从禾。物成有滋味，可裁斷也。」《禮記》有《王制》，《家語》有《廟制》，《通典》「八政」中諸制也。又「誥」、「制」見前。

律

《爾雅》云：「律，常法也。」謂可常行也。銓也，銓量輕重也。《釋名》曰：「纍也，纍囚人心，不得放肆。」《史記》曰：「王者制事立法，物度軌則，一稟六律。律爲萬事根本，於兵械尤重。」故

《易》：「師出以律。」《文心》曰：「律，中也。六律馭民，八刑克平，取中正也。」漢據周摭秦，法律九章。

法

《書》曰：「象以典刑。」《文心》曰：「法，象也。如兵謀無方，奇正有象。」《説文》曰：「法，刑也。作灋平之如水，从水廌，所以觸不直者去之。」《周禮》，太宰掌「八法」，「治官府」。申、韓有刑法，楊雄曆法，司馬兵法，其法不一。

赦

赦，置也，放置之也。通作舍。宥，寬也，寬之未全放也。《虞書》：「青災肆赦。」《周官》：「司刺掌三宥三赦之法，以贊司寇聽訟獄。」三宥：一宥不識，再宥過失，三宥遺亡。三赦：一赦卑弱，再赦老旄，三赦蠢愚。漢高祖有《赦天下令》，未即位，不言詔。漢元帝《赦天下詔》。

關 過所

關者，關津過所也。出入由門，關閉由審。庶務在政，通塞應詳。過所，至關津以示之也。

又曰傳移，所至識以爲信也。《漢書》曰：「若人過所用啟，刻木爲符，或用繒帛以傳信。」晉令曰：「諸渡關及船筏經津者，皆寫一通付關吏津吏。」

祝

祝，祭主贊詞。从人口示，宜以悦神人也。《周官》：「太祝掌六祝之詞，事鬼神，祈福祥，求永貞也。」「一曰順祝」，天人和同也。「二曰年祝」，五氣時若，大有年也。「三曰吉祝」，歛時五福也。「四曰化祝」，化被六極，爲和氣也。「五曰瑞祝」，天降上瑞，形于下也。「六曰筴祝」，龜筴不違于人，是謂大同也。夫犧牲本于明德，陳信資于文詞。昔伊祈蜡祭，詞見《禮記》；華封祝堯，詞別《莊子》。《楚詞·招魂》，始變麗語；方朔《罵鬼》，始爲譴呪。

祈

《爾雅》云：「祈，告也，叫也。」《説文》云：「祈，福也，从示斤聲。」郭璞曰：「呼而請事也。」《周官》：太祝「掌六祈以同鬼神示」。云祈，噪也。一云類，老合類而祭，若類上帝也。二曰造，即其所而祭，若造于祖是也。三曰禬，以除灾變、禬凶荒也。四曰禜，以禱水旱也。五曰攻，謂治去其害也。六曰説，謂以詞責之也。漢傅毅《高廟祈文》。

祠

《説文》云：「祠，从示，司聲。仲春月祠不用犧牲，用圭璧及皮幣，多文詞也。」《周禮》，太祝作「六詞」之一曰「祠」。《小宗伯》注：「得求曰祠」，又報福也。蒯聵祈祐觔骨，班固之祀(濛)〔涿〕山。修詞在于無愧，禮神必致其誠。

禱

禱，告事也。求福曰禱。《周禮》，太祝「六詞」之五曰「禱」，注云：「賀慶吉福祚之詞。」又小祈掌祝，「將事侯禳禱祠之祝號以祈福祥，順豐年，逆時雨，寧風旱，弭烖兵，遠辠疾也」。殷湯之禱桑林，六事自責；張老之頌成室，歌哭爲禱。韓宣憂貧，叔向言賀；趙簡問賢，壯馳茲賀。告神以致敬，將文頌德，以令終爲禱。

會

會者，合也，聚也。《周禮》，太祝「六詞」之四曰會，謂作會同之詞也。《春秋》云：「齊侯、衛侯，胥命于蒲。」《公羊》曰：「胥命，相命也。古者不盟，結言而退。曷爲或言會，或言及，或言暨？會，猶窮也。及，猶汲汲也，我欲之也。暨，猶既也，不得已也。」《穀梁》曰：「會者，外爲主焉。」《周官·行人》曰：「時會以發四方之禁。」

盟

《説文》作「盟」。《禮記》曰：「涖牲曰盟。」割牲左耳之血爲盟書。《周禮》：國有疑則盟詛。祝掌盟詛之載詞，以叙國之信用，以質邦國之劑信也。《左傳》云：「不協而盟。」《文心》曰：「盟者，明也。」陳詞祝告神靈。始于曹（洙）〔沬〕，至于毛遂。秦昭黄龍之詛，漢祖山河之誓。感激以立誠，切至而敷詞也。

詛

詛，詶也，詛呪使沮敗也。大事曰盟，小事曰詛。詔明神以貳之。《詩》曰：「出此三物，以詛爾斯。」又曰：「侯作詛同。侯祝。呪同。」《周禮》，詛祝之官「掌盟詛之詞，以叙國之信」。秦惠有《詛楚文》。見《秦漢文》。

謚號

謚之爲言引也，引列行之跡，所以進勸成德使上務節也。周公、太公開嗣王業，及終將葬，制《謚法》一百九十餘條。《禮記》曰：「言謚曰類。」《説文》曰：「誄，行之號以易名也。」《史記正義》曰：「號者，功之表也。是以大行受大名，細行受細名。行出于己，名生于人。」名謂號謚。後世遂有行狀以求名也。《周禮》辨六號則曰神、鬼、示、牲、齍、幣矣。

誄

誄，壘也，壘述功德而稱之也。摯虞曰：「嘉美終而誄集。」《周禮》，太祝掌「六詞」之六曰「誄」。《禮記》曰：「賤不誄貴，幼不誄長。天子稱天以誄之，諸侯相誄，非禮也。」莊公始誄賁父，哀公誄孔丘。《文心》曰：「誄其德行，旌之不朽。殷臣誄湯，追褒玄鳥；周史歌文，上闡后稷。柳妻誄下惠，詞哀而長；揚子誄元后，文煩而闊。蓋選言而録行，傳體而頌文，榮始而哀終。論人也〔瞬〕〔暧〕乎可覩，〔送〕〔道〕哀也凄然可傷。」

吊

吊，至也。君子令終，賓至慰主。傳載宋有大水，鄭有火災，行人奉詞吊凶。晉築虎臺，齊襲燕城，趙使翻賀爲吊。惟壓溺不與，謂其乖道。賈誼《吊屈平》，體同事覈；相如《吊二世》，賦體惻愴。宜正義以繩理，昭德而塞違。割析褒貶，表章名行。

祭文

禮之祭祀，事止告饗。中代祭文，兼稱言行。祭奠之楷，祝禱之類，哀吊之别，誄謚之流。故祭而兼贊，引神而作。誄首而哀末，頌體而祝儀。潘岳之祭庾婦，恭而哀矣；惠連之祭古塚，義而惜矣。

哀策

哀，閔也，閔痛形于聲也。蔡邕曰：「侯王甍，亦以策書誄謚其行。」《文心》曰：「漢代山陵，哀策流文。因喪盛姬，内史執策。策本書贈，因哀爲文。義同于誄，文以告神。」顔延年《哀袁后策文序》云：「乃命史臣，累德述懷。」《世説》云：「崔融作《武后哀策》，三百年來無此文。」

哀詞

哀者，依也。悲實依心，詞以遣哀。摯虞曰：「誄之流也。崔瑗、馬融爲之，施于傷夭，不于壽終。」《黄鳥》之詩哀三良，漢武之詞傷霍光，班固悲晁氏。魏偉長亦善，晉潘岳繼之。體主于痛傷，詞窮乎愛惜。詞見《藝文》。

墓誌

誌，記也。志、識通，《書序》：「識其政事。」《漢書》十志。《文筌》曰：「記載行實。」原于蔡邕碑，流爲墓志壙記。晉殷仲作《從弟墓誌》。王儉曰：「石誌不出典禮，起于宋顔延之爲《王琳石誌》，志載衛靈公以紂沙丘臺爲陵而得石書，云『靈公奪我里』。」則石志之來遠矣，異事也。

右《言文》原《禮》之流，共二十五章。

史

史，使也，使左右執筆記事者也。从又持中，言記事當主中正也。《曲禮》曰：「史載筆，士載言。」黄帝立史官蒼頡、沮誦，周有太史、小史、内史、外史、御史，又正史、雜史、野史。古左史記言，右史記事。記言爲《尚書》，書事爲《春秋》。司馬談兼名曰《史記》，有本紀、八書、十表、列傳，其得失班叔皮有論。班固有十志贊序、十二紀、八表、六十九傳，其功過劉公理有辨。柳子厚曰：「左、右史混久矣，其言事駁亂。」況其後乎！

紀

紀，理也。統理衆事，繫之年月，紀之編著也。大曰綱，小曰紀，總之爲綱，周之爲紀。《正宗》曰：「有紀一代始終，二典及《春秋經》也，後世本紀似之。有紀一時始終，《禹貢》、《武成》也，後世志記似之。有紀一人始終，及秦未有，而昉于漢司馬氏，後世碑誌似之。」

志

志，識也，書用識哉，記時事也。《周禮》：外史「掌四方之志」。鄭玄曰：「魯之《春秋》，晉之《乘》，楚之《檮杌》。」原《禹貢》、《山海經》、《周官》、《周禮》，流爲馬遷《河渠書》、班固《地理志》、齊任昉《地理書》、陳顧野王《輿地志》。江淹云：「脩史之難無出于志，憲章所係，非老於典故者不能也。」

編

編，次簡也，列也，録也。編年之作，事係日月于年，有曰曆，曰春秋，曰本紀，曰年表，曰長編，曰續編。兼編書之名曰典，曰畧，曰考，曰譜，曰覽，曰鑑，曰傳，曰新書、新説、新語，曰通畧、通典、通考、通志、會典、會編。《大平御覽》、《册府元龜》，此其大者也。

録

録者，領也。古史《世本》，以簡策領其名數。《韻書》曰：「記也，采録也，齒也，總也，收拾也。」晁氏曰：「實録者，雜取編年紀傳之法。」又有聞見録、語録、通録、別録、七録。

傳

傳，傳也，傳述其事以示後人也。《博物志》曰：「傳，轉也，轉授經旨以授其後。」若《春秋三傳》、《戰國七策》、兩《漢書》、二十一史。是立義選言，依經樹則，述遠不誣，記近弗回。尊賢隱諱，先王之旨；戒慝懲奸，良史之直。

緯

從曰經，橫曰緯。《家語》云：「四方南北爲經，東西爲緯。天象定者爲經，動者爲緯。」《文心》曰：「經顯，聖訓也；緯隱，神教也。」「緯之成經，猶絲麻不襍，布帛乃成。」若讖緯乃緯書之曲説，録圖假堯，丹書誣昌，符讖托孔，乃技數詭附。故沛獻集緯以通經，曹褒撰讖以定禮。桓譚、尹敏、張衡、荀悦論之詳矣。

疏註

疏，布也，布置物數，撮題近意。故小券短書，號爲疏，條陳也。《廣雅》曰：「註，疏也。」《風俗通》曰：「記物曰注。」注者，主解，若《十三經註疏》也。又漢王吉《得失疏》、匡衡《正家疏》、東方朔上疏，又一義也。

解

解，判也，分析之名，解釋結滯，徵事以對也。楊雄《解嘲》，雜諧以自釋；蔡邕《釋誨》，體奥而文炳。《禮記》有《經解》，《管子》有《形勢解》，韓愈《學解》。

釋

「釋，解也，从采，采取其分别之也。」經典音讀訓詁，原于《爾雅》，流爲《廣雅》。朱子謂程端蒙《小學字訓》言語不多，是一部大《爾雅》。又許慎《説文》、劉熙《釋名》、陸德明《釋文》皆是。

通

通，達也。書首末全曰通。崔寔《政論一通》，班固《白虎通》，應劭《風俗通》，胡雲峯《四書通》。

義

義，宜也，裁制事物使合宜也。《説文》云：「从我美省。」我者己，人言之，己斷之爲美也。原于《禮記》諸義，《史記正義》、《易本義》也。

符

符之言扶也，兩相合而不差也。符，輔也，所以輔信，代古圭璋，從簡易也。《文心》曰：「符，乎也。事資中孚，徵召防僞。三代玉瑞，漢世金竹，末代書翰也。」《周禮》：掌節之官，掌邦符節圭璋而辨其用，以輔王命。《列子・説符》，《莊子・充德符》。

璽書

蔡邕《獨斷》曰：「璽者，印也。印者，信也。」天子六璽，以武功紫泥封之。漢昭帝《賜燕王旦璽書》，成帝《賜淮南王欽璽書》。《正宗》。

契

宓羲造書契。契者，刻也，刻木而書其側，以識其數也。《周禮》「八成以經邦治」，其六曰「聽取予以書契」。官所予，民所取，其責償也，以書契聽之。凡賣買以質劑，大市牛馬。以質，長券。小市器物。以劑。短券。質人掌「稽市之書券，同其度量，壹其淳制」。淳，幅之長也。制，匹之長也。

券

券，綣也，約束繾綣爲限以別也。大書中央，破別之。《周禮》「八成經邦治」之四曰「聽稱德以傳別」。傳別者，券也。稱謂貸以物，責謂責其償，皆以傳別之書聽之也。王褒髯奴，券之楷也。古有鐵券，周稱「判書」，以堅信誓。越王倜立七人，金書鐵券，藏之宮掖。

約

約，言語約束也。《周禮》：「司約，掌邦國萬民之約劑。」治神之約，命祀、郊社、群望、祖宗也；治民之約，征税、遷移、仇讐也；治地之約，經界、田菜之地也；治功之約，王功、國功、爵賞也；治器之約，禮樂、車服也；治摯之約，王帛、禽鳥也。太約劑書于宗彝，宗廟彝器。小約劑書于丹圖。鐵券、册書。漢高《約法》，王子淵《僮約》。

狀

狀，札也，牒也，形容之也。《文心》曰：「貌也，體貌本原，取其事實。」莊子自狀其過也。今有「辭狀」、「通狀」。

列

列，行次也，分解也，陳布也。《文心》曰：「陳列事情，昭然可見也。」《漢》、《史》列傳，又《列國》、《列仙》、《列女》。

記

記，疏也，謂一一分別記之也。《博物志》曰：「賢者著述曰記。」記事物，具始末，原于《禮記》、《學記》、《考工記》，變爲雜記。若鄭朋奏記於蕭望，阮籍奏記於蔣濟，又一義也。

譜

「譜，普也，註序世統，事資周普。」《書》稱「別生分類」。《傳》曰：「因生賜姓。」周小史定世繫，辨昭穆。秦剗剗舊迹，失其本宗。司馬遷曰：「余讀牒記，稽于曆譜，爲世譜年表。」後漢有鄧氏《官譜》，晉摯虞作《族姓昭穆記》。

簿部

「簿，圃也，草木區別，文書類萃也。張湯、李廣爲吏簿以別情僞。」部之爲言，簿也，分簿之也。原于劉向《別録》、劉歆《七畧》，唐以經、史、子集分爲四部。

圖

圖，畫也，難也。凡圖必先規畫之，以含留難之義。《周禮》：「職方氏掌天下之圖，辨九州之服。」又云：「聽閭里以版圖。」謂户籍之版，土地之圖。古有《河圖》，漢有《玄圖》。

籍

「籍，借也。歲借民力，條之于版。」《周禮》：司天之官，登萬民之數，自生齒以上書于版。藉、籍同音。藉从艸，艸盛狼藉也。籍从竹，竹簡簿書也。舊俗通用，誤矣。

按

按，察行也，考驗也。《賈誼傳》「按當今之務」，《丙吉傳》「無所按念」。程子曰：「《春秋傳》爲按，經爲斷。」張九齡勘事面分曲直，稱爲「口按」。張加貞嘆息直切，議爲堂按。

右《言文》原《春秋》之流，共二十五章。

畫禪室隨筆·評文

〔明〕董其昌 撰

《畫禪室隨筆·評文》一卷

明 董其昌 撰

董其昌（一五五六——一六三七），字玄宰，號思白，松江華亭（今屬上海）人。萬曆進士，授編修，充東宫講官，出爲湖廣學政。以太常寺少卿召入，天啓時官至太常寺卿、南京禮部尚書。崇禎初終官詹事府詹事，告歸。工書法及山水畫，講究筆墨氣韵，自成一家。有《畫禪室隨筆》、《容臺集》等。傳見《明史》卷一八〇。

《評文》見《畫禪室隨筆》卷三，共十五則，論及文章寫作之諸多方面，如寫作技巧，作文材料，文章立意，乃至作文者之身心準備等。論文重神氣，重妙悟。文中提出「文家要養精神」，「若調養得精神完固，不怕文字解悟無神氣」，注意生理因素與文學創作之關係。又指出「作文要得解悟」，「解時只用信手拈來，頭頭是道，自是文中有神，動人心竅」。而文中例舉之種種寫作技巧，則無一不是圍繞「文中有神」而設。

有康熙十七年汪汝禄刊本、乾隆三十三年董氏五世孫紹敏校刊本、《四庫全書》本等。今即據董紹敏校刊本録入。

（崔 銘）

畫禪室隨筆・評文

明　董其昌　撰

東坡水月之喻，蓋自《肇論》得之，所謂「不遷」義也。文人冥搜内典，往往如鑿空，不知乃沙門輩家常飯耳。大藏教若演之，有許大文字。東坡突過昌黎、歐陽，以其多助，有此一奇也。

蘇子瞻《表忠觀碑》惟叙蜀漢抗衡不服，而錢氏順命自見，此以賓形主法也。執管者即已游於其中，自不明了耳，如能了之，則拍拍成令，雖文采不章，而機鋒自契。

文章隨題敷衍，開口即涸，須于言盡語竭之時，別行一路。太史公《荆軻傳》，方叙荆軻刺秦王，至秦王環柱而走，所謂言盡語竭，忽用三個字轉云「而秦法」，自此三字以下，又生出多少煙波。

凡作文原是虚架子，如棚中傀儡，抽牽由人，非一定死煞真有一篇文字。有代當時作者之口，寫他意中事，乃謂注于不涸之原，且如《莊子・逍遥篇》，鷽鳩笑大鵬，須代他説曰：「我决起而飛槍枋，時則不至，而控于地而已矣；奚以之九萬里而南爲？」此非代乎？若不代，只説鷽鳩笑亦足矣。又如太史公稱燕將得魯仲連書，云：「欲歸燕，已有隙，恐誅；欲降齊，所殺虜于齊甚衆，恐已降而後見辱。喟然嘆曰：『與人辨我，寧自辨。』」此非代乎？

文有翻意者，翻公案意也。老吏舞文，出入人罪，雖一成之案，能翻駁之。文章家得之，則光景日新。且如馬嵬驛詩凡萬首，皆刺明皇寵貴妃，只詞有工拙耳，最後一人乃云：「尚是聖明天子事，景陽宫井又何人。」便翻盡從來窠臼。曹孟德疑塚七十二，古人有詩云：「直須發盡疑塚七十二。」已自翻矣；後人又云：「以操之奸，安知不慮及于是？七十二塚必無真骨。」此又翻也。

青烏家專重脱卸，所謂急脈緩受，緩脉急受，文章亦然。勢緩處須急做，不令扯長冷淡。勢急處須緩做，務令紆徐曲折，勿得埋頭，勿得直脚。

杜子美云：「擒賊先擒王。」凡文章必有真種子，擒得真種子，則所謂「口口咬着」，又所謂「點點滴滴雨，都落在學士眼裏」。

文字最忌排行，貴在錯綜，其勢散能合之，合能散之。左氏晉語云：賈誼《政事疏》：「太子之善，在于早諭教與選左右。」「早諭教」、「選左右」是兩事，他却云：「心未濫而先諭教，則化易成也。」此是「早諭教」。下云：「若其服習講貫，則左右而已。」此是「選左右」。以二事離作兩段，全不排比。自六朝以後，皆畫段爲文，少此氣味矣。

作文要得解悟。時文不在學，只在悟，平日須體認一番，纔有妙悟。妙悟只在題目腔子裏，思之思之，思之不已，鬼神將通之，到此將通時，纔喚做解悟了。得解時只在信手拈來，頭頭是道，自是文中有神，動人心竅。理義原悦人心，我合着他，自是合着人心。

文要得神氣。且試看死人活人，生花剪花，活雞木雞，若何形狀，若何神氣，識得真，勘得破，可與論文。如閲時義，閲時令吾毛竦色動，便是他神氣逼人處；閲時似然似不然，欲丢欲不丢，欲讀又不喜讀，便是他神索處。故窗稿不如考卷之神，考卷之神薄，不如墨卷之神厚，魁之神露，不如元之神藏，試之自有解入處。脱套去陳，乃文家之要訣。是以剖洗磨煉，至精光透露，豈率爾而爲之哉？必非初學可到。且定一取捨，取人所未用之辭，捨人所已用之辭；取人所未談之理，捨人所已談之理；取人所未佈之格，捨人所已佈之格；取其新，捨其舊；不廢辭，却不用陳辭；不越理，却不用皮膚理；不異格，却不用卑瑣格；得此思過半矣。

文家要養精神。人一身只靠這精神幹事，精神不旺，昏沉到老，只是這個人。須要養起精神，戒浩飲，浩飲傷神；戒貪色，貪色滅神；戒厚味，厚味昏神；戒飽食，飽食悶神；戒多動，多動亂神；戒多言，多言損神；戒多憂，多憂鬱神；戒多思，多思撓神；戒久睡，久睡倦神；戒久讀，久讀苦神。人若調養得精神完固，不怕文字無解悟無神氣，自是矢口動人，此是舉業最上一乘。

多少伶俐漢，只被那卑瑣局曲情態擔閣一生。若要做個出頭人，直須放開此心，令之至虚，若天空，若海闊；又令之極樂，若曾點游春，若茂叔觀蓮；洒洒落落，一切過去相，見在相，未來相，絶不罣念，到大有入處，便是擔當宇宙的人，何論雕蟲末技。

甚矣捨法之難也。兩壘相薄，兩雄相持，而俠徒劍客獨以魚腸匕首成功于枕席之上，則孫吳不足道矣，此捨法喻也。又喻之于禪，達摩西來，一門超出，而億劫修持三千相，彈指了之，舌頭坐斷。文家三昧，寧越此哉？然不能盡法而遽事捨法，則爲不及法。何士抑能盡其法者也，故其游戲跳躍，無不是法，意象有神，規模絶迹。今而後以此争長海内，海内益尊士抑矣。

吾嘗謂成、弘大家與王、唐諸公輩假令今日而在，必不爲當日之文。第其一種真血脉，如堪輿家所爲正龍有不隨時受變者，其奇取之于機，其正取之于理，其致取之于情，其實取之于事，其藻取之于辭。何謂辭？《文選》是也。何謂事？《左》《史》是也。何謂情？《詩》《騷》是也。何謂理？《論語》是也。何謂機？《易》是也。《易》闡造化之機，故半明半晦，以無方爲神。《論語》著倫常之理，故明白正大，以易知爲用。如《論語》曰「無適無莫」，何等平易。《易》則曰「見羣龍无首」，下語險絶矣。此則王唐諸公之材料窟宅也。如能熟讀妙悟，自然出言吐氣有典有則，而豪少年佻舉浮俗之習淘洗到盡矣。

夫士子以干禄故，不能迂其途以就先民矩矱，是或一説矣，不曰去其太甚乎？小講入題，欲離欲合，一口説盡，難復更端，不可稍加虚融乎？股法所貴，矯健不測，今一股之中，更加複句，轉接之痕盡露，森秀之勢何來，不可稍加裁剪乎？古文只宜暗用，乃得一成語，不問文勢夷險，必委曲納之，或泛而無當，或奇而無偶，不可稍割愛乎？每題目必有提綱，既欲運思于題中，又欲迴盼于題外，若復快意直前，爲題所縛，圓動之處，了不關心，縱才藻燦然，終成下格，不可另着眼乎？諸如此類，更僕莫數，一隅反之，思過半矣。

杜氏文譜

〔明〕杜浚 撰

《杜氏文譜》三卷

明　杜浚　撰

杜浚，自署晉陵（西晉置，今江蘇常州）人。餘不詳。

此書爲輯録名家文論之匯鈔本，然在編排上亦成系統。卷一通論詩文特徵。先録陸機《文賦》，後接以《文法》、《詩文體制》，論述詩文體裁之起源、要素與作用。卷二分八節專論文章作法。以元代陳繹曾之文論著作《文式》（見《文章歐冶》所附《古文矜式》）、《文説》爲本，從前書中採擷《培養》、《入境》兩節，論述寫作前之準備；從後書中摘取「抱題」、「立意」、「用事」、「造語」、「下字」等五節，闡述寫作中題意、文辭各環節之技法。末尾選鈔陳騤《文則》中「取喻法」一節，專談比喻。卷三評賞古文，「文則」爲總評古文寫作之得失，「文評」則分論經、史、諸子及歷代諸家文章之優劣、特點。此兩節均主要採自李淦《文章精義》，兼取吕祖謙《古文關鍵》、蘇伯衡《述文法》、陳騤《文則》等評語。此書所選取之諸家，與曾鼎所編之《文式》，多有重合，尤重視元代陳繹曾和宋元間人李淦之論述，則可窺見明代古文評論與研究之特定風尚。

此書《澹生堂藏書目·文式文評》著録，無卷數，亦未署撰人姓名。僅見明刊杜氏家刻《杜氏四譜》本，藏於雲南大學圖書館。今即據以録入。

（王宜瑗）

杜氏文譜卷之一

明　杜濬　撰

文　賦并序

陸　機

余每觀才士之作，竊有以得其用心。夫其放言遣辭，良多變矣，妍蚩好惡，可得而言。每自屬文，尤見其情。恒患意不稱物，文不逮意，蓋非知之難，能之難也。故作《文賦》以述先士之盛藻，因論作文之利害所由，他日殆可謂曲盡其妙。至於操斧伐柯，雖取則不遠，若夫隨手之變，良難以辭逐。蓋所能言者，具於此云爾。

佇中區以玄覽，頤情志於典墳。遵四時以歎逝，瞻萬物而思紛。悲落葉於勁秋，喜柔條於芳春。心懔懔以懷霜，志眇眇而臨雲。詠世德之駿烈，誦先人之清芬。遊文章之林府，嘉麗藻之彬彬。慨投篇而援筆，聊宣之乎斯文。

其始也，皆收視反聽，耽思傍訊，精騖八極，心遊萬仞。其致也，情曈曨而彌鮮，物昭晰而互進，傾羣言之瀝液，漱六藝之芳潤，浮天淵以安流，濯下泉而潛浸。於是沈辭怫悅，若遊魚銜鉤而出重淵之深；浮藻聯翩，若翰鳥纓繳而墜曾雲之峻。收百世之闕文，採千載之遺韻，謝朝華於已披，啓夕秀於未振，觀古今於須臾，撫四海於一瞬。

然後選義按部，考辭就班，抱景者咸叩，懷響者必彈。或因枝以振葉，或沿波而討源。或本隱以末顯，或求易而得難。或虎變而獸擾，或龍見而鳥瀾。或妥帖而易施，或岨峿而不安。罄澄心以凝思，眇衆慮而爲言，籠天地於形内，挫萬物於筆端。始躑躅於燥吻，終流離於濡翰，理扶質以立幹，文垂條而結繁。信情貌之不差，故每變而在顔；思涉樂其必笑，方言哀而已歎。或操觚以率爾，或含毫而邈然。

伊兹事之可樂，固聖賢之所欽。課虚無以責有，叩寂寞而求音，函緜邈於尺素，吐滂沛乎寸心。言恢之而彌廣，思按之而愈深，播芳蕤之馥馥，發青條之森森，粲風飛而飆竪，鬱雲起乎翰林。

體有萬殊，物無一量，紛紜揮霍，形難爲狀。辭程才以效伎，意司契而爲匠，在有無而僶俛，當淺深而不讓。雖離方而遯圓，期窮形而盡相。故夫誇目者尚奢，愜心者貴當，言窮者無隘，論達者唯曠。詩緣情而綺靡，賦體物而瀏亮。碑披文以相質，誄纏緜而悽愴。銘博約而温潤，箴頓挫而清壯。頌優遊以彬蔚，論精微而朗暢。奏平徹以閑雅，説煒曄而譎誑。雖區分之在兹，亦禁邪而制放。要辭達而理舉，故無取乎冗長。

其爲物也多姿，其爲體也屢遷。其會意也尚巧，其遣言也貴妍。暨音聲之迭代，若五色之相宣。雖逝止之無常，固崎錡之難便。苟達變而相次，猶開流以納泉。如失機而後會，恒操末以續巔。謬玄黃之秩序，故淟涊而不鮮。

或仰逼於先條，或俯侵於後章；或辭害而理比，或言順而義妨。離之則雙美，合之則兩傷。考殿最於錙銖，定去留於毫芒。苟銓衡之所裁，固應繩其必當。

或文繁理富，而意不指適。極無兩致，盡不可益。立片言而居要，乃一篇之警策。雖衆辭之有條，必待兹而效績。亮功多而累寡，故取足而不易。

或藻思綺合，清麗芊眠。炳若縟繡，悽若繁絃。必所擬之不如，乃闇合乎曩篇。雖杼軸於予懷，怵他人之我先。苟傷廉而愆義，亦雖愛而必捐。

或苕發穎竪，離衆絶致。形不可逐，響難爲係。塊孤立而特峙，非常音之所緯。心牢落而無偶，意徘徊而不能褫。石韞玉而山輝，水懷珠而川媚。彼榛楛之勿翦，亦蒙榮於集翠。綴《下里》於《白雪》，吾亦濟夫所偉。

或託言於短韻，對窮迹而孤興。俯寂寞而無友，仰寥廓而莫承。譬偏絃之獨張，含清唱而靡應。

或寄辭於瘁音，言徒靡而弗華。混妍蚩而成體，累良質而爲瑕。象下管之偏疾，故雖應而不和。

或遺理以存異，徒尋虛以逐微。言寡情而鮮愛，辭浮漂而不歸。猶絃么而徽急，故雖和而不悲。

或奔放以諧合，務嘈囋而妖冶。徒悦目而偶俗，固聲高而曲下。寤《防露》與《桑間》，又雖悲而不雅。

或清虛以婉約，每除煩而去濫。闕大羹之遺味，同朱絃之清氾。雖一唱而三歎，固既雅而不豔。

若夫豐約之裁，俯仰之形，因宜適變，曲有微情。或言拙而喻巧，或理樸而辭輕。或襲故而彌新，或沿濁而更清。或覽之而必察，或研之而後精。譬猶舞者赴節以投袂，歌者應絃而遣聲。是蓋輪扁所不得言，亦非華説之所能精。

普辭條與文律，良余膺之所服。練世情之常尤，識前修之所淑。雖濬發於巧心，或受蚩於拙目。彼瓊敷與玉藻，若中原之有菽。同橐籥之罔窮，與天地乎並育。雖紛藹於此世，嗟不盈於手掬。患挈瓶之屢空，病昌言之難屬。故踸踔於短韻，放庸音以足曲。恒遺恨以終篇，豈懷盈而自足。懼蒙塵於叩缶，顧取笑乎鳴玉。

若夫感應之會，通塞之紀，來不可遏，去不可止。藏若景滅，行猶響起。方天機之駿利，夫何紛而不理。思風發於胸臆，言泉流於脣齒。紛葳蕤以馺遝，唯毫素之所擬。文徽徽以溢目，音泠泠而盈耳。及其六情底滯，志往神留，兀若枯木，豁若涸流。覽營魂以探賾，頓精爽於自求。理翳翳而愈伏，思軋軋其若抽。是以或竭情而多悔，或率意而寡尤。雖兹物之在我，非余力之所勠。故時撫空懷而自惋，吾未識夫開塞之所由。

伊兹文之爲用，固衆理之所因。恢萬里而無閡，通億載而爲津。俯貽則於來葉，仰觀象於古文。濟文武於將墜，宣風聲於不泯。塗無遠而不彌，理無微而不綸。配霑潤於雲雨，象變化乎鬼神。被金石而德廣，流管絃而日新。

文　法

六經不可尚矣。戰國之文，反覆善辯，孟軻之條暢，莊周之奇偉，屈原之清深，爲大家數。而漢之文章，深厚典雅，賈誼之俊偉，司馬遷之雄放，爲大家數。三國之文，孔明《出師》二表、建安諸子數書而已。兩晉之交，陶淵明《歸去來辭》、李令伯《陳情表》、王逸少《蘭亭記》而已。唐之文，韓之雅健，柳之刻峭，爲大家數。夫孰不知？然古文亦有數。漢文，相如、楊雄，名教罪人，其文古；唐文，韓柳外，元次山近古，樊宗師作爲苦澀，非古；宋之文章，大家數尤多，歐之雄粹，老蘇之蒼勁，長蘇之神俊，而古作不甚多。是蓋清廟茅屋謂之古，朱門大厦，謂之華屋則可，謂之古，則不可；大羹玄酒謂之古，八珍，謂之美味則可，謂之古，則不可。知此者，可與言古文之妙矣。夫古文，以辨而不華、質而不俚爲高，無俳句，無陳言，無贅辭。初學由韓柳爲入門；稍近，宜宗史漢；又進而六經，極矣。

夫記者，所以記日月之遠近，工費之多少，主佐之姓名。叙事如書史法，如《尚書·顧命》是也。叙事之後略作議論以結之，然不可多，蓋記者所以備不忘也。

《尚書序》、《毛詩序》乃古今作序大格樣。《書序》首言畫卦、作書契之始，次言皇墳帝典三代之書，及夫子定書之由，又次以秦亡漢興求書之事。《詩序》首六義之始，次言變風變雅之作，又次言《二南》王化之自。夫序者，次序之語，前之説勿施於後，後之説勿施於前。其語次序，不可顛倒，故次序其語曰序。

碑銘惟韓文公最高。每碑行文，如人之殊頭面首尾，決不可再用蹈襲。神道碑刻於外，行文稍可加詳；埋銘壙記最宜謹嚴。銘字從金，喻如金石，一字不可泛用。善爲銘者，宜如古詩《雅》《頌》之作，行實之撰，當取其人平生忠孝大節，其餘小善寸長，書法宜從簡略。爲人立言作傳之法亦然。

跋，取古詩「狼跋其胡」立義，狼前行則跋其胡，跋語不可多，多則冗。尾語宜峻峭，以示不可復加之意。

説則自出己意，横説竪説，其文詳贍抑揚，無所不可。如韓文《師説》是已。真西山編類古文，自西漢以下，他並不録，迄於唐，唯韓公柳公數記而已。古作之難，不其然乎？

詩文體制

美刺風化、緩而不迫謂之風，采摭事物、摛華布體謂之雅，形容盛德、揚厲休功謂之頌，幽憂憤悱、寓之比興謂之騷，感觸事物、托於文章謂之辭，陳事較功、考實定名謂之銘，援古刺今、箴戒得失謂之箴，猗歟抑揚永言謂之歌，非鼓非鐘徒歌謂之謡，步驟馳騁、斐然成章謂之行，品秩先後、序而推之謂之引，聲音雜比、高下長短謂之曲，吁嗟慨歌、悲憂深思謂之吟，吟咏性情、合而言志謂之詩，蘇李以上高妙古淡謂之古，沈宋而下法律嚴切謂之律。

此詩之衆體也。

帝王之言出法度以制人者，謂之制；絲綸之語若日月之照臨者，謂之詔；道其常而可彛憲者，謂之典；陳其謀而成嘉猷，謂之謨；順其理而迪之者，謂之訓；屬其人而告之者，謂之誥；即師衆而申之者，謂之誓；因官使而命之者，謂之命；出於上者，謂之教；行於下者，謂之令；持而戒之者，勑也；言而諭之者，宣也；諮而揚之者，贊也；登而崇之者，册也；言其倫而復析之者，論也；度其宜而揆之者，議也；別嫌疑而明之者，辯也；正是非而著之者，説也；記者，記其事也；紀者，紀其變也；書者，讚而述焉者也；策者，條而對焉者也；傳者，傳而信者也；序者，序而陳者也；碑者，披列事功而載之金石也；碣者，揭示操行而立之墓隧也；誄者，累其素行而質諸鬼神也；誌者，記其行藏而謹其終始也；檄者，激發人心而喻之禍福也；移者，自近移遠使之周知也；表者，布臣子之心、致君父之前也；箋者，修儲后之問、申宫壼之儀也；簡書，質言之而略也；啓者，文言之而詳也；狀者，言之公上也；牒者，用之官府也；捷書不緘，插羽而傳者，露布也；尺牘無封，指事而陳之者，劄子也；青黄黼黻，經緯相成，而總謂之文也。

此文之異名也。

杜氏文譜卷之二

《文　式》

培　養

地步高則局段高

六經之文，諸子不能及，聖人也；諸子之文，史集不能及，賢人也。六經，《周書》不及《商》，《商》不及《夏》，《夏》不及《虞》：世降也；《風》不及《雅》，《雅》不及《頌》：位殊也。在我之所至地步不高，而欲文章高，是猶坐井而窺天，無是理也。欲地步高，何法而後可？曰：志伊尹之志，學顏子之學，立脚峻絶，操心誠至，自然高出千古。舍是僞而已矣。何益？

見識高則意度高

文，言之精也。天下精妙之言，非識見高者不能。鄉社之士，不可與語城郭；都邑之士，難語並及朝廷：識見卑也。下是而欲爲高上，何法而後可？曰：吾心之神明，本與造化游；天機之出入，人自爲之蔽。精慮而照物，何識見之不高？舍是而求通，吾未之見也。

氣量高則骨格高

文章與人品同。古之聖賢，非有英雄氣量者不能。氣，擔負天地；量，包含古今。如立天下之道德，成天下之事業，無施不可，况乎區區之古文而有不高者乎？欲氣量高，何法而後可？曰：熟讀《孟子》以昌吾氣，細讀《堯典》以恢吾量，參諸《史記》以博其趣，放而至乎韓、柳、歐、蘇諸大家，以極其變，古今之文章，不期高而自高矣。

右三者，須朴實用工夫，自得於心，實踐於身。生由乎是，死由乎是。雷霆震於上而不變，山嶽壓於前而弗瞬。牢立脚跟，净洗眼睛。所謂有諸内必形諸外，非可以聲音笑貌爲也。

讀書多則學力富

古文，古人之文章也。不得古人之心，不知古人之事，不明古之天文地理萬物之變，不辯古之城郭宫室器用之制，乃欲操筆而爲古人之文，無是理也。欲讀書多，何法而後可？曰：讀經以明聖人之用，讀子以擇百家之善，讀史以博古今之變，讀集以究文章之體。讀其實，無讀其虚。三才萬物之體用，謂之實。議論文章之末流，謂之虚。取其虚而忽其實，是之曰倒置。苟得其實，則變化在我，何必資於彼哉。文辭，末也；資於彼，是爲蹈襲。韓子曰：「惟陳言之務去」，夫是之謂也。

歷世深則材力健

文，所以記事也。涉歷世故不深，則於人情事理不諳練，發之筆下皆庸腐。文人傑作往往出於幽憂患難之餘，如文王之《易》、孔子之《春秋》、屈原之《楚辭》、司馬遷之《史記》，皆是歷練艱深，熟諳世故，所以高出萬古。初未涉歷而爲文，毋怪乎其不古。若欲涉歷世深，何法而後可？曰：毋偷安一室，而有經營天下之志；毋閉户讀書，而有擔笈萬里之益；毋老爲蠹魚，而實負國家通濟之用。如荼如飴，履險若平，久久心解，自當有見。

右二者，行則涉世，吾學問之本也；止則讀書，吾學文之科也。動静食息，無非此事，孰謂伸紙行筆而後謂之爲文矣乎？

養元氣以充其本

嗜欲淡，則神氣清；色德節，則血氣盛；飲食不過，則昏氣少；天理常存，則志氣明。心欲平，平無刻鑿之過；氣欲易，易無苦難之失。須平日動静食息充養之有素，非可臨文矯强而作爲。

養題氣以極其變

朝廷之題，其氣肅；軍旅之題，其氣壯；山林之題，其氣清；宮苑之題，其氣麗；鐘鼎之題，其氣古；關河之題，其氣遠；宴樂之題，其氣和；豪俠神異之題，其氣奇。此皆一隅三反之類也。凡養氣之法，宜澄心静慮，此人此景此事此情，默存胸中，使汁滓融化，心領神會，則此氣油然自生。然後擇其精而不僻、新而不尖者，淘之汰之，濾之漉之，自然充牣。切不可强思强作，昏氣一乘，率皆浮浪客氣，非自得也。

入　境

體格明則規矩正

叙事之文貴簡實。

記以記事貴方整；序以序事貴直達；傳以傳事貴覈實；紀以紀事貴切要；銘以銘事貴質實；志以志事貴詳明；碑以誌悲貴哀慕；表以白事貴簡明。

議論之文貴精到。

議以議事，貴直切而有處置；論以論理，貴反覆而盡事情；辯以辯明，貴曲折而善解結；説以説理，貴明白而不煩解註；解以解義，貴明白而題意朗然；難以詰問，貴糾結而使人難解；戒以規警，貴嚴正而不可犯；箴以懲創，貴嚴切而使人痛心；評以評事，貴公平而服衆； 贊以贊美，貴隱惡而不虚美； 題以品物，貴忠厚而有益於彼； 跋以繫尾，貴簡當而有發明； 喻以曉人，貴明切而使人心解； 原以原理，貴精嚴而直造本原； 策以籌謀，貴縝密而可施行； 奏以奏事，貴明白體面而感上應下。

辭令之文貴婉切。

詔以昭宣德意，貴正大尊嚴而仁愛之心油然； 誥以告示上意，貴嚴正而輕重得宜； 表以明通下情，貴切當而無冗長； 狀以形狀事跡，貴明白而關通律令； 檄以飛達軍情，貴雄健而感動人心； 彈以糾劾姦惡，貴嚴正而不容走脱； 書以攄寫事情，貴條達而隨人所好； 簡以傳達事意，貴簡要而分明； 啓以啓發所言，貴安詳而有體面。

辭賦之文貴婉麗。

辭以寄情，貴情深而語緩； 賦以體物，貴詳盡而文切； 頌以頌美，貴形容盛美； 雅以詠政，貴鋪張正大； 風以動物，貴情直而語婉。

體段明則制作當

篇首欲包含一篇大旨，貴乎明而緊。

篇中欲曲折周密，鋪陳詳盡，引用飽滿。

篇尾欲點綴丁寧，發送輕快。

歷代有風氣之殊

虞夏天理縝密，文在一字中。

商人天性嚴正，文在一字中。

周人天性篤至，文在章句周折之間。

先秦風氣英爽，文在辯難中。

西漢氣質雄健，文在按據經典中。

東漢學問質實，文在聲音氣象中。

盛唐氣骨俊健，文在體製意思中。

宋人見識端正，文在議論中。

諸家有材氣之别

左丘明善序事，如老吏具獄，枝節悉備。但斷決處把滑，只論旁枝，至於本宗，則讓於聖人處置，亦是有當如此處。

穀梁氏善議論，簡當精潔。左氏議論在序事中，穀梁氏議論在議論中，比看，各是一奇也。

孟子善議論，先提其綱而後詳説之。只是見識高，胸中流出辯論，盤根錯節處，只以譬諭輕輕解破。

屈原善辭賦，其法有七：一曰抒情，直陳哀樂；二曰況物，借物名説人事，是指狗詈人之意；三曰設事，假説詭怪虛無之事，以寄胸中之趣；四曰序事，直序事實；五曰論理，切論情理；六曰論事，就事論理；七曰用事，引用古事，情真理精，事詭意激。

孫武子善議論，計算精密處，盛得水住，無絲毫罅隙；妙處如神明，只從省力處用心，幾於無爲之爲。有此心計，方有此文章。

管子善議論。辯政事極覈實，論心術極精微，序事簡嚴。

老子善議論。精極而言，不得已而言之，言猶無言也，故妙；老於世故，故高。其神奇變化，人莫能測其端倪，而大有功於世教。

莊子善議論，見識高妙，機軸圓活，情性滑稽。故肆口妄言亦妙，緘口不言亦妙，開口正言亦妙。文法極老，儒者皆宗之。

列子善議論，性情清真，見識峻絶，故平淡言語中，皆驚天動地奇絶意思。

荀子善議論，辯博富麗，失之太方，轉折少力。

《戰國策》善辭令，其法有九：一曰箝，束縛定他人，使之必聽也；二曰飛，不可言處，藉別語飛入，不覺墮其術；三曰捭，彼意難測，反語捭開，即見之；四曰闔，既知彼意，塞其兑，閉其門；五曰揣，捭之不得，多方取之；六曰摩，揣之不得，周圍摩之；七曰抵巇，抵入險中，使人不怒；八曰釣，誘入利中，使之喜慕；九曰決，彼意若從，爲之勇決。故至今令人讀之亦忌倦。

《素問》善議論，理明，故枝節詳盡，而論辯精審。先秦書皆然。

《考工記》善序事，句法變化，字樣古雅。

《九章算經》善序事，意思巧妙，句法字樣别是一家。

《山海經》善叙事，實處簡妙，虚處幽玄，名物字樣皆是文字中珍具。

《越絶》善叙事議論，序事古拙，議論精到，文采殊可觀。

《國語》善序事議論，亦出左丘明，比《春秋·内傳》失之方。

《吕覽》善議論序事，平易詳明，絶無古怪險澀之辭，先秦諸書中最通今者也，似差弱耳。

《韓非子》善議論，亦善序事，精覈嚴厲，出於荀子，而非方冗之病。

司馬遷善叙事，只陳最大事爲主，主者從者，以次而略，小者不書。

司馬相如善辭賦，長於體物：一曰實體，羽毛花實是也；二曰虚體，聲色高下飛走是也；三曰比體，借物相興是也；四曰相體，連綿雜疊體狀是也；五曰量體，數目方隅歲日變態是也；六曰連體，衣服宫室器用天地萬物是也，相如尤長此體。

枚乘善辭賦，體物皆精於物理，有入神之妙，非相如所及。

賈誼善議論，材氣雄俊，見識明決，政事通達，有蓋世之英資，故胸中流出，儁偉跌蕩，不可覊束，三代以後，一人而已，但稍麤耳。

《淮南子》明天道神奇之妙，善於屬文，其辭變化莫測。

楊雄善議論，不善制作，而工於摹擬。唯其思索深至，學問精博，故往往有妙處，止可零碎取之，無大段妙處。

劉向善序事議論，質直平淡而不弱，此是不可及處。

班固善序事，據經按典，勝於司馬遷；提要鉤玄，不及也。

韓退之議論辭令，無不善者，出入百家，變化古今，無不備矣，文中之聖者也。

柳子厚序事議論，無不善者。取古人之精華，中當時之體製，酌古準今，自是一家，比退之微方耳。

右諸家古文皆宜精讀，但學他胸中妙處，勿取其紙上浮言，心有先秦諸子之精理，兼以西漢諸家之氣骨，韓柳二家今文之體製，至矣盡矣，篾以加矣。以此定胸中之權度，然後可及後來之文也。

抱　題

開題：以題中合説事，逐一分析，開寫於篇中各間架内，次其先後所宜，逐一説盡，或以意化之，或以情申之，或以實事紀之，或以故事影之，或以景物叙之，一篇之内，變换雖多，句句切題。此初入門徑路，非其至也。

合題：亦以題中合説事，逐一開寫，却將己意融會作一片口氣道盡，然忌直率，却於間架内要思曲折。此高於開題者也。

括題：只取題中緊要一事作主意，餘事輕輕包括見之，此最捷徑。

影題：並不説正題事，或以故事，或以他事，或立議論，或傍題目而不着迹，題中合説事皆影見之，此變態最多。

反題：題目或悖義理，則反其意説之。

救題：題目雖悖義理，而以强詞奪正理解救之。

引題：别發遠意，使人不知所從來，忽然引入題去，却又親切痛快，此要筆力，似影題而實異也，影題從題中來，此自題外來。

蹙題：題繁蹙其文，使甚簡而不漏脱題中一事。

衍題：題虛無可説，乃衍其意，使之多，而無一字從外來。

超題：將題熟涵泳，使胸中融化消釋，盡將題中粗語掃去，取精粹微妙之意成文章，此超出題外，而不離題中，作文之極功也。

立意

景：天文地理物象皆景也。景以氣爲主。

意：議論思致曲折皆意也。意以理爲主。

事：實事故事皆事也。事生於景則真。

情：喜怒哀樂愛惡欲之真趣皆情也。情出於意則工，意出於情則切。

文體雖衆，意之所從來者，必由於此。故立意依此四者而求之，亦各隨題之所宜，以一而統三者於其中。

文無景則枯，無意則粗，無事則虛，無情則誣，故立意必兼斯四者。

作文須三致意，一篇之中三致意，一段之中三致意，一句之中三致意如此，所作之文方可止。

文章猶有理詞狀，一本事，二原情，三據理，四按例，五斷決。本事者，認題也。原情者，來意也。據理者，守正也。按例者，用事也。斷決者，結題也。備是五者，尤貴簡切而明白。

凡作文，第一番來者，陳言也，掃去不可用；第二番來者，正位語也，存之且勿用；第三番來者，精意也，方可入於用。韓子所謂「惟陳言之務去，戛戛乎其難哉」政如此法。當養氣以培之，不可粗心恣意以乘之，否則必成怪語。

用　事

正用：故事與題事正同者也。

反用：故事與題事正相反也。

借用：故事與題事初不相類，以一端近似而借用之。

暗用：用故事之語意，而不顯其名迹，此善用事者也。

對用：經題用經事，子史用子史事，漢用漢，三國用三國事，韓柳佛老題，亦各用其事，此正法也。

援用：子史百家題用經事，三國題用周漢事，此援前證後，亦一法也。

比用：莊子題用列子事，前漢題用後漢事，柳文題用韓文事，此正用之變也。

倒用：經題用子史事，漢題用三國事，此非大筆力者不能之，此非正法也。

泛用：於正題中乃用稗官小説、諺語戲談、異端鄙事爲證者，非大筆力者不可，此變之又變也。

凡用事，但可用其意，而以新語融化入吾文，三語以上不可全寫。

造　語

正語：《尚書》：「帝曰：『咨，汝羲暨和，期，三百有六旬有六日，以閏月定四時成歲。』」《春秋》：「六鷁退飛過宋都，隕石于宋，五。」皆正其事而順語之也。

拗語：《楚辭》：「吉日兮辰良」，不言「吉日兮良辰」；「蕙殽蒸兮蘭藉」，不言「蒸蕙殽兮蘭藉」。《莊子》：「禾出虛，蒸而成菌」，不言「虛出禾」，皆倒一字，句法更健十倍。此作語之良法也。

反語：《尚書》：「衆非元后何戴？」《論語》：「學而時習之，不亦悦乎？」又「愛之能勿勞乎？」皆反其意而道之，使人悠悠然致思焉。

纍語：《尚書》「寬而栗」、《老子》「長短相形」等句，皆纍語也。《孫武子》「利而誘之」一節，語雖纍而詞意句句别。此又其妙之妙者也。

聯語：《尚書》「以親九族」、《大學》「知止」、《檀弓》「人喜則斯陶，陶斯咏」，皆聯語也。

問答語：《論語》：「吾何執？執御乎？執射乎？」《孟子》：「王何必曰利？亦有仁義而已矣。」《詩》：「雞既鳴矣，朝既盈矣；匪鷄則鳴，蒼蠅之聲。」《公羊》、《穀梁》尤極其變。

變語：《堯典》：「日中星鳥」、「宵中星虛」，《舜典》：「如西禮」、「正月上日」、「月正元日」、「正月朔旦」，是也。

歇後語：《論語》：「禮云禮云，玉帛云乎哉？」「嗚呼！ 曾謂太山不如林放乎？」此皆不説破正意，歇後所當語，而使人自思之。

省語：《舜典》：「至于南嶽，如初禮」，《儀禮》「其他，如加皮弁之儀」，皆省語也。

助語：《檀弓》：「南宫韜之妻之姑之喪」，一句纍三「之」字，《詩大序》：「不知手之舞之足之蹈之」，一句纍四「之」字。《莊子》尤多。《論語》：「學而時習之，不亦悦乎？」「學」、「時」、「習」、「悦」是實，而「之」、「不」、「亦」、「乎」是助語。《孟子》：「然而無有乎爾，則亦無有乎爾」，止四字實，而八語是助。 蓋當用則不嫌其多也。

實語：《尚書》及《易・彖辭》用助語極少，《春秋》、《儀禮》皆然，此實語也。 凡碑碣傳語等文，不可多用助語字；序論辯説等文，須用助語字。

對語：《尚書》羲和仲叔四節，長對也。「威侮五行，怠棄三正」，正對也。「天聰明自我民聰明，天明畏自我民明畏」，此對語不對意也。「衆非元后何戴？ 后非衆罔與守邦」，此對意不對語也。「天叙有典」、「天秩有禮」，下間以「五禮有庸哉」、「五服有章哉」，「佑賢輔德」下間以「邦乃其昌」，散文用對語，必以散語間之也。

隱語：《論語》：「割雞焉用牛刀」、「有美玉於斯，求善價而沽諸」、「虎兕出於匣，龜玉毁於櫝中」，

《孟子》：「城門之軌，兩馬之力歟」，皆隱語也。《小雅·鶴鳴》、古樂府《藁砧》，全篇皆隱語也。《莊》、《列》尤多。

婉語：《論語》陽貨言：「日月逝矣，歲不我與！」孔子曰：「諾，吾將仕矣。」此語直而意婉也。《春秋》：「天王狩於河陽」，此語婉而意直也。

長句法：《檀弓》：「毋乃使人疑夫不以情居瘠者乎哉？」「孰有執親之喪而沐浴佩玉者乎？」「苟無禮義忠信誠慤之心以涖之」，《春秋》：「季孫行父、臧孫許、叔孫僑如、公孫嬰齊帥師會晉郤克、衛孫良夫、曹公子首及齊侯戰於鞌。」

短句法：「華而皖」，「立孫」，「畏」，「厭」，「溺」，「螽」，「肇禋」。凡作文，造語皆自然當如此，則好；有意而爲之，非也。

下字

諧音：凡下字有順其聲而下之者：若音當揚，則下響字；音當抑，則下啞字。

審意：凡下字有詳文意而下之者：意當明，則下顯字；意當藏，則下隱字；意當尊，則下重字；意當卑，則下輕字。如此之類，變化無方。

襲古：凡下字於平穩處，宜用古人曾下好字面，須求其的當平實者用之。

取新：凡下字於出奇處，宜用新字面，須尋不經人道語，求其新奇而不怪僻者乃善。

凡下字須令讀之若出於自然者，方爲工。

取諭

直諭：或言猶，或言若，或言如及似，灼然可見。《孟子》曰：「猶緣木而求魚也」，《尚書》：「若朽索之馭六馬」，《論語》：「譬如北辰」，《莊子》：「凄然似秋」。

隱諭：其文雖晦，義則可尋。《禮記》：「諸侯不下漁色。」（謂國君内取國中，象捕魚然，中網取之，是無所擇也。）《國語》：「没平公軍無秕政。」（秕，穀之不成者，以喻政。）又：「雖蝎譖焉避之。」（蝎，木蟲，譖從中起，如蝎食木，木不能避也。）《左傳》：「是豢吴也夫。」（若人養犧牲。）《公羊傳》：「其諸爲其雙雙而俱至者與。」（言齊高固及子叔姬來，其雙行匹至，似《山海經》之獸雙雙。）

類諭：取其一類，以次諭之。《尚書》：「主者惟歲，卿士惟月，師尹惟日。」歲、月、日，一類也。賈誼《新書》：「天子如堂，群臣如陛，衆庶如地。」堂、陛、地，一類也。

詰諭：雖爲喻文，似成詰難。《論語》：「虎兕出於柙，龜玉毁於櫝中，是誰之過與？」《左傳》：「人之有墻，以蔽惡也；墻之隙壞，誰之咎也？」

對諭：先後比證，上下相符。《莊子》：「魚相忘乎江湖，人相忘乎道術。」《荀子》：「流丸止於甌輿，流言止於智者。」

博諭：取以爲諭，不一而足。《尚書》：「若金，用汝作礪；若濟巨川，用汝作舟楫；若歲大旱，用汝作霖雨。」《荀子》：「猶以指測河也，猶以戈舂黍也，猶以錐飡壺也。」

簡喻：其文雖略，其意甚明。《左氏》：「名，德之輿也。」《揚子》：「仁，宅也。」

詳諭：須假安辭，然後義顯。《荀子》：「夫耀蟬者，務在乎明其火，振其樹而已，火不明，雖振其樹，無益也；今人主有能明其德，則天下歸之，若蟬之歸明火也。」

引諭：援取前言，以證其事。《左氏》：「諺所謂『庇焉而縱尋斧焉』者也。」《禮記》：「『蛾子時術之』，其此之謂乎。」

虚諭：既不指物，亦不指事。《論語》：「其言似不足者。」《老子》：「飂兮似無所止。」

杜氏文譜卷之三

文有十妙

典章　雅健　精潔　簡勁　雄壯　新奇　流麗　清勁　縝密　豐潤

文有十病

深晦　怪僻　冗雜　疏弱　虛泛　寬泛　直率　塵腐　慢易　排吻

文則

文章不難於巧，而難於拙；不難於曲，而難於直；不難於細，而難於粗；不難於華，而難於質。可與知者道，難與俗人言。

文章須有數行整齊處，數行不整齊處。意對處，文却不必對；意不必對處，文却着對。或緩或急，或顯或晦，緩急顯晦相間，使人不知其微，常使經緯相通、血脉相接而後可。蓋有形者綱目，無形者血脉也。

有用文字，議論文字是也。爲文之妙，在叙事狀情筆健而不粗，意深而不晦，句新而不怪，語險而不狂，常中有變，正中有奇。

題常則意新，意常則語新。

詞源浩渺而不失之冗，意思轉折而不失之緩。

要轉换有力，反覆操縱。

文字起句，發意要好。李斯《上秦皇論逐客》，起句即見實事，最妙。至矣盡矣，不可以有加矣。中間論物産不出於秦而秦用之，獨人才不出於秦而秦不用，反覆議論痛快，深得作文之法，未易以人廢言也。

文字有終篇不見主意，而結句見主意者，賈誼《過秦論》「仁義不施而攻守之勢異」、韓退之《守戒》「在得人」之類是也。

文字順易而逆難。六經都順，《莊子》、《戰國策》逆，韓柳歐都順，（柳《封建論》一篇逆。）惟蘇明允〔逆〕，子瞻或順或逆，然不及明允處多。

文有圓有方，韓文多圓，柳文多方，（《晉問》之類是也。）蘇文方者亦少。（惟《上神宗萬言書》、《代張方平諫用兵書》數篇方。）

文字請客對主極難。子瞻《放鶴亭記》以酒對鶴，大意謂：清閑者莫如鶴，然衛懿公好鶴而亡其國；亂德莫如酒，然劉伶、阮籍之徒反以酒全其真而名後世，南面之樂，豈足以易隱居之樂哉？鶴是主，酒是客，請客對主，分外精神。又歸得放鶴亭隱居之意切；然須是前面備得「飲酒」二字，方入得來，亦是一格。（劉伶、阮籍，君子之羞稱，何謂「全其真而名後世」乎？）

文字有反類尊題者。子瞻《秋陽賦》，先說夏潦之可憂，却說秋陽之可喜，絶妙。若出《文選》諸人手，則通篇説秋陽，斬無餘味矣。

傳體前叙事後議論。獨退之《圬者王承福傳》，叙事議論相間，頗有《史記·伯夷傳》之風。賦設問答最弱，（如西都主人責東都主人之類。）至子瞻《後杞菊堂賦》起云：「吁嗟先生，誰使汝坐此堂上稱太守？」便自風采百倍。

作世外文字，須換過境界。《莊子》寓言之類，是空境界文字；靈均《九歌》之類，是鬼境界文字；（宋玉《招魂》亦然。）子瞻《大悲閣記》之類，是佛境界文字；（《魚枕冠頌》亦自《楞嚴經》來。）《芙蓉城》、《黄鶴樓詩》之類，是仙境界文字。惟退之則不然，一切以正大行之，未嘗造妖揑怪，此其所以不可及也。

文章有短而轉折多氣長者，韓退之《送董召南序》、王介甫《讀孟嘗君傳》是也。有長而簡直氣短者，若盧襄《征西記》是也。

文字貴相題廣狹。晦庵先生文字如長江大河，滔滔汩汩，動數千言而無不足。及作《六君子贊》，人各五十二字，描盡其平生，而無餘欠，所謂相題而施者也。

學文切不可學怪語，且先明白正大，務要十句百句，只如一句貫穿意脉。説得通處，儘管説將去，反反覆覆，竭處自然住。所謂「行乎其所當行，止乎其所當止」，此作文之大法也。

作文當融化古語，使自己出，又切不可學人言語。文中子所以不及諸子，爲要學夫子言語故也。

古人文字，規模間架、聲音節奏皆可學；惟妙處不可學。如幻師塑像，體象儼然，而中無精魄，不能活潑潑底，豈人也哉？

做文字須放胸襟如太虚。如太虚，何心哉？輕清之氣斡旋乎其外，而山川動植品彙乎其中，莫覺其所以然之故。人放得此心，廓然與太虚相似，則凡世之治亂、人之善惡、事之是非，如妍媸之在鑑，低昂之在衡，把筆行文，則字意予奪、句段先後，決不至於顛倒錯亂，雖進而至於六經之文可也。今之作文，動輒先立主意，不知私意偏見不足以盡天下道理。及意有所不通，則又勉强遷就，以申其説。是皆時文陋習，不可不戒也。

意思欲深長，議論欲的當，理致欲純粹，機軸欲停匀，條理欲明白，文采欲絢爛，節奏欲鏗鏘，轉折欲和動，字面欲典雅，始終欲關鎖。

貴含蓄而忌淺露，貴平易而忌艱澀，貴妥帖而忌突兀，貴正大而忌小巧，貴豐贍而忌冗長，貴貫穿而忌斷續，貴委曲而忌直致。

文有三多：讀多、記多、作多。大（抵）〔抵〕須是有悟入處，胸中有活法；天資識見既高，看古人的又多，自家作得又多，則無難矣。

作文以主意爲將軍，轉換開合，如行軍之法，必由將軍號令；句則裨將，字則其兵卒，事料則器械，當使兵隨將轉。

學文須熟看韓柳歐蘇，見文字體式，然後遍考古人下句用意處，但當用其意，勿用其文，恐易厭人。

第一看大概主張；第二看文勢規模；第三看綱目關鍵，如何是主意首尾相應，如何是一篇鋪叙次第，如何是抑揚開闔處；第四看警策句法，如何是一篇警策，如何是下句下字有力處，如何是融化屈折、剪截有力處，如何是實體貼題目處。

下筆之時且須專心冥思，一篇大概已具胸中，方可措辭。又當一鼓鑄成，方有可觀；若逐段逐句而爲之，非所以爲文矣。

鼓瑟不難，難於調弦；作文不難，難於鍊句。

鳧脛雖短，續之則憂；鶴脛雖長，斷之則悲。文句長短，《檀弓》有法，不可增損，其類是哉。樂奏而不和，樂不可聞；文作而不協，文不可誦。是以古人之文，發於自然，其協也，亦自然；後世之文，出於有意，其協也，亦有意。

事以簡爲上，言以簡爲當。言以載事，文以著言，文簡而理周，斯得其簡矣；讀之疑有闕焉，非簡也，疏也。

文之作也，以載事爲難；事之載也，以蓄意爲工。故文有重復，意有曲折，渾然天成，初非有意。若夫語大而遺小，忘彼而失此，情隨意竭，殊乏一唱三歎之妙。

古人之文，用古人之言也。古人之言，在當時爲常語，後世不能盡識，多視以爲艱苦之文，如登峭險，一步九歎，非得真筌。强搜古語，撰叙不倫，殆如昔人所謂大家婢子之學夫人，舉止羞澀，終不似真也。

文有助辭，猶禮之有儐、樂之有相也。禮無儐則不行，樂無相則不諧，文無助則不順。倒言而不失其言者，言之妙；倒文而不失其文者，文之妙。

文有疑辭，有病辭。疑辭者，讀其辭則疑，究其意則斷；病辭者，讀其辭則病，究其意則安。故辭以意爲主，有緩有急，有輕有重，皆主乎意也。

文出於己，作之固難；語借於古，用亦不易。歷代雕蟲小技之士，借古語以成章，殆所謂疊牀架屋，豈不爲識者所鄙。

文評

《易》、《書》、《詩》、《春秋》、《禮》、《論》、《學》、《庸》、《孟》，皆聖賢明道經世之書，雖非爲作文設，而千萬世之文從是出。

《堯典》命羲和纔數語耳，《七月》便詳似《堯典》，《月令》又詳似《七月》，而節病極多。然《堯典》分時，《月令》分月，其爲文也易；《七月》既顛倒月次，而以衣食爲脉絡，其爲文也難。此詩與周人之文不類。

《禹貢》一書簡而盡，山水、土田、貢賦、草木、金革、物產，叙得皆盡，後叙山脉水脉，更有條而不紊。

《周禮·職方氏》冗而疏。

《詩》惟《生民》一篇如廬山瀑布泉，一氣輸瀉直下，略無回顧。自「厥初生民」至「以迄於今」，只是一意。

《國語》不如《左傳》，《左傳》不如《檀弓》，叙晉獻公驪姬申生一事，繁簡可見。

六經是治世之文，《左傳》、《國語》是衰世之文，（《書·文侯之命》已有衰世氣象。）《戰國策》是亂世之文。

《孟子》之辯，計是非而不計利害，利害未嘗不明；《戰國策》計利害而不計是非，而二者胥失之。

《孟子》「天時地利」章，起句謂：「天時不如地利，地利不如人和」，下却分三段推言不如之故，歸之得道失道，一節高一節，此作文中大法度也。

辯百里奚一段，辭理俱到，健讀數遍，令人神爽飛越。

《莊子·祛篋篇》辭理俱到。不讀《秋水篇》，見識終不宏闊。

《孟子》就三綱五常内立議論，其與人辯，是不得已；《莊子》於三綱五常外立議論，其與人辯，是得已而不已。義理有間矣，然文章皆不可及。

《史記·帝紀》、《世家》從二《雅》、十二《國風》來，八《書》從《禹貢》、《周官》來。

《項籍傳》最好。立義帝以後，一日氣魄一日；殺義帝以後，一日衰颯一日，是一篇大綱領主意。至其開闔（一作「筆力」。）馳驟處，真有喑嗚叱咤之風。

《莊子》文字善用虛，以其虛而虛天下之實；太史公文善用實，以其實而實天下之虛。

《莊子》、《易》之變；《離騷》、《詩》之變；《史記》、《春秋》之變。

西漢制度散見諸傳中，此班孟堅筆力。

班固叙霍光奏廢昌邑王事，載一時君臣堪畫。

《左傳》、《史記》、《西漢書》叙戰陳堪畫。

《論語》氣平，《孟子》氣激；《莊子》氣樂，《楚辭》氣悲；《史記》氣勇，《漢書》氣怯。

「石駘仲卒，無嫡子，有庶子（五）〔六〕人，卜所以爲後者，曰：『沐浴佩玉者兆。』五人者皆沐浴佩玉。石祁子曰：『孰有執親之喪而沐浴佩玉者乎？』獨不沐浴佩玉。卜者以爲石祁子兆。衛人以龜爲有知也。」此段言「沐浴佩玉」者四，不覺其重復。

《老子》、《孫武子》一句一理，如串八寶珍瑰，間錯而不斷，文字極難學，惟蘇明允《心術》、《春秋論》數篇近之。

韓非子文極妙。

賈誼《政事書》是論天下事有間架底，《河渠書》是論一事有間架底。

吕相《絶秦書》雖誣秦，然文自佳。

韓退之文學《孟子》、（不及。）《左傳》。（有逼真處，如《董晉行狀》中間兩段辭命是也。）

柳子厚文學《國語》、（《國語》段全，子厚段碎，句法却相似。）兩《漢書》。（諸傳仿佛似之。）

歐陽永叔文學韓退之。（諸篇皆以退之爲祖，加以安態。惟《五代史》過《順宗實録》遠甚，所謂青出於藍也。）

蘇子瞻文學《莊子》、（入虚處似，《凌虚臺》、《清風閣》之類是也。）《戰國策》、（論利害處似，《策略》、《策别》、《策斷》之類是也。)《史記》、(終篇惟作他人説，末後自己只説一句，《表忠觀碑》之類是也。)《楞嚴經》，(《魚枕冠頌》之類是也。)子瞻文字到窮處，便濟之以此一着，所以十人萬人過他關不得。

韓如海，柳如泉，歐如瀾，蘇如海。

司馬子長一二百句作一句下，更點不斷。韓退之三五十句作一句下，蘇子瞻亦然。初不難學，但長句中轉得高(一作「意」。)去，便是好文字。若一二百句、三五十句，只説一句事，則冗矣。

司馬子長之文，拙於《春秋》内外傳，而力量過之。葉正則之文，巧於韓柳歐蘇，而力量不及。

西漢文字尚質，司馬子長變得如此文，終不失其爲質；唐文字尚文，韓退之變得如此質，終不失其爲文。

孟子譏蚳鼃不諫，蚳鼃卒以諫顯；韓退之譏陽城不諫，陽城卒以諫顯；歐陽永叔譏范仲淹不諫，仲淹卒以諫顯。三事相類，然孟子數語而已，退之却費許多科説，永叔步驟退之，微不及：古今文字優劣，於此可見。

韓退之雖時有譏諷，然大體醇正；子厚發之以憤激；子瞻兼憤激感慨，而發之以諧謔。讀柳歐蘇文，方知韓文不可及。

退之諸文，多有功於吾道，有補於世教；獨《衢州徐偃王碑》一篇害義。蓋穆天子在上，偃王在下，敢受諸侯朝，是賊也，退之許之以「仁」，豈不謬哉！

《平淮西碑》是學《堯典》，《（書）〔畫〕記》是學《顧命》。

《張中丞傳後序》云：「翰以文章自名，此傳頗詳密；然尚恨有缺者，不爲許遠立傳，又不載雷萬春事首尾。」「雷萬春」三字斷是「南霽雲」，但俗本誤耳。（此序前半篇是説巡、遠，後半篇是説南霽雲，即不及雷萬春事，三字誤無疑。）

《送孟東野序》一「鳴」字發出許多議論，自《周禮》「梓人爲筍簴」來。

誌樊宗師墓，謂其「不蹈襲前人一言一語」，蓋與「戛戛乎惟陳言之務去，戛戛乎其難哉」意適相似，所以深喜之。然謂「文從字順各識職」，則宗師之文不從字不順者多矣，亦微有不滿意。

退之諸墓誌，人各不同。誌紹述，似紹述；誌子厚，似子厚。春蠶作繭，見物即成，性極巧，蓋相體而設者也。（司馬子長爲長卿傳，如其文，惟其過之，故能兼之。）子厚千篇一律。

退之《原道》、《送文暢師》等作，闢佛老，尊孔孟，正是與六經相表裏處，非止學其聲響而已。《送文暢師序》，退之闢浮屠，子厚佞浮屠，子厚不及退之。論史書，子厚不恤天刑人禍，退之深畏天刑人禍，退之不及子厚。

退之闢佛，是説吾道有來歷，浮屠無來歷，不過辯邪正而已。歐陽永叔乃謂修其本以勝之，吾道既勝，浮屠自息，意高百倍。

退之《琴操》，平淡而趣長；子厚《鐃歌鼓吹曲》，險怪而意到。

子厚文不如退之，退之詩不如子厚。

盧仝《月蝕詩》，退之删改耳，謂之效玉川子作，何耶？

《月蝕詩》膾炙人口，其實《詩·大東》二章。

陸宣公文字不用事，而語句鏗鏘，法度嚴整，議論切當，事理明白，得臣告君之體。

杜子美《哀江頭》妙在「渭水東流劍閣深，去住彼此無消息」，（時明皇在蜀，肅宗在秦。）有天下而不得養其父，此情何情耶？父子之際，人所難言，子美獨能言之，此其所以不可及也。非但「細柳新蒲」之感而已。

褚少孫學太史公，句句相似，只是成段不相似；柳子厚學《國語》，段段相似，只是成篇不相似。

《選》詩惟陶淵明，唐文惟韓退之，皆自理趣中流出，故渾然天成，無斧鑿痕。餘子止是字鍊句鍛，鏤冰工巧而已。今人詩動曰《選》，文動曰唐，何泛然無别之甚！

唐人文字多是界定格段做，所以死；惟退之一片做，所以活。柳子厚文字便有界劃得斷者。

《詩·雲漢》有「耗斁下土，寧丁我躬」之句，退之、永叔《禱雨文》，遂各衍爲一篇，其實皆自《雲漢》來，不逮遠矣。

永叔《醉翁亭記》結云：「太守謂誰？廬陵歐陽修也。」是學《詩·采蘋》「誰其尸之，有齊季女」句。

《晝錦堂記》全用韓稚珪《晝錦堂詩》意。

《豐樂亭記》之類，是畫出太平氣象。

《山中樂》三章，贈慧勤，望其出佛歸儒，持論甚正，從退之《送文暢序》來。

《五代史贊》首必有「嗚呼」二字，固是世變可歎，亦是此老文字，遇感慨處便精神。

子瞻《萬言書》是步驟賈誼《治安策》，然虛文有餘，實事不足，去誼遠矣。

《喜雨亭記》結云：「太空冥冥，不可得而名，吾以名吾亭。」是化無爲有。《凌虛臺記》結云：「蓋有足恃者而不在乎臺之存亡也。」是化有爲無。

《醉白堂記》一段是説魏公之所有、樂天之所無，一段是説樂天之所有、魏公之所無，一段是説魏公、樂天之所同有，纔説是爲魏公作《醉白堂記》。王介甫乃謂「韓白優劣論」，不亦謬乎？

《灩澦灘賦》辭到，《天慶觀乳泉賦》理到。

《表忠觀碑》終篇述趙清獻公奏，不增損一字，是學《西漢書》，但介甫以爲《諸侯王年表》，則非也。

學《楚辭》者多，未若黄魯直最得其妙，（《枯木道士賦》之類。）文愈小者愈工。（《跛奚移文》之類。）但作長篇，苦於氣短，又且句句要用事，此其所以不能長江大河也。

樂毅《答燕惠王書》、諸葛孔明《出師表》，不必言忠，而讀之者可想其忠；李令伯《陳情表》，不必言孝，而讀之者可想見其孝。杜子美詩之忠，黄山谷詩之孝，亦然。

曾子固文學劉向，平平説去，亹亹不斷，最淡而古。但劉向老，子固嫩；劉向簡，子固繁；劉向枯，子固光潤。

唐子西文字極莊重縝密，雖幅尺稍狹，無長江大河一瀉千里之勢，最利初學。

胡致堂文字就事論理，理盡而辭止，氣格不衰，雖不必調弄文法，然亦卓然不可及。

張伯玉作《六經閣記》：「六經閣，諸子集在焉，不書，尊經也。」起句如《上逐客書》，但以下筆力差乏。

李邦直《勢原》只一「勢」字，《法原》只一「法」字，衍出數千言，所謂一莖草化作丈六金身者。惜文字斷續，然亦是一法。唐代宗時，有晉州男子郇謨者，上三十字書，條陳利害，一字一事，（如「團」字是説「團練使」之類。）謨自知之，他人不諭也。世之作文者，務要崎嶇隱奥，辭不足以達意，皆郇謨之徒也。

《資治通鑑》是續《左傳》，《綱目》是續《春秋》。

蘇門文字到底脱不得縱横氣習，程門文字到底脱不得訓詁（一作「詁」。）家風。

濂溪先生《太極圖説》、《通書》，明道先生《定性書》，伊川先生《易傳序》、《春秋傳序》，横渠先生《西銘》，是聖賢之文，與六經、《四書》相表裏。司馬子長是史官之文，間有紕繆處；韓退之是文人之文，間有弱處：然亦宇宙所不可無之文。

晦庵先生治經明理，宗二程而密於二程，如《易本義》、《詩集傳》、《小學》、《通鑑綱目》之類，皆青於藍而寒於冰也。但尋常文字多不及二程，二程一句撒開，做得晦庵千句萬句；晦庵千句萬句，只做得二程一句。雖世愈降，亦關天分不同。

經是山林中花，史是園圃中花，（《左傳》以下。）古文高者似欄檻中花，（韓退之之類。）次者似盆盎中花，（歐之類。）下者似瓶中無根之花。

佛是掃除事障，禪是掃除理障，讀《楞嚴經》自見。

《維摩經》亦有作文法：三十二菩薩各說不二法門，此未得不二法門者；維摩詰默然不說不二法門，乃真得不二法門者也。柳子厚《晉問》微有此體。

文壇列俎評文

〔明〕汪廷訥　撰

《文壇列組評文》一卷

明 汪廷訥 撰

汪廷訥，字昌朝，號無我，又號無如子，新都（今屬四川）人。今存《坐隱先生全集》十八卷。《文壇列組》爲詩文選集，以文爲主，採輯自周秦直至明代之文，分《經翼》、《治資》、《鑒林》、《史摘》、《清尚》、《掇藻》、《博趣》、《别教》、《賦則》、《詩概》十卷。其中選入佛家《心經》等文，體例頗雜；《詩概》之序説云：「六朝以上去四言，無四言也；於唐去五言古，無五言古也。」秉持明七子論詩之主張。但此書每卷均冠以序説，闡釋旨意和選篇原則，評述文章流變與士林觀念，不乏自得之處。如《掇藻》謂「剷採流華，自是人間世一種偉觀」，即從美學角度肯定文章華采存在之合理性，與片面尚質之文章觀異趣。又如《别教》稱「聰明辨智之徒，苟能讀二氏（釋、老）書，必能尊儒道」，表示其以儒家爲本位而兼融二氏之思想。

有明萬曆三十三年（一六〇五）序刊本，環翠堂梓行，北京大學圖書館藏。今即據以録入每卷序説部分。

（楊慶存）

文壇列俎評文

明 汪廷訥 撰

經翼卷一

無如子曰：經翼者，何言？言足翼乎經也。經以其言翼者，何言？因言而通其所未言也。提要總微，使人用志不雜，直窺先聖不傳之秘，則學者治經之津梁，於是乎在。顧擬經説理之書，汗牛充棟，何可勝覽！然言之彌繁，去之彌遠，使讀者茫無畔岸，至皓首不得依歸，是書亦未爲無過也。今所録者，以闡繹經指爲本，外是，有足以洗發見解而其論不根於經者，亦不採。雖病不能全，要以詔迪芚迷，使學者覩指識歸，則是編犁然具矣。

治資卷二

無如子曰：治法莫備於古。即無論帝王之謨，章炳六笈，下至歷代名佐鉅儒敷奏建議，其於禮樂、刑政、兵農、錢谷，以及制馭夷狄之略，鑿鑿可措諸天下者，具有成規。顧行之何如耳！

《書曰》：「知之非艱，行之惟艱。」孟子曰：「遵先王之法而過者，未之有也。」故録其最關政要者若干篇，稟於前訓而附以今議。

鑒林卷三

無如子曰：余雅負尚友之志，每觀先哲銓序人倫，輒瞿然竦動，不啻置身於其側，則無論其人之至、不至各殊，而足以爲吾鑒一也。唐太宗曰：「以古爲鑒，可知興替；以人爲鑒，可明得失。」然則，鑒不在遠，而在心矣。今取其立論之極精者，爲用心印。噫！芳規難企，復轍易蹈，森列如林，蓋可以玩乎哉！

史摘卷四

無如子曰：夫史，則栢皇栗陸以前，不可得而詳云，延及中古則《尚書》、《春秋》，以經爲史，煌煌乎萬世不易哉。嗣是，左丘明著内、外傳以羽翼《春秋》，其最也；次之莫如司馬子長；又次之莫如班孟堅，止矣。乃議者猶於三子各有所詆，是耶？非耶？故嘗爲之説曰：遷、固所不足者，識耳。雖其人非醇儒，論述不能一軌於正，然有其文矣。文實載道，可少乎？至誣丘明以浮誇，抑又甚矣！夫瞽而詢五采，不若啞人指陵谷，何則？見之所及者可信，而徒聞爲虚也。或曰：不有朱子之《綱目》乎？曰：此在職史者自知取法而煩不可摘矣。今止於三子，摘其叙事議論尤佳者數十篇，以見史之一班耳。

清尚卷五

無如子曰：夫棲情玄曠，勵節幽貞，非塵壒之致也，而逐羶争華者，類多鄙其無用。嗚呼！斯言過矣。夫種竹栽花，吟風咏月，莫非經綸之實。渭川釣叟，蔚爲帝師；南陽耕夫，終作良佐。而夫子之與點也，亦在行樂，良有以也。則於今，景東山之逸概，追竹林之高標，固令人有超世之思；即探奇於泉石、禽魚以自倘徉，如所謂會心不遠者，其清風亦可挹也。因録其概，時莊誦之，以祛鄙氣云。

掇藻卷六

無如子曰：余嘗讀《文選》、《文章正宗》二書，恨昭明獨重華蔚之詞，而邃論弘謨出於渾樸爾雅者，多置不録。乃西山以卓識進退古今，矯昭明之失，崇正詘靡，後學實嘉賴焉。然而海内文章家，猶頗有不爲首肯者。蓋剷採流華，自是人間世一種偉觀，若必盡掃而去之，夫豈可哉？兹有説理剌事燁燁明燦，而無裨聖學主術者；又有持論失中，而文特新麗奇瑰、極爲可愛者，詎忍棄其藻耶？ 即不然，亦以合二書之所未足，可也。

博趣卷七

無如子曰： 文亦何極乎？ 有夸者、誕者、辨肆者、小談諧謔者、辯俚而指深者、托喻婉而寓警峻者、本正告而時雜以詭説者、有載方術而渾道器者，往往使人諷之，可駴可思，可解頤，可寄玄邈之象，則文之趨覩矣。 不博不知其解也，故綜緝之，時以自驗解不解耳。

别教卷八

無如子曰： 按朱子《釋氏論》曰：「或問： 子之言釋氏之術，原於承蜩削鐻之論，其有稽乎？ 朱子曰： 何獨此哉！ 凡彼言之精者，皆竊取莊、列之説爲之。」由此言而觀，老氏似爲差勝。 然論今之老，則弊又與釋均矣。 大抵二氏之失在倫義周行，而儒者顧獨於其微深之言非之，宜其不帖心齘舌也，故韓文公曰「焚其書」。 余謂正不必焚，蓋聰明辨智之徒，苟能讀二氏書，必能尊儒道。 譬如人既食稊稗，方知不若五穀也。 今二氏所號爲秘典經籍，其徒類能誦説，不必盡録，録其餘數十百言，儒而爲二氏指者，又數十百言，使一讀而知其爲吾道之稊稗，則何害存其教哉？

賦則卷九

無如子曰：班固曰：「賦者，古詩之流也。」然則，流爲賦而詩亡矣。君子曷取焉？毋其忠憤激發而托諷於辭令，猶是無邪之指歟？所謂義薄雲天，詞潤金石，千載寡儔矣。宋玉嗣響，頗得邯鄲之步，而後之作者，雖遞相頡頏，要以微入無垠，或合或離，獨司馬長卿最爲杰出。次賈長沙，又次揚子雲、班孟堅，又次張平子、曹子建、陸士衡。噫！難言哉！唐宋以還，亦同祖風騷，然皆自以其賦爲賦，繩以古法，若培塿之與泰岱。今録騷及漢魏名家凡若干首，而賦法具是矣。復擇唐宋之最爲人炙嗜者數篇，以見體之由變，非取其文也。

詩概卷十

無如子曰：夫詩以言志也，聲發乎氣也。志、氣與天地萬物爲一，則天地萬物皆吾之聲詩也。詩之義大矣哉！然不可以有心求，故《三百篇》之足尚也，出之自然者也。漢魏之最近也，有意而真者也，猶不失乎自然也。六朝而競於華矣，稍離其真，然而情景時合也。唐盛而衰矣，法勝而本亡也，然而意象符，風調高也，則何以殊漢魏哉！有心於符，有心於高，諧乎真而非真，自諧者也。再降而宋，無足論矣。今自古樂府、古詩及唐近體，録其尤，凡若干首，而獨於六朝以上去四言，無四言也；於唐去五言古，無五言古也。此何足以盡詩，而聊以識詩之概耳。

文字法三十五則

〔明〕李騰芳 撰

《文字法三十五則》一卷

明 李騰芳 撰

李騰芳，字子實，號湘州，湖廣湘潭（今屬湖南）人，萬曆二十年（一五九二）進士，官至禮部尚書。崇禎初國事日非，四方多艱，李氏復起於罷廢之後，辛苦經營，有力於朝政，以勞瘁不起，卒謚文莊。其學崇王守仁、李贄，而留心經世致用，喜談兵，爲文能精思探微，才名冠一時。有《李湘州集》，傳見《明史》卷二一六。

此編論述作文之法三十五則，首以「意」，謂須先有真知卓見方可爲文；終以「工夫」，即須學習磨煉；中間爲「貼」、「拌」、「括」等具體手法，多取《孟子》及韓愈、歐陽修名文爲分析實例，逆探其筆法，有時細致入微，頗稱精到。如論「喝」之一法，謂《孟子》首章「王，何必曰利」及齊桓晉文之事章「仲尼之徒無道齊桓晉文之事者」，爲論辯起首之「反喝」；歐陽修《晝錦堂記》「仕宦而至將相，富貴而歸故鄉」，蘇軾《潮州韓文公廟碑》「匹夫而爲百世師，一言而爲天下法」，爲作文起首之「順喝」。此實深味有得之言，頗具啓發性。

有光緒二年（一八七六）刊《李文莊公全集》本（見卷九《山居雜著》）。今即據以録入。

（朱　剛）

文字法三十五則

明　李騰芳　撰

意

作文須先立意。蘇東坡云：「儋州雖數百家之聚，而州人之所須，取之市而足，然不可徒得也，必有一物以攝之，然後爲己用。所謂一物者，錢是也。作文亦然，天下之事散在經子史中，不可徒使，必得一物以攝之，然後爲己用。所謂一物者，意是也。」此説文字全憑意爲主也。然立意須當如何？唐荆州曰「須有一段千古不可磨滅之見」是也。胸中有此一段不可磨滅之見，然後能勦絶古今，獨立物表。然所謂見，實難言之矣。細看古今，豪傑有豪傑之見，文人有文人之見。吾儕穿得豪傑心事過，然後許見得豪傑之見。見得豪傑之見，然後是天地間第一等見。文人之見酸腐最多，不可勝論也。數千年以來，惟司馬遷見到豪傑地位。其《管、晏傳》論管仲云：「善轉敗而爲功，因禍而爲福。」是真見得管仲精神也。《老莊列傳》云：「申子卑卑，施（如）〔於〕名實，韓子引繩墨，切中事情，明是非，其極慘礉少（思）〔恩〕，皆原於道德之意，而老子深遠矣。」是真見得此道術源頭，此千古第一手也。後來韓退之《讀墨子》論曰：「孔子必用墨子，墨子必用孔子，不相用不足爲孔墨。」此等處亦是亘古亘今見識，然不可以多得也。蘇東坡聰明絶世，而見識却腐。論范增，云增當去於羽殺宋義之時；論荀（子）〔彧〕，以爲其道似伯夷，其才似子房；論孔融，以爲能殺曹操。此無以異於兒童之見矣。然他文字之妙，實實是司馬遷以後一人，世人謂之坡仙，真是上八洞第一箇領班的仙長也。

格

格法難以拘定，順逆、奇正、虚實、疏密，其於繩墨、布置、開合、轉折，皆看臨時下手如何。大的好文字，其立格决與世俗不同。細看古人作家，自然曉得。

句

凡句必須獨造，不可用古人現句。古今文章大家，必能造句，曉得造句法，然後可以行意。孔子曰：「辭達而已矣。」不能造句，則必不能達也。造句之法，其工在字。

字

字法甚多，有虚實、深淺、顯晦、清濁、輕重、偏滿、新舊、高下、曲直、平昃、生熟、死活各樣。第一要活不要死，活則虚能爲實，淺能爲深，晦能爲顯，濁能爲清，輕能爲重，以致其餘莫不皆然。若死，則實字反虚，深字反淺，清字反濁，以致其餘莫不皆然。自一字、二字、三字以至十、百、千、萬，不可勝數，皆用虚實、輕重等相配，挑搭陪襯，俱有妙用。有此字晦而挑以一字却顯者，有此字險而搭以一字却穩者，有此字呆而陪以一字却俊者，有此字單而襯以一字却健者，有此字硬而揉以一字却柔者，有此字澀而和以一字却暢者，此等不可盡言。韓公《原道》：「博愛之謂仁，行而宜之之謂義，由是而之焉之謂道，足乎己無待於外之謂德。」「博愛」、「行」、「宜」俱是實字，「由是而之焉」六字俱是虚字，然「之」字虚實皆包，這一箇字可謂一以貫萬矣。「農之家一而食粟之家六，工之家一而用器之家六，賈之家一而資焉之家六。」「食粟」、「用器」俱是兩箇實字，「資焉」二字却一實一虚，然一「資」字何等妙用，一「焉」字陪「資」字，又何等陪得有情！歐公《醉翁亭記》：「峯回路轉，有亭翼然臨於泉上者，醉翁亭也。」一「翼」字將亭之情、亭之景、亭之形象俱寫出，如在目前，可謂妙絶矣。此等不可勝言。大約古人用字，如將用兵，無不以一當百。尋常字面，從他手中出來，便大奇絶，如韓信驅市人而戰，凡市人皆精兵也。

搶

此法與款相對。款者，緩法也，搶者，急法也。如輕舟之奪高灘，一棹直上；大將之破堅陣，匹馬獨入。此法最緊最猛，一刻停留不得，一毫懦弱不得。

款

此法，當攻刺擊殺之時，且不徑攻，更下一款法。如孟子答齊宣王取燕，且不言其不可取，而曰：「取之而燕民悦則取之，古之人有行之者，武王是也；取之而燕民不悦則勿取，古之人有行之者，文王是也。」此款法也，文字越緩越緊。

進、住

此二法相對。進者，於當盡處不盡，欣然復進也；住者，於未了時忽了，斬然而住也。進法易而住法難。韓公《原道》第五段「今也欲治其心，而外天下國家，滅其天常，子焉而不父其父，臣焉而不君其君，民焉而不事其事」便住了，以下另起「孔子之作《春秋》」云云，此住法也。要見他前話未盡，如何住得；既已住了，後話何以復興。須要細看。

貼

貼如將東西襯貼人之「貼」。此法，恐本身單弱，或用舊事引證，或用虛話洗發以貼之，所以爲「貼」也。又有一種，因前面句法、字法長短參差不一，恐其雜亂不整，臨了時用數語作貼，便見完潔。如韓公《原道》中一段，「爲之君，爲之師」云云，至後貼以「害至而爲之備，患生而爲之防」二句，方轉，妙不可言。

拌

此法即同借客形主，如有一箇俊人，要引出一箇村的作拌，越顯得此人俊。孟子説自家不動心，却引出告子、北宫黝、孟施舍來；説管、晏不足爲，却引出「曾西艴然不悦」一段來，皆是拌法。

突

平地中突然有山隆起者，謂之突。此法在文中，最奇艱難者。突然而來，不知其所從來；突然而去，不知其所從去。〔旨〕〔自〕無而有，莫得其入手之端；自有而無，不見其交合之迹。古人惟司馬遷最長於此，且未暇細細爲汝拈出。頃讀韓公《應科目時與人書》，其起云：「天池之濱，大江之濆，曰有怪物焉。」此亦突起也。

括

此法與挈相對，將上面所有的，不論多少，總括於一處，然後轉身。其法最要老，老方有氣力；又要簡，不簡則反絮聒也；又要緊，不緊則氣脉緩了。韓公《〔送〕廖道士序》云：「五岳於中州，衡山最遠；南方之山，嵬然高而大者以百數，獨衡爲宗。最遠而獨爲宗，其神必靈。衡之南八九百里，地益高，山益峻，水清而益駛。其最高而横絶南北者，嶺。郴之爲州（在）〔其〕嶺之上，測其高下，得（山）〔三〕之二焉。中州清淑之氣，於是焉窮，氣之所窮，盛而不過，必蜿蟺扶輿，磅礴而鬱積。」這等説得多了，却括之云：「衡山之神既靈，而郴之爲州，又當中州清淑之氣蜿蟺扶輿磅礴而鬱積。」此括法也。

喝

此法有二種，有順有反。反喝者，將來物之情一聲喝住，直伸己説。孟子慣用此法，如王曰：「叟，亦將有以利吾國乎？」喝之曰：「王，何必曰利，亦有仁義而已矣。」「齊桓晉文之事，可得聞乎？」喝曰：「仲尼之徒無道桓文之事者，是以後世無傳焉，臣未之聞也。」此反喝，住法也。

順喝者，將本題意義一句喝開，如蘇東坡《韓文公潮州廟碑記》云：「匹夫而爲百世師，一言而爲天下法。」歐公《（畫）〔晝〕錦堂記》云：「仕宦而至將相，富貴而歸故鄉。」此順喝，開法也。

串

此法惟司馬遷最長，且未暇細細拈出。近讀韓公《送楊支使〔序〕》云：「有問湖南之賓客者，余曰：知其客可以信其主者，宣州也；知其主可以信其客者，湖南也。」又云：「及儀之〔之〕來也，聞其言而見其行，則向之所謂羣與博者，吾何先後焉。」兩人串作一法。又《送許郢州〔序〕》云「故於使君之行，道刺史之事以爲公贈。凡天下之事，成於自同，而敗於自異」云云，此兩事串作一法。又有以一字串者，韓公《送孟東野序》，一篇俱用「鳴」字串，《原道》論中間一段，俱用「爲之」二字串。

度

此法即文字過脉也。貴空而不貴實，如山巖巉絶之際，飛梁而行；貴輕而不貴重，如江河浩蕩之中，一葦而過；貴隱而不貴顯，葩香暗度而人不知。此文字之妙也。然又有一種法。進讀歐公《醉翁亭記》，前面説山，説泉，説亭，説作亭人，説酒，説醉翁，都説了，却後面還有許多，如何下處？你看他云：「醉翁之意不在酒，在乎山水之間也。」黏出喫酒，帶下山水，立地便過，不用動掉，辟如左鼻子氣過於右鼻子，不消過文傳送，妙絶古今。

飜

此法出自《孟子》，將一意飜作二層，如「今王鼓樂如此」二節是也。韓退之用得甚熟，其《上張僕射書》，云「天下之人聞執事之於愈如是也，必皆曰：『執事之好士也如此，執事之待士以禮如此，執事之使人不枉其性而能有容如此，執事之欲成人之名如此，執事之厚於故舊如此。』又將曰：『韓愈之識其所依歸也如此，韓愈之不諂於富貴之人如此，韓愈之賢能使其主待之以禮如此。』則死於執事之門無悔也」云云，其《後二十九日復上宰相書》，云「愈聞周公之爲輔相，其急於見賢也，方一食三吐其哺，方一沐三握其髮。當是時，天下之賢才皆已舉用，姦邪讒佞欺負之徒皆已除去」云云，下面「今閣下爲輔相亦近耳，天下之賢才豈盡舉用，姦邪讒佞欺負之徒豈盡除去」云云，此皆一飜法也。

脱

此法如脱卸之「脱」，欲攻人而恐反爲人所傷，欲論事而恐反爲事所連，故用此以脱自家。韓公《争臣論》末一段云：「或曰：『吾聞君子不欲加諸人，而惡訐以爲直者。若（君）〔吾〕子之論，直則直矣，無乃傷於德而費於辭乎？好盡言以招人過，國武子之所以見殺於齊也，吾子其亦聞乎？』愈曰：君子居其位，則思死其官；未得位，則思修辭以明其道。我將以明道也，非以爲直而加諸人也。且國武子不能得善人，而好盡言於亂國，是以見殺。《傳》曰：『惟善人能受盡言。』謂其聞而能改之也。子告我曰：『陽子可以爲有道之士也。』今雖不能及已，陽子將不得爲善人乎哉？」既煞著攻陽子，又脱了自家，使陽子怪他不得，妙不可言。歐公《集古録（自）〔目〕序》，前面言「物常聚於所好，而常得於有力之彊」，及入到自家身上，却云：「夫力莫如好，好莫如一。吾性顓而嗜古，凡世人之所貪者，皆無欲於其間，故得一其所好於斯。好之既篤，則力雖未足，尤能致之。」此亦脱得好。

剥

此法由淺入深，由粗入細，由外入内，由客入主人，漸漸剥出爲妙。如孟子對梁惠王，先言殺人以挺與刃，以刃與政，却然後説到惠王率獸食人。謂齊宣王，先言「王之臣有託其妻子於其友而凍餒之」及士師不能治士，然後説到齊宣王四境不治。此皆是剥法也。

墊

此法，文字中極妙極難者。將一件没要緊的，與上文没相干，却把來墊在中間，越似没要緊而越有情趣。其法，人所未必知者，試爲舉出。韓公《張中丞傳後叙》，中間墊出于嵩一段，曰：「張籍曰：于嵩者，少依於巡，及巡起事，嵩常在圍中。籍大（歷）〔曆〕中於和州烏江縣見嵩，嵩時年六十餘矣。以巡初（常）〔嘗〕得臨涣縣尉，好學，無所不讀。籍時尚小，粗問巡、遠事，不能細也。云巡長七尺餘，鬚髯若神。（常）〔嘗〕見嵩讀《漢書》，謂嵩曰：『何爲久讀此？』嵩曰：『未熟也。』巡曰：『吾於書，讀不過三徧，終身不忘也。』因誦嵩所讀書盡卷，不錯一字。嵩驚，以爲巡偶熟此卷，因亂抽他帙以試，無不盡然。嵩又取架上諸書，試以問巡，巡應口誦，無疑。嵩從巡久，亦不見巡讀書也。」此是墊法也。

擒、縱

此二法互用，實是一法。欲擒他，須先縱之，使他諸路都走盡，及至無頭可奔，然後一手擒住，使他死心踢地，再不想走也。欲放他，須先拏住，使他分毫動彈不得，及至放處，如絛鷹鞲馬，脱然而逝矣。

綴

此法，文字中之極難者。韓公《原道》篇結云：「然則如之何而可也？曰：不塞不流，不止不行，人其人，火其書，廬其居，明先王之道以教之，鰥寡孤獨廢疾者有養也。其亦庶乎其可也。」「鰥寡孤獨」句是綴法也。看來這篇文字，這一句似可以少得的，然却少不得，須用補上。又不見補之迹，文字愈好。此非老手不能。

跌

此法有二用。一爲顛跌之「跌」，多用之頸下，古人發難之法，即今人所謂反也。有一跌不已，致於三四跌者，愈跌之多，則文意愈醒，而收轉處愈有氣力，又愈省氣力。歐陽公《畫舫齋記》云：「《周易》之象，至於履險蹈難，必曰『涉川』。蓋舟之爲物，所以濟險難，而非安居之用也。今予治齋於署，以爲燕安，而反以舟名之，豈不戾哉？」此是第一跌。「矧予又(常)〔嘗〕以罪謫走江湖間，自汴絶淮，浮於大江，至於巴峽，轉而以入於漢沔。計其水行且萬餘里，其羈窮不幸而卒遭風波之恐，往往叫號神明以脱須臾之命者，數矣。當其恐時，顧視前後，凡舟之人，非爲商賈，則必仕宦。因竊自歎，以謂非冒利與不得已者，孰肯至是哉！」此是第二跌。「賴天之惠，全活其生，今得除去宿負，列官於朝，以來是州，飽廩食而安署居。退思曩時山川所歷，舟檝之危，蛟鼉之出没，波濤之汹歘，宜其寢驚而夢愕。而乃忘其險阻，猶以舟名其齋，豈真樂於舟居者耶？」此是第三跌。其下收轉云：「然予聞古之人有逃世遠去江湖之上，終身而不肯反者，其必有所樂也。苟非冒利於險，有罪而不得已，使順風恬波，傲然枕席，一日而千里，則舟之行豈不樂哉！」皆因前跌得醒，故此收轉處甚有氣力，又甚省氣力。又有一種倒跌法，不用在前，用在後者。韓公《與鄂州柳中丞書》云：「丞相、公卿、士大夫勞於圖議，握兵之將、熊羆貙虎之士畏懦蹙蹜，莫肯杖戈爲士卒前行者。獨閣下奮然率先，揚兵界上，將二州之守，親出入行間，與士卒均辛苦，生其氣勢，見將軍之鋒穎，凜然有向敵之意。用儒雅文字章句之業，取先天下，武夫關其口而奪之氣。」却反跌云：「愚初聞時，方食，不覺舍匕箸起立。豈以爲閣下真能引孤軍單進，與死寇角逐，争一旦僥倖之利哉。」再跌云：「就令如是，亦不足貴。」纔收轉云：「其所以服人心，在行事適（其）〔機〕宜，而風采可畏（敬）〔愛〕故也。」又有一法，爲轉跌之「跌」，復從此跌至彼，猶行路從東跌到西，從上跌到下也。韓公《送廖道士序》，從南方諸山跌入衡山，從衡山跌入嶺，從嶺跌入郴州，讀之自見。

開

文字之妙，須乍近乍遠，一淺一深。説漸近了，只管説得逼窄，無處轉身，又須開一步説。如行舟者，或逼近兩岸，須要撥入中流，方得縱橫自在。韓公《送温處士赴河陽〔軍序〕》，説烏公得處士（子）〔了〕，却開云：「夫南面而聽天下，其所託重而恃力者，惟將與相耳。相爲天子得人（入朝）〔於朝廷〕，將爲天子得文武士於幕下，求内外無治，不可得也。」歐公《蘇子美文集序》，説子美文字可貴了，却開云「予嘗考前世文章政理之盛衰，而惟唐太宗致治，幾乎三王之盛」云云，既説唐，又説宋，然後説子美。此皆開法也。

逗

逗如逗留之「逗」，蓋將就説出，又不説，須逗一逗，如此文字方有吞吐。《孟子》：「『敢問何謂浩然之氣？』曰：『難言也。』」此是逗法。

接

此法如以手接物之「接」，有順逆二種。順者易知，逆者須要舉出。如歐公《集古録（自）〔目〕

序》起云：「物常聚於所好，而常得於有力之强。」却接云：「有力而不好，好之而無力，雖近且易，有不能致之。」此反接法也。以下却云「犀象虎豹，蠻夷山海殺人之獸，然其齒角皮革可聚而有也」云云，然後收一句云：「凡物好之而有力，則無不至也。」若是順接，則「物常聚於所好，而常得於有力之强」下當云：「有力而好，好之而又有力，則雖遠且難，皆可致也。」此便無味，便不成文章。

扭

扭者，將客主意交互相扭也。其法亦用之不同，有前面立兩箇議頭，作兩扇門了，却即從門以下將兩意卸定一扭，然後去一邊，獨重一邊入題。如歐陽《有美堂記》云：「夫舉天下之至美與其樂，有不得而兼焉者多矣。故窮山水登臨之美者，必之乎寬閑之野、寂寞之鄉，而後得焉；覽人物之盛麗，夸都邑之雄富者，必據乎四達之衢、舟車之會，而後足焉。蓋彼放心於物外，而此娱意於繁華，二者各有適焉，然其爲樂不可得而兼也。」此開二門了，下扭云：「今夫所謂羅浮、天台、衡嶽、廬阜、洞庭之廣，三峽之險，號爲東南奇偉秀絶者，乃皆在乎下州小邑僻陋之邦，此幽潛之士、窮愁放逐之臣之所樂也。若乃四方之所聚，百貨之所交，物盛人衆，爲一都會，而又能兼有山水之美，以資富貴之娱者，惟金陵、錢塘。」下又將金陵、錢塘扭云，「然二邦皆僭竊於亂世，及聖宋受命，海内爲一，金陵以後服見誅，今其江山雖在，而頹垣、廢址、荒煙、野草，過而覽者，莫不爲之躊躇而悽愴。獨錢塘」云云。此文字得此兩扭，妙不可言。又有兩平雙扭，不相取舍，而兩各極其致者。韓公《送楊少尹序》，前面將疏廣之去國，與楊公之去起了，却接云：「予忝在公卿後，遇病不能出，不知楊侯去時，城門外送者幾人？車幾兩？馬幾匹？道傍觀者，亦有歎息知其爲賢(人)〔以〕否？而太史氏又能張大其事爲傳，繼二疏蹤迹否？不落莫否？見今世無工畫者，而畫與不畫固不論也。」此一扭，下云：「然吾聞楊侯之去，丞相有愛而惜之者，以爲其都少(君)〔尹〕，不絶其禄，又爲歌詩以勸之。京師之能詩者，亦屬而和之。又不知當時二疏之去，有是事否？」又一扭。如此雙扭，無限情景。

挈

挈者，提挈之「挈」也。將後面所有的，不論多少，總挈於前，然後逐件抽出細説，此文字之綱領也。

複

此法，複如重複之「複」。韓愈《原道》説完了六段，却又云：「夫所謂先王之教者何也？博愛之謂仁，行而宜之之謂義，由是而之焉之謂道，足乎己無待乎外之謂德。其文《詩》、《書》、《易》、《春秋》，其法禮樂刑政，其民士農工賈，其位君臣、父子、師友、賓主、昆弟、夫婦，其服絲麻，其居宫室，其食粟、米、果、蔬、魚、肉。」歐公《（張）〔章〕望之字序》：「君子之賢於一鄉者，一鄉之望也；賢於一國者，一國之望也；名烈著於天下者，天下之望也；功德被於後世者，萬世之望也。」下又複説云「孝慈友弟達於一鄉，古所謂鄉先生者，一鄉之望也；《春秋》之賢大夫，若隨之季良、鄭之子産者，一國之望也」云云，此複法也。有此一複，文字更見精采，而又無重疊之病爲妙。

入

此文字自頸以下入題目也，其法不同。有順入者，歐公《送梅聖俞歸河陽〔序〕》云：「求珠者必之乎海，求玉者必之乎藍田，求賢士者必之乎通邑大都，據其會，就其名，而擇其精焉耳。洛陽，天子之西都，距京師不數馹，縉紳仕宦雜然而處，其亦珠玉之淵海與？予方據是以求之，獨得於梅君聖俞。」此順入也。有飜入者，《送陳經秀才〔序〕》云：「洛陽西都，來此者多達官尊重，不可輒輕出，幸時一往，則騶奴、從騎、吏屬遮道，唱和後先，前儐（後）〔旁〕扶，登覽未周，意已倦矣。故非有激流上下，與魚鳥相傲然（從騎）〔徙倚〕之適也。然能得此者，惟卑且閒者宜之。」此飜入也。有倒插入者，《帝王世次圖序》云：「當王道中絶之際，奇書異説方充斥而盛行，其言往往反自託於孔子之徒，以取信於時。學者既不備見《詩》《書》之詳，而習傳盛行之異説，世無聖人以爲質，而不自知其取舍眞僞。至有博學好奇之士，務多聞以爲勝者，於（是）〔時〕盡集諸説而論次，初無所擇，而惟恐遺之也。如司馬遷之《史記》是已。」此到插入也，亦謂之「藏頭法」。先不説出司馬遷，直到落後，方一句打開頭面也。又有叫一句應入者，《仁宗〔御〕飛白記》云：「治平四年夏五月，余將赴亳，假道於汝陰，因得閲書於子履之室，而雲章爛然，輝映日月，爲之正冠肅容，再拜而後敢仰視。蓋仁宗皇帝之御飛白也。曰：『此寶文閣之所藏也，胡爲於子之室乎？』」下應云：「子履曰：『曩者天子宴從臣於羣玉，而賜以飛白，予幸得與賜焉。』」此叫應入法。也有牽搭入者，韓公《送〔楊〕支使序》曰：「有問湖南之賓客者，愈曰：知其客可以信其主者，宣州也；知其主可以信其客者，湖南也。」此牽宣州李博、崔羣，搭入湖南楊支使也。有借客陪主入者，《送温處士赴河陽〔軍〕序》云：「東都固士大夫之冀北也，恃材能，深藏而不（布）〔市〕者，洛之北崖曰石生，南崖曰温生。大夫烏公以鈇鉞鎮河陽之三月，以石生爲才，以禮爲羅，羅而致之幕下。未數月也，以温生爲才，於是以石生爲媒，以禮爲（幕）〔羅〕，又羅而致之幕下。」此以石生作客，陪温生入也。其類甚多，不可枚舉。大要受氣欲正，不可偏邪，若偏邪則文意不貫矣；又貴自然，不可牽强，若牽强則入不去矣；又要活動圓巧，伶俐宛折，上下有情，極忌頑硬死塊。堪輿家尋龍，入手最要緊，真龍真脉一毫假不得。若受氣不正，與不自然，及頑硬死塊，即來龍、(沙)〔砂〕、水皆好，亦定是假的。

抽

此法如抽絲之「抽」，或將前面所有，説尚含蓄未盡者，抽出再説明白，或前話叢雜，特拈出一二要緊者重説，皆謂之抽也。

轉

有頸轉，從上轉也；有腰轉，兩半中間轉也；有股轉，從股尾轉也。其法無窮。古人云：「轉如短兵相接。」言步步轉也。一篇有一篇之轉，一段有一段之轉，一句有一句之轉，一字有一字之轉。貴變幻而不可測，懼其易盡也；貴活，懼其死也；貴圓，懼其板也；貴婉曲，懼其直而硬也；貴快，懼其累墜而飜身不便也；貴迅，懼其緩也；貴緊，懼其漫也；貴自然，懼其生別也；貴切，懼其迂遠也。得轉之妙，其於文過半矣。

倒

此法，用逆轉説，謂之倒。或倒意，或倒句，或倒字，不可枚舉。歐公《真州東園記》云：「芙蕖芰荷之的歷，幽蘭白芷之芬芳，與夫佳花美木，列植而交映，此前日之蒼煙白露而荆棘也；高甍巨桷，水光日影，動摇上下，其寬閑深靚，可以答遠響而生清風，此前日之頹垣斷塹而荒墟也。」如此一倒，無限情景。又韓公《〔送幽州〕李端（州）〔公〕序》云：「夫十日、十二子相配，數窮六十，其將復平。平必自幽州始，亂之所出也。」皆是倒法。至《左傳》文字尤多：開卷《鄭莊公傳》「毋使滋蔓，蔓難圖也」，是倒句法；「（毋）〔無〕生民心」，是倒字法；《石碏傳》「賤防貴，少陵長，遠間親，新間舊，小加大，淫破義，所謂六逆也；君義臣忠，父慈子孝，兄友弟敬，所謂六順也。去順效逆，所以速亂也」，是倒章法。細細看去，一部《左傳》，絶是用倒法。

托

此法在文字中最難。如托物與人，不論家下多少物件，要一盤托出來；又要托得盡，不許有一毫剩漏；要托得出，不許蘊藏；要托得穩，不許偏攲；要托得有情，不許主客相背；要托得氣象舒婉，不許迫促；又要托得簡便，不許多也。歐公《東園記》云：「歲秋八月，子春以其職事走京師，圖其所謂〔東〕園者來以示予，曰：『園之廣百畝，而流水横其前，清池浸其右，高（堂）〔臺〕起其北。臺，吾望以拂雲之亭；池，吾俯以清虚之閣；水，吾泛以畫舫之舟。廠其中以爲清讌之堂，闢其後以爲射賓之圃。芙蕖芰荷之的歷，幽蘭白芷之芬芳，與夫佳花美木，列植而交映，此前日之蒼煙白露而荆棘也；高甍巨桷，水光日景，動摇而上下，其寬而深靚，可以答幽響而生清風，此前日之頽垣斷塹而荒墟也；嘉時令節，舟人士女嘯歌而管絃，此前日之晦暝風雨、鼪鼯鳥獸之嗥音也。』」文勢如此層叠，下面却只托以一句云：「『吾於是信有力焉。』」可謂曲盡其妙矣。

抱

此法一謂之應，一謂之收，文字中最多，不可枚舉也。第一要回顧有情。

鎖

鎖如關鎖之「鎖」。此法有似於抱，而實與抱不同也。有直到文字盡處鎖者，有一步一步鎖者。步步鎖爲妙，然須不覺重疊方得。《孟子》「關許行」章第七節云：「當是時也，禹八年於外，三過其門而不入，雖欲耕，得乎？」八節云：「聖人之憂民如此，而暇耕乎？」九節云：「夫以百畝之不易爲憂者，農夫也。」十一節云：「堯舜之治天下，豈無所用其心哉？亦不用於耕耳。」此步步鎖法也。有連篇總鎖者，有逐股分鎖者。逐股分鎖爲難。韓公《原道》篇，自「古之爲民者四」以下六段，第一段云：「奈之何民不窮且盜也？」二段云：「嗚呼！其亦不思而已矣。」三段：「嗚呼！其亦幸而出於三代之後，不見黜於禹、湯、文、武、周公、孔子也。」云云。各股鎖法各不相同，縈洄反覆，曲盡其致，真文章之妙也。

束

此法有二種，有就本身束者，有開一步束者。《孟子》論陳仲子：「以母則不食，以妻則食之，以兄之室則弗居，以於陵則居之，是尚爲能充其類也乎？若仲子者，則蚓而後克其操者也。」是就本身緜作束也。「答陳氏枉尺直尋」章束曰：「且子過矣！枉己者，未有能正人者也。」「答外人好辨」章束曰：「能言距楊、墨者，聖人之徒也。」是開一步束也。

工夫

韓退之云：「愈之所爲，不自知其至猶未也。雖然，學之二十餘年矣。始者，非三代兩漢之書不敢觀，非聖人之志不敢存，處若忘，行若遺，儼乎其若思，茫乎其若迷。當其取於心而注於手也，惟陳言之務去，戛戛乎其難哉。其觀於人，不知其非笑之爲非笑也。如是者亦有年，猶不改，然後識古書之正僞，與雖正而不至焉者，昭昭然白黑分矣，而務去之，乃徐有得也。當其取於心而注於手也，汩汩然來矣。其觀於人也，笑之則以爲喜，譽之則以爲憂，以其（獨）〔猶〕有人之説者存也。如是者亦有年，然後浩乎其沛然矣。吾又懼其雜也，迎而距之，平心而察之，其皆醇也，然後肆焉。雖然，不可以不養也。行之乎仁義之途，游之乎《詩》、《書》之源，無迷其途，無絶其源，終吾身而已矣。」柳子厚云：「未嘗敢以怠心易之，懼其弛而不嚴也；未嘗敢以昬氣出之，懼其昧没而雜也；未嘗敢以矜氣作之，懼其偃蹇而驕也。抑之欲其奥，揚之欲其明，疏之欲其通，廉之欲其節，激而發之欲其清，固而存之欲其重，此吾所以羽翼夫道也。本之《書》以求其質，本之《詩》以求其性，本之《禮》以求其宜，本之《春秋》以求其斷，本之《易》以求其動，此吾所以取道之原也。參之《穀梁氏》以勵其氣，參之《孟》、《荀》以暢其力，參之《莊》、《老》以肆其端，參之《國語》以博其趣，參之《離騷》以致其幽，參之《太史》以著其潔，此吾所以旁推交通而以之爲文也。」蘇明允云：「洵少年不學，生二十五歲始知讀書，從士君子游。年既已晚，而又不遂刻意厲行，以古人自期，而視與己同列者皆不勝己，則遂以爲可矣。其後困益甚，然後取古人之文而讀之，始覺其出言用意與己大異。時復内顧，自思其才，則又似夫不遂止於是而已者，由是盡燒其曩時所爲文數百，取《論語》、《孟子》、《韓子》及其他聖人、賢人之文，而兀然端坐終日以讀之者，七八年矣。方其始也，入其中而惶然，博觀於其外而駭然以驚；及其久也，讀之益精，而其胸中豁然以明，若人之言固當然者，然猶未敢自出其言也。時既久，胸中之言日益多，不能自制，試出而書之，已而再三讀之，渾渾覺其來之易矣，然猶未敢以爲是也。」孫元中嘗問歐公爲文之法，公云：「於吾姪豈有他法，只是要熟耳。變化恣態者從熟生也。」此工夫也。

文章緣起註

〔梁〕任昉　撰
〔明〕陳懋仁　註

《文章緣起註》

梁　任　昉　撰

明　陳懋仁　註

任昉（四六〇——五〇八）字彦昇，樂安博昌（今山東博興東南）人。歷仕宋、齊、梁三朝。梁時曾任御史中丞、秘書監、新安太守等職。長於表奏箋序等文，時有「沈（約）詩任筆」之稱。明人輯有《任彦昇集》。傳見《梁書》卷十四、《南史》卷五十九。

陳懋仁，字無功，嘉興（今屬浙江）人。明萬曆、天啓、崇禎時在世。曾官泉州府經歷。有《泉南雜志》、《年號韻編》、《析酲漫録》、《庶物異名疏》、《藕居士詩話》等。

《隋書·經籍志》集部總集類載有梁任昉《文章始》一卷，且註以「亡」字。至《舊唐書·經籍志》、《新唐書·藝文志》則載任昉《文章始》一卷，張績補。故任昉原書在隋時已佚，今傳《文章緣起》殆爲張績所補之本。宋王得臣《麈史》卷中《論文》云：「梁任昉集秦漢以來文章名之始，目曰《文章緣起》，自詩、賦、《離騷》至於藝、約八十五題，可謂博矣。」所言書名、内容，與今本大致吻合（今本作八十四題，「約」上無「藝」），則今本或保存宋以來原貌。其卷首小引稱「六經素有歌、詩、誄、箴、銘之類」云云，嚴可均《全梁文》等均定此小引爲任昉所作，明確標示諸體文章均起源於六經之基本觀念。此觀念既是任氏同時或前此文論家之共識，且於後世影響深遠。此書對八十四種文體，逐一追溯其所從出及演變，并輔以實例，爲我國較早的文體論專書。華路藍縷，功不可没。但亦有分體失當、探源錯舛之處。如把表與讓表、騷與反騷强分爲二體，謂挽歌起於魏繆襲，不知此前早有《薤露》、《蒿里》等。「論」在先秦已有，如《荀子》之有《禮論》、《樂論》，《莊子》之有《齊物論》，而此書謂始於漢王褒《四子講德論》。陳懋仁之註，對文體命名之義及具體作品例證，均有所增補，但疏漏仍多。他又作《續文章緣起》。後清人方熊有補註之作，亦未臻完善。

有《學海類編》本、《叢書集成》本。今據《學海類編》本録入。

（王宜瑗）

題　辭

文之行於世也，如江河之行地，流衍洄洑，無所不有，其倏而涸，倏而泛濫，莫知其然而然。說者謂水與氣相生滅，生滅不在水；文與神相去住，去住不在文。顧經不敢擬，經亡矣；子史不能擬，子史亡矣。其他摹古摛辭，拙者刻鵠，工者助瀾。由兩漢而還，文之體未嘗變，而文漸以靡。詩則《三百篇》變而《騷》，《騷》變而賦，賦變而樂府，而歌行，而律，而絶，日新月盛，互爲用而各不相襲。此何以故？則安在斤斤沿體爲！體者法也，所以法非體也，離法非法，合法亦非法，若離若合，政其妙處不傳，而實未嘗不傳。《易》曰：「擬議以成其變化。」不有體，何以擬議？不知體之所從出，何以爲體，而極之於無所不變？此任彦昇有《文章緣起》，而吾鄉陳無功爲之註，又爲之續也。嗚呼！汙樽土鼓，見爲鄙朴，折楊皇荂，下士欣然笑之，無功獨究心於此，豈直彦昇功臣，興起斯文，其爲津筏大矣！無功嗜義篤古，工爲詩，世必有共賞之者，不具論。長水范應賓識。

文章緣起註目録

文章緣起註

上章
解嘲
訓
辭
旨
勸進
喻難
誡
弔文
告
傳贊
謁文
祈文
祝文
行狀
哀策
哀頌
墓誌
誄
悲文
祭文
哀詞
挽詞
七發
離合詩
連珠
篇
歌詩
遺
圖
勢
約

文章緣起註

梁　任　昉　撰

明　陳懋仁　註

六經素有歌、詩、誄、箴、銘之類。《尚書》帝庸作歌，《毛詩》三百篇，《左傳》叔向詒子産書，魯哀公孔子誄，孔悝鼎銘，虞人箴，此等自秦漢以來，聖君賢士，沿著爲文章名之始。故因暇録之，凡八十四題，聊以新好事者之目云爾。

三言詩，晉散騎常侍夏侯湛所作。

《國風》「江有汜」，三言之屬也。漢武帝元鼎四年，馬生渥洼水中，作《天馬歌》，乃三言之始。

四言詩，前漢楚王傅韋孟《諫楚夷王戊詩》。

《國風》「關關雎鳩」，四言之屬也。《詩家直説》曰：「四言體，始於康衢歌《滄浪》，謂起于韋孟，誤矣。」《詩紀》曰：「按四言詩，三百五篇在前，而嚴云起于韋孟，蓋其叙事布詞，自爲一體，漢魏以來，遞相師法，故云始于韋，非徒言也。或又引康衢以爲權輿，又烏知康衢之謡，非列子因《雅》、《頌》而爲之者邪？ 然明良《五子之歌》，載在《典》、《謨》，可徵也。」《文心雕龍》曰：「四言正體，雅潤爲本。」李太白曰：「寄興深微，五言不如四言。」

五言詩，漢騎都尉李陵與蘇武詩。

《國風》「誰謂雀無角」，五言之屬也。《書》曰：「以出納五言。」《文心雕龍》曰：「按《召南・行露》，始肇半章；《孺子滄浪》，亦有全曲。暇豫優歌，遠見《春秋》；邪徑童謠，近在成世。閱時取證，則五言久矣。」又曰：「五言流調，清麗居宗。」《詩品》曰：「夏歌曰：『鬱陶乎予心』，《楚詞》曰：『名余曰正則』，雖詩體未全，然是五言之濫觴也。逮漢李陵，始著五言之目矣。古詩眇邈，人世難詳，推其文體，固自炎漢之製，非衰周之倡也。詩有三義：一曰興，二曰比，三曰賦。文已盡而義有餘，興也；因物喻志，比也；直書其事，寓言寫物，賦也。宏斯三義，酌而用之，幹之以風力，潤之以丹彩，使味之者無極，聞之者動心，是詩之至也。若專用比興，則患在意深，意深則詞躓；若但用賦體，則患在意浮，意浮則文散。嬉成流移，文無止泊，便有蕪漫之累矣。」

六言詩，漢大司農谷永作。

《國風》「我姑酌彼金罍」，六言之屬也。

七言詩，漢武帝柏梁殿連句。

《周頌》「學有緝熙于明光」，七言之屬也。七言自《詩》、《騷》外，「柏梁」已前，有《皇娥》、《白帝子》、《擊壤》、《箕山》、《大道》、《狄水》、《獲麟》、《南山》、《采葛婦》、《成人》、《易水》諸歌，俱七言也。或曰：始于《擊壤》，或曰：已肇《南山》，或曰：起自《垓下》。然「兮」「哉」類于助語，句體非全，惟少昊時《皇娥》、《白帝》二歌，句踐時《河梁歌》，體具世遠，非其始乎？但悉見之後人書中，未必非出著述者之手。故自漢魏六朝，下及唐宋以來，迭相師法者，實祖柏梁也。

九言詩，魏高貴鄉公所作。

《大雅》「洞酌彼行潦挹彼注茲」，《文章流別》謂「九言之屬」，按《洞酌》三章，章五句。《夏書・五子之歌》「懍乎若朽索之馭六馬」，九言也。

賦，楚大夫宋玉作。

司馬相如曰：「合綦組以成文，列錦繡而爲質。一經一緯，一宮一商，此賦之迹也。賦家之心，包括宇宙，總覽人物。斯乃得之于內，不可得而傳。」《漢書》曰：「《傳》曰：『不歌而誦謂之賦，登高能賦，可以爲大夫。』言感物造端，材知深美，可與圖事，故可以爲列大夫也。古者諸侯卿大夫，交接鄰國，以微言相感，當揖讓之時，必稱《詩》以論其志，蓋以別賢不肖而觀盛衰焉。故孔子曰：『不學《詩》，無以言』也。春秋之後，周道寖壞，聘問歌詠，不行于列國。學《詩》之士，逸在布衣，而賢人失志之賦作矣。大儒孫卿及楚臣屈原，離讒憂國，皆作賦以風，咸有惻隱古詩之義。

其後宋玉、唐勒；漢興，枚乘、司馬相如，下及揚子雲，競爲侈麗閎衍之辭，没其風諭之義。是以揚子誨之曰：『詩人之賦麗以則，辭人之賦麗以淫。』如孔氏之門人用，則賈誼登堂，相如入室矣。」《談藝録》曰：「桓譚學賦，揚子雲令讀賦千首則善爲之，蓋所以廣其資，亦得以參其變也。」

歌，燕荆軻作《易水歌》。

歌者，聲永而導鬱者也。《釋名》曰：「人聲曰歌。歌，柯也，歌之言是其質也，以聲吟咏有上下，如草木之有柯葉也。」《珊瑚鉤詩話》曰：「猗吁抑揚永言謂之歌。」

《離騷》，楚屈原所作。

《史記》列傳曰：「離騷者，猶離憂也。屈平之作《離騷》，蓋自怨生也。《國風》好色而不淫，《小雅》怨誹而不亂，若《離騷》者，可謂兼之矣。」班固序曰：「宏博雅麗，爲詞賦宗。」《藝苑卮言》曰：「騷辭所以總雜重複、興寄不一者，大抵忠臣怨夫，惻怛深至，不暇致詮，故亂其叙，使同聲者自尋，修郄者難摘耳。今若明白條易，便乖厥體。」

詔，起秦時璽文，秦始皇《傳國璽》。

詔，告也。《釋名》曰：「詔，昭也。人暗不見事宜，則有所犯，以此示之，使昭然知所由也。」按秦漢詔辭，深純爾雅，近代則用偶儷矣。

策文，漢武帝《封三王策文》。

《釋名》曰：「策書教令于上，所以驅策諸下也。」漢制，約敕封侯曰册。册，賾也，敕使整賾，不犯之也。《詩》云：「豈不懷歸，畏此簡書。」《獨斷》曰：「策者，簡也。《禮》曰：『不滿百文，不書于策。』其制長二尺，短者半之。其次一長一短，兩篇，下附篆書，起年月日，稱『皇帝曰』，以命諸侯王。其諸侯王三公之薨于位者，亦以策書誄謚其行而賜之，如諸侯之策。三公以罪免，亦賜策，文體如上策而隸書，以尺一木兩行，惟此爲異者也。」

表，淮南王安《諫伐閩表》。

《釋名》曰：「下言上曰表，思之于内，表施于外也。」《書》曰：「官師相規，工執藝事以諫。」《文心雕龍》曰：「表體多包，情僞屢遷。必雅義以扇其風，清文以馳其麗。然懇惻者辭爲心使，浮侈者情爲文屈。使繁約得正，華實相勝，脣吻不滯，則中律矣。」按孔明《出師》、令伯《陳情》之類皆散文，唐宋以後，始尚四六焉。

讓表，漢東平王蒼上表讓驃騎將軍。

讓，遜也。《書》曰：「舜讓于德，弗嗣。」《文心雕龍》曰：「漢末讓表，以三爲斷。曹公稱爲表不止三讓。」又曰：「三讓公封，理周詞要，引義比事，必得其偶。」

上書，秦丞相李斯《上始皇書》。

戰國時君臣同書，如燕惠王《與樂毅》，樂毅《報王》之類，是也。秦以後始爲表奏焉。

書，漢太史令司馬遷《報任少卿書》。

《文心雕龍》曰：「書體本在盡言，以散鬱陶，託風采，故宜條暢以任氣，優柔以懌懷，文明從容，亦心之獻酬也。若夫尊貴差序，則肅以節文。」

對賢良策，漢太子家令晁錯。

《文心雕龍》曰：「對策者，應詔而陳政者也。對策揄揚，大明治道，使事深于政術，理密于時務。」古言曰：「策莫盛于漢，漢策莫過於晁大夫。」晁策就事爲文，文簡徑明暢，事皆鑿鑿可行，賈太傅不及也。《文中子》曰：「洋洋乎！晁、董、公孫之對！有旨哉！」

上疏，漢中大夫東方朔。

自漢以來，奏事或稱上疏。師古曰：「疏者，疏條其事而言之。」

啓，晉吏部郎山濤作《選啓》。

啓，開也。高宗云：「啓乃心，沃朕心」，取其義也。

奏記，漢江都相董仲舒《詣公孫弘奏記》。

註見牋。

牋，漢護軍班固《說東平王牋》。

《文心雕龍》曰：「牋記之爲式，既上窺乎表，亦下睨乎書。使敬而不懾，簡而無傲，清美以惠其才，彪蔚以文其響，蓋牋記之分也。」

謝恩，漢丞相魏相《詣公車謝恩》。

謝恩，即表章之類。

令，漢淮南王有《謝羣公令》。

令，命也。出命申禁，俾民從也。《周書》曰：「慎乃出令，令出惟行。」《風俗通》曰：「時所制曰令，承憲履繩，不失律令也。」《釋名》曰：「令，領也。理領之，使不相犯也。」

奏，漢枚乘《奏書諫吴王濞》。

《書》曰：「敷奏以言」，奏書之義也。《文心雕龍》曰：「奏之爲筆，固以明允篤誠爲本，辯析疏通爲首。强志足以成務，博見足以窮理，酌古御今，治繁總要。此其體也。」

駁，漢侍中吾丘壽王《駁公孫弘〈禁民不得挾弓弩〉議》。

《山海經》曰：「有獸名駁，如白馬，黑尾倨牙，音如鼓，食虎豹。」漢興，始立駁議。雜議不純，故謂之駁。

論，漢王褒《四子講德論》。

《文心雕龍》曰：「論之爲體，所以辨正然否，窮有數，追無形，鑽堅求通，鉤深取極，乃百慮之筌蹄，萬事之權衡也。故其氣貴圓通，辭忌枝碎。必使心與理合，彌縫莫見其隙；辭共心密，敵人不知所乘。斯其要也。」

議，漢韋元成《奏罷郡國廟議》。

秦李斯《上始皇罷封建議》。《詩》云：「周爰諮謀」，謂徧於咨議也。《文心雕龍》曰：「議之言宜，審事宜也。《易》之《節卦》：『君子以制度數，議德行。』《周書》曰：『議事以制，政乃弗迷。』議貴節制，經典之體也。」

反騷，漢揚雄作。

雄摭騷文而反之，投諸江流，以弔屈原，故名之曰「反騷」也。

彈文，晉冀州刺史王深集雜彈文。

彈，按劾也，按其罪狀而劾治之也。《文心雕龍》曰：「按劾之奏，所以明憲清國。昔周之太僕，繩愆糾繆。秦之御史，職主文法。漢置中丞，總司按劾。故位在摯擊，砥礪其氣，必使筆端風振，簡上霜凝者也。」

薦，後漢雲陽令朱雲《薦伏湛》。

薦，舉也，進也，舉其功能而進之於上也。

教，漢京兆尹王尊出教告屬縣。

教，效也，言出而民效也。《白虎通》曰：「王者設教，承衰救弊，欲民反正道也。」教者，所以追補敗政，靡弊溷濁，謂之治也。

封事，漢魏相《奏霍氏專權封事》。

封事，慎機密也。

白事，漢孔融主簿作《白事書》。

白，告也，告明其事也。

移書，漢劉歆《移書讓太常博士》，論《左氏春秋》。

移，易也。讓，責也。《文心雕龍》曰：「劉歆之《移太常》，詞剛而義辨，文移之首也。」

銘，秦始皇登會稽山刻石銘。

《釋名》曰：「銘，名也。述其功美，使可稱名也。」《文賦》曰：「銘博約而溫潤。」《文章流別》曰：「德勳立而銘著。」《文心雕龍》曰：「昔帝軒刻輿几以弼違，大禹勒筍簴而招諫；成湯盤盂，著日新之規；武王户席，題必戒之訓；周公慎言于金人，仲尼革容于欹器：則先聖鑑戒，其來久矣。故銘者，（銘）〔名〕也。觀器必也正名，審用貴乎盛德。蓋臧武仲之論銘也，曰：『天子令德，諸侯計功，大夫稱伐。』」「若乃飛廉有石槨之錫，靈公有蒿里之謚，銘發幽石，吁可怪也。趙靈勒跡于番禺，秦昭刻傳于華山，夸誕示後，吁可箋也。」「銘兼褒讚，體貴弘潤。其取事也，必覆以辨；其攡文也，必簡而深。」

箴，漢揚雄《九州百官箴》。

箴者，規戒以禦過者也。義尚切劘，文須確至。《文心雕龍》曰：「箴者，所以攻疾防患，喻箴石也。斯文興盛于三代《夏》、《商》二箴，餘句頗存。及周之辛甲《百官箴》一篇，體義備焉。迄至春秋，微而未絶。故魏絳諷君於后羿，楚子訓民於在勤。」

封禪書，漢文園令司馬相如。

《白虎通》曰：「王者始受命之時，改制應天，天下太平，功成封禪，所以告太平也。升封泰山者，增高也；下禪梁甫之山，基廣厚也。」《文心雕龍》曰：「搆位之始，宜用大體；樹骨于訓典之區，選言于宏富之路；使意古而不晦于深，文今而不墜于淺；義吐光芒，詞成廉鍔，則爲偉矣。」

讚，司馬相如作《荆軻讚》。

讚者，明事而嗟嘆，以助辭也。四字爲句，數韻成章，蓋約文而寓以褒貶也。《釋名》曰：「讚，纂也。纂集其義而叙之也。」

頌，漢王褒《聖主得賢臣頌》。

頌者，所以揚厲休功，而述美盛德者也。《文心雕龍》曰：「頌主告神，義必純美。」「晉輿之稱原田，魯氏之刺裘韠，直言不詠，短辭以諷。丘明、子高，竝諜爲誦，斯則野誦之變體，寖被乎人事矣。」「頌惟典雅，辭必清鑠，敷寫似賦，而不入華侈之區；敬慎如銘，而異乎規戒之域。揄揚以發藻，汪洋以樹義，唯纖曲巧致，與情而變，其大體所底，如斯而已。」

序，漢沛郡太守作《鄧后序》。

序者，所以序作者之意，謂其言次第有序，故曰「序」也。《漢書》曰：「《書》之所起遠矣，至孔子纂焉，上斷于堯，下訖于秦，凡百篇而爲之序。」按孔安國序《尚書》，未嘗言孔子作。劉歆亦云：「識見淺陋，無所發明，其非孔子所作明甚。」顧世代久遠，不可復知。

引，《琴操》有《箜篌引》。

《古今注》云：「《箜篌引》，朝鮮津卒霍里子高妻麗玉所作也。子高晨起，刺船而櫂。有一白首狂夫，被髮提壺，亂流而渡。其妻隨呼止之，不及，遂墮河水死。于是援箜篌而鼓之，作《公無渡河》之歌，聲甚慘愴，曲終自投河而死。霍里子高還，以其聲語妻麗玉。玉傷之，乃引箜篌而寫其聲，聞者莫不墮涙飲泣焉。麗玉以其聲傳於鄰人之女麗容，名曰《箜篌引》焉。」《白石詩説》曰：「載始末曰引。」《珊瑚鉤詩話》曰：「品秩先後，敘而推之，則謂之引。」

志録，揚雄作。

志，識也。録，領也。《書》曰：「書用識哉。」謂録其過惡以識於册。古史《世本》，篇以簡策，領其名數，故曰録也。

記，揚雄作《蜀記》。

記者，所以叙事識物，以備不忘，非專尚議論者也。

碑，漢惠帝《四皓碑》。

秦李斯撰《鄒嶧山碑》。《文心雕龍》曰：「屬碑之體，資乎史才。其序則傳，其文則銘。標予盛德，必見清風之華；昭紀鴻懿，必見峻偉之列。此碑之制也。」

碣，晉潘尼作《潘黄門碣》。

碣，傑也，揭其操行，立之墓隧者也。其文與碑體相同也。

誥，漢司隸從事馮衍作。

誥，告也，訓飭戒厲之言也。《爾雅》曰：「誥、誓，謹也。」郭璞《注》曰：「所以約勤謹戒衆。」

誓，漢蔡邕作《艱誓》。

《甘誓》曰：「六事之人，予誓告汝。」《釋名》曰：「誓，制也，以拘制之也。」《文心雕龍》曰：「盟之大體，必序危機，奬忠孝，共存亡，戮心力，祈幽靈以取鑑，指九天以爲正，感激以立誠，切至以敷詞，此其所同也。」

露布，漢賈宏爲馬超伐曹操作。

露布者，露而不封，布諸視聽者也。按《通典》：「元魏克捷，欲天下聞之，乃書帛建于漆竿上，名爲露布。」

檄，漢丞相祭酒陳琳作《檄曹操文》。

《說文》曰：「檄，二尺書也。」《史記》曰：「張儀從楚相飲，楚相亡璧，意儀盜之，掠笞數百。既相秦，爲文檄告楚相。」李充曰：「檄不切厲則敵心陵，言不誇壯則軍容弱。」《文心雕龍》曰：「檄之大體，或述此休明，或叙彼苛虐，指天時，審人事，算强弱，角權勢。標蓍龜於前驗，懸鞶鑑於已然，雖本國信，實參兵詐。譎詭以馳旨，煒煜以騰説，凡此衆條，莫或違之者也。故其植義揚詞，務在剛健。插羽以示迅，不可使詞緩；靈板以宣衆，不可使義隱。必事昭而理辨，氣盛而辭斷，此其要也。若曲趣密巧，無所取裁矣。」

明文，漢泰山太守應劭作。

明文者，昭然以曉示之也。

樂府，古詩也。

《漢書》曰：「漢武帝立樂府而采歌謡，於是有趙、代之謳，秦、楚之風，皆感于哀樂，緣事而發，以觀風俗，知厚薄云。」按：《樂書》：「高祖過沛，歌《三侯》之章，令小兒歌之。高祖崩，令沛得以四時歌舞宗廟。孝惠、孝文、孝景無所增，更於樂府習常隸而已。」故知樂府之立，不起于武帝。武帝第作《郊祀》十九章而已。《文録》曰：「古樂府命題，皆有主意。後之用者，直當代其人而措詞。如《公無渡河》，提作妻止其夫之詞，太白輩或失之，惟退之《琴操》得體。」《藝苑卮言》曰：「擬古樂府，如《郊祀》、《房中》，須極古雅，發以峭峻。《鐃歌》諸曲，勿便可解，勿遂不可解，須斟酌淺深質文之間。漢魏之辭，務尋古色。《相和》、《瑟曲》諸小調，係北朝者，勿使勝質；齊梁以後，勿使勝文。近事毋俗，近情毋纖，拙不露態，巧不露痕，寧近無遠，寧朴無虛，有分格，有來委，有實境，一涉議論，便是鬼道。古樂府自郊廟、宴會之外，不過一事之紀、一情之觸，作而備太師之采云爾。擬者或舍調而取本意，或舍意而取本調，甚或舍意調而俱離之，姑仍舊題而創出吾見。六朝浸淫，以至四傑、青蓮俱所不免。少陵杜氏，乃能即事而命題，此千古卓識也。」

對問，宋玉《對楚王問》。

《爾雅》曰：「對，遂也。」《詩》云：「對揚王休。」《書》曰：「好問則裕。」蓋對問者，載主客之辭，以著其意者也。

傳，漢東方朔作《非有先生傳》。

《釋名》曰：「傳，傳也，以傳示後人。」《博物志》曰：「賢者著行曰傳。」

上章，孔融《上章謝大中大夫》。

《獨斷》曰：「章者，需頭稱稽首上書，謝恩陳事，詣闕通者也。」

解嘲，揚雄作。

解者，釋也。解釋結滯，徵事以對也。

訓，漢丞相主簿繁欽祠其先主訓。

訓者，導也，祠者告祭於廟也。《書》曰：「伊尹乃明言烈祖之成德，以訓于王。」

辭，漢武帝《秋風辭》。

《珊瑚鉤詩話》曰：「感觸事物，託于文章謂之辭。」

旨，後漢崔駰作《達旨》。

旨，美也，令也。達，簡言也，取達其意而已。

勸進，魏尚書令荀攸《勸魏王進文》。

宋彭城王義康曰：「謝述勸吾退，劉湛勸吾進，述亡湛存，吾所以得罪也。」

喻難，漢司馬相如《喻巴蜀》并《難蜀父老文》。

喻，喻告以知上意也。難，難也，以己意難之，以諷天子也。

誡，後漢杜篤作《女誡》。

誡，警也，慎也。《易》曰：「小懲而大誡。」《書》曰：「戒之用休。」《易》云：「夕惕若厲。」《孝經》云：「在上不驕。」《論語》云：「君子有三戒：少之時，戒之在色；及其壯也，戒之在鬬；及其老也，戒之在得。」

弔文，賈誼《弔屈原文》。

《周禮》曰：「弔禮，哀禍災，遭水火也。」《詩》云：「神之弔矣。」弔，至也。神之至，猶言來格也。《文心雕龍》曰：「君子令終定謚，事極理哀，故賓之慰主，以至到爲言也。」「夫弔雖古義，而華詞未造，華過韻緩，則化而爲賦。固宜正義以繩理，昭德而塞違，割析褒貶，哀而有正，則無倫奪矣。」

告，魏阮瑀爲文帝作《舒告》。

《釋名》曰：「上敕下曰告。告，覺也，使覺悟知己意也。」

傳贊，漢劉歆作《列女傳贊》。

傳，著事也。贊，叙美也。

謁文，後漢別駕司馬張超《謁孔子文》。

謁，白也，請見也。

祈文，後漢傅毅作《高闕祈文》。

祈求惟肅，修辭貴端。

祝文，董仲舒《祝日蝕文》。

古者祝享，史有册祝，載所以祀之之意。册祝，祝版之類也。《詩》云：「祝祭于祊，祀事孔明」，言甚備也。《文心雕龍》曰：「凡羣發華而降神，實務修詞立誠，在于無媿。祈禱之式，必誠以敬；祭奠之楷，宜恭且哀。此其大較也。」

行狀，漢丞相倉曹傅胡幹作《楊元伯行狀》。

狀者，貌也。禮貌本原，取其事實也。

哀策，漢樂安相李尤作《和帝哀策》。

簡其功德而哀之也。《釋名》曰：「哀，愛也，愛而思念之也。」

哀頌，漢會稽東郡尉張紘作《陶侯哀頌》。

揚厲其盛德而思念之也。

墓志，晉東陽太守殷仲文作《從弟墓誌》。

漢崔瑗作《張衡墓誌銘》。洪适云：「所傳墓誌，皆漢人大隸，此云始于晉日，蓋丘中之刻，當其時未露見也。」晉隱士趙逸曰：「當今之人，亦生愚死智，惑已甚矣！」人問其故，答云：「生時中庸人耳；及死也，碑文墓誌，必窮天地之大德，盡生民之能事。爲君，共堯舜連衡；爲臣，與伊臯等跡。牧民之臣，浮虎慕其清塵；執法之吏，埋輪謝其梗直。所謂生爲盜跖，死爲夷齊，妄言傷正，華詞損實。」仁按：《國語》楚子囊議恭王謚曰：「先其善不從其過。」《白虎通》以爲人臣之義莫不欲褒大其君德，使後世有稽無徵，何以爲戒？搆文之士，宜少鑑于逸言。蓋誌銘埋于壙者，近世則刻之墓前矣。

誄，漢武帝《公孫弘誄》。

《文心雕龍》曰：「尼父卒，哀公作誄，觀其憖遺之切，『嗚呼』之嘆，雖非叡作，古式存焉。至柳妻之誄惠子，則詞哀而韻長矣。」「誄之爲制，蓋選言録行，傳體而頌文，榮始而哀終。論其人也，僾乎若可覿；道其哀也，悽焉如可傷。此其旨也。」

悲文，蔡邕作《悲温舒文》。

《文選注》：「悲者，傷痛之文也。」

祭文，後漢車騎郎杜篤作《祭延鍾文》。

夫禮祭以誠，止于告饗。《書》曰：「黷于祭祀，時謂弗欽。」言所以交鬼神之道，罔有過也。

哀詞，漢班固《梁氏哀詞》。

《文心雕龍》曰：「哀詞大體，情主于痛傷，詞窮乎愛惜。幼未成德，故譽止于察惠；弱不勝務，故悼加乎膚色。隱心而結文則事愜，觀文而屬心則體奢。奢體爲詞，則雖麗不哀，必使情往會悲，文來引泣，乃爲貴乎。」

挽詞，魏光禄勳繆襲作。

挽詞者，悼往哀苦之意也。《古今注》曰：「《薤露》、《蒿里》，竝喪歌也，出田横門人。横自殺，門人傷之，爲之悲歌，言人命如薤上之露，易晞滅也。亦謂人死魂魄歸乎蒿里。至孝武時，李延年分爲二曲：《薤露》送王公貴人，《蒿里》送大夫庶人。使挽柩者歌之，世呼爲挽歌。」《困學紀聞》云：「《左傳》有『虞殯』，《莊子》有『紼謳』，非始于田横之客。」

七發，漢枚乘作。

《文心雕龍》曰：「七竅所發，發乎嗜欲，始邪末正，所以戒膏粱子也。」

離合詩，孔融作《四言離合詩》。

字可拆而合成文，故曰離合也。

連珠，揚雄作。

傅玄曰：「其文體詞麗而言約，不指説事情，必假喻以達其旨，而賢者微悟，合于古詩勸興之義。欲使歷歷如貫珠，易覩而可悦，故謂之連珠也。」沈約曰：「連珠放《易》象，論動模經誥。連珠者，謂詞句連續，互相發明，若珠之排結也。」

篇，漢司馬相如作《凡將篇》。

篇，什也。積句以成章，積章而成篇也。

歌詩，漢枚臯作《麗人歌詩》。

《書》曰：「詩言志，歌永言。」馬融曰：「歌所以長言詩之意也。」

遺命，晉散騎常侍江統作。

漢酈炎作《遺命》，臨没顧命，所以托後事也。

圖，漢河間相張人作《元圖》。

《釋名》曰：「圖，度也，盡其品度也。」

勢，漢濟北相崔瑗作《草書勢》。

勢，商略筆勢，形容字體者也。

約，漢王褒作《僮約》。

約，券也。《釋名》曰：「約，約束之也。」

右《文章緣起》一卷，梁新安太守樂安任公書也。按《隋·經籍志》，公《文章緣起》一卷，有録無書。郡之爲郡且千歲，守將不知幾人，獨公至今有名字；竝城四十里，曰村曰溪，皆以任著；旁有僧坊，亦借公爲重：則遺愛在人，蓋古循吏比。後公六百年而适爲州，嘗欲會梓遺文，刻識木石，以慰邦人無窮之思，而不可得。三館有集六卷，悉見蕭氏、歐陽氏類書中。疑後人掇拾傳著，于所傳無益，獨是書僅存。世所傳墓誌，皆漢人大隸，此云始于晉日，蓋丘中之刻，當其時未露見也。洪适題。

續文章緣起

〔明〕陳懋仁 撰

《續文章緣起》

明 陳懋仁 撰

陳懋仁作《文章緣起註》後又作此書。謝廷授序云：文學在發展進程中，「極其變而其體始備，體既備而其文始工」，任昉之《文章緣起》叙文體之「緣起」，「備其體者也」，陳氏此書則「極其變者也」，即爲任書之賡續。然此書所論文體，起於梁代以前者不少，則應視爲任書之「補」（如「制，秦始皇以命爲制」）；而如「麻，始於唐玄宗」之類，在梁代之後，則爲任書之「續」。此書在任書八十四題外，增列詩文之類六十五題，詩類四十五題，有二言詩、八言詩、三良詩、四愁詩直至咏史；文類二十題，有制、敕、麻、章直至尺牘。其叙例一仍任書，論每體必言其始，考其源，説明命名之義，註明作者、作品。如：「斷，漢議郎蔡邕作《獨斷》。斷者，義之證也，引其義而證其事也。」然文體概念本指文類，即體裁，主要爲作品之結構形式及其特定功能，具有某種穩定性與規範性，此書將咏史（題材）、《三良詩》、《四愁詩》（單篇作品）作爲文類闌入，頗致混淆。

有《學海類編》本、《叢書集成》本。今據《學海類編》本録入。

（王宜瑗）

續文章緣起序

文有萬變，有萬體，變爲常極，體爲變極。變不極，則體亦不工。工者，起之歸而絶之會也。夫三才何日不常？任其所趨而變生，變以日異；任其所就而體成，體成而後工。工太甚則復拙，故工者，起之歸而絶之會也。伏羲極古今三才之變，而《易》以工；堯舜極天下人文之變，而《典》、《謨》以工。故《書》起于《易》者也，《詩》起于《書》者也，《春秋》起于《詩》者也。《春秋》體極而《春秋》絶，《詩》體極而《詩》絶，《書》體極而《書》絶，《易》體極而《易》絶。《易》雖絶，而如綫之脉，猶寄于《書》、《詩》之文。《書》讀《詩》咏，理躍神傳，玩《易》者有遐思焉。《書》、《詩》絶而《易》絶，《易》既絶，而秦漢唐宋之文起，其體又萬變矣。極其變而其體始備，體既備而其文始工。任彦昇先生録其所緣起，備其體者也；陳無功續其所緣起，極其變者也。余讀無功詩，而知其志遠，其憂深，若不求工而無不工。彦升《緣起》書，既爲之註，而復爲之續，豈虞文之不工哉？長夜之萬事，千秋之逝波，孰工孰拙？起爲止根，絶爲續根。《詩》、《易》、《典》、《謨》、《春秋》之續，無人久矣；秦漢唐宋之文絶；洙泗氏之文，其有興乎？無功《文章緣起》之續，續洙泗者也。清源謝廷授書于虎岫精舍。

續文章緣起目録

詩類

二言詩

八言詩

三良詩

四愁詩

七哀詩

百一詩

操

暢

文

繇

曲

行

吟

怨

思

謳

謡

詠

歎

弄

鹽

樂
唱
諺
別
詞
調
偈
雜言詩
盤中詩
相承詩
迴文詩
反覆詩
建除詩
四時詩
集句

聯句
名詩
絶句
律詩
和詩
不用韻詩
題用古詩
大言小言
詠史

文類

制
敕
麻
章
略

續文章緣起

明　陳懋仁　撰

二言詩，黄帝時《竹彈歌》。《吴越春秋》曰：「越王欲謀復吴，范蠡進善射者陳音。越王請音而問曰：『孤聞子善射，道何所生？』音曰：『臣聞弩生于弓，弓生于彈，彈起于古之孝子，不忍見父母爲禽獸所食，故作彈以守之。其歌云：「斷竹，續竹，飛土，逐肉。」』」《小雅·祈父》，二言之屬也。

八言詩，漢中大夫東方朔作。按《史記》本傳曰：「八言、七言上下。」謂八言、七言各有上下篇。《小雅》「我不敢效我友自逸」，八言之屬也。

《三良詩》，魏陳思王曹植作。三良者，秦之良臣奄息、仲行、鍼虎，子車氏之三子也。穆公與羣臣飲，酒酣曰：「生共此樂，死共此哀。」息等敬諾。公卒而三臣從焉。《國風·黄鳥》三章，蓋哀三良而刺穆公也。《詩紀》曰：「植被文帝黜責，悔不從武帝死，故托是詩。」皎然曰：「『秦穆先下世，三臣空自殘。』蓋以陳王徙國，任城被害，以後常有憂生之慮，故其詞婉娩存幾諫也。」

《四愁詩》，漢侍中張衡作。《自序》云：「天下漸弊，鬱鬱不得志，爲《四愁詩》，效屈原以美人爲君子，以珍寶爲仁義，以水深雪雰爲小人，以道術爲報貽于時君，而懼讒邪不得以通。」《竹林詩評》曰：「張衡《四愁》，遥衷耿慕，猶風騷之遺韻也。」

《七哀詩》，魏曹植作。《韻語陽秋》曰：「《七哀詩》起曹子建，其次則王仲宣、張孟陽也。釋詩者謂『病而哀，義而哀，感而哀，悲而哀，耳目聞見而哀，口歎而哀，鼻酸而哀』。子建之《七哀》在于獨棲之思婦，仲宣之《七哀》在于棄子之婦人，孟陽之《七哀》在于已毁之園寢。唐雍陶亦有《七哀詩》，所謂『君若無定雲，妾作不動山，雲行出山易，山逐雲去難』。是皆以一哀而七者具也。」

《百一詩》，魏散騎常侍應璩作。璩爲曹爽長史，爽事多違法，切諫其失，故謂百一者，百慮而有一失也。或謂百分有一補于爽也。《釋名》曰：「慮，旅也。旅，衆也。」《易》曰：「一致百慮。」慮及衆物，以一定之也。

操，漢商山四皓作《采芝操》，舜有《南風操》。《風俗通》曰：「閉塞憂愁而作，命其曲曰操。操者，言遇灾遭害，因厄窮迫，雖怨恨失意，猶守禮義，不懼不懾，樂道而不失其所操也。」

暢，堯帝作《神人暢》。《風俗通》曰：「凡琴曲和樂而作，命之曰暢。暢者，言其道美暢，猶不安自安，不驕不溢，好禮不以暢其意也。」

支，武王作。《詩紀》云：「《國語》衛彪傒曰：『武王克殷，作此詩以爲飫歌，名之曰《支》，以遺後人，使永監焉。』夫禮之立成者爲飫，昭明大節而已。少曲與焉，是以爲之日惕，欲其教民戒也。」韋昭註曰：「立成，謂立行禮不坐也。」又曰：「立曰飫，坐曰宴。」

繇，夏后作《鑄鼎繇》。繇，卜辭也。《文心雕龍》曰：「文王患憂，繇辭炳曜，符采隱複，精義堅深。」

曲，漢武帝作《落葉哀蟬曲》，楚樂師扈子作《窮刦之曲》。《珊瑚鉤詩話》曰：「音聲雜比，高下短長謂之曲。」

行，漢伏波將軍馬援作《武溪深行》，樂府有《長歌行》。《藝苑巵言》曰：「歌行靡，非樂府，然至唐始暢。其發也如千鈞之弩，一舉透革；縱之則文漪落霞，舒卷絢爛；一入促節，則淒風急雨，窈冥變幻，轉折頓挫，如天驥下坂，明珠走盤；收之則如橐聲一擊，萬騎忽斂，寂然無聲。歌行有三難：起調一也，轉節二也，收結三也。惟收爲尤難。如作平調、舒徐緜麗者，結須爲雅詞，勿使不足，令有一唱三歎意；奔騰洶湧、驅突而來者，須一截便住，勿留有餘；中作奇語、峻奪人魄者，須令上下脉相顧，一起一伏，一頓一挫，有力無跡，方成篇法。」

吟，漢卓文君作《白頭吟》，句踐時有《木客吟》。吟者，有感于物，故吁嗟慨嘆，沈鬱以吟其志也。《釋名》曰：「吟，嚴也。本出于憂愁，故其聲嚴肅，使人聽之悽嘆也。」

怨，漢明妃王嬙作《怨詩》，樂府有《獨處怨》。憤而不怒，傷而不激者，怨也。

思，漢樂府《有所思》。《莊子》：「身在江海之上，心居魏闕之下。」思之謂也。《文心雕龍》曰：

「寂然凝慮，思接千載；悄焉動容，視通萬里。吟咏之間，吐納珠玉之聲；眉睫之前，卷舒風雲之色。其思理之致乎！」

謳，漢樂府《燕代謳》。謳，衆歌也。《左傳》：「鄭公子受命于楚，伐宋。宋華元、樂吕御之，戰于大棘。宋師敗績，囚華元，獲樂吕。宋人以兵車百乘，文馬四駟，以贖華元于鄭。半入，華元逃歸宋城，爲植巡功。城者謳以譏之。」

謡，晉散騎常侍夏侯湛作《長夜謡》。謡者，通乎俚俗者也。《穆天子傳》有《白雲謡》。《詩》：「心之憂矣，我歌且謡。」《爾雅》云：「徒歌謂之謡。」

詠，晉夏侯湛作《離親詠》。詠者，引義以呈體者也。《詩家一指》曰：「詠物不待分明説盡，只彷彿形容，便見妙處。寧拙毋巧，寧朴毋華，寧粗毋弱，寧僻毋俗。用意切忌太過，鍊句脉則意不足。語工意劣，格力必弱。立片言以居要，乃一篇之警策。茲乃要論也。」《藝苑卮言》曰：「詠物詩至難得佳，花鳥尤費手。大抵粘則滯，切則俗；惜格則遠，惜情則卑。」

歎，晉太僕衛尉石崇作《楚妃歎》，觸感而成聲曰歎。

弄，梁武帝作《江南弄》。弄，玩也。《唐・禮樂志》曰：「琴操曲弄，皆合于歌。」

鹽，隋内史薛道衡作《昔昔鹽》，即煬帝所嫉「空梁落燕泥」是也。《列子》：「昔昔夢爲君鹽」，昔昔猶夜夜也。梁樂府有《夜夜曲》，或名《昔昔鹽》。《教坊記》有《一捻鹽》、《一斗鹽》。《容齋續筆》云：「《玄怪録》有籧篨三娘工唱《阿鵲鹽》。又有《突厥鹽》、《黄帝鹽》、《白鴿鹽》、《神雀鹽》、《疏勒鹽》、《滿座鹽》、《歸國鹽》。唐詩：『媚賴吴娘唱是鹽』，『更奏新聲刮骨鹽。』然則歌詩謂之鹽者，如吟、行、曲、引之類云。」

樂，晉平原相陸機作《飲酒樂》。《釋名》曰：「樂，樂也，使人好樂之也。」《樂記》曰：「聲成文謂之音，知音而樂之，謂之樂也。樂者，音之所由生也，其本在人，心感于物也。是故其哀心感者，其聲噍以殺；其樂心感者，其聲嘽以緩；其喜心感者，其聲發以散；其怒心感者，其聲粗以厲；其敬心感者，其聲直以廉；其愛心感者，其聲和以柔。」此《史記》論樂書也。詩歌所感，亦由是焉。

唱，魏武帝作《氣出唱》。唱之爲言暢也，舒暢以散鬱陶也。

諺，起上古淺言樸語，出自廛陌，質而無華，有裨世務，故經傳多所引用。若《大雅》：「人亦有言，惟憂用老。」《牧誓》：「古人有牝雞無晨。」《孟子》：「雖有智慧，不如乘勢。」《左傳》：「山有木，工則度之」之類，是也。

别，唐工部員外郎杜甫作《無家别》。

詞，隋煬帝作《望江南》八闋。詞，詩餘也。《藝苑卮言》曰：「詞須宛轉緜麗，淺至儇俏，挾春月烟花，於閨幨内奏之。一語之豔，令人魂絶；一字之工，令人色飛：乃爲貴耳。至於慷慨磊落，縱橫豪爽，抑亦其次。」

調，唐翰林供奉李白作《清平調》。

偈，晉釋鳩摩羅什《贈沙門法和十偈》。《藝苑卮言》曰：「偈，梵語也。梵語有長短，何以五言？鳩摩羅什、玄奘輩增損而就漢也。」

雜言詩，漢戚夫人《舂歌》，自三言而終以五言。至隋唐時，有三五六七九言，其體謂之雜言，出自篇什者也。

盤中詩，漢蘇伯玉妻寫之盤中，屈曲成文也。

相承詩，魏曹植《贈白馬王彪》，以下章首言承上章末言，法《大雅·文王》七章體，故首二章不相承耳。

迴文詩，晉驃騎將軍温嶠作。迴文者，迴環諧協而成文也。《詩苑類格》謂「竇滔妻所作」。按傅咸有《迴文反覆詩》，與嶠俱在竇妻之前。

反覆詩，晉司隸校尉傅咸作。嚴滄浪曰：「反覆舉一字而誦皆成句，無不押韻，反覆成文也。」

建除詩，宋參軍鮑照作，篇凡二十四句，每隔句首冠以「建、除、滿、平」等字。

四時詩，晉參軍顧愷之作，每句首冠以「春、夏、秋、冬」字。

集句，晉傅咸集七經語以爲詩。集句，雖有成語，務若水從一源，無所支涣爲佳。稍或强排，取譏補湊矣。

聯句，晉司空賈充與妻李夫人聯句。夫聯句要以才力頡頏，脉絡相貫。如繭之爲絲，抽其統理，無有斷續爲貴。若或節湊枘鑿，精粗不調，是魚目混于夜光，豫章列于樗櫟也。

名詩，宋鮑照作《字謎詩》、《數名詩》，齊王融作《四色詩》，梁簡文帝作《藥名詩》、《卦詩》，元帝作《姓名》、《宮殿》、《將軍》、《鍼穴》、《龜兆》、《歌曲》、《縣》、《屋》、《車》、《船》、《鳥》、《獸》、《草》、《樹》等名詩。其他雜體，如《五雜組》「兩頭纖纖」，及樂府「藁砧」之類。陳隋之際，《四氣》、《六甲》、《八音》、《十二神》、《十二屬》等詩，未暇悉録。

絶句，五言如古樂府「藁砧今何在」、《子夜歌》，七言如「郎今欲渡畏風波」之類，蓋權輿也。至唐一變而音韻諧協，號爲始盛。張達明曰：「詩莫難于絶句，絶句尤莫難于五言，欲其章短而意長，辭約而理盡。」《巵言》曰：「絶句固自難，五言爲尤甚。離首即尾，離尾即首，而要腹亦自不可少。妙在愈小而大，愈促而緩。」謝榛曰：「七言絶句，起如爆竹，斬然而斷；結如撞鐘，餘響不輟：法之正也。」

律詩，權輿于梁陳，諧協于初唐，精切于沈詹事佺期、宋考功之問，偶儷精切，故謂之律詩。楊仲弘《詩法》曰：「律詩破題，要突兀高遠，如狂風捲浪，勢欲滔天。頷聯要接破題，如驪龍之珠，抱而不脱。頸聯與前聯之意，相應相避，要變化如疾雷破山，觀者驚愕。結句或就題，或繳前聯之意，如散場，若剡溪之棹，自去自回，言有盡而意無窮。」《詩家一指》曰：「對好易得，結好不易得，起好尤不可得。發端忌作舉止，收拾貴有出場，不必太著題，不必多使事。韻不必有出處，字不必有來歷。字貴響，語貴圓。語直意淺，脉露味短，音韻散緩迫促，皆爲詩病。初學寧失之野，不可失之靡麗：野不害氣，靡麗不可復整。」《文心雕龍》曰：「言對爲美，貴在精巧；事對所先，務在允當。若兩事相配而優劣不均，是驥在左驂，駑爲右服也。若夫事或孤立，莫與相偶，是夔之一足，踸踔而行也。」《藝苑巵言》曰：「五言律差易雄渾，加以二字，便覺費力，雖曼聲可聽而古色漸稀。七言律不難中二聯，難在發端及結句耳。其篇法有起有束，有放有斂，有唤有應，一開則一闔，一揚則一抑，一象則一意，無偏用者。句法有直下者，有倒插者。字法有虚有實，有沈有響，虚響易工，沈實難至。五十六字，如魏明帝凌雲臺，材木銖兩悉配，乃可耳。篇法之妙，有不見句法者；句法之妙，有不見字法者：此是法極，無跡人能至，境與天會未易求也。有俱屬象而(不)妙者，有俱屬意而妙者，有俱作高調而妙者，有直下不對偶而妙者，皆興詣神合，氣完使之；然五言可耳，七言恐未易能也。勿和韻，勿拈險韻，勿傍用韻。起句亦然，勿偏枯，勿求理，勿搜僻，勿用六朝强造語，勿用大曆以後事，此詩家魔障，慎之！」

和詩，梁武帝《和太子懺悔詩》。《詩家直説》曰：「梁武帝同王筠《和太子懺悔詩》，始爲押韻，晚唐效之，迨宋人尤甚。」《文心雕龍》曰：「氣力窮于和韻。異音相從謂之和，同聲相應謂之韻。韻氣一定，故餘聲易遣；和體抑揚，故遺響難契。」

不用韻詩，晉司隸校尉傅玄作。《詩家直說》曰：「《古采蓮曲》、《隴頭流水歌》，皆不協聲韻而有清廟遺意。」

題用古詩，晉陸機擬《今日良宴會》、《迢迢牽牛星》、《涉江采芙蓉》、《明月皎夜光》等題。《困學紀聞》謂「始于梁元帝《賦得蘭澤多芳草》」，非也。機之後，晉太尉劉琨有《胡姬年十五》題，宋南平王劉鑠擬《行行重行行》、《明月何皎皎》等題，宋參軍鮑照擬《青青陵上柏》題，宋侍中何偃有《冉冉孤生竹》題，宋鮑令暉擬《客從遠方來》等題，齊寧朔將軍王融擬《青青河畔草》題，梁武帝擬《明月照高樓》等題，俱在元帝之前。

大言小言，楚大夫宋玉作。其大無垠，其小無內，大言小言之體也。

詠史，漢護軍班固作。《詩品》曰：「孟堅才流，老于掌故，觀其《詠史》，有感歎之詞。」

制，秦始皇以命爲制。《獨斷》曰：「制書，帝者制度之命也。」《珊瑚鉤詩話》曰：「帝王之言，出法度以制文者謂之制。」

敕，漢高祖作《太子手敕》。漢初定儀則四品，其四曰戒敕。敕用黄紙，始于唐高宗。《書》曰：「敕天之命，惟時惟幾。」敕，飭也，使自警飭，不敢廢慢也。

麻，始于唐玄宗。按《會要》云：「凡赦書德音、立后建儲、大誅討、拜免三公宰相、命將，竝用白麻。」《唐翰林志》云：「中書用黄白二麻爲綸命。」

章，秦丞相李斯作《蒼頡章》。古言曰：「章者，文之成；句者，詞之絶。章者，明也，總義也，包體以明情也；句者，局也，聯字分疆，以局言也。聯字成句，聯句成章，積章成篇，精篇成帙。」

略，漢奉車都尉劉歆總羣書而奏其《七略》，曰輯略，曰六藝略，曰諸子略，曰詩賦略，曰兵書略，曰術數略，曰方技略。班固因之作《藝文志》。

牒，漢臨淮太守路温舒牧羊澤中，時截蒲爲牒編用寫書。《文心雕龍》曰：「政議未定，知牒咨謀。」

狀，漢射陽侯孫樊穀《上復華下十里以内民租口筭狀》。《珊瑚鉤詩話》曰：「狀者，言之于公上也。」

述，魏給事邯鄲淳作《魏受命述》。聖人創製曰作，賢者傳舊曰述，故述者不敢當作者之名也。

斷，漢議郎蔡邕作《獨斷》。斷者，義之證也，引其義而證其事也。

辯，楚宋玉作《九辯》。辯者，變也，謂陳道德以變説君也。《書》曰：「君罔以辯言亂舊政。」《禮記》曰：「言僞而辯。」《孟子》曰：「予豈好辯哉？」故辯須不得已而辯之可耳。《莊子》云：「辯雕萬物。」《韓子》云：「豔采辯説。」是則藻績其言以眩聽，無治亂安危之念也。

法，漢留侯張良序次兵法。《文心雕龍》曰：「法者，象也。兵謀無窮，而奇正有象，故曰法也。」

典引，漢班固所作。《文選》曰：「典者，常法也；引者，伸也。」《尚書疏》：「堯之常法，謂之《堯典》。」漢紹其緒，引而伸之，故曰典引。

説難，韓之諸公子韓非作。《文心雕龍》曰：「説者，悦也。兑爲口舌，故言咨悦懌，過悦必僞。」「凡説之樞要，必使時利而義貞，進有契于成務，退無阻于榮身，自非譎敵，惟忠與信，披肝膽以獻主，飛文敏以濟辭，此説之本也。」

詛文，秦惠文王《詛楚文》。《書》曰：「否則厥口詛祝。」《詩》云：「侯作音詛侯祝音呪，靡屆靡究。」《釋名》曰：「詛，阻也，使人行事，阻限于言也。」《左傳》，公孫閼與潁考叔争車，閼射殺叔，鄭莊公不能討，乃使軍中詛之于神。故君子謂莊公失政刑矣。政以治民，刑以正邪。既無德政，又無威刑，是以及邪，邪而詛之，將何益矣！

對事，漢酈炎作。主談議，設客問以辯明之也。

客難，漢東方朔作。

賓戲，漢班固作。

答譏，漢崔寔作。

釋誨，漢蔡邕作。宋玉始造《對問》，朔等效而廣之，迭相祖述，命篇雖異，而體則同源也。

尺牘，漢文帝《遺匈奴尺一牘》。尺牘，書之沿也。體務簡達，語貴嫻皦，所用最繁，必使斯須可辨。故孟公援書，親疏各異；穆之應對，移晷百函：斯蓋駛發而前，巧于用短者也。

陳無功參軍既以該洽註任彦升《文章緣起》，更搜詩文之類，凡六十五則，自註其下，題曰《續文章緣起》。此彦升自餘此六十五則以付後人，後人不敢受而付之無功，無功嗒焉受之，可謂數百年人不敢受之製作，遽自千秋耳。余謂若急就章、兩頭纖纖、五噫、十干、十二支、歇後及命呪、質劑、券契、千文、伶仃、過所皆當補入，無功爲首肯。忽一日，笑謂余曰：「嘗檢《釋名》曰：『示，示也，過所至關津以示之也。』若今水程路引耳。乃《太平御覽》删去『示也』之文，斷取『過所』二字以立名字，列之文部，可謂大謬。」因相顧大笑曰：「不謂李昉、徐鉉輩草草如此！」併志以俟博識者。海鹽姚士麟題。

舉業素語

〔明〕陳龍正 撰

《舉業素語》一卷

明　陳龍正　撰

陳龍正（一五八五—一六四五），字惕龍，號幾亭，嘉善（今屬浙江）人。少師事高攀龍，崇禎七年（一六三四）進士，官中書舍人，十七年（一六四四）補南京國子監丞，歸家著述。弘光朝徵禮部郎，不赴，次年卒於家，時已在清順治二年（一六四五）。陳氏學問廣博，於程朱、陸王並有所取，尤注意經世致用，於墾荒、救荒皆有善策。有《程子詳本》、《幾亭全書》。傳見《明史》卷二五八。

此編專爲子弟講舉業，分用功、爲文、遇合、觀文四門，共六十餘條，雖多探討八股作法，而亦通於一般文法，常有精闢之見。

《舉業素語》今存《檇李遺書》所收《幾亭外書》本，後有光緒庚辰（一八八〇）孫福清跋，謂得《幾亭全集》舊本，「録其《舉業素語》、《家矩》二種，校而刻之」。檢康熙三年刻本《幾亭全書》卷六十一有《因述·舉業述》，共三十八條，其中二十六條與《素語》内容相同，而文句多所刊落，蓋《全書》爲陳氏晚歲删定之稿，由其子付刻，刻時又多避時忌，故精而且缺。但條目上有删有補，因

《素語》成後復有所作耳。今依《幾亭外書》卷一收録《素語》，附孫福清跋於後，又輯得《舉業述》中不見於《素語》之條目，共十二條，作爲附録。其相同之條，以《素語》文句繁多，故不再以《舉業述》出校。

（朱剛）

舉業素語

明　陳龍正　撰

余于舉業，既專且久，覺竿尺無窮，真與道通，遡流窮源，中人之分。時因課子，拈數語於壁上，亦以自提其耳焉。目凡四，曰用功、曰爲文、曰遇合、曰觀文。

用　功

目前延緩，曰暫且無害，豈知日復一日，倏成歲年。若能發憤之人，其功夫須即日振作。浮游涉獵，曰不爲無益，豈知本領未通，毫無用處。若能發憤之人，其心志須即日精專。延緩、浮游，二十前尚是習，二十後便成性，成性則難挽矣，一生廢棄，可勝悔哉！

精神散，無微弗敗；精神聚，無鉅弗成。散不特晏安飽食，如一日之内，既讀經，又欲翻史，又欲觀《世説》、小品，又欲作時藝，頭頭涉獵，便色色麤疏，此亦精神散也。後生習某經，且熟玩某經，習舉業，且專心舉業，不必以學不博、才不高自愧。但去浮去雜，其成立當在高才博學者之前。異日讀一書，必得一書之力，爲一事，必奏一事之功。恃才泛濫，將貽後悔，況才短而效爲泛濫，是少壯空努力也，與無所用心者同歸。

鹵莽者漫然下筆，謬誤誠多，故時賢有認題之説。題到方思，思未必透，透亦已晚，故昔賢有看書之説。書雖看透，未嘗親體，終屬彷彿，口手無味，予所以復有心得之説。心得則道藝不分，我也、古人也，題至也、未至也，筆下也、未下也，一也。大通一貫，何敢輕言？但偶遇一題，覺生平實有體驗，則此文必大快。故舉業可以脩身，可以見道。曰：「如是，臨文不須復致思耶？」曰：「曉暢在平時，精微在臨事，所謂慮而後能得，繇其大端，盡其曲折。凡事明勝暗，閒勝急，體驗勝揣摩。」

認題是舉業第一義。然題如何認？有上文者觀上，如「仲尼日月也」，言高不言明，上文「丘陵」，卑也，非暗也，反照也。有下文者觀下，如「猶天之不可階而升」，言化不言高，下文「立」、「行」、「來」、「和」，化也，非高也，正照也。有上下文者兼照通章，如「樂以天下」，是人主以之，非籠統在天下，上文「賢者」起，下文「好君」終也。「行堯之行」，是自盡事親敬長之道，上提「孝弟」，下結「歸求」也。無上下文者，淨看本文，切勿妄添蛇足，勿强生扭揑，勿別生見解。如「是知也」，只説知之本體，豈可于夫子口氣中添出無所不知？「節用愛人」，明明兩項，豈可因一「而」字紐節入愛？「能行五者於天下」，註解極精，乃認天下作外境，反云静存非仁，流通於世境方是仁，空門未來，聖人安有此意？況因病發藥，與子張尤不對鍼。「非道弘人」，「非」字全不着力，註雖有「不能」字，豈可認煞？ 道是何物，須待諄諄辨其無能？ 亦安有如此癡人，望道來弘我？ 世人于朱註極精確者，多背而不遵，偏不肯融其所滯，無他，繇心不慧，故不平。 豈知心若不平，愈不慧。 苟非虚衷静悟，兼求明人指點，雖欲體認，何時得明？ 聊拈淺顯、世所易知者數條，指出認題機括，其深微者不可拈，亦不勝拈也。 若輩當引而伸之，無疑起疑，既疑必悟。 只味到書中恰好處，便是超世話頭。 若只依傍時文，真箇十差八九。 每見塾師，帖括是務，升坐講書，有如說夢，誤人子弟，可勝嘆惋！

聚談極害功程。 凡年少喜談之人，都是浮浪不根，全無一點爲己意思，或逞其記誦，或恣其臆見，縱或時時發問，長者盡心譬曉，彼唯諾如流，更端不歇，似乎穎悟過人，鋒辯可愛，其實胸中都不領會，再加詰問，茫如未問未答之初。 此大病痛，百難一成者也。 今汝輩讀書，除飲食之暇散步少頃，將疑義各相質證，餘時則各安几席，以静觀爲貴，以默想爲功。 作文之日，俟文盡成，方可互觀。 若先成者急急攜往示人，則未成者氣散而意亂。 平日披玩今古，遇有疑義、疑字，特置一小册，挨編月日，逐時記寫，飯畢相對，一一參考，既明了者隨即勾去，餘俟多聞廣記之士，乘便請教。 如此則實實擴充進益，比相聚閑談者霄壤矣。

文最妙惟二種，非出于深心，則天機所至。 深心者，恒也； 天機者，偶也。 才高而心專功熟，時或得之，一氣呵成，無容點竄，妙想、奇局、名言、逸調具在其内，百鍊不能及，此日既過，至明日未必然，此題既畢，易一題未必然，故曰天也。若穿鑿，則與深心違；苟且，則與天機戾。其原皆起于自恃。有自恃之見，其文未有能至者也。道心、文心，爲二爲一。

文機熟，出之自易。但常才熟後止得常境，異才熟後轉生異緒，一以熟成套，一以熟愈新，此中光景全别。所以熟後落筆，仍須用力凝神，勿以天然自喜。每拈一題，每就一文，躍躍新趣，匪夷所思，出人意外，亦出吾意外。若筆端無復變幻鬼神，日異月不同處，情想結搆只與近來相似，即套也，非熟也。又「日新」之義正爲此，大抵一應識詣，上達無窮，皆因熟後未嘗一毫放懈。

文章知己，不專在藴藉得意處，偶有未慊，或吾所不覺，或覺而未能改，或吾所疑而未決，其人能洞曉之，點破之，喜悦尤深。識病既透，便得改法，真猶棄敝屩而獲珠玉。是故真知文者不專贊，真能文者不以人之善贊爲知。通人心必虚，不能不虚也；暗人心必傲，不能不傲也。

作文者以習氣掩本性，得失亂其中故也。主司雖深淺不同，然無得失之念，率性而觀，則厭習氣之雷同，而取其超脱者，超脱近于性也。故士子趨時常腐，擬得常失。一時新氣已過，我方從而摹擬之，所以反腐。既以摹擬爲事，不得不逐時屢遷，自己筆性終無得快時，有何足醒人目，豁人意？所以多失。

文嫩能使之老，文淺能使之深，文佻能使之莊麗，學之功也。老顧能使之嫩，深顧能使之淺，莊顧能使之飛動，學之妙也。後生致其功，宿儒思其妙。

舉業好名，最妨進步。或小試乞薦，或儕流標榜，或遠地交遊，但得藝林熟知名姓，欣然自負，不知意味安在，却使本領全疏。吾見此輩多終身不售，甚或一見文宗，輒不利而返，是品實俱喪也。子弟但真實用功，文業日進，秋春自至，果堪服人，名滿海内。視小試前茅，藝林騰檄，所得孰多？且名之爲物，豈容注意？果期不朽，即舉業造極，猶立言之一端也，况不求真得，求虚譽耶！

臨場不須作文，有二種：一是鄧文潔者流，胸中曠然無物，養之愈静，出之愈神，了凡先生親見其辛未臨場，默坐兩月，入場試筆，壓倒萬人；次則多做勤改，平昔工夫已到，臨場十許日，只須養氣保精，隨所喜好，或披玩己文，或諷詠舊選，但令氣不浮越，即是吉徵。若後生工夫未熟，精力正强，難拘此例，臨場只應與平日一樣用功。所不同者，惟不當揀苦難題，極力造作，既傷心力，反塞文機，非徒無益，而又害之。此是最忌。蓋數日之内，難求進步，何必研精苦思？只須活其筆機，澄其心氣爾。而年少工淺，静坐休息之説，使心無着落，反生妄想，不如隨意拈題、温諷佳篇二事，覺有安頓倚靠處。若素不用功，此時急亦不得，緩亦不得，少年亦不得，宿名亦不得，本繇自棄，何法可治？鄙諺曰：「實病無良醫。」

有因子弟試劣，詬怒不休。予聞，弗善也。客問其故，曰：試不利者，文媸也。文媸者，平昔不憤不專不恒不虚之故，于試日何尤？睹試牘而不樂，見之晚矣，况迨其鈍而譴訶之乎？向來何爲，此時方覺。爲父兄者，但少佚遊，專教訓，子弟習見習聞，自然向上。倘有未喻，從容浸漬，使其志趣常端，藝文常進。至于試牘，則工力之驗於一日者也。譬如勤農耘耔，本在春夏，特田畯于秋到觀成耳。其常則勤農禾肥，惰農禾瘠，其變則勤或穫寡，惰或穫饒，可執此分褒誚耶？子弟果能好學，其試牘工固可喜，拙特偶然。拙而倖得，賴在生平；工而或失，何妨再舉。倖得宜加以勉勵，或失宜慰以和言。感憤譴訶，甚不情也，又無益也。何如慰藉興起，後效可期。識是道，爲賢父兄；體是意，爲賢子弟。

早成者，大都一頓發憤；晚成者，大都分析用功。人自十六七，頗發英慧時，筆鋒正鋭，墨氣正鮮，勤觀勤作，常如臨試，大約半紀，可登作者之堂。每見士人，常年優游，臨場數月，方自鞭策，迫不能及，鎩羽而還，優哉游哉，又仍故轍。如是者數科，計每科用功半年，亦總有二三載勤劬矣。只因不併在一時，終于不熟不進。較一頓併用，愚智天淵。此説出錢龍門，切中晚成之病。吾恨聞此遲二十年，汝輩幸早聞之，詎甘明犯？況少年心不涉俗，專功最易。長而鮮涉俗者幾人，日涉俗而日超然者益無幾人，勞倍功半，必然之勢。望後堪懼，撫今堪惜。

經義之必傳有三：一曰符聖賢之旨，二曰自得，三曰有裨于世道人心。故可以覘心術與識見焉，才氣與功名受享焉。旨之不符，縱有創獲，衹自立論，何取命題？然衍本文，傍註疏，又非符也。心悟其微，如面古聖而見其心，曰符。符未有非自得者也。既已自得，則裨世道人心，在其中矣。凡文非言性學，則言政治，非言人情，則言物理，中有精微，達于手口，讀者何處不受實益？其自得而無關世道人心者，小題中間有之，然可以發童子之慧，解達人之頤，亦游藝之助也。若脉、法二言，惟可神會。文安有脉？題至則脉隨之。文安有法？意至則法隨之。謂文之至者法、脉自具可耳，謂以法、脉成大家，何其隔歟！于三者間得焉，于法、脉合焉離焉，亦足以不朽。無自得而斤斤法、脉，法、脉何物哉！文生于題，故符旨先之；文貴有用，故裨世道終之；總以自得爲本，一自得而兩者具在其中矣。梁溪先生曾語余云：「華鳳超不事鉛槧，日夕講道研思，及其臨文，取素所體驗直書之爾。」今觀所作，果皆不謬于題，有警于世。故自得者學人之説也，脉、法者雖極其變化，不過文人之説也，孰輕孰重，何後何先？

絜勝于人，皆爲人所囿者也；翻昔人之案者，莫非拾昔人之唾而步其塵。陰陽變化，前聖之心能盡含其精藴，前聖之口且不能盡闡之也，何況文人。天雲之采日鮮，地草之色歲變，奚唾可拾？則奚案足翻？理吸群儒之粹，詞奮才人之鋒，自得無涯，用之不盡，隨命一題，皆有無涯之精藴采色焉。自窮則文窮，豈題能窮我哉？意思在文前，淵源在題前，真得之士，劈空結構，同異皆可。模擬之勞、翻案之見，總無着處。必不得已，寧模擬，勿翻案。模擬猶役于題，翻案直役于人，總無真見，則近肆不如近慎。

數百年，繇時藝登輔弼者，莫少于楊成都，莫艾於張永嘉。成都居不幸之一，而定策翦奸，功深近代。永嘉四十七筮仕，而遭逢特達，罷鎮定祀，强直不撓，没齒素絲。他如于忠肅、王文成，無不從時藝出。今世苦乏才，每嘆制科能消天下之心，不知制科之意，將使人凝神理義，不分於支流技術之間，所以專之，非消之也。人自鮮能爲諸公，而豈制科使然哉！讀書時，求明聖賢之意，爲文時，研精覃思，不敢戾聖賢之意，此時體認，以爲人心乎，道心乎？及登仕版，忘窮經之心。既已茫然忘之，遂且悍然背之。是其誤也，以背窮經之本心而誤，非以經術誤也。果能窮經，遇學問題，必有真意義；遇政事題，必有真籌畫；遇人情物態題，必有真議論。謂制科不足育才者，不窮理之人也。謂制科不足辨才者，不明理之人也。

若真心發憤，勒限作文，在家恐有事分心，不如出外。若掛名讀書，晏安度日，出外越無人拘管，寧可在家。此因各人性情不同，病痛不同。我亦近來悟出，不如出外者常病也，寧可在家者奇情也，全在識而治之，勿聽子弟自誤。

在家息關，有宜有不宜，有益有不益。凡人性情，静而勤者爲上智，躁而惰者爲下愚，一切中人，則皆躁乘於勤，懶乘于静。若性不耐閑，坐之一室，其精力自有所用，則禁足爲宜。若性原悠忽，全賴警策鼓舞，悄然齋房，徑會度日，則息關未必有益。總之，須得良士夾持。良士無他，只是懶於馳騖，勤于讀書作文耳。得二三人，相與閉門唱酬，日新不腐，麗澤之悦，不可言喻，雖有慵懶之性，亦當油然竝興。只是趨向、才華，兼長難得，悮延爲戒，孤陋是甘。有十郎方有五桂，業之難進，豈獨汝曹罪耶。

伊川先生言：「古人未聞以學道之故，致損心成疾者。」舉業亦然。若常年涵泳義理，手眼不荒，漸造漸熟，安有過勞致疾之事？惟是三十六箇月中，且游戲過三十月，場闈漸逼，慌慌張張，僅將數月工夫，欲一齊了辦，所以技難工而疾先作也。只説病成于勤，豈知原起于懶？既已致病，又不得不歇手。懶之爲害，循環無窮，以懶始，仍以懶終。

懶人多病，止因不立志。既爲舉業，便是日用事體，須打起精神，日日有功，方得心中快適。心者，氣血之主也。快適，則飲食夢寐皆有趣味，氣血自然和爽。若耽懶無功，雖覺便逸，素聞父師提撕，本心豈能盡蔽？宵眠晝坐，忽忽如失，介介不安。此一點不安念頭，爲鬱滯，爲焦煩。鬱能損氣，焦能耗血，安得健旺？故舉業雖小事，其以立志爲主，與學道同。次則意興鼓舞，亦能稍自振拔，所患未必可長，然勝於索然無興者，從無一日之振拔也。

爲文

文易起目，無如發意。意妙，惟恐爲詞所揜，孰肯飾之？且飾所以求新，若從不經人道過，新已極矣。其須詞幫襯，皆是尋常想頭。想既常而不飾，出手已舊。其善于飾也，一時亦新。新腐、奇庸，何從剖決？句字末也，局陣次也，無議論是庸是腐，有議論是奇是新，此其大要也。悟其大要，則結搆宜超，得其結搆，則句字兼修。但不可倒認重輕，倒用工夫耳。庸、腐者不足論，若喜誇新奇者，或摭世説，或填策料，或用詩曲句字，或直杜撰惡言，蓋繇才氣實凡，意思實短，姑借此種供其咆哮，自欺自誤。子弟有此，最爲下流。且作文誕謾無耻，必非端士。吾師伏波之戒，深所不願見。

彼題有彼題語意，此題有此題機竅，縱偶相通，亦復迥别，此是常新不腐，迭變不窮手段。若題有綱目，爲文時，有宜以目爲綱者。如「穆穆文王」節，「止」其綱也；「九思」章，「思」其綱也。倘從中出一二句爲文，便應從本題實字發意，而「止」、「思」字帶見，方切當起眼。若仍守常法，以「止」、「思」爲主，帶出本題，則略换文中字面，上下諸句題盡可移用，有同嚼蠟矣。萬曆乙卯，浙江出「爲人君」二句，其中式者俱拈君臣仁敬生論，而重「止」者不收。非謂「止」不應重，一寛一切，入眼之際，喜厭自分，主司何心，勢使然也。因題觀勢，因勢作文，此謂文心，此謂明理。

自成一副蹊徑，題題扯入，連讀數首，便覺羞厭，非但品陋，投世亦未萬全。

昔人稱時義惟一滚格最難。蓋兩扇、數段與長題，題中先有轉摺、起伏、錯綜、輕重，眼明手疾，易可見長。題只一句，本無步驟、首尾，却須于文中自立步驟，自成首尾，所以前半最難。且如起講，虚則恐不切，切不欲太黏，虚矣切矣，何由警策？此一難也。單領句無下處。凡文有領則頭面開，無領則眉目暈，作者觀者繇而不覺。此訣知者既少，知亦不得妄下，此二難也。提股極要議論竦特，方刮目快心。而議論須虚虚籠住題神，未可正講，未可發盡，未可掀□，未可深入底裡。若徑用反法，又淺小無趣，此三難也。小比上以承提股，下以起中股，是自家言語中一過脉，而一滚格實無脉可過。吾見從來名程墨，往往將題面填實，如瞿文懿「敬事後食」篇，申文定「如有王者」篇，皆歷世傳誦，不免此弊。若爾，宜名實比，何名虚比？此四難也。其頗得法者，如湯宣城「雖違衆，吾從下」篇，小比云：「綱常名誼，朝廷最重，而登降上下，臣子大閑。」詞句近實，地步却虚，其節近促，其脉則緩，在善觀之耳。又許同安「畏聖人之言」會墨，小比云：「君子曰：聖人往矣，而其緒言未絶，則千古曠而如新。即聖言亦無奇耳，而其精義無窮，則終身繇而不盡。」句句層卸圓轉，有議論，而「畏」字意隱含未露，此虚比最佳者。至于中股，本無幻巧，所患隨題敷衍，全無咀嚼，求新無策，斜側割裂，徒傷體裁。能就其中波瀾警策，斯美矣，而亦有幻巧，匪夷者不了是也。此法著自瞿文懿「敬事後食」篇，其中比但講「敬事」，不及「後食」，然本以「後食」爲輕，且多講則近俗耳。近世慧人祖其意而通之，每將全題之旨匀作十比。然此法最不易作，因中比既欲未了，則提比、小比愈要虚鬆，而後比頂接處又不可翻弄突兀。章法極易平衍，議論極難聳拔，非神機大力，安得恬浄中自起峰巒？雖通篇到處俱有手眼，然挽上生下訣竅反在中比，是爲五難。後比則深心高才之士競繇見奇。束則近時風尚以不窮爲貴，非英雄束手處雖真，文章自有迴合歸抱、詠嘆淫泆之妙，于今利鈍未遑深論也。大抵一滚格難在前半，又難在每股起句，順題則近衍，用翻則易套。不順不翻，渾渾發一精思，如表之有冒，而通股曲暢之。不然，或吐氣宏大，或發調鬆鮮。詩家所謂「謝朓工于發端」，此每股之難也。通乎此，一格之中，實備衆格。居恒玩想，臨文體貼，久自當解。不能觸類，多説何爲？

脉者，相生不斷之妙，千言一脉，通篇一脉也。然析千言觀之，處處聯貫，則各處之脉具在其中。所以文章唯篇法最賅括，最奥妙，講之不盡。昔有人謂毘陵云：「公文變化無方，一闔一闢耳。」毘陵驚服。蓋開闔與分合不同。分合是題有對偶，文中或分之，或合之耳。開闔乃文中遠近、賓主活變處，通篇前後有大開大闔，一二股有開闔，一股内有上半開下半闔，或上半闔下半開，二句内有一句開一句闔，就此二字，已自無盡。然篇法之妙，實又有不盡于二字者，大約更有四字，曰正倒，曰緩急。毘陵復起，應可商訂。

脉理清楚，故能變化。縱横顛倒，比比不同意，不同法，而合之如一言。從前觀後，如有源活水，瀉爲支流；從後觀前，如幹龍分枝，轉作城郭。若前後詞意重複相類，正是頭腦不明，把持不定，多方照顧，惟恐失之，所以隨處雜糅耳。知粘皮帶骨、咬定一意者爲雜，則知千變萬化、隨意縱横者爲清，只在胸中亮不亮。

王子猷云：「何可一日無此君。」杜子美云：「新松恨不高千尺，惡竹應須斬萬竿。」同一竹也，何愛恨如是？豈非疏秀爲美，糾亂牽纏則惡耶？文章發揮，欲其森秀不窮，蜿蜒多致，正如新松生意，惟恐不高。若題中本多曲折，切須扼要分明；本無葛藤，切勿强生串插。如「君子先慎乎德」一節，若槩言人、土、財、用，層層遞下，則與通章「絜矩」、上文「得衆」血脉不貫，頭腦紛然。「登東山」一章，若隨本文節節自爲一意，且茫然不知所謂。此須握定肯綮，徑捷分明，切勿加添曲折者也。「物有本末」二句，只宜依題，楚楚自足鉤深。時刻多因技窮，將「本末」、「終始」增爲八層，混作一片。如云本本、末末、終終、始始，此八之也；本中有終，末中有始云云，此一之也。雖苦心翻弄，祇是學堂訓詁，何關題竅，何謂文心？凡此等題，皆須條直剖破，就裏鑽研，切勿自造葛藤，綑縛筆舌。其或犯之，即惡竹耳。大抵意曲必宣之以直，曲而曲之，鮮不爲拗；緒繁必束之以簡，繁而繁之，鮮不爲雜。

文奇崛須勿至難讀，森發須勿至凌雜。其才薄而清者，又如輕波洽湍，非不嚼然沁人心眼，然以容千鈞之舟則難。奇而易讀者，氣盛足以貫之；森而不雜者，前後淺深確有條理。

聖心全無渣滓，然確有真宰，所以遇事變化若神。文家亦然。古人所貴鏡花水月，必有實解得處，但用之虛融圓遠，使無迹可求，蓋滓去而神存也。若胸存滑突，故爲影似之言，令其自解，終不可得，是直無神，何名無滓？且既已無神，所留紙上者何物？顧獨存滓耳。所以天下假鏡花便是枯木朽株，假水月便是污流腐草，不如牡丹捧露，爝火騰光，猶實有華艷照耀處。詩歌且然，況于談經之文乎？

文章高奇玄妙，心浮者或得之。高奇之或得也，繇于才高。若玄妙亦可浮心得者，何故？蓋玄妙與空虚近，資悟過人，雖終日馳逐，而隨觸或開。唯真切精微之文，非心静必不能到。心包才，才不包心，静必高，高未必静，總以好學爲貴。

聖言常含，作文忌露；聖言常活，作文忌煞。古大名家有此論，亦從來會元衣鉢也。然非至痛快不能含，非至明決不能活。後生且求痛快、明決，若作意含蓄，必致悶人，有心活絡，必多騎墻，所失反在旨趣，不如一味痛快、明決，所失僅在聲口也。就如爲人，質直爲主，漸造渾融，周旋爲主，終成鄉願。

文乾者大都不利。凡文着詞則肥，不着詞則瘦，肥而不利者乾也，瘦而利者潤也。乾與潤不關詞藻，是文家承轉筋脉處。如排偶太方，有參差數轉句，而光彩頓流動者；琢削太嚴，有增減數虚字，而風華頓掩映者。轉句、虚字豈助肥濃？只能使之潤澤耳。潤澤乃精神所發，若中實枯槁，豈句字間所能轉移？所以文章可肥可瘦，決不可乾。乾者，瘦猶餓莩之色，肥即近於行屍，郫堪世用？吾少厭人説乾，每詰曰：「必須肥皮厚肉耶？」人亦莫能難。若知乾是不潤，非關不肥，則信乎文家大忌也。受用必短，詎止不利？

前半篇決要冠冕，有興旺吉祥氣，最忌煞風景、酸措大話頭。如近作「端人也」二句文，開講便從邪人蒙禍翻起，氣象殊衰颯。小題大做，俗題雅做，況題本大雅，而反虚扯上文，遠邀惡客耶！「大雅」二字，自是立言作文正法，所謂廟廊氣象、君子風度，非謂文章貴佞也。正論微規，豈在粗露？譬如一瑣事，尊者偶問，數人同對，出厮役之口，必將直陳本色，入耳難堪，出文士之口，自然修飭而近文，經有道之口，更當深婉而合道。時義亦云，所謂大雅，乃就題所宜有者，擴充之，修潤之，非强題所本無，而爲寬冒，爲脂粉也。寬冒爲大，不大而客；脂粉爲雅，不雅而游。

舉業真實得力，固須多做，尤在改時。自非至精至到，安能日日神來，篇篇稱意？若隨手丢過，空費此日心力矣。明眼批抹，隨即改作，工而後已。或遇題情未徹，技力已窮，則不可强索，致損心氣。姑且放過，他日觸發長進，自有豁然解悟時。或拾短採長，或通新造作，荆山玉爲質，琨珸刀刻畫，造化在手，又是一番樂處，與向來技窮苦索之日，意興迥然。此是就一題中，可驗前後之消長，非多作勤改，不知其味。

文有整對而生動，有散行而滯呆，矯强與自然之别也。有深而明，有淺而晦，了了與不了了之反也。有步步擬虚而機塞，有言言切實而致靈，假步驟與實力量之差也。只就行文用功，功夫無處用；只從下筆尋病，病源無處尋。相自然之勢，因而導之，則整散俱動矣；果能了了於心，則深淺俱明矣；熟後手圓，則虚實俱靈矣。

今日習氣有三種：一是假造子書，如顛如醉；二是才短者粧嬌作隽，自貴虚摹；三是氣浮者麤談殼語，自負雄駿。若守其陳腐，反無幾人，人亦不齒。吾今特定「新、切」二字爲救時之的。

新則陳言近套竝從捐除，直須濬發巧心，不經人道；切則一切假古色、假摹神、假闊論，但不着脉者，皆掃去無用矣，直須洞達題髓，目擊道存，雖有至古、至邃、至靈、至奇、至高、至華，寧能出此？但此二字最難兼到。醫家稱切脉，爲其親近臟腑，深徹性情。文若依傍皮膚，只是爬搔，豈得云切？所謂真新，爲是從來所未有，若與理馳背，人誰屑道？忽爾創見，不顧其安，所以今人誤認不通爲新；或絶非此題話頭，無端扯入，或近似而非題本意，翩翩發揮，亦非習睹，所以今人誤認不切爲新。究竟不通之根，亦因不切，但令必切必通，即束手技窮，無一過人語矣。假如後生學力未足，依此二字，各隨所至，皆可暢才情，乘便利，何苦泥塗其目，魘迷其心，掇狂子之餘唾，適爲過時之棄物耶？

古取粹，今取異；古取滿，今取綻；古取七篇相稱，今取首篇得力：此五十年來之大較也。粹者，無畔旨，無險句，無粗字，引經語爲典雅，插史調爲風韻，其創格造語，皆弗尚也。異即吾所謂異思、異局、異句也。滿者，邊幅宏敞，氣勢蓬勃，頗較長短之形。綻則少散句而多整句，輕韻折而重鏗鏘，淺言以蔽之，曰鍊詞而已矣。然利鈍之數，實不盡然。切響、浮聲，散句、整句，必須參差相間，運用得宜，愈成頓挫排宕之妙，何憂其弱？若槩省助辭，勉求硬綻，爲呆爲板，致病良多。且有意綻，有氣綻，有詞綻，置意、氣而專詞句，此一偏之見，豈大通之論哉！惟不宜用軟句，使通股少力。七篇相稱，自是邃養所致，蓋首篇原有十分力量，至後不減。若首篇便尋常，無大過人處，後雖匀稱，亦安足多？不如首篇警策，滿紙精光射人，而餘義條暢該洽，猶爲得也。循古人之法，重在受用，其敝恐七作尋常；據今人之意，重在鋒鋭，其敝恐强弩之末。總之，夙昔學問有一副徹底精神，則七篇中何篇肯苟且？一篇中何處肯粗疏？習慣成自然，雖使得意疾書，自然首尾通徹，未嘗費力。古今之目竝施，當兼利而無鈍。凡人作文，至結尾處草率下一二語者，每發福不全，受用不長，如許同安，蓋未能免。更有高才之士犯此病者，往往不發，且多夭算，亦四體之動也。一篇將終，已不耐煩，况能全卷貫徹乎？况望其生平讀書細心體認乎？况望其種種作事從容周密乎？流落不發，發亦不長，自無足怪。甚有一種人，作《庸》、《孟》題便云：「此充得第二篇，第三篇，過則已。」噫！闈中鼠尾，不得已也，平居學習，法上得中，篇篇求善，猶恐失之，先存此心，詎有佳境？獅子捉象捉兔，俱用全力，况拈題作文，本無兔、象乎？且總此識見精神，總此詞華筆墨，不知胸中何處另着一副次色工夫，配在《庸》、《孟》題上施用？正恐此念熟存，雖遇《學》、《論》題，極力搜求，祇得剩語。此則近來專重首篇之弊，使無識鄙夫、無福下士，妄生揣摩，蹈賤相，入夭門，而不自知也。戒之，戒之。

凡鍊詞着色，潔然後華，天際彩雲是也；鮮然後麗，露中晨花是也；運轉輕然後有力，壯士舞槊是也。若穢而得華，薦而得麗，重且遲滯而稱力者，勢無是物，則知無是文。

取脉貴真，行文貴熟。真可以槩萬情，熟可以括萬變。舍是而有所獨擅，未有不交相勝者也。夫文何可執也而曰真？不執之極，則真而已矣。夫文何蹊徑也而曰熟？化蹊徑之盡，則熟而已矣。立意圓融，莫非執也；力求超脱，胸中每自成結構，莫非蹊徑也。隨題之參差，文之變動，而心行乎其間。

文或以氣勝，或以意勝。氣主活，意主久。沉深刻琢，而元氣不洽，譬若碎錦、摘花。故閃爍動人者氣也，意在其中矣。萬斛流泉，若非意焉以宰之，非變化不窮之意以筋束之，則滔滔者何謂？故世與世續，令人咀探吟諷，而不忍釋者，意也，氣在其中矣。勝者所主不同也，非相離也。若青蓮純不用意，安能使讀者飄揚欲仙？少陵純不用氣，安能使讀者悲壯激烈？

文章最怕是隨題敷衍。篇中有一股敷衍，便一股厭人；股中有一二句敷衍，便一二句掃興。然時文丢開題面，懸空扯閑，可厭尤甚。須知敷衍之病何從來，只爲有心照顧。去敷衍之法，何處用力？只是一眼看定題意，認得真真切切，的的當當，恁地放膽落筆，決不浮游，掉臂遊行，決不馳背，何須斤斤照顧題面！則敷衍之病不期去而自去矣。此方是縱横自在，此方是端本澄原。譬如對人論事，主意欲如何，遠近開闔，無非合到此意上，豈必頻頻直説本意，方得不差。倘主意先糊塗，則開口便有脱腔之語，使聽者不知所謂，自顧亦覺離根，不得已，屢將本旨直直敷陳，敷陳處只成膚淺，略變换别話時，又不着題，真無可奈何也。療疾者，本而兼標易效，標而忘本少功。

作史者，動則可傳。《史記》之傳最盛，動極也。文情動，始能動讀者之情。班掾次之，以其嚴而動也。《三國志》又次之，以其簡而動也。魏晉以下無聞焉。歐陽《五代史》亦動，是以動人。作史寧不密，無不文，寧文采不艷，無情不動。孔子曰：「言之無文，行之不遠。」文非艷之謂也，「風行水上涣」，至文存焉，文止在動處耳。時藝亦然，專以機情生動爲貴。動則不復論邊幅，多亦動人，少亦動人；動則不復論着色，濃亦動人，澹亦動人；動則不復論想路，深亦動人，淺亦動人。分量不同，同歸可喜。每見修兒扃户苦吟，盡日結搆，不勝戛戛其難。略悟此意，則難變爲易，遲變爲速，苦變爲樂矣。因勤得樂，因樂益勤。

遇合

文章遇合，真有神機。此日興酣才滿，外人訾議，不害遭逢；此日機澀興沮，外人稱賞，不免掩落。蓋外人以意爲目，常以成心失之；場中以目爲意，適與作者自動之神，暗通呼吸間耳。至于此日意興何以分盛衰，文機何以分靈滯，則天行乎其間，不可爲也。然平日功夫綿密，臨場心氣翕聚，風簷下筆，綽乎有神。若場前浮昏懶散，或喜交遊，或尋花柳，或羣飲號呶，其自負高明者或應酬雜著，總之氣奔心放，入闈試筆，妄希神到，豈知心靈先閉，物莫助靈。故不可爲者，此日也；不可爲而可爲，以平日養此日也。

文之最妙者，心忽然而動，文忽然而成，非吾所能主也。顧素造不深不熟，此忽然者奚繇來？是不能主者，吾實主之。從心不踰，安知事變若何，但隨應隨妙，繇平日義精仁熟，當其時則不自覺也。妙文之忽然而就，當其時亦不知所以然而然。此必遇之機也。若苦心結撰，才竭文工，將有天然者踞其上。

異思、異局、異句，合乃成異彩。彩之異，非可易得也。場中最忌在套。顧見奇處意最重，覺套處意反輕。何以言之？意因于題，不離本旨，而能發前賢所未發，世有幾人，人有幾篇？以此言遇，譬如飲必中泠，珠必驪頷，玉必和氏，取人則太刻，自强則苦難。但能出以異局，佐以異句，即化腐爲新矣。所惡于套，恒在局法、句法之間。昧此機者，謂文以穩貼爲貴，此特歲考録科之説，蓋二三取一，其背謬者既多，穩實敷暢即得優等。場中約五十人拔一，而所試士皆督學較過，荒背已少，人人相近，卷卷大同，若意不殊特，門徑不超，調法不新爽，挺秀頭角，于何見異？而欲令觀者舍四十九人而獨吾拔也，其可得耶？小試喜穩暢，大場忌庸套，使一人易地而觀，反若蒼素，而不自知，其勢然也。故「去套」二字爲鐵門關，爲玉鑰匙。但所云套，亦自多變。如題易平衍，則平衍爲套；題中易着氣槩，或易布淋灕，或易涉淩駕，或易粧虚摹，則舉士子所自喜警策處、快心處、傳神處，皆習氣，皆濫套，皆厭態也。不決然割棄，別翻境界，何以軼羣致勝耶？未涉世紛，未飽帖括，直吐靈氣，此境自存。或着力洗刷剥换，此境亦致。若欲異彩，非真有心得，未可易言。誰則能此？亦不必能此。所以後生筆尖色鮮，肯綮半離半合，或漏題所應有，或發題所可無，時幸而得套淺也；老學自謂題所應有，無不恰有，然筆頹色暈，則此正是極套處，往而屢蹶，套深也。套有深淺，得失或異，況不套耶！況異彩耶！世稱必售之文爲穩，然不異則不穩，愈異則愈穩。以異爲穩者，今世之風氣也；從理得異者，今世之真才也。欲穩其登進，不知異其文章，則愚；好異其文章，不能異其本領，則陋。

蚤發之人，必聰明内藏，語言少發，他人中年受磨鍊後，方得此收斂氣象，彼生而得之。或曰：「士不鬱不發，彼蚤發者何鬱焉？」夫彼非不鬱也，正以能蚤鬱耳。蓋鬱之象爲藴塞，鬱之意爲沉含。凡觀子弟英氣逼人，必中歲成名者也；内明外暗，必夙成致遠者也。此遭逢享受，又有不在文藝，而在器識者。成之有道，務本則識深，識深則器大，器大則才藏。爲後生者，不可以不知，不知則攖疾；爲先生者，不可以不知，不知則無藥。

牕下作文，欲緩中急。妄想不生，天機忽湊，一氣呵成，職此之故。場中作文，欲忙中閒。心氣不迫，力量自足，以其翕聚而加從容，羣英俱俯，職此之故。若牕下放懈，則遊思妄想，從而間之；場中意思忙迫，則力量必大減，減三之一，猶足競逐，減三之二，自知無幸矣。下筆天機，明明可信。

學問思辨，皆爲篤行設。舉業亦有學問思辨焉，凡爲作文設，作文乃其篤行處。有學問思辨而懶于作文，則皆虚也。若剽竊是務，并未嘗有學問思辨之勞，往往倖得者，何故？蓋其用力至卑而近實，主司但觀其文，苟非慧眼，誰能追辨其所從來？文僅入彀，或亦收之。眼高手生，百不售一；昏憒而妄作，百不售一；苟且而輕作，百不售一。手生者，即懶作之人也；妄作者，不知甘苦，不解模倣之人也；輕作者，自謂出其粃糠，足以揮斥風雲者也。場中所睹，只憑筆底，手腕無靈，吾夙昔眼界高處，從何出現？至若題情文境，秋毫未知，貿貿冥行，翩翩自喜，斯爲下流，固無足論。惟輕作之士，或實負捷才，但以奪于旁嗜，苦于研思，欲以緒餘，姑了舉業之債。豈知舉業何物，英才深造，未窮其底，安得以緒餘了之？粗心而得至精之理，涉獵而成信手之拈，則是不操而存，舍而不亡，理不繇心，文不關理，雖自蒙以虎皮，孰不窺其羊質？怨天尤人，何嗟及矣！故有幸售之淺子，有屢詘之高生。譬諸不著不察之行習，猶堪對人，大徹大悟之空談，臨事必敗。知行竝進，才養俱到而不售，則萬萬無有。曰：「如命何？」曰：候至而文妙，此命之附人事而見者。乘時決之，十得八九，縱失一二，但不放懈，終亦得之。則是力勤藝進，其命必通，意沮心分，其命必塞。每見妄作之人，率云：「場中閲文，隨一時意興，有何憑準？」甚則云：「文章有何工拙？不過籠統寫就，無不可取，無不可棄，棄即爲拙，取即爲工。」嗚呼！猶聾者不識天下之有耳，瞽者不信天下之有目也。所謂身既寡知，惡人有學，此正其一生迷夢，白首淪落之繇。推厥病根，是因習氣汙下，耽愛俗囂，抹煞學趣。習市井氣，開口常近市井；習吏胥氣，開口常帶吏胥；習幫閒氣，開口常似幫閒。因而作文，莫非此種。文章病痛，至此已犯第一條款，無可救藥。所恨此類自悮其身，又悮其子弟。又是非既昏，漸喪羞惡，往往披猖譁譟，好廣其穢于交友。子曰：「躁人之辭多。」《詩》曰：「有靦面目。」後生遠此，當如鮑魚。若初聞不知其臭，便自身有污下根氣，當無緣入芝蘭之室也，切切省之。特著此條，以終遇合之説。

觀文

作文易，衡文難。作文如治事，衡文如知人。治事，則性所近，習所閑，各成一長；知人，則變態分量至無窮也，至難學也，非大通之識、静極之心，疇能不眩焉？

經義之設，非取文藻，正欲觀人。蓋謂是窮理修身之實學，爲士子時有真得，爲主司時必有真鑒。凡文不繇剽倣，自得于心者，吾以心迎之；若非心得，我亦讀其文而知其心之不存。則文之有心無心，莫非心也。經生日日搦管，其出手者已成習心。然習心之外，實無本心。試觀悻悻好勝之人，强言道氣，而客氣終存，其餘鄙陋者强言高明，浮游者强言收斂，佞諛者强言直方，意味不親，首尾不貫，自命文人之雄，不知已披肺腸而授人矣。此文章可以辨品識，灼灼無疑。又有能辨人幹理者，能辨人爵禄者，能辨人壽算者，先正往往符券若神。然兩言握其要，曰：觀德以意，觀福以氣。

識見可借，力量不可借。如某題某解，悟者獨得，而聞者共竊之，觀者不知爲竊也。竊其解矣，而臨文下筆，精神變化，倍蓰百千，是力量不可借也。故但以解定文章，受欺必多；若中解而文工，是其識力俱至，非竊可知也；題題有獨得，篇篇有會心，非竊又可知也。所以解高而文劣，明眼弗收；解常而文優，明眼弗棄。向者薛方山先生督學浙中，每命一題，必主一見，士子相聚揣摩，是科榜出，其優等得雋者絶少。以名公而負失士之望，蓋有成心，則掩其目力，重假識見，則失真才情也。先大夫嘗述一事云：「萬曆丙戌，一舉子素擅時名，適『事親爲大』題未就，見鄰屋各經一友文佳，徑録之，二卷竝上。王文肅取彼棄此，其評云：『以子之才，自足一瞬千里，而《孟》義竟同《書·湯》七號，何也？』其人愧恨而卒。」苟且盜襲，自非令器，然他人必兩卷竝廢，而文肅辨其孰爲自撰，孰爲襲人，非慧眼能之乎？文同且然，況于僅同其解。以較薛公，何啻雲泥。

文之清濁，不以濃淡論。脉理如繭絲，氣度如春風，則着色雖濃，猶然清也；反是，則淡而不離濁。文之厚薄，不以煩簡論。貌似臞而言外有無窮之味，緒若儉而氣脉沉深，布置宏遠，則造局雖簡，猶然厚也；反是，則煩而不離薄。此謂内外之辨。

凡作文，窗下和細，入場雄猛，窗下簡凈，入場酣逸，此是真才。若平居苦掙大談，場中墨乾筆縮，便須反躬静念：向來假才假氣全靠不着，必須設誠力學以充廣之。學力到時，真才自見。

然苟非至人，入場之日，分量必減。如云雄猛酣縱，旁觀謂勝於平生，不知匆遽之時不暇和細，故雄猛之本色現，不及簡浄，故酣逸之本氣現，畢竟是減非增也。然到得此處，已是八九分地位。若場中七篇，與窗下一二篇分毫無異，方是極詣。欲至此地，非積久不能。文章世資，何須論此？但識此意，可以自考，可以辨人。吾若自能，是工夫慊處；人或能之，是精神與我遇處。坡公到眼終迷五色之恨，其可免夫。

老杜云：「文章千古事，得失寸心知。」嘆知文者希，惟能自信云爾。然以實心實眼鑒别文章，雖或知之不深，知之不盡，不可謂不知。有等浮氣耳食之夫，心迷眼昧，惟遊是借，惟名是狥，所暱即妍，所疏即醜，甚至高文老筆，誤認後學所造，則肆意譏彈，新學小子，冒入名公項下，則奉爲襲珍，一手一文，而或瑕或瑜，乍軒乍輊，虞訥之所以見笑於張率也。豈但文章無真鑒，直是習氣盤結，靈明封錮，謟傲陵援，詭隨俯仰，居心制行，必多可疑。今汝輩觀文，勿先據其何人，只就文虚心審察，得其真好醜處，方于自己去取有益。大抵貿貿記誦，塞心者多，了了簡閱，啓心不少，我無真識，莫辨衆文，不遴衆文，識亦不長，此内外交養之法也。但不爲浮氣所汩，不爲時習所陷，刻文中何嘗無性靈語？要在能揀擇採取之。一槩抹煞，曰「時刻不足觀」，則筆下日枯，眼底日隘。視茫無心得者，其受病似高，其難遇彌甚。吾十六七時蹈此病，雖覺已遲，今猶偃蹇，後生可鑒，吾即前車。

今日閲文，病痛亦有三種：曰驚、曰羡、曰欺。驚者，驚其假才思也；羡者，羡其一時之詭遇；欺，則受病之根。彼醉夢耳，實醒實覺，何處着驚？彼偶創而倖獲，倣其故步，安見必遇，而煩致羡？祇緣心得既淺，通非大通，切非真切，所以遭逢贋鼎，炫耀徘徊，久而習之，衆復從而咻之，遂不覺易其目以狥之，驅其子弟之手以從之，則惑之甚也。心中了了，實不受欺，所以毫無虚驚，亦無妄羡。後生但精思勤作，自家識力進一分，便看破時流一分。故知人不以人，以天；觀文不以目，以心與手。

奇者輕平，平者駭奇，尖者厭重，重者忌尖，意在傍己所長，如此觀文，往往得一而遺二；奇者取平，平者尚奇，尖者尊重，重者喜尖，意在飾己所短，如此觀文，往往得似而失真。吾于所長，本未兼到，于所短，本非真能也。然必能而後辨，兼而後解，不亦難哉？只虚心審視，隨其與我相近相反，如何談理，如何運筆，各無拂鬱，各成一家，皆足取資，皆堪入選，如此觀文，則諸品畢彙，眼界日寬。此實時藝中知言之學問也，可以自益，可以不失人。蓋觀文之法通乎學道，知其所能，如古人之至道，未能而知，如古人之體道。

有決圈之文，有決直之文，有或圈或直之文，有不圈不直之文。子弟爲文，每篇決直，則教難成矣。每篇不圈不直者，一生無進步，則教莫施矣。或圈或直者，儆倖聽一日之鬼神。然其中分爲二種：詞氣可觀，理路浮駁，僅足欺衆人，則進而精之；理深味孤，須待法眼，則光而大之，未有不成者也。非好學不能變化，非裁成有法，雖好學，變化略遲。

大家雄才，見清尖淡宕之文，欣然嘉賞，隨其成致，無不曲收。小才小識，見大方則曰「少尖側也」，見雄才厚力則曰「少疏散輕逸之致也」。譬如黨人、晏子不滿仲尼，仲尼則不非黨人，深取晏子。嗟乎！文章才德，孰非一機？多非人者，以己格人者也；多取人者，以己收人者也。格人者似高，收人者真明。

一品，二才，三福，四素。品，謂察其心術趨向之正也；才，按其擘畫條理也，學識在其中矣；福，權其受享之所至也；素，就一日之文而度其素，淺、深、奇、平，隨套自得，何所歸也？如是則上得其用，人遂其能。

王文恪無大建明，然守正不阿，無忝舉業開山矣，其文端以重。鶴灘不羈已甚，今讀其文，固小題才致，非關理也。荆川失足時輔，殊爲可惜，然一生編摩研究，故其時藝精妙，大抵皆宦稿，所得於讀書亦深矣。瞿文懿文以春容得名，非有精心勁骨，傳聞其人頗亦類是。惟近代湯、許二人，似與文反。湯文静細，而性行淫險；許文超逸，而人近佻。此息夫躬《絶命》、王安石《遺女詞》，一則高古特甚，一則淡遠不凡，而晦翁謂其「與生平心術行事略無毫髮相似」者歟？或曰：「湯文原有淫氣，許文原有佻氣。」似屬耳食，未見至當。平心看之，二人各有一得力處。湯凡有奇妙，必藴藉出之，使如平常語，令讀者徐醉而不驟驚；許凡有奇妙，必信手出之，使如口頭語，令觀者易解而更無厭。湯之鍊，在不露鍼鋩；許之鍊，偏不假襯貼。以藴藉爲鍊，鍊之至高者也；以信手爲鍊，鍊之至異者也：皆荆川所謂「鍊格」者。至其與人不相肖，亦有故焉：湯是變塞，許是精神不徹。

文章理到必傳，精神團聚必傳。唐設律賦，無理可厭，又此外科目尚多，衆人精神不萃，故雖存而不顯。制義闡發孔孟脩身治世大道，又獨重獨行，與一代知慧聰明之人聚精於斯，後世必存，其尤另作一種文字看，不至湮廢，明矣。王、錢、唐、瞿、湯、許六人已占最勝：起闔闢之法者王也，窮闔闢之變者唐也，錢以摹神，瞿以雅度，湯以體貼，許以自在游行。然總屬文人之致，其于羽翼經傳，發揮心得，猶未極深。近世楊貞復識悟絶倫，隨題標理，似出六人之上，微嫌有詮解訓詁氣，而步驟變化之間未足厭文章家意也。舉業雖小技，論至此，則大成之集亦難其人。

舉業素語終跋

吾邑陳幾亭先生，爲梁谿高忠憲公高第弟子，與同里袁了凡先生並負時名，其勛業文章亦相伯仲。所著《幾亭全集》若干卷，除奏議、詩文外，尚有《隨處學問》、《方技偶及》、《鄉邦利弊攷》等書。蓋先生博通羣籍，旁及象緯、堪輿，九流百家之説罔不畢究，故下筆不能自休。生平以濂洛爲宗，而於象山、陽明亦不相菲薄，知其師承固有自也。當明季時，東林諸君子往往以講學爲名，入主出奴，互相標榜，先生以儀曹冷宦，抗心希古，閉户著書，可謂夐超流俗者矣。昔人謂救荒無善策，先生嘗剏擔粥法，以濟窮鄉僻壤之民，至今講荒政者莫不奉爲圭臬。邑中同善會，創自前明，法良意美，二百年來奉行勿替，亦自先生倡之。仁人之言，其利溥，其澤長已。《全集》卷帙較繁，流傳頗少，近從南海袁敦齋明府處借得舊本，如獲異寶，爰録其《舉業素語》、《家矩》二種，校而刻之，以見一斑。先生諱龍正，號幾亭，崇禎甲戌科進士，歷官禮部郎，卒祀鄉賢。光緒庚辰暮春，孫福清謹識。

補遺：《舉業素語》未收條目（共十二條，據《幾亭全書》卷六十一《因述·舉業述》）

騏驥汗流遷延，失其調也；飽食徐行，凡馬歷旬而齊秦之郊浹矣。御之善，凡駑可以致遠，不善，上駟或屈焉。夫善御豈獨以法哉？有愛其馬而惟恐傷之心。王良、造父，恐傷馬者也；帝臣王佐，恐傷民者也；明師之善育人才，恐傷其子弟者也。若忽而漫焉操切，忽而頹焉廢閣，心之忍矣，功亦何存？

文短易索，長易厭。短文意在言表，讀之悠然不盡，長文光景疊出，讀之惟恐其盡，各妙於用短長矣。

工文者，千篇千樣，莫有重者。豈有心設變哉？隨物賦形，各肖此物，則形自各殊。凡犯重複者，皆不肖其本物故也。千人千面，良工圖之，儼然仍爲千人；使拙手摹之，則其胸中筆下，先有粉本，與其人多不肖，而圖與圖偏多相類矣。然命題應制，題止一耳，千百其文，各出己裁，同歸合格，又何故？行住坐卧，體態則殊，同此人也；朝廟家室，威儀則殊，同此人也；喜樂憂思，意象則殊，同此人也。童子五十三參，而目神不變；韓幹畫馬累百，而縱横列狀。看山者，或横或側，峰嶺迭成，任所見寫之，但肖一端，即堪命中云爾。

舜有臣五人，《孟子》歷叙，隱見疏密，曲盡其妙。首句「舜使益掌火」，至「禹疏九河」、「后稷教民稼穡」，不復帶「使」字，「使契爲司徒」，乃復以「使」字結之。然止四臣耳，中間漏落皋陶。因許行專以愛民厲民爲言，故明刑一事姑且不及，但舉教養之勤。至總應「憂」處，則云「舜以不得禹、皋〔陶〕爲己憂」，禹固五臣之首，而皋〔陶〕乃羣聖之宗也。文情之妙如此。

文自古而今，皆後世作者求勝前人之所致也。周而秦，西京而東，當其相去未遠，皆日求新以掩古，豈以古不可幾，退處不高不古之地哉？刻意争新，適得不古，相去漸遠，乃復望以爲古而慕之。故求勝而不如者，後世之文人也；惟昌黎、歐陽，乘文之敝，故求勝而真勝。

韓、歐、蘇，班耶？曰：大蘇才勝於韓、歐，文不能過也。蘇空中卷舒，古今無兩，然韓碑、歐史，蘇亦不敢望。韓、歐著文，不異常人，先之以思慮，而才足以發之。蘇心不致思，手不停麾，直舒其才，而思慮從焉，雖有至精至奇之想，皆不以沉深得之，故其才獨勝。

弇州叙事之文第一，踰韓、歐，幾班、馬。奏議次之，策、論、序、雜文又次之。詠歌非所長也，以其胎骨不超，風韻不高。空同則異是，骨韻脱俗，色色精工。惜其步趨之道太謹，詩尤甚，句句有來歷，字字有出典，那得似陶、杜挺拔特造？

使事不可駕無爲有，使字可以自我作古。凡有出謂之典雅，無出謂之白撰。然古人之典雅，其初亦自白撰來，但作者精於義理，因三才之情而使之，非若淺人之牽合也。

凡落筆能文，必胸中有灑然不染之趣，雖饑寒迫身，不以纏縛也，功名烜赫，不以耽溺也。或涉於狂歌酣晏，而瀟灑意致，時自不泯。若沉埋世情，雖有高才，漸將消没。惟世情俗趣，與文章最不相投。古人如李、杜、韓、蘇，皆天趣不没者，今人小小有文心，亦無不然。

多情者能詩，負氣者能詩，情與氣合而得其正，則理在其中矣。賦物而物肖，述事而事明，是詩之理也。詩必言理，將以何者爲理耶？

詩之用與文異。詩欲令人諷詠而自得，又入耳而灑然。直遂透露，無足思維，失詩之本；艱澀晦暝，思而難會，傷詩之趣。惟胸襟超脱，景事適會，自然得之。

李于鱗删詩，取「秦時明月」一章弁唐絶，甚當。蓋凡《出塞》、《從軍》，都寫閨情哀怨，此獨遐思良將，神情在無可哀怨之前，可以警君相，可以感聽觀。所謂遠體、遠神，無復聲色香味，真得《風》、《雅》之遺者也。

文通

〔明〕朱荃宰 撰

《文通》三十卷閏一卷

明　朱荃宰　撰

朱荃宰（？—一六四三），字咸一，號白石山人。湖北黄岡人。曾任武康知縣，卒於官（據吴偉業《黄州朱白石以武康令殁於官》）。著有《文通》、《詩通》、《樂通》、《詞通》、《曲通》等五編。

《文通》全書三十卷。《四庫全書總目提要》卷一九七評此書「蓋欲仿劉勰《雕龍》而作」，故體制博大浩繁。卷一至三總論經學、史學及諸子百家與文章。卷四至十九爲文體論。卷二十評論史傳得失。卷二十一至二十三爲文學創作論。卷二十四至二十五爲批評論。卷二十六至三十爲雜論。其末「卷之閏」《詮夢》一篇，酷摹劉勰之《序志》。全書有駁辨批評，又有作家論、風格論等等内容。朱荃宰歷時數十年，博覽廣輯，意欲會通古今，明法究變，尊是黜非，針砭時弊。全書收輯古代散文文體一百六十種，且對每種文體解釋名稱，論述源流、特點、作法，評析作家作品，成爲古代散文文體論之集成性著作。此書對作家作品之評論，散見各個部分。編者以宗經爲指導，故所收文章，時有偏見。但又完整收録大量古代文獻，保存不少珍貴資料。

本書有明天啓六年（一六二六）黄岡朱氏金陵刊本。今即據以録入。

（顔應伯）

文通序

天地間有有文之文、無文之文。有文之文，上盤下際，雲漢日星，天喬流峙，燦然眉睫，爲有目者所習覩；無文之文，機杼運旋，經緯緜密，溢于編簡，爲大心者所包羅。作之謂聖，述之謂賢，故古今有無盡之藏，造物有無窮之奥，有文無文皆文也。化無爲有，統有爲無，窮無窮，盡無盡，則文之通也。《易》曰：「往來不窮謂之通」；又曰：「觀其會通以行其典禮。」會必有通，通而後行典禮也，則咸一朱君《文通》之纂本於此。咸一爰考諸家，彙成文、詩、樂、詞、曲五編，皆以「通」名，曰求以自通，其不通也，匪敢通于人也。夫文以窮古今、達造化、苞萬靈而孕百異，方輿洪覆，天迴地游，二紀五緯，煙煙煴煴，昭回遼亮，故文者，開闢混元之精，息息與灝渺通。夫子云：文王既没，斯文有在，以天自信，天以氣運，氣化偶轕，文不能無否。仲尼之後，文有五厄：厄于祖龍，而三代之文幾盡；厄于新莽、厄于晉唐之叛亂、厄于金元之猾夏，而三代以下之文幾盡。然咸陽未焰，惟柱下史爲多書；韓宣適魯，而後見易象、《魯春秋》；季札聘上國，而後得聞風雅頌；楚獨左史倚相能讀《典》、《墳》、《丘》、《索》。則當時之見六經者，蓋無幾矣。文猶水火也，萬物有生滅，水火無生滅，天地生生不已，統有爲無，出無爲有，兵燹不能焚，而劫煞不能除，天之未喪斯文也。散亡之後，尚分四庫；煨燼之餘，猶存七萬。即周公之日讀百篇，尼父之韋編三絶，詎能盡兩經目收之一掬哉！咸一之彙爲通也，其先大夫世有藏書，家傳鄴架，蠹魚萬帙，鴻都布綱，西園成市，咸一精心探討，窮理盡微，酉巖禹穴之奇，竹書汲冢之秘，編珠貫玉，漱潤茹芳。極天下之至賾，而溯其源；鉤義意之至深，而析其派。若曰不由聞見而妄自敢作，在大聖已不能，予何諱夫竊比焉。書成，卜之夢，有大小象之異，九十九之數，叶河與洛之文，闡五行相生之妙，得古今文字之備，合天道人事之大，既而曰小象立河中，吾至老而未免于泥塗也。噫唏乎，文王窮而卜諸《易》，孔子衰而卜諸夢，君當壯年，柰何爲夢卜耶？九者陽之數也，九九者陽之極也，虚其一者又數之始也，大衍五十而其用四十有九者，變化之所由生也，物窮則變，變則通，小象之在河中，少而未舒之像也，大者獨超于所産，不淪汩于河者，其究握魁柄，執大象起蟠泥而踔青雲之兆也。夢寐卜學之淺深，咸一卜之夢，吾卜之所學，而知其必遇也，説夢云乎哉！

天啓丙寅季夏之吉黎陽王在晉書于德瞻堂

文通引

今之能文者，非昔之能文者也。昔之文有體有格，有彀有绳，今之文百不得一焉。蓋體勢未諳則經營易戾，研摩未審則杜撰滋多，于以鼓行詞場，分鑣藝苑，難之難已。白石朱君，用心綦苦，勒爲是編，搜括既富，辯析復精。譬之大將將十萬衆，部别壘置，旌旗易色。又譬之五都巨肆，珠寶服瞀，各安其所，使讀之者因方以究變，即勢以抒裁。駸駸乎追踪作者，而不啻與之埒，必是編爲嚆矢已！君長才雅度，博學多通，自其先大夫而下，世好藏書。偶与余遘，不覺臭味之合。維楚有材，得君而益張矣！

萬曆己未重九澹園老人焦竑撰

序

朱子咸一之發憤著書也，文有通，詩有通，樂有通，詞、曲有通。《文通》刻先成，成在舊都，以示羅子，俾作序。

羅子曰：夫文至於通而止矣！朱子之爲《文通》，其義況諸彦和之論文，而名取諸子玄之讀史，吾不具論。吾獨慨夫通之爲義深，而文不文因之。吾見爲車焉，坎坎而伐之，閉户而造，出與轍左，弗通矣；車旁無人，獨行安之，弗通矣；卒然駕黄帝而出，蚩霧大作，南嚮窅然，行乎孤竹之山，車前無老馬，又弗通矣，文亦有之。《文通》者，指夫文章家所以通之之道也。弗通不可以言文，若《文通》則靡弗通也。蓋朱子嘗有憂於此，以爲文有體，體有要，有流有别。體與要、流與别之弗知，而舉吻若有柱，發趾若有棘，燕越岐於前，迷霧作於上，而能殫吾思境所欲極，積吾學力所欲前，悖矣。故方舞象時，即發上世藏書讀之，於人推誠下問。久而書自六經百氏兩藏，人自館閣耆碩，下至負薪採樵之流，靡弗讀，靡弗問，則靡弗通也。夫通於我者，人莫之通也，朱子又忍乎哉！繇前言，朱子自求通之不暇，一言聞而志之，一事採而録之，朱子殆若置身墻壁間，奮然透入爲快。繇後言之，使世之人能如朱子之所以通之，文章一道，思過半矣。是朱子南轅燕轍之導師。其書坎坎伐之，閉户而造，依焉腓焉，使天下皆有馬跡焉之藉也。雖然，吾他文不具論。

本朝經義取士，士雖才，雖談經軼毛、鄭，作史比遷、固，詔誥纂禹、臯之微言，章奏敷誼、贄之剴論，舍是無以自見，宜朱子終篇三致意於此。朱子今方盛年未艾也，勉乎哉！

吾聞隆、萬間，有趙大洲先生者，輯《經世》、《出世》兩通，今安在？願因《文通》而求之。誰能以經義起家，以經史代言？封事爲上用，爲世用，以他文自爲用。領不朽之盛事，備經國之大業，放而休焉，挾詩歌詞曲諸通，與俱乎通儒也。夫讀《文通》者勉乎哉！

鳩兹友人羅萬爵題於白門閒眺閣

文通叙

古今來經史子集四部文爾。丈夫不得樹奇伐，戮力中原，鞭笞海外，功成名遂歸來，胸頭一段空明玄澹之旨，如第一月，使後世書生筆我之言爲經，編我之言爲史，是安得爲通三才之子，縱裒然得集，徒覆瓿哉！不得已而著書，尚不講經史一大事，亦可憐矣。

朱子著《文通》，某題勒某式，如珪珠之不可混方圓；某式置某義，如灼灑之不敢背寒熱；某義鎸某長，如密花酒釀，儲有餘之味，以待舌永；某長杜某害，如醮符鼎魅，設可畏之像，以遺影逃。讀者讚曰：美乎大哉！予謂猶通之曲末焉也矣。天地一經，萬物一史，人心之生死關于斯，宇宙之明昧關于斯。朱子上慨述者之無人，下嘆作者之滅侶，厥志厥功，通之力鉅普哉！

噫！通經易而通史難。六經斷自尼山，册不盈一尺，鈴已過數聖，如雷聲電光，河流岳峙，有胸有心者讀之，巧信註而善信經，豈遽不可冥契，盡千秋盲瞽哉！史非一家之事，而或一人之筆，曲學愚情，妬心佞舌，雜沓於間，欲推班摘馬，陋范朠歐，雖再起知幾，猶喋喋乎難言之也。通古史易而通今史難。古史粉簡蠹編，猶可探源而索嚮；今史髮横絲亂，豈堪鑿影以鏤冰。作者何地何人？屬者誰材誰識？可嘆矣！又通今史于古文之士易，通今史于今文之士難。量不踰八股，胸止規七目，欲談君王將相之事于醉寐之場，判理亂幽明之情于血肉之腹，不綦倍哉倍哉！嗚呼！通經史者，必其可自爲經自爲史者也，不然則不通矣。朱子《文通》成而象夢著，浸淫乎韋編三絶之舊，布衣亦太侈矣！他如詩樂詞曲諸通者，垂指爪作獅子形，六通之餘技倆也。

天啓丙寅季夏望江東社弟傅汝舟敬撰

自叙

文，時之爲也，而變因焉。自羲倉以迄大明，時也；自圖書以及經義，變也。文思之聖，理苞系于懷，不能相告以精，時一吐之，無言之意，亦無無言之意，故《易》曰：「含章可貞，以時發也」，無所謂體也。時因圖而畫，畫已耳，不必益也。時因畫而象彖繫之，言天下之至賾而不可惡也，言天下之至動而不可亂也，不必損也。典、謨、誥、誓、雅、頌、六官三禮、六樂獲麟之書，皆擬議以成變化，不過因其性反禪繼放伐，王迹國史，哀殷益商之實，而以時乎言也。是以文章之變，有知其然而然者，有不知其然而然者，有知其然而然，而無如之何者。故《春秋》不必襲乎《詩》也，《詩》不必沿乎《禮》也，《禮》不必沿乎《書》與《易》也，五十六卦不必襲乎八也，猶之乎三王不襲禮，五帝不沿樂也。是故德尊則義深，義深則意微，意微則理辯，理辯則言文，言文則行遠。無心之文，猶無聲之樂、無體之禮也。故莊周曰：聖人不巧，時變是守。後之人亦知擬之而後言，議之而後動，不知作者之所擬議非言也，後人之所擬議者言也。作者擬議之則變化也，後人擬議之則體格也。言愈擬愈下，而六籍始爲方圓矣，流而濫觴也，不知六籍爲何物。而諸體始爲金科玉律矣，浸假而爲優孟之衣冠矣，浸假而爲沐猴之衣冠矣。有識者懼浸假爲輪爲馬也，于是《典論》、《文賦》、《雕龍》、《流别》、《緣起》之屬，灌灌於前，漁仲志之，端臨考之。部别牒分，則有海虞吴江；博文反説，則有新都弇山，澹園雲杜。或徵《七略》而爲書，或操寸管而説法，亦綦密矣。

言史者自子玄昉矣，柳燦爲之晰微，文裕爲之會要，端簡則不言史而史法具在也。正樂者自三代而降，若滅若没。周永定中，蘇祇婆勘較七聲，鄭譯、蘇夔和衷佐之，而沮于何妥之自恥，迨後淳風之志其選矣，苑洛、椒山空谷之音也。談詩則迪功記室，崔豹、吴兢、左、郭、滄浪其人。空同、信陽、瑯琊、宣城、婺州、華亭，皆成一家之言，揚搉千秋之業。而詩餘、南北曲譜，均既舛九宫十三調，安所從而正之？頃者一二名家，秉心房之精，所衍傳奇，膾炙人口。第倚以九寸之管，比以八十一絲之弦，吾不知視案上之書何如也？小學不修，樂律失其傳，言之者絶響矣。惟經義盛於我明。破承腹結，可以槖籥六經，四股八比，用能舞驂(烏)〔鳥〕道。他文可以馳騁借資，而經義獨難纖毫出入。何也？與庸人言易而與聖人言難也。畫者遺毫而失貌，鬼魅之所以工也。予椎魯文質無所底恒，于諸體憒憒若夢。足跡所至，推誠下問。承風者或未必服習，服習者或不屑取瑟。爰考諸家之書，彙成文、詩、樂、曲、詞五編，皆以通名之，求以自通其不通也，匪敢通于人也。

匯而言之，陳思品第，止及建安，士衡九變，通而無貶。吁嗟，彦升不成權輿，《雕龍》來疥駝之譏，《流别》竭捃摭之力，伯魯廣文恪之書，號稱《明辨》，自述費年，而皆不本之經史。吴詳于文而略于詩，徐又遺曲。或飲水而忘其源，或拱木而棄其韡。嗟乎！六經其冠冕乎？曲調舄履乎？何裒然稱其體邪？子玄洵晰于史矣，其文則劉勰也，而藻繪弗如；其識則王充也，而輕訐太過。其所指摘，多中昔人，然偏信竹書汲冢。當惑而不惑，不疑而反疑。雖謂其有史學、無史筆，有史裁、無史識可也。晰微會要實劉氏之藎臣，必并觀互省，庶無害於名教，不則未免益微而損巨也。子玄唐人，自晉以下無譏焉。

愚於昭代，遡唐《新舊書》，上自玉册王綸，下迨市券關引，採評考要，略亦具矣。詩，言之精者也，柰何鄙夷之？自適齊入海以來，歷代《樂志》，徒載其詞，罕傳其聲。善哉！夾漈之言曰：「夫樂以《詩》爲本，《詩》以聲爲用。八音六律爲之羽翼耳。」古之詩今之辭曲也，若不能歌之，但能誦其文而説其義，可乎？即尼父亦何以云其得所也？故他經可以詁解，而《詩》獨當以聲論，即杜夔之屬，所得者已不過《鹿鳴》四篇，況其他乎？鍾嶸云：「既不被管絃，亦何取于聲律也。」崔豹既以義説名，吴兢又以事解目，盖聲失則義起，其與齊、魯、韓、毛無以異也，樂府之道幾乎息矣。克明、茂倩、禹金，崔、吴之徒也；記室、滄浪、弇州、元瑞、汝言、晉叔，齊、魯、韓、毛之徒也。臨淄、長江之《密旨》，右軍之《草訣》也，安得起達於樂者，如后夔、仲尼一從而學詩耶？今之詞曲，古樂之流也。故子夏對魏文侯曰：「君之所問者樂也，所好者音也。夫樂者與音，相近而不同。」弦歌詩誦，謂之德音；獿雜子女，謂之溺音。樂終不可以道古，是以祭祀弗用也。至於誘民孔易，其道一也。猶書之有圖，禮之有野也。樂失而求之音，良亦苦矣。夫舞蹈詠歌之節，人之所不能免也，如概以爲溺音而擯絶不講，恐蕢桴土鼓之意不如是也。今之優人，能歌之舞之，而不能説其義也；今之樂，能誦其詩，説其義，而不能歌之舞之也，其弊一也，「載胥及溺」矣。

經義，國家用以雋士，以試窮理之學；次之論表，觀其博古；次之策問，觀其通今。是以聖賢望士也，亦何厚也。夫士誠窮理也，博古也，識時務也，尚何孫於三代哉？然士竟以帖括報之，何太薄也？高者勦一二語録，縱談名理。其名甚尊而不敢以爲非，其罪甚鉅而莫不以爲功。先聖之道益晦，後生之腹益空，宋鑾坡所謂臭腐塌茸，厭厭不振。如下俚衣裝，不中程度者也。知其然而然，而無如之何也。間有一二篤生之士，仰慕成弘，必遭偃蹇，即擢科名，父以此戒其子，師以此戒其弟，曰：此馬肝也，甚毋食之。夫安得正始之音，復見於今，而無愧於窮理博古通今也哉。今以其時考之，三代不能不秦、漢也，漢、魏不能不六朝也，六朝不能不三唐也，唐不能不宋、元也，變止矣。六經不能不子史也，三百篇不能不漢、魏也，漢、魏不能不近體也，宋之不能不詞，元之不能不曲也，國家之不能不經義也。文質之會，窳隆升降之原，有知其然而然者，吾將旦暮遇之矣。

夫文以經緯天地，安定社稷，爲憲萬邦，兼資一世，故曰「經國之大業，不朽之盛事」，豈第爲先資之蒭狗，酬應之苞苴耶！即上馬橫槊，下馬賦詩，亦未免負慚於飲食，而況其凡焉者乎！世無經學，故無文學，未有通於經而塞於文者也。今不揣固陋，會通古今，談經訂史，説詩言樂，審音之書，棄短取長，明法究變，尊是黜非。每編彙爲一通，每體彙爲一篇。文則經史子集，篇章句字，假取援喻，條晰縷分，而殿以統説。詩自三百，樂府、古、近，題例豔趨，釐音叶響，而弁以總論。樂左書右圖，詞曲右調左譜。經義憲章祖訓，起弊維新，衡以先民之言，而黜其餖飣之醜，憤然求通而未能，何異語冰而不曉，向若而不歎也。昔杜岐公粤稽書契，至天寶而《通典》成，漁仲自隆古至建炎而《通志略》成，端臨始嘉定泝天寶而《通考》成。此皆著述家權衡也。愚近始隆、萬，遠接端臨，如鄭康成箋諸經，彼此互証，包併參伍，自少迨老，無日不刳心焉則有之矣，然續貂畫虎，昔人所譏，尚不敢擬《風俗》、洼丹諸書，敢望諸君子哉。亦聊以志憤悱于通儒耳！

天啓丙寅稧日黄岡後學朱荃宰雨中書於桃葉渡

目録

舊五代史　新五代史　宋史
遼史　金史　元史

史家流別

偏記　小録　逸事
瑣言　群書　家史
別傳　雜記　地理
都邑

評史

史官建置

正史　列國偏方史
女史　野史

評史舉正

長編

通鑑　綱目

正統

文通

册

璽書

詔

制

誥

訓

誓

命

麻

敕

令

卷之第五

封禪

檄

露布

卷之第六

文通

明文

教

卷之第七

貢

範

彖

象

曆

本紀

世家

列傳

補註

表曆

年表　人表

書志

天文　五行　藝文

人形　方言　都邑

氏族　方物　符瑞

釋老

書事

注

起居注　儀注

卷之第八

表

箋

頌

章

上章

啓

奏

文通

題

奏記

封事

上疏

薦

揭帖

彈事

卷之第九

策

論

經義

議

駁

牒

公移

文　通

符命　典引

七

連珠

評

解

原

辯

説

字説

書説

譯

卷之第十二

史贊　讚

傳

記　題名

卷之第十七

目録

卷之第二十一

卷之第二十二

卷之第二十三

載事
載文
載言
章句
練字
字法

或　者　之謂　謂之
之　可　可以　為
必　不以　無　而不
其　焉　于時　實
曾是　俟　有若　未嘗
于是乎　有也　兮　然
而　方且　似　乎
迺　以之　足以　也

文　通

卷之第二十七

文　通

道

釋

釋道

名士

文士

卷之閏

詮夢

文通卷之一

明　朱荃宰　撰

明　道

宋景濂曰：人文之顯，始於何時？實肇於庖犧之世。庖犧仰觀俯察，畫奇偶以象陰陽。變而通之，生生不窮，遂成天地自然之文。非惟至道含括無遺，而其制器尚象，亦非文不能成。如垂衣裳而治取諸《乾》《坤》，上棟下宇而取諸《大壯》，書契之造而取諸《夬》，舟楫牛馬之利而取諸《涣》，隨杵臼棺槨之制而取諸《小過》、《大過》，重門擊柝以取諸《豫》，弧矢之用以取諸《睽》，何莫非粲然之文。自是推而行之，天衷民彝之叙，禮樂刑政之施，師旅征伐之法，井牧州里之辨，華夷内外之别，復皆則而象之。故凡有關民用及一切彌綸範圍之具，悉囿乎文，非文之外别有其他也。

然而事爲既著，無以紀載之，則不能以行遠。始託諸辭翰以昭其文，略舉一二言之。禹敷土隨山刊木，奠高山大川，既成功矣，然後筆之爲《禹貢》之文。周制聘覲燕享餽食昏喪諸禮，其升降揖讓之節既行之矣，然後筆之爲《儀禮》之文。孔子居鄉黨，容色言動之間，從容中道，門人弟子既習見之矣，然後筆之爲《鄉黨》之文。其他格言大訓，亦莫不然。必有其實而後文隨之，初未嘗以徒言爲也。譬猶聆衆樂於洞庭之野，而後知音聲之抑揚，綴兆之舒疾也；習大射於矍相之圃，而後見觀者如堵墻，叙點之揚觶也。苟踰度而臆决之，終不近也。昔者游、夏以文學名，謂觀其會通而酌其損益之宜而已，非專指乎辭翰之文也。

嗚呼！吾之所謂文者，天生之，地載之，聖人宣之，本建則其末治，體著則其用彰，斯所謂乘陰陽之大化，正三綱而齊六紀者也。亘宇宙之始終，類萬物而周八極者也。嗚呼！非知經天緯地之文者，惡足以語此。

其下篇曰：爲文必在養氣。氣與天地同，苟能充之，則可配叙三靈，管攝萬彙，不然則一介之小夫爾。君子所以攻内不攻外，圖大不圖小也。力可以舉鼎，人之所難也，而烏獲能之。君子不貴之者，以其局乎小也。智可以搏虎，人之所難也，而馮婦能之。君子不貴之者，以其鶩乎外也。氣得其養，無所不周，無所不及也。攬而爲之文，無所不參，無所不包也。九天之屬，其高不可窺，八柱之列，其厚不可測，吾文之量得之。規燬魄淵，運行不息，基地萬熒，躔次弗紊，吾文之燄得之。崑崙玄圃之崇清，層城九重之嚴邃，吾文之峻得之。南桂北瀚，東瀛西溟，杳渺而無際，涵負而不竭，魚龍生焉，波濤興焉，吾文之深得之。雷霆鼓舞之，風雲翕張之，雨露潤澤之，鬼神恍惚，曾莫窮其端倪，吾文之變化得之。上下之間，自色自形，羽而飛，足而奔，潛而泳，植而茂，若洪若纖，若高若卑，不可以數計，吾文之隨物賦形得之。嗚呼！斯文也，聖人得之，則傳之萬世爲經；賢者得之，則放諸四海而準，輔相天地而不過，昭明日月而不忒，調燮四時而無愆，此豈非文之至者乎？

天道湮微，文氣日削，騖乎外而不攻其内，局其小而不圖其大，此無他，四瑕八冥九蠹有以累之也。何謂四瑕？雅鄭不分之謂荒，本末不比之謂斷，筋骸不束之謂緩，旨趣不超之謂凡，是四者賊文之形也。何謂八冥？訐者將以賊夫誠，𢶍者將以蝕夫圜，庸者將以溷夫奇，瘠者將以勝夫腴，㸕者將以亂夫精，碎者將以害夫完，陋者將以革夫博，昧者將以損夫明，是八者，傷文之膏髓也。何謂九蠹？滑其真，散其神，糅其氛，徇其私，滅其知，麗其蔽，違其天，昧其幾，爽其貞，是九者，死文之心也，有一於此，則心受死而文喪矣。春葩秋卉之争麗也，鴟號林而蛩吟砌也，水湧蹄涔而火炫螢尾也，衣被土偶而不能視聽也，蟣蠓死生於甕盎，不知四海之大，六合之廣也，斯皆不知養氣之故也。嗚呼！人能養氣，則情深而文明，氣盛而化神，當與天地同功也。與天地同功，而其智卒歸之一介小夫，不亦可悲哉！

予既作《文原》上下篇，言雖大而非誇，唯智者然後能擇焉。去古遠矣。世之論文者有二：曰載道，曰紀事。紀事之文，當本之司馬遷、班固，而載道之文，舍六籍吾將焉從？雖然，六籍者本與根也，遷、固者，枝與葉也。此固近代唐子西之論，而予之所見，則有異於是也。六籍之外，當以孟子爲宗，韓子次之，歐陽子又次之。此則國之通衢，無荆榛之塞，無蛇虎之禍，可以直趨聖賢之大道。去此則曲狹僻徑耳，犖确邪蹊耳，胡可行哉！予竊怪世之爲文者，不爲不多。騁新奇者，鉤摘隱伏，變更庸常，甚至不可句讀。且曰不詰曲聱牙，非古文也。樂陳腐者，一假場屋，委靡之文，紛揉龐雜，不見端緒。且曰不淺易輕順，非古文也。予皆不知其何說。大抵爲文者，欲其辭達而道明耳。吾道既明，何問其餘哉。雖然，道未易明也。必能知言養氣，始爲得之。予復悲世之爲文者不知其故，頗能操觚遺辭，毅然以文章家自居，所以益摧落而不自振。今以二三子所學，日進於道，聊一言之。

本　經

王子充曰：予嘗學文於豫章黄太史，三年而不得其要，悵悵焉食而不知其味，皇皇焉寢而不安其居，望望焉如有求而不獲也。太史公一日進生而訓之曰：「子之學文，有年于兹，志則勤矣。吾聞天地之間，有至文焉，子豈嘗知之乎？夫雲漢昭回，日星宣朗，烟霞卷舒，風霆鼓蕩者，天文之所以暢；山岳錯峙，江河流行，鳥獸蕃衍，草木榮茂者，地文之所以成。天地之文，不能以自私，誕賦於人，人則受之。故聖賢者出，以及環人畯士，相繼代作，莫不大肆於厥辭。蓋自孔氏以來，兹道大闡，家脩人勵，致力於斯。其間鞫明究曛，疲弊歲月，刓精竭思，耗費簡札者，紛趨而競馳，孰不欲争裂綺繡，牙攀日月，高視萬物之表，雄峙百代之下，卓然而有爲？然而躑躅而不進，骫骳而不振，思窮力蹙，吞志而没者，往往而是，而登名文章之錄者，其實無幾，則所謂至文者，固夫人所罕知。是故，文有大體，文有要理。執其理則可以折衷乎群言，據其體則可以剸裁乎衆製。然必用之以才，主之以氣。才以爲之先驅，氣以爲之内衛，推而致之，一本於道。無雜而無蔽，惟能有是，則統宗會元，出神入天，惟其意之所欲言，而言之靡不如其意，斯其爲文之至乎。凡吾之説，子豈嘗知之。苟知之，其試以語我。」

生曰：「文之爲物，貴適時好，粲然相接，合喜投樂。有如正始不完，文氣遂偏，俗尚化遷，而排偶之習興焉。四屬六比，駢諧儷聯，抽黄對白，調朱施鉛。五采相宣，八音相便，握摛穠纖，唫呩寒暄。豐腴醲酣，眩麗媚妍，珠璣溢緘，膾炙滿篇。凡慶函與賀牘，咸累幅而疊番。王公之門，下逮閭閻，彝儀縟典，往來交際，率奉之以周旋。又如大雅既遠，詩歌日變，《玉臺》、西崑，其流也，漸支爲詞曲。争嫩競艷，字分輕重，句協長短。浮聲切響，清濁和間，羽振宮潛，商流徵泛。笙簧觸手，錦繪迷盼，風月流連，鶯花凌亂。振妙韵於沉冥，托葩辭於清婉。性情因之而暢宣，光景因之而呈獻。好會暌離，歡忻悲歎，莫不假是以託情，固無間於貴賤也。若是者其爲文何如？」太史公曰：「古語變而四六，古聲變而詞曲，文之弊也甚矣。請置勿道，爲言其他。」

生曰：「命鄉選士之法廢，而科舉乃興。以文取士，設爲範程。漢有射策，唐有明經，復有詩賦，逮宋日益增。經衍爲義，而三篇以明，賦本於律，而八韻以成。咸各專其科，各精其能。其義則意融指切，言粹辭達，枝語蔓引，叢論英發。其賦則句鍊字戛，音嚴韵軋，藻秀春擷，花艷晴掇。較妍醜於錙銖，品抑揚於毫髮。它若宏辭制舉，六科別設，文法靡不該，文格罔弗列。又必學稱博極，才號宏傑，乃能攻其業。凡習於斯者，皆賈勇詞場，角雄藝闈。不厲兵而白戰，争奪弧而先拔。若工若拙，三年是力，若勝若劣，一日而决。及其中文衡，入文彀，則遂圍棘聲徹，榜金名揭。上賢書於天府，承洪恩於帝闕。乃躋膴仕，乃展遐轍，若卿若相，鮮不由兹而出矣。上以此而求賢，士以此而致身，文之用世，信不可誣也歟！」太史公曰：「科舉之文，趨時好以取世資，特干禄營寵之具耳！學古之君子，耻言之。」

生曰：「文之古者，登諸金石，記誌頌銘，具有成式。或鍾鼎是勒，或琬琰是刻，或鎸於麗牲懸綍之碑，或鑱在封嶽磨厓之壁，莫不炫耀崇勳，烜焯茂德。載丕丕之嘉猷，紀赫赫之休績。然皆一筆之力，九鼎可扛，一字之價，千金是直。爾其宏奥之思，雅健之姿，瑰瑋之辭，攄摭馬、班，凌厲蔡、陳，蹂躪韓、柳。玉采金聲，焜焜煌煌，鍧鍧鏘鏘；衮章綉紋，炳炳焞焞，繽繽紜紜。詭然而蛟龍翔，蔚然而虎鳳昂，翕然而律吕張。正音諧韾韺，變態類雲霆，勁氣排甲兵。沈冥以之而開褰，幽閟以之而著宣，邈遠以之而綿延。然非儒林宗匠，藝營宿將，道德爲世之模楷，名位爲國之儀望，堂堂焉，章章焉，擅鴻筆，攬魁柄，稱文章之大家者，孰當仁而不讓？宜其媲美古昔，傳信今後，照四裔以無倫，垂千載而不朽。此其爲文也，不亦古乎？」太史公曰：「文至於是，謂之古，宜也。雖然，其爲用，殆不止是已。」

生曰：「朝廷之上有巨文焉。典謨誓誥，制册令詔，藹爲王言，涣爲大號，而帝王之制作存焉。灝灝噩噩，渾渾洋洋，凌厲蓬孛，揮霍奮揚。或温潤而精粹，或宏偉而秀雄，或嚴肅而簡重，或衍裕而深長。經緯天地，櫜籥陰陽，黼黻萬化，轇轕三光。封職則氣含陰雨之潤，授官則義炳重離之明，敕戒則吐星漢之華，治戎則揚洊雷之轟，肆赦則垂滋於春露，明罰則示烈於秋霜。一字之褒，沛漏泉於下地；一言之感，被挾纊於黎蒸。朝出九重，暮行四方，如風動而草偃，如山鳴而谷應。奮迅乎宇外，旁薄乎域中，鼓舞乎夷夏，陶鎔乎帝王。文章之用，蓋與造化而侔功矣。若是何如？」太史公曰：「《禮》曰：『王言如絲，其出如綸。』《詩》曰：『辭之輯矣，民之協矣；辭之繹矣，民之莫矣。』文之爲用，誠莫盛於此也。姑舍是，豈非復有可聞者乎？」

生曰：「文之難者，莫難於史。故良史之才，古今或無。皇道帝德，王略霸圖，運祚興衰，治道隆汙，將相卿士，武烈文謨，賢智忠孝，凶慝奸諛，天文五行，地理河渠，禮樂兵刑，食貨賦租，選舉職官，冕服車輿，蠻夷戎狄，遐方異區，恍惚詭變，俗怪習殊，凡一代之本末，皆載乎史，故曰史者一代之成書。是故事以實之，辭以給之，法以立之，例以律之，作史之要，必備乎此。然非其能足以通古今之體，明足以周萬事之理，智足以究難知之意，文足以發難顯之義者，曾烏足以稱良史。蓋自紀表志傳之制，馬遷創始，班固繼作，綱領昭昭，條理鑿鑿。三代而下，史才如二子者，可謂特起拔出，雋偉超卓。後之爲者，世仍代襲，率莫外乎其榘矱。論者以爲遷、固之書，其與善也隱而彰，其懲惡也直而寬，其賤夷也簡而明，其防僭也微而嚴，是皆合乎聖人之旨意，而非庸史之敢干。及乎范曄、陳壽之流，則遂肆意妄纂，曲筆濫箋。曖昧其本旨，而義駁以偏；破碎其大體，而辭謭以纖。況乎曄、壽之不若者，則又卑陋而無足觀矣。故史所以明乎治天下之道，而爲之者，亦必天下之才，然後勝其任，茲其所爲難乎。」太史公曰：「噫，史之爲文誠難乎其盡美矣，文而爲史，誠極天下之任矣。抑吾聞之文有二：有紀事之文，有載道之文。史者，紀事之文，於道則未也。」

生曰：「聖人既没，道術爲天下裂，諸子者出，設户分門，立言以爲文。是故管夷吾氏以霸略爲文，鄧析氏以兩可辯説爲文，老聃氏以秉要執本、持謙處卑爲文，列禦寇氏以黄老清淨無爲爲文，墨翟氏以貴儉、兼愛、上賢、明鬼、非命、上同爲文，公孫龍氏以堅白名實爲文，莊周氏以通天地之統、叙萬物之性、達死生之變爲文，慎到氏以刑名之學爲文，申不害氏、韓非氏，復流於深刻之文，尹文氏又合黄老刑名爲文，鬼谷氏以捭闔爲文，蘇代氏、張儀氏，因肆爲縱横之文，孫武氏、吴起氏，以軍形兵勢、圖國料敵爲文，荀卿、楊雄氏，則以明先聖之學爲文，淮南氏則以總統道德仁義、而蹈虚守静、出入經道爲文。凡若此者，殆不可遽數也。雖其文人人殊，而於其道則未始不有明焉。譬猶水火，相滅亦以相生，和敬相反亦以相承，《易》所謂天下『一致而百慮』、『同歸而殊途』者，言本於一揆而已。文以載道，其此之謂乎？」太史公曰：「諸子之文，皆以明夫道，固也。然而各引一端，各據一偏，未嘗揆夫道之大全。人奮其私智，家尚其私談，支離頗僻，馳騁鑿穿，道之大義益以乖，大體益以殘矣。此固學術之弊，而道之所以不傳也。」

生曰：「聖人之文，厥有六經：《易》以顯陰陽，《詩》以道性情，《書》以紀政事之實，《春秋》以示賞罰之明，《禮》以謹節文之上下，《樂》以著氣運之虧盈。凡聖賢傳心之要，帝王經世之具，所以建天衷，奠民極，立天下之大本，成天下之大法者，皆於是乎有徵。斯蓋群聖之淵源，九流之權衡，百王之憲度，萬世之準繩。猶之天焉，則昭雲漢而揭日星，布烟霞而鼓風霆；猶之地焉，則山岳峙而江河行，鳥獸蕃而草木榮。故聖人者，參天地以爲文，而六經配天地以爲名。自書契以來，載籍以往，悉莫與之京。斯其爲文，不亦可以爲載道之稱也乎？」太史公䩐然而驚，喟然而嘆曰：「盡之矣，其蔑有加矣，此固載道之器而聖人之至文矣。嗟乎！世之學者，無志乎文則已，苟有志乎文，舍此無以議爲矣。是故本之《詩》以求其恒，本之《易》以求其變，本之《書》以求其質，本之《春秋》以求其斷，本之《樂》以求其通，本之《禮》，以求其辨。夫如是，則六經之文爲我之文，而吾之文一本於道矣。故曰：經者，載道之文，文之至者也。後聖復作，其蔑以加矣。」

經學興廢

六經猶七政、五行之在宇宙，宜無顛隕之期，然亦有無可奈何者。五聲本于五行，而徵音廢；四瀆源於四方，而濟水絶。《周官》六典，所以布治而司空之書亡，是非人力所能爲也。粤稽漢儒所傳授諸經，各名其家，而今或存或不存。又有欲廢《春秋》者，此與汨陳五行何異？今采摭班史及諸典籍，叙其興廢之由，俾後之攬者得其凡焉。

《易》有三名：夏曰《連山》，商曰《歸藏》，周曰《周易》。杜子春又謂《連山》伏羲，《歸藏》黄帝。《連山》首《艮》，以雲氣出内於山；《歸藏》首《坤》，以萬物莫不歸而藏之於中；《周易》首《乾》，以天能周匝于四時也。太簇爲人統，寅爲人正。夏以十三月爲正，人統，人無爲卦首之理，《艮》漸正月，故以《艮》爲首。林鍾爲地統，未之衝丑，故爲地正。商以十二月爲正，地統故以《坤》爲首。黄鍾爲天統，子爲天正。周以十一月爲正，天統故以《乾》首卦。《易》一名而三代異用，此亦一大興廢也。《周易》傳自商瞿，漢初田何以之顓門，後爲施讐、孟喜、梁丘賀、京房、費直、高相之學。後漢高氏已微。永嘉之亂，梁丘之《易》亡。孟、京、費氏，人無傳者，唯鄭康成、王弼所注行世。江左欲置鄭《易》博士，不果，而弼猶爲世所重。韓康伯等千人并注《繫辭》，今唯韓傳。故世稱西都丁、孟、京、田，東都荀、劉、馬、鄭，而輔嗣之注獨冠古今焉。

《尚書》凡百篇，三千之徒，并受其義。及始皇滅典籍，焚書坑儒，藏于孔壁。漢興，濟南伏生，年過九十，失其本經。口以傳授，裁二十餘篇，百篇之義，世莫傳聞。至魯共王壞孔子舊宅，以廣其居，于壁中得所藏古文，皆科斗。王又升孔子堂，聞金石絲竹之音，乃不壞宅，悉以書還孔氏。科斗書廢已久，時人無能知者。以所聞伏生之書，考論文義，爲隸古，以竹簡寫之，增多伏生二十五篇。伏生又以《舜典》合於《堯典》，《益稷》合于《臯陶謨》，《盤庚》三篇合爲一，《康王之誥》合于《顧命》，凡五十九篇。詔孔安國作傳，遭巫蠱事不獲以聞，遂不列於學官。其本殆絶，是以馬、鄭、杜預之徒，皆謂之逸書。王肅嘗爲注解。至晉元帝時，孔傳始出，而亡《舜典》一篇，乃取肅所注《堯典》，分以續之，學徒遂盛。及唐以來，馬、鄭、王注遂廢。今以孔氏爲正云。

《詩》自卜商闡之，漢興分而爲四：魯申公曰《魯詩》，齊轅固生曰《齊詩》，燕韓嬰曰《韓詩》，皆列博士。《毛詩》出河間大毛公，爲之《故訓》以授小毛公，爲獻王博士，以不在漢朝，不列於學。鄭衆、賈逵、馬融，皆作詩句，及鄭康成作箋，三家遂廢。《齊詩》久亡，《魯詩》不過江東，《韓詩》雖在，人無傳者。唯《毛詩鄭箋》獨立國學，今所遵用。晉宋二蕭之世，齊魏兩河之間，其道大行。若全緩、何胤、舒瑗、劉軌思、劉醜、劉焯、劉炫之疏，亦殊絶矣。

《禮》，漢高唐生傳《士禮》十七篇，即今之《儀禮》也。古《禮》今五十六篇，後蒼傳十七篇，曰《曲臺記》，所餘二十九篇，名爲《逸禮》。戴德删古《禮》二百四篇爲八十五篇，謂之《大戴禮》，戴聖又删爲四十九篇，謂之《小戴禮》。馬融、盧植，考諸家異同，附戴聖篇章，去其煩重及所缺略，而行於世師，即今之《禮記》也。王莽時，劉歆始建立《周官經》以爲《周禮》，在三禮中最爲晚出。周公制禮之日，禮教興，周衰，諸侯去其籍，秦大壞《周禮》。自孝公以下，用商君法，與《周官》相反。始皇禁挾書，搜求焚燒之。漢劉向子歆著於《六略》，然亡《冬官》一篇，以《考工記》足之。時衆儒共排爲非。歆又鋭精于《春秋》，末年乃知其周公致太平之迹，具在于斯，奈遭天下倉卒，兵革疾疫。徒有緱氏杜子春，年且九十，家于南山，能通其讀。鄭衆、賈逵，往受業焉。賈逵又著《易》、《尚書》、《詩》、《禮》傳皆訖，念《周官》未卒業，年六十有六，目瞑意倦，自力補之，謂之《周官傳》。然歆之録在哀帝時，不審馬融何云「至孝成令劉向子歆考理秘書，始得列叙著於録略」者。成帝之時，蓋向、歆父子並被帝令。至向卒，哀帝命歆卒父所修者，故今文垂理則是也。後馬季長又作《解詁》。然則《周禮》起於成帝劉歆，而成于鄭玄，附離之者大半。故林孝存以爲武帝知《周官》末世瀆亂不驗之書，故作十論七難，以排棄之。何休亦以爲六國陰謀之書。唯有鄭玄徧覽群經，知《周禮》者乃周公致太平之迹，故能答林碩之論難，使《周禮》義得條通焉。

《春秋左傳》，原與經别行。有有經無傳者，有有傳有經者，至杜預始合之。故有謂左氏非丘明者，唐啖助謂《論語》所引，乃史秩、遲任之類。趙匡以爲孔子前人，不知出何代。漢劉歆始傳其書，欲立《左氏》博士而不果。又有《公羊》、《穀梁》、《鄒氏》、《夾氏》。《鄒氏》無師，《夾氏》無書。《公羊》興于漢景帝時，《穀梁》盛于宣帝時，而《左氏》終西漢不顯。迨章帝迺令賈逵作訓詁，自是《左氏》大興，二傳漸微矣。宋胡安國傳爲世所尊，稱四傳。然未免以義理穿鑿。昔人謂傳愈多而經愈晦，豈欺我哉！

《論語》三家，《魯論語》者，魯人所傳，即今所行篇次是也。《齊論語》者，齊人所傳，有《問王》、《知道》二篇，凡二十二篇。瑯琊王卿及膠東庸生，昌邑中尉王吉，皆以教授。魯共王時，嘗壞孔子宅爲宫，得古文《論語》于壁中，亦無二篇。第分《堯曰》下章「子張問」爲一篇，凡二十一章。安昌侯張禹論説，號《張侯論》，爲世所貴。又有包氏、周氏章句。《古論》惟孔安國爲之訓解，而世不傳。馬融亦爲之訓説。漢末鄭玄就《魯論》篇章考之齊、古爲之註。陳群、王肅、周生烈，皆爲義説，何晏、孫邕集諸家之善，名曰《論語集解》，宋朱熹又集諸説爲《集註》。

《孝經》，孔曾爲請益問答之語，廣明孝道，出河間顔芝所藏。自西漢及齊梁，註者百家。唐初雖存秘府，而多殘缺。傳者唯孔鄭兩家併皇侃義疏。劉子玄辨鄭註十謬七惑，司馬堅斥孔註多鄙俚，諸家皆榮華其言，妄生穿鑿。唐明皇芟註爲《石臺孝經》，自爲八分書勒石爲叙。韋昭、王肅，領袖于前，虞翻、劉劭，抑又次焉。劉炫明安國之本，陸澄譏唐成之註。邢昺爲之正義，朱熹爲之刊誤，而至有用以滅賊者，又何説耶！

《爾雅》，周公倡之，子夏和之。時經戰國，傳授之徒浸微，唯漢終軍獨深其道。注之者，則有劉歆、樊光、李巡、孫炎。雖各名家，猶未詳備，惟東晉郭景純，用心二十年，甚得六經之旨，詳百物之形。邢昺、杜鎬，共相討論，爲之疏釋。以經籍爲宗，以景純爲主，博雅兼之矣。

《大學》有古本，有今本。古本與朱晦菴所定不同，王陽明復定之，總爲一章。

《中庸》古本一章，朱熹定爲三十三章，王陽明復總爲一章。二篇皆出《禮經》，故《中庸》只一禮字足以盡之。道不可見，一殽于禮，則道皆燦然有可持。循《周禮》一書，不過理財用人，而《大學》爲心法焉。

《孟子》由炎漢之後，盛傳于世。趙岐、陸善經音注，又有張鎰、丁公著之義。自善經已降，小有異同，而共宗趙氏。張則徒分章句，丁則稍識指歸，而皆未免紕漏。王旭作《音義》，孫奭作《正義》，多所發明焉。

嗟夫！四子之書，爲六經之終學者率先，四子而後，六經故罕得其淵源，近之君子，其爲經義，羔雉而已，剽攘而已。闤市集潦，積薄流淺，佻侻而鄙儉，經學雖名大興，實爲大廢，可慨也夫！異哉！劉歆用《周禮》以濟莽之惡，已爲六經之罪人，而安石欲變法，乃作《三經新義》。嗚呼！二王皆託經以禍世，所謂汩陳五行者非與？與其託也寧廢，又何怪乎折人之角，解人之頤也！

經解

孔子曰：入其國，其教可知也。其爲人也，温柔敦厚，《詩》教也；疏通知遠，《書》教也；廣博易良，《樂》教也；絜静精微，《易》教也；恭儉莊敬，《禮》教也；屬辭比事，《春秋》教也。故《詩》之失愚，《書》之失誣，《樂》之失奢，《易》之失賊，《禮》之失煩，《春秋》之失亂。其爲人也，温柔敦厚而不愚，則深於《詩》者也，疏通知遠而不誣，則深於《書》者也，廣博易良而不奢，則深於《樂》者也，挈静精微而不賊，則深於《易》者也，恭儉莊敬而不煩，則深於《禮》者也，屬辭比事而不亂，則深於《春秋》者也。

《圖書編》曰：《周禮》太史以至小行人，皆掌官府之典籍，外史掌三皇五帝之書，及觀列國之所陳，魯史之所具，左史倚相之所讀，煩矣，備矣。孔子觀載籍之紛紜，懼覽者之不一，遂乃定禮樂，明舊章，删《詩》爲三百篇，約史記而修《春秋》，讚《易》道以黜《八索》，述職方以除《九丘》，討論墳典，斷自唐虞，以訖於周。故知由孔子而前，學術非寡，自有六經以後，趨於約也。身通六藝之士，雖有三千，發明章句，始於子夏。於《易》有傳，於《詩》有叙，於《禮》有《儀·喪服》一篇，於《春秋》，以授公羊高、穀梁赤，定撰《論語》，此子夏所以居文學之科也。或《易》以商瞿云然，猶《春秋》分爲五，《左氏》、《公羊》、《穀梁》、《鄒氏》、《夾氏》。《詩》分爲四，毛氏、齊、魯、韓。《易》有數家之傳。諸子紛紜，以召焚坑，至漢而始出。

《易》：自魯商瞿子木受於孔子，以授魯橋庇子庸。子庸授江東馯臂子弓。子弓授燕周醜子家。子家授東武孫虞子乘。子乘授齊田何子裝，而爲漢興言《易》之祖。何授丁寬，〔丁寬〕授田王孫。王孫所授爲三門曰：沛人施讎、東海孟喜、瑯琊梁丘賀。由是有施、孟、梁丘之學。又有東郡京房，爲京氏學。又有東萊費直，傳古文《易》，爲費氏學。沛人高相爲高氏學。施、孟、梁丘、京氏四家，皆立博士，而費、高二氏未得立。後漢陳元、鄭衆，皆得費氏之學。馬融、鄭玄、荀爽，並爲之傳註。自是費氏大興，京氏遂衰，施、孟、梁丘、高氏俱亡。今所得者皆費氏也。至晉，王肅又爲費氏註。梁、陳鄭玄、王弼二註，列於國學。齊代推傳鄭義，至隋王註盛行，鄭學寖微矣。

《尚書》：漢濟南伏生，遭秦亡其書，口授二十八篇。又河内女子，得《秦誓》一篇，獻之伏生，作《尚書》四十一篇，以授同郡張生。張生、千乘歐陽生，世傳至歐陽高，爲歐陽氏之學。夏侯都尉受業於張生，世傳至夏侯勝，爲大夏侯之學。勝傳於建，爲小夏侯之學。故三家並立，至東京相傳不絶，而歐陽爲盛。孔安國得壁中書，考定爲五十九篇，作傳而私傳於都尉朝，爲《尚書》古文之學。未得立，傳者中絶。遂有張霸僞書二十四篇，後漢杜林傳之，賈逵作訓，馬融作傳，鄭玄亦爲之註。非孔氏舊本也。至晉永嘉，而歐陽大小夏侯之學並亡。東晉及齊，始行安國舊本，列之國學。隋以後，孔氏行而鄭氏微矣。

《詩》：漢初魯申公受于浮丘伯，作訓詁，是爲《魯詩》。齊轅固生亦傳《詩》，是爲《齊詩》。燕韓嬰亦傳《詩》，是爲《韓詩》。三家皆立於學官。又有趙毛萇善《詩》，自云子夏所傳，作《古訓傳》，是爲《毛詩》。河間獻王好之，未得立。東京謝曼卿爲之訓，衛敬仲又加潤色，鄭衆、賈逵、馬融並作傳，鄭玄作箋，而至今獨立。《齊詩》亡于衛，《魯詩》亡于晉，《韓詩》微。

《禮》：漢初有高堂生傳十七篇。又有古經，出於港中，河間獻王上之，合五十六篇。至宣帝時，後蒼最明其業，乃爲《曲臺記》，以授梁人戴德及德兄子聖、沛人慶普。古《禮》合二百四篇，戴德删其煩重，爲八十五篇，爲《大戴禮》。戴聖又删定爲四十六篇，爲《小戴記》。大小戴、慶氏三家並立。後漢惟曹氏傳慶學。漢末鄭玄傳小戴之學，後以古經較之，取其義長者作註，爲鄭氏學，立于國學，餘多散亡，又無師説矣。

《春秋》：夫子作《春秋》，有所褒諱貶損，不可書見，口授弟子。弟子退而異言，丘明恐弟子各安其意以失其真，故論本事而作傳也。口説流行，故有《公羊》、《穀梁》、《鄒》、《夾》之傳。漢初四家並行，《鄒氏》無師，夾氏未有書。齊人胡母子都傳《公羊春秋》，授東海嬴公，以至東海嚴彭祖、魯人顔安樂，故後漢《公羊》有嚴氏、顔子之學，與《穀梁》三家並立。《左氏》，漢初出于張蒼之家，本無傳者。賈誼爲訓詁以授貫公，後劉歆欲立於學而不得，至建武中，韓歆、陳元欲立之，於是以魏郡李封爲《左氏》博士，而諸儒攻之，及封辛而罷。然私相傳者甚衆。賈逵、服虔，並爲之訓，晉杜預又爲《經傳集解》。《穀梁》范寧註，《公羊》何休註，《左氏》服虔、杜預註，後皆立國學，至今而《公》、《穀》無私說。

議曰：漢之言《易》者六家，而費氏最後出，言《書》者四家，而孔氏後出，言《詩》者四家，而毛氏後出，言《春秋》者五家，而左氏後出，《禮》雖同出後蒼，而小戴最後出。然至於今，而惟後出者爲衆所宗，將掇拾遺灰，考覈未精，朱紫適炫而正始未先表見邪！歷正而後，名山石室之藏，往往精出，而諸儒又得以所誦習參互考定，以証是非，而後先王之迹著，是未可知也。然余不能無感矣。孔氏出壁中之藏，有天幸矣，而未得立，至使愉夫售其贋，又更四百餘載而緝熙于殘缺之後，何運之餘厄也？《詩》四家之傳，涣如參辰，不相屬焉。獨《毛詩》適與經傳合，而後儒信之似矣。《公》、《穀》、《左氏》之違戾，盖不特亥豕魯魚，偶誤一二也。豈有夫子口授而及門之徒已自殊畛域邪？世儒擇其差可信者，猶曰《左氏》，而近誣之譏，尚何辭焉？此三經猶可言也，禮樂不可一日缺，而漢之言《禮》者，後蒼而外，無異同，奈之何？踳駁至今不可較閱。説者謂衰周諸侯已去其籍，然使漢興君臣加意於斯，未必不可收拾百一，而卒以澌滅，是可慨也。迨夫《大易》之義，彌難言之矣。聖人設象以明教而理自存，非獨以明理也。借令聖人將以理教天下，微《易》誰不可明者？而何必以枯默無朕之畫，精妙簡寂之辭爲哉？而世儒罕知其故，遂畧象數，專治文義，以飾鄙陋。以此治《易》，不若己之爲愈，而猶互詆京、焦，黨嗤孟喜。彼京、焦、孟喜，雖未必入羲周之室，而不猶愈以隔藩籬者乎？愈趨而下，以至王、鄭。鄭則多參天象，王乃全釋人事，《易》之道豈偏滯於天人哉？而天象難尋，人事易習，折楊黄華，學徒多從之，至宋極矣。雖然，非質有其道，通神明之德者，不足以與於斯。千載而後，知其解者，旦暮遇之，不知其解者，雖耳提焉，猶是也。《易》故未易言也。由是言之，吾疑聖人之學已絶，而其所傳者，不啻影響也。吾安知後出者之是，而前廢者之非邪？區區欲以數千年之後，論數千年不可知之前，聖人不能，而況其凡乎？然則將遂已而已乎？是烏可已也？嘗一臠之肉，知一鼎之烹矣，見瓶水之冰，知天下之寒矣。凡有微言，無論訛正，宜並存習，以俟融者。天不隕絶斯文，或生聖人起而折衷之，不爾，則問禮問官之安從？刪正贊修之異取，而聖人亦未如之何矣！昔漢之君臣，詳延廣厲，功至偉矣，而吾於是有深尤者，石渠，白虎之議也，據天子之勢，而侵聖人之官，舉一廢百，破壞圖書，不知妄作，莫斯爲甚，曾不若衆建郡學，博徵明儒之爲益，而顧不出此，悲夫！馬、鄭二子，多所考定，時稱大儒，溺其教矣。今言出而舊文廢，一家行而衆言息，遂使將來學者，日趨簡易，不焚而滅，戕是之由，是儒祖之更相著述，至使其智彌寡者。其取彌多，馳騖汎濫，以示其博，而類瑕屢見，是何爲者也？彼囂囂者之載筆也，猶將簧鼓耳目，而況以儒命世者，冒爲之。學徒專師，轉相讚揚，若是而後出者，不驩然卒而胥之如馳乎！夫以儒命世者，言惟作訓，不可不慎也。一言而掃百世顓門，自昔師儒之學，可滅跡絶也，而苟所定者，不皆是，所去者不皆非，焚者其誰也？昔孔子以至聖之德，去群聖不遠也。載籍尚完，學術未龐，識大識小者，其人不寡也。兼斯五者，猶謙讓於六籍之事，曰：「吾述而不作，信而好古。」盖載之末年，從心不踰，而後乃敢撰定。然猶三絶韋編而曰：「庶幾假我數年，以卒學《易》，可以無大過矣。」後代儒者，微孔子至聖之德，而有千載曠不相屬之勢。載籍爛滅，異端烽湧，獨聞獨見，無所傳業。借有一二師友，並持不下，甲是乙非，師心自是，僩然授墨，謂吾既以知言矣，是也非與！

陳同父曰：昔孔子適周觀禮，上世帝王之書，亦無所不睹矣。包犧氏、神農氏、黄帝氏，始開天地而建人極，其大者固已爲百王之所不可廢，而風俗之尚朴，法度之尚簡也，故其書不可存而存其大者，《易》所載十三卦聖人是也，而《易》之書則天地古今之變備矣。帝王始因時立制，可以爲萬世法程，而百王之綱理世變者，自是而愈詳。故裁而爲書，三代損益之變，後世聖人將有考焉。而夏、商之書，杞宋特不足証，於是始定《周禮》。又參考周家風俗之盛衰，與其列國離合之變，删而爲《詩》，其於周可謂詳矣。又取累聖之所以宣天地之和者，列爲《樂》書，而又傷春秋之變，遂不可爲也。齊桓、晉文之伯，首變二代之故，而天地之大經從此廢矣。聖人之所以通百代之變，爲明切著之《春秋》。六經作而天人之際其始終可考矣，此聖人之志也，而王仲淹實知之。九師三傳，齊、韓、毛、鄭、大戴、小戴、與夫伏生、孔安國之徒，其於六經之文，窮年累歲，不遺餘力矣。師友相傳，考訂是非，不任胸臆矣。而聖人作經之大旨，則非數子之所能知也。天下而未有豪傑特起之士，則世之言經者，豈能出數子之外哉？出數子之外者，任胸臆而侮聖言者也。彼其説之有源流也，歷盛衰之變也，合前後之智也，於聖人之大者，猶有遺也，納天下之學者於規矩之内，吾未見其舍注疏而遽能使其心術之有所止也。當漢、唐之盛時，學者皆重厚質實，而不爲浮躁儇淺之行，彼其源流有自來矣。宋初不以文字卑陋爲當變，而以人心無所底止爲可憂，故天下之士，惟知誦先儒之説，以爲據依，而不自知其文之陋也。是以重厚質實之風，往往或過於漢、唐盛時。其後景祐、慶曆之間，歐陽公首變五代卑陋之文，奮然有獨抱遺經，以究終始之意。終不敢捨先儒之説，而猶惓惓於正義，蓋其源流未遠也。嘉祐以後，文日盛而此風少衰矣。極而至於熙、豐之尚，固猶未若今日之放意肆志，以侮玩聖言已。聖人作經之大旨，非豪傑特立之士不能知，而纖悉曲折之際，則注疏亦詳矣。何所見而忽畧其源流而不論乎？無怪乎人心之日偷而風俗之日薄也。夫取果於未熟，與取之於既熟，相去旬日之間，而其味遠矣。將以厚天下學者之心術，而先啓其紛紛，則又所當慮者也。可與樂成，難與慮始，此豈忠厚者之論乎？盍亦思所以先之。

正緯

緯，織横絲也。緯在杼，經在柚。後漢緯候之學，緯，七緯也；候，《尚書中候》也。所謂河洛七緯者，《易緯》：《稽覽圖》、《乾鑿度》、《坤靈圖》、《通卦驗》、《是類謀》、《辨終備》也。《書緯》：《璇璣鈐》、《考靈曜》、《刑德放》、《帝命驗》、《運期授》也。《詩緯》：《推度灾》、《氾曆樞》、《含神霧》也。《禮緯》：《含文嘉》、《稽命徵》、《斗威儀》也。《樂緯》：《動聲儀》、《稽耀嘉》、《叶圖徵》也。《孝經緯》：《援神契》、《鉤命决》也。《春秋緯》：《演孔圖》、《元命苞》、《文耀鉤》、《運斗樞》、《感精符》、《合誠圖》、《考異郵》、《保乾圖》、《漢含孳》、《佐助期》、《握誠圖》、《潛潭巴》、《説題辭》也。讖緯之説，起於哀、平、王莽之際。莽以此濟其篡逆，公孫述效之。而光武紹復舊物，乃亦以赤伏自累，篤好而推崇之，甘心與莽、述同智。於是佞臣陋士，從風而靡。賈逵以此論左氏學，曹褒以此定漢禮，作《大予樂》。大儒如鄭玄，專以讖言經，何休又不足論矣。二百年間，惟桓譚、張衡力非之，而不回也。魏、晉以革命受終，莫不傅會符命，其源實出於此。隋、唐以來，其學寖微矣。考《唐志》猶存九部八十四卷，今其書皆亡，惟《易緯》僅存者如此。及孔氏《正義》或時援引，先儒蓋嘗欲删去之，以絶僞妄矣。使所謂七緯者皆存，猶學者所不道，況其殘闕不完，於僞之中又有僞者乎？始存之以備凡目云爾。《唐志》數内有《論語緯》十七卷，七緯無之。《太平御覽》

有《論語》：《摘輔象》、《撰考讖》者，意其是也。《御覽》又有《書》《帝驗期》、《禮》《稽命曜》、《春秋》《命曆序》、《孝經》《左方契》、《威嬉拒》等，皆七緯所無，要皆不足深考。

《通考》曰：讖書原於《易》之推往以知來，周家卜世得三十，卜年得八百，此知來之的也。《易》道既隱，卜筮者溺於考測，必欲奇中，故分流別泒，其説寖廣。要之各有以也。《易》道所明，時有所用。知道者以義處命，理行則行，理止則止，術數之學，蓋不取也。光武早歲從師長安，受《尚書》大義，夷考其行事，蓋儒流之英傑也。何乃蔽於讖文，牢不可破邪？

又曰：緯書原本於五經，而失之者也。而尤紊於鬼神之理，幽明之故。夫鬼神之理，幽明之故，非知道者不能識。自孟子而後，知道者鮮矣，所以易惑而難解也。斷國論者誠能一決於聖人之經，經所不載，雖有緯書讖記，屏而不用，則庶乎其不謬於理也。

劉彦和曰：夫神道闡幽，天命微顯。馬龍出而《大易》興，神龜見而《洪範》耀。故《繫辭》稱：「河出圖，洛出書，聖人則之」，斯之謂也。但世敻文隱，好生矯誕，真雖存矣，僞亦憑焉。

夫六經彪炳，而緯候稠疊；《孝》、《論》昭晰，而《鉤》、《讖》葳蕤。按經驗緯，其僞有四：蓋緯之成經，其猶織綜，絲麻不雜，布帛乃成。今經正緯奇，倍擿千里，其僞一矣。經顯，聖訓也；緯隱，神教也。聖訓宜廣，神教宜約，而今緯多於經，神理更繁，其僞二矣。有命自天，乃稱符讖，而八十一篇，皆託於孔子，則是堯造緑圖，昌制丹書，其僞三矣。商周以前，圖録頻見，春秋之末，群經方備，先緯後經，體乖織綜，其僞四矣。僞既倍摘，則義異自明。經足訓矣，緯何豫焉！

原夫圖籙之見，乃昊天休命，事以瑞聖，義非配經。故河不出圖，夫子有歎，如或可造，無勞喟然。昔康王河圖，陳於東序，故知前世符命，歷代寶傳，仲尼所撰，序録而已。於是伎數之士，附以詭術：或説陰陽，或序灾異；若鳥鳴似語，蟲葉成字，篇條滋蔓，必假孔氏。通儒討覈，謂起哀、平。東序秘寶，朱紫亂矣！至於光武之世，篤信斯術，風化所靡，學者比肩。沛獻集緯以通經，曹褒撰讖以定禮，乖道謬典，亦已甚矣。是以桓譚疾其虚僞，尹敏戲其深瑕，張衡發其僻謬，荀悦明其詭誕。四賢博練，論之精矣。

若乃羲、農、軒、皞之源，山瀆鍾律之要，白魚赤烏之符，黄金紫玉之瑞，事豐奇偉，辭富膏腴，無益經典而有助文章。是以後來辭人，採摭英華。平子恐其迷學，奏令禁絶；仲豫惜其雜真，未許煨燔。前代配經，故詳論焉。

嗚呼！《尚書·秦誓》，録自新也，而以爲周曆之終，是《尚書》者，讖緯之靡也；《春秋》獲麟，傷吾道也，而以爲素王之瑞，是《春秋》者符録之首也，説經者胡可以弗慎也。

文　極

《罪知録》曰：夫含靈結秀，唯在斯人。身所苞藏，心情理氣。及其心動情之，自鳴于口。口之所發，理氣偕形，如理直而氣英，則音調而辭美。旁尋物類，厥趣實同。故鳳鳴中乎宮商，梟聲噪於鬼蜮。絲清而響振，革濡而韻沉。是以聖后藹都俞之和，獷夫厲喑嗚之吼，何莫不由中也。然而生知者本備，學聚者宜力，所以云修辭立誠，尚體貴達，有其訓矣。文也者，非外身以爲之也。心動情之，理著氣達，宣齒頰而爲言，就行墨而成文。文即言也，言即文也。上古之人，言罔匪文，文匪餙言。由其理足而氣茂，故自然也。然而志趣所建，崇尚沉實。豪穎之宣，須求藻麗。譬之于木，必根直而柯槮，葉敷而花豔，豈徒枸株槩蘖而可以謂之木哉！有如乾坤，曷不即名之曰健順？元首股肱，何不便呼之爲頭脚？或使歌曰「頭顱明哉，臂脚良哉」，則成言詞也乎？故知聲之成章，雖文質相須，語厥爲體，必摛文被質，所以謂之文，而不稱曰質，必然者也。

文體既立，其狀自殊，則有齊停整截，句句平鋪者，如：「欽明文思」、「允恭克讓」、「乾剛坤柔，比樂師憂」是也；有嵬巉險阻，廉稜峭刻者，如：「不惕予一人」、「困於葛藟，於臲卼」、「則病者乎？噫」是也；有深沉緻密，韞匿寡重者，如：「弔由靈」、「朋盍簪」、「叙欽」是也；有紆遲宛約，風調窈窕者，如：「吾將仕矣」、「我弔也與哉」、「專以禮許人」、「獨吾君也乎哉」是也；有方嚴凜冽，氣厲色莊者，如：「非吾徒也」、「老而不死，是爲賊」、「狄滅衛」是也；有散野儻蕩，不粘甲乙者，如：「不其或稽」、「雲土夢作乂」、「則豈不得以，其母以嘗巧者乎」是也；有明白洞達，皦露胷腸者，如：「以爾車來，以我賄遷」、「其爾萬方有罪，在予一人；予一人有罪，無以爾萬方」是也；有縈紆纏糺，反復鉤連者，如：「女曰觀乎！ 士曰既且。 且往觀乎」、「念茲在茲，釋茲在茲，名言茲在茲，允出茲在茲」是也；有鮮采華絢，豔麗妍媚者，如：「日、月、星辰、山、龍、華蟲」、「宗彝、藻、火、粉米、黼、黻」、「螓首蛾眉」、「笑倩粉盼」是也；有冷語慢詞，口此心彼者，如：「女安則爲之」、「吾得已乎哉」、「吾死也」、「吾亡也」是也；有至簡者，如：「螽」、「烝」、「柴」、「嘗」、「立孫」、「今蠢」、「美而豔」是也；有至繁者，如：「無乃使人疑夫不以情居瘠者乎哉」、「苟無禮義誠慤忠信之心以蒞之」是也；有衍簡而繁者，如：「自古在昔，先民有作」、「古者在昔，昔曰先民」、「疾大漸，惟幾，病日臻。既彌留」是也；有束博而約者，如：「安驪姬」、「爾惟風，下民惟草」、「盾，夏日之日」、「衰，冬日之日」是也。此其大都也，曷嘗偏用枯瘠，盡削鉛黄，而以爲文之本體者哉。

夫子之世，羣言膠轕，舊典混淆，子乃芟刈條緒，以成六籍。凡古今之文，鍵樞治教者，畢集于茲，而爲文之體要貌態，亦斯咸備。然非夫子之各刱而騁奇也，皆先後君臣士庶婦稚之所爲，其製自殊而固具也。惟《春秋》人云聖筆，然而本史文也，時存其故，而筆削者多爾。亦固有之體也。六經而後，百氏遞興，雖其理有粹厖，而辭無別致，總厥大歸，無越乎宣父之六編者矣。時則三傳、莊、屈，稍樹乎籓墻，兩漢班、馬，亦自築蹊隧。從茲以降，百才踵生，千英坌起，雲蒸霧滃，木蔚禽鳴。有此宇宙，安能瘖墨？遂至堆垛簡編，充咽棟棁，孰不學步九經，攀援三史？或馳譽莊雅，或蜚聲俊逸，或以奧澀鳴，或以纖豔著，其間蕪聲纇句，恒居過半。即如今人所病，魏晉之浸衰，陳隋之極靡，道其理氣，斯誠然矣。然皆按規而造輪，持矩以搆室，思逐景于羲娥，願迹塵于嚳禽，誰非擬諸經籍者哉！所以爲是萎遲者，良由其理局氣猥，乃至音澌步躓，非過文之罪也。猶之士未論崇卑，必五章以朝，玄端章甫，韠紳璧珮，藻火黼黻，斯以成士；猶之女無論妍醜，必衣裳以處，副笄六珈，耳瑩手帨，纓囊葩蘭，斯以成女。惡有裸裎秉笏，鞠躬敷奏，而曰吾爲良臣；袒跣蓬垢，侍養定省，而云我乃淑女者乎。吾所以云文肇體，極乎經而底乎唐，學文宜由唐以求至于經。誠自以爲不疑，而寧賈誚于衆夫也。奈何近士從唐而降，乃有異談，實錮衆懷，獨傷余臆，其議辯之詳，存諸後簡，此姑引前説而申之，以終狂斐。

夫經文之所以爲至者，何也？以其篇無無用之句，句無無用之字。一字有一字之義，一句有一句之情，一篇有一篇之旨。由其道廣理充，氣厚情實，所以自然豐茂，初非冗疊。亦如五采作會而袞褘之製無贅，八音繁奏而肆堵之數有倫，抑乃雍邕舒暇，非如公牒貨籍，密積而徑注也。以言其質，則典重莊愨，不佚于空浮；以言其文，則秀粲英鮮，不墮於蠢惷。凡後世之所慕，若莊雅者莫如之，雋逸者莫如之，奧僻者莫如之，葩麗者莫如之，高莫如之，大莫如之，深莫如之，富莫如之，清莫如之，峻莫如之，潔莫如之，古莫如之，奇莫如之，介莫如之，和莫如之，嚴莫如之，泰莫如之，險莫如之，平莫如之，放莫如之，約莫如之，宛委莫如之，條遂莫如之，威勇莫如之，蹈厲莫如之，含蘊莫如之，興發莫如之，沉潛莫如之，諧隱、調謔莫如之，一唱三歎、餘永不窮莫如之，蓋所謂「時然後言」，從宜以發，人見其然，而非有意作異以然也。後人所以不及者，又非句句字字都不及也。得其定者而不得其時者，得其偏者而不得其全者，于是一切歸于整比堆垛，纖細豔麗，遂令後來獨見其繁靡稚弱，亦足憐也。若是者雖都甚於兩京，當塗浮於後漢，六代加於魏朝。所以唐室之中，因有矯而更張之者，然又焉能外六籍三史而度越之，又安能盡捐故習而背馳也。其諸名家，如所稱王、楊、盧、駱、燕、許、陳、梁、權、呂、元、白、四李、華、翰、觀、邕。獨孤之徒，又如稱李杜，又如稱籍、湜、翱、詹等，凡其標而出之，固亦爲然。然至其他，從事于斯，武德以降，天復以升，三百載中，弗可枚數。統而論之，此優彼劣，甲短乙長，又焉可都謂其滌濯不盡六代脂粉，而果遂奴僕於上之數君哉！今擇唐之尤者，即若數子，以及前後他名篇等，而擬諸六代，雖若凌駕，或同簸粃，瞻之在前，忽焉在後，縱當推讓，初非絶懸，而何談之容易乎哉！嘗觀往哲之述，平章翰苑，若士衡之賦，彥和《雕龍》之類，與凡唐前，有談及斯道者，往往與吾意合。至乎邇來之議，如陳騤之倫，稍得豹班，他則塗目仗耳，黨汙狗淺，猥腐可嗤。

夫文出乎天造，而主於明道，誰則不知。何必攀援河洛，干引天地，動輒凌駕世道，自炫高遠？及至究其歸止，竟逐目睫耳輪之接，止于孟、韓以下數人而已。腐頰爛吻，觸目可憎，噫嘻何哉？吾竊哂之。果志于斯，曷不策勵我實勳，當自超卓。彼所援者，吾且置之，不借之以表高；彼所究者，吾則自信，不狥之以僨志。曷爲實勳？理務窮之，氣務完之，皆令其博而不局，高而不卑，清而不污，遠而不促，大而不細，精而不蕪，粹而不駁，深而不淺，密而不漏，厚而不漓，潔而不纇，重而不漂，沉而不浮，順而不梗，腴而不陋，豐壯而不寒，鏘鳴而不咽。於是窮披丘墳，精研竹素，根本乎五經，平攬乎十代，秦、漢、魏、晉、宋、齊、梁、陳、隋、唐。俾聖膏哲髓，蟠蔚吾襟。于是擷華搴英，澄泥汰濁，心師手匠，中萌表觸，不得自墨而隨吐之，時雅而雅，時奇而奇，時繁而繁，時簡而簡。凡諸體狀，皆隨意以賦形。志釐瑕，則自出于堯文之户，欲嚴切，則自立乎魯史之墻。迨及他製，罔弗流形。無偏於質，若近代之一於枯瘠；弗黷于文，如昔人之劣而叢挫。必滿而不溢也，高而不危也，逸而不儇也，麗而不靡也。金石殊懸，宫商自協，玄黄烜[illegible]，而經緯不紕。夫如是亦可以爲成文矣。

夫人生而動，所以利用安身，賡對萬有。至夫佑弼家邦，裁成化育，心情理氣，厥惟攸主。耳目口鼻，乃用之機。機之施受，聲色臭味作爲而已。其施與受，正大高明而爲君子，否則反之，其用大矣。然余謂文者，非特聲之一道而已，推之餘道，實爲兼總。故黼黻王略，絺繡之倫，昭明玄緯，分布地宜，煙霞草樹，作其妍姣，丹黄鉛黛，錯其綵絢，是則色之具也。谷蘭巖桂，襲其芬也；谿菁沚藻，揚其韻也；海沉龍腦，凝其薰也；降真丁麝，迅其烈也；挹玩而不能舍，珮昵而永有聞，斯則香之有也。適口甘唇，劇熊魴之腴鮮；沃心飫腸，屬膏粱之厭隽；和神助氣，廣體胖中，是亦味之類也。至夫拱揖執持，周旋舞蹈，雲行山立，天戴地履，一是作爲，威儀惟肖，文之攝乎四體用者如此也。其盡聲之本事，則口之而爲言，手之而曰文，罔不惟仁義之布，禮樂之達，忠信之行，行業之舉，政治之效，暨乎顯道長世，最萬靈，參三才，有序而成章，中律而合度，察變化成，洋洋孔嘉。文從志以必達，行因言而必顧，信斯言也，豈惟文哉，亦可以爲成人矣。

叙學

劉因曰：性無不統，心無不宰，氣無不充，人以是而生。故材無不全矣，其或不全，非材之罪也。學術之差，品節之紊，異端之害惑之也。今之去古遠矣，衆人之去聖人也下也，幸而不亡者，大聖大賢惠世之書也。學之者以是性、是心、是氣，即書以求之，俾邪正之術明，誠僞之辨分，先後之品節不差，篤行而固守，謂其材之不能全，吾不信也。先秦三代之書，六經、《語》、《孟》爲大。世變既下，風俗日壞，學者與世俯仰，莫之致力，欲其材之全得乎？三代之學，大小之次第，先後之品節，雖有餘緒，竟亦莫知適從，惟當致力六經、《語》、《孟》耳。世人往往以《語》、《孟》爲問學之始，而不知《語》、《孟》聖賢之成終者。所謂博學而詳説之，將以反説約者也。聖賢以是爲終，學者以是爲始，未説聖賢之詳，遽説聖賢之約，不亦背馳矣乎！所謂顔狀未離于嬰孩，高談已及於性命者也。雖然，句讀訓詁不可不通，惟當熟讀，不可强解。優游諷誦，涵詠胸中，雖不明了，以爲先入之主可也。必欲明之，不鑿則惑耳。六經既畢，反而求之，自得之矣。

治六經必自《詩》始。古之人十三誦《詩》，蓋吟咏情性，感發志意，中和之音在意焉。人之不明，血氣蔽之耳。《詩》能導情性而開血氣，使幼而當聞歌誦之聲，長而不失刺美之意，雖有血氣，焉得而蔽也。《詩》而後《書》。《書》所謂聖人之情見乎辭者也。即辭以求情，情可得矣。血氣既開，情性既得，大本立矣。本立則可以徵夫用，用莫大於禮。三代之禮廢矣，見於今者，漢儒所集之《禮記》，周公所著之《周禮》也。二書既治，非《春秋》無以斷也。《春秋》以天道王法斷天下之事業也。《春秋》既治，則聖人之用見矣。本諸《詩》以求其情，本諸《書》以求其辭，本諸《禮》以求其節，本諸《春秋》以求其斷，然後以《詩》、《書》、《禮》爲學之體，《春秋》爲學之用，體用一貫，本末具舉，天下之理窮，理窮而性盡矣。窮理盡性以至于命，而後學夫《易》。《易》也者，聖人所以成終而成始也，學者於是用心焉。是故《詩》、《書》、《禮》、《樂》不明，則不可以學《春秋》，五經不明，則不可以學《易》。夫不知其粗者，則其精者豈能知也？邇者未盡，則其遠者豈能盡也？學者多好高務遠，求名而遺實，踰分而遠探，躐等而力窮，故人異學，家異傳，聖人之意晦而不明也。六經自火於秦，傳注於漢，疏釋於唐，議論於宋，日起而日變，學者亦當知其先後，不以彼之言而變吾之良知也。近世學者，往往舍傳注疏釋，便發諸儒之議論，蓋不知論議之學，自傳注疏釋出，特更作正大高明之論耳。傳注疏釋之於經，十得其六七，宋儒用力之勤，剗僞似真，補其三四而備之也。故必先傳注而後疏釋，疏釋而後議論，始終原委，推索究竟，以己意體察，爲之權衡。折之於天理人情之至，勿好新奇，勿好僻異，勿好詆訐，勿生穿鑿，平吾心，易吾氣，充周隱微，毋使虧欠，若發强弩，必當穿徹而中的。若論罪囚，棒棒見血而得情。毋慘刻，毋細碎，毋誕妄，毋臨深以爲高，淵實昭曠，開朗懇惻，然後爲得也。

六經既治，《語》、《孟》既精，而後學史。先立乎其大者，小者弗能奪也。胸中有六經、《語》、《孟》爲主，彼廢興之迹，不吾欺也。如持平衡，如懸明鏡，輕重寢颺，在吾目中。學史亦有次第。古無經史之分，《詩》、《書》、《春秋》皆史也。因聖人删定筆削，立大經大典，即爲經也。史之興，自漢氏始。先秦之書，如《左氏傳》、《國語》、《世本》、《戰國策》，皆掇拾記録，無完書。司馬遷大集群書爲《史記》，上下數千載，亦云備矣。然而議論或駁而不純，取其純而舍其駁可也。後世史記，皆宗遷法，大同而小異。其創法立制，纂承六經，取三代之餘燼，爲百世之準繩，若遷者可爲史氏之良者也。班固《前漢史》，與遷不相上下。其大原則出於遷而書少加密矣。《東漢史》成於范曄。其人詭異好奇，故其書似之。然論贊情狀有律，亞於遷、固。自謂「贊」是吾文之奇作，「諸序論」「往往不減《過秦》」，則比擬太過。《三國》，陳壽所作。任私意而好文，奇功偉蹟，往往削没，非裴松之小傳，一代英偉之士，遂爲壽所誣。後世果有作者，必當改作，以正壽之罪。奮昭烈之幽光，破曹瞞之鬼賊，千古一快也。《晉史》成于李唐房、杜諸人，故獨歸美太宗耳。繁蕪滋漫，誣談隱語鄙褻之事具載之，甚失史體。《三國》過於略，而《晉書》過于繁。南北七代，各有其書。至唐李延壽總爲《南北史》，遣辭記事，頗爲得中，而其事蹟污穢，雖欲文之而莫能文矣。《隋史》成于唐，興亡之際，徼訐好惡，有浮于言者。唐史二：《舊書》劉煦所作，固未完備，文不稱事；而《新書》成於宋歐陽諸公，雖云完備，而文有作爲之意，或過其實，而議論純正，非《舊書》之比也。然學者當先舊而後新。五代二書，皆成於宋。舊則薛居正，新則歐陽子也。新書一出，前史皆廢，所謂一洗凡馬空者也。宋、金史皆未成。《金史》只有實録，宋事纂録甚多，而《東都事略》最爲詳備。是則前世之史也。學者必讀歷代全史，考之廢興之由，邪正之迹，國體國勢，制度文物，坦然明白。時以六經旨要，立論其間，以試己意，然後取温公之《通鑑》，宋儒之議論，校其長短是非，如是可謂之學史矣。學者往往全史未見，急於要名，欲以爲談説之資，嘴吻之備，至於《通鑑》，亦不全讀，抄撮鉤節，《通鑑》之大旨，温公之微意，隨以昧没，其所以成就亦淺淺乎。

史既治則讀諸子。《老》、《莊》、《列》、《陰符》四書，皆出一律。雖云道家者流，其間有至理存。取其理而不取其寓可也。《素問》一書，雖云醫家者流，三代先秦之要典也，學者亦當致力。孫、吳、姜、黄之書，雖云兵家智術戰陳之事，亦有名言，不可棄也。《荀子》議論過高好奇，致有性惡之説。然其王霸之辨，仁義之言，不可廢也。《管子》一書，霸者之略，雖非王道，亦當讀也。楊子雲《太玄》、《法言》，發孔、孟遺意。後世或有異論者，以其有性善惡混之説，《劇秦美新》之論，事莽而篡漢。韓子謂其文頗滯澀，蘇子謂「以艱險之辭，文膚淺之理」，而温公甚推重之，以爲在孟、荀之上。或抑或揚，莫適所定。雖然，取其辭而不取其節可也。賈誼、董仲舒、劉向，皆有書，惜其猶有戰國縱横之餘習。惟董子三策，明白純正，孟軻之亞，非劉、賈所企也。文中子生於南北偏駮之後，隋政横流之際，而立教河汾，作成將相，基唐之治，可謂大儒矣。其書成於門弟子董、薛、姚、竇之流，故比擬時有大過，遺辭發問，甚似《論語》，而其格言之論，有漢儒所未道者，亦孟軻氏之亞也。韓子之書，渾厚典麗，李唐一代之元氣也，與漢氏比隆矣。其詆斥佛老，扶持周孔，亦孟軻氏之亞也。

諸子既治，宋興以來諸公之書，周、程、張之性理，邵康節之象數，歐、蘇、司馬之經濟，往往肩漢、唐而踵三代，尤當致力也。孔子曰：「志於道，據於德，依於仁」矣，藝亦不可不游也。今之所謂藝，與古之所謂藝者不同。禮、樂、射、御、書、數，古之所謂藝也。今人雖致力而亦不能，世變使然耳。今之所謂藝者，隨世變而下矣。雖然，不可不學也。詩、文、字、畫，今所謂藝，亦當致力。所以華國，所以濟物，所以飾身，無不在也。學詩當以六義爲本，三百篇其至者也。三百之流，降而爲辭賦，《離騷》《楚詞》其至者也。詞賦本詩之一義，秦漢而下，賦遂專盛。至於《三都》、《兩京》極矣。然對偶屬韻不出乎詩之律，所謂源遠而末益分者也。魏晉而降，詩學日盛，曹、劉、陶、謝，其至者也。隋唐而降，詩學日變，變而得正，李、杜、韓，其至者也。周宋而降，詩學日弱，弱而後强，歐、蘇、黄，其至者也。故作詩者不能三百篇，則曹、劉、陶、謝；不能曹、劉、陶、謝，則李、杜、韓；不能李、杜、韓，則歐、蘇、黄。而乃效晚唐之萎薾，學温、李之尖新，擬盧仝之怪誕，非所以爲詩也。至於作文，六經之文尚矣，不可企及也。先秦古文可學矣，《左氏》、《國語》之頓挫典麗，《戰國策》之清刻華峭，莊周之雄辨，《穀梁》之簡婉，《楚詞》之幽博，太史公之疏峻。漢而下其文可學矣，賈誼之壯麗，董仲舒之沖暢，劉向之規格，司馬相如之富麗，揚子雲之邃險，班孟堅之宏雅。魏而下陵夷至于李唐，其文可學矣。韓文公之渾厚，柳宗元之光潔，張燕公之高壯，杜牧之之豪縟，元次山之精約，陳子昂之古雅，李翱、皇甫湜之温粹，元微之、白樂天之平易，陸贄、李德裕之經濟。李唐而下，陵夷至於宋，其文可學矣。歐陽子之正大，蘇明允之老健，王臨川之清新，蘇子瞻之宏肆，曾子固之開闔，司馬温公之篤實。下此而無學矣。學者苟能取諸家之長，貫而一之，以足乎己而不蹈襲捆束，時出而時晦，以爲有用之文，則可以經緯天地，輝光日月也。字畫之工拙，先秦不以爲事。科斗、篆、隸、正、行、草，漢氏而下，隨俗而變。去古遠而古意日衰，魏晉以來，其學始盛。自天子大臣至處士，往往以能書名家，變態百出，法度備具，遂爲專門之學。故宋高祖病不能書不足厭人望，劉穆之使放筆大書，亦自過人，一紙可三四字，其風俗所尚如此。至於李唐學書愈衆。字畫於士夫固爲末技，而衆人所尚，不得不專力。學者苟欲學之，篆、隸則先秦欵識金石刻，魏、晉金石刻，唐以來李陽冰等，所當學也。正書當以篆、隸意爲本，有篆、隸意則自高古。鍾太傅、王右軍、顔平原、蘇東坡，其規矩準繩之大匠也。歐率更、張長史、李北海、徐浩、柳誠懸、楊凝式、蔡君謨、米芾、黄魯直，萃之，以厲吾氣，參之，以肆吾博，可也。雖或不工，亦不俗矣。技至於不俗，則亦已矣。如是而治經、治史，如是而讀諸子及宋興諸公書，如是而爲詩文，如是而爲字畫，大小長短，淺深遲速，各底于成，則可以爲君相，可以爲將帥，可以致君爲堯舜，可以措天下如泰山之安。時不與志，用不與材，則可以立德，可以立言。著書垂世，可以爲大儒，不與草木共朽，碌碌以偷生，孑孑以自存，棄天下之至善，壞己之全材也。

文通卷之二

史法

自古史之爲體，其流有六：一曰《尚書》家，二曰《春秋》家，三曰《左傳》家，四曰《國語》家，五曰《史記》家，六曰《漢書》家。

《尚書》出於上古，至孔子得虞、夏、商、周之典，删定爲百篇。孔安國曰：「以其上古之書，謂之《尚書》。」或曰：「尚，上也。上天垂文，以布節度，如天行也。」王肅曰：「上所言，下爲史所書，故曰《尚書》也。」其義如此。蓋書主號令，故其所載，皆典、謨、訓、誥、誓、命之文，若《禹貢》、《洪範》、《顧命》所陳，各止一事，又一例云：至晉魯國孔衍，乃删次漢魏諸史，由是有《漢尚書》、《後漢尚書》、《漢魏尚書》，凡二十六卷。别有《汲冢周書》者，凡七十二章，言愧雅馴，殆好事者所爲也。太原王邵《隋書》，凡八十卷，亦准《尚書》云：「原夫《尚書》之所記也，若君臣言有可稱，則一時咸載，如事無足紀，故寧略而不文。」自周之衰，此體廢矣。君懋《隋書》，可謂畫虎不成者也。

乃若帝王無紀，公卿闕傳，則年月失序，爵里難詳，斯並典要之所急焉。

《春秋》始作出於三代，故有夏、殷《春秋》，其所記太丁時事也。孔子曰：「屬辭比事，《春秋》教也。」《孟子》曰：「晉之《乘》，楚之《檮杌》，魯之《春秋》，其義一也。」墨子所見蓋有《百國春秋》云。至孔子遵《魯史》以修《春秋》，爲一王之法，故能千載不刊，比於六經。按儒者之説《春秋》也，以事繫日，以日繫月，言春以包夏，舉秋以兼冬，蓋錯舉以爲所記之名也，國史所宜宗法。如晏子、虞卿、吕氏、陸賈之書，本無年月，亦號《春秋》何與？至太史公之著《史記》也，頗宗斯旨。惜乎謹嚴衮鉞之意微，不過整齊故事耳，又安得比於《春秋》哉！

《左傳》出於丘明。孔子既作《春秋》，而左氏述傳，斯則訓釋之義乎？觀左氏之釋《春秋》也，文見於經，而事詳於傳，或經闕而傳存，信聖人之羽翼也。至漢劉歆，始傳其書，《史》、《漢》行世，有厭煩者，獻帝始命荀悦，依《左傳》著《漢紀》三十篇。晉著作郎樂資，追采《國策》、《史記》爲《春秋後傳》，凡三十卷。如張璠、孫盛、干寶、徐爰、裴子野、吴均、何元之、王邵等作，名雖各異，咸以《左傳》爲準的云。

《國語》，亦出於左氏。丘明既傳《春秋》，又稽其逸文遺事，分周、魯、齊、晉、鄭、楚、吴、越八國，起自周穆，終於魯悼，列爲《國語》，合二十一篇，亦經傳之流亞與。嗣有《戰國策》，合二周、三晉、秦、齊、燕、楚、晉、宋、衛、中山，十二國，凡三十三卷。夫謂之策者，蓋即簡以爲名，或曰游士之謀策也。孔衍又删爲《春秋後語》，蓋除去二周、三晉及宋、衛、中山所留者七國而已。至司馬彪乃録漢末之事，爲《九州春秋》。州爲一篇，凡九卷。亦《國語》之體例也。三國鼎峙，地實諸侯，所在史官，各記國事，蓋將企踵班、馬，比跡荀、袁，而《國語》之風替矣。

《史記》出於司馬遷。上起黄帝，下窮漢武，紀傳以統君臣，書表以譜年爵，因魯史舊名，目之曰《史記》。創新義例，解散編年，微而顯，絶而續，正而變，文見於此而義起於彼，勒成一家，可謂豪傑特起之士。班書嗣興，不幸失其會通之旨，而司馬氏之門户衰矣。後來所續，若梁室之《通史》，元魏之《科録》，李延壽之《南北史》，並《史記》之苗裔也。

《漢書》出於班固。固因父業，乃斷自高祖，終於莽誅。爲紀、志、表、傳，目爲《漢書》。制作之工，後莫能及。尋其創造，皆准子長，第改書爲志而已。自東漢已後，遞相沿襲。曰記、曰志，體製皆同，蓋史之流品，亦窮之於此矣。乃若包舉一代，撰成一書，言皆精練，事甚該密，故學者探尋易爲功云。

右六家俱存，淳朴既散之餘，所爲祖述者，惟左氏、班氏二家而已。

史　系

國史明乎得失之是非。黄軒之世，其行填填，其視顛顛，得而鮮失，沮誦終古之所紀，不可得而聞矣。其著見于今者，則自《二典》始。《周禮》史官，掌邦國四方之事，達四方之志，諸侯亦各有國史。孔子因魯史記作《春秋》，起于魯隱，絶筆于獲麟，萬六千六百七十二字，紀二百四十二年。遣子夏等十四人，求周史記，得寶書，以事繫日，以日繫月，以月繫時，以時繫年，所以紀遠近，别同異也。左丘明受經于孔子而爲之傳，或先經以始事，或後經以終義，或依經以辯理，或錯經以合異，隨義發例，而鄭志、宋志、晉齊太史、南史氏之事，皆見焉。更篡異同爲《國語》。

漢司馬談自以其先周室之太史，有述作之意。傳其子遷，紬金匱石室之書，網羅天下放失舊聞，采《左氏》、《國語》，删《世本》、《戰國策》，據《楚漢》，列時事。上自黄帝，迄于元狩，馳騁古今，上下數千載。變編年之體，爲十二本紀，既科條之矣。並時異世，年差不明，爲作十表。禮樂損益，律曆改易，兵權山川鬼神，天人之際，承敝通變，作八書。二十八宿環北辰，三十六輻爲一轂，運行無窮，輔弼股肱之臣配焉，忠信行道，以奉主上，作三十世家。扶義俶儻，不令己失時，立功名于天下，作七十列傳。凡百三十篇，五十二萬六千五百字，謂之《史記》。藏之名山，副在京師。至宣帝時，遷外孫楊惲，祖述其書，遂宣布焉。而十篇有録無書，元成間褚先生補缺，作《武帝紀》、《三王世家》、《龜策》、《日者列傳》。張宴以爲言辭鄙陋，非遷本意也，今雜於書中。而《藝文志》有馮商續《太史公》七篇，則泯没不見。司馬之書既出，後世有作者不能少紊其規制。

班氏父子以爲漢承堯運建帝業而六世，史臣追述功德，私作本紀于百王之末，厠于秦項之列。自太初後未善也，故探纂前紀，綴輯舊聞，以述《漢書》。起于高帝，終于王莽，十有二世，二百三十二年，大抵仍司馬氏爲十二紀、八表、七十列傳，第更八書爲十志，而無世家，凡百卷。其事未畢，會有訟其私作史記者，有詔收繫固。弟超詣闕自陳，固續父舊書，明帝意解。乃詔固詣較書卒業，至章帝建初中乃成。後坐竇氏事，卒於洛陽獄。書頗散亂，其妹曹大家博學能屬文，奉詔緝較，又選高才郎馬融等十人，從大家授讀。其八表、《天文志》，或云待詔馬續所作。《古今人表》，頗不類本書。是爲《前漢書》云。荀悦《漢紀》，則續所論著者也。

後漢之事，初命儒臣著述于東觀，謂之《漢紀》。其後有袁宏紀、張璠、薛瑩、謝承、華嶠、袁山松、劉義慶、謝沈，皆有書。宋宣城太守范曄，采爲十紀，八十列傳，凡一百三十卷。窮覽舊集，删煩補略，爲《後漢書》，而張璠以下諸家盡廢。會以罪收，十志未成而死。梁劉昭因舊史補注三十卷。

三國雜史至多，有王沈《魏書》、元行冲《魏典》、魚豢《典略》、張勃《吴録》、孫盛《魏春秋》、司馬彪《九州春秋》、丘悦《三國典略》、員半《三國春秋》、虞溥《江表傳》。今惟以晉陳壽書爲定，是爲《三國志》，凡六十五篇。宋文帝中書郎裴松之補注。

《晉書》則有王隱、虞預、謝靈運、臧榮緒、孫綽、干寶諸家。唐太宗詔房玄齡、褚遂良等，修定爲百三十卷。紀十、志二十、列傳七十、載記三十、序例一、目録一，以四論太宗所作，故總名之曰御撰。

南北兩朝各四代，而僭僞之國十數，其書尤多。如徐爰、孫嚴、王智深、顧野王、魏澹、張太素、李德林之正史，皆不傳。今之存者，梁沈約《宋書》一百卷。紀十、志三十、列傳六十。河東裴子野，又删爲《略》，二十卷。宋治平中南豐曾鞏等，奉詔較定，政和中頒之學宮。《南齊書》五十九卷，梁蕭子顯撰。八紀、十一志、四十列傳。宋曾鞏等較定。《梁書》五十六卷，唐姚思廉撰。六本紀、五十列傳。思廉名簡，以字行，梁史官察之子。《陳書》三十六卷，唐姚思廉撰。六本紀、三十列傳。察在陳嘗删撰梁陳事，未成且死，屬簡繼其業。唐貞觀中與《梁書》同時上之，宋曾鞏等較定。《後魏書》一百三十卷，齊魏收撰。本紀十一、列傳十二、志十。宋劉恕等較定。《北齊書》五十卷，唐李百藥撰。本紀八、列傳四十二。初李德林在齊，嘗撰著紀傳，貞觀初百藥續成父書，獻之。《周書》五十卷，唐令狐德棻等撰。本紀八、列傳四十二。宋仁宗時，出太清樓本，合史館秘閣本，又取夏竦、李巽家本較定，其後林希、王安國上之。《隋書》八十五卷，唐魏徵等撰。本紀五、列傳五十，長孫無忌等撰志三十。其它各國，則有和包《漢趙紀》、田融《趙石紀》、范亨《燕書》、王景暉《南燕録》、高閣《燕志》、劉昞《凉書》、裴景仁《秦記》、崔鴻《十六國春秋》、蕭方、武敏之《三十國春秋》。李太師、延壽父子，悉取爲《南史》八十卷，《北史》百卷。南起宋盡陳，百七十年，北起魏盡隋，二百四十二年。今沈約以下八史雖存，而李氏之書獨行，稱《南北史》。

唐自高祖至於武宗，有實録，後修爲書，劉昫所上者是已，而猥雜無統。《唐書》一百三十卷，唐韋述撰。初吳兢撰《唐史》，止于開元，凡一百十卷。述因兢本，刊去《酷吏傳》，爲紀、志、列傳一百二十卷。至乾德以後，史官于休烈增《肅宗紀》二卷，令狐峘復隨紀、志、傳後增緝成之。《新唐書》二百二十五卷，宋慶曆中復詔刊修，歷十七年而成，曾公亮删定。歐陽修撰紀、志，宋祁撰列傳，是爲《新書》。梁、唐、晉、漢、周，謂之《五代史》。宋初，監修國史薛居正提舉上之，其後歐陽芟爲新書，故唐五代史各有新舊之目，而舊書多不列學宫。

《宋史》凡三書。太祖、太宗、真宗曰三朝，仁宗、英宗曰兩朝，神宗、哲宗、徽宗、欽宗曰四朝。元豐中《三朝》已就，《兩朝》且成，神宗專以付曾鞏使合之。謀始，會憂去，不克。淳熙中，洪邁合九朝爲一百三十餘卷。祥符中，王旦亦曾撰兩朝史而不傳。元至正間，中書右丞相脱脱等，奉命修《宋史》，本紀四十七卷、志一百六十二卷、表三十二卷、列傳世家二百五十五卷。

《遼史》，本紀三十卷、志三十一卷、表八卷、列傳四十六卷。《金史》，本紀十九卷、志三十九卷、表四卷、列傳七十三卷。已上三史，皆元所修也。《元史》，本紀三十七卷、志五十二卷、表六卷、列傳六十三卷、目録二卷，共一百六十一卷。洪武二年，翰林學士宋濂等奉敕修，是爲正史。

史家流别

自正史外，其别流復有十焉：一曰偏記，二曰小録，三曰逸事，四曰瑣言，五曰郡書，六曰家史，七曰別傳，八曰雜記，九曰地理，十曰都邑簿。

粤若陸賈之《楚漢春秋》，樂資之《山陽載記》，王韶之《晉安陸紀》，姚梁之《後略》，是謂偏記。戴逵之《竹林名士》，王粲之《漢末英雄》，蕭世誠之《懷舊志》，盧志行之《知己傳》，是謂小録。大抵偏記、小録之書，皆記即日當時之事，求諸國史，最爲實録。但言多鄙朴，事乏倫類，徒爲後來作者删削之資矣。

乃有好奇之士，樂爲補亡。和嶠《汲冢記年》，葛洪《西京雜記》，顧協《瑣語》，謝綽《拾遺》，此之謂逸事。夫逸事，皆前史所遺，多益撰述。及妄者爲之，則殽亂難據。世有郭子横之《洞冥》，王子年之《拾遺》，全構虚詞，徒驚愚俗，甚哉其弊也。

劉義慶有《世説》，裴榮期有《語林》，孔思尚有《語録》，陽松玠有《談藪》，此之謂瑣言。夫瑣言者，嘲謔調笑之餘，用資談柄，可助筆端。至於褻狎鄙穢，出自床笫，徒在紀録之次，有傷名教者矣。

若夫鄉人學士之所編記，如周稱之《陳留耆舊》，周裴之《汝南先賢》，陳壽之《益都耆舊》，虞預之《會稽典録》，此謂郡書。郡書者，一郡之書也。流布他邦，鮮知愛異。若常璩之詳審，劉炳之該博，能傳不朽者，蓋無幾焉。

揚雄《家譜》，殷敬《世傳》，孫氏《譜記》，陸宗《系曆》，此皆出其子孫，以顯先烈，所謂家史者也。家史者，止可行于一家，難以播於鄉國。若夫薪構已亡，則斯文亦喪矣。劉向之録列女，梁鴻之録逸民，趙採之録忠臣，徐廣之録孝子，謂之别傳。此皆博採前史，稍加新言。寡聞末學之流，於是乎取材焉。

志怪者則有祖台，搜神者則有干寶。劉義慶之《幽明》，劉敬叔之《異苑》，皆謂之雜記。其所論神仙之道，幽冥之事，若夫服食鍊氣，或可以益壽延年，福善禍淫，聊取諸勸善懲惡。苟談怪異，務述妖邪，斯義何取焉！

地理之書，若盛弘記荆州，常璩志華陽國，辛氏三秦，羅舍湘中是也。厥若朱贛所採，浹於九州，闞駰所書，殫於四國，言皆雅正，事無偏黨者矣。其有異於此者，競美所居，談過其實，又城郭山川，徵諸委巷，用爲故實，鄙哉。

若夫潘岳關中，陸機洛陽，《三輔黄圖》，《建康宫殿》，是之謂都邑簿者也。夫宫闈陵廟之矩矱必明，門觀街廛之制度可則，史之所不可闕者與。及其論榱棟則尺寸皆書，記草木則根株必數，茲又何益於學者焉。

右十品具列，史之流派備矣。至於吕氏《淮南》，玄晏《抱朴》，皆以叙事爲宗，抑亦史之雜也。既别出名目，不復編於此科。

評史

才、學、識三長，足盡史乎？未也。有公心焉，有直筆焉，五者兼之，仲尼是也。董狐、南史，制作無徵，庶幾盡矣。秦漢而下，三長不乏，二善靡聞。夫直有未盡，則心雖公猶私也；公有未盡，則筆雖直猶曲也。甚矣，史之不易也。寸管之蒐羅，宇宙備焉，非以天下後世之心爲一人之心不可也，以一人之心，爲天下後世之心，蓋難乎其人也。惟舉其人，而史之得失，文之高下瞭然矣。

古者大事書之簡册，小事書之布帛，有太史以職簡册。簡册者綱，若《春秋》之經是已。有内史以職布帛。布帛者目，若《尚書》、若《内外傳》是已。外史職列國之書，小史職百家之説。四職備而史法具，由黄帝以來，未之有改也。周衰，天子之史不在周而寄於盟主，盟主衰而分寄于列國，吕政隳天蔑史。漢興，司馬遷作《史記》，始立紀傳。紀傳立而太史之法亡矣。荀悦變紀傳而作編年，編年作而内外小史之職混矣。然史與經異，經不敢續，以道在也。至於史，一代缺而一代泯如也，一郡國缺而郡國泯如也。彼其論三代也，有不尊稱《尚書》者乎？然自舜、禹、湯、武及桀、紂而外，有能舉少康、武丁、太康、孔甲之詳以復者乎？周之季，有不尊稱《春秋》者乎？然自桓、文而上，有能舉宣、平、共和之詳者乎？二漢而下，有不稗官晉，齊諧六代，期期《唐書》，兼《宋史》而夷穢遼、金、元者乎？然一展卷而千六百年之人若新，而其跡若臚列也，是史之不可缺也。

史凡二家：編則左爲最，紀傳則馬遷爲最。左之始末在事，遷之始末在人。重在事，則束於事，而不能旁及人，苦於略而不遍；重在人，則束於人，其事不能無重出而互見，苦於繁而不能竟。故法左以備一時之覽，而法司馬以成一代之業可矣。説者謂《史記》以五十餘萬言，叙二千四百年之事，簡矣，而《漢書》乃以百萬餘言，叙三百二十五年之事，何繁也？不知固之不能爲遷也，猶史之不能爲經也。以純駁論，不當以繁簡論也。荀悦法左而袁宏繼之，其華寔亦略相當矣。然譏荀者，王命之載，忽以東都，採居西京。《三國》乞米于佳傳，難辭粥筆之辜；修怨于髡鉗，漢而稱蜀，未免怨望之嫌。《晉書》雜取《語林》、《世説》、《幽明》、《搜神》，詼諧神怪，犯不語之經。夫以干、鄧之所糞除，王、虞之所糠粃，此何異魏朝之撰《皇覽》，梁世之修《通略》耶？務多爲美，博聚爲工，雅取悦于小人，終見嗤於君子。《宋書》失于限斷，好爲奇説，多誣前代。至于創志符瑞，尤爲不經。《南齊》喜自馳騁，《天文》但記災祥，《州郡》不著户口，《祥瑞》多載圖讖，更改破析，刻彫藻繪，而其文益下。《陳》、《梁》二書歷三世，父子更數十年而後成，遲久不顯，遭遇亦有時也。《魏書》多諛少平，減惡没善，黨北朝，貶江左，信穢史也。《北齊》類例不一，議者少之。《周書》先多抵捂，後務清言，謂之實録，則吾豈敢。《隋書》之成，號《五代史志》，雖該南北兩朝，而治棼理紏，了然在目。又《天文》、《律曆》、《五行》，成于淳風，用當其才，千古稱快。《南北史》

删略補缺，頗汰蕪冗，第其述妖兆，祥謡讖，亦抑《晉書》之魯衛矣。《舊唐》成于五代，氣陋法乖，論贊靡麗，如粉黛飾壯士，笙匏佐鼓鼙。而《新書》不出一手，本紀用《春秋》法，削去詔令，雖太略，猶不失爲簡古；至列傳，字多僻澀，識者病之。劉元城謂事增文省，正《新書》之失云。《五代》譽之太過，軒于《史記》，此宋人自尊本朝人物耳。不知《史記》自左氏而下，罕所伉儷。其獨冠群籍者，亦由粹《左》、《國》、《國策》、《世本》及相如、方朔之文以爲楨幹，而又加之以扛鼎之筆。歐陽自視于《史記》何如哉？《宋史》百萬言，自謂詞之煩簡以事，聞之今古以時，固矣。然可恨者，紀一事而先後不同，一人而彼此頓異，由修之者非一手也，古之史法蕩虨澌滅矣。史始於《尚書》、《春秋》，大抵皆一人之筆。《尚書》雖雜出，然而紀一事自一篇，一篇自一人。《春秋》則孔子持筆，而門人一詞莫贊。三傳各以意什經，《國語》、《世本》、《國策》皆一家言。自《史記》而下，十七代之書，亦皆一人成之。《唐書》雖文忠與景文共之，然而卷帙户分，兩美相合。至元修宋、遼、金三史，此法壞矣。由胡人在位，大臣寡學，先後矛盾，復何怪哉？雖然，豈始於宋哉。自東漢大集群儒，著述無主，條章靡立，由是伯度譏其不實，公理以爲可焚，張、蔡二子，糾之於當代，傅、范兩家，嗤之于後葉。唐史司記一事，載一言，皆閣筆含毫。子玄謂「頭白可期，汗青無日」。《宋史》一書，其寔類此。元所壞者，宋一代耳。其法遂使嗣代襲用之。今曰一代之史，可以一人成，不以爲駭，則以爲狂矣。其貽害中國，嫁禍斯文，可重慨已。《元史》冗爛朝報也。如完者都、完者拔都，名止多一字，履歷無復大別，惟叙事小有詳略，當是一人化身。前史淺謬未有若此者也。故曰：「《金史》尚有法，《宋》、《遼》遠不及也。」愚於《元史》亦然。要之，固譏遷，勰譏固，子玄譏衆史，柳燦譏子玄，雖曰詆訶，實則鼓吹。寥寥千載才難，不其然乎？

史官建置

史者，國家之典法也。自君王善惡功過，與其百事之廢置，可以垂勸戒，示後世者，皆得直書而不隱。故自前世有國者，莫不以史職爲重。自黄帝之世，倉頡、沮誦，實居其職，夏則終古，商則高勢、孔甲、尹逸，皆其選也。周官大備，則有大史、小史、内史、外史、左史、右史，而記言記事之職，殆專官也。成王之史佚，楚之倚相，晉之伯黶，魯之丘明，晉之董狐，齊之南史，則其人也。秦有太史令胡母敬。漢興，武帝始置太史公，位在丞相上，以司馬談爲之。凡天下計書，先上太史，副上丞相。及談卒，子遷嗣。遷卒，宣帝以其官爲令，行太史公文書而已。尋自古太史之職，雖以著作爲宗，而兼掌曆象日月陰陽度數。馬遷既殁，後之續司史者，若褚先生、劉向、馮商、揚雄之徒，並以别職來知史事。於是太史之署，非復記言之司。故張衡、單颺、王立、高堂隆等，雖當官見稱，唯知占候而已。後漢明帝以班固爲蘭臺令史，又徵楊子山詣蘭臺，則蘭臺者，當時著述之所也。帝詔固與睢陽令陳宗、長陵令尹敏、司隸從事孟冀，又詔史官謁者僕射劉珍、諫議大夫李克，復命侍中伏無忌、諫議大夫黄景，共作《漢記》。和帝永元初，復令太中大夫邊韶、大軍營司馬崔寔、議郎朱穆、延篤纘之。章和已後，則有東觀撰集，其中都謂之著作。靈帝熹平中，光禄大夫馬日磾、議郎蔡邕、楊彪、盧植，續記於此。至晉太始中，秘書司馬彪，《漢記》始成，而華嶠又删定爲《後漢書》。魏氏都鄴，黄初好文，尚書衛紀、繆襲，侍中韋誕、應璩，秘書王沈，中郎阮籍，司徒長史孫該，司隸校尉傅玄，並典撰述。太和中，始置著作郎，職隸中書。晉元康初，又隸秘書著作郎一人，謂之大著作，專掌史任。又置佐著作郎八人。宋齊以來，以佐名施於作下，故事佐郎，職知博採，正郎資以章傳。若正佐有失，則秘監司之。其有才堪述作者，雖居他宫，兼領著作。亦有已爲秘書，而仍領著作。若晉之華嶠、陳壽、陸機、束皙，南渡之王隱、虞預、干寶、孫盛，宋之徐爰、蘇寶生，梁之沈約、裴子野，斯並著作之選也。晉康帝嘗以武陵王領秘書監，以增重史事。齊、梁乃置修史學士，陳氏因之。初有吴郡顧野王，北地傅縡，爲撰史學士。又有劉涉、謝吴、許善心之類，皆與焉。北朝元魏初，有崔浩、高閭之徒爲史官。洛京之末，則綦儁、山偉，更掌文史。齊周及隋，以大臣統領者，謂之監修國史，自餘史官，則稱自領而已。若魏收、柳虬、王邵、魏澹、諸葛潁、劉炫，亦各一時也。隋煬帝置起居舍人二員，隸中書省。如庾自直、崔濬祖、虞世南、蔡允恭等，時號得人。唐初因之。又加置起居郎二員，職視舍人。每天子臨軒，侍立玉堦之下，郎居其左，舍人居右。人主有命，退而録之，以爲《起居注》。《起居注》者，編年記事，言最詳審，後來作史者資焉。于時，工部尚書温大雅，首撰《起居注》。司空房玄齡、給事中許敬宗、與著作郎共編爲《實録》。《實録》者，録一帝之事，蓋始於梁云。若令狐德棻、吕才、蕭鈞、褚遂良、上官儀、李安期、顧胤、高智，周張大素、凌季友，斯並當朝所屬也。武德時，史官屬秘書省著作局，貞觀間，移史館於門下省之北，宰相監修，而著作局始罷。龍朔中，改名左右史云。及大明宫初成，則置於門下省之南，修撰史事，或以他官兼領，而品卑者亦與焉。自武德迄於長壽，若李仁實、敬播之才美，許敬宗、牛鳳及之繆妄，妍媸判焉。韋執誼又奏令史官撰日曆月曆云者，猶起草也。宋制監修國史一人，以宰相爲之。修撰直館檢討，無常員。修撰以朝官充，直館檢討以京官以上充，掌修日曆及圖籍之事。國史别置院於宣徽北院之東，謂之編修院。故事修撰官直館，分季撰日曆上判館撰次。大中祥符九年，以刑部郎中高紳爲史館修撰。天聖元年，石中立以户部郎中充史館修撰，並以物議，不與史事而罷。仁宗重史事，敕宰相爲提舉，參政樞副爲修史，其同修史，以殿閣學士以上爲之，編修官以三館秘校及京官爲之，史畢乃罷。元豐官制，别置國史實録院，以首相爲提舉，翰林學士以上爲修國史，侍從官爲同修國史，庶官爲編修實録院，提舉官如國史，從官爲修撰，餘官爲檢討。元祐初，復置國史院，隸門下省。明年置國史院修撰，兼知院事。紹聖間，復以國史院歸秘書省。高宗南渡初，即秘書省復建史館，以省官兼檢討校勘，以從官充修撰。紹興間，移史館於省側，後併爲實録院，宰相監修，檢討較閲。當是之時，專史職者，修撰而已。孝宗時，召李燾、洪邁，修五朝史，皆奉京朝，不兼他職。紹熙末，陳傅良直學士院，請以石文殿秘閣二修撰，并舊史館校勘爲史官。又增檢討官三員，以畢《高録》。自後竟無專官。元世祖初，以命王鶚，至順帝修而傅伯壽、陸游，皆自外召以爲同修國史，兼實録院同修撰官。《宋史》，以脱脱爲都總裁，鐵木兒塔識、張起巖、歐陽玄、吕思誠、揭徯斯，爲總裁官，偏任國族，豈立賢之路未廣乎？暨皇朝之紹統也，高皇神聖，首以宋濂爲起居注。二年詔修《元史》，以中書左丞相宣國公李善長爲監修，宋濂、王褘爲總裁，徵山林之士汪克寬、胡翰、宋禧、陶凱、陳基、趙壎、曾魯、高啓、趙汸、張文海、徐尊生、黄篪、傅恕、王錡、傅著、謝徽，十六人爲修史官。三年續修，則趙填、朱右、貝瓊、朱世廉、王廉、王彝、張孟兼、高遜志、李懋、張宣、李汶、張簡、杜寅、俞寅、殷弼，凡十五人，而宋濂、王褘，復爲總裁。十四年定制，以修撰編修檢討爲史官。又有秘書監、弘文館及起居注、應奉等官，後皆廢罷。迄今修史，以勳臣官高者一人爲監修，内閣官充總裁，學士等官充副總裁，詹坊經局，皆豫纂修之事，而惟修撰編修檢討稱史官焉。

右正史

自古列國偏朝各有史官。若史克、史蘇、史趙、史墨之類，皆世官也。韓宣子聘魯，見《易象》、《春秋》曰：「周禮盡在是矣。」晉之屠黍，以圖法歸周。澠池之會，命書某年某月，鼓瑟鼓缶，即其事也。王莽篡漢，改置柱下五史，秩如御史，聽事侍傍，記跡言行。蜀漢稱王崇、許蓋，又郄正爲秘書郎。陳壽評諸葛不置史官，誣矣。吴大帝，有太史令可孚，郎中須峻。歸命時有韋曜、周昭、薛瑩、梁廣、華覈，又有周處，自左國史遷東觀令焉。僞漢嘉平公師或以太中大夫領左國史。前趙之和苞，後趙之徐光，前燕之杜輔，後燕之董統，前凉之劉慶，南凉之郎韶，李成之常璩，略可考見。前秦初有趙淵、車敬、梁熙、韋譚，相繼著述，苻堅取而觀之，焚滅其本。後秦扶風馬僧虔，河東衛隆景，夏有天水趙思羣，北地張淵，並著國書。周建六官，乃改著作正郎爲上士，佐郎爲下士，蓋有意於倣古云。唐之則天，武三思、祝欽明並知史事。劉知幾嘗爲著作佐郎。後唐之張昭遠，晉漢之賈偉，柴周之王溥，孟蜀之李昊，與南唐之高遠、徐鉉各有所録。毛文錫之記蜀事，范坰、林禹之記吴越，聊備一隅。若夫史愿之述遼亡，劉祈之識金滅，亦首丘之義存焉。

右列國偏方史

夫彤管風存，厥稱女史。古者人君外朝則有國史，内朝則有女史。昔楚王燕遊，蔡姬許從。漢武帝時有禁中起居注，明德馬皇后撰《明帝起居注》，斯女史之職乎？隋之王邵，請置女史，文帝不省，事不施行。若漢之班婕妤，唐之上官婉兒，蜀之花蕊夫人，並以嬪嬙，典習文史，豈其流與？宋制則以内夫人凡六人，輪日修《起居》，至暮封赴史館，正其職也。

右女史

身非史職，而私撰國書，若漢魏之陸賈、魚豢，晉宋之張璠、范曄，時方賴之。山林紀載者，復有野史，若《太和》、《甘露》之記，有書無人，其於正史或有裨焉。

右野史

評史舉正

粵自左史記事，右史記言，石室蘭臺，權輿遐邈矣。遷固既往，代罕稱良，寥寥芳猷，千載莫嗣，吁其難哉！唐有劉子知幾，夙以卓資，獨秉淵覽。三爲史臣，兩入東觀，博淹載籍，馳騁古今，提要鉤玄，囊括殆盡。觀其《史通》所述，自三墳五典之書，南史素臣之紀，兩京三國之蓍，中朝江左之曆，亦有汲冢古篆，禹穴遺編，金匱之所不藏，西崑之所未備，莫不探厥淵源，總其統系，捃摭纂著，靡有遁形，斯已勤矣。爾其神識融洞，取舍嚴明。操筆有南、狐之志，摛藻有班、馬之文，充其韞籍，不足稱一代良史哉，而乃好奇自信，拘見深文，小則取笑於方家，大則得罪於名教，惜也難得之才，遺此無窮之恨，省以憮然，爲之太息。略而原之，其罪有二，其失有三。

夫堯、禹爲聖，辛、癸爲凶，自有生民，所共覩記，而信傳疑經之語，逌好事之談。以《竹書》爲竈策，以壁經爲土苴，信其言也，則丹朱之不帝，重華有築墻之謀；蒼梧之不返，文命有膠舟之志；履辛之不道，乃陳琳草檄之誣；西伯之勘黎，如桓温拜表之轍；遂使皇圖帝籙，萃逋逃之藪，璇宫瑶室，邁垂拱之規。是可忍也，孰不可忍？茫茫萬世，人安適歸？侮聖之罪一矣。夫儒者之言，折衷孔子，皇皇經籍，赫若日星，删述所加，各有攸當。如讓湯斬紂，則紀言之史不陳；魯國無風，則登歌之頌已録。而不窺聖意，輒謂有私，至所斷據，則魏丕曰：「舜禹之事，吾知之也。」何其不信大聖權輿之準，而信亂臣依附之言？人之不聰，一至於此，而能品藻人倫，勸懲萬世者乎？離經之罪二矣。

夫史猶繪也，善繪者具人之體貌，而必得其精神。善史者摭事之故實，而必存其色象。是故詞有繁而不殺，事有細而靡遺，欲其一披簡書，千古如覿也。公索亡祭牲，録門人致問之詞；子罕哭介夫，載覘者反報之語。此《左氏》之神也。仲連見新垣衍，則紹介之言畢載；王生從龔渤海，則醉呼之狀具陳。此《史》、《漢》之妙也。而子玄剸略榛蕪，一切删去，讀之索然，了無神采。是猶操公輸之矩墨，而裁成度索之枝，執神禹之斧斤，而溝洫吕梁之水也，天下之奇觀何從而睹哉？其失也淺。

夫立言之旨，固貴本質，而褒貶之辭，或多擬議，是以《書》有漂杵之文，而《詩》載孑遺之詠也。今焉執西州之無魚，而疑趙盾魚飧之事；謂晉陽之無竹，而惑細侯竹馬之迎。以鳥啼花笑，騃智不如葵之言；以中山磨笄，評無恤最賢之語。是必譯輶軒之使，而後方物不遺；本篆籀之形，而後書法無爽也。其失也固。

夫人之哲愚，區以别矣，而品流靡一，風軌固殊，必得其情，談何容易。今也游、夏列儒林，冉、季稱循吏，是不知達者之規蓍也；項羽爲羣盜，蜀漢爲僭君，是不睹英雄之梗概也。疑曹操見匈奴，無崔琰在坐之事，是不究奸謀之詭也；謂阮籍聞母喪，無圍棋飲酒之狀，是不聞放達之風也。其失也昧矣。

嗟夫！才識特達，有如子玄而舛錯不經，彰彰若是。諒哉，史之難乎！夫磨纖毫之瑕，則完盈尺之璧，刮數寸之朽，則成合抱之才，是故表而正之，使其全書不廢於世云爾。

長編

紀傳之史，創於司馬氏，而成於班氏也。編年之史，備於司馬氏，而精於朱氏也。司馬、班氏出，而漢以後之爲紀傳者靡矣。司馬、朱氏出，而宋以前之爲編年者廢矣。

李仁父之《長編》，纘涑水者也，吕伯恭之《大事》，翼紫陽者也。廬陵氏之《五代》，眉山氏之《古史》，孫之翰、范祖禹之鑑與論，宋視唐，雖才情弗逮而製作頗有餘也。

温公六任，皆以書局自隨。給之禄秩，不責職業，得以研精極慮，窮竭所有。夜以繼日，徧閲舊史，旁采小説，簡牘盈浩如淵海，抉摘幽隱，較計毫釐。上起戰國，下終五代，凡一千三百六十二年，修成二百九十四卷。又畧舉事目，以備檢尋，爲《目録》三十卷。又參群書，評其異同，俾歸一塗，爲《考異》三十卷。合三百五十四卷。

陳氏曰：初光如左氏體，爲《通志》八卷以進，英宗悦之。遂命論次《歷代君臣事跡》，倣《史記年表》，年經國緯，用劉羲叟長歷氣朔而撮新書，精要散於其中，《考異》參諸家異同，正其謬誤，而歸于一也。

陳承祚志三國，帝魏寇蜀，涑水大儒因仍之。承祚非以魏黜漢，蓋以漢媢晉也。考漢獻帝延康元年，明年即昭烈章武元年。後主四十一年，國亡。間一年，即晉武三分有二。又十年，吴亡，吴故非正統也。漢亡之後，統不得不歸之魏。陳壽之志三國也，以齊晉故也。宋之繼晉，與齊、梁、陳相統，宜屬南，而南以史中分之。李延壽世北臣也，故不以統與南。今兩史合，先南後北，宋、齊、梁、陳，與晉相次，此所以明大統也。

朱子曰：温公編集《資治通鑑》既成，又撮其精要之語，别爲《目録》三十卷。晚病本書太詳，《目録》太簡，更著《舉要曆》八十卷，以適厥中，而未成也。紹興初，胡文定公復因公遺稿，修成《舉要補遺》若干卷，則其文愈約而事愈備矣。然往者得於其家而伏讀之，不能領其要而及其詳，故不自料，因兩公四書别爲義例，增損檃括，表歲以首年，因年以著統，大書以提要，分注以備言、歲年之久近，國統之離合，事辭之詳略，議論之同異，通貫曉析，如指諸掌，名曰《綱目》。歲周於上，而天道明矣；統正於下，而人道定矣。大綱概舉，而監戒昭矣，衆目畢張，而幾微著矣。兩公之志，或庶乎其可以默識矣。

讀《資治通鑑》而後，知文正公之有相業也。九君臣治亂成敗安危之跡，若登喬嶽，天宇澄清，周顧四方，悉來獻狀，雖調元宰物，輔相彌綸之業未能窺測，亦信其爲典刑之總會矣。其書歷十九年而成。修書分屬，漢則劉攽，三國訖南北朝則劉恕，唐則范祖禹，各因所長，皆天下之選也。自言書成，惟王勝之借一讀，他人未盡一紙，欠伸作矣。可笑哉！說者謂晦翁歷朝四十年，《綱目》屬之門人，未免脱漏。又剪截文法，不無勦徑。然夷考其厥初，蓋難言哉。其黜曹氏于盜，黜元氏于夷，黜武曌，書帝房州，大義十餘，炳若日星。中有迂回難合，瑣屑眇闕者，求其變而略之可也。後之證實質誤，洵紫陽功臣哉。迨丘文莊之《續史綱》也，紫陽之法，有局焉未竟者，引而伸之，蓄焉未發者，曲而體之，其矛盾之小者，其符節之大者也。吾嘗謂《春秋》之後有朱氏，而《綱目》之後有丘氏也。蓋自司馬之爲《通鑑》也，漢唐而上昭昭焉。自《通鑑》之上司馬也，宋元而下泯泯焉。間有續者，而弗能詳也。

皇朝《綱目》續矣，而茲猶缺也。若之何可後也？獻吉欲概蔚宗而下，筆且削焉；元美欲挈子長而上，删且潤焉。安知世無其人，而遂以爲見忌于造物鬼神乎？蒼頡作文字，開萬世文明。

鬼胡爲而哭？天胡爲而雨粟耶？

正統

楊用修曰：遜志方子作《正統論》，大概以夷狄、篡弑、女主，三者非統之正。其論精且悉矣，因而廣其未備云。

楊子曰：「夷亂華，足加首非乎？而夷狄是已。是曰易天明，胡、元極矣，稽誅於兩儀者也。柔乘剛，陰干陽非乎？而女主是已。是曰逆天常，吕、武極矣，稽誅於三剛者也。戕其主，逆其天非乎？而篡弑是已。是曰亂天紀，稽誅於萬世者也，莽、操極矣。皆重絶於《春秋》者也。」

或獻疑曰：「胡、元也，吕、武也，莽、操也，皆後乎《春秋》者也，何以見其誅絶於聖人也？」

曰：「推以例之，是以知之。書楚人外荆舒，是以知其不與夷狄也；絶姜氏孫夫人，是以知其不與女主也；書乾侯黜季氏，是以知其不與篡弑也。夫女主也，夷狄也，春秋之世，則未有如胡、元、吕、武也，而羿、浞竊夏四十餘年，則有莽、操之儔矣。未有以統與羿、浞者也，是篡弑者非直《春秋》不與也，夫人皆不與也。以篡弑之不得與，知女主夷狄之必不與也。」

曰：「是則然矣。王通氏嘗帝元魏矣，歐陽氏嘗紀武曌矣，涑水氏嘗帝曹魏，寇武侯矣。」

曰：「通也偏，劉子玄已駁之矣；歐也迷，伊川翁已正之矣；涑水也固，朱子已改之矣。三子之瑕也，尤也，可攻也，不可跌也。然即三子而論，則歐陽、涑水、猶無説也，通則有説矣。其曰：『亂離瘼矣，吾誰適歸？天地有奉，生民有庇，即吾君也。居先王之國，受先王之道，子先王之民，謂之何哉？』是其言也，偏也，迷也，固也，通兼有之。常曰：『大哉中國，五帝三王之所自立也』，既曰帝王自立，夷狄豈得而立之？通之言自相戾矣。且元魏之慘殺，史所載有不忍觀者，生民何庇乎？元魏居先王之國，子先王之民矣，何嘗受先王之道乎，通又自戾其説矣。嗚呼！通生元魏之地，則帝元魏，使通先莽操之世，亦將曰『吾誰適歸』，『即吾君也』，是何異於甄豐、華歆？若使吕后傳於其女魯元公主，武氏傳於其女千金公主，而魯元、千金又女女相傳，通生其時，亦將事之，通作其史，亦將帝之，又何以異於陳平、魏元忠？何足以爲通？惜哉！通而有是也。近世無錫邵尚書之説曰：『華夷之輕重以地，亦以人，中國帝王，人地俱重，蠻夷荒服，人地俱輕。人重而地輕，則有若箕子之在朝鮮；人輕而地重，則有若陸渾之在伊洛。故曰名從中國，物從主人。』小物且然，而况大器乎。如使猾夏者遂稱帝王，則用夏變夷者將亦從之夷乎？王通氏誠變於夷者也，是足以誅通矣。」

或曰：「方子以正統之説起於《春秋》，信乎？」曰：「信也。豈唯《春秋》，《易傳》昭矣。班固作《曆志》引《易傳》曰：『古者庖犧氏之王天下也』，繼之曰：『庖犧氏没，神農作。』『神農没，黄帝氏作。』黄帝既没，堯舜氏作。此即正統之説也。夫庖犧氏之後，神農之前，有共工氏伯九域，祭典存之，而《周易》不載其序，以其任知刑以疆而不王也。德之劣者，聖人且黜之不載焉，有易天明，反天常，亂天紀，而可以承正統乎？夫萬代之統，猶一代之宗。商之賢者十餘君，而太甲稱太宗，太戊稱中宗，武丁稱高宗，爲宗者三而已。降而至漢，上之自尊，下之媚上，世已非商比矣。而其稱宗者，曰太宗者文，曰世宗者武，曰中宗者宣而已。同姓一代不皆宗，則易姓承代不皆統一也。至唐則無賢不肖，淫偏夭昏者皆宗矣。無賢不肖淫僻夭昏皆宗，則無惑乎夷狄、簒弒、女主皆統也。國之統也，猶道之統也。堯以是傳之舜，舜以是傳之禹，禹以是傳之湯，湯以是傳之文、武、周公，周公以是傳之孔子，孔子以是傳之孟軻。軻之死，不得其傳，則如荀如楊者，不敢輕以道統與之。夫不以道統輕與之，則道猶尊，而統猶在也。如使道統而可以承之，可以假借，秦之道統，可付之斯、高，漢之道統，可屬之蕭、曹，而晉、宋、齊、梁之道統，可移之佛圖澄、鳩摩羅什乎？道統不可以乏而假之斯、高、蕭、曹、澄、羅，三靈之主，太寶之位，而以夷狄腥膻之，女主醬穢之，簒弒戕賊之，亦何以異於道統與斯、高、蕭、曹、澄、羅乎？方氏之論確矣。有金華太史者獨是之，予之言立而方氏之論益明。必有是乎？予如金華者乎？將無作《廣正統論》。」

國史問

明興，祖功宗德，直追三五，而史獨闕如，蓋以國家之史，有專官，無專業。自《會要》輟編，木天諸儒，不領著作。凡修史，則取諸司前後奏牘，分爲十館，以年月編次，雜合成之。删削則副總裁，潤色則内閣大臣，稱曰《實録》。《實録》于群下事類不該，其體與史異，故曰史之有實録也，似而非者也。天子事非一家一人，所録自不能遺臣民，其名曰《某帝實録》，諸臣民之有銘傳也。人臣而銘傳其君父，可以刺乎？録及臣民，可盡褒乎？前朝史與《實録》猶並行，本朝則不然，識者病之，由是野史紛出。或失則寡，或失則異，或失則偏，甚者傳疑修却，横議聚訟，是非淆亂。史官陳于陛，上言：「列聖治化翔洽，如日月麗天，而無正史以垂一代典謨，何以彰懿軌，示將來？請詔儒臣開局纂修。」書奏，報可。業已次第發中秘，徵軼書。諸儒臣亦各搜羅辨證，屬事摛辭，駸駸端緒矣。會有中格，輒報罷，至今莫有舉也。嘗考《太祖高皇帝實録》，永樂初命曹國公李景隆監修，户部尚書夏原吉、學士解縉、禮部尚書李至剛總裁。再命原吉及太子少師姚廣孝監修，學士胡廣、楊榮總裁。《太宗仁宗實録》，英國公張輔、少師蹇義、少保夏原吉監修，少傅楊士奇、太子少傅楊榮、太子少保金幼孜總裁，太常卿楊溥爲副總裁，大學士陳山、張瑛續總裁。《宣宗實録》，英國公張輔監修，少傅楊士奇、楊榮、尚書楊溥總裁，少詹事王直、王英爲副總裁。《英宗實録》，會昌侯孫繼宗監修，少保李賢、尚書陳文、彭時總裁，少卿劉定之、吴節爲副總裁。《憲宗實録》，英國公張懋監修，少傅劉吉、尚書徐溥、侍郎劉健總裁，尚書丘濬、少詹事汪諧爲副總裁。《孝宗實録》，初命少師劉健、李東陽、少傅謝遷總裁，吏部侍郎張元禎、詹事楊廷和、學士劉忠爲副。再命東陽、少傅焦芳、王鏊、少保楊廷和總裁，尚書梁儲爲副，而監修仍公懋。《武宗實録》，則定國公徐光祚監修，少師楊廷和、少傅蔣冕、毛紀、少保費宏總裁，後廷和、冕、紀皆去，申命宏及少師楊一清、少保石寶、賈詠、尚書毛澄、侍郎羅欽順爲副，後增侍郎吴一鵬。雖可據者十六七，然非有大鼎革不得發視，史官力不給繕寫，即繕寫亦多訛。嘉靖間野史數家，似不盡見《實録》。其家或曠僚，於朝章國典，曾不經目。經目者不必究心。世宗臨御久，穆宗嗣服，諸大禮咄嗟而辦，多與舊儀不合，况其他乎。

近代若雷禮《大政紀》、《列卿表》，王世貞《弇山别集琰琬録》，薛應旂《憲章録》，皆博爲之地，雖未能如鄭曉之拓《徵吾》、《今言》爲全書，然傳諸臣民，蔚稱秘典。焦竑采一代王侯將相、賢士大夫、山林瓢衲之蹟，彙而蓁之，曰《獻徵録》，其目廣于《列卿》者什五，其人多于《琰琬》者什七，當陳于陛議修史時，竑分得《經籍志》，退而卒業，如班書故事。列傳、藝文，庶幾草創矣。昭代典則，典故紀聞諸書，雖非鄭、薛、雷、王比，要亦可備簪筆之采擇。至于《瑣綴録》、《皇明通紀》、《九朝野記》、《永昭二陵編》，詆嫚恣行，不減宋代。惟沈節甫所彙《紀録》諸書，差足伐山耳。

近日之爲國史者少，爲野者多。國史容有諱忌，野史直恣胸臆。其失縉紳少，韋布多。縉紳聞見猶廣，韋布寡陋自專。如建文事屢詔修復，而仍稱革除，隆慶事睹記未悉，後先倒置，一言不知，可毋慎哉！嗚呼！正史整而多隱，野史覈而易誣，家史諛而溢真，數者皆幾，安所折衷哉？

亦有局中人道局中事，或在交戟而談日月之際，或當戰場而究風雲之變，或扈從而述覊紲之勞，或遠使而誇溟渤之勝，覩記不爽，歲時可稽，即世在傳聞，瞭如指掌，持以參互，庶可正訛。尚若御製諸書，謨訓功烈，娩嬂典謨，會典備六曹職掌，如文武之銓資，藩封之録秩，吉凶之儀注，行遣之制勅，錢谷之會計，兵馬之額數，大禮、大獄、大役、大兵，天子動容，宰相造膝，藎臣諍議，鬬士敵愾，可以紀，可以傳，可以書，可以志，可以表。以之編年則左氏用光，以之紀傳則司馬爲烈。出金匱石室之閟密，佐以野史偏記，補苴殘漏，鼓吹休明，俾《革除遺事》與《奉天靖難》並觀，則伏節與翊運之趣操覩矣；《否泰録》與《復辟録》互考，則禦虜與奪門之功罪明矣；《視草餘録》與《雙溪雜記》相參，則寧藩之護衛誰復？《病榻遺言》與《内閣首輔傳》類閱，則顧命之付托誰承？諸如此例，不嫌並陳，不必曲諱，不亦《春秋》之法，昭然大明乎？石渠之上，必有擅才學識而秉公心直筆者，文質相傳，本末兼該，爲一代良史，奚待負竿知禮，采樵知樂者乎？於治體無所繫，雖正史寧芟，有所埤則異典旁搜，毋自恣，毋詆讕，毋影寫，毋面謾，毋略美，毋没善，庶幾乎倚相、董狐復見于今矣。若夫任耳而爲目，信舌而爲管，此亦一是非，彼亦一是非，焉能逋子玄之彈射乎？嗟嗟！文士之才，在善用虛，史官之才，在善用寔，此至言也。宋人議論多而成功少，猶能使正史編年成功，幸毋令宋人笑人也。

文通卷之三

淵源經史

顏之推曰：文章原出五經：詔命策檄，生於《書》者也；序述論議，生於《易》者也；歌咏賦頌，生於《詩》者也；祭祀哀誄，生於《禮》者也；書奏箴銘，生於《春秋》者也。

王弇州曰：天地間無非史而已。三皇之世，若泯若没，五帝之世，若存若亡。噫！史其可以已耶。六經，史之言理者也。曰編年、曰本紀、曰志、曰表、曰書、曰世家、曰列傳，史之正文也。曰叙、曰記、曰碑、曰碣、曰銘、曰述，史之變文也。曰訓、曰誥、曰命、曰册、曰詔、曰令、曰教、曰劄、曰上書、曰封事、曰疏、曰表、曰啓、曰牋、曰彈事、曰奏記、曰檄、曰露布、曰移、曰駁、曰喻、曰尺牘，史之用也。曰論、曰辨、曰説、曰解、曰難、曰議，史之實也。曰頌、曰箴、曰哀、曰誄、曰悲，史之華也。雖然，頌即四詩之一，贊、箴、銘、哀、誄，皆其餘音也。附之於文，吾有所未安。惟其沿也，姑從衆。

柳宗元曰：本之《書》以求其質，本之《詩》以求其情，本之《禮》以求其宜，本之《春秋》以求其斷，本之《易》以求其動，參之《穀梁氏》以厲其氣，參之《孟》、《荀》，以暢其支，參之《老》、《莊》，以肆其端，參之《國語》，以博其趣，參之《離騷》，以致其幽，參之《太史》，以著其潔。

吾嘗論《孟》、《荀》以前作者，理苞塞不喻，假而達之辭，後之爲文者，辭不勝，跳而匿諸理。六經也，四子也，理而辭者也；兩漢也，事而辭者也，錯以理而已；六朝也，辭而辭者也，錯以事而已。

諸子百家

劉歆序《七略》，三曰諸子，而臚爲十家，稗官小說與焉。自漢以降，諸子之名，蓋罕存者，多不足觀，而說日繁盛，不知說固子之別名耳。然班固之論，謂諸子十家，可觀者九。說家者，閭里小知，街談巷語之陋絀不足道，則說與子又似有間矣。夫古之工於立言者，言所明也。其瞭然于中，迫於吐而必不可茹。如水盛堰敗，沛不容遏。又如老農之計囷廩，大將之料軍實，舉所有而已。《潛夫》、《論衡》之屬，吾無取焉。彼其中固無有也，固鮮所明也，而强言之，故膚而不衷，蔓而不根，讀之如啖木，然又況虞初者流，流而非雅者乎？

久矣，夫諸子之龐而難擇也。故曰愼子有見於後，無見於先；老子有見於詘，無見於信；墨子有見於齊，無見於畸；宋子有見於少，無見於多。有後而無先，則群衆無門；有詘而無信，則貴賤不分；有齊而無畸，則政令不施；有少而無多，則群衆不化。墨子蔽於用而不知文，宋子蔽於欲而不知得，慎子蔽於法而不知賢，申子蔽於勢而不知智，惠子蔽於辭而不知實，莊子蔽於天而不知人。故由用謂之，道盡利也；由俗謂之，道盡嗛也；由法謂之，道盡數也；由數謂之，道盡便矣；由辭謂之，道盡論矣；由天謂之，道盡因矣。此而數具者，皆道之一隅也。夫道者，體常而盡變，一隅不足舉之。曲知之人，觀於道之一隅，猶未之能識也。以彼英才特達，炳曜垂文，騰姓氏而懸諸日月，標心萬古之上，送懷千載之下，要亦不可茹者焉。遡洄風后，力牧伊尹，而後文諂道于鬻熊，孔問禮于伯陽，聖賢并世，而經子異流矣。至於墨翟軌儉确之教，尹文課名實之符，野老治國于地利，騶衍養政于天文，申商刀鋸以制理，鬼谷唇吻以策勳，尸佼兼總雜術，青史曲綴街談，蜚芬流鱗，逃於秦炬，而見於《漢略》者，百八十餘家。晉魏以還，讕言瑣語，充箱照軫。

其述道言治，枝條六籍，純粹者入矩，踳駁者出規。《月令》取乎《吕氏》，三年問獵乎荀子，此近道之語也。若湯之問棘，蚊睫有雷霆之聲；惠施對梁，蝸角有伏尸之戰，禦寇移山跨海，淮南折地傾天，此其踳駁者也。《歸藏》稱羿斃十日，嫦娥奔月，況諸子乎？至如六蝨五蠹，裂車飲藥，非虚致也；白馬孤犢，比之鴞鳥，非妄貶也。大謫荀懿而雅，管、晏覈而練，鄒衍奓而壯，墨隨顯而質，尸佼、尉繚，術通而文鈍。鶡冠綿深，鬼谷奥眇，尹文得其要，文子擅其能，韓非喻博，不韋體周，慎到理密，淮南詞麗，皆所謂入道見志之書。

其次立言者也。若夫《新語》、《新書》，《法言》、《說苑》，《正論》、《昌言》、《幽求》之屬，或敘經典，或詮政術，亦如計囷廩，料軍實，其視無所有，鮮所明，而强言之者，固不倫矣。雖然，有難易焉。今夫老農之計囷廩，而大將之料軍實，此順而易者也。有善數者焉，隔囷而算，龠合不爽也；有善兵者焉，望敵而揣，虛實不爽也。此逆而難者也。要以言其所明則一也。然諸子言于言之中，莊子言於言之外。言於言之中者，舉所有者也；言於言之外者，隔囷望敵者也。言於言之中者，指屈心計，惟恐其遺也；言於言之外者，游戲三昧，巧曆不能違也。邵康節曰：「莊生雄辯，數千年一人而已。」祝允明曰：「莊周總萬而一者也，百氏之傑也。」

昔張衡賦二京，言小說九百本，自虞初知古秘書所掌，其流實繁。班固列之諸家，亦以見王治之悉貫，與小道之可觀。其言韙已，何者？陰陽相摩，古今相嬗，萬變橋起，嵬瑣弔詭，不可勝原。欲一格以咫尺之義，如不廣何？故古者街談巷議，必有稗官主之，譬之管蒯絲麻，悉無捐棄，道固然也。蓋立百體而馬繫乎前，又嘗聞之蒙莊矣。

儒家

儒家者流，蓋出於司徒之官，助人君，順陰陽，明教化者也。游文於六經之中，留意於仁義之際，祖述堯舜，憲章文武，宗師仲尼，以重其言，於道最爲高。孔子曰：「如有所譽，其有所試。」唐虞之隆，殷周之盛，仲尼之業，已試之效者也。然惑者既失精微，而辟者又隨時抑揚，違離道本，苟以譁衆取寵。後進循之，是以五經乖析，儒學寖衰，此辟儒之患。

道家

道家者流，蓋出於史官，歷記成敗存亡禍福，古今之道，然後知秉要執本，清虚以自守，卑弱以自持，此君人南面之術也。合於堯之克讓，《易》之謙謙，一謙而四益，此其所長也。及放者爲之，則欲絶去禮學，兼棄仁義，曰獨任清虚，可以爲治。

法家

法家者流，蓋出於理官，信賞必罰，以輔禮制。《易》曰：「先王以明罰飭法」，此其所長也。及刻者爲之，則無教化，去仁愛，專任刑法，而欲以致治，至於殘害至親，傷恩薄厚。

名家

名家者流，蓋出於禮官。古者名位不同，禮亦異數。孔子曰：「必也正名乎！名不正則言不順，言不順則事不成。」此其所長也。及謷者爲之，則苟鉤鈲析亂而已。

墨 家

墨家者流，蓋出於清廟之官。茅屋采椽，是以貴儉；養三老五更，是以兼愛；一士大射，是以上賢；宗祀嚴父，是以右鬼；順四時而行，是以非命；以孝視天下，是以尚同：此其所長也。及蔽者爲之，見儉之利，因以非禮，推兼愛之意，而不知別親疏。

從 横 家

從横家者流，蓋出於行人之官。孔子曰：「誦《詩》三百，使於四方，不能顓對，雖多亦奚以爲？」又曰：「使乎，使乎！」言其當權事制宜，受命而不受詞，此其所長也。及邪人爲之，則上詐諼而棄其信。

雜 家

雜家者流，蓋出於議官。兼儒、墨，合名、法，知國體之有此，見王治之無不貫，此其所長也。及盪者爲之，則漫羡而無所歸心。

小說家

小說家者流，蓋出於稗官。街談巷語，道聽塗説者之所造也。孔子曰：「雖小道，必有可觀者焉，致遠恐泥，是以君子不爲也。」然亦弗滅也。閭里小智者之所及，亦使綴而不忘。如或一言可采，此亦芻蕘狂夫之議也。

諸子十家，其可觀者九家而已。皆起於王道既微，諸侯力政，時君世主，好惡殊方。是以九家之術，蠭出並作，各引一端，崇其所善，以此馳説，取合諸侯。其言雖殊，辟猶水火，相滅亦相生也。仁之與義，敬之與和，相反而皆相成也。《易》曰：「天下同歸而殊塗，一致而百慮。」今異家者各推所長，窮知究慮，以明其指，雖有蔽短，合其要歸，亦六經之支流餘裔。使其人遭明王聖主，得其所折中，皆股肱之材已。仲尼有言：「禮失而求諸野。」方今去聖久遠，道術缺廢，無所更索，彼九家者，不猶瘉於野乎？若能修六藝之術，而觀此九家之言，舍短取長，則可以通萬方之略矣。

農家

農家者流，蓋出於農稷之官。播百穀，勸耕桑，以足衣食，故八政一曰食，二曰貨。孔子曰：

「所重民食」，此其所長也。及鄙者爲之，以爲無所事聖王，欲使君臣並耕，悖上下之叙。

天文家

天文者，叙二十八宿，步五星日月，以紀吉凶之象，聖王所以參政也。《易》曰：「觀乎天文，以察時變。」然星事殉悍，非湛密者弗能由也。夫觀景以譴形，非明王亦不能服聽也。以不能由之臣，諫不能聽之主，此所以兩有患也。

曆數家

數術者，皆明堂羲和史卜之職也。史官之廢久矣，其書既不能具，雖有其書，而無其人。《易》曰：「苟非其人，道不虚行。」春秋時，魯有梓慎，鄭有裨竈，晉有卜偃，宋有子韋。六國時，楚有甘公，魏有石申夫。漢有唐都，庶得麤觕。蓋有因而成易，無因而成難，固因舊書以叙數術爲六種。

陰陽家

陰陽家者流，蓋出於羲和之官，敬順昊天，曆象日月星辰，敬授民時，此其所長也。及拘者爲之，則牽於禁忌，泥於小數，舍人事而任鬼神。

五行家

五行者，五常之形氣也。《書》云「初一曰五行，次二曰敬用五事」，言進用五事以順五行也。貌、言、視、聽、思，心失而五行之叙亂，五星之變作，皆出於律曆之數而分爲一者也。其法亦起五德終始，推其極則無不至。而小數家因此以爲吉凶，而行於世，浸以相亂。

形法家

形法者，大舉九州之勢，以立城郭室舍形，人及六畜骨法之度數、器物之形容，以求其聲氣貴賤吉凶。猶律有長短，而各徵其聲，非有鬼神，數自然也。然形與氣相首尾，亦有有其形而無其氣，有其氣而無其形，此精微之獨異也。

兵家

兵家者，蓋出古司馬之職，王官之武備也。《洪範》八政，八曰師。孔子曰爲國者「足食足兵」，「以不教民戰，是謂棄之」，明兵之重也。《易》曰：「古者弦木爲弧，剡木爲矢，弧矢之利，以威天下」，其用上矣。後世燿金爲刃，割革爲甲，器械甚備。下及湯武受命，以師克亂而濟百姓，動之以仁義，行之以禮讓，《司馬法》是其遺事也。自春秋至於戰國，出奇設伏，變詐之兵並作。漢興，張良、韓信叙次兵法，凡百八十二家，删取要用，定著三十五家。諸吕用事而盗取之。武帝時，軍政楊僕捃摭遺逸，紀奏兵録，猶未能備。至于孝成，命任宏論次兵書爲四種。

醫家

醫經者，原人血脉經絡骨髓陰陽表裏，以起百病之本，死生之分，而用度箴石湯火所施，調百藥齊和之所宜。至齊之得，猶磁石取鐵，以物相使。拙者失理，以瘉爲劇，以生爲死。

房中家

房中者，情性之極，至道之際，是以聖王制外樂以禁内情，而爲之節文。傳曰：「先王之作樂，所以節百事也。」樂而有節，則和平壽考。及迷者弗顧，以生疾而殞性命。故曹植曰：「非精心至志，不能爲也。」

神仙家

神仙者，所以保性命之真，而游求於其外者也。聊以盪意平心，同死生之域，而無怵惕於胸中。然而或者專以爲務，則誕欺怪迂之文彌以益多，非聖王之所以教也。孔子曰：「索隱行怪，後世有述焉，吾不爲之矣。」

方技者，乃生生之具，王官之一守也。大古有岐伯、俞拊，中世有扁鵲、秦和，蓋論病以及國，原診以知政。漢興有倉公。今其技術晻昧，故論其書，以叙方技爲四種。

釋家

世之與釋氏辨者多矣，大氏病其寂滅虚無，毁形棄倫，而不可爲天下國家也。夫道一而已。以其無思無爲，謂之寂；以其不可覩聞，謂之虚；以其無欲，謂之静；以其知周萬物而不過，謂之覺：皆儒之妙理也。自儒學失傳，往往束於形器見聞，而不知其陋。一聞語上者，顧以爲異説而咻之。昔齊國守其神聖之法，傳世數百年，一旦田氏據國，并其神聖之法而盗之，徒知田氏之有齊，不知神聖之法本齊之故物也。今之爲儒佛辨者，大率類此。故學者與其拒之，莫若其兼存之，節取所長，而不蹈其敝。如雕題卉服之倫，合沓内嚮，而王者巍然開明堂以臨之，詎不足以明大一統之盛哉。眎之遏羅曲防，以封畛自域者，狹亦甚矣。漢初，佛未盛行，九流不載，至范蔚宗始述之。今琳宫梵筴，殆遍天下，固不能使其泯泯也。

彙家

流覽貴乎博，患其不精，强記貴乎要，患其不備。古昔所專，必憑簡策，綜貫群典，約爲成書，此類家所繇起也。自魏《皇覽》而下，莫不代集儒碩，開局編摩。乃私家所成，亦復猥衆，大都包絡今古，原本始終，類聚臚列之而百世可知也。韓愈氏所稱「鉤玄提要」者，其謂斯乎？蓋施之文爲通儒，厝於事爲達政，其爲益亦甚鉅已。前史有雜家，無類書。要之雜家出自一人，類書兼總諸籍，自不容溷也。他如嘉祐《謚法》，淳熙《孝史》，乾道《翰苑群書》，雖馳騁古今，而首尾一事。著書莫難于彙書，彙書之人一，而讀吾彙者無萬數。以一人聞見而使無萬數人皆以爲允，此必無之事也。

藝術家

《易》曰：「言天下之至賾而不可惡也。」昔曾子論道，貴其大，而歸籩豆於有司，以反本也。然語於道器之際，則離。莊子至以稊稗瓦礫，悉名之道，君子顧有取焉。故至人獨禀全懿，而偏長小藝，足以當緩急而狎世機，亦取而折衷之，未嘗惡其賾也。儻所稱賢已者乎！

刺謬

《罪知録》曰：從唐而降，乃有異談者，四家六家之云是也。嗚呼！誰生厲階，至今爲梗？蓋自蘇軾言韓文起八代之衰，贊唐史者，亦謂三變而文極，從是耳學膠懷，高下一流矣。士號知文者，其所選輯，無慮數家，莫不隨聲逐景，無復尋索，村塾書坊，亦復紛紜。至于茲辰，八齡三尺之蒙，父師詔之，子弟承之，未識世間有何典籍，話及文章，輒已能道韓、柳、歐、蘇之目，略上者，即稱六家已，咎言四家之寡陋矣。比及少長，目未接蕭之《選》，姚之《粹》，聞評古作，便賞秦漢之高古，斥六代之綺靡，其意以爲前人論定，何更權量。四家六氏，無復加尚，猶五嶽四瀆與，三變而來，無復遷易，猶三綱五典與，祇應千古守轍，終生服膺而已。嗚呼！茲吾所謂誤人也。又如：言學則指程、朱爲道統，語詩則奉杜甫爲宗師，談書則曰蘇、黄，評畫就云馬、夏。凡厥數端，有如天定神授，畢生畢世，不可轉移。宛若在胎而生知，離母而故解者，可勝笑哉！可勝歎哉！

夫其所謂三變，則誠變矣。然非前已歷變，至唐而又三也。自有文字以來，上昉六籍，下薄五代，此五代謂晉、宋、齊、梁、陳。大抵一貌，少有優劣高卑爾，直自韓而後乃一變之。遂至于今，改形易度，雖其所斥韓前未變之作，亦自古昔相承，漸偏而靡，非若後之頓別而懸殊也。且就其説而究之，其所以病之者，謂其比偶也，謂其綺麗也，謂其縟積也，謂其故實也，謂其奥澁也，謂其迂頓也，謂其黜冶也。噫！斯見也，亦可知其迷昧倫類也已。凡是目者，若不善也，然而文之本體所具者也。如據而反之，若反對以散，反麗以朴，積以疏，實以虛，奧以淺，頓以經，黜以素。若善也，然以文之本體所具也。由其爲不善者，以偏重而過，偏重而過，而墮于不善。假令從其所反偏重而過，則又寧能以獨盡善乎？

夫文之爲物，本末偕建，華質雙形，并苞而不遺，並用而不悖，踞中以攬邊，握要以延博。時質而質，時華而華；理欲其質，詞欲其華；骨欲其質，貌欲其華。是豈余之私哉？聖哲所示，居然可稽。是故曰「繪事後素」，不曰徒素止爾，無庸繪也；曰「斐然成章，不知所以裁之」，不曰勿章，無事裁也。子貢曰：「文猶質也，質猶文也。虎豹之鞟，猶犬羊之鞟。」至于夫子亦曰：「質勝文則野，文勝質則史。文質彬彬，然後君子。」嗚呼！元聖上賢，貽訓昭晰，繽繽學子，亦曷爲是漶漫耶？用是粵徵方策，鴻筆爛然。「水流濕，火就燥」；「鼓之以雷霆，潤之以風雨」；「誨爾諄諄，聽我藐藐」；「故謀用是作，而兵由此起」。非對偶與？「錦衣狐裘，顔如渥丹」；「火龍黼黻」；「三辰旂旗」；「春日載陽，有鳴倉庚。女執懿筐，爰求柔桑。」非綺麗與？「璆、鐵、銀、鏤、砮、磬、熊、羆、狐、狸。織皮」，「芝、栭、蔆、椇、棗、栗、榛、柿、瓜、桃、李、梅、杏、樝、梨、薑、桂」，「司徒、司馬、司空，亞旅、師氏，千夫長、百夫長」，「庸、蜀、羌、髳、微、盧、彭、濮」，非縟積與？「疇離祉」，「鴟義」，「不蠲烝」，「聒聒，起信險膚」，「抑磬控忌，抑縱送忌。」「抑釋掤忌，抑鬯弓忌。」非奧溢與？「非女封刑人殺人，無或刑人殺人。非女封又曰劓刵人，無或劓刵人。」「人喜則斯陶，陶斯詠，詠斯猶，猶斯舞，舞斯慍，慍斯戚，戚斯歎，歎斯辟。」「知我者謂我心憂，不知我者謂我何求？」《駉》之篇，《芣苢》之篇，《瓠葉》後之三章，非迂頓與？「有若伊尹」，「有若保衡」，「有若伊陟、臣扈、巫咸」，「有若巫賢」，「有若甘盤」，「有若虢叔，有若閎夭，有若散宜生，有若太顛，有若南宮适。」非故實與？「手如柔荑，膚如凝脂，領如蝤蠐，齒如瓠犀，螓首蛾眉，巧笑倩兮，美目盼兮。」「其誰謂其雙雙而俱至者與？」非豔冶與？夫彼以是爲不善者也，故欲變焉。如扣之曰：斯聖哲之筆也，奈何？則必曰：無變也。彼所病者，法此而過爾，損之宜矣，奈何變而反之？如從其反以覓之，「元，亨，利牝馬之貞。」「嚚訟可乎？」「其在于今，興迷亂於政。顛覆厥德，荒湛于酒。女雖湛樂從，弗念厥紹，罔敷求先王，克共明刑。」若《昊天有成命》之篇，非解散與？「畜牝牛吉。」「不宜上，宜下。」「入則孝，出則弟。」「小人在位」，「君子在野」，「太任有身，生此文王。」「正脊一，脡脊一，横脊一」，「腸一，胃一。」「鱻是餒。」「豺、狗足。」非朴素與？「包羞。」「引兑。」「大水。」「如初。」「庸庸，祗祗，威威。」「盧令令，其人美且仁。」「比之初六，有它吉也。」非疏簡與？「毋不敬。」「震，起也。」「艮，止也。」「行人得牛，邑人災也。」「無信人之言，人實迂女。」「寺人孟子，作爲此詩。凡百君子，敬而聽之。」非淺易與？「否。立孫。」「忠矣。」「清矣。」「聞斯行之。」「女安，則爲之！」「然，非與？曰：非也！」「予則孥戮汝。」「雖速我訟，亦不女從。」「傷賢，乾肝，焦肺。」非徑疾與？「春，正月。」「秋七月。」「其無乃是也乎？」「以致五至而行三無。」「喪事欲其縱縱爾，吉事欲其折折爾。」「騷騷爾則野，鼎鼎爾則小人，君子蓋猶猶爾。」非空虛與？「臀無膚」，「比頑童」，「踰垣墻，竊馬牛，誘臣妾」，「毋齧骨」，「毋還羹」，「毋投與狗骨」，「履帝武敏，歆」，「小溲與犬牢而得文王。」「先生如達，不坼不副」，「使吾二婢子夾我」，非陋鄙與？是則其所善也，將變而趨之者也。然而固與前者並列乎？汗簡者也。故知文之爲物，無所不該，而其體，無所不具，由有書契以來，其範備矣。雖古人貴質，而後代多華，然智創巧述，或浸流別，質華二道，兼施並發，誰得而廢諸？不知近代之所謂華，適古人之所謂中爾。且夫七竅四支，天所賦予，故不能以多異。衣裳宮器，人所造搆，與生俱有，亦安得而大殊？今以千百載相承相界之文，何獨不能隨時相宜，小小矯削，令其協大中，歸哲范，以成完體，而翻欲枉度詘謨，搆奇追俗，顓務偏枯，更稱反本，鈞衡顛懸，名實倒戾，豈非大繆也乎？夫古人之爲衣服也，無事于華質而起也，以障軀也。冠令韜髮可爾，曷爲而危其頂，博其周，又益之以梁武，輔之以帶翼，爲是其紛煩耶？衣足束骸可爾，曷爲而袂容數肘，齊垂及趾，又緶之以襞積，尚之以絺繡，爲是攢遝耶？非過華也，後質也，是物理之宜焉。又喻之于身，文之理義，骨骼也，辭句，肌膚也，華采，毛髮也。人肉必倍於骨，鬢髮必浮於膚，自然之勢也。不如是不足以爲身。身若是，聖人且以爲鄙野，而被以冕裳，鳴以金石，作以舞蹈，何獨於言而不然？苟取一人，褫厥衣冠，裼其四體，已不可以目矣，又欲刲剔其膚革，翦薙其毛髮，一髑髏枯腊于前，尚爲人也否乎？所以謂斯見斯譚，妄繆誤人，豈不然哉！

然而亦寧是六子，必令人然，以至於若今之隤弊也。然而六子者始之也。其初韓、柳之變，變其大凡，謂八代偏墮綺弱，所謂過華，因矯其甚，殆以防風之腯，而思衛玠之癯，令中庸耳。矯之少過，猶弗能以盡服當時之心，故其徒二三子外，從者終鮮。孫樵、羅隱，少復近之，其外猶故習也。沿洄四季，大概一機，其間勝者如陶秀實、徐鼎臣等，亦粲然大章。乃至穆修、尹洙、張景、柳開、石介之流，自任知言，乃始以爲追武韓、柳，上薄秦漢，然實捐章甫而就褐毳，擯甘脆而咀蓼荼，是用全改在昔之成模，肇呈今日之異貌，即弊文之職由也。於是歐陽氏、蘇氏、曾氏、王氏，競爲趨逐，而機斯膠矣。四人情狀亦殊，而大歸一致。要爲過矯，墜偏枯瘠刻削，而弗準於中庸矣。顧且軒視自擅，以爲砥絶狂瀾，高陟聖域，遂令餘子揭裳從之，溺而不返，日陷沮洳，千古人文，一朝彫槁。

今姑試即六氏評之。永州雖不盡用八代完規，猶亦不爲一時世態，少過質而尚豐，不掌合而猶偶，與古未甚胡越，亦厥特高者也。昌黎斯已甚矣，又傷易而近儇，形靡而情霸。其氣輕，其心昂，其志悍，其態矯，其口誇，其主好勝，其發疏躁，先王賢聖清和融暢之風，温醇深潤之澤，飄泊或幾乎盡矣。廬陵逾務純素，轉立孤迥，如人畢生持喪，終身不被衮繡。蓋自謂近宗一愈，遠祖軻、遷，其豈然乎？眉山更作儇浮，的爲利口，發不顧理，而主于必勝，出或誕妄，而要人決從。

譁獷之氣，肆溢舌表，全非長者，適比儀、秦，雅宜鄉儇里冶之子，所以使其犇迸狂顛而不息，固應爾也。曾、王爲語，縮縮如有循焉。既脱衣裳，并除爪髮，觀其酸寒苦刻，迫促隘急，謂之文乎？謂之質乎？如以六氏之文而方夫人，柳若冕裳珮玉而少施絺繪，稍備章程，雖乏虞廷之觀，猶先王之法服也，冕而青紘者與！退之襴幞把笏，侃侃朝廷，櫜鞬騎射，馳絶行陳。文隨陸之文，武孫武之武，其諸異乎周公，師尚父矣！傲立辭場，誠變法之吏師乎？永叔辟穀餐松，赤體澗卧，自許長年，亦竟弗能被五章，聆九成，亦未克臻彭聃之長上古而不爲老也。子瞻法吏慮囚，怵誘百出，諞辯如流，必在引承。令居孔門，宣父之云「焉用佞」也，其斯人乎！鞏、石獸齧腊骨，展轉不已，索腴于枯，竟無滋補。三家聚中夫也，且假以一文，而令六子爲之，柳當用百言而盡古人之十八，韓且居半，歐、蘇蓋曾、王一耳。柳、歐、蘇涣漫，固合枯短，曾、王既已縮積，宜爲豐實，何復轉薄？蓋亦有其故耳。何哉？古人雖過稠疊，而且句句有指，字字有來，一篇大歸，既已了悉，而單詞片言，咸有憑依，非經即史，非史即傳，故咀之而益雋，味之而逾永，此其學充而才廣，自然辭腴而旨長。夫豈不能爲六人之寂寞與？富而殺物也易，窶而備事也難，勢固然也。然而六氏亦不識其來弊之極，如今日也，病乎其作始之凉可憾也！

今以其兹辰之自六氏者而觀之，果何如哉？一篇之製，或數百言，撮其旨，不越數十字而足矣。然而正言曲證，前引後申，所引不過舉業之書，所申不過舉業之義，實義無幾，助詞累倍，乎而亹亹，之也紛紛，常若耳提孩稚，保嫗乳婆，所謂躁人之辭與！　皆濫觴韓氏，而極乎宋家四氏之習也。雖稱六家皆誤，柳亦可以拔出，韓、歐次之，蘇與曾、王則其靡也。　今之學子戲談有云：　五十五篇《尚書》，絶無一「也」字。　此言雖小，可以喻大。　果以吾説而尋玩六經，爰及舊觀，則可知其不妄，非違衆以犯不韙也。　惟六氏者認其捐彼，遂令從之如雲。　結舌六經，謝迹先軌，雖有英姿瑰智，擲置瓊瑶，出没沙礫，寧負天予之通才，用遵守文之俗計，以避矯異之小嫌，恐失當時之名尚。　要之，爲人而不爲己，故不信己而更信人，斯余所謂誤人也。　然爲累下者察之，亦有由矣，蓋所以願從人者，非特眩色而吠聲，亦本緣樂其功，苟而易辦爾。　何則？　爲八代者必皆口罄五車，腹笥千載，揮金如土，而後能之。　使獨若六家者，只皆巧思，便可開口，淺中狹受，利口薄情，稍獲毫毛，可就篇章，約而求之，一首三五百語，可當古人數言而已，豈非功苟而易辦，故下流而弗還者與？昔者或有謦吾，吾嘗答云：「使我赤手侍古人側，殫我平生之蓄，當不能並其人一日之談，此非冲孫，人豈不自知耶，亦但語其儲殖之厚薄云爾。　非以識鑒云也！」嗟乎！　菽水終歲，不覯瓊筵，寠乞遮陌，長無蠡頓，其將竟如斯而已乎，亦可閔已！

文通卷之四

典

唐孔穎達曰：《堯典》者，以五帝之末，接三王之初，典策既備，因機成務，交代揖讓，以垂無爲，故爲第一也。然《書》者，理由舜史，勒成一家，可以爲法。上取堯事，下終禪禹，以至舜終，皆爲舜史所録。其堯、舜之典，多陳行事之狀，其言寡矣。《禹貢》即全非君言，準之後代，不應入《書》。此其一體之異。以此禹之身事於禪後，無入《夏書》之理。自《甘誓》已下，皆多言辭，則古史所書，於是乎始。知《五子之歌》，亦非上言。典書草創，以義而録，但致言有本，各隨其事。檢其此體，爲例有十：一曰典，二曰謨，三曰貢，四曰歌，五曰誓，六曰誥，七曰訓，八曰命，九曰征，十曰範。

注疏曰：典者以道，可百代常行。若堯、舜禪讓聖賢，禹、湯、傳授子孫，即是。堯、舜之道，不可常行，但惟德是與。非賢不授，授賢之事，道可常行，但後王德劣，不能及古耳。然經之與典，俱訓爲常，名典不名經者，以經是總名，包殷、周以上，皆可爲後代常法，故以經爲名。典者經中之别，特指堯、舜之德，於常行之内，道最爲優，故名典不名經也。其大宰六典及司寇三典者，自由當代常行，與此别矣。

典、謨、訓、誥、誓、命，孔安國以爲《書》之六體。由今觀之，有一篇備數篇之體，如《大禹謨》曰：「禹乃會羣后誓師」，則是謨亦有誓也。《説命》曰：「王庸作書以誥」，則是命亦有誥也。以至《益稷》、《洪範》，本謨而不言謨，《旅獒》、《無逸》，本訓而不言訓，《盤庚》、《梓材》，本誥不言誥，《胤征》不言誓，《君陳》、《君牙》不言命。然此可以論《書》之文，不可論《書》之旨。大抵五十八篇之中，聖人取予之意，各有所主。有取於治亂興廢之所由者，如典、謨、訓、誥、《湯誓》之類是也；有世不得以爲治，君不足以爲賢，而有取其言而傳遠者，如《五子之歌》、《君牙》、《冏命》之類是也；有取其事者，《胤征》是也；有取其意者，《吕刑》是也；有特記其時者，《文侯之命》是也；有以示戒勸者，《費》、《秦誓》是也。大抵上古之世，風俗淳厚，初未有奇傑可録之事，故史官所存，不過君臣之間，忠言嘉謨與夫國家興亡，大致而已。其他世次年月官秩名氏，以爲無益於治，皆所不取焉。使後世之君，讀其書，想其人，有生而知之，安而行之，則爲堯、舜、禹、湯、文、武矣；有學而知之，利而行之，則爲啓、中宗、高宗、成、康矣；有困而知之，有勉强而行之，則爲太甲、穆王矣；困而不知，反以極於危亡，則爲大康、桀、紂矣。其所示勸諭告戒之言，與三百篇之美刺、二百四十二年之褒貶者，無以異也。唐李翺曰：「其讀《春秋》也，若未嘗有《詩》，其讀《詩》也，若未嘗有《易》，其讀《易》也，若未嘗有《書》，其知六經也哉。」

《書》有六體，而亦有不盡然者。如《禹貢》、《洪範》、《武成》、《金縢》與《五子之歌》，是可盡以六體拘之乎？但《書》之體雖不同，要不越乎史氏所紀録也。古者左史紀言，右史紀事，《禹貢》、《武成》、《金縢》得非右史之所紀乎？《洪範》、《五子之歌》得非左史之所紀乎？然則《書》亦史也。有謂《書》以載道，史以紀事，非歟？蓋天下無道外之事，亦無道外之史。不然，則《書》以道政事，亦不過政事而已矣，何與於道也。是故紀載一本乎道，則史即《書》也，事即道也。六體雖分，而又有不盡於六體者，同歸于道。謂虞、夏、商、周之《書》，即虞、夏、商、周之史，亦可也。苟如後儒所論，徒有取于史識、史才、史學，三者具長，而於道一無當焉，則其文非不工，事非不核，筆力非不古健雄俊，此亦謂三代以下之史也，又何怪經史事道之攸分哉？善觀《尚書》者，雖謂古人經史載籍，悉備於《書》焉，亦可矣，何必孜孜於六體之合不合哉！

《書》首二典，何取於典之義乎？「天敘有典，自我五典五敦哉」，是典之所由名者，一自天敘五倫言之，乃萬世不易之常道也。凡經典所記載者，記載此彝倫之常道，而後可以典名矣。

《易》爲文字之祖，信矣，而文之備曾有備于《書》者乎？彼庖羲畫卦，不特《洪範》之稽疑，于卜筮貞悔，見《易》之用也。九疇、五行，詳言天人之理，陰陽剛柔，吉凶休咎，孰非《易》乎？詩以言志，不獨虞廷賡歌喜起，已肇乎風雅之原，《五子之歌》，已肇乎風雅之變，而皇極敷言，其音響之協韻者，孰非詩乎？《禮》以肅儀度也。自伯夷典禮作秩宗，凡五典、五敦、五禮、五庸，以至巡狩會同，柴望祭告，同律度量衡，莫非《禮》之教也。《樂》以和神人也。自后夔典樂教胄子，凡諧和八音，「出納五言」，以至「祖考來格」，「群后讓德」，「鳥獸蹌蹌」，莫非《樂》之教也。《春秋》以肅紀綱也。自皐陶作士，命德討罪，黜陟惟公。然元祀十有二月之書法，即史官以時記事之體，莫非《春秋》教也。《周禮》以定官職也。自唐虞建官惟百，夏、商官倍，周官公孤，論道弘化，「六卿分職」，「以倡九牧」，孰非《周禮》之教乎？明德固闡之於《大學》也，然《太甲》、《康誥》、《堯典》之「克明」「顧諟」，則已先之矣。未發之中，固闡之於《中庸》也。然堯、舜、禹、湯、文、武之執中建中，則已先之矣。學習一貫，固闡之於《論語》也，然「遜志」「典學」，「習與性成」，「主善爲師」，「協于克一」，則已先之矣。盡心之性，固闡之於《孟子》也。然「上帝降衷」，厥有恒性，「雖收放心，閑之惟艱」，則已先之矣。以此觀之，凡聖賢經書，不已備於《尚書》之中乎？且自古帝範相謨，皆從此出。學必稽古，舍此末由。志欲修己治人，惟潛神於茲焉，亦足矣。

謨

謨之義何謂也？即皐陶曰：「允廸厥德，謨明弼諧」是也。蓋舜、禹、皐陶、益、稷，群聖相聚一堂，其所謨謀者，惟德而已，此所以爲嘉謨也。「惟日孜孜」，而九功之惟叙，「思日贊贊」，而九德之咸事。危微精一，執中，開道統之宗，敕天時幾，克艱，肇治統之要，其相儆戒也。不曰：「罔游于逸，罔淫於樂」，則曰：「無若丹朱傲，惟慢游是好，傲虐是作」，不曰：「兢兢業業」，「無曠庶官」，則曰：「予違，汝弼，汝無面從，退有後言。」禹聞昌言則拜，陶聞昌言則師，此其嘉謨之在虞廷者，信乎古今君臣謀猷之法則也。後世諂諛成風無論已，雖有英君碩輔，際會一時，而帷幄之中，不過運籌決勝之雄圖，鋪張粉飾之偉績，其視「謨明弼諧」，「惟允廸厥德」之是謀者，寥寥罔聞已！

册

《釋名》曰：策書教令於上，所以驅策諸下也。漢制約敕封侯曰册。册，賾也。敕使整賾不犯之也。

《集古韻》作「笧」，通作「策」。國史亦曰「簡策」。杜預曰：「大事書之於策，小事簡牘而已。」簡札牒畢，同物異名。單執一札爲簡，連編諸簡爲册。

鄭玄《論語叙》云：「書以八寸策，誤爲八十宗。」

《漢制度》曰：帝之下書有四：一曰策書，二曰制書，三曰詔書，四曰誡敕。策書者，編簡也，其制（書）〔長〕二尺，短者半之。篆書，起年，稱皇帝，以命諸王。三公以罪免，亦賜策，而以隸書。用尺一木兩行，惟此異也。

《說文》云：「册，符命也。」字本作「策」。漢制命令，其一曰策書。漢武帝封三王策文，唯用木簡，故其字作策。至唐人，逮下之制有六：其三曰「册」，字始作「册」，蓋以金玉爲之。《說文》所謂「諸侯進受于玉」，「象其札一長一短，中有二編之形」者是也。又按：古者册書施之臣下而已，後世則郊祀、祭享、稱尊、加謚、寓哀之屬，亦皆用之，故其文漸繁。其目凡十有一：曰祝册，郊祀祭享用之；曰玉册，上尊號用之；曰立册，立帝立后立太子用之；曰封册，封諸王用之；曰哀册，遷梓宮及太子諸王大臣薨逝用之；曰贈册，贈號贈官用之；曰謚册，上謚、賜謚用之；曰贈謚册，贈官并賜謚用之；曰祭册，賜大臣祭用之；曰賜册，報賜臣下用之；曰免册，罷免大臣用之。

今制：郊祀、立后、立儲、封妃，亦皆用册，而玉、金、銀、銅之制，各有等差。其文當以古爲準。

皇帝御宇，其言也神。淵嘿黼扆，而響盈四表，唯詔策乎！昔軒轅、唐虞，同稱爲「命」。「命」之爲義，制性之本也。其在三代，事兼誥誓。誓以訓戎，誥以敷政。「命」喻自天，故授管錫胤。《易》之《姤·象》：「后以施命誥四方。」誥命動民，若天下之有風矣。降及七國，並稱曰

「令」、「命」者，使也。秦并天下，改「命」曰「制」。漢初定儀，則「命」有四品：一曰策書，二曰制書，三曰詔書，四曰戒敕。「敕」戒州邦，「詔」誥百官，「制」施赦命，「策」封王侯。策者，簡也；制者，裁也；詔者，告也；敕者，正也。《詩》云「畏此簡書」，《易》稱「君子以制度數」，《禮》稱明君之詔，《書》稱「敕天之命」，並本經典以立名目，遠詔近命，習秦制也。《記》稱「絲綸」，所以應接羣后。虞重納言，周貴喉舌。故兩漢詔誥，職在尚書。王言之大，動入史策，其出如綍，不反若汗。是以淮南有英才，武帝使相如視草；隴右多文士，光武加意於書辭：豈直取美當時，亦敬慎來葉矣。觀文、景以前，詔體浮新。武帝崇儒，選言弘奥：策封三王，文同訓典；勸戒淵雅，垂範後代；及制誥嚴助，即云：「厭承明廬」，蓋寵才之恩也。孝宣璽書，賜太守陳遂，亦故舊之厚也。逮光武撥亂，留意斯文，而造次喜怒，時或偏濫：詔賜鄧禹，稱「司徒爲堯」；敕責侯霸，稱「黄鉞一下」。若斯之類，實乖憲章。暨明帝崇學，雅詔間出。安、和政弛，禮閣鮮才，每爲詔敕，假手外請。建安之末，文理代興。潘勗《九錫》，典雅逸羣，衛覬《禪誥》，符命炳燿，弗可加已。自魏、晉誥策，職在中書，劉放、張華，互管斯任，施命發號。

國朝民數，黄册所載，至爲浩繁。其大要則天下之人丁，事産而已。人丁，即前代之户口。事産，即前代之田賦。然不稽諸古，無以見今日之盛也。册成，則藏于南京之後湖。

璽書

《獨斷》曰：璽者，印也。印者，信也。天子璽以玉螭虎紐。古者尊卑共之。《月令》曰：「固封璽。」《春秋左氏傳》曰：魯襄公在楚，季武子「使公冶問，璽書追而與之」，此諸侯大夫印稱璽者也。衛宏曰：「秦以前民，皆以金玉爲印，龍虎紐，唯其所好。然則秦以來，天子獨以印稱璽，又獨以玉，羣臣莫敢用也。」

老子曰：「爲之符璽。」《莊子》曰：「焚符破璽。」後至三王，俗化彫文，詐僞漸興，始有印璽。《春秋運斗樞》云：「黄帝得龍圖，中有璽章，文曰『天王符璽』。」以爲秦始制乘輿六璽。非。

昭代寶璽凡十四：曰「奉天之寶」，以鎮萬國，祀天地；曰「皇帝之寶」，以册封賜勞；曰「皇帝信寶」，以徵召軍旅；曰「天子之寶」，以祭享鬼神；曰「天子行寶」，以封賜蠻夷；曰「天子信寶」，以調發番兵；曰「制誥之寶」，以識誥命；曰「敕命之寶」以識敕命；曰「廣運之寶」，以識黄選勘籍；曰「御前之寶」，以進御座，從車駕；曰「皇帝尊親之寶」，以答賜宗人；曰「敬天勤民之寶」，以訓廸有司。

印文凡四等：文淵閣玉箸篆，將軍柳葉篆，一品至九品，九疊篆，賜關防，若未入流條記，亦如之，監察御史，八疊篆。夷王印三等：曰金、曰鍍金銀、曰銀。諸司印文，或以署，或以地，或以官，惟都御史印文曰：「繩愆糾繆。」

凡九九之術，鼠市之技，莫不用志凝神，底于極則，況印章之制，列於六書，用之邦國，庸詎無極則乎？古者金之類有鑿、有鏤、有鑄，玉之類有璆、有瑑。代各異法，人各異巧。神情所措，工力所至，上自嬴秦，以抵六朝，窮八代之精，咸各底于極則焉。迺若急就縱横得諸鑿也，瘠紋直曲得諸鏤也，滿白蜿蜒得諸鑄也，方折而陰得諸璆也，圓折而陽得諸瑑也。龍章雲篆，鳥翥蟲蠕，各極其趣。化腐爲奇，得神遺跡，斯進乎技矣。若夫昧象外之巧妙，暗萬矱之變遷，即楮河南之摹蘭亭，未有見其肖似者也。

郝經《傳國璽論》曰：上世帝王所以立政傳信，考文議禮，則有瑞玉服章，符節左契，各爲一代法制，而不以爲傳。故受命者，莫不革故而易新。其先代之寶，世所共珍而不忍毁之者，如大玉、夷玉、天球、河圖、璋判、白弓、繡質、元龜、青純等，或以爲藏，或以爲分，或以爲寶，而亦不以爲傳。故或在王朝，或在侯國，宗沈社僨，則轉而之他，傳受而守之，莫敢少置者，在夫道而已。

初自道傳而極，極傳而天，天傳而地，地傳而人與萬物。聖王受命，爲天地人物主，乃復以道爲統而相傳。故本於天命，根於皇極，原於心性仁義，明於夫婦父子君臣上下，察於綱紀禮樂文物政事，是以二帝三王，古今莫及，未聞有所謂傳國璽者。及秦始并天下，奮私知，自謂德高三皇，功過五帝，而爲皇帝璽綬。滅趙所得楚和氏璧，詔丞相斯篆其文，刻爲傳國璽。其文曰：「受命於天，既壽永昌。」於是除《謚法》，謂己爲始皇帝，其餘以世爲號，傳之萬世，乃二世而亡。子嬰降而漢得之。漢之佐命，始有意於三代，陋秦而從周，以爲是物既亡楚，又亡趙，復亡秦，乃滅國所得，與斬白蛇劒，並藏武庫，傳示無窮。如夏后氏之璜，封父之繁弱，并爲一代寶器。別取藍田渾璞，刻爲大漢受命之璽，以示惟新可也。乃自比秦之子孫，以爲傳國璽。於是偷國之盜，莫不睥睨揶揄，欲以爲己有。館於周勃，問於霍光，奪於王莽，挈於王憲，專於更始，上於盆子，復歸於光武。至使肘後之石，誤張豐於死。東漢之亡，劫於董卓，獲於孫堅，拘於袁術，卒入曹丕之手。魏傳之晉。懷、愍之難，入於劉石，復歸於金陵。天下之人，遂以爲帝王之統，不在於道，而在於璽，以璽之得失爲命之絶續。或以之紀年，或假之建號，區區數寸之玉，爲萬世亂階矣。厥後晉傳之宋，宋傳之齊、梁、陳，陳傳之隋，隋傳之唐，而五季更相争奪，以得璽者爲正統。宋靖康之亂，爲金所有。漢以來十有餘代，千有餘年，竟不能復二帝三王之治。所謂天命心性、仁義禮樂與夫綱紀法度，治世之具皆不傳。始則雜乎王霸，終則盡爲苟且。其篡弑奪攘，蹂躪血肉，污穢皇極者，不可勝言。嗚呼！傳者勿傳，勿傳者而傳，其治亂相反，宜也彼嘗有是而亡其國，吾今得之，其誠爲吉祥哉。

昔湯伐桀於三䑐，俘厥寶玉，誼伯、仲伯以爲非而作《典寶》，言帝王自有常寶，不可以亡國之物爲寶也。當新莽奪璽之日，元后駡曰：「若自以金匱符命爲新皇帝，當自更作璽，何用此亡國不祥璽爲?」雖一時忿激之言,最爲得理者也。孰謂後世帝王,無是二臣一婦人之見哉?不明堯、舜、禹、湯、文、武之道,竟寶呂政亡國之器,襲訛踵陋,莫以爲非,可爲歎惋。且其制名爲傳國,謂以國傳之人與子孫也。如堯傳舜,舜傳禹,可以謂之傳矣。武王傳成王,成王傳康王,可以謂之傳矣。凡不以禮授受者,皆不可謂之傳。征伐而得,則謂之取;篡弑而得,則謂之奪;攘竊而得,則謂之盜。仍謂其璽爲傳國,何哉?

或曰:「然則,無璽可乎?」曰:「信以傳信。既以爲典矣,可遂廢而不用乎?一代受命,自可爲一代之璽,更其文爲一代之文。國亡則藏之,秦不傳漢,漢不傳魏,可也。光武傳之明帝,明帝傳之章帝,至於建安禪代之際,更爲魏璽可也。獨以秦璽爲歷代傳國璽,不可也。」近世金亡而獲秦璽,以爲亡國不祥之物,委而置之,不以爲寶,一帝一璽,不以爲傳。雖曰變古,乃所以復古也。故著論以推本云。

詔

《爾雅》曰:「詔,導也。」郭璞云:「教導人也,又勴也。」《周禮·太宰》「以八柄詔王」,註:「告也。」又上下通稱之義。秦漢以下,天子獨稱之。

《説文》云:「詔,告也。」《釋名》曰:「詔,照也。人暗不見事宜,則有所犯,以此照示之,使昭然知所由也。」按秦漢詔辭，深純爾雅。近代則用偶儷矣。

劉勰云：古者王言，若軒轅、唐虞，同稱爲「命」。至三代，始兼誥誓而稱之，今見於《書》者是也。秦并天下，改「命」曰「制」，「令」曰「詔」，於是詔興焉。漢初定四品，其三曰「詔」，後世因之。古詔詞皆用散文，故能深厚爾雅，感動乎人。六朝而下，文尚偶儷，而詔亦用之，然非獨用於詔也。後代漸復古文，而專以四六施詔、誥、制、敕、表、箋、簡、啓等類，則失之矣。然亦有用散文者，不可謂古法盡廢也。

《吾學篇》曰：今制皇帝諭百官曰詔、曰誥、曰制、曰敕、曰文册、曰諭、曰書、曰符、曰令、曰檄，皆審署申覆而劑調焉，平允乃行之。太皇太后、皇太后曰「誥」。

漢文失其傳，而經學亡矣。漢詔亡，《盤庚》、《大誥》所以亡也。詢咨且無論。或曰：「季世天子，務繁緒廣。漢之時，君與民親，民與吏親，吏與將親。天子如對其家人，意出而言隨，無爲詔之意。無爲詔之意，而詔乃落落然三代矣。且非唯天子自言也，君不暇而臣爲之言也。亦然，無代君爲詔之意。無是意而詔乃落落然天子焉。《大誥》、《多方》諸篇，不周公乎？周公之才之美，不驕不吝，而代成王爲之言，宛然成王也。知古誥者知漢詔，知詔者知疏『君民不相親，民吏又不親，吏將又不親』，而曰：『我能疏。』吾恐漢人見之矣。」

王者淵默黼扆而風行四表，其唯制詔乎？故授官選賢，則氣含風雨；詰戎燮伐，則威稟洊雷。肆赦而春日同温，敕法則秋霜比烈。蓋文章之用，極於此矣。兩漢詔令，最爲近古。然敕鄧禹、侯霸，體例有乖，難於行遠。武帝以淮南多士，屬草相如，良有謂也。後世材者弗任，而任不必材，欲令騰義飛辭，慴服遐邇，不可得已。顧王治人心，卜於綸綍，考覽者不能廢也。古惟誥誓，近有詔，有令，有制敕，有策書，名目小異，總爲王言。

晉詔首稱「紀綱」，唐詔首稱「門下」，元詔首稱「指揮」。惟本朝詔首直入事，有三代典謨之體。

制

《文章緣起》曰：制，秦始皇以命爲制。

《珊瑚鉤詩話》曰：帝王之言，出法度以制文者，故謂之制。

《獨斷》曰：制誥者，王者之言，必爲法制也。誥，猶告也。漢制詔三公，皆璽封，尚書令即重封。露布州郡者，詔書也。其文曰：告某官云，如故事。誡敕者，謂敕某官某地。皆類此。

《文中子·讀書有制》曰：帝者之制，其有大制制天下而不割者乎！

顔師古云：天子之言，一曰制書，制度之命也，蔡邕所云，此漢制也。唐世大賞罰、赦宥慮囚及大除授，則用制書。其褒嘉贊勞，別有慰勞制書。餘皆用敕，中書省掌之。宋承唐制，用以拜三公三省門下、中書、尚書。等官，而罷免大臣亦用之。其詞宣讀于庭，皆用儷語，故有「敷告在庭」、「敷告有位」、「敷告萬邦」、「誕揚休命」、「誕揚贊册」、「誕揚丕號」等語，其餘庶職，則但用誥而已。是知以「制」命官，蓋唐宋之制也。古今文體之變，則作者所深悼云。

劉子威《雜俎》曰：「制出于一孔，其國無敵；出二孔者，其兵不能出；出三孔者，不可以舉兵；出四孔者，其國必亡。」又曰：「禁藏于胸臆之内，而禍避於萬里之外，能以此制彼者，能以己知彼者也。」

《河圖玉板》曰：天下之理，小不制而至於大，大不制而至於不可制，危哉！

誥

《周禮·大祝》：「作六辭以通上下親疏遠近。」「三曰誥。」一曰：告上曰告，發下曰誥。《周禮》五誥。古者上下有誥。

《周禮·士師》：「以五戒先後刑罰」，「二曰誥，用之于會同」，以諭衆也。

《爾雅》曰：「誥、誓，謹也。」訓飭戒勵之言也。郭璞注曰：「所以約勤謹戒衆。」

蔡邕《獨斷》曰：制誥，制者，王者之言，必爲法制也。

《説文》云：「誥者，告也。」下以告上，則有《仲虺之誥》，上以告下，則有《大誥》、《洛誥》。考之於《書》，可見已。秦廢古法，止稱制詔。漢武帝元狩六年，始復作之，然亦不以命官。唐世王言亦不稱「誥」，至宋始以命庶官，而追贈大臣，貶謫有罪，贈封其祖父妻室，凡不宣于庭者，皆用之，故所作尤多。然考歐、蘇、曾、王諸集，通謂之「制」，故稱内制，外制，而「誥」實雜於其中，不復識别。蓋當時王言之司，謂之兩制，是制之一名，統諸詔命七者，而言若細分之，則制與誥亦自有别，故《文鑑》分類，亦别町畦，足辯其異。惟唐無誥名，故仍稱制。其詞有散文，有儷語。今制：命官不用制誥，至三載考績，則用誥以褒美。

《大明會典》：凡誥軸，洪武十七年，奏定有封爵者，給誥皆如一品之制，惟公侯用玉軸，伯子男用犀軸爲别。衍聖公，二品，亦用玉軸。功臣推封公侯，皆得推恩三代，其封贈各從本爵。

凡誥敕等級，洪武二十六年定一品至五品，皆授以誥命，六品至九品，皆授以敕命。婦人從夫品級，誥用制誥之寶，敕用敕命之寶，仍以文簿與誥敕各編字號，復用寶識之。文簿藏於内府。

凡誥敕軸制，洪武二十六年，定一品官誥用玉軸，二品官誥用犀軸，三品、四品官用抹金軸，五品以下用角軸。

凡誥敕軸數，正統十二年，定一品五軸，二品三軸，三品二軸，四品至七品俱一軸。天順元年，奏定一品四軸，二品三品三軸，四品至七品二軸。

凡給授，洪武二十六年定京官四品以上，試職、實授、頒給誥命，取自上裁。

張永嘉曰：「制誥者，王言也；知制誥者，臣職也。知制誥而使王言不重，則不得其職矣。」按國初以來，成化以前，制誥之體，猶爲近古。明勳履歷，宣昭事功，其於本身者，不過百餘字。其覃恩祖父母、父母并妻室者，不過六七十字。言之者無費辭，受之者無愧色。近來俗習干求，文尚誇大，藻情飾僞，張百成千，至有子孫讀其祖父母、父母誥敕，莫自知其所以然者，卒使萬乘之尊，下譬匹夫匹婦之賤，良可惜也。孔子曰：「天下有道，則行有枝葉，天下無道，則辭有枝葉。」今當聖明之世，可使制誥之文爲枝葉之辭哉？伏乞敕下内閣，自今以後，凡爲誥敕，必須復古崇實，一切枝葉浮誇之辭，盡行删去，庶王言重而人知所勸矣。

訓

蔡沈曰：「訓，導也。」太甲嗣位，伊尹作《書》訓之。《書》曰：「伊尹乃明言烈祖之成德，以訓于王。」

任昉曰：訓，丞相主簿繁欽祠其先主，訓，祠者告祭於廟也。

高皇六年，《祖訓》目成，凡十有三：曰箴戒，曰持守，曰嚴祭祀，曰謹出入，曰慎國政，曰禮儀，曰法律，曰内令，曰内官，曰職制，曰兵衛，曰營繕，曰供用。上親爲之序，曰：「朕著《祖訓録》，所以垂子孫。朕更歷世，故創業艱難。嘗慮子孫不知所守，故日夜以思，具悉知慮細詳，六年始克成編。後世子孫守之，則永保天禄矣。」

誓

《記》曰：軍旅曰誓，誓師之詞也。禹征苗有誓，言其討叛伐罪之意，嚴其坐作進退之節，所以一衆志而起其怠也。

《釋名》曰：「誓，制也，以拘制之也。」誓者，誓衆之詞也。蔡沈云：「戒也。」《甘誓》、《湯誓》、《泰誓》、《牧誓》、《費誓》是也。又有誓告羣臣之詞，如《書·秦誓》是也。後世雖無《秦誓》之類，而誓師之詞，亦不多見，豈非放失之故歟！

《説文》曰：「誓，約束也。」《爾雅》曰：「誓，謹也。」《周禮·典命》：「凡諸侯之適子，誓於天子，攝其君。」注：誓，猶命也。言誓者明天子既命以爲之嗣，樹子不易也。

《尚書大傳》：孔子曰：「六誓可以觀義，五誥可以觀仁，《吕刑》可以觀誡，《洪範》可以觀度，《禹貢》可以觀事，《皋陶》可以觀治，《堯典》可以觀美。」

命

《周禮·大祝》：「作六辭以通上下親疏遠近。」「二曰命。」《論語》曰「爲命」。

《詩》云：「有命自天」，明爲重也；《周禮·師氏》：「詔王」，爲輕命。《增韻》：「大曰命，小曰令，此命令之别也。」上古王言，同稱爲命。或以命官，如《書·説命》、《冏命》；或以封爵，如《書·微子之命》、《蔡仲之命》；或以飭職，如《書》之《畢命》；或以錫賚，如《書·文侯之命》；或傳遺詔，如《書·顧命》。秦并天下，改命曰制。漢唐而下，則以策書封爵，制誥命官，而命之名亡矣。然周文之見于《左傳》者，猶可法焉。

麻

麻，始于唐明宗。按《唐典》云：「凡赦書德音，立后建儲，大誅討，拜免三公宰相，命將，並用白麻。」唐《翰林志》云：「中書用黄白二麻爲綸命。其後，翰林專掌内命，中書所出，獨得用黄麻。其白麻皆在北院。」

敕

敕，漢高祖作《太子手敕》。漢初定儀則四品：其四曰戒敕。敕用黄紙，始于唐高宗。《書》曰：「敕天之命，惟時惟幾」，敬天也。

劉熙云：「敕，飭也。」亦作勅。「使之警飭，不敢廢慢也。」劉勰云：「戒敕爲文，實詔之切者，周穆王命鄧父受敕憲，此其事也。」漢制，天子命令，其四曰「戒書」，即戒敕也。唐制，王言有七：四曰「發敕」，五曰「敕旨」，六曰「論事敕書」，七曰「敕牒」，則唐之用敕廣矣。宋亦有敕，或用之於獎諭，豈敕之初意哉？其詞有散文，有四六。宋制戒勵百官，曉諭軍民，别有「敕牓」。今制諸臣差遣，多予敕行事，詳載職守，申以勉詞，而褒獎責讓亦用之。詞皆散文。

《漢書》曰：「誡敕刺史太守，及三邊營官。」《敕文》曰：「詔敕某官，是爲『誡敕』。世皆名此爲『策書』，失之甚也。」

「誥敕」，起於六朝，然其來甚遠。肇自舜命九官，與命羲仲、和仲之詞，後《君奭》、《君牙》、《蔡仲之命》，皆其遺制也。此是皇帝語，即所謂口代天言者。古人謂之訓詞，唐時獨稱常、楊、元、白。今觀其誥敕中，皆有訓飭戒勵之言，猶有訓誥之風。至宋陶穀已有依樣畫葫蘆之譏矣。後王介甫、蘇子瞻，最爲得體。余觀今世之誥敕，其即所謂一箇八寸三帽子，張公帶了李公帶者耶。

令

《説文》：「令，發號也。」徐曰：「號令者，集而爲之節制也。」《記》曰：「命相布德和令」，又《月令》紀十二月之政。

《周書》曰：「慎乃出令，令出惟行。」《風俗通》曰：「時所制曰令。」「承憲履繩，動不失律令也。」《釋名》曰：「令，領也。理領之使不相犯也。」

劉良云：「令即命也。出命申禁，俾民從也。」七國之時，並稱曰「令」。秦皇后太子稱「令」，至漢王有《赦天下令》，淮南王有《謝羣公令》，則諸侯王皆得稱令矣。意其文與制詔無大異，特避天子而别其名耳。《文選》有梁任昉《宣德皇后令》一首，而其詞華靡不可法式，諸集中不多見載。諸史者尚可矜式焉。

管仲明於治國，其語曰：「國之重器，莫重於令。令重君尊，君尊國安。」「治民之本，莫要於令。故曰：虧令者死，益令者死，不行令者死，留令者死，不從令者死。五者死而無赦。」又曰：「令出雖自上，而論可與不可者在下，是主威下繫於民也。」

《書記洞詮》曰：「毋后儲藩，稱制施命，是名曰令。」

《容齋三筆》曰：法令之書，其别有四：敕、令、格、式是也。神宗聖訓曰：「禁於未然之謂敕，禁于已然之謂令，設于此以待彼之至，謂之格，設于此使彼效之，謂之式。」凡（入笞杖徒流死，自例以下至斷獄十有二門，麗刑名輕重者，皆爲敕，自品官以下至斷獄三十五門，）約束禁止者，皆爲令；命官庶人之等，倍全分釐之給，有等級高下者，皆爲格；表奏帳籍關牒符檄之類，有體制模楷者，皆爲式。《元豐編敕》用此，後來雖數有修定，然大體悉循用之。今假寧一門，實載于格，而公私文書行移，並名爲式假，則非也。

文通卷之五

封禪

王者始受命之時，改制應天。天下太平，功成封禪，以告太平也。升封者，增高也。下禪梁甫之山，基廣厚也。刻石紀號者，著己之功跡也。封者，金泥銀繩，封以印璽。封者，廣也；禪者，傳也。梁甫者，太山旁山。三皇禪於繹繹，繹繹者，無窮之意也。五帝禪于亭亭者，制度審諟，德著明也。梁，信也，甫，輔也。陰陽和，萬物序，休氣充塞，故符瑞並臻。德至天，則斗極明，日月光，甘露降；德至地，則嘉禾生，蓂莢起，秬鬯出，太平感；德至文表，則景星見，五緯順軌；德至草木，朱草生，木連理；德至鳥獸，則鳳凰翔，鸞鳥舞，騏驎臻，白虎到，狐九尾，白雉降，白鹿見，白烏下；德至山陵，則景雲出，芝實茂，陵出異丹，阜出蓮甫，山出器車，澤出神鼎；德至淵泉，則黄龍見，醴泉通，河出龍圖，洛出龜書，江出大貝，海出明珠；德至八方，則祥風至，佳氣時，黄鐘律調音度施，四夷化，越裳貢。孝道至，則蓮甫生，不摇自扇；繼嗣平明，則賓連生於房户；

日曆得其分度，則蓂莢生於階間；賢不肖位不相踰，則平路生于庭。狐九尾，九妃得其所，子孫繁息也。景星者，可以夜作，有益於人民也。甘露降，則物無不盛者也。朱草別尊卑也，醴泉狀若醴酒，可以養老。嘉禾者，三苗爲一穟，天下當和爲一乎？以是，果有越裳氏重九譯而來矣。《河圖真紀鉤》云：王者封泰山，禪梁父，易姓奉度，繼曲崇功者，七十有二君。管子、墨子，亦言封禪皆在先秦春秋之世。封禪者，帝王易姓告代之大禮也。一姓惟一行之，謂之岱宗，其事可知矣。惟後世目之，以告太平，可惡爾。

《春秋河圖揆命篇》云：「蒼、羲、農、黄，三陽翊天。」德聖明説者，謂蒼爲倉頡，羲爲包羲，與神農、黄帝之四君者，俱能奉三陽以輔上帝，益以譜倉頡之爲帝，而在包羲之前矣。故《河圖玉版》云：「倉頡爲帝，南巡陽虚之山。」巡狩之事，固非臣下之所行也。昔者孔子嘗曰：「封泰山，觀易姓而王，可得見者七十有餘君。」三皇禪於繹繹，五帝禪於亭亭，三王禪於梁甫。而莊周書言，七十一代之封。其有形兆整埒勒紀者千八百餘所，興亡之代可得而稽矣。管夷吾言於桓公曰：「古之封禪七十有二家，夷吾所記者十有二：曰無懷、伏羲、神農、炎帝、黄帝、高陽、高辛、唐、虞、禹、湯、成王，皆受命而後封禪。」無懷乃在伏羲之前，是其可紀者。其不識者六十，又在無懷氏前。此皆孔子之得見者，而七十二君之前，又有孔子之不得見者，則知封禪之文，其來久矣。上古之君，其世夥矣。《壺記》以史皇首禪紀梁，未之盡也。以彼其説，雖不概見於經，然士考質

《詩》、《書》，以其所見，推其所不見，則自無懷而上，可得而論矣。

劉彦和曰：夫正位北辰，嚮明南面，所以運天樞，毓黎獻者，何嘗不經道緯德，以勒皇蹟者哉！《録圖》曰：「潬潬噣噣，棽棽雉雉，萬物盡化」；言至德所被也。《丹書》曰：「義勝欲則從，欲勝義則凶」；戒慎之至也。則戒慎以崇其德，至德以凝其化，七十有二君，所以封禪矣。

昔黄帝神靈，克膺鴻瑞，勒功喬岳，鑄鼎荆山。大舜巡岳，顯乎《虞典》。成康封禪，聞之《樂緯》。及齊桓之霸，爰窺王跡，夷吾譎陳，距以怪物。固知玉牒金鏤，專在帝皇也。然則西鶼東鰈，南茅北黍，空談非徵，勳德而已。是史遷八書，明述封禪者，固禋祀之殊禮，名號之秘祝，祀天之壯觀。秦始皇銘岱，文自李斯；法家辭氣，體乏弘潤。然疎而能壯，亦彼時之絶采也。鋪觀兩漢隆盛，孝武禪號於肅然，光武巡封於梁父。誦德銘勳，乃鴻筆耳。觀相如《封禪》，蔚爲唱首。爾其表權輿，序皇王，炳玄符，鏡鴻業，驅前古於當今之下，騰休明於列聖之上；歌之以禎瑞，讚之以介丘：絶筆兹文，固惟新之作也。及光武勒碑，則文自張純，首胤典謨，末同祝辭，引鉤讖，叙離亂，計武功，述文德，事覈理舉，華不足而實有餘矣。凡此二家，並岱宗實跡也。及揚雄《劇秦》，班固《典引》，事非鐫石，而體因紀禪。觀《劇秦》爲文，影寫長卿，詭言遯辭，故兼包神怪。然骨掣靡密，辭貫圓通，自稱「極思」，無遺力矣。《典引》所叙，雅有懿乎；歷鑒前作，能執厥中，其致義會文，斐然餘巧。故稱：《封禪》麗而不典，《劇秦》典而不實；豈非追觀易爲明，循勢易爲力歟！至於邯鄲《受命》，攀響前聲，風末力寡，輯韻成頌，雖文理順序，而不能奮飛。陳思《魏德》，假論客主，問答迂緩，且已千言，勞深勣寡，飆焰缺焉。

茲文爲用，蓋一代之典章也。搆位之始，宜明大體，樹骨於訓典之區，選言於宏富之路，使意古而不晦於深，文今而不墜於淺，義吐光芒，辭成廉鍔，則爲偉矣。雖復道極數殫，終相襲而日新，其來者必超前轍焉。

徐伯魯作《玉牒文》，以世傳禹《玉牒辭》曰：「祝融司方發其英，〔沐〕〔沐〕日浴月百寶生」，此蓋後人傅會之文耳。然其事不經，雖名玉册，實玉牒之類也。按此與《皇明玉牒》名類，仍爲封禪。

漢光武東廵，羣臣言即位三十年，宜封禪。詔曰：「百姓怨氣滿腹，吾誰欺，欺天乎？若郡縣遣吏上壽虛美，必髡，令屯田。」後以讀《河圖會昌符》曰：「赤劉之九，會命岱宗」，遂用元封故事，行封禪禮。唐太宗貞觀初，羣臣以四夷咸服，請封禪。詔不許，曰：「若天下乂安，雖不封禪，庸何傷，世豈以漢文賢不及秦皇耶？且祭天掃地，何必封數尺之土乎！」後將有事于東封，會河南北大水，又會星孛太微而罷。予謂二帝皆不世出，灼知其非，形諸詔告。然亡何而自爲翻覆。光武惑於讖記，太宗好大喜名，不幾汙七十二代之編録乎！

檄

《説文》曰：檄，二尺書也。從木，敫聲。

《釋名》曰：檄，激也。下官所以激迎其上之書也。

李充曰：盟檄發於師旅，相如《喻蜀父老》，可謂德音矣。

《釋文》云：「檄，軍書也。」《説文》云：「以木簡爲書，長尺二寸，用以號召；若有急則插雞羽而遣之，故謂之羽檄，言如飛之疾也。」古者用兵，誓師而已。至周乃有文告之辭，而檄之名，則始見於戰國。《史記》載張儀爲檄以告楚相曰：「始吾從若飲，我不盜而璧，若笞我，若善守汝國，我顧且盜而城。」後人倣之，代有著作。而其詞有散文，有儷語。儷始於唐，然不專爲檄也。其他報答諭告，亦有稱檄者焉。檄不切厲，則敵心陵；言不誇壯，則軍容弱。

震雷始於曜電，出師先乎威聲。故觀電而懼雷壯，聽聲而懼兵威。兵先乎聲，其來已久。昔有虞始戒於國，夏后初誓於軍，殷誓軍門之外，周將交刃而誓之。故知帝世戒兵，三王誓師，宣訓我衆，未及敵人也。至周穆西征，祭公謀父稱：「古有威讓之令，令有文告之辭」；即檄之本源也。及春秋，征伐自諸侯出，懼敵弗服，故兵出須名，振此威風，暴彼昏亂；劉獻公之所謂「告之以文辭，董之以武師」者也。齊桓征楚，告苞茅之闕；晉厲伐秦，責箕郜之焚。管仲、呂相，奉辭先路，詳其意義，即今之檄文。暨乎戰國，始稱爲檄。檄者，皦也；宣露於外，皦然明白也。張儀《檄楚》，書以尺二，明白之文，或稱露布，播諸視聽也。夫兵以定亂，莫敢自專，天子親戎，則稱「恭行天罰」，諸侯御師，則云肅將王誅。故分閫推轂，奉辭伐罪，非唯致果爲毅，亦且厲辭爲武：使聲如衝風所擊，氣似欃槍所掃；奮其武怒，總其罪人；懲其惡稔之時，顯其貫盈之數。摇奸宄之膽，訂信慎之心，使百尺之衝，摧折於咫書，萬雉之城，顛墜於一檄者也。觀隗囂之《檄亡新》，有其三逆，文不雕飾，而辭切事明，隴右文士，得檄之體矣。陳琳之《檄豫州》，元脱壯有骨鯁，雖奸閹攜養，章密太甚；發丘摸金，誣過其虐；然抗辭書釁，皦然露骨矣。敢指曹公之鋒，幸哉免袁黨之戮也。鍾會《檄蜀》，徵驗甚明；桓公《檄胡》，觀釁尤切：並壯筆也。

凡檄之大體，或述此休明，或叙彼苛虐；指天時，審人事，算强弱，角權勢；標著龜于前驗，懸鞶鑑于已然；雖本國信，實參兵詐。譎詭以馳旨，煒曄以騰説：凡此衆條，莫或違之者也。故其植義颺辭，務在剛健。插羽以示迅，不可使辭緩；露板以宣衆，不可使義隱，必事昭而理辨，氣盛而辭斷，此其要也。若曲趣密巧，無所取才矣。又州郡徵吏，亦稱爲「檄」，固明舉之義也。

露布

《文章緣起》曰：按《通典》：「元魏克捷，欲天下聞知，乃書帛建於漆竿上，名爲露布。」

露布者，軍中奏捷之辭也。劉勰所謂：「露板不封，布諸視聽」者，此其義也。任昉云：「漢賈弘爲馬超伐曹操，作《露布》」，而《世説》亦謂：「桓温北征，令袁宏倚馬撰露布」，則露布之作，始於魏晉。而杜祐以爲自元魏始，誤矣。又按劉勰《檄移篇》云：檄「或稱露布」，豈露布之初，告伐、告捷，與檄通用，而後始專以奏捷歟？然二文世既不傳，而後人所作，皆用儷語，與表文無異，不知其體本然乎？抑源流之不同也。

《春秋緯》曰：「武露布，文露沉。」注曰：「甘露降其國，布散者，人尚武，沉重者，人尚文。」文露之説，他書所罕聞，文人亦罕引用。

《容齋四筆》曰：用兵獲勝，則上其功狀於朝，謂之露布。今博學宏詞科，以爲一題。雖自魏晉以來有之，然竟不知所出。唯唐莊宗爲晉王時，擒滅劉守光，命掌書記王緘草露布。緘不知故事，書之於布，遣人曳之，爲議者所笑。然亦有所從來。魏高祖南伐，長史韓顯宗與齊戍將力戰，斬其裨將。高祖曰：「卿何爲不作露布？」對曰：「頃聞將軍王肅，獲賊二三人，驢馬數疋，皆爲露布，私每哂之。近雖得摧醜虜，擒斬不多，脱復高曳長縑，虚張功捷，尤而效之，其罪彌甚。臣所以斂毫卷帛解上而已。」以是而言，則用絹高懸久矣。

赦文

《説文》云：「赦者，舍也。」肆赦之語，始見《虞書》，而《周禮》司刺掌三赦之法。《吕刑》有疑赦之制，則或以其情之可矜，或以其事之可疑，或以其人在三赦、三宥、八議之列，是以赦之；非不問其情之淺深，罪之輕重，而概赦之也。後世乃有大赦之法，於是爲文以告四方，而赦文興焉。又謂之德音，蓋以赦爲天子布德之音也。然考之唐時，戒勵風俗，亦稱德音，則德言之與赦文，自是兩事，不當强而合之也。

《書》曰：「眚灾肆赦。」《易》曰：「雷雨作解，君子以赦過宥罪。」《管子》曰：「赦者，奔馬之委轡也，不赦者，痤疽之礦石也。」又曰：「惠者，民之仇讎；法者，人之父母。」諺曰：「一歲再赦，婦兒喑啞。」故赦之爲德大矣，爲賊亦甚矣。大凡王者踐祚改元之初，一用耳。踐祚而無赦，則布新之義缺，而好生之德廢矣；居常而數赦，則惠姦之路啓，而名亂之門闢矣。故曰：「赦者，小利而大害者也，故久而不勝其禍；毋赦者，小害而大利者也，故久而不勝其福。」

告

「告，魏阮瑀爲文帝作《舒告》。」《釋名》曰：「上敕下曰告，告，覺也，使覺悟知己意也。」

諭

字書云：「諭，曉也。以上敕下之詞。」商、周之書，未有此體。至《春秋》内外傳，始載周天子諭告諸侯及列國往來相告之詞，然皆行人傳言，不假書翰。漢人之作，可以爲式。此書所主，唯在文章，則口諭之詞，又不同矣。

御札

「札，小簡也。」天子之札稱御札，尊之也。古無此體，至宋而後有之。其文出於詞臣之手，而體亦不同。大抵多用儷語，蓋敕之變體也。

如漢高帝《賜太子書》，文帝《賜南越王書》，不可謂古無此體也。今制：答諸侯王書，多中書舍人撰，古意蔑如矣。

批答

吴訥云：「批答者，天子采臣下章疏之意而答之也。」古者君臣都俞吁咈，皆口陳面命之詞，後世乃有書疏而答之者，遂用制詞，若漢人答報璽書是已。至唐始有批答之名，以謂天子手批而答之也。其後學士入院，試制、詔、批答，共三篇，則求代言之人，而詞華漸繁矣。自唐太宗《答劉洎》之後，未有不假手於詞臣者，而散文、四六則兼用之。

今制：皇帝批答曰「聖旨」，太子曰「令旨」，太皇太后、皇太后、皇后曰「懿旨」。

符

《說文》曰：符，信也。漢制以竹，長六寸，分而相合。

《釋名》曰：符，付也。書所制命於上，符傳行之。

《續文獻通考》：符，付也。書勅命於上，付使傳行之也。

《文心》曰：符者，孚也。徵召防僞，事資中孚。三代玉瑞，漢世金竹，末代從省，易以書翰矣。

信陵君用侯生言，令如姬竊魏王兵符，遂矯魏王令，奪晉鄙兵。

《漢書》文帝「二年九月，初與郡守相爲銅虎、竹使符」。應劭曰：「銅虎符第一至第五，國家當發兵遣使者，詳合符，符合迺應之。竹使以箭五枚，長五寸，鐫刻篆音，第一至第五。」張晏曰：「符以代古之珪璋，從簡也。」

呂不韋說華陽夫人，請立子楚刻玉符，約以爲嫡嗣。

《後漢書》曰：初，禁網尚簡，但以璽書發兵，未有虎符之信。杜詩上疏曰：「兵者國之凶器，舊制發兵以虎，其餘徵調，竹使而已。閒者發兵，但用璽書，或以詔令，如有奸人詐僞，無由知覺。可立虎符，以絶奸端。」

隋煬帝别造玉麟符，以代銅獸，賜越王，以示皇枝盤石。

徐伯魯曰：古無此體，晉以後始有之。唐世，凡上逌下，其制有六，其六曰符，尚書省下於州，州下於縣，縣下於鄉，沿晉制也。然唐文不少概見，晉及南朝，猶可稽云。

國朝符以錦爲之，織馬其上，名曰符驗，以給九邊督撫。箭曰令箭，皆發兵用之。

律

法者，人君之所以紀綱人倫，而遏絶亂略，可一日廢哉！古之李法，其律之昉乎？《虞書》「象刑惟明」，《白虎通》曰：畫象者，其衣服象五刑也。犯墨者蒙巾，犯劓者赭著其衣，犯髕者以墨蒙其髕，犯宫者屝，屝，草屨也，大辟者布衣無領，是猶未著之於書也。太公《丹書》，無行可悔。及《周官》、《吕刑》，已設科條。故經以議道，畫之則爲法；律以議法，裁之則爲道。三代而下，法令滋章，爲六篇之律者，李悝也；爲九章之律者，蕭何也；爲十二章之律者，玄齡也。若乃漢因九章而張湯、趙禹，廣至數千，則揚雄所謂不必學者也；因十二章而長孫無忌輩，廣至五百，則叔向所謂不必鑄考也。然皆一代之書也。明興，損益千古，大都制辟以威，令之爲條一百四十五，其法簡以嚴，懸法以教，律之爲凡三百。其法明以悉，賓興試判，則唐律學之遺也。鄉飲有讀法，則胡安定教國子之意也。仲舒、温舒，皆以爲均切救世，而六家九流所不髣也。若夫駘御委馭，四牡横犇，而欲以和鑾節奏，救皇路之險傾，其可幾乎？

太祖高皇帝讀《老子》，至「民不知畏死，奈何以死恐之？」遂除極刑。秦之赭衣半道，而姦不息，豈不師吏之過乎？高祖於是乎比于唐虞矣。《記》曰：「刑者，成也，一成而不可變，故君子盡心焉。」此尤非他書之可比也。故曰：莫慘于意，而干鏌爲鈍。

宋景濂曰：魏文侯師於李悝，始采諸國刑典，造《法經》六篇，漢蕭何加三篇，通號九章。曹魏邢劭又衍《漢律》爲十八篇。晉賈充又參《魏律》爲十二篇。唐長孫無忌等又取漢、魏、晉之家，擇可行者，定爲十二篇，大抵以九章爲宗。《大明律》，凡近代比例之繁，姦吏爲資爲出入者，咸痛革之。

策　問

古者選士，詢事考言而已，未有問之以策者也。漢文中年，始策賢良，其後有司亦以策試士，蓋欲觀其博古之學，通今之才，與夫剸劇解紛之識也。然對策存乎士子，而策問發於上人，尤必通達古今，善爲疑難，不然，其不反爲士子所笑者幾希矣。其問有二：一曰制策，二曰試策，使當視草爲主司者有所矜式，而因以得實才云。

文通卷之六

鐵券文

劉熙云：「券，綣也。相約束繾綣以爲限也。」史稱漢高帝定天下，大封功臣，剖符作誓，丹書鐵券，金匱石室，藏之宗廟。其誓詞曰：「使黄河如帶，泰山若礪，國以永存，爰及苗裔。」後世因此遂有鐵券文焉。其後陸贄有之。然以安反側之心，非錫券之本旨也。

《三國典略》曰：梁任果降周。果字静鑾，南安人也。世爲方隅豪族，仕於江右，志在立功。太祖嘉其遠來，待以優禮。後除始州刺史，封樂安公，賜以鐵券，聽世傳襲。

《晉中興書》曰：初帝在關中，與氐羌破鐵券，約不役使。

梁武帝鐫銀券，賜范桃倖曰：「事定，當封女爲河南王。」

高皇即位，二年八月，大將軍取燕都諸郡畢。明年冬，念功臣勞烈之多，欲申山河帶礪之誓，賜以鐵券。下禮官議其制。有奏唐和陵時，賜錢鏐者，其孫尚藏，因取爲式。其質鐵，其形如瓦。

焉可忽諸。春秋列國，各有詞命，以通彼此之情。其文務協典禮，從容委曲，高卑適宜，乃爲盡善。觀鄭人詞命，迭更四手，國賴以存，良有以也。漢唐以下，國統雖一，而夷狄内通，故其往來亦用之，乃有國之所不可廢者也。但《左傳》所載列國應對之詞，皆出口傳。獨吕相《絶秦》，豐贍閎闊，似非口語能悉，意必當時筆而授之者矣。

如漢文《賜南越王尉佗書》：「朕高皇帝側室之子也」，只此一語，便足動人心，雖蠻貊之邦行矣。

玉牒

《大明會典》，宗人府專掌之，主録宗室名次。其請名、請封、請禄等奏到，則録其名於牒，以便稽。命名則以五行爲偏傍，而字悉出創造，絶無複疊之病。非如唐宗室名複至數十，莫可稽考者。因歎我明制度，纖悉曲當，皆軼於前代云。

鄭端簡曰：明興，同姓鮮少，所謂廟祔十五王者，皆追王也。當是時，開基江左，去塞萬里，近亦數千里，雖嘗圖宅咸陽，詔遷汴邑，然時有未遑，議遂中輟。

高皇帝驅胡出塞，復我中華，經始慮終，防胡爲急。大啓宗封，錯布萬國，擇選諸子，周匝三垂。文皇英略蓋世，開府北平，天險地利，甲於諸藩。北平以東，歷漁陽、盧龍，出喜峰，包大寧，控苞塞山戎，爲寧王；度榆關，跨遼東，西並海，被朝鮮，聯開元，交市東北諸夷，爲遼王；北平西接古北口，瀕於雍河，中更上谷、雲中，鞏居庸，蔽雁門，爲谷代王；雁門之南，太原其都會也，表裏河山，爲晉王；逾河而西，歷延慶、韋靈，又逾河北，保寧夏，倚賀蘭，爲慶王；兼殽隴之險，周、秦都圻之地，牧坰之野，直走金城，爲秦王；金城西度河，領張掖、酒泉諸郡，西肩嘉峪，護西域諸國，爲肅王。此九王者皆近塞下，以故城郭富於曹、滕，兵車雄於魯、衛，莫不傳以元侯，翊以宿將，權崇制命，勢匹撫軍。肅清沙漠，則壘帳相望，締好宗潢，則軺輪不絶。若乃周、楚、齊、潭、魯、蜀諸王，並列内郡，亦皆秉鉞麾旄，布兵耀武。蓋草昧利於建侯，板蕩維於宗子。斟酌周漢，而衣食於縣官，寧有尾末之憂；懲創宋唐，而綴旒於下國，必無坑沉之禍。世平自足以展親，時危不難於復振，此思王之所以控表，宋侯之所以畫策者也。

迨其弊也，磐石雖堅，髖髀莫解，葉高進賈誼之策，而齊黄竟晁錯之謀，凌逼既深，猜忤遂積。建文數年間，雉罹龍躍，利害相尋。靖難以後，矯枉鑒覆，益篤因心。驕恣復萌，稍申裁抑，書敕再三，規誨懇惻，而齊谷不悛，終負私貸。宣德初，二叔不靖，漢以義滅，趙以恩完。自是以後，天子攬綱結網，彝臬日嚴。一不律則奪禄，再不律則奪兵，三不律則奪爵，賢傅終老於梁園，懿親絶踪於魏闕。即使力如晉、鄭，無假於勤周；頑如吴、楚，何緣而□漢。以故八十餘年間，有圜土之收，未聞甸師之戮。至正德中，置鐇狂狡，卒起窮邊，宸濠凶奸，久窺神器，不逾旬朔，身殞國除。

今皇帝峻德明倫，每布詔令，首念宗人。諸王拱辰宗海，好禮樂善，雖堯親九族，周享萬邦，曾何足云。

夫聚人莫急於理財，宜民莫大於通變。洪武時，親王歲禄米五萬石，他用亦不下萬石，而吉凶之賜不與焉。高皇帝約己裕人，未幾即減六之一。今載屬籍者，王二等，將軍三等，中尉四等，主君五等，若未名、未封、疏庶人、罪庶人，蓋四萬有奇。邸禄歲增，民財日窘，至有共蓬而居，分餅而膳，四旬而未婚，十年而不葬者矣。嗟乎！驕溢則横而干紀，窘困則濫而思亂，其爲禍一也，而不早爲之所，可乎？略叙先朝典制，爲《初王表》二卷，五太子、七十七王、五庶人傳三卷，明鑒戒焉。

嚴嵩曰：嘉靖間内閣曾題玉牒事宜，爲照玉牒紀載宗支，以垂萬世。其制不敢不倍加詳慎，其舊牒内有事當釐改者，開具上請。看得第一册内，例有總圖，備載天潢世系于首，所以表帝王之統，合同氣之親也。世代未遠，人數未多，有紙一面，列書代世，而以硃線各係所出之子孫于下。近來宗派蕃衍，不下累萬，仍用前制，不惟紙狹，字跡微渺，硃線紛亂，遺漏混淆，將來愈難增續。宜倣古史世表之法，以便後來增入。又當以帝系爲宗統，其中有雖係長出，但不有天命，位在藩封，如懿文太子、秦晉二王，不敢以加于成祖之前；又有雖係長出，但既殤而追受封號，如悼恭太子、岳懷王、哀冲太子，惟當以册内載之，不敢列于圖之前：俱所以尊帝統也。其無可妨，如潁傷等王，則仍書之。又壽春王，熙祖之長子，仁祖之兄也，南昌諸王，仁祖之長子，太祖之兄也，俱在太祖有天下之後追封爲王，今靖江王則南昌王之後也，以太祖之聖子神孫視之，則有堂從之分。舊圖以列于帝系之前，今移置本支之後，亦所以尊帝統也。

告身

五代劉岳，唐明宗時爲吏部侍郎。故事，吏部文武官告身，皆輸朱膠紙軸錢，然後給。其品高者則賜之，貧者不能輸錢，往往但得其敕牒而無告身。五代之亂，因以爲常。官卑者無復得告身，中書但録其制辭：或任其材能，或褒其功行，或申以訓誡。而受官者，既不給告身，皆不知受命之所以然。非王言所以告詔也，請一切賜之。由是百官皆給告身，自岳始也。

唐時將相告身，用金花五色綾紙，至宋則用織成花綾。以品次有差草書，後用三省長官僉押尚書印，然無御寶。當時每授官則有之。

諭祭文

諭祭文者，天子遣使下祭之詞也。或施諸宗室妃嬪，以明親親；或施諸勳臣大臣，以明賢賢，而示君臣始終之義。自古及今皆用之。

哀策

哀策，漢樂安相李亢作《和帝哀策》，簡其功德而哀之也。

《釋名》曰：哀，愛也。愛而思念之也。

《文章流別》曰：今之哀策者，古誄之義。

明文

《明文》，漢泰山太守應劭作。文明者，昭然曉示之也。

今制咸稱奉上以署下，或以斷裁，或以建置，或申江海之防，或禦越人之寇，多樹孔道，大榜郵亭，蘆岸羊腸，觀者驚心，販夫荷插，咸知上意。語簡而言質，俾可由之民，一覽瞭然，斯爲得體。然石版兼用，則視其事之久近也。

教

《舜典》曰：契，汝作司徒，敬敷五教，在寬。

《春秋元命苞》曰：天垂文，象人行其事，謂之教。教，傚也。言上爲而下傚也。

《白虎通》曰：王者設教，承衰救弊，欲民反正道也。教者，所以追補敗政，靡弊溷濁，謂之治也。

李周翰云：「教，示於人也。」秦法，王侯稱教，而漢時大臣亦得用之。故陳繹曾以爲大臣告衆之辭。今考諸集，亦不多見。

漢京兆尹王尊，出「教」告屬縣。

《書記洞詮》曰：牧守監鎮，宣條示諭，是名曰「教」。

鄭弘之守南陽，條教爲後所述，乃事緒明也。孔融之守北海，文教麗而罕於理，乃治體乖也。若諸葛孔明之詳約，庾稚恭之明斷，並理得而辭中，辭之善也。

今提學使者，爲「教」以約束諸生，曰「教條」。近雖頒自禮部，而於地方所宜，士風所急，亦自爲而教之。

文通卷之七

貢

《正義》曰：《禹貢》一篇，主非君言，準之後代，不應入《書》。此其一體之異。以此禹之身事於禪後，無入《夏書》之理。

《禹貢》叙治水，以冀、兖、青、徐、揚、荆、豫、梁、雍爲次。嘗考之地理，豫居九州中，與兖、徐接境，何爲自徐之揚，顧以豫爲後乎？蓋禹順五行而治之耳。冀爲帝都，既在所先，而地居北方，實于五行爲水。水生木，木，東方也，故次之以兖、青、徐。木生火，火，南方也，故次之以揚、荆。火生土，土，中央也，故次之以豫。土生金，金，西方也，故後於梁、雍。所謂「彝倫攸叙」者，此也，與鯀之汨陳五行，相去遠矣。

鄭夾漈曰：州縣之設，有時而更；山川之形，萬古不易。所以《禹貢》分州，不以山川定經界，使兖州可移，而濟河之兖不能移；梁州可遷，而華陽黑水之梁州不能遷。是故《禹貢》爲萬世不易之書。後之爲史者，主於州縣易移，而其書遂廢。

黄省曾曰：自九丘不傳，四獄埋緼，《周官》存藪浸之略，《爾雅》開崐崘之端。若司馬遷之載《河渠》，庾仲雍之筆《江記》，偏係一方，匪兼八表。況王澤寖消，地象俱廢，樂廣闢者，湮其溝洫。便私謀者，壅其湍泉，公家醲激，巨右改張，是以啓塞靡恒，陵谷皆變。洪鉅者失其包帶，微纖者亂其營緯，紜紜沌沌，莫之質竟也已。故漢之桑欽，追法貢體，録爲《水經》，羅併四際，總勒一典。凡所引天下之水，百三十有七，苟非經流，不在記註之限。錯陳舊纂，以備參鉤，派盡條科，以罄脉衍。務討異奇，同蔚宗之旨趣；嚴標郡縣，肖班固之鋪設。乃曠絶之觚翰也。然規綱則舉，解節未彰。迨於後魏酈道元，因景純之濫觴，足君長之簡逸，以博洽之弘襟，擅圖輿之顓學，隨經抒述，掇籍弘鋪。剖説十倍於前文，揮述半陟其躬履。或衆援以明訛，或極辨而較是，或哀逖以昭邇，或廓無而續有。故凡過歷之臯維，夾並之抵岸，環間之亭郵，跨俯之城陸，鎮被之巘嶺，廻注之溪谷，瀕枕之鄉聚，聳映之臺館，建樹之碑碣，沈淪之基落，靡不旁萃曲收，左摭右采，豈曰桑欽之詁釋，實所以粉飾漏闕，銓次疆隅，乃相濟而爲編者也。

省曾又覽古《山海經》十八卷，亦宇中之通撰也。一則主於叙山，而水歸詳綴，一則專於紀水，而山頗寓列。蓋山者水之根底，水者山之委枝。故談伊洛者，必連熊外，語漆沮者，遂及荆岐，亦自然之偶屬而不可判離者也。故併合以傳，庶好古之賢，無稡輯之煩勤爾。

客謂二經所記於今矛盾矣，其將捨旃可乎？予解之曰：「子何榆枋之安而蟪蛄之拘也？其伯益之覽疏，猶之炎農之辨味也，桑、酈之括纂，猶之姒禹之苦成也。今卉藥非篚篚之稽案，咸賦豈驕華之志掌，亦將擯《本草》以詭誕，斥《禹貢》之遠闊可乎？況山殊稱目，而盤峙之形不眩焉，水異分合，而就下之情不惑焉。粵遡往牒，則遠方圖物，夏鼎之鑄象也；聶耳雕題，湯令之備獻也；白民黑齒，成王之作會也；出受八千，管仲之蒐揚也。殘遺秦柱，蕭何之顯布也；獵廣窮長，王充之嗜信也。以至《孔疏》據之以釋經，《漢志》録之而麗史，齊澄演之而聚書，唐典繫之而建部，守節屢登於《正義》，應麟富戢於地鈔，江淹補之而不能，吉甫删之而頓躓。古人崇好，文獻足徵，苟欲指核希怪，狀寫物靈，暢探荒極，理驗遷圮，裁量利害，差剖離翕，鑒度率畛，宅定中外，作起民緒，咨諏帝采，則二經者，亦寰内不刊之珍典也。」

範

嘗讀《洪範》，見武王之所訪，箕子之所陳，俱在「彝倫攸叙」。然疇雖有九，而其旨要，則惟水、火、金、木、土五者而已矣。何也？「彝倫攸斁」，而帝不畀鯀以洪範九疇者，以其「汩陳五行」也。天以洪範九疇錫禹，而「初一曰五行」，則五行謂非九疇之大綱乎？雖于初，獨不言用，下文八者，俱以用言。非五行獨無用也，蓋以下文所云用者，皆用此五行也。九疇只此五行夫！固所以陰隲下民，而爲治天下之大經大法。所謂彝倫之攸叙，叙此焉耳。是故惟五居中，不以數言。五事、五紀、庶徵、五福，則皆五也。政雖八也，食、貨、祀、賓、師，統於三官，而八政非五歟？德雖三也，正直一，而剛柔之克各二三，德非五歟？稽疑雖七也，卜兆五，而其占則用二，稽疑非五歟？至六極則皆五福之反也。但五行在天地間，凡萬事萬物，莫非自然之運用，而用之者則各有攸當耳。所以敬用五事，即五行之本諸身而罔弗欽也；農用八政，即五行之施諸民而農爲先也；協用五紀，即五行之合乎天而罔敢悖也；建用皇極，即五行之一於中而端表則也。又用三德，即五行之矯其偏而從乎正也；明用稽疑，即五行之各兆而慎所擇也；念用庶徵，即五行之各有徵而可自省也；嚮用五福，威用六極，即五行之禍福在人所自取也。可見皇極居中，固有以握乎九疇之樞，五行在初，實有以統乎九疇之用，是五行不言用，而天下萬世大經大法雖欲越此以爲用焉不可得矣。況箕子之所陳者，乃千古聖學之傳，故建極在上，會歸在民。王道蕩蕩平平，本人人所當率由，而天人貫通之理，亦人人所當會歸焉者。循此則彝倫叙，悖此則彝倫斁矣，可不慎哉！

至以此揆之《洛書》，戴九履一，左三右七，二四爲肩，六八爲足，而五居中，于義本無所取，但其所同者五行也。一六水，二七火，三八木，四九金，五十土。是水、火、木、金、土，在《洛書》謂之九數，而天地萬物之數管是矣；在《洪範》謂之九疇，而天地萬物之用管是矣。諸儒不知五行乃

《洛書》、《洪範》自然乎起之妙，必欲以疇强合於數焉，何哉？且《洛書》自一至九，其奇耦方位各有定在，《洪範》自初一至次九，不過九疇之綱耳。果何以見其初一五行三八政之類皆爲奇？次二五事四五紀之類皆爲偶？初一五行，方位當在下，次九五福六極，方位當在上，八政當在左，五紀當在右。《洛書》之數九，而《洪範》何爲于初一即曰五行，次二乃曰五事，次三乃曰八政，其數皆雜亂而不循其奇偶方位之叙也？雖曰「天乃錫禹洪範九疇」，原未指爲洛龜，何爲即以《洪範》之九疇，配《洛書》之九數？以其言列其位，且衍之八十一章焉，果《洛書》也！果《洪範》也！止因其同一九字，而必欲一一同之，又何怪其愈傳而愈訛耶？況禹既因《洛書》以叙疇矣。

或謂先天卦取則《洛書》，又有謂後天卦取則九疇，果天已錫之伏羲，復錫之于禹，果伏羲已先禹而爲之書，禹乃後伏羲而爲之疇？果禹先文王而叙之爲九，文王後禹而列之爲八？果禹先箕子而爲之範，箕子後禹而衍其説耶？諸説紛紛，皆劉歆之説誤之也。要之道一而已矣，得其意則殊塗而同歸，否則道本一而見則二，惡足以窺聖人之學。

鄭樵曰：《洪範》之數有九，而「初一曰五行」。五行之序一曰水，且鯀之所治者水也，天何以知其「汩陳五行」而「不畀洪範九疇？」禹之所治者水也，天何以遽錫之洪範九疇彝倫攸叙，而不曰五行之何如？蓋九疇之綱領在於五行，五行之綱領在於水，請以《禹貢》明之。禹之治水，自冀州始。冀爲帝都，在北方屬水，故冀在先。冀州之水既治，水生木，木屬東方，故次兖，次青，次徐，皆東方也。兖、青、徐之水既治，木生火，火屬南方，故次揚，次荆，皆南方也。揚、荆之水既治，火生土，土屬中央，故次豫，豫居天下之中也。豫州之水既治，土生金，金屬西方，故終之以梁、雍焉。今以天下之勢觀之，豫立天下之中，與徐、兖接境，自兖、徐既治之後，何不先次豫而必先次揚、次荆？何也？蓋禹順五行相生之序。如此觀禹治水之先後，五行已得其序，則九疇可知，故天錫之者。以此鯀之治水，不依五行次第，故箕子於鯀湮洪水之下，先占一句「汩陳五行」。五行汩陳，則九疇可知，天之不畀，以此可見。《禹貢》、《洪範》之書，相爲用者。或曰九疇之五行：一曰水，二曰火，三曰木，四曰金，五曰土，非水木火土金也。曰九疇乃天地生成之數，天一生水，地六成之，地二生火，天七成之，此乃五行相生之數。生成之數其體也，相生之數其用也，體用兼備，此禹所以善用五行也。正如《大易》言天地之數五十五，至於用則爲五十虛一爲大衍，以揲蓍也。

武王始入殷，訪于箕子，受洪範。踐阼三日，召士大夫而問焉，曰：「惡有藏之約，行之得，可以爲子孫恒者乎？」諸大夫對曰：「未得聞也。」召師尚父而問焉，曰：「黄帝、顓頊之道存乎意，亦忽不可得見與？」師尚父曰：「在丹書。王欲聞之則齊矣。」齊三日，王端冕出，師尚父亦端冕奉書入，負屏而立。王下堂北面立，師尚父曰：「先王之道不北面。」至西行折而南，東面而立。師尚父西面道書之言曰：「敬勝怠者吉，怠勝敬者滅。義勝慾者從，慾勝義者凶。凡事不强則杠，弗敬則不正。杠者滅廢，敬者萬世王。」聞書之言，惕若恐懼，於席四端，於机，於鑑，於盥盤，於楹，於杖，於帶，於履屨，於豆觴，於户牖，於劍，弓矛，皆爲銘儆焉。

彖

王弼曰：彖者何也？統論一卦之體，明其所由之主者也。夫衆不能治衆，治衆者，至寡者也；夫動不能制動，制天下之動者，貞夫一者也。故衆之所以得咸存者，主必致一也；動之所以得咸運者，原必無二也。物無妄然，必由其理，統之有宗，會之有元，故繁而不亂，衆而不惑。故六爻相錯，可舉一以明也；剛柔相乘，可立主以定也。是故，雜物撰德，辯是與非，則非其中爻，莫之備矣。故自統而尋之，物雖衆，則知可以執一御也；由本以觀之，義雖博，則知可以一名舉也。故處璇璣以觀大運，則天地之動，未足怪也；據會要以觀方來，則六合輻輳，未足多也。故舉卦之名，義有主矣；「觀其彖辭，則思過半矣。」

夫古今雖殊，軍國異容，中之爲用，故未可遠也。品制萬變，宗主存焉，彖之所尚，斯爲盛矣。夫少者，多之所貴也；寡者，衆之所宗也。一卦五陽而一陰，則一陰爲之主矣；五陰而一陽，則一陽爲之主矣。夫陰之所求者陽也，陽之所求者陰也；陽苟一焉，五陰何得不同而歸之？陰苟隻焉，五陽何得不同而從之？故陰爻雖賤，而爲一卦之主者，處其至少之地也；或有遺爻而舉二體者，卦體不由乎爻也。繁而不憂亂，變而不憂惑，約以存博，簡以濟衆，其唯彖乎！亂而不能惑，變而不能渝，非天下之至賾，其孰能與於此乎！故觀彖以斯，義可見矣。

象

王弼曰：象者，出意者也；言者，明象者也。盡意莫若象，盡象莫若言。言生于象，故可尋言以觀象；象生於意，故可尋象以觀意。意以象盡，象以言著。故言者所以明象，得象而忘言；象者所以存意，得意而忘象。猶蹄者所以存兔，得兔而忘蹄；筌者所以存魚，得魚而忘筌也。然則言者象之蹄也，象者意之筌也，是故存言者，非得象者也；存象者，非得意者也。象生於意，而存象焉，則所存者乃非其象也；言生於象，而存言焉，則所存者乃非其言也。然則忘象者，乃得意者也；忘言者，乃得象者也。得意在忘象，得象在忘言，故立象以盡意，而象可忘也，重畫以盡情，而畫可忘也。是故觸類可爲其象，合義可爲其徵，義苟在健，何必馬乎？類苟在順，何必牛乎？爻苟合順，何必坤乃爲牛？義苟應健，何必乾乃爲馬？而或者定馬於乾，案文責卦，有馬無乾，則僞說滋蔓，難可紀矣。互體不足，遂及卦變；變又不足，推致五行；一失其原，巧喻彌甚，縱復或值，而義無所取；蓋存象忘意之由也。忘象以求其意，義斯見矣。

曆

《世本》曰：容成作曆。

《尚書》曰：廼命羲和，欽若昊天，曆象日月星辰，敬授民時。又曰：協用五紀，其五曰曆數。

陳同父曰：昔者聖人之作曆也，觀璇璣之運，三光之行，道之發斂，景之長短，斗綱之建，青龍所躔，參伍以變，錯綜其數，而制術焉。天之動也，一晝一夜而運過。周星從天而西，日違天而東，日之所行與運周，在天成度，在曆成日，居以列宿，終於四七，受以甲乙，終於六旬。日月相推，日舒月速。當其同謂之合朔。舒先速後，近一遠三，謂之弦。相與爲衡，分天之中謂之望。以速及舒，光盡體伏謂之晦。晦朔合離，斗建移辰，謂之日月之行，則有冬有夏；冬夏之間，則有春有秋。故日行北陸謂之冬，西陸謂之春，南陸謂之夏，東陸謂之秋。日道發南，去極彌遠，其景彌長。遠長乃極，冬乃至焉。日道斂北，去極彌近，其景彌短。近短乃極，夏乃至焉。二至之中，道齊景正，春秋分焉。日周於天，一寒一暑，四時備成，萬物畢改。攝提遷次，青龍移辰，謂之歲。歲首至也，月首朔也，至朔同日謂之章，同在日首謂之蔀，蔀中六旬謂之紀，歲朔又復謂之元。是故日以實之，月以閏之，時以分之，歲以周之，章以明之，蔀以部之，紀以記之，元以原之，然後雖有變化萬殊，贏朒無方，莫不結系于此，而稟正焉。

極建其中，道營于外，璇衡追目以察斂，光道生焉。孔壺爲漏，浮箭爲刻，下漏數刻，以考中星，昏明生焉。日有九道，月有九行，九行出入而交生焉。朔會望衡，鄰於所交，虧薄生焉。月有晦朔，星有合見；月有弦望，星有留逆，其歸一也，步術生焉。金水承陽，先後日下，速則先日，遲而後留，留而後逆，逆與日違，違而後速，與日兢兢。又先日遲速順逆，晨夕生焉。日月五緯，各有終原，而七元生焉。見伏有日，留行有度，而率數生焉。參差齊之，多少均之，會終生焉。引而伸之，觸而長之，探賾索隱，鈎深致遠，無幽辟潛伏而不以其精者然。故陰陽有分，寒暑有節，天地貞觀，日月貞明。

若夫祐術開業，淳燿天光，重黎其上也。承聖帝之命，若昊天，典曆象三辰，以授民事，立閏定時，以成歲功，羲和其隆也。取象金火，革命創制，治曆明時，應天順民，湯武其盛也。及王德之衰也，無道之君亂之於上，頑愚之史失之於下。夏后之時，羲和淫湎，廢時亂日，胤乃征之。紂作淫虐，喪其甲子，武王誅之。夫能貞而明之者，其興也勃焉；回而敗之者，亡也忽焉。巍巍乎！若道天地之綱紀，帝王之壯事，是以聖人寶焉，君子勤之。

夫曆有聖人之德六焉：以本氣者尚其體，以綜數者尚其文，以考類者尚其象，以作事者尚其時，以占往者尚其源，以知來者尚其流，大業載之，吉凶生焉。是以君子將有興焉，咨焉而以從事，受命而莫之違也。若夫用天因地，揆時施教，頒諸明堂，以爲民極者，莫大乎月令。帝王之大司備矣，天下之能事畢矣，過此而往，羣忌苟禁，君子未之或知也。斗之二十一度，去極至遠也，日在焉而冬至，羣物於是乎生。故律首黄鐘，曆始冬至，月先建子，時平夜半。當漢高皇帝受命四十有五歲，陽在上章，陰在執除，冬十有一月甲子夜半朔旦冬至。日月閏積之數，皆自此始。

李本寧曰：陶淵明讀書萬卷，一事不知，以爲深恥。余往在史館，四明相國，嘗拉余從其里人司天者學，余謝未能。久之，官大梁，會日食時不相應，衆莫解也。安肅邢士登僉憲大梁時，上書言國家《大統曆》，本元郭守敬《授時曆》。頃者，日食刻分不合，兩至失子半之交，率間一日，宜亟改氣應轉交，以合天行。明興，用夏變夷，何得以勝國至元辛巳爲曆？元守敬嘗稱諸應等數，不用爲元正，欲後人隨時改革耳。故十七年作曆，至三十一年而三應，業有加減。隆慶間，監臣周相議年遠數盈，天度漸差，失今不考，所差必甚。大宗伯韙其言，請召士登爲京朝官，主欽天監事。中涓懼溺其職，不果行。

余甚壯其人，思誦其書不可得。會行邊過鄜延，執士登手，相勞如平生，得所爲《古今律曆考》，卒業焉。言天周歲周之差，上下消長之法，古曆未備，而獨《授時》爲詳密。其測日景地，凡二十七所。别創簡儀、仰儀、方案、窺几、圭表、景符諸儀，參伍錯綜，能盡其變。今《大統》期實之數，與朔實交轉，未推測改正。且初造曆不言所測景何地，去極若干，與《授時》合否？沿襲舊文，布之天下，刻舟求劍，膠柱鼓瑟，甚無當也。其考春秋日食，必於月朔，曾無一爽。僖公五年辛亥朔旦冬至。《元史》謂辛亥與天合則可，謂正月朔旦與天合則不可。五年、十有七年，兩日食，史失加時晝夜；二十一年九月十月、二十四年七月八月，兩書日食，則春秋史官以失閏，故補足一閏。兩策俱存，而修史者并收之，必無比食之理。其失出記載之誤者五，或出置閏之差者六。《尚書》、《月令》，昏旦中星，今古不同。謂六十六年差一度，非定法也。邵子《皇極經世》差法度越諸子。然而一期三百六十五日有奇，而但曰三百六十六日。氣盈朔虚，各五日有奇。共十二日有奇，而但曰退六日，進六日，共十二日。一閏再閏，各有日下不及全分之分秒，而但曰二十六日六十日，俱就成數約言之，寧無疑誤。後學諸如此類，真喟然動衆。其要指，曆以日月爲主，務先明於氣朔，而五星之行，一視日度爲準。日度正，斯五緯正。歲差不明，日度未改，則五緯之步，安所適從？將有以玄枵爲星紀、甲子爲乙丑者，舛不甚乎？按之古，俟之今，仰占象緯，俯察璣衡，如數一二，如合符節，豈夫碣石談天，作怪迂之變，傲人以所不知，欺人以所不習乎哉！

士登又言律與曆相通，而律不可以爲曆。名《律曆考》者，存故實耳。諸史志天文志五行，各爲一家，非曆則莫得原委。所游秦晉中州，必測日景，復買舟走吴越，測東南西北景同異，忘寐達旦。其少時喜數學，《九章算術》，亹亹不舍。貌爲省瘦，凡數十年而《考》始就，固宜精絶若是。胡元入主中華，天地變易，士恥食其禄，而一代曆法，前無古人。宇宙大矣，顧令絶地通天之儒，産于被髮左衽之朝乎？國家文明盛治，天所篤祐，有異人如士登者，貫三才，括萬象，羅百家，彌縫郭氏之闕，而匡救其所不及。抉千古未盡之秘，成千古未備之典，洗千古未雪之憾，當吾世而見其人與書，是千古未有之遭也。

何燕泉曰：《漢律曆志》曰：「三代既没，五伯之末，史官喪紀，疇人子弟分散，或在夷狄。」夷狄之有曆，亦自中國而流者也。然東夷、北狄、南蠻，皆不聞有曆，而西域獨有之。蓋西域諸國，當崑崙之陽，於諸夷中爲得風氣之正，故多異人。若天竺梵學，婆羅門伎術，皆西域出也，自隋唐以來，已見於中國。今世所謂回回曆者，相傳爲西域馬可之地，年號阿剌必時異人馬哈麻之所作也。以今考之，其元，實起於隋開皇十九年，己未之歲。其法，嘗以三百五十五日爲一歲，歲有十二宫，宫有閏日。凡百二十有八年，閏三十有一日。又以三百五十四日爲一周，周有十二月，月有閏日，凡三十年閏十有一日，曆千九百四十一年，而宫月甲子再會其白羊宫。第一日日月五星之行，與中國春正定氣日之宿直同。其用以推步分經緯之度，著陵犯之占，曆家以爲最密。元之季世，其曆始東。逮我高皇帝之造《大統曆》也，得西人之精乎曆者，於是命欽天監以其曆與中國曆相參推步，迄今用之。今按歲之爲義，於文從步，從戌，謂推步從戌起也。白羊宫於辰在戌，豈推步自戌時見星爲始故與？《御製文集》有《授翰林編修馬沙亦黑馬哈麻敕文》，謂大將入胡都，得秘藏之書數十百册，乃乾方先聖之書。我中國無解其文者，聞爾道學本宗，深通其理，命譯之。今數月測天之道甚是精詳，時洪武壬戌十二月也。二人在翰林凡十餘年。

田藝衡曰：大明者，國號也。一人爲大，日月爲明。天大、地大、人大，而宇宙人物，如日月之明，無所不照也。

《大統曆》者，取《春秋》大一統之義，以明曆也。統者，系也，總理也，綱紀也，撫御也。曆者，象也，曆象日月星辰是也。數也，「天之曆數在爾躬」是也。通作曆，過也，傳也。

本紀

《史通》曰：昔《汲冢竹書》，是曰《紀年》，《吕氏春秋》，肇立紀號。蓋紀者，綱紀庶品，網羅萬物。考篇目之大者，其莫過于此乎。及司馬遷之著《史記》也，又列天子行事，以本紀名篇。後世因之，守而勿失。譬夫行夏時之正朔，服孔門之教義者，雖地遷陵谷，時變質文，而此道常行，終莫之能易也。然遷之以天子爲本紀，諸侯爲世家，斯誠讜矣。

但區域既定，而疆理不分，遂令後之學者，罕詳其義。按姬自后稷至于西伯，嬴自伯翳至於莊襄，爵乃諸侯，而名隸本紀。若以西伯、莊襄以上，别作周、秦世家，持殷紂以對武王，拔秦始以承周赧，使帝王傳授，昭然有别，豈不善乎？必以西伯以前，其事簡約，别加一目，不足成篇，則伯翳之至莊襄，其書先成一卷，而不共世家等列，輒與本紀同編，此尤可怪也！項羽僭盜而死，未得成君，求之于古，則齊無知、衛州吁之類也，安得諱其名字，呼之曰王者乎？春秋吳、楚僭擬，書如列國。假使羽竊帝名，正可抑同羣盜，況其名曰西楚，號止霸王者乎？霸王者，即當時諸侯，諸侯而稱本紀，求名責實，再三乖繆。

蓋紀之爲體，猶《春秋》之經，繫日月以成歲時，書君上以顯國統。曹武雖曰人臣，實同王者，以未登帝位，國不建元。陳《志》權假漢年，編作《魏紀》，亦猶《兩漢書》首列秦、莽之正朔也，後來作者，宜准於斯。而陸機《晉書》，列紀三祖，直序其事，竟不編年。年既不編，何紀之有？夫位終北面，一概人臣，儻追加大號，止入傳限，是以弘嗣《吳史》，不紀孫和，緬求故實，非無往例。逮伯起之次《魏書》，乃編景穆於本紀，以戾園虛謚，間厕武、昭，欲使百世之中，若爲魚貫。又紀者既以編年爲主，惟叙天子一人，有大事可書者，則見之于年月。其書事委曲，付之列傳，此其義也。如近代述者，魏著作、李安平之徒，其撰《魏》、《齊》二史，于諸帝篇，或雜載臣下，或兼言他事，巨細畢書，洪纖備録，全爲傳體，有異紀文，迷而不悟，無乃太甚？世之讀者，幸爲詳焉。

世家

《史通》曰：自有王者，便置諸侯，列以五等，疏爲萬國。周之東遷，王室大壞，於是禮樂征伐自諸侯出，迄乎秦世，分爲七雄。司馬遷之記諸國也，其編次之體，與本紀不殊。蓋欲抑彼諸侯，異乎天子，故假以他稱，名爲世家。其爲義也，豈不以開國承家，世代相續？至於陳勝起自羣盜，稱王六月而死，子孫不嗣，社稷靡聞，無世可傳，無家可宅，而以世家爲稱，豈當然乎？夫史之篇目，皆遷所創，豈以自我作古，而名實無準。

且諸侯、大夫，家國本別。三晉之與田氏，自未爲君而前，齒列陪臣，屈身藩后，而前後一統，俱歸世家，使君臣相雜，升降失序，何以責季孫之八佾舞庭，管氏之三歸反坫？又列號東帝，抗衡西秦，地方千里，高視六國，而没其本號，惟以田完制名，求之人情，孰謂其可？

當漢氏之有天下也，其諸侯與古不同。夫古者諸侯，皆即位建元，專制一國，綿綿瓜瓞，卜世長久。至於漢代，則不然。其宗子稱王者，皆受制京邑，自同州郡；異姓封侯者，必從官天朝，不臨方域。或傳國惟止一身，或襲爵才經數世，雖名班爵胙土，而禮異人君，必編世家，實同列傳。而馬遷强加别録，以類相從，雖得畫一之宜，詎識隨時之義？

蓋班《漢》知其若是，釐革前非。至如蕭、曹茅土之封，荆、楚葭莩之屬，並一概稱傳，無復世家。事勢當然，非矯枉也。自兹已降，年將四百。及魏有中夏，而揚、益不賓，終亦受屈中朝，見稱僞主。爲史者必題之以紀，則上通帝王；榜之以傳，則下同臣妾。梁主勅撰《通史》，定爲《吴蜀世家》，持彼僭君，比諸列國，去太去甚，其得折中之規乎？次有子顯《齊書》、北編魏虜；牛弘《周史》、南紀蕭詧：考其傳體，宜曰世家。但近古著書，通無此稱。用使馬遷之目，湮没不行，班固之名，相傳靡易者矣。

列　傳

《史通》曰：夫紀傳之興，肇于《史》、《漢》。蓋紀者，編年也；傳者，列事也。編年者，歷帝王之歲月，猶《春秋》之經；列事者，録人臣之行狀，猶《春秋》之傳。《春秋》則傳以解經，《史》、《漢》則傳以釋紀。尋兹例草創，始自子長，而樸略猶存，區分未盡。如項王宜傳，而以本紀爲名，非惟羽之僭盜，不可同於天子，且推其序事，皆作傳言，求謂之紀，不可得也。或曰：「遷紀五帝、夏、殷，亦皆列事而已，子曾不之怪，何獨尤於《項紀》哉？」對曰：「不然。夫五帝之與殷、夏也，正朔相承，子孫遞及，雖無年可著，紀亦何傷？如項羽者，事起秦餘，身終漢始，殊夏氏之后羿，似皇帝之蚩尤，譬諸閏位，容可列紀，方之駢栂，難以成編。且夏、殷之紀，不引他事。夷、齊諫周，實當紂日，而析爲列傳，不入殷篇。《項紀》則上下同載，君臣交雜，紀名傳體，所以成媸。」夫傳紀之不同，猶詩賦之有别，而後來繼作，亦多所未詳。按范曄《漢書》，紀后妃六宫，其實傳也，而謂之爲紀；陳壽《國志》，載孫、劉二帝，其實紀也，而呼之曰傳。考數家之所作，其未達紀傳之情乎？苟上智猶且若斯，則中庸故可知矣。

又，傳之爲體，大抵相同，而述者多方，有時而異耳。如二人行事，首尾相隨，則有一傳兼書，包括令盡，若陳餘、張耳，合體成篇，陳勝、吴廣，相參並録是也。亦有事跡雖寡，名行可崇，寄在他篇，爲其標冠，若商山四皓事列王陽之首，廬江毛義，名在劉平之上是也。自兹已後，史氏相承，述作雖多，斯道多廢，其同于古者，惟有附出而已。尋附出之爲義，攀列傳以垂名，若紀季之入齊，顓臾之事魯，皆附庸自託，得厠于朋流。然世之求名者，咸以附出爲小，蓋以其因人成事，不足稱多故也。竊以書名竹素，豈限詳略，但問其事，竟如何耳？借如邵平、紀信、沮授、陳容，或運一異謀，樹一奇節，並能傳之不朽，人到於今稱之，豈假編名作傳，然後播其遺烈也。

嗟乎！自班、馬以來，獲書于國史者多矣。其間則有生無令聞，死無遺跡，用使遊談者靡徵其事，講習者罕記其名，而虚班史傳，妄占篇目，若斯人者，可勝紀哉！古人以没而不朽爲難，蓋爲此也。

劉勰曰：原夫載籍之作也，必貫乎百氏，被之千載，表徵盛衰，殷鑒興廢，使一代之制，共日月而長存，王霸之跡，並天地而久大。是以在漢之初，史職爲盛，郡國文計，先集太史之府，欲其詳悉於體國，必閲石室，啓金匱，抽裂帛，檢殘竹，欲其博練於稽古也。是立義選言，宜依經以樹則；勸戒與奪，必附聖以居宗；然後銓評昭整，苛濫不作矣。然紀傳爲式，編年綴事，文非泛論，按實而書。歲遠則同異難密，事積則起訖易疏，斯固總會之爲難也。或有同歸一事，而數人分功，兩紀則失於複重，偏舉則病於不周，此又銓配之未易也。故張衡摘《史》、《班》之舛濫，傅玄譏

《後漢》之尤煩，皆此類也。

若夫追述遠代，代遠多僞。公羊高作《春秋傳》云：「傳聞異辭。」荀況稱：「録遠略近。」蓋文疑則闕，貴信史也。然俗皆愛奇，莫顧實理。傳聞而欲偉其事，録遠而欲詳其跡；於是棄同即異，穿鑿傍説，舊史所無，我書則傳，此訛濫之本源，而述遠之巨蠹也。至於記編同時，時同多詭；雖定、哀微辭，而世情利害。勳榮之家，雖庸夫而盡飾；迍敗之士，雖令德而常嗤，理欲（二字衍）吹霜噴露，寒暑筆端，此又同時之枉，可歎息者也！故述遠則誣矯如彼，記近則回邪如此，析理居正，惟素臣乎！若乃尊賢隱諱，固尼父之聖旨，蓋纖瑕不能玷瑾瑜也；奸慝懲戒，實良史之直筆，農夫見莠，其必鋤也。若斯之科，亦萬代一準焉。至于尋繁領雜之術，務信棄奇之要，明白頭訖之叙，品酌事例之條，曉其大綱，則衆理可貫。然史之爲任，乃彌綸一代，負海内之責，而贏是非之尤，秉筆荷擔，莫此之勞。遷、固通矣，而歷詆後世，若任情失正，文其殆哉！

補注

《史通》曰：昔《詩》、《書》既成，而毛、孔立傳。「傳」之時義，以訓詁爲主，亦猶《春秋》之傳，配經而行也。降及中古，始名「傳」曰「注」。蓋傳者轉也，轉授於無窮。注者流也，流通而靡絶。惟此二名，其歸一揆。如韓、戴、服、鄭，鑽仰六經；裴、李、應、晉，訓解三史：開導後學，發明先義，古今傳授，是曰儒宗。既而史傳小書，人物雜記，若摯虞之《三輔決録》，陳壽之《季漢輔臣》，周處之《陽羡風土》，常璩之《華陽士女》，文言美辭，列於章句，委曲叙事，存於細書，此之注釋，異夫儒士者矣。次有好事之子，思廣異聞，而才短力微，不能自達，庶憑驥尾，千里絶羣，遂乃掇衆史之異詞，補前書之所闕。若裴松之《三國志》，陸澄、劉昭《兩漢書》，劉彤《晋紀》，劉孝標《世説》之類是也。亦有躬爲史臣，手自刊補，雖志存該博，而才闕倫叙。除煩則意有所吝，畢載則言有所妨，遂乃定彼榛楛，列爲子注。若蕭大圜《淮海亂離志》，楊衒之《洛陽伽藍記》，宋孝王《關東風俗傳》，王劭《齊志》之類是也。

推其得失，求其利害，少期集注《國志》，以廣承祚所遺，而喜聚異同，不加刊定，恣其擊難，坐長煩蕪。觀其書成表獻，自比蜜蜂兼採，但甘苦不分，難以味同萍實者矣。陸澄所注《班史》，多引司馬遷之書，若此缺一言，彼增半句，皆採摘成注，標爲異説，有昏耳目，難爲披覽。竊惟范曄之删《後漢》也，簡而且周，疏而不漏，蓋云備矣。而劉昭採其所捐，以爲補注；皇甫謐全録斯語，載於《高士傳》。夫孟堅、士安，年代懸隔，至今之説，豈可同云？夫班之習馬，其非既如彼；謐之承固，其失又如此。迷而不悟，奚其甚乎？

何法盛《中興書·劉隗録》，稱其議獄事，具《刑法志》，依檢志内，了無其説。既而臧氏《晋書》、梁朝《通史》，於大連之傳，並有斯言，志亦無文，傳乃虚述。此又不精之咎，同於玄宴也。

尋班馬之列傳，皆具編其人姓名，如行狀尤相似者，則共歸一稱，若《刺客》、《日者》、《儒林》、《循吏》是也。范曄既移題目於傳首，列姓名於卷中，而猶於列傳之下，注爲列女、高隱等目。苟姓名既書，題目又顯，是鄧禹、寇恂之首，當署爲公輔者矣；岑彭、吴漢之前，當標爲將帥者矣。觸類而長，實繁其徒，何止列女、孝子、高隱、獨行而已。

魏收著書，標榜南國，桓、劉諸族，咸曰島夷。是則自江而東，盡爲卉服之地。至於《劉昶》、《沈文秀》等傳，叙其爵里，則不異諸華，劉昶等傳皆云：丹徒人也；沈文秀等傳則云：吴興武康人。豈有君臣共國，父子同姓，闔閭、季札，便致土風之殊；孫策、虞翻，仍成夷夏之隔。求諸往例，所未聞也。

當晉宅江、淮，實膺正朔，嫉彼羣雄，稱爲僭盜，故阮氏《七録》，以田、范、裴、段諸記，劉、石、苻、姚等書，别創一名，題爲「僞史」。及隋氏受命，海内爲家，國靡愛憎，人無彼我，而世有撰《隋書·經籍志》者，其流别羣書，還同阮《録》。按國之有僞，其來尚矣。如杜宇作帝，勾踐稱王，孫權建鼎峙之業，蕭詧爲附庸之主，而揚雄撰《蜀紀》、子貢著《越絶》，虞裁《江表傳》、蔡述《後梁史》，考斯衆作，咸是僞書，自可類聚相從，合成一部，何止取東晉一世十有六家而已乎？

夫王室將崩，霸圖云構，必有忠臣義士，捐生殉節。若乃韋、耿謀誅曹武，欽、誕問罪馬文，而魏、晉史臣，書之曰「賊」，此乃迫於當世，難以直言。至如荀濟、元瑾，蘭摧於孝靖之末；王謙、尉迥，玉折於宇文之季。而李刊《齊史》、顔述《隋篇》，時無逼畏，事須矯枉，而皆仍舊不改，謂數君爲叛逆。書事如此，褒貶何施？昔漢代有修奏記於其府者，遂盜葛龔所作而進之，既具録它文，不知改易名姓，時人謂之曰：「作奏雖工，宜去葛龔。」及邯鄲氏撰《笑林》，載之以爲口實。

嗟乎！歷觀自古，此類尤多。其有宜去而不去者，豈直葛龔而已？何事於斯，獨致解頤之誚也。凡爲史者，苟能識事詳審，措辭精密，舉一隅以三隅反，告諸往而知諸來，斯庶幾可以無大過矣。

表曆　年表　人表

劉子玄曰：蓋譜之建名，起于周氏；表之所作，因譜象形。故桓君山有云：「太史公《三代世表》，旁行斜上，並效周譜」，此其證歟？

夫以表爲文，用述時事，施彼譜曆，容或可取，載諸史傳，未見其宜。何則？《易》以六爻窮變化，經以一字成褒貶，傳包五始，《詩》含六義，故知文尚簡要，語惡煩蕪，何必款曲重沓，方稱周備？ 覩馬遷《史記》則不然矣。天子有本紀，諸侯有世家，公卿已下有列傳。至于祖孫昭穆，年月職官，各在其篇，具有其説，用相考覈，居然可知。而重列之以表，成其煩費，豈非謬乎？且表次在篇第，編諸卷軸，得之不爲益，失之不爲損。用使讀者莫不先看本紀，越至世家，表在乎其間，緘而不視，語其無用，可勝道哉！既而班、《東》二史，各相祖述，迷而不悟，無異逐狂。必曲爲銓擇，强加引進，則《列國年表》，或可存焉。何者？當春秋、戰國之時，天下無主，羣雄錯峙，各自年世，若申之以表，以統其時，則諸國分年，一時盡見。如兩漢御曆，四海成家，公卿既爲臣子，王侯才比郡縣，何用表其年數，以别于天子也哉！

又有甚於斯者。異哉，班氏之《人表》也！區别九品，網羅千載，論世則異時，語姓則他族，自可方以類聚，物以羣分，使善惡相從，先後爲次，何籍而爲表乎？且其書上自庖犧，下窮嬴氏，不言漢事，而編入《漢書》，鳩居鵲巢，蔦施松上，附生疣贅，不知剪截，何斷而爲限？至法盛書載中興，改表爲注，名目雖巧，蕪累亦多。當晉氏播遷，南據揚越；魏宗勃起，北雄燕、代，其間諸僞，十有六家，不附正朔，自相君臣，崔鴻著表，頗有甄明，比于《史》、《漢》羣篇，其要爲切者矣。若諸子小説，編年雜記，如韋昭《洞記》，陶弘景《帝王曆》，皆因表而作，用成其書，既非國史之流，故存而不述。

楊用脩曰：班史《古今人表》，予反復論之，其謬有四：一曰識鑒之謬，二曰荒略之謬，三曰名義之謬，四曰妄作之謬。

夫傳道者曾子，乃列於冉、閔、仲弓之下，蓋不知曾子不與四科之故也。首霸者齊桓，乃居於四公之次，蓋不知五霸莫盛於桓文之説也。魯隱列於下下，而葛伯反在上中，若以讓桓爲行善而未盡，彼廢祀仇餉者，惡未極乎？嫪毒列於中下，而於陵仲子與之同等。若以好名者誠非中道，彼淫穢叛逆者，尚可齒乎？此其識鑒之謬也。夔，后夔也。居夔於上下，出后夔於下上。韋，豕韋也。寘韋於下上，列豕韋於上下。是以一人而二之。郵無卹與王良並著，范武子與士會具垂，是舉名謚而離之。此其荒略之謬也。兹二謬者，古人嘗論之，見於張宴、羅泌之書，然猶就有成籍而謫之爾，若其名義妄作之謬，則未有及之者也。

予以爲固作《漢書》，紀漢事也。鴻荒以來，非漢家之宇，上古羣佐，非劉氏之臣，乃總古今以著《人表》，既已乖其名，復自亂其體，名義謬矣。有仲尼之聖，然後可以裁定前人，憲章後世。然而六經之述，必待晚年，固何人也，而高下古今之人乎？依阿人螭，自取天憲，使其自署，當在何等？身陷於重淵之下，而抗論於逵霄之上，誰其信哉？昔荀卿論十二子，一時人爾，識者猶或非之。固又豈卿儔哉，謂之妄作可也。大謬若此，而古人之論曾不及之，豈以爲不足論乎？班史文詞，世所深好，蓋有愛之忘其醜者矣。注家之説曰：「六家之論，輕重不同，百行所存，趨舍難一，班所論未易掎摭。」陋哉！

書志

夫刑法，禮樂，風土、山川，求諸文籍，出於三禮。及班、馬著史，别裁書志。考其所記，多效《禮經》。且紀傳之外，有所不盡，隻字片文，於斯備録。語其通博，信作者之淵海也。原夫司馬遷曰「書」，班固曰「志」，東觀曰「記」，華嶠曰「典」，張勃曰「録」，何法盛曰「説」，名目雖異，體統不殊，亦猶楚謂《檮杌》，晉謂之《乘》，魯謂之《春秋》，其義一也。於其編次，則有前曰《平准》，後云《食貨》，古號《河渠》，今稱《溝洫》，析《郊祀》爲《宗廟》，分《禮樂》爲《威儀》，《懸象》出於《天文》，《郡國》生於《地理》，如斯變革，不可勝計。或名非而物是，或小異而大同。但作者愛奇，耻於仍舊，必尋源討本，其歸一揆也。若乃《五行》、《藝文》，班補子長之闕；《百官》、《輿服》，謝拾孟堅之遺。王隱後來，加以《瑞異》；魏收晚進，弘以《釋老》。斯則自我作古，出乎胸臆，求諸歷代，不過一二者焉。大抵志之爲篇，其流十五六家而已，其間則有妄入編次，虚張部帙，而積習已久，不悟其非，亦有事應可書，宜别標題，而古來作者，曾未覺察云。

兩曜百星，麗於玄象，非如九州萬國，廢置無恒，故海田可變，而景緯無易。古之天，猶今之天也。今之天，即古之天也。必欲刊之國史，施於何代不可也？但《史記》包括所及，區域綿長。故書有《天官》，讀者竟忘其誤，班固因循，復以《天文》作志。志無漢事，而隸入《漢書》，尋篇考限，覩其乖越者矣。降及有晉，迄于隋氏，或地止一隅，或年才二世，而彼蒼列志，其篇倍多，方於漢史，又孟堅之罪人也。竊以國史所書，宜述當時之事，必爲志而論天象也，但載其時彗孛氛祲，薄食晦明，裨竈、梓慎之所占，京房、李郃之所候。至於熒惑退舍，宋公延齡，中台告坼，晉相速禍；星集潁川，而賢人聚；月犯少微，而處士亡：如斯之類，志之可也。若乃體分濛澒，色著青蒼，丹曦、素魄之躔次，黄道、紫宫之分野，既不預於人事，輒編之於策書，故曰刊之國史，施於何代不可也？其間唯有袁山松、沈約、蕭子顯、魏收等數家，頗覺其非，不遵往例，寸有所長，賢於班、馬遠矣。

五行

災祥之作，以表吉凶：麒麟鬬而日月蝕，鯨鯢死而彗星出，河變應於千年，山崩由於朽壤。又曰：「太歲在酉，乞漿得酒；太歲在巳，販妻鬻子。」則知吉凶遞代，如盈縮循環，此乃關諸天道，不復繫乎人事。且周王決疑，龜焦蓍折；宋皇誓衆，竿壞幡亡。梟止凉師之營，鵩集賈生之舍，斯皆妖灾著象，而福禄來鍾。愚智不能知，晦明莫之測也。然而古之國史，聞異則書，未必審其休咎也。故諸侯相赴，有異不爲灾，見於《春秋》，其事非一。

洎漢興，考《洪範》以釋陰陽。如江璧傳於鄭客，遠應始皇；卧柳植於上林，近符宣帝。門樞白髮，元后之祥，桂樹黄雀，新都之讖。舉夫一二，良有可稱。至於蜚域蟓螽，震食崩圻，隕霜雨雹，大水無冰，其所證明，實皆迂闊。故當春秋之世，其在於魯也，如有旱雩舛候，螟蟘傷苗之屬，是時或秦人歸襚，或毛伯賜命，或滕、郳入朝，或晉、楚來聘，皆持此恒事，應彼咎徵。旻穹垂謫，厥罰安在？探頤索隱，其可略諸？近者宋氏年唯五紀，地止江淮，書滿百篇，號爲繁富。作者猶廣以拾遺，加之語録。況《春秋》記二百四十年，夷夏之國盡書，而經傳集解，卷才三十，則知其所略，蓋亦多矣。而漢代儒者，羅灾眚於二百年外，討符會於三十卷中，安知事有不應於人，應人而失其事，何得苟有變而必知其兆者哉？若乃採前文而改易其説，謂王札子之作亂，在彼成年；夏徵舒之構逆，當夫昭代；楚莊作霸，荆國始僭稱王；高宗諒陰，亳都實生桑穀。晉悼臨國，六卿專政，以君事臣。魯僖末年，三桓世官，殺嫡立庶。斯皆不憑章句，直取胸懷。或以前爲後，以虚爲實，移的就箭，掩耳盜鐘，詎知後生可畏，來者難誣。又品藻羣流，題目庶類，謂莒爲大國，菽爲强草，鶩著青色，負蠜匪中國之蟲，鸜鵒爲夷狄之鳥。如斯詭妄，不可殫論，而班固就加纂次，曾靡銓擇，因以五行，編而爲志，不亦惑乎？且每有叙一灾，推一怪：董、京之説，前後相反；向、歆之解，父子不同。遂乃雙載其文，兩存厥理，言無准的，事益煩費，豈所謂撮其機要，收彼菁華者哉？

自漢中興，迄于宋、齊，其間司馬彪、臧榮緒、沈約、蕭子顯，相承載筆，競志五行，雖未能盡善，而大較多實。如彪之徒，皆自以名慙漢儒，才劣班史，動遵繩墨，理絶河漢。兼以古書從略，求徵應者難該；近史尚繁，考祥符者易洽。此昔人所以言有乖越，後進所以事反精審也。然則天道遼遠，裨竈焉知？日蝕不常，文伯所對。至如梓慎之占星象，趙達之明風角，單颺識魏祚於黄龍，董養徵晉亂於蒼鳥，斯皆肇彰先覺，取驗將來，言必有中，語無虚發，苟誌諸竹帛，誰曰不然？若乃前事已往，後來追證，課彼虛説，成此游詞，多見其老生常談，徒煩翰墨者矣。

子曰：「蓋有不知而作之者，我無是也。」談匪容易，駟不及舌，無爲强著一言，受嗤千載也。

藝文

伏羲已降，文籍始備，逮於戰國，其書五車，傳之無窮，是曰不朽。班《漢》定其流別，編爲《藝文志》，論其妄載，亦同諸志。《續漢》已還，祖述不暇。夫前志已録，而後志仍書，何異以水濟水，誰能飲之者乎？且《漢書》之志天文、藝文也，蓋欲廣列篇名，示存書體而已。文字既少，披閲易周，故雖乖節文，而未甚穢累。其流日廣，騁其繁富，百倍前修。愚謂宜除此篇，必不能去，當變其體，唯取當時撰者可耳。「雖有絲麻，無棄菅蒯」，如宋孝王《關東風俗傳》、《墳籍志》，庶免譏嫌矣。

或以爲天文、藝文，雖非《漢書》所宜取，而可廣聞見，難爲删削也。對曰：苟事非其限，而越理成書，自可觸類而長，于何不録？又有要於此者，今可得而言焉。夫圓首方足，含靈受氣，吉凶形於相貌，貴賤彰於骨法，生人之所欲知也。四肢六腑，痾瘵所纏，苟詳其孔穴，則砭灼無悮，此養生之尤急。且身名並列，親疎自明，豈可近昧形骸，而遠求辰象？既天文有志，何不爲人形志乎？茫茫九州，言語各異，大漢輶軒之使，譯導而通，足以驗風俗之不同，示皇威之廣被。且事當炎運，尤相關涉，《爾雅》釋物，非無往例。既藝文有志，何不爲方言志乎？但班固綴孫卿之詞，以叙《刑法》，探孟軻之語，用裁《食貨》，《五行》出劉向《洪範》，《藝文》取劉歆《七略》，因人成事，其目遂多。至若許負《相經》，揚雄《方言》，並當時所重，見傳流俗，若加以二志，幸有其書，何獨捨諸？深所未曉。歷觀衆史，諸志列名，或前略而後詳，或古無而今有，雖遍補所闕，各自以爲工，推而論之，皆未得其最。

蓋可以爲志者，其道有三焉：一曰都邑志，二曰氏族志，三曰方物志。何者？京邑翼翼，四方是則；千門萬户，兆庶仰其威神；虎踞龍蟠，帝王表其尊極。兼復土階卑室，好約者所以安人；阿房、未央，窮奢者由其敗國。此則其惡可以誡世，其善可以勸後者也。且宫闕制度，朝廷軌儀，前王所爲，後王取則。故齊府肇建，誦魏都以立宫；代國初遷，寫吴京而樹闕。故知經始之義，卜揆之功，經百王而不易，無一日而可廢也。至如兩漢之都咸、洛，晉、宋之宅金陵，魏徙伊、瀍，齊居漳、滏，隋氏二世，分置兩都，此並規模宏遠，名號非一。凡爲國史者，宜各撰都邑志，列於輿服之上。金石、草木、縞紵、絲枲之流，鳥獸、蟲魚、齒革、羽毛之類，或百蠻攸税，或萬國是供：《夏書》則編於《禹貢》，《周書》則託於《王會》。亦有圖形九牧之鼎，列狀四荒之經，觀之者擅其博學，聞之者騁其多識。自漢氏拓境，無國不賓，則有邛竹傳節，蒟醬流味，大宛獻其善馬，條支致其巨雀。爰及魏、晉，迄于周、隋，或亦遐邇來王，任土作貢，異物歸於計吏，奇名顯於職方。

凡爲國史者，宜各撰方物志，列於食貨之首。帝王苗裔，公侯子孫，餘慶所鍾，百世無絶。能言吾祖，郯子見師於孔公；不識其先，籍談取誚於姬后。故周撰《世本》，式辯諸宗；楚置三閭，實掌王族。逮乎晚葉，譜學尤煩，用之於官，可以品藻士庶，施之於國，可以甄别華夷。自劉、曹受命，雍、豫爲宅，世胄相承，子孫蕃衍。及永嘉東渡，流寓揚、越，代氏南遷，革夷從夏。於是中朝江右，南北混淆，華壤邊民，虜漢相雜。隋有天下，文軌大同，江外、山東，人物殷湊。其間高門貴族，非復一家，郡正州都，世掌其任。凡爲國史者，宜各撰氏族志，列於百官之下。

蓋自都邑已降，氏族而往，實爲志者所宜先，而諸史竟無其録。如休文宋籍，廣以《符瑞》；伯起魏篇，加之《釋老》，徒以不急爲務，曾何足云。惟此數條，粗加商略，得失利害，從可知矣。庶夫後來作者，擇其善而行之。

或問曰：「子以都邑、氏族、方物，宜各纘次，以志名篇。夫史之有志，多憑舊説，苟世無其録，則闕而不編。此都邑之流，所以不果列志也。」對曰：「按帝王建國，本無恒所；作者記事，亦在相時。遠則漢有《三輔典》，近則隋有《東都記》。於南則有宋《南徐州記》、《晉宮闕名》，於北則有《洛陽伽藍記》、《鄴都故事》，蓋都邑之事，盡在是矣。譜諜之作，盛於中古。漢有趙岐《三輔決録》，晉有摯虞《姓族記》，江左有兩王《百家譜》，中原有《方司殿格》，蓋氏族之事，盡在是矣。自沈瑩著《臨海水土》，周處撰《陽羡風土》，厥類衆夥，諒非一族。是以《地理》爲書，陸澄集而難盡，

《水經》加注，酈元編而不窮，蓋方物之事，盡在是矣。凡此諸書，代不乏作，必聚而爲志，奚患無文？譬夫涉海求魚，登山採木，至於鱗介修短，柯條巨細，蓋在擇之而已，苟爲漁人、匠者，何慮山海之貧罄哉？

書事

昔荀悦有云：「立典有五志焉：一曰達道義，二曰彰法式，三曰通古今，四曰著功勳，五曰表賢能。」干寶之釋五志也：「體國經野之言則書之，用兵征伐之權則書之，忠臣烈士孝子貞婦之節則書之，文誥專對之辭則書之，才力伎藝殊異則書之。」於是採二家之所議，徵五志之所取，蓋記言之所網羅，書事之所總括也。然亦未必無遺恨焉，今更廣以三科，用增前目。曰叙沿革，曰明罪惡，曰旌怪異。何者？禮儀用捨，節文升降則書之；君臣邪僻，國家喪亂則書之；幽明感應，禍福萌兆則書之。參諸五志，庶幾無闕。

但古作者，鮮能無病。苟書而不法，則何以示後？班固之譏馬遷也：「論大道，則先黄老而後六經；序游俠，則退處士而進奸雄；述貨殖，則崇勢利而羞賤貧：此其所蔽也。」傅玄之貶班固也：「論國體，則飾主闕而折忠臣；叙世教，則貴取容而賤直節；述時務，則謹辭章而略事實：此其所失也。」二史咸擅一家，遞相瘡痏，可謂笑他人之未工，忘己事之已拙者哉。若王沈、孫盛之伍，伯起、德棻之流，論王業，則黨悖逆而誣忠義；叙國家，則抑正順而褒篡奪；述風俗，則矜夷狄而陋華夏。此必伸以糾摘，窮其負累，雖擢髮而數，庸可盡邪？抑又聞之：怪力亂神，宣尼不語，而事鬼求福，墨生所信。故聖人於其間，若存若亡而已。若吞燕卵而商生，啓龍漦而周滅，厲壞門以禍晉，鬼謀社而亡曹，江使返璧於秦皇，圯橋授書於漢相，此則事關軍國，理涉興亡，有而書之，以彰靈驗可也。而王隱、何法盛之徒，所撰《晉史》，乃專訪州閭細事，委巷瑣言，聚而編之，目爲鬼神傳録。其事非要，其言不經，異乎三史之所書，五經之所載也。范曄博採衆書，裁成漢典，觀其所取，頗有奇工。至於《方術》篇，及諸蠻夷傳，乃録王喬、左慈，廩君、盤瓠，言唯迂誕，事多詭越，可謂美玉之瑕也。魏、晉已降，《語林》、《笑林》、《世説》、《俗説》，皆喜載調謔小辨，嗤鄙異聞，頗爲無知所悦。而斯風一扇，國史多同。至如王思狂躁，起驅蠅而踐筆；畢卓沉湎，左持螯而右杯；劉邕榜吏以膳痂，齡石戲舅而傷贅。猥雜蕪累，而歷代正史，持爲雅言，苟使讀之者爲之解頤，聞之者爲之撫掌，固異乎記功書過，彰善癉惡者也。

大抵近代史筆，叙事爲煩。推而論之，其尤甚者有四：夫祥瑞所以發揮盛德，幽贊明王。至如鳳凰來儀，嘉禾入獻，秦得若雉，魯獲如麕，求諸《尚書》、《春秋》，上下數千載，其可得言者，蓋不過一二而已。近古則不然。凡祥瑞之出，非關理亂。蓋主上所惑，臣下相欺，故德彌少而祥彌多，政逾劣而瑞逾盛。是以桓、靈受祉，比文、景而爲豐；劉、石應符，比曹、馬而益倍。真僞莫分，是非無別。其煩一也。當春秋之時，諸侯力爭，各擅雄伯，經書某使來聘，某君來朝者，蓋明和好所通，感德所及，此皆國之大事，不可闕如。而自《史》、《漢》已還，相承繼作，至於呼韓入侍，肅慎來庭，如此之流，書之可也。若乃藩王岳牧，朝會京師，必也書之本紀，則異乎《春秋》之義。夫臣謁其君，子覲其父，仰惟常理，非復異聞，載之簡策，一何辭費？其煩二也。乃若百職遷除，千官黜免，其可以書名本紀者，蓋惟槐鼎而已。故西京撰史，唯編丞相、大夫；東觀著書，止列司徒、太尉。而近世自三公已下，一命已上，苟沾厚禄，莫不備書。且一人之身，兼預數職，或加其號而闕其位，或無其實而有其名，贊唱爲之口勞，題署由其力倦，具之史牘，夫何足觀？其煩三也。夫人之有傳也，蓋唯書其邑里而已。其有開國承家，世禄不墜，積仁累德，良弓無改。項籍之先，世爲楚將；石建之後，廉謹相承。此則其事尤異，略書於傳可也。其失之者，則有父官令長，子秩丞郎，聲不著於一鄉，行無聞於十室，乃叙其名位，一一無遺，此實家諜，非關國史。其煩四也。

考茲四事，以觀今古，乖作者之規模，違哲人之凖的。亦有言或可記，功或可書，而記闕其文，傳亡其事者。何則？始自太上，迄于中古，其間文籍，可得言焉。夫以仲尼之聖也，訪諸郯子，始聞少皥之官；叔向之賢也，詢彼國僑，載辨黄熊之祟。或八元才子，因行父而獲傳；或五羖大夫，假趙良而見識。則知當時正史，流俗所行，若三墳、五典、八索、九丘之書，虞、夏、商、周，《春秋》、《檮杌》之記，其所缺略者多矣。《汲冢》所述，方五經而有殘；馬遷所書，比三傳而多别。

裴松補陳壽之闕，謝綽拾沈約之遺，言滿五車，事逾三篋。夫記事之體，欲簡而且詳，疏而不漏，若煩則盡取，省則都捐，忘折中之宜，亦何取焉？

注

《經籍志》曰：史官記注時事，略有數等。書榻前之厝置，有《時政記》；載柱下之見聞，有《起居注》；類例則爲會要，粹編則爲實録：總之以待異日之采擇，非正史也。昉于蕭梁，歷世靡缺，宜夫執簡而書，盡繇摭實。借箸之筴，無不目覩；而來鵠于此，乃有三歎焉。謂宰臣密畫，史官不聞，次第周行，檢録制奏，與冗吏同工而已。嗟乎！史者當國之龜鏡，萬載之眉目也。以彼雲諏波訪，勑編刓筆，猶難勝其任，而顧令失職如此哉？

孔子之適周也，於柱下史學禮焉。歎曰：「大哉！聖人之道洋洋乎！禮儀三百，威儀三千。」而與弟子言仁也，曰：「克己以復禮。」蓋宫室得其度，量鼎得其象，味得其時，樂得其節，車得其式，鬼神得其饗，喪紀得其序，辯説得其黨，官政得其施，凡衆之動得其宜，禮備而仁在矣。後世禮教放失，遺經出魯淹中者什不得一。然明君察相，因時立制，制定而民安之，即謂禮至今存可也。漢興，叔孫通、曹褒，雜定其儀，唐宋以來，斟酌損益，代有不同。而適物觀時，類有救於崩敝，亦何必身及商周，揖讓登降於其間，乃爲愉快乎哉？

文通卷之八

表

《釋名》曰：「下言於上曰表。思之於内，表施於外也。」《書》曰：「官師相規，工執藝事以諫。」

李充《翰林論》曰：表宜以遠大爲本，不以華藻爲先。若曹子建之表，可謂成文矣。諸葛之表劉主，裴公之辭侍中，羊公之讓開府，可謂德音矣。

表者，標也，明也。標著事緒，使之明白，以告乎上也。古者獻言於君，皆稱上書。漢制其三曰表，然但用以陳請而已。後世其用寖廣，有論諫，有請勸，勸進。有陳乞，待罪同。有進，進書，如：唐蕭穎士《爲陳正卿進續尚書》、宋竇儀《進刑統》之類是也。獻，獻物。有推薦，有慶賀，有慰安，有辭，辭官。解，解官，如：晉殷仲文《解尚書表》是也。有陳謝，謝官、謝上、謝賜。有訟理，有彈劾，漢諸葛亮有《廢李平表》。所施既殊，其詞亦異。體則漢晉多用散文，唐宋多用四六，而唐宋之體，又自不同。唐人聲律，時有出入，而不失乎雄渾之風；宋人聲律，極其精切，而有得乎明暢之旨，蓋各有所長也。然有唐宋人而爲古體者，有宋人而爲唐體者，此又不可不辯。曰古體，曰唐體，曰宋體。宋人又有笏記，書詞於笏，以便宣奏，蓋當時面表之詞也。然表文書於牘，則其詞稍繁；笏記宣於廷，則其詞務簡，又二體之別也。

《文心》曰：《禮》有《表記》，謂德見於儀，其在器式，揆景曰表，章表之目，蓋取諸此也。按章、表、奏、議，經國之樞機，然闕而不纂者，乃各有故事而在職司也。前漢表謝，遺篇寡存。及後漢察舉，必試章奏。左雄奏議，臺閣爲式；胡廣章奏，天下第一：並當時之傑筆也。觀伯始謁陵之章，足見其典文之美焉。昔晉文受册，三辭從命，是以漢末讓表，以三爲斷。曹公稱：「爲表不止三讓，又勿得浮華。」所以魏初表章，指事造實；求其靡麗，則未足美矣。至於文舉之《薦禰衡》，氣揚采飛；孔明之《辭後主》，志盡文暢：雖華實異旨，並表之英也。琳、瑀章表，有譽當時；孔璋稱健，則其標也。陳思之表，獨冠群才。觀其體贍而律調，辭清而志顯，應物製巧，隨變生趣，執轡有餘，故能緩急應節矣。逮晉初筆札，則張華爲儁。其三讓公封，理周辭要，引義比事，必得其偶，世珍《鷦鷯》，莫顧章表。及羊公之《辭開府》，有譽於前談；庾公之《讓中書》，信美於往載：序志顯類，有文雅焉。劉琨《勸進》，張駿自序，文致耿介，並陳事之美表也。

原夫章表之爲用也，所以對揚王庭，昭明心曲。既其身文，且亦國華。章以造闕，風矩應明；表以致禁，骨采宜耀。循名課實，以章爲本者也。是以章式炳賁，志在典謨；使要而非略，明而不淺。表體多包，情僞屢遷，必雅義以扇其風，清文以馳其麗。然懇惻者辭爲心使，浮侈者情爲文使。繁約得正，華實相勝，唇吻不滯，則中律矣。子貢云：「心以制之，言以結之」，蓋以辭意也。荀卿以爲「觀人美辭，麗於黼黻文章」，亦可以喻於斯乎！

今制：百官陳事於皇帝曰表，曰奏，曰題。太皇太后、皇太后亦如之。於皇太子曰箋，曰啓。皇后亦如之。《會典》。

讓表，讓，遜也。《書》曰：「舜讓于德弗嗣。」

作表，平仄貴調。平仄不調，其病有四：曰平頭，曰犯尾，曰雙聲，曰疊韻。朱謝莊云：「互、護，爲雙聲；傲、碻，爲疊韻。」平頭，如「巍巍龍鳳之姿，明明天日之表」之類是也；謂兩句起頭便同韻故也。犯尾，如：「剛健中正」句下，却有「居九重而凝命」是也。《詩》曰：「螮蝀在東」，又曰：「鴛鴦在梁」，此雙聲之所由起。古詩：「月影侵簪冷，紅光逼履清。」此疊韻之所由來。作表最忌有此。

作表，對待貴切。對待之法有六：一曰正名對，天地、日月是也。二曰同類對，瓊琚、玉石是也。三曰連珠對，明明、赫赫是也。四曰借字對，伍相、千軍是也。「伍」乃是姓，「千」乃是數。五曰就句對，「一麾伍部餘，十載以臨民。白首丹心歸，彤庭而遇主」是也。六曰不對之對，「自有生民以來，未如今日之盛」是也。務須宮羽相變，低昂異節。若前有浮聲，則後宜切響，使一篇之內，音韻截然，兩句之中，輕重各別，則庶乎其有得矣。

作表格式

作表稱頌君上處，於茲蓋伏遇恭惟之下，擬當今之表，則書

皇帝陛下，唐宋則作四圈，而不可混書敗事。

賀

某年某月某日，恭遇、或伏覩、或伏遇在外守臣則稱「恭聞」云云。者，臣等誠歡誠忭，稽首頓首，上

言，伏以云云，茲蓋伏遇

皇帝陛下云云，臣等無任瞻

天仰

聖，激切屏營之至，謹奉

表稱

賀以

聞。

進

某年某月某日，臣謹以所撰某書

進呈者云云，臣誠惶誠恐，稽首頓首上言，伏以云云，兹蓋伏遇

皇帝陛下云云，臣云云，無任瞻

天仰

聖，激切屏營之至，謹以某書隨

表上

進以

聞。

謝

辭

某年某月某日，臣伏蒙

聖恩，以臣爲某官者、或賜臣以某物者，臣誠惶誠恐云云，同前

結尾：臣無任瞻

天仰

聖，感戴屏營之至，謹奉

表稱
謝或稱辭以
聞。
諫
請
某年某月某日，具官臣某言云云，臣某惶懼惶懼，頓首頓首，竊以云云，同前謹奉
表陳
請或上諫。以
聞。

賀祥瑞，凡四段：

一破題，二解題，三頌聖，四述意。

賀正旦、冬至、聖節、登極、立后、建儲等表，皆三段：

一破題，二誦聖，三述意。

凡謝表皆四段：

一破題，二自述，三頌聖，四述意。

進書表，凡四段：

一破題，二解題，或自述，三頌聖，四述意。

進貢物表，凡四段：

一破題，二頌聖，三入事，或先入事，四述意。

牋

《説文》云：牋，表識書也。

《緣起》曰：牋，漢護軍班固《説東平王牋》。

《文心雕龍》曰：箋記之爲式，既上窺乎表，亦下睨乎書，使敬而不懾，簡而無傲，清美以惠其才，彪蔚以文其響，蓋箋記之分也。

牋者，表也，識表其情也。字亦作箋。古者君臣同書，至東漢始用牋記、公府奏記、郡將奏牋。若班固之説東平，黄香之奏江夏是也。時太子諸王大臣，皆得稱牋，後世專以上皇后、太子，於是天子稱表，皇后、太子稱牋，而其他不得用矣。其詞有散文，有儷語。

今制：奏事太子、諸王稱啓，而慶賀則皇后、太子仍並稱牋云。

頌

《詩序》曰：頌者，美盛德之形容，以其成功告於神明也。《蒸民》，吉甫美宣王也。其詩曰：「吉甫作頌，穆如清風。」

陸機《文賦》曰：頌則優游以彬鬱。

摯虞《文章流别傳》曰：頌，詩之美者也。古者聖帝明王，成功治定而頌聲興，於是史録其篇，工歌其章，以奏于宗廟，告于神明，故頌之所美則以爲名，或以頌形，或以頌聲。其後已非古頌之意。昔班固爲《安豐戴侯頌》，史岑爲《出師頌》，和僖《鄧后頌》，體意相類，而文辭之異，古今之變也。揚雄《趙充國頌》，頌而似雅，傅毅《顯宗頌》，文與周頌相似，而雜以風雅之意。若純爲今賦之體，而謂之頌，失之遠矣。

詩有六義，其六曰頌。頌者，容也，所以揚厲休功也。若商之《那》、周之《清廟》諸什，皆以告神，乃頌之正體也。至於《魯頌·駉》、《閟》等篇，則用以頌僖公，而頌之體變矣。後世所作，皆變體也。其詞或用散文，或用韻語。又有哀頌，則任昉所稱「漢張紘初作《陶侯哀頌》」是已。今其文雖未及見，而竊意大體與哀贊略同。

四始之至，頌居其極。昔帝嚳之世，咸黑爲頌，以歌《九韶》。自《商》已下，文理允備。夫化偃一國謂風，風正四方謂雅，容告神明謂頌。風雅序人，事兼變正；頌主告神，義必純美。魯國以公旦次編，商人以前王追録，斯乃宗廟之正歌，非燕饗之常詠也。《時邁》一篇，周公所製；哲人之頌，規式存焉。夫民各有心，勿壅惟口。晉輿之稱「原田」，魯民之刺「裘鞸」，直言不詠，短辭以諷，丘明、子高，並諜爲誦。斯則野誦之變體，浸被乎人事矣。及三閭《橘頌》，情采芬芳，比類寓意，又覃及細物矣。至於秦政刻文，爰頌其德；漢之惠、景，亦有述容：沿世並作，相繼於時矣。若夫子雲之表充國，孟堅之序戴侯，武仲之美顯宗，史岑之述熹后，或擬《清廟》，或範《駉》、《那》，雖淺深不同，詳略各異，其褒德顯容，典章一也。至于班、傅之《北征》、《西逝》，變爲序引，豈不褒過而謬體哉！馬融之《廣成》、《上林》，雅而似賦，何弄文而失質乎！又崔瑗《文學》，蔡邕《樊渠》並致美於序，而簡約乎篇。摯虞品藻，頗爲精覈，至云「雜以風雅」，而不變旨趣，徒張虛論，有似黄白之僞説矣。及魏、晉辨頌，鮮有出轍。陳思所綴，以《皇子》爲標；陸機積篇，惟《功臣》最顯：其褒貶雜居，固末代之訛體也。

原夫頌惟典雅，辭必清鑠，敷寫似賦，而不入華侈之區；敬慎如銘，而異乎規戒之域；揄揚以發藻，汪洋以樹義，唯纖曲巧致，與情而變，其大體所底，如斯而已。

章

《釋名》曰：下言章，上言表，思之於内，施之於外也。章，秦丞相李斯作《蒼頡章》。

古言曰：章者，文之成；句者，辭之絶。章者，明也，總義也，包體以明情也。句者，局也，聯字分疆，以局言也。聯字成句，聯句成章，積章成篇，積篇成帙。

上章

《緣起》曰：上章，孔融《上章謝太中大夫》。

《獨斷》曰：章者，需頭稱稽首。上書、謝恩、陳事、詣闕通者也。

《雕龍》曰：設官分職，高卑聯事。天子垂珠以聽，諸侯鳴玉以朝。敷奏以言，明試以功。故堯咨四岳，舜命八元；固辭再讓之請，俞往欽哉之授，並陳辭帝庭，匪假書翰。然則敷奏以言，則章表之義也；明試以功，即授爵之典也。至太甲既立，伊尹書誡；思庸歸亳，又作書以讚。文翰獻替，事斯見矣。周監二代，文理彌盛。再拜稽首，對揚休命，承文受册，敢當丕顯；雖言筆未分，而陳謝可見。章者，明也。《詩》云：「爲章于天」，謂文明也。其在文物，赤白曰章。

啓

《説文》曰：啓，傳信也。

服虔《通俗文》曰：官信曰啓。

張璠《漢紀》曰：董綽平三臺尚書以下，自詣事啓事，然後得行。

《緣起》曰：啓，晉吏部郎山濤作《選啓》。

啓者，開也。高宗云：「啓乃心，沃朕心」，取其義也。孝景諱啓，故兩漢無稱。至魏國箋記，始云「啓聞」；奏事之末，或謹密啓。自晉來盛啓，用兼表奏。陳政言事，既奏之異條；讓爵謝恩，亦表之别幹。必斂散入規，促其音節，辯要輕清，文而不侈，亦啓之大略也。又表奏確切，號爲讜言。讜者，偏也。王道有偏，乖乎蕩蕩。其偏，故曰讜言也。孝成稱班伯之讜言，貴直也。自漢置八儀，密奏陰陽；皁囊封板，故曰「封事」。鼂錯受《書》，還上便宜。後代便宜，多附封事，慎機密也。夫王臣匪躬，必吐謇諤，事舉人存，無待泛説。

天地間無獨必有偶。二曜列宿，其類相旋爲偶；海嶽木石，其類相對爲偶；火水，其類相制爲偶；方圓、小大、修短、有無，其類相反覆爲偶；形影、聲響、魂魄、性情，其類相生相合爲偶；皇帝、王霸，世界相遞爲偶；儒、墨、釋，道術相持爲偶。風雲、鳥蛇偶於陣；律吕、吉凶偶於禮樂。道自並行，物自並育，天地間無非偶也。上下千古，其人之遭遇有絶相似者；薄海内外，其事之希奇有巧相值者。六籍百家，鳥書龍藏，其理不相入，其言不相蒙，而連類比事，依韻偕聲，合而爲文，有若天降地設。大《易》文字之始，而圖畫爻象，陰陽縱横，無非偶儷。由此觀之，物相雜曰文，成文曰章，謂駢偶之文盛，而渾噩之氣衰，此何異桃源中人，不知有漢何論魏晉？率天下之人，盡去律體而從古詩，此必不可之事也。六朝靡靡，昌黎振之，何仲默以爲古文亡於韓。陸敬輿疏劄不廢唐調，古今以爲名言。而蛾眉狐媚，十世九人之詞，遂使女主嗟歎，天下傳誦，夫非四六體耶？大抵唐宋以下，國家訓誥典册，率皆駢語，況章表通於下情，牋疏陳於宗敬，所由來矣。歐陽永叔有言：往時作四六者，多用古人語，及廣引故事以衒博。近惟子瞻，述叙委曲，精盡不減古人。其對待，如雙峨積雪；其層疊，如劍門隱天；其相錯，如蜀錦；其轉變，如巴流。鍊若涪水之鋒，叶若琴臺之響，學以濟其才，約以該其博，庶幾六朝鴈行矣。

奏

《書》曰：「敷奏以言」，奏書之義也。

陸士衡《文賦》云：奏平徹以閑雅。

《漢書雜字》曰：「秦初之制，改書爲奏。」又曰：「群臣奏事，皆爲兩通，一詣后，一詣帝。」

奏疏者，群臣論諫之總名也。奏御之文，其名不一，故以奏疏括之也。七國以前皆稱上書，秦初改書曰奏。漢定禮儀，則爲四品：一曰章，以謝恩；二曰奏，以按劾；三曰表，以陳請；四曰議，以執異。然當時奏章，或上災異，則非專以謝恩。至於奏事，亦稱上疏，則非專以按劾也。又按劾之奏，别稱彈事，尤可以徵彈劾爲奏之一端也。又置八儀，密奏陰陽，皂囊封板，以防宣泄，謂之封事。而朝臣補外，天子使人受所欲言，及有事下議者，並以書對。則漢之制，豈特四品而已哉？然自秦有天下，以及漢孝惠，未聞有以書言事者。至孝文開廣言路，於是賈山言治亂之道，名曰《至言》，則四品之名，亦非叔孫通之所定明矣。魏晉已下，啓獨盛行。唐用表狀，亦稱書疏。宋人則監前制而損益之，故有劄子、有狀、有書、有表、有封事，而劄子之用居多，蓋本唐人牓子、録子之制而更其名，乃一代之新式也。

其它篇目，取而總列之有八：曰奏。奏者，進也。曰奏疏。疏者，布也。漢時諸王官，屬於其君，亦得稱疏。曰奏對。曰奏啓。啓者，開也。曰奏狀。狀者，陳也。狀有二體，散文、儷語是也。曰奏劄。劄子者，刺也。曰封事。曰彈事。疏、對、啓、狀、劄，皆曰奏者何？與臣下私相對劄往來之詞不同也。奏啓入規，而忌侈文，彈事明憲，而戒善罵，世人所作，多失折衷。

今制：論政事者曰題，陳私情者曰奏，皆謂之本，以及讓官謝恩，並用散文，間爲儷語，亦同奏格。至於慶賀，雖倣表詞，而首尾亦與奏同；唯史館進書，全用表式。然則當今進呈之目，唯本與表二者而已。革百王之雜稱，減中世之儷語，此我朝之所以度越也。

《經籍志》曰：古人臣言事，皆稱上書。嬴秦改書爲奏。至漢，章、奏、表、議，定爲四品，其流一也。三代君臣，面相獻替，而伊周書誥，已盈簡牘。迨世益下，簾遠堂高，所以披見情愫，覺悟主心者，賴有此耳。世稱左雄、胡廣，奏議第一；文舉、孔明，志暢辭美：不獨身文所在，抑亦國華繫之，故足重也。世人經世無術，競於詆訶，吹毛取瑕，次骨爲戾。夫能闢禮門以懸規，標義路而植矩，自令踰垣者折肱，捷徑者滅趾，亦何必躁言醜句，詬病爲切哉？《書》曰：「辭尚體要」，體要並盭，辭則何觀？《漢志·藝文》，靡細不録，至於經國樞機，闕而不纂，何哉？

《水東日記》曰：國朝之制：臣民奏事稱奏本。後以奏本用長紙，字畫必依《洪武正韻》。又用計字數于後，舍鄭重而從簡便，改用題本則不然矣。然題本多在内衙門公事，若在外并自陳己事，則仍用奏本。東駕則稱啓本，宣廟每呼本爲朱子，嘗見傳旨中云然。

《文心》曰：昔唐、虞之臣，敷奏以言；秦、漢之輔，上書稱奏。陳政事，獻典儀，上急變，劾愆謬，總謂之奏。奏者，進也。言敷于下，情進于上也。秦始立奏，而法家少文。觀王綰之《奏勳德》，辭質而義近；李斯之《奏驪山》，事略而意逕：政無膏潤，形於篇章矣。自漢以來，奏事或稱上疏，儒雅繼踵，殊采可觀。若夫賈誼之《務農》，鼂錯之《兵事》，匡衡之《定郊》，王吉之《觀禮》，温舒之《緩獄》，谷永之《諫仙》，理既切至，辭亦通暢，可謂識大體矣。後漢群賢，嘉言罔伏。楊秉耿介於災異，陳蕃憤懣於尺一；骨鯁得焉。張衡指摘於史職，蔡邕銓列於朝儀；博雅明焉。魏代名臣，文理迭興。若高堂《天文》，黄觀《教學》，王朗《節省》，甄毅《考課》，亦盡節而知治矣。晉氏多難，災屯流移。劉頌殷勤於時務，温嶠懇切於費役；並體國之忠規矣。夫奏之爲筆，固以明允篤誠爲本，辨析疏通爲首。强志足以成務，博見足以窮理；酌古御今，治繁總要，此其體也。

若乃按劾之奏，所以明憲清國。昔周之太僕，繩愆糾謬；秦之御史，職主文法；漢置中丞，總司按劾。故位在摯擊，砥礪其氣，必使筆端振風，簡上凝霜者也。觀孔光之奏董賢，則實其奸回；路粹之奏孔融，則誣其釁惡；名儒之與險士，固殊心焉。若夫傅咸勁直，而按辭堅深；劉隗切正，而劾文闊略；各其志也。後之彈事，迭相斟酌，惟新日用，而舊準弗差。然函人欲全，矢人欲傷；術在糾惡，勢必深峭。《詩》刺讒人，投畀豺虎；《禮》疾無禮，方之鸚猩；墨翟非儒，目以豕彘；孟軻譏墨，比諸禽獸；《詩》、《禮》、儒、墨，既其如兹，奏劾嚴文，孰云能免哉。是以立範運衡，宜明體要。必使理有典刑，辭有風軌，總法家之式，秉儒家之文，不畏强禦，氣流墨中，無縱詭隨，聲動簡外，乃稱絶席之雄，直方之舉耳。

題

《吾學篇》曰：今制：凡下所上，一曰題，二曰奏啓，三曰表箋，四曰講章，五曰書狀，六曰文冊，七曰揭帖，八曰制對，九曰露布，十曰譯。皆審署申覆而修畫焉，平允，迺行之。

奏記

奏記，漢江都相董仲舒《詣公孫弘奏記》。

封事

封事，漢魏相《奏霍氏專權封事》。封事，慎機密也。

杜工部曰：明朝有封事，數問夜如何？

今制：通政司專主封駁，視古之納言。

上疏

上疏，漢中大夫東方朔。

自漢以來，奏事或稱上疏。師古曰：「疏者，疏條其事而言之。」

薦

「薦，後漢雲陽令朱雲《薦伏湛》。」薦，舉也，進也。舉其功能而進之於上也。

揭帖

今制：奏本之副者，投閣部稱揭帖。揭者，曉也，曉然明之也。有司投監司亦稱之。常覽《病榻遺言》，拱等跪榻前，太監某以白紙揭帖授。皇太子稱遺詔。又以白紙揭帖授拱，內曰云云。又曰：吏姚曠手持紅紙套，內有揭帖半寸許厚，封緘完固。張答云：「乃遺詔事宜耳。」則遺詔亦稱揭帖矣。

彈文

「彈文，晉冀州刺史王深集襍彈文。」彈，按劾也，按其罪狀而劾治之也。《文心雕龍》曰：按劾之奏，所以明憲清國。昔周之太僕，繩愆糾繆；秦之御史，職主文法。漢置中丞，總司按劾。故位在鷙擊，砥礪其氣，必使筆端風振，簡上凝霜者也。彈事，明憲而戒善罵。

文通卷之九

策

策，蓍也。《史記·龜策傳》：「龜爲卜，策爲筴。」注疏云：「筴以謀筴爲事，言用此物以謀於前事也。或作萴，通作册。」《漢書》：「萬世之長册。」

《説文》云：「策者，謀也，籌也。策先定，則有功。」《漢書音義》曰：「作簡策，難問，例置案上，在試者意投射取而答之，謂之射策。若録政化得失顯而問之，謂之對策。」天子臨軒策士，而有司亦以策舉人，其制迄今用之。又學士大夫，有私自議政而上進，曰進策。均謂之策，而體各不同。一曰制策，天子稱制以問而對者也。二曰試策，有司以策試士而對者也。三曰進策，著策而上進者也。唐白居易、宋曾鞏有《本朝政要策》，蓋當時進士帖括之類。

夫策之體，練治爲上，摛文次之。然人才不同，入彀者爲通才。嗚呼，難矣！

漢時射策、對策，其事不同。《蕭望之傳》註云：「射策者，謂爲難問疑義，書之于策，量其大小，署爲甲乙之科，列而置之，不使彰顯。有欲射者，隨其所取，得而擇之，以知優劣。射之，言投射也。對策者，顯問以政事經義，令各對之，以觀其文辭，定高下也。」《晉史》：潘京爲州所辟，謁見問策，探得不孝字，刺史戲曰：「辟士爲不孝邪？」答曰：「今爲忠臣，不得爲孝子。」亦射策遺法耳。

制策者，今廷試之策也。試策者，今鄉會場五問之策也。當以試録爲楷。鄭端簡《古言》曰：策莫盛於漢，漢策莫過於晁大夫。晁就事爲文，文簡徑明暢，事皆鑿鑿可行。賈太傅不及也。《文中子》曰：「洋洋乎，晁、董、公孫之對，有旨哉！」

對策者，應詔而陳政也；射策者，探事而獻説也。言中理準，譬射侯中的，二名雖殊，即議之別體也。古之造士，選事考言。漢文中年，始舉賢良，鼂錯對策，蔚爲舉首。及孝武益明，旁求俊乂。對策者，以第一登庸，射策者，以甲科入仕：斯固選賢要術也。觀鼂氏之對，證驗古今，辭裁以辨，事通而贍，超升高第，信有徵矣。仲舒之對，祖述《春秋》，本陰陽之化，究列代之變，煩而不慁者，事理明也。公孫之對，簡而未博，然總要以約文，事切而情舉，所以太常居下，而天子擢上也。杜欽之對，略而指事，辭以治宣，不爲文作。及後漢魯丕，辭氣質素，以儒雅中策，以入高第。凡此五家，並前代之明範也。魏晉已來，稍務文麗，以文紀實，所失已多，及其來選，又稱疾不會，雖欲求文，弗可得也。是以漢飲博士，而雉集乎堂；晉策秀才，而麏興于前：無他怪也，選失之異耳。

夫駁議偏辨，各執異見；對策揄揚，大明治道。使事深於政術，理密于時務，酌三五以鎔世，而非迂緩之高談；馭權變以拯俗，而非刻薄之僞論；風恢恢而能遠，流洋洋而不溢：王庭之美對也。難矣哉，士之爲才也！或練治而寡文，或工文而疎治，對策所選，實屬通才，志足文遠，不其鮮歟？

論

李充曰：研玉名理，而論難生焉。論貴於允理，不求支離，若嵇康之論，文矣。

《説文》云：「論者，議也」，倫也。蕭統選文，分區爲三：設論居首，史論次之，論又次之。較劉勰説，差爲未盡。惟設論則勰所未及，而乃取《答客難》、《答賓戲》、《解嘲》三首以實之。夫文有答有解，已各自爲一體，統不明言其體，而槩謂之論，豈不誤哉？然詳勰之説，似亦有未盡者。愚謂析理亦與議説合契，諷寓則與箴解同科，設辭則與問對一致：要此八者，庶幾盡之。今兼二子之説，廣未盡之例，列爲八品：曰理論，曰政論，曰經論，曰史論，有評議、述贊二體。曰文論，曰諷論，曰寓論，曰設論。其題或曰某論，或曰論某，則各隨作者命之，無異議也。

聖哲彝訓曰經，述經叙理曰論。論者，倫也；倫理有無，聖意不墜。昔仲尼微言，門人追記，故仰其經目，稱爲《論語》；蓋羣論立名，始於兹矣。自《論語》已前，經無「論」字；《六韜》二論，後人追題乎！詳觀論體，條流多品：陳政，則與議、説合契；釋經，則與傳、注參體；辯史，則與贊、評齊行；銓文，則與叙、引共紀。故議者宜言，説者説語，傳者轉師，注者主解，贊者明意，評者平理，序者次事，引者胤辭；八名區分，一揆宗論。論也者，彌綸羣言，而研精一理者也。是以莊周《齊物》，以論爲名；不韋《春秋》，六論昭列。至石渠論藝，《白虎通》講聚，述聖言通經，論家之正體也。及班彪《王命》、嚴尤《三將》，敷述昭情，善入史體。魏之初霸，術兼名法；傅嘏、王粲，校練名理。迄至正始，務欲守文；何晏之徒，始盛玄論。於是聃、周當路，與尼父争塗矣。詳觀蘭石之《才性》，仲宣之《去代》，叔夜之《辯聲》，太初之《本玄》，輔嗣之《兩例》，平叔之《二論》，竝師心獨見，鋒穎精密，蓋人倫之英也。至如李康《運命》，同《論衡》而過之；陸機《辯亡》，效《過秦》而不及，然亦其美矣。次及宋岱、郭象，鋭思於機神之區；夷甫、裴頠，交辯於有無之域；竝獨步當時，流聲後代。然滯有者，全繫於形用；貴無者，專守於寂寥。徒鋭偏解，莫詣正理；動極神源，其般若之絶境乎！逮江左羣談，惟玄是務，雖有日新，而多抽前緒矣。至如張衡《譏世》，韻似俳説；孔融《孝廉》，但談嘲戲；曹植《辯道》，體同書抄；言不持正，論如其已。

原夫論之爲體，所以辯正然否；窮有數，追無形，迹堅求通，鉤深取極，乃百慮之筌蹄，萬事之權衡也。故其義貴圓通，辭忌枝碎；必使心與理合，彌縫莫見其隙；辭共心密，敵人不知所乘：斯其要也。是以論如析薪，貴能破理：斤利者，越理而横斷；辭辯者，反義而取通；覽文雖巧，而檢跡如妄。惟君子能通天下之志，安可以曲論哉？若夫注釋爲詞，解散論體，雜文雖異，總會是同；若秦延君之注《堯典》，十餘萬字；朱普之解《尚書》，三十萬言；所以通人惡煩，羞學章句。若毛公之訓《詩》，安國之傳《書》，康成之釋《禮》，王弼之解《易》，要約明暢，可謂式矣。

經義

《説文》：「義，從我。」美省，人言之，我斷之爲美也。《禮記》有《冠義》諸篇，唐取士有明經一科，而無其義。宋因之，不過試以墨書帖義。至王安石撰《周禮》、《詩》、《書》三經義，頒行試士，舊法始變。彼固欲以己説一天下士，高視一世。他如思退賣國之奸，止齊衰世之文，而至今倣之，爲鼻祖焉。「經義」可見者，《文鑑》所載張庭堅二篇，及楊思退、陳傳良者，皆深沉博雅，絶無駢儷之習。自是正始，而考古者止于國初，猶張博望窮崑崙爲河源。此丘文莊所以歎科舉之弊也。

高廟看書，議論英發。排朱文公《集註》，儒臣進講，必有辯説。呼朱熹爲宋家迂闊老儒，如辨「夷狄有君」，「攻乎異端」，「使民無訟」，皆出天縱，不襲故常。漢唐以來，人主所不及也。

國朝開科自洪武三年始，定條例自十七年始。先是試文尚仍元制。刻程文自二十一年始，先是止録姓名編貫，試録定式又自二十四年始。

初試，經義二道，四書一道；二場論一道；三場策一道。後十日，復以騎、射、書、算、律五事試之。中式，准送會試。後定爲第一場《四書》義三道，經義四道；第二場論一道，表一道，詔誥各一道，判五道；第三場策五道。萬曆間，奏准俱照成、弘間文體，盡黜浮靡之弊。經義限五百字，多者不録。程式文字，即以士子純正典實者，不許主司代作。其不甚妥當，稍爲更飾，毋掩本文。卷則糊名易書迴避。

御名、廟諱，其條例詳載《會典》。

杜静臺曰：士子得所命之題，必先定其格局。此題當爲某格，其分截何在？其綱領何在？其節目何在？其始也當題掇不當題掇？其中也當過接不當過接？其終也當繳轉不當繳轉？當咏嘆不當咏嘆？某兩股當畧、當藏，某兩股當詳、當顯。題語雖多，或當輕而講少；題語雖少，或當重而講多。繁簡斷續，瞭然定于胸中，故一舉營扎，尅時而成文。然文格不可以數計也，其難者有六：一曰一滚格。如明珠滚盤而不出于盤，有詳略而無斷續也。荆川先生《「此謂國」篇》、《「亞飯干適楚」篇》是也。二曰連珠格。如一線穿珠，珠雖有叙，而線則相連。若斷而不斷，若續而不續，中無過接之痕也。荆川先生「可以爲難」半篇、「清斯濯纓」半篇，可以意會也。三曰中紐格。如對胸之衣，中用一紐。荆川先生《「匹夫而有天下者」篇》是也。四曰兩活扇格。如：「立則見其參於前」二句，題中雖以立、輿分作兩小扇，而前面合起二小股，後面必又合咏二小股。前後圓活，不定拘定兩大扇死局也。五曰兩扇遥對格。前扇不作小股，惟用散文，或長短句，或頂針語，或三疊文，一氣呵成，而無排偶，直待後扇遥對之也。六曰影喻格。如：「譬如北辰」二句題，當以無爲天下歸作主，而間以辰君星拱點影於其中，若鏡中之花，水中之月也。其餘有上生下格，有下承上格，有下明上格，有下原上格，有下贊上格，有上開下闔格，有上闔下開格，有上重下輕格，有上輕下重格，有上呼下應格，有輕引重釋格，有重本輕證格，有重證輕喻格，有重主輕賓格，有一頭兩脚格，有兩頭一脚格，有一頭兩腹一脚格，有一頭一項三腹一脚格，有頭虚脚實格，有三扇先奇格，有三扇先偶格：此皆格之易者也。

馮脩吾曰：今士之舉於鄉會者，録其文咸曰中式。所謂式者，舉業之體格，猶匠氏之規矩也。匠氏不廢規矩而從木之曲直，文士不廢體格而從體之難易。曰棟、曰梁、曰柱、曰楹、曰椽、曰桷，豈惟不可移易，即分寸不合，非良工也。曰破、曰承、曰起講、曰泛講、曰平講、曰過文、曰束繳、曰大小結，豈惟不可錯雜，即氣骨稍不比，非作手也。故破欲含，或斷或順，須含蓄而不偏遺；承欲緊，或束或解，須脱悟而不訓釋；起講欲新，或對或繳，須見題而題不露；泛講欲特，或承或挈，須露題而題不盡；平講欲實，詞出經典，余按：舉業文字，只應用六經語，不應用子史語，此自是王制，違者便非法門。令純正而股必紓長；過文欲融，意會上下，令脱化而體不間隔；繳束欲健，或照應題中，或推開題外，令自盡而語有餘思；小結大結欲古，或引據經傳，或自發議論，令精潔而言非註脚：此舉業之上式也。

袁了凡曰：八股文字，與天地造化相侔。首二比春也，次二比夏也，次二比秋也，束二比冬也。首二比是春，則生而未成，虚而未實，常沖沖融融，輕描淡抹，不可帶一分粗糙；次二比是夏，當承前二比，漸漸説開來，邵子謂「天地之大簹在夏，文之大簹實在腹也」；至秋則生者成，虚者實矣，文可反覆馳騁矣，然亦須養後天，先不可説盡也；末二比是冬，一年好景，全在收拾處，回陽氣於陰極之時，發生機於凍剥之後，篇章將竭，而令人讀之有不窮之趣，此文之大機括也。

袁了凡云：文字先須鍊格，格鍊則規模自别，便能出人頭地。文有俗格，宜鍊之而雅；腐格，宜鍊之而新；板格，宜鍊之而活。

鄧定宇云：文章家有正有奇。題應上下做，虚實做，輕重做，對做，串做，斷做。認理典則，此便是正。若做得有把捉，有挑剔，有點綴，有起伏照應，有體認發揮，舒精發藴，此便是奇。今人以淺薄疎庸爲正，却唤做水平箭，豆腐湯；以險怪迂誕爲奇，却唤做打空拳，説鬼話。不知文章家正不如此。所謂智者賢者過之，愚者不肖者不及也。

陶石簣曰：明興，百家黜而六籍尊，詩賦停而明經重，箋疏廢而傳注専，其岐愈窒，軌愈端，而途益加約，一道同風，於斯爲盛。而博士家所祭酒者，爲王、唐、瞿、薛。其文若爰書之傳，法律而不可出入，若歌者節拍，不可促，斯爲正始。蓋尺幅之中，一題一義，求之而彌有，濬之而彌新，因歎聖賢之言，無窮若是，而其法之精微曲折，亦有卒世不能究者焉。

馮具區云：評文體者，極言平淡矣。平淡可易言哉？坡公云：「漸老漸熟，乃造平淡。」非平淡也，絢爛之極也。平淡必始於神奇，而僞平淡則反神奇。今之士薄僞平淡，競趨僞神奇；而衡文者，又薄僞神奇，并收僞平淡，蓋兩失之。故余衡士不亟體之正，而亟真。真如種子，一粒入土，時至氣行，將暢爲枝葉，騰爲菁華。此何惡於神奇而薄之？薄真神奇，吾以爲必不識真平淡。

馮常伯云：股法變化則體圓，句法頓挫則股圓，字法輕新則句圓。

宗履庵云：題上字，一字不可遺；題中意，一意不可少。按文有賓主，昔洞山曰：「賓主，主中主，賓中賓，賓中主，主中賓。故曰：我向正位中來，爾向賓位中接。」文章亦然。一部《莊子》，莫非寓言，並無一句犯正位，然未嘗一句離正位。若一犯正位，則如《逍遥》、《齊物》、《秋水》諸篇，正意不過數言可竟，何得蔓衍恢奇乃爾？何謂正位？正位者，主也。如君王拱默，而公卿部府承奉之。《詩》則賦爲主，比興皆賓也。《易》則義畫爲主，六爻皆賓也。以時文論，題爲主，文爲賓；實講爲主，虚講爲賓；兩股中，或一股賓，一股主；一股中，或一句賓，一句主；一句之中，或一二字賓，一二字主。明暗相参，生殺互用，文之妙也。故或進前一步，或退後一步，皆謂之賓。或斤斤講而題意反不透露，是以有高品、俗品之分也。

李九我云：今天下之文競趨於奇矣。夫文安所事奇爲哉？古聖賢所爲文，若典、謨、訓、誥、風、雅、禮樂之詞，明白如日月，正大如山嶽，渾乎如大圭，沖乎如太羹、玄酒，而其和平雅邕，如奏《英》、《韶》於清廟明堂之上，金石相宣，宫商相應，清濁高下，莫不中音也，惡覩所謂奇者哉？彼爲奇者，其立意固薄簡易，卑平淡，將跨躍區宇，超軼前人，以文雄於時，而不知其滋爲病也。抉隱宗玄，褰取異端奇衺之説，以恣其夸正學之謂。何則？理病，務窈窅晦闇其詞，令人三四讀不能通曉。以是爲深沉之思，則意病；佶屈聱牙，至不能以句，若擊腐木濕鼓然，則聲病；決裂餖飣，離而不屬，澀而不貫，則氣病；而習尚頗僻，不軌於正途，令大雅之風爲斲，則又爲世道病：而皆起于奇之好。夫文安所事奇爲哉？范光父云：「近來作者，入古則太乾，投時則太淺」，然必語語從《史》、《漢》中來，而陶洗融洽，打成一片，此真所謂四筵獨坐俱驚者也。

吴因之云：學者多以看書作文分爲二項，故二者胥失之。不知二者雖有操觚與不操觚之辨，總之去肉見骨，去骨見髓，要以得解而止，非有二也。夫書義有思之而即得者，有思之竟日而後得者，有明日又思之而後得者，有力量未到，累日思之不可通，停閣三月五月之後，識見增進，或重思之，或他書偶相觸發，而恍然有得者。始也無從而疑，既也疑，究也不勝其疑，至於不勝疑，而悟之門啓矣。愈悟則愈疑，愈疑亦愈悟，故學者非悟之難而疑之難也。其所疑與悟者何物也？是心竅中之生機也。機觸則引而益長，竅開則迎而輒解，故隨其所值，皆可推類，以盡其餘，真有日異而月不同之妙。文字增一分見，不如增一分識。識愈高則文愈澹，識愈卑則伎倆愈多。至於伎倆愈多，而品愈下，而不足，故外有餘，此理自然，無足怪者。惟平日善看書則識進，識進則臨時迅手拈來，頭頭是道，整容斂襟而談亦可，嘻怒笑罵而談亦可，雄猛如鉅鹿一戰亦可，閒暇如圍棋賭墅亦可，簡峻如片言折獄亦可，一滾而出如萬斛之泉亦可，循規蹈矩亦可，忽入九天，忽潛九地亦可。橫行直撞，不離這箇，區區左顧右盼，無所用之。故夫無修辭之擾，無敷衍補（輟）〔綴〕之勞，省除一切勞苦，而歸諸至易至簡者無如識。識之於文也，一綱舉而萬目張，彼操觚者奈何不務一了百當，顧屑屑焉趨其所爲，用力多而成功寡者哉？故術不可不慎也。

湯霍林曰：當酣思之時，題内外無字可設，但筆下不下時，覺微有合處。及成，人以譽我，與我所思、所合，又覺縣甚，始嘆作者、閱者並難也。

「微雲淡河漢，疎雨滴梧桐」，謂是人境。文境苦心者，當自得之。

題非諸生、非主司所造也，安得諸生、主司妄自立意？但經書中必無一字無意義者，閒取書目，最易曉解者，冥思之，隱隱别有理會，質之訓詁，亦微在同不同、可説不可説之間。今人政患不索意耳。一二俗惡語，今人習如土音，貫脱於口，遂不暇擇。余謂禁時語，不如勸人多讀書。胸中有古人書，自可不用今語。讀古人書，會古人意，併可不用古語也。

嘉靖之季，舉子之文，支離冗長，如蔓草，大費芟除。隆、萬之間，漸歸雅馴矣。

王荆石曰：嘗歎世有大欺而習焉不察者。夫今主司之程士，其有不搤吭談成、弘之際者乎？其亦有以成、弘之文課子弟者乎？士之字雕句繢，剽獵諸子、二氏之唾餘，見謂弗收，至主司自爲辭，非諸子、二氏無取也，籍具在此，可謂不欺否？

議

《詩》云：「周爰諮謀」，謂徧於咨議也。《周易·節卦》曰：「君子以制度數，議德行。」《周書》曰：「議事以制，政乃弗迷。」議貴節制，經典之體也。

秦李斯上始皇帝《罷封建議》，漢韋玄成奏《罷郡國廟議》。

《說文》曰：「議，語也。」又曰：「難論也。」

古者國有大事，必集羣臣而廷議之，交口往復，務盡其情，若罷鹽鐵、擊匈奴是已。厥後下公卿議，乃始撰詞書之簡牘以進，而學士偶有所見，又復私議於家，或訂古，由是議寖盛焉。大諦在於據經析理，審時度勢。文以辯潔爲能，不以繁縟爲巧；事以明覈爲美，不以深隱爲奇，乃爲深達議體者爾。操筆爲議者，分爲奏議、私議二體。若夫遡流而窮源，當求諸史書耳。若夫謚議，別爲一體。

《文心》曰：「周爰諮謀」，是謂爲議。議之言宜，審事宜也。昔管仲稱軒轅有明臺之議。洪水之難，堯咨四岳，宅揆之舉，舜疇五人；三代所興，詢及芻蕘。春秋釋宋，魯桓務議。及趙靈胡服，而季父争論；商鞅變法，而甘龍交辨：雖憲章無算，而同異足觀。迄今有漢，始立駁議。駁者，雜也。雜議不純，故曰駁也。自兩漢文明，楷式昭備，藹藹多士，發言盈庭。若賈誼之遍代諸生，可謂捷於議也；至如主父之駁挾弓，安國之辨匈奴，賈捐之陳於朱崖，劉歆之辨於祖宗：雖質文不同，得事要矣。若乃張敏之斷輕侮，郭躬之議擅誅，程曉之駁校事，司馬芝之議貨錢，何曾蠲出女之科，秦秀定賈充之謚，事實允當，可謂達議體矣。漢世善駁，則應劭爲首；晉代能議，則傅咸爲宗。然仲瑗博古，而銓貫有叙；長虞識治，而屬辭枝繁。及陸機《斷議》，亦有鋒穎，而腴辭弗剪，頗累文骨：亦各有美，風格存焉。

夫動先擬議，明用稽疑，所以敬慎羣務，弛張治術。故其大體所資，必樞紐經典；採故實於前代，觀通變於當今；理不謬搖其枝，字不妄舒其藻。又郊祀必洞於禮，戎事必練於兵，佃穀先曉於農，斷訟務精於律。然後標以顯義，約以正辭。文以辨潔爲能，不以繁縟爲巧；事以明覈爲美，不以深隱爲奇；此綱領大要也。若不達政體，而舞筆弄文，支離構辭，穿鑿會巧，苟空騁其華，固爲事實所擯，設得其理，亦爲遊辭所埋。昔秦女嫁晉，從文衣之媵，晉人貴媵而賤女；楚珠鬻鄭，爲薰桂之櫝，鄭人買櫝而還珠。若文浮於理，末勝其本，則秦女、楚珠，復在於茲矣。

駁

駁，漢侍中吾丘壽王，《駁公孫弘禁民不得挾弓弩議》。《山海經》曰：「有獸名駁，如白馬，黑尾倨牙，音如鼓，食虎豹。」漢興，始立駮議、雜議。不純，故謂之駮。

李充《翰林論》曰：「駮，不以華藻爲先。世傳傅長虞，每奏事爲邦之司直矣。」

《晉書》曰：嵇傅曰：「陳準薨，太常奏謚，紹駮曰：『謚號所以垂之不朽，大行受大名，細行受細名，文武顯於功德，靈厲表其闇蔽。自頃禮官協情，謚不依本。準謚爲過，宜謚曰繆。』事下太常。時雖不從，朝庭憚焉。」

《唐書》李藩爲給事中，敕制有不可，遂於黄敕後駮之。吏曰：「宜別連白紙。」藩曰：「別以白紙是文狀，豈曰敕也。」

今六科抄参，大理評駮，多準古義。然貴明允而尚典奥。語曰：「犀不駮不珍。」駮之關係大，非鮮小。

牒

牒，漢臨淮太守路温舒，牧羊澤中，時截蒲爲牒，編用寫書。《文心雕龍》曰：「議政未定，短牒咨謀。」

今之官府，平行用牒文。

公移

公移者，諸司相移之詞也，其名不一，故以公移括之。

唐世，凡下達上，其制有六：曰狀，百官於其長亦爲之；曰辭，庶人言爲辭；曰牒，有品已上公文皆稱牒。諸司自相質問，其義有三：曰關，謂關通其事也；曰刺，謂刺舉之也；曰移，謂移其事於他司也。

宋制：宰執帶三省樞密院事出使者，移六部用劄；六部移宰執帶三省樞密院事出使者，及從官任使副，移六部用申狀；六部相移用公牒。

今制：上逮下者曰照會，曰劄付，曰案驗，曰帖，曰故牒；下達上者曰咨呈，曰案呈，曰呈，曰牒呈，曰申；諸司相移者曰咨，曰牒，曰關；上下通用者曰揭帖。

劉勰曰：移者，易也；移風易俗，令往而民隨者也。相如之《難蜀老》，文曉而喻博，有移檄之骨焉。及劉歆之《移太常》，辭剛而義辨，文移之首也。陸機之《移百官》，言約而事顯，武移之要者也。故檄移爲用，事兼文武，其在金革，則逆黨用檄，順命資移；所以洗濯民心，堅同符契，意用小異而體義大同，與檄參五，故不重論也。

判

《韻會》云：「判，斷也。」古者折獄，以五聲聽訟，致之於刑而已。秦人以吏爲師，專尚刑法。漢承其後，雖儒吏並進，然斷獄必貴引經，尚有先王議制、《春秋》著意之微旨。其後乃有判詞。唐制選士，判居其一，則其用彌重矣。故今所傳，如稱某某有姓名者，則斷獄之詞也；稱甲乙無姓名者，則選士之詞也。要之執法據理，參以人情，雖曰彌文，而去古不遠，獨其文堆垛故事，不切於蔽罪，拈弄辭華，不歸於律格，爲可惜耳。唯宋王回，脱去四六，純用古文，庶乎能起二代之衰，而後人不能用。今世理官斷獄，例有參詞，而設科取士，亦試以判，其體皆用四六，則其習由來久矣。曰科罪，曰評允，曰辯雪，曰番異，曰判罷，曰判留，曰駁正，曰駁審，曰末減，曰案寢，曰案候，曰褒嘉：凡若此類，多便理官，而不切於應舉。蓋選士以律條爲題，止於科罪，亦唐制之遺也。

唐張鷟有《龍筋鳳髓判》，華於文而不麗於律，古意遠矣。

笏記

《記》曰：「造受命於君前，則書於笏。笏度，二尺有六寸。其中博三寸，其殺六分而去一。」

凡命婦入朝，則書其夫之爵及姓名於笏，上問則以笏對。

按：笏雖有文，而無定體。

《續文獻通考》曰：笏，刎也。君有教命及所啓白，則書之，備忽忘也。

陳同父《笏記》曰：寤寐英賢，帝心如渴，僥覦富貴，士氣若登。冀十五之得人，而千一之遇主，叨逢則幸，報稱謂何？恭惟皇帝陛下，日照天臨，海涵地負。朋來濟濟，各自奮於明時；綱設恢恢，不遐遺於片善。矧咸奔走，翕受敷施。臣等牽連得書，徒採語言之小異；次第就役，孰輸筋力之小勞。仰戴深仁，俯慚微分。

劉昌《縣笥瑣探》曰：「《笏囊》，唐故事，公卿皆搢笏於帶，而後乘馬。張九齡獨常使人持，因設笏囊，自九齡始。今惟自便，無所謂故事。夫九齡使人持笏有囊，而世因置笏囊，乃知古人舉動不苟如此。」蓋亦以藏記也。

勸進

勸進，魏尚書令荀攸《勸魏王進文》。宋彭城王義康曰：「謝述勸吾進，劉湛勸吾退，述亡湛存，吾所以得罪也。」

文通卷之十

序

《周頌》曰："繼叙思不忘。"《毛傳》曰："叙者，緒也。"緒述其事，使理亂相觕，若繭之抽緒。《易》有《叙卦》，《尚書》有孔子叙，子夏作《詩叙》。

叙者，所以叙作者之意，謂其言次第有叙，故曰叙也。《漢書》曰："《書》之所起遠矣，至孔子纂焉，上斷於堯，下訖於秦，凡百篇，而爲之叙。"按孔安國叙《尚書》，未嘗言孔子作。劉歆亦云："識見淺陋，無所發明。"其非孔子所作明甚，顧世代久遠，不可復知矣。

《爾雅》云："叙，緒也。"字亦作"序"，言其善叙事理也。又謂之大叙，則對小叙而言也。其爲體有二：曰議論，曰叙事。其題曰某叙，曰叙某；字或作序，或作叙，惟作者命之，無異義也。至唐柳氏，又有"叙略"之名，則其題稍變，而其文益簡矣。若書叙、壽叙、贈序、別叙、賀叙、名叙、字叙，蓋不可殫述。以叙事爲正體，參以議論者爲變體。

漢沛郡太守作《鄧后叙》，則叙人之權輿也。

小序

小序者，序其篇章之所由作，對大序名之也。漢班固云：「孔子纂《書》，凡百篇而爲之序，言其作意，此小序之所由始也。」然今《書序》具存，而非孔子所作，盖由後人妄探作者之意而爲之，故多穿鑿附會，依阿簡略，甚或與經相戾，而鮮有發明。獨《毛詩序》及馬遷以下諸儒著書自爲之序，然後己意瞭然無誤耳。

自序 劉子玄作《序傳》

作者自叙，其流出於中古。屈原《騷經》，其首章，上陳氏族，下列祖考，先述厥生，次顯名字，自叙實基於此。降及馬卿，始以《自叙》爲傳。然但記生平行事而已，逮於祖先所出，則蔑爾無聞。至馬遷徵三閭之故事，倣文園之近作，模楷二家，勒成一卷，於是揚雄遵其舊轍，班固酌其餘波，自叙實煩矣。雖屬辭有異，而兹體無改。

馬遷《史記》，上自軒轅，下窮漢武，修闊綿長。其《自叙》始於氏出重黎，終於太史，雖上下馳騁，終不越《史記》之年。班固《漢書》，止叙西京二百年事耳。其自叙也，則遠徵令尹，起楚文王之世，近録《賓戲》，當漢明帝之朝，苞括所聞，踰於本書遠矣。而後來叙傳，非止一家，競學孟堅，從風而靡。施於家譜猶或可通，列於國史，每見其失者矣。

然自叙之爲義也，苟能隱己之短，稱其所長，斯言不謬，即爲實録。而相如自叙，反記其客遊臨邛，竊妻卓氏，以《春秋》所諱，持爲美談，雖事或非虚，而理無可取，載之於傳，不其愧乎？又王充《論衡》之《自紀》也，述其父祖不肖，爲州閭所鄙，而己答以「瞽頑舜神」，「鯀惡禹聖」。夫自叙而言家世，當以揚顯爲主，苟無其人，闕之可也。至若盛矜於己，而厚辱其先，此何異證父攘羊，學子名(毋)〔母〕，必責以名教，實三千之罪人也。

夫自媒自衒，士女之醜行。然則人莫我知，君子所耻。按孔氏《論語》有云：「十室之邑，必有忠信，不如丘之好學也。」又曰：「吾日三省吾身：爲人謀而不忠乎？與朋友交而不信乎？」又曰：「文王既没，文不在兹乎？」又曰：「昔者吾友嘗從事於斯矣」，則聖達立言也，時亦揚露己才，或託諷以見其情，或巽辭以顯其跡，終不盱衡自伐，攘袂公言。且命諸門人，各見爾志，由也不讓，見哂無禮。歷觀揚雄已降，其自叙也，始以誇尚爲宗，至魏文帝、傅玄、陶梅、葛洪之徒，則又踰於此者矣。何則？身兼片善，行有微能，皆剖析具言，一二必載，豈所謂憲章前聖，謙以自牧者歟？

又近古人倫，喜稱閥閲，其蕐門寒族，百代無聞，而騂角挺生，一朝暴貴，無不追述本系，妄承先哲。至若儀父、振鐸，並爲曹氏之初；淳維、李陵，俱稱拓拔之始。河南馬祖，遷、彪之説不同；吴興沈先，約、烱之序有異。斯皆不因真律，無假寧楹，直據經史，自成矛盾。則知揚雄之寓西蜀，班門之雄朔野，或胄纂伯僑，或家傳熊繹，恐自我作古，失之彌遠者矣。蓋諂祭非鬼，神所不歆；致敬他親，人斯悖德。凡爲叙傳，宜詳此理，不知則闕，亦何傷乎？

題跋

題跋者，簡編之後語也。凡經傳子史詩文圖書畫，前有序引，後有後序，可謂盡矣。其後覽者，或因人之請求，或因感而有得，則復撰詞以（掇）〔綴〕於末簡，而總謂之題跋。至綜其實，則有四焉：曰題、曰跋、曰書某、曰讀某。夫題者，締也；跋者，本也，因文而見本也；書者，書其語，讀者因於讀也。題、讀始於唐；跋、書起於宋。曰題跋者，舉類以該之也。其詞考古證今，釋疑訂謬，褒善貶惡，立法垂誡，各有所爲，而專以簡勁爲主，與序引不同。有題辭，所以題號其書之本末，指義文辭之表也。若漢趙岐作《孟子題辭》，其文稍煩；宋朱子倣之，作《小學題辭》，更爲韻語。然題跋書于後，而題辭冠于前，此又其辯也。

書記

《釋名》曰：「書者，庶也，以記庶物。又著，言事得彰著。」五經六籍，皆是筆書，而諸部之書，隨事立名，以事舉，故百氏六經，總曰書也。論議所題别名，各自載耳。晉韓起適魯，觀書於太史氏，是《易象》與《春秋》，此總名書也。

按書記之用，古今多品。有書，有奏記，有啓，有簡，有狀，有疏，有牋，有劄，而書記則其總稱也。夫書者，舒也，舒布其言，而陳之簡牘也。記者，志也，謂進己志也。啓，開也，開陳其意也；一云跪也，跪而陳之也。簡者，略也，言陳其大略也。或曰手簡，或曰小簡，或曰尺牘，皆簡略之稱也。狀之爲言陳也，疏之爲言布也。以上六者，秦漢已來，皆用於親知往來問答之間，而書、啓、狀、疏，亦以進御。獨兩漢無啓，則以避景帝諱而置之也。又古者郡將奏牋，厥後專用於皇后、太子、諸王，其下遂不敢稱。而劄獨行於宋，盛於元，有疊副提頭畫一之制，煩猥可鄙，然以吕祖謙之賢而亦爲之，則其習非一日矣。牋者今人所不得用，而劄者吾儒所鄙而不屑也。今辯其體：曰書，書有辭命、議論；曰奏記，二者並用散文；曰啓，啓有古體，有近體；曰簡，簡用散文；曰狀，狀用儷語；曰疏，疏用散文，然狀與疏諸集不多見。見者僅此六體，然要未可爲定體也。世俗施於尊者，多用儷語以爲恭，則啓與狀、疏，大抵皆俗體也。書記之體，本在盡言，故宜條暢以宣意，優柔以懌情，乃心聲之獻酬也。若尊卑有叙，親疏得宜，又存乎節文耳。

《文心》曰：大舜云「書用識哉」，所以記時事也。蓋聖賢言辭，總爲《尚書》，《尚書》之爲體，主言者也。揚雄曰：「言，心聲也；書，心畫也。聲畫形，君子小人可見矣。」故書者，舒也。舒布其言，陳之簡牘，取象乎夬，貴在明決而已。三代政暇，文翰頗疎。春秋聘繁，書介彌盛：繞朝贈士會以策，子家與趙宣以書，巫臣之遺子反，子産之諫范宣，詳觀四書，辭若對面。又子服敬叔進弔書于滕君，固知行人挈辭，多被翰墨矣。及七國獻書，詭麗輻輳；漢來筆札，辭氣紛紜。觀史遷之《報任安》，東方朔之《難公孫》，楊惲之《酬會宗》，子雲之《答劉歆》：志氣槃桓，各含殊采；並杼軸乎尺素，抑揚乎寸心。逮後漢書記，則崔瑗尤善。魏之元瑜，號稱「翩翩」；文舉屬章，半簡必録；休璉好事，留意詞翰；抑其次也。嵇康《絶交》，實志高而文偉矣。趙至《叙離》，廼少年之激切也。至如陳遵占辭，百封各意；禰衡代書，親疎得宜：斯又尺牘之偏才也。詳總書體，本在盡言；言以散鬱陶，託風采，故宜條暢以任氣，優柔以懌懷。文明從容，亦心聲之獻酬也。

若夫尊貴差叙，則肅以節文。戰國以前，君臣同書，秦漢立儀，始有表奏；王公國內，亦稱奏書，張敞奏書於膠后，其義美矣。迄至後漢，稍有名品：公府奏記，而郡將奏牋。記之言志，進己志也。牋者，表也，表識其情也。崔寔奏記於公府，則崇讓之德音矣；黄香奏牋於江夏，亦肅恭之遺式矣。公幹牋記，麗而規益，子桓弗論，故世所共遺；若略名取實，則有美於爲詩矣。劉廙謝恩，喻切以至；陸機自理，情周而巧：牋之爲善者也。原牋記之爲式，既上窺乎表，亦下睨乎書，使敬而不懾，簡而無傲，清美以惠其才，彪蔚以文其響：蓋牋記之分也。

夫書記廣大，衣被事體；筆劄雜名，古今多品。是以總領黎庶，則有譜、籍、簿、録；醫曆星筮，則有方、術、占、試；申憲述兵，則有律、令、法、制；朝市徵信，則有符、契、券、疏；百官詢事，則有關、刺、解、(諜)〔牒〕；萬民達志，則有狀、列、辭、諺：並述理於心，著言於翰，雖藝文之末品，而政事之先務也。

劉子威曰：文之世變，自秦、漢以逮梁、陳間，極矣。迺文有古今之殊，人有優劣之論，固天之降才爾殊耶？亦囿於風氣然耶？訓、誥、典、謨、誓、命、禁令、詔諭、約法，此上之所以宣示於下者也；章、奏、表、疏、陳請、獻納，下之所以求通於上者也；緘、題、削牘、書、啓、簡、記，相與往復，而碑勒紀號，鐫刻垂示，所以述揚功德。若夫詰難質訊，檄移規誨，錫命遜讓，薦舉糾拾，引喻取譬，游戲玩弄，論裁辯對，箋固闡譯，符圖銘誌，臨訣憤歎，職秩談説，刺毁詆譏，游詞蔓衍，詭託假諷，寄寓嘲哂，則夫提奬人倫，緯經萬化，奉詞討伐，窮蹙委命，非文之爲用哉。詞命之作，自子産、裨諶以來，文質頓殊，體裁大異。雄才命世，英武奮揚，造次申命。秦之詛楚，諸侯之屏秦，蘇、張之雄辯，代、厲之縱横，是惟脣舌間耳。著見之簡牘，則有人之沉深淵穆者，或寡言而信；廣心浩大者，或渾融而和；寬裕有容者，或含蓄藴藉；疏通顯遠者，或洞達無間；狷隘毅嚴者，或剛勁峻急；舒徐容與者，或闡緩需滯；放曠無羈者，或恣肆流湎；介潔廉直者，或僻澀謇棘；懻忮戾刻者，或褊迫局促；憂愁悒鬱者，或哀憤悵惋；激諒慷慨者，或爽暢標令；雅正弘静者，或清鮮劭長；温良善斷者，或明秀彊果；侮欺自慝者，或鄙悖誇浮；詭妄溺志者，或駁偏雜亂：此則觀其詞，即洞見其人，言不可以僞爲，情豈掩飾所能盖哉？以文質相勝，自三代則爾。漢而降，以文滅質，至六代，文日靡矣。故昔有云：以質開文則易，因文求質則難矣。

書

人臣進御之書爲上書，往來之書爲書，别以議論，筆之而爲書也。唐李翱有《復性》、《平賦》等書，而《平賦書》法制精詳，議論正大，有天下者，誠能推其説而行之，致治不難矣。

《史記》八書，其書之昉也。

書惟一紙八行七字。

書，漢大史令司馬遷《報任少卿書》。任昉。

《文心雕龍》曰：書體本在盡言，以散鬱陶，託風采，故宜條暢以任氣，優柔以懌懷，文明從容，亦心聲之獻酬也。若夫尊貴差序，則肅以節文。

上書

上書，秦丞相李斯《上始皇書》。

戰國時君臣同書，如《燕惠王與樂毅》、《毅報王》之類是也。秦以後始爲表奏焉。《韻會》云：書者，舒也，舒布其言而陳之簡牘也。古人敷奏諫説之辭，見於《尚書》、《春秋内外傳》甚詳，然皆矢口陳言，不立篇目，故《伊訓》、《無逸》，隨意命名，莫協於一，亦出自史臣之手，劉勰所謂「言筆未分」，此其時也。降及七國，未變古式，言事於王，皆稱上書。秦漢而下，雖代有更革，而古制猶存，故往往見於諸集之中。蕭統《文選》，欲其别於臣下之書，故自爲一類，而以上書稱之。

對問

《爾雅》曰：「對，遂也。」《詩》云：「對揚王休。」《書》曰：「好問則裕。」蓋對問者，載主客之辭，以著其意者也。

問對者，文人假設之詞也。其名既殊，其實復異。故名實皆問者，屈平《天問》、江淹《邃古篇》之類是也。名問而實對者，柳宗元《晉問》之類是也。其他曰難、曰諭、曰答、曰應，又有不同，皆問對之類也。古者君臣朋友，口相問對，其詞詳見於《左傳》、《史》、《漢》諸書。後人倣之，乃設詞以見志，於是有問對之文，而反覆縱横，真可以舒憤鬱而通意慮也。

自屈原詞賦，假爲漁父、日者問答之後，後人作者悉相規倣。司馬相如《子虚》《上林賦》，以子虚、烏有先生、亡是公，揚子雲《長楊賦》，以翰林主人、子墨客卿，班孟堅《兩都賦》，以西都賓、東都主人，張平子《（兩都）〔二京〕賦》，以憑虚公子、安處先生，左太冲《三都賦》，以西蜀公子、東吴王孫、魏國先生，皆改名换字，蹈襲一律，無復超然新意。稍出於法度規矩者，晉人成公綏《嘯賦》，無所賓主，必假逸羣父子，乃能遣詞。枚乘《七發》，本只以楚太子、吴客爲言，而曹子建《七啓》，遂有玄微子、鏡機子，張景陽《七命》，而冲漠公子，殉華大夫之名，言話非不工也，而此習根著，未之或改。若東坡公作《後杞菊賦》，破題直云「吁嗟先生，誰使汝坐堂上稱太守？」殆如飛龍搏鵬，騫翔扶摇於烟霄九萬里之外，不可搏詰，豈區區巢林翾羽者所能窺探其涯涘哉！於詩亦然。正采舊公案而機杼一新，前無古人。

喻難

喻難，漢司馬相如《喻巴蜀》并《難蜀父老》文。喻，喻告以知上意也；難，難也，以己意難之，以諷天子也。

説難

《説難》，韓之諸公子韓非所作。非見韓削弱，數以書諫韓王，韓王不能用，乃作《説難》。漢揚雄曰：「『韓非作《説難》，而卒死乎説難，何也？』曰：『説難，蓋其所以死也。君子以禮動，以義止，合則進，不合則退，確乎其不憂其不合也。夫説人而憂其不合，則亦無所不至矣。』」

釋　誨

《釋誨》，漢蔡邕作。宋玉始造對問，朔等效而廣之，迭相祖述，命篇雖異，而體則同源也。《説文》云：「釋，解也。」文既有解，又復有釋，則釋者，解之別名也。自蔡邕作《釋誨》，而郤正《釋譏》、皇甫謐《釋勸》、束晳《玄居釋》，相繼有作。然其詞旨，不過遞相述而已。至唐，韓愈作《釋言》，別出新意，乃能追配邕文，而免於蹈襲之陋。

文通卷之十一

符命

《春秋演孔圖》曰：天子皆五帝之精寶，各有題序，以次運相據，起，必有神靈符紀，使開階立遂。

《春秋潛潭巴》曰：里社鳴，此里有聖人出，其呴則百姓歸之。

徐伯魯曰：符命者，稱述帝王受命之符也。夫帝王之興，固有天命，而所謂天命者，實不在乎祥瑞圖讖之間。故大雹、大虹、白狼、白魚之屬，不見於經，而見於史，史其可盡信邪？後世不察其僞，一聞怪誕，遂以爲符，而封禪以荅之，亦惑之甚矣。自其説昉於管仲，其事行於始皇，其文肇於相如，而千載之惑，膠固而不可破。於是揚雄《美新》、班固《典引》、邯鄲淳《受命述》，相繼有作，而《文選》遂立「符命」一類以列之。夫《美新》之文，遺穢萬世，淳亦次之，固不足道；而馬、班所作，君子亦無取焉。唯柳氏《貞符》以仁立説，頗協於理，然蘇長公猶以爲非，則(如)〔知〕斯文不作可也。馳騁文藝者，當知所懲戒，庶不蹈劉勰「勞深勣寡」之誚云。

典引

《緣起》曰：漢班固所作。《文選》註曰：「典者，常法也；引者，伸也。《尚書》疏堯之常法，謂之《堯典》。漢紹其緒，引而伸之」，故曰《典引》，《文選》列符命類。

唐以前，文章未有名「引」者。漢班固雖作《典引》，然實爲符命之文，如雜著命題，各用己意耳，非以「引」爲文之一體也。唐以後始有此體。如柳宗元有《霹靂琴贊引》，劉禹錫有《送元暠南遊詩引》，大略如序而稍爲短簡，蓋序之濫觴也。

七

摯虞《流別傳》曰：《七發》造於枚乘，借吴楚以爲客主，先言出輿入輦之疾、靡曼之毒、淫曜之害，宜以要言妙道，以蠲澄滯之累，以顯明去就之路，而後説之，雖有甚太之辭，而不没其諷諭之義也。其流既遠，其義遂變，率有辭人淫麗之尤矣。崔駰既作《七依》，而假非有先生之言：「嗚乎！揚雄有言：『童子雕虫篆刻。俄而曰：壯夫不爲也。孔子疾小言破道，斯文之族，豈不謂義不足而辨有餘者乎？賦者將以諷，吾恐其不免于勸也。』」

傅子集古今七篇品之，署曰《七林》。

傅玄《七林·序》曰：昔枚乘作《七發》，而屬文之士，若傅毅、劉廣世、崔駰、李尤、桓麟、崔琦、劉梁、桓彬之徒，承其流而作之者紛焉。通儒大才，如馬季長、張平子，亦引其源而廣之。馬融作《七廣》，張衡造《七辨》，或以闡大道而尊幽滯，或以默瑰奓而託諷詠，揚暉播烈，垂於後世者，凡十有餘篇。自大魏英賢迭作，有陳王《七啓》、王粲《七釋》、楊氏《七訓》、劉氏《七華》、從父侍中《七誨》，並陵前而邈後，揚清風於儒林，亦數篇焉。世之賢明，多稱《七激》工，餘以爲未盡善也。《七辨》似也，非張氏至思，比之《七激》，未爲劣也。《七釋》僉曰：妙哉！吾無間矣。若《七依》之卓聯一致，《七辨》之纏綿精巧，《七啓》之奔逸壯麗，《七釋》之精密閑理，亦近代之所希也。

《文心雕龍》曰：「枚乘摛豔，首製《七發》，腴辭雲構，夸麗風駭。七竅所發，發乎嗜欲，始邪末正，所以戒膏粱子也。」「自《七發》以下，作者繼踵。觀枚氏首唱，信獨拔而偉麗矣。及傅毅《七激》，會清要之工；崔駰《七依》，入博雅之巧；張衡《七辨》，結采綿靡；崔瑗《七厲》，植義純正；陳思《七啓》，取美於宏壯；仲宣《七釋》，致辨於事理。自桓麟《七説》以下，左思《七諷》以上，枝附影從，十有餘家。或文麗而義暌，或理粹而辭駁。觀其大抵所歸，莫不高談宫館，壯語畋獵，窮瓌奇之服饌，極蠱媚之聲色；甘意摇骨體，豔詞動魂識；雖始之以淫侈，而終之以居正，然諷一勸百，勢不自反。子雲所謂『先騁鄭衛之聲，曲終而奏雅』者也。唯《七厲》叙賢，歸以儒道，雖文非拔羣，而意實卓爾矣。」

按詞雖八首，而問對凡七，故謂之七；則七者，問對之别名，而楚詞《七諫》之流也。嗣是崔瑗《七蘇》，陸機《七徵》，遞相摹擬，讀未終篇，而欠伸作焉。唐柳宗元《晉問》，體裁雖同，辭意迴别，亦作者之變化也。

連　珠

《雕龍》曰：「揚雄覃思文閣，業深綜述，碎文瑣語，肇爲《連珠》，其辭雖小而明潤矣。」「擬者間出，杜篤、賈逵之曹，劉珍、潘勖之輩，欲穿明珠，多貫魚目。可謂壽陵匍匐，非復邯鄲之步；里醜捧心，不關西施之嚬矣。唯士衡運思，理新文敏，而裁章置句，廣於舊篇。豈慕珠仲四寸之璫乎！夫文小易周，思閑可贍。足使義明而詞淨，事圓而音澤，磊磊自轉，可稱『珠』耳。」

傅玄曰：其文辭麗而言約，不指説事情，必假喻以達其旨，而賢者微悟，合於古詩諷興之義，欲使歷歷如貫珠，易覩而可悦，故謂之連珠也。

沈約曰：連珠，放《易象》論，動模經誥。連珠者，謂辭句連續，互相發明，若珠之排結也。

班固諭美詞壯，文章宏麗，最得其體。蔡邕言質辭碎，然其旨篤矣。賈逵儒而不艷，傅毅文而不典。

按西漢揚雄，已有《連珠》，班固《擬連珠》，非始於固也。嗣後潘勗《擬連珠》，魏王粲有《倣連珠》，晉陸機有《演連珠》，宋顔延之有《範連珠》，齊王儉有《暢連珠》，梁劉孝儀《探物作豔體連珠》，傅玄乃云「興於漢章之世」，誤矣。

評

「評」，品論也，史家褒貶之詞。蓋古者史官各有論著，以訂一時君臣言行之是非，然隨意命名，莫協於一。故司馬遷《史記》稱「太史公曰」，而班固《西漢書》則謂之「贊」，范曄《東漢書》又謂之「論」，其實皆評也，而「評」之名則始見于《三國志》。後世緣此，作者漸多，則不必身在史局，手秉史筆，而後爲之矣。故二評載諸《文粹》，而評史見於蘇文，蓋文章之一體也。當以陳壽史爲主。有史評、雜評二品。如《滄浪・詩評》、王弇州《明詩評》。

解

《解嘲》，揚雄作。解者，釋也。解釋結滯，徵事以對，因人有疑而解釋之也。其文以辨釋疑惑，解剥紛難爲主，與論、説、議、辨，盖相通焉。其題曰：「解某」，曰「某解」，則爲其命之而已。雄文雖諧謔廻環，見譏正士，而其詞頗工。此外又有字解，則别從名字説類。

原

《説文》云：「原者，本也，謂推論其本原也。」自唐韓愈作「五原」，而後人因之，雖非古體，然其遡原於本始，致用於當今，至其曲折抑揚，亦與論説相爲表裏。其題或曰「原某」、「某原」，惟操觚者命之也。

辯

《記》云：辯説得其黨。

任昉曰：楚宋玉作《九辯》。辯者，變也，謂陳道德以變説君也。

按《楚辭·九歌》乃十一篇，《九辯》亦十篇，宋人不曉古人虚用九字之義，强合《九辯》二章爲一章，以協九數。古人言數之多，止于九。《逸周書》云：「《左傳》『九諫于王』、《孫武子》『善攻者動于九天之上，善守者伏于九地之下』。」此豈實數邪？

《書》曰：「君罔以辯言亂舊政」，《禮記》曰：「言僞而辯」，《孟子》曰：「予豈好辯哉！」故辯須不得已而辯之可耳。《莊子》云：「辯雕萬物」，《韓子》云：「豔采辯説。」是則藻繢其言以眩聽，無治亂安危之念者也。

《説文》云：「辯，判别也。」其字從言，或從刂，蓋執其言行之是非真僞，而以大義斷之也。近世魏較謂從刀，而古文不載，未敢從也。漢以前，初無作者，故《文選》莫載，而劉勰不著其説。至唐韓、柳乃始作焉。然其原實出於孟、莊，蓋非本乎至當不易之理，而以反復曲折之詞發之，未有能工者也。其題或曰「某辯」，或曰「辨某」，則隨作者命之，實非有異義也。

説

説，本作兑，俗作説。「解也，述也，解釋義理，而以己意述之也。」説之名起於《説卦》。漢許慎作《説文》，亦祖其名以命篇。而魏晉以來，作者絶少，獨《曹植集》中有二首。要之，傳於經義，而更出己見，縱横抑揚，以詳贍爲上而已，與論無大異也。名説、字説，其名雖同，所施則異。

説者，悦也。兑爲口舌，故言洛悦懌，過悦必僞，故舜驚讒説。説之善者，伊尹以論味隆殷，太公以辯釣興周，及燭武行而紓鄭，端木出而存魯，亦其美也。暨戰國争雄，辯士雲踊，從横參謀，長短角勢，《轉丸》騁其巧辭，《飛鉗》伏其精術。一人之辯，重於九鼎之寶；三寸之舌，强於百萬之師。六印磊落以佩，五都隱賑而封。至漢定秦楚，辯士弭節。酈君既斃於齊鑊，蒯子幾入乎漢鼎。雖復陸賈籍甚，張釋傅會，杜欽文辯，婁護脣舌，頡頏萬乘之階，抵噓公卿之席，並順風以託勢，莫能逆波而泝洄矣。

夫説貴撫會，弛張相隨，不專緩頰，亦在刀筆。范睢之言事，李斯之止逐客，並煩情入機，動言中務，雖批逆鱗而功成計合，此上書之善説也。至於鄒陽之説吴、梁，喻巧而理至，故雖危而無咎矣；敬通之説鮑、鄧，事緩而文繁，所以歷騁而罕遇也。凡説之樞要，必使時利而義貞，進有契於成務，退無阻於榮身，自非譎敵，則惟忠與信。披肝膽以獻主，飛文敏以濟辭，此説之本也，而陸氏直稱「説煒曄以譎誑」，何哉？

字説

《儀禮》，士冠三加三醮而申之以字辭，後人因之，遂有字説、字序、字解等作，皆字辭之濫觴也。雖其文去古甚遠，而丁寧訓誡之義無大異焉。若夫字辭、祝辭，則倣古辭而爲之者也。然近世多尚字説，至於解説名序，則援此意而推廣之。而女子笄，亦得稱字，故宋人有女子名辭，其實亦字説也。今雖不行，然於禮有據。

説書

説書者，儒臣進講之詞也。人主好學，則觀覽經史，而儒臣因説其義以進之，謂之説書。然諸集不載，唯《蘇文忠公集》有《邇英進讀》數條。而《文鑑》取以爲説書，題與篇首有問對字，蓋被顧問而答之之詞。今讀其詞，大抵皆文士之作，而於經史大義，無甚發明，不知當時説書之體，果然乎否也？及觀《王十朋集》，似稍不同，然亦不能敷陳大義。

今制：經筵進講章，首列訓詁，次陳大義，而以規諷終焉。欲其易曉，故篇首多用俗語，與此類所載者夐異，似爲有益。

譯

《王制》曰：五方之民，言語不通，嗜欲不同。達其志，通其欲，東方曰寄，南方曰象，西方曰狄鞮，北方曰譯。

賀欽曰：譯者，《説文》云：「傳譯四夷之言也。從言，睪聲。」越裳氏重九譯來貢，《周禮·象胥》傳四夷之言。「北方曰譯」《注疏》云：「譯，陳也。陳説内外之言。」語者，《説文》云：「論也。從言，吾聲。」語者，午也，言交午也。吾言爲語，吾語聲也。

文通卷之十二

史　贊

劉子玄曰：《春秋左氏傳》每有發論，假君子以稱之。二傳云公羊子、穀梁子，《史記》云太史公。既而班固曰讚，荀悦曰論，《東觀》曰序，謝承曰詮，陳壽曰評，王隱曰議，何法盛曰述，揚雄曰譔，劉昞曰奏，袁宏、裴子野自顯姓名，皇甫謐、葛洪列其所號。史官所撰，通稱史臣。其名萬殊，其義一揆。必取便於時者，則總歸論贊焉。

夫論者所以辯疑惑，釋凝滯。若愚智共了，固無俟商搉。丘明「君子曰」者，其義實在於斯。司馬遷始限以篇終，各書一論。必理有非要，則强生其文，史論之煩，實萌於此。夫擬《春秋》以成史，持論尤宜闊略。其有本無疑事，輒設論以裁之，此皆私狥筆端，苟衒文彩，嘉辭美句，寄諸簡册，豈知史書之大體，載削之指歸者哉？

必尋其得失，考其異同，子長淡薄無味，承祚懦緩不切，賢才間出，隔世同科。孟堅辭惟温雅，理多愜當。其尤美者，有典誥之風，翩翩奕奕，良可詠也。仲豫義理雖長，失在繁富。自茲已降，流宕忘返，大抵皆華多於實，理少於文，鼓其雄辭，誇其儷事。必擇其善者，則干寶、范曄、裴子野，是其最也；沈約、臧榮緒、蕭子顯，抑其次也；孫安國都無足採，習鑿齒時有可觀。若袁彦伯之務歸玄言，謝靈運之虚張高論，玉巵無當，曾何足云！王邵志在簡直，言兼鄙野，苟得其理，遂忘其文。觀過知人，斯之謂矣。大唐修《晉書》，作者皆當代詞人，遠棄史、班，近宗徐、庾。夫以飾彼輕薄之句，而編爲史籍之文，無異加粉黛於壯夫，服綺紈於高士者矣。

史之有論也，蓋欲事無重出，省文可知。如太史公曰：觀張良貌如美婦人耳；項羽重瞳，豈舜苗裔？此則別加他語，以補書中，所謂事無重出者也。又如班固贊曰：萬石君之爲父浣衣，君子非之；楊王孫裸葬，賢於秦始皇遠矣。此則片言如約，而諸義甚備，所謂省文可知也。及後來讚語之作，多録紀傳之言，其有所異，唯加文飾而已。至於甚者，則天子操行，具諸紀末，繼以論曰，接武前修，紀論不殊，徒爲再列。

馬遷《序傳》後，歷寫諸篇，各叙其意。既而班固變爲詩體，號之曰述。范曄改往述名，呼之以贊。尋述選贊爲例，篇有一章，事多者則約之以使少，理小者則張之以令大，名實多爽，詳略不同。且欲觀人之善惡、史之褒貶，蓋無假於此。然固之總述，合在一篇，使其條貫有序，歷然可閱。蔚宗《後書》，實同班氏，乃各附本事，書于卷末，篇目相離，斷絶失次。而後生作者，不悟其非，如蕭、李《南、北齊史》，大唐新修《晉史》，皆依范書誤本，篇終有贊。夫每卷立論，其煩已多，而嗣論以贊，爲黷彌甚。亦猶文士製碑，序終而續以銘曰；釋氏演法，義盡而宣以偈言。苟撰史若斯，難與議夫簡要者矣。

至若與奪乖宜，是非失中，如班固之深排賈誼，范曄之虚美隗囂，陳壽謂諸葛不逮管、蕭，魏收稱爾朱可方伊、霍，或言傷其實，或擬非其倫。必備加擊難，則五車難盡。故略陳梗槩，一言以蔽之。

羅長源曰：紀傳設論，非作史之法也。左氏傳《春秋》，每事之要，時有所謂「仲尼曰」、「孔子曰」、「君子曰」者，蓋將以發其緒，啓其斷也。後世史乃特立之贊，既非體矣，而末又爲評爲論，更有所謂「史臣曰」、「臣某曰」、「臣曰」、「制曰」之類，則失之矣。

郭文毅曰：《孟子》曰：「無是非之心，非人也。」二十一史，萬世是非之書也。史之是非以事，而論贊是其所是，非其所非，蓋以義矣。孔子《春秋》，是非在一字，而其事不見，見之《左氏》。《左氏》之是非以事，而間以其義寄之「君子曰」、「或曰」、「孔子曰」，殆後世論贊之所自始乎？《左氏》而下，馬遷爲盛。然論史者謂：以其己意而寄之編簡，或借往事以吐其胸中之磊落，是爲奇偉。夫論是非者，不以天下之公心，不以朝家之公是，而第以寄一人之憤思，則人人逞其胸臆，將何所不至乎？夫史有天道焉，有君道焉，人主不能奪，柄臣不能改，私好私惡不敢行，曹好曹惡不敢亂，而苟以自寓其憤思，則安用史爲？

班固之嚴整也，議論正也；陳壽之簡峻也，品評雜也。范曄琢矣豔矣，而琢豔之中，有古聲焉。唐太宗、沈約、蕭子顯、姚思廉、魏收、李百藥、令狐德棻，排矣偶矣，而排偶之中有婉辭焉，雖古調日遠，而奇賞難没。李延壽之于《南、北史》，歐陽修之于《舊唐書》，半仍其故，半易其辭，所仍所易，互有得失，而延壽近華，歐陽漸靡矣。脱脱于宋，日就繁蕪，而靡氣浮言，幾不堪讀。總而言之，即論贊而累朝之得失，諸史之長短，犁然見矣。辟之刑家，二十一史，其獄情乎？論贊其讞辭乎？

縱觀金匱石室之藏，竊有慨于昭代之缺如也。夫以方孝孺而謂其乞哀也，謝文正諫阻諒陰選嬪，而謂其諛詞獻諂，以誤儲嗣，是小人圖勢利而不爲國謀也。王文成而謂其譎詭也，曾司馬而謂其誕謾無遠也，郭中允而謂其以死博功名也，是非乃如是哉！天下章奏，下六科而史臣六人紀之。六科之所不報，史臣不得書，已漏其半，又復托之留中將盡，一時之忠言讜論，高標偉節，歸之烏有矣，後代秉筆者，何從而記之？夫安得盡傾中秘之藏，一一與天下揚搉之也。

讚

《釋名》曰：稱人之美者曰讚。讚者，纂也。纂集其美而叙之也。

《尚書注疏》云："鄭玄曰："贊者以叙不分散避其名，故謂之贊。贊，明也，佐也，佐成叙義也。""

《文章緣起》云："讚者明事而嗟嘆，以助辭也。四字爲句，數韻成章，蓋約文而寓褒貶也。"

李充《翰林論》曰："容象圖而讚立，宜使詞簡而義正。孔融讚楊公亦其義也。"

《説文》云："贊，本作讚。"昔漢司馬相如初贊荆軻，其詞雖亡，而後人祖之，著作甚衆。唐時至用以試士，則其爲世所尚久矣。其體有三：曰雜贊，意專褒美，若諸集所載人物、文章、書畫諸贊是也。曰哀贊，哀人之没而述德以贊之者是也。曰史贊，詞兼褒貶，若《史記索隱》、《東漢》、《晉書》諸《贊》是也。其述贊也，名雖爲贊，而實則評論之文，其叙傳也，詞雖似贊，而實則小叙之語，安得槩謂之贊而無辯乎？

又有以傳贊名書者。劉歆作《列女傳贊》，傳，著事也；贊，叙美也。

《文心》曰：讚者，明也。昔虞舜之祀，樂正重讚，蓋唱發之辭也。及益讚于禹，伊陟贊于巫咸，並颺言以明事，嗟嘆以助辭也。故漢置鴻臚，以唱拜爲讚，即古之遺語也。至相如屬筆，始讚荆軻。及遷《史》固《書》，託讚褒貶，約文以總録，頌體以論辭，又紀傳後評，亦同其名。而仲治《流別》，謬稱爲述，失之遠矣。及景純注《雅》，動植讚之，義兼美惡，亦猶頌之變耳。然其爲義，事生奬歎，所以古來篇體，促而不曠，必結言于四字之句，盤桓乎數韻之詞；約舉以盡情，昭灼以送文，此其體也。發源雖遠，而致用蓋寡，大抵所歸，其頌家之細條乎！

傳

《釋名》曰：「傳，傳也，以傳示後人。」《博物志》曰：「賢者著行曰傳。」《韻會》云：「紀載事迹，以傳於後世也。」自漢司馬遷作《史記》，創爲列傳，以紀一人之始終，而後世史家，卒莫能易。嗣是山林里巷，或有隱德而弗彰，或有細行而可法，則皆爲之作傳，以傳其事，寓其意。而馳騁文墨者，間以滑稽之術雜焉，皆傳體也。其品有四：一曰史傳，有正變二體，二曰家傳，三曰托傳，四曰假傳。

記

任昉曰：記者，所以叙事識物，以備不忘，非專尚議論者也。

《金石例》云：「記者，記事之文也。」《禹貢》、《顧命》，乃記之祖，而記之名，則昉於《戴記・學記》諸篇。厥後揚雄作《蜀記》，而《文選》不列其類，劉勰不著其説，則知漢魏以前，作者尚少，其盛自唐始也。其文以叙事爲主，後人不知其體，顧以議論雜之。故陳師道云：「韓退之作記，記其事耳，今之記，乃論也。」亦有感矣。然觀《燕喜亭記》已涉議論，而歐、蘇以下，議論寖多，則記體之變，豈一朝一夕之故哉！又有託物以寓意者，如王績《醉鄉記》是也；有首之以序，而以韻語爲記者，如韓愈《汴州東西水門記》是也；有篇末系以詩歌者，如范仲淹《桐盧嚴先生祠堂記》之類是也，皆爲别體。至其題或曰「某記」，或曰「記某」，《昌黎集》載有《記宜城驛》是也，或爲游記，惟作者之所命焉。此外又有墓磚記、墳記、塔記，當與墓誌同體。

題名

題名者，紀識登覽尋訪之歲月與其同遊之人也。其叙事欲簡而贍，其秉筆欲健而嚴，獨《昌黎集》有之，亦文之一體也。昔人嘗集華嶽題名，自唐開元玄宗至後唐清泰廢帝，録爲十卷，中更二百一年，題名者五百四十二人，可謂富矣。歐陽公《集古録》有此書，而韓愈所題亦在其中，故朱子採之以入其集，而謂「筆削之嚴，非公不可」，則其文豈可易爲哉？當今名山奇跡，非無佳題，而世人往往辱之，亦可歎矣。當以韓公所題七首爲法。

今制：太學每三歲則樹甲科題名於持敬門内，而閣部以下，各樹題名碑於署内，以紀其姓名履歷云。

銘

《釋名》曰：銘，名也。述其功美，使可稱名也。

《文章流別》曰：德勳立而銘著。

《禮記·祭統》曰：銘者，論撰其先祖之有德善、功烈、勳勞、慶賞、聲名，列於天下，而酌之祭器，自成其名焉，以祀其先祖者也。顯揚先祖，所以崇孝也；身比焉，順也；明示後世，教也。夫銘者，一稱而上下皆得焉耳矣。是故君子之觀於銘也，既美其所稱，又美其所爲。爲之者，明足以見之，仁足以與之，知足以利之，可謂賢矣。賢而勿伐，可謂恭矣。

《法言》曰：銘哉銘哉，有意於慎也。

鄭康成曰：「銘者，名也。」「作器能銘，可以爲大夫矣。」考諸夏、商鼎彝尊卣盤匜之屬，莫不有銘，而文多殘缺，獨湯《盤》見於《大學》，《大戴禮》備（戴）〔載〕武王諸銘。其後作者寖繁，山川、宮室、門井之類，皆有銘詞，不但器物而已。其體不過有二：曰警戒，曰祝頌。《文賦》曰：「銘貴博文而温潤。」斯言得之矣。此外又有碑銘、墓碑銘、墓誌銘。

蔡邕《銘論》曰：春秋之論銘也：「天子令德，諸侯言時計功，大夫稱伐。」昔肅慎納貢，銘之楛矢，所謂天子令德者也。昔黄帝有巾几之法，孔甲有盤盂之誡，殷湯有甘誓之勒，冕鼎有丕顯之銘。武王踐祚，咨于太師，作席几楹杖機之銘，十有八章。周廟金人，緘口以慎，亦所以勸人主勗於令德者也。吕尚作周太師，封于齊，其功銘於昆吾之冶，獲寶鼎于美陽。仲山甫有補衮闕，誠百辟之功。《周禮·司勳》：「凡有大功者，銘之太常」，所謂諸侯言時計功者也。有宋大夫正考父，三命兹恭，而莫侮其國；衛孔悝之祖莊叔，隨難漢陽，左右獻公，衛國賴之，皆銘乎鼎；晉魏顆獲秦杜回於輔氏，銘功於景鐘：所謂大夫稱伐者也。鐘鼎禮樂之器，昭德紀功，以示子孫。物不朽者，莫不朽於金石故也。近世以來，咸銘之於碑。

《文章流别傳》曰：夫古銘至約，今銘至煩，亦有由也。質文時異，論之則矣。且上古之銘，銘於宗廟之碑。既蔡邕爲楊公作碑，其文典正，末世之美者也。後世以來銘器，銘之佳者，有王莽《鼎銘》、崔瑗《機銘》、朱公叔《鼎銘》、王粲《硯銘》咸以表顯功德。天子銘嘉量，諸侯大夫銘太常，勒鐘鼎之義，所言雖殊，而令德一也。李尤爲銘，山河、都邑，至於刀、筆，無有不銘，而文多穢病，殊費討論矣。

昔帝軒刻輿、几以弼違，大禹勒筍簴而招諫；成湯著「日新」之規，武王題《户》、《席》之訓；周公「慎言」於《金人》，仲尼「革容」於欹器：則先聖鑒戒，其來久矣。故銘者，名也，觀器必也正名，審用貴乎盛德。蓋臧武仲之論銘也，曰：「天子令德，諸侯計功，大夫稱伐。」夏鑄九牧之金鼎，周勒肅慎之楛矢，令德之事也；吕望銘功於昆吾，仲山鏤績於庸器，計功之義也；魏顆紀勳於景鐘，孔悝表勤於衛鼎，稱伐之類也。若乃飛廉有石槨之錫，靈公有蒿里之謚，銘發幽石，吁可怪矣！趙靈勒跡於番吾，秦昭刻博於華山，夸誕示後，吁可笑也！詳觀衆例，銘義見矣。至於始皇勒岳，政暴而文澤，亦有疎通之美焉。若班固《燕然》之勒，張昶《華陰》之碣，序亦盛矣。蔡邕銘思，獨冠古今。橋公之銘，吐納典謨，朱穆之《鼎》，全成碑文，溺所長也。至如敬通雜器，準矱戒銘，而事非其物，繁略違中。崔駰品物，讚多戒少；李尤積篇，義儉辭碎。蓍龜神物，而居博奕之中；衡斛嘉量，而在臼杵之末：曾名品之未暇，何事理之能閑哉！魏文九寶，器利辭鈍。唯張載《劍閣》，其才清采。迅足駸駸，後發前至；勒銘岷、漢，得其宜矣。

箴

箴，漢揚雄依《虞箴》作十二州、二十五官箴。箴者，規戒以禦過者也。義尚切劘，文須確至。陸士衡《文賦》曰：箴頓挫而清壯。

箴者，所以攻疾防患，喻鍼石也。斯文之興，盛于三代。夏、商二箴，餘句頗存。及周之辛甲百官箴一篇，體義備焉。迄至春秋，微而未絶。故魏絳諷君於后羿，楚子訓民於「在勤」。戰代已來，棄德務功，銘辭代興，箴文委絶。至揚雄稽古，始範《虞箴》，卿尹、州牧廿五篇。及崔、胡補綴，總稱《百官》，指事配位，鞶鑑可徵，信所謂追清風於前古，攀辛甲於後代者也。至於潘勗《符節》，要而失淺；温嶠《傳臣》博而患繁；王濟《國子》，引廣事雜；潘尼《乘輿》，義正體蕪：凡斯繼作，鮮有克衷。至於王朗《雜箴》，乃寘巾、履，得其戒慎，而失其所施。觀其約文舉要，憲章戒銘，而水火井竈，繁辭不已，志有偏也。

夫箴誦於官，銘題於器，名目雖異，而警戒實同。箴全禦過，故文資确切；銘兼褒讚，故體貴弘潤。其取事也必覈以辨，其摛文也必簡而深，此其大要也。然矢言之道蓋闕，庸器之制久淪，所以箴銘異用，罕施于代。惟秉文君子，宜酌其遠大焉。

「箴者，誡也。」蓋醫者以箴石刺病，故有所諷刺而救其失，後之作者，亦用以自箴。其品有二：曰官箴，曰私箴。文用韻語，而反覆古今興衰理亂之變以垂警戒，使人惕然有不自寧之心耳。

規

《説文》云：「規者，爲圓之器也。」《書》曰：「官師相規。」言規其闕失，使不敢越，若木之就規也。今人以箴規並稱，而文章顧分爲二體者，何也？孔穎達曰：「《書》言官師者，謂衆官也；相者，平等之辭；平等有闕，己上相規，見上有過，諫之必矣。」據此，則箴者，箴上之闕；而規者，臣下之互相規諫者也。其用以自箴者，乃箴之濫觴耳。然規之爲名，雖見於《書》，而規之爲文，則漢以前絶無作者。至唐元結始作《五規》，豈其緣《書》之名而創爲此體歟？

誡

太公金匱曰：武王曰：「五帝之誡，可得聞乎？」

誡，警也，慎也。《易》曰：「小懲而大誡。」《書》曰：「戒之用休。」《詩》云：「夕惕若厲。」《孝經》云：「在上不驕。」《論語》云：「君子有三戒。」

《説文》云：「戒者，警敕之辭，字本作誡。」文既有箴，而又有戒，則戒者，箴之别名歟？《淮南子》載《堯戒》曰：「戰戰慄慄，日謹一日，人莫躓於山，而躓於垤。」至漢杜篤遂作《女戒》，而後世因之，惜其文弗傳，意必未若《堯戒》之簡也。其詞或散文，或韻語。

《漢書》曰：誡敕刺史太守及三邊營官，被敕文曰：有詔敕某官，是爲誡敕。世皆名此爲策書，失之甚也。

《文心》曰：戒敕爲文，實詔之切者，周穆命郊父受敕憲，此其事也。魏武稱作敕戒。備告百官：敕都督以兵要，戒州牧以董司，警郡守以恤隱，勒牙門以禦衛，有訓典焉。戒者，慎也，禹稱：「戒之用休。」君父至尊，在三罔極。漢高祖之《敕太子》，東方朔之《戒子》，亦顧命之作也。及馬援已下，各貽家戒。班姬《女戒》，足稱母師也。

謚議

《儀禮・士冠禮》：「生無爵，死無謚。」卿大夫有爵，故有謚。

《周禮・春官》太師掌「大喪，帥瞽而廞，作柩謚」。廞，興也。興言王之行，謂瞽諷誦其治功之詩也。諸侯薨，臣子跡累其行以赴告王。王遣大臣會其葬，因謚之。又：太史掌「小喪，賜謚」。小史掌「卿大夫之喪，賜謚，讀誄」。小喪，卿大夫喪。

《大戴禮》曰：謚者，行之跡也；號者，功之表也。

《禮記》曰：「惟天子稱天以誄之。」《曾子問》曰：「賤不誄貴，幼不誄長，天子至尊，故稱天以誄之。」又曰：「已孤暴貴，不爲父作謚。」《樂記》曰：「聞其謚，知其行。」

《禮・表記》曰：先王謚以尊名，節以壹惠，耻名之浮於行也。

《白虎通》曰：「號法天也，法日也，日未出而明。謚法地也，法月也，月已入有餘光。是以大行受大名，細行受小名。行生於己，名成於人。」又曰：「天子崩，諸侯至南郊謚之，以爲臣子莫不欲褒稱其君，掩惡揚善，故於郊，明不得欺天也。」后夫人謚，臣子其於廟議之。婦人本無外事，故不於郊。

《郊特牲》曰：死而謚之，禮也。古者生無爵，死無謚。

《五經通義》曰：「桓王時蔡侯卒，謚桓。有德則善謚，無德則惡謚，故同也。」又曰：「號者所以表功德，號令天下也。謚之言列也，陳列所行，善有善謚，惡有惡謚也。」又曰：「婦人以隨從爲義，夫貴於朝，婦貴於室，故得蒙夫之謚。」又曰：「夫人無爵，故無謚。」或曰：「夫人有謚。夫人一國之母，修閨門之内，群下亦化之，故設謚章其美惡。《公羊傳》曰：葬宋共姜，稱其謚，賢之也。卿大夫妻，命婦也，無謚者，以賤也。姬無謚，亦以卑賤，無所能與，猶士卑小，不得謚也。」

羅泌《路史》曰：古之法行于今者，惟謚。然二千餘年，而靡有定法。大戴氏曰：昔周公旦、太公望，相嗣王以制謚法。《周書》之説亦然。故今《周書》有《謚法》一篇，頗爲簡要。至杜預，取而納之《釋例》，而世遂重出之，謂《春秋謚法》，蓋不知也。異時有《廣謚》者，沈約、賀琛，皆嘗本之。約又撰著《謚例》，事頗詳備。而琛之書特少去取，且復强爲君臣婦女之别，亦無取焉。太宗皇帝爰命扈蒙，裁著新書，然而亦莫究明。蘇洵于是究定古今，斷以書傳，刊其重復，以爲法。雖其或從或違，時亦有合聖人之意，然其必欲合以堯舜三王五帝之時，則大謬矣。

夫謚者，原其號者也，其不出于周公之前，予嘗論之。彼號近古而好牽合者，無過漢儒。而漢儒亦謂堯、舜、禹、湯，不入謚法，則其説可槩見矣。且在《周書》，初無堯、舜、禹、湯、桀、紂之文，至預而後增之，以湯益無所據。商之太宗、中宗、高宗，本非謚法，特以其一時功烈，推而崇之耳。乃若甲、丙、庚、壬、乙、己、丁、癸，何由而爲謚哉？若古論謚，爲法最簡。故賈山曰：古聖作謚，不過三四十言。而蔡邕之書，纔四十六，然猶不及《世本》、《大戴》之所戴者。洵乃以二書邕不之見，見則無不載矣。《周書》之篇，乃周公之法，而《春秋》之謚，出于此。今洵反謂周公者爲最繁襍，而《春秋》者爲簡而不亂。又謂《周書·謚法》，以鄙野不傳，則知二書洵亦未嘗見也。按洵書曰：「匹夫之有謚，始東漢之隱者；婦人之有謚，始景王之穆后。」夫婦人之典，周三后其著者也，而穆王之盛姬，亦有哀淑人之謚，見于穆天子之傳。匹夫之典，夷、齊其著者也，而齊之黔婁，已謚曰「康」，見于《高士傳》。二者其來久矣。此楊侃爲《職林書》，謂公主之有謚，自唐之唐安始，乃不知世祖之平陽、昭文公主，與齊高帝之女，義興憲公主始也。邕之言漢母無謚，至明帝始建光烈之稱，于是請正和熹之號。而不知元帝之母媪，已有昭靈之號又何耶？婦人無外行者也，生也姓配其國，没也謚從其夫，明有屬也。秦嬴、鄧曼、陳媯、韓姞，以姓配國者也；秦穆姬、宋共姬、魯文嬴，與夫共、莊、宣之三姜，以謚從夫者也。惟死先夫則異其謚。景之穆后、桓之文姜、莊之哀姜之類是也。後死而殊謚，抑何典耶？今不知考，而更請正和熹、光烈之稱，豈先王之典哉！

嗟夫，顔、閔至德，不聞有謚，而朱暉子穆，輒加父以「貞宣」，及穆之死，邕復以「文忠」被之。穆則廢典，邕亦不知禮耶？其貽譏于荀爽，而見誚于張璠也，宜矣！抑嘗言之，謚者，正先王之所謂名教也。然古之謚爲名教，而後世之謚爲辱典。東漢莎車以蠻夷而膺茂典，此何爲耶？然則邕之違禮，豈惟邕之罪哉！德又下衰，其流及于藝術與緇黄矣。名教之失，孰甚于是？顧不謂辱典耶？

文通卷之十三

尺牘尺赤通

尺牘：漢文帝遺匈奴尺一牘。尺牘，書之沿也，體務簡達，語貴媚嫩，所用最繁，必使斯須可辦。故孟公授書，親疎各異；穆之應對，移晷百函：斯蓋駿發而前，巧於用短者也。

王弇州曰：夫書者辭命之流也。昔在春秋，游旌接轂，矢揚刃飛之下，不廢酬往，媚婉可餐，故草創潤色，既匪一人，謀野褆邦，以爲首務。然而出疆斷割，因變爲規，寄文行人之口，無取載函之筆，離是而還書，郁乎盛矣，用亦大焉。故嬓箭聊城，則百雉自摧；奏章秦庭，則千橐盡返。少卿紓鬱於毳帳，子長揚泯於蠶宮，良以暘人我之懷，發今曩之蘊。或揚扢沈冥，或培折疑豫，或誘趨啓蔽，或釋詛通媾。走儀秦於寸管，組丘倚於尺一，思則川至泉湧，辯則雲蒸電燿，其盛矣哉。然皆春容大章，汪洋菀翰。鴈距弱雲路，虞其修阻；魚腹狹波臣，付以沈浮：則有黃麻薄蹏，縅蘇固蠟，爛熳數行，遥裔千里，蓄止寒暄，情專問慰。隻事興端，片物託緒，毛生爲舌，墨卿代面，醉潘灕漇，巵言熹微。其造色也，炯兮隋珠之忽投；其寄悰也，裊兮春絲之不斷。是用河嶽雖移，漆膠愈結，徘徊吟咀，情事更絶。明月宛其依懷，白雲停而不飛，斯則晉客玄談之委致，齊梁纖語之極軌也。若夫陳驚座之十吏遞供，劉南昌之百函俱發，流映前史，以爲美談，今皆闕如，況其下焉者乎！

胡元瑞曰：漢以前「赤」、「尺」通用，見楊子《巵言》。余所閲尚三數處。自唐人以下，用者絶希。惟海岳《書史》云：「朱長文收錦織諸佛，闊四赤，長五六赤」，印証益明。

《莊子》曰：「小夫之知，不離苞苴竿牘。」注云：「苞苴以遺，竿牘以問。」竿音干，即簡牘也。以竹曰竿，又曰簡；以木曰牘，又曰札。《説文》：「牘，書板也。」古者與朋儕往來，以板代書帖，故從片。曰牋、曰牒，皆此意也。《説文》作：「箋，表識書也。」後轉作牋，亦是用竹爲牋，用木爲牋也。紙亦曰箋紙，不忘其本也。牒，《説文》曰：「牒，札也。」《增韻》：「官府移文曰牒。」《説文》：「札，牒也。」《釋名》：「札，櫛也。編之如櫛，齒相比也。」郭知玄《集韻序》：「銀鉤一啓，亥豕成羣；簜櫛行披，魯魚盈隊。」蓋以札爲櫛也。其云「簜櫛」，《周禮》所謂英簜輔節，亦竹簡之謂也。《司馬相如傳》：「令尚書給筆札」，注：「木簡之薄小者也。時未用紙，故給札以書。」《中庸》曰：「布在方策。」方，板也，以木爲之；策，簡也，以竹爲之。至秦漢以下，以絹素書字。漢文帝集上書囊以爲帷。書囊，如今文書封套，一曰書帶。鄭玄：庭下生草，如書帶是也。又曰書袋。

海中有魚，形如書帶。相傳秦始皇吏，遺書袋於海，所化是也。漢世書札相遺，或以絹素，疊成雙魚之形，古詩云：「尺素如霜雪，疊成雙鯉魚。要知心裏事，看次腹中書。」是其明證也。故古詩有「客從遠方來，遺我雙鯉魚」之句指此。昧者不知，即以爲水中鯉魚能寄書，可笑。《李太白集》有「桃竹書筒」，元微之以竹爲詩筒，寄白樂天，亦莊子之所謂竿也。

移書

移書，漢劉歆《移書讓太常博士論左氏春秋》。移，易也；讓，責也。《文心雕龍》曰：「劉歆之《移太常》，辭剛而義辯，文移之首也。」

白事

白事，漢孔融主簿作白事書。白，告也，告明其事也。

述

魏給事中邯鄲淳作《魏受命述》。聖人創製曰「作」，賢者傳舊曰「述」，故述者不敢當作者之名也。

《說文》云：「述，譔也，纂撰其人之言行以俟考也。」其文與行狀略同，不曰狀，而曰述，亦別名。

略

略，漢奉車都尉劉歆總羣書而奏其《七略》：曰輯略、曰六藝略、曰諸子略、曰詩賦略、曰兵書略、曰術數略、曰方技略。班固因之，作《藝文志》。

刺

刺，从朿，从刂。《詩》下以風刺上，曰刺。七賜切。《韻補》：「書姓名於奏白曰刺。」《漢書》：「漫刺。」《後漢》：禰衡尚氣慢物，游許下，陰懷一刺，既無所通，刺字漫滅。陸象孫謂：「投名刺，既稱頓首，不當復言拜。」故爾。然《周禮》辨九拜之儀：「一稽首，一頓首」，注：「稽首，拜頭至地也；頓首，拜頭叩地也。」又：「奇拜，一拜也；褒拜，再拜也；肅拜，但俯下手，即今之揖也。」好奇者，有稱肅拜。不知其自處於倨，而稱頓首者，亦無所不可。若稱奇拜、褒拜，亦通。《留青日札》曰：古者削竹木以書姓名，故曰刺，所云「書姓名于奏白」是也。刺，从刀，从朿亦聲。俗作剌，非。剌，來未切，戾也。後以紙書，故曰名紙。漢郭林宗載刺盈車，禰衡懷刺漫滅。孟宗家貧，刺詣魏爵里刺北齊李元忠，取刺勿通。唐李德裕貴盛，人始用門狀。唐門狀競用善紙，有識者尚非之。嘉靖初年，士夫刺紙，不過用白鹿，如兩指闊，而書簡或用顔色蘇箋，以爲大事，亦止一尺長耳。近則競用奏本白緑羅紋箋，甚至于松江五色蠟箋，臙脂毬青花鳥格眼，曰緑官司。年節以大紅紙爲拜帖，餽送則以銷金大紅紙爲禮書。封筒，長可五六尺，闊不減四五寸。叚帕書册，亦以紅紙封裹，鄉士夫皆效之，云此風起于京師勳戚之家，可謂奢侈暴殄之極矣。夫上司取之府縣，而府縣取之百姓，殊不知此紙皆小民之皮膚也。白者其骨髓，紅者其膏血，剥民之皮，以書己之名，以充貴顯之美觀，何忍心害理如是哉！節用愛人，爲民上者其試思之。

謁

少儀聞始見君子者辭曰：「某固願聞名於將命者，不得階主。」適者曰：某固願見，罕見曰聞名，亟見曰朝夕，瞽曰聞名。

謁文，後漢别駕司馬張超《謁孔子文》。謁，白也，請見也。史稱謁者。

文通卷之十四

圖

《釋名》曰：圖，度也，盡其品度也。

唐張彦遠曰：夫畫者，成教化，助人倫，窮神變，測幽微，與六籍同功，四時並運，發於天然，非由述作。古聖先王，受命應籙，則有龜字効靈，龍圖呈寶。自巢、燧以來，皆有此瑞，迹映乎瑶牒，事傳乎金册。庖犧氏發於滎河中，典籍圖畫萌矣；軒轅氏得於温洛中，史皇、蒼頡狀焉。奎有芒角，下主辭章；頡有四目，仰觀垂象。因儷鳥龜之跡，遂定書字之形。造化不能藏其秘，故天雨粟；靈怪不能遁其形，故鬼夜哭。

是時也，書畫同體而未分，象制肇創而猶略。無以傳其意，故有書；無以見其形，故有畫：天地聖人之意也。按字學之部，其體有六：一、古文，二、奇字，三、篆書，四、佐書，五、繆篆，六、鳥書。在幡信上書端象鳥頭者，則畫之流也。顔光禄曰：「圖載之意有三：一曰圖理，卦象是也；二曰圖識，字學是也；三曰圖形，繪畫是也。」又《周官》教國子以六書，其三曰象形，則畫之意也。是故知書畫異名而同體也。

洎乎有虞作繪，繪畫明焉。既就彰施，仍深比象，於是禮樂大闡，教化由興，故能揖讓而天下治，焕乎而詞章備。《廣雅》云：「畫，類也。」《爾雅》云：「畫，形也。」《説文》云：「畫，畛也，象田畛畔，所以畫也。」《釋名》云：「畫，掛也，以彩色掛物象也。」故鼎鍾刻，則識魑魅而知神姦；旂章明，則昭軌度而備國制。清廟肅而罇彝陳，廣輪度而疆理辨。以忠以孝，盡在於雲臺；有烈有勳，皆登於麟閣。見善足以戒惡，見惡足以思賢。留乎形容，式昭盛德之事；具其成敗，以傳既往之蹤。記傳所以叙其事，不能載其容；賦頌有以詠其美，不能備其象：圖畫之制，所以兼之也。故陸士衡云：「丹青之興，比雅頌之述作，美大業之馨香，宣物莫大於言，存形莫善於畫」，此之謂也。善哉！曹植有言曰：「觀畫者，見三皇五帝，莫不仰戴；見三季異主，莫不悲惋；見篡臣賊嗣，莫不切齒；見高節妙士，莫不忘食；見忠臣死難，莫不抗節；見放臣逐子，莫不歎息；見婬夫妬婦，莫不側目；見令妃順后，莫不嘉貴。是知存乎鑒戒者，圖畫也。」昔夏之衰也，桀爲暴亂，太史終抱畫以奔商；殷之亡也，紂爲淫虐，内史摯載圖而歸周。燕丹請獻，秦皇不疑；蕭何先收，沛公乃王。圖畫者，有國之鴻寶，理亂之紀綱。是以漢明宫殿，贊兹粉繪之功；蜀郡學堂，義存勸戒之道。馬后女子，尚願戴君於唐堯；石勒羯胡，猶觀自古之忠孝：豈同博奕用心，自是名教樂事。

余嘗恨王充之不知言云：「人觀圖畫上所畫古人也，觀畫古人，如視死人，見其面而不若觀其言行。古賢之道，竹帛之所載燦然矣，豈徒墻壁之畫哉！」余以此等之論，與夫大笑其道，詬病其儒，以食與耳，對牛鼓簧，又何異哉？

李本寧《六經圖序》曰：《周易》、《書》、《詩》、《春秋》、《周禮》、《禮記》圖，各十六篇，無作者姓名。盧侍御得信州石本，更爲木本，取其工易就，其傳易廣云。

蓋河出圖，洛出書，是時書亦圖也，經緯相錯而成文。古之學者，左圖右書，索象于圖，索理於書，得其理，舉其象，如以左契合右契也。秦焚書坑儒，以吏爲師，而蕭何入咸陽，收圖書，漢因以具知天下阨塞户口多少强弱處，民所疾苦，圖之可經世用如此。

任宏較兵書，書五十三家，圖四十三卷。劉更生父子爲《七略》，有書無圖，自是藝文之目，置圖不講。然王儉《七志》，六書一圖，阮孝緒《七録·内篇》圖七百餘卷，《外篇》圖百卷，即不必盡出三代以前，猶幸古蹟存十一於千百，而今且盡矣。辭章之學，既於圖無所取裁，性理之學，方以書爲筌蹄，安問圖哉？道聽塗説，見名不見物，猝然當興革之會，制度文爲，靡所措手，猶且侈然，曰：其數易陳也，其義難知也。知其難，何有於易？此與畫鬼魅何殊？《易》言：「形而上者謂之道，形而下者謂之器」；《禮》言：「禮器，是故大備，大備，盛德也。」圖者，載道之器。無圖則無器，無器則道何以形？禮何以備？盛德何以見乎？朱子深惜《樂記》說理精而度數節奏無可施用，晚年又病說《易》者脱略卦象。然則，圖惡可已也？

余觀諸圖，於宫室、車服、器用之類，法象稍詳。其有圖而非象，若書而實圖者，曰譜、曰表。一展閲而綱目源委，粲然指掌，與圖同情異形，同功一體。若大衍之數、揲蓍之法、六年五服之朝、四始六義之説、諸國爵氏世次之别、六宫分掌之職、民數荒政神祇人鬼祭祀之式，與譜與表不殊，而義皆準於圖，總名之曰圖。國家頒《五經大全》，學宫皆有圖。此圖業已具載。《易》則兼收楊氏《太玄》、關氏《洞極》、司馬氏《潛虚》、邵氏《皇極經世》。論三禮者，以《儀禮》、《周禮》爲經，《禮記》爲傳。今有《周禮》、《禮記》，無《儀禮》，作者去取之指，不審云何？或有未竟之筆耶？抑所授受，僅有此耶？考馬貴與所紀，有朱子《發易圖》、鄭東卿《易卦疑難圖》、程大昌《禹貢論圖》、歐陽補鄭氏《詩譜》、張傑《春秋圖》、馮繼元《春秋名號歸一圖》、夏休《周禮井田譜》、聶崇義《三禮圖》，陸佃《禮象》所不知者。又有《演左氏傳謚族圖》、《帝王歷紀譜》、《春秋世譜》、《春秋宗族名謚譜》、《春秋二十國年表》，其本不得傳，未知與此圖合否？諸家書容有穿鑿附會，誖謬經訓，圖則非口談臆決，實與經相發明。公意在窮經博古，洗瞀儒之耳目而一新之，嘉惠深矣。

王弇州曰：考之畫曰：「形也」，一曰「畛也」，象曰：「畛，畔也。」又曰：「掛也，以綵色挂物象也。」然則伏羲之畫八卦也，其畫之所由，昉乎畫之通於畫也。卦之爲掛也，亦可思已。

自六書之學行，而其言曰：「畫不過其一耳。」然而不然。蓋顔光禄之訓曰：圖理而爲卦也，圖識而爲書也，畫所謂圖形，鼎立而三者也。且夫有倉頡則有史皇。神禹之告成功也，而見於書者，若鍾、若琱戈、若岣嶁之石，而至於畫則悉取九牧之貢金而爲鼎，而象其州之山川、百物、神姦，而置之魏闕之上，不亦略於書而詳於畫哉？然而不然。

其識者曰：聖人之立言，與書相表裏者也。言無體，以書爲體。今夫百官以治，萬民以察，八荒以同，六籍以紀，皆書爲之也。書之用圓，圓則廣；畫之用方，方則狹。雖然，其致未有不相通者也。故書有古文，有大篆，有小篆，有古今隸，有行，有草，而畫有人物，有山川，有宫室，有鳥、獸、蟲、魚、草、卉。書之聖者爲籀，爲斯，爲鍾，爲張，爲崔，爲蔡，爲羲，爲獻，其賢者爲杜，爲師，爲梁，爲衛，爲索，爲晉六朝諸賢，以至歐、虞、永、楮、旭、素、顔、柳之類；畫之聖者爲顧，爲曹，爲衛，爲陸，爲張，爲道子，爲成，其賢者爲墨，爲勗，爲微，爲逵，爲廙，爲二閻，爲展，爲董，爲尉遲，爲二李，爲維，爲昉，爲仝，爲董，爲六朝諸賢，以至荆、范、馬、夏、巨然、孟頫、王蒙、子久之類，其則亦未有不相合者也。

今夫覩古聖喆之懿，寧不翼然而思齊者哉？其於淫慝，寧不懍然而思戒者哉？翫仙釋之消摇，而不寄悰於塵外者哉？即小乘報應之微，而不惕然而内自訟者哉？山鬱然而高深，水悠然而廣且清，而不悦吾之性靈哉？夭喬飛走之若生，而有不動吾之天機哉？故自五代而上，其畫有賦者，有賦而比者；五代而下，其畫有賦者，有賦而興者，擬於《詩》則皆《風》、《雅》、《頌》之遺也。是故畫之用陋於書，而體不讓也。吾於此二端，雖不能得之於手，而尚能得之於目，又雅好其説，以故略訪法書例，採古今之論，有關於畫，若謝赫、張彦遠之流者録之。

有有圖者，如《三易射鄉君臣圖鑑》、《輿地九邊圖》、《修攘通考》，及止輦受諫、鄭俠、流民、博古圖之屬。

有無圖者，如《周禮・考工》、《深衣》之類。

有名圖而無圖者，如《三輔黄圖》之屬，皆不可廢也。

何爲三代之前，學術如彼，三代之後，學術如此？漢微有遺風，魏晉以降，日以陵夷，非後人之用心，不及前人之用心，實後人之學術，不及前人之學術也。後人辭章雖富，如朝霞晚照，徒焜耀人耳目；義理雖深，如空谷尋聲，靡所底止。二者殊途而同歸，是皆從事於語言之末，而非爲實學也。所以學術不及三代，又不及漢者，抑有由也。

以圖譜之學不傳，則實學盡化爲虚文矣。其間有屹然特立，風雨不移者，一代得一二人，實一代典章、文物、法度、紀綱之盟主也。然物希則價難平，人希則人罕識。世無圖譜，人亦不識圖譜之學。張華，晉人也，漢之宫室，千門萬户，其應如響。時人服其博物。張華固博物矣，此非博物之效也，見漢宫室圖焉。武平一，唐人也，問以魯三桓、鄭七穆，春秋族系，無有遺者。時人服其明《春秋》。平一固熟於《春秋》矣，此非明《春秋》之效也，見《春秋世族譜》焉。使華不見圖，雖讀盡漢人之書，亦莫知前代宫室之出處；使平一不見譜，雖誦《春秋》如建瓴水，亦莫知古人氏族之始終。當時作者，後世史臣，皆不知其學之所自，況他人乎？臣舊亦不之知，及見楊佺期《洛京圖》，方省張華之由；見杜預《公子譜》，方覺平一之故。由是益知圖譜之學，學術之大者。

且蕭何刀筆吏也，知炎漢一代憲章之所自；歆、向大儒也，父子紛争於言句之末，以計較毫釐得失，而失其學術之大體。何秦人之典，蕭何能收於草昧之初？蕭何之典，歆、向不能紀於承平之後？是所見有異也。逐鹿之人，意在於鹿，而不知有山；求魚之人，意在於魚，而不知有水；劉氏之學，意在章句，故知有書而不知有圖。嗚呼！圖譜之學絶紐，是誰之過與？鄭樵《通志》

讖

《説文》云：「讖，驗也。」徐曰：「凡讖緯，皆言將來之驗也。」《釋名》曰：「讖，纖也，其義纖微。」《廣韻》：「讖書」，《增韻》：「符纖」。

郭璞《山海經·軨軨獸贊》：見則洪水，天下昏(墊)〔墊〕，豈伊(忘)〔妄〕降，亦應圖讖。

《蜀志》曰：夫不經之言而有應驗者，號曰讖也。

《東觀漢紀》曰：尹敏辟大司空府，上以敏博通經記，令較圖讖。敏對曰：「讖書非聖人所作，其中多鄙别字，頗類世俗之辭，恐疑悞後生。」

詛　文

詛文，秦惠文王詛楚文。《書》曰：「否則厥口詛祝。」《詩》云：「侯作侯祝，靡届靡究。」《釋名》曰：「詛，阻也，使人行事，阻限於言也。」《左傳》：「公孫閼與潁考叔争車，閼射殺叔，鄭莊公不能討，乃使軍中詛之於神。故君子謂莊公：『失政刑矣。政以治民，刑以正邪。既無德政，又無威刑，是以及邪。邪而詛之，將何益矣！』」

編内所載，鈞謂之文，而此類獨以文名者，蓋文中之一體也。其格有散文，有韻語。或倣楚辭，或爲四六，或以盟神，或以諷人。其體不同，其用亦異。

盟

《記》曰：涖牲曰盟。

盟者，明也。騂毛白馬，珠盤玉敦，陳辭乎方明之下，祝告於神明者也。在昔三王，詛盟不及，時有要誓，結言而退。周衰屢盟，以及要契，始之以曹沫，終之以毛遂。及秦昭盟夷，設黄龍之詛；漢祖建侯，定山河之誓。然義存則克終，道廢則渝始，崇替在人，呪何預焉？若夫臧洪歃辭，氣截雲蜺；劉琨鐵誓，精貫霏霜：而無補于晉漢，反爲仇讐。故知信不由衷，盟無益也。夫盟之大體，必序危機，奬忠孝，共存亡，戮心力，祈幽靈以取鑒，指九天以爲正，感激以立誠，切至以敷辭，此其所同也。然非辭之難，處辭爲難。後之君子，宜在殷鑒，忠信可矣，無恃神焉！

祝文

古者祝享，史有册祝，載所以祝之之意。册祝，祝版之類也。《詩》云：「祝祭于祊，祀事孔明。」言甚備也。

天地定位，祀徧羣神。六宗既禋，三望咸秩，甘雨和風，是生黍稷，兆民所仰，美報興焉。犧盛惟馨，本於明德；祝史陳信，資乎文辭。昔伊耆始蜡，以祭八神。其辭云：「土反其宅，水歸其壑，昆蟲無作，草木歸其澤。」則上皇祝文，爰在兹矣。舜之祠田云：「荷此長耜，耕彼南畝，四海俱有。」利民之志，頗形於言矣。至於商履，聖敬日躋，玄牡告天，以萬方罪己，卽郊禋之詞也；素車禱旱，以六事責躬，則雩禜之文也。及周之大祝，掌六祝之辭，是以「庶物咸生」，陳於天地之郊；「旁作穆穆」，唱於迎日之拜；「夙興夜處」，言於祔廟之祝；「多福無疆」，布於少牢之饋；宜社類禡，莫不有文。所以寅虔於神祇，嚴恭於宗廟也。春秋已下，黷祀諂祭，祀幣史辭，靡神不至。至於張老成室，致善於歌哭之禱；蒯聵臨戰，獲佑於筋骨之請；雖造次顛沛，必於祝矣。若夫《楚辭・招魂》，可謂祀辭之組纚也。漢之羣祀，肅其旨禮，既總碩儒之儀，亦參方士之術。所以秘祝移過，異於成湯之心；侲子毆疫，同乎越巫之祝：體失之漸也。至如黄帝有祝邪之文，東方朔有罵鬼之書，於是後之譴呪，務於善罵。唯陳思《誥咎》，裁以正義矣。若乃《禮》之祭祀，事止告饗；而中代祭文，兼讚言行，祭而兼讚，蓋引伸而作也。又漢代山陵，哀策流文，周喪盛姬，「内史執策」。然則策本書贈，因哀而爲文也。是以義同於誄，而文實告神，誄首而哀末，頌體而祝儀，太史所作之讚，因周之祝文也。凡羣言發華，而降神務實，修辭立誠，在于無媿。祈禱之式，必誠以敬；祭奠之楷，宜恭且哀；此其大較也。班固之祀濛山，祈禱之誠敬也；潘岳之《祭庾婦》，奠祭之恭哀也。舉彙而求，昭然可鑒矣。

祝文者，饗神之辭也。其旨有六焉：曰告、曰修、脩，常祀也。曰祈、求也。曰報、謝也。曰辟、讀曰弭，禳也。見《郊特牲》。曰謁，見也。用以饗天地山川社稷宗廟五祀羣神，而總謂之祝文。有散文，有韻語之異。

祝辭者，頌禱之詞也。世所傳有淨髮、靧面祝辭，苟推其類，則凡喜慶，皆可爲之。

祈文

祈文，後漢傅毅作高闕祈文。祈求惟肅，脩辭貴端。

《禮記》曰：夫祭有祈焉，有報焉，有由辟焉。

嘏

嘏者，祝爲尸致福於主人之辭，《記》所謂「嘏以慈告」者也，辭見《儀禮》。《蔡中郎集》亦有之。

俎豆廢而楮燎盛，社樹圮而叢祠植，祝嘏置而歌舞用。後世之淫祀，其非古與衣冠而肖貌之，帷帨而匹偶之，瀆甚矣。

文通卷之十五

譜

《經籍志》曰：古爲《春秋》學者，有年曆、譜牒。桓譚云：「太史公《三代世表》，旁行斜上，並效周譜」，系所從來矣。古小史，主次序先王之世，昭穆之繫，述其德行，矇瞽主誦詩，若世系以戒勸人君。故《國語》曰：「工史書世，宗祝書昭穆」，「宗廟之有昭穆，以次世之長幼，等胄之親疏。」若此者，凡以教之世而爲之昭，明德廢幽昏，其意遠矣。江左以來，譜籍漸盛。太元中，賈弼篤好簿狀，廣集諸家，撰十八州，百十六郡，合七百十二卷，凡諸大品，略無遺闕，斯爲獨備。嗣後劉湛、王儉、王僧孺、路敬淳、柳冲、韋述，世多稱之。大氏周漢之敝，智役愚；魏晉之敝，貴役賤。甚至三公之子，傲九棘之家；黄散之孫，蔑令長之室。即權力如文皇，不能夷崔幹于寒畯，他可知也。迨至中葉，此風都廢。公靡常産，士無舊德，冠冕輿皂，混然莫分，則又甚矣。夫氏族勳恪，史之流例，宜區列之，以備覽焉。

方正學曰：尊祖之次，莫過於重宗。由百世之下，而知百世之上，居閭巷之間，而盡同宇之內，察統系之異同，辨傳承之久近，叙戚疏，定尊卑，收涣散，敦親睦，非有譜，焉以列之？不可也。故君子重之。

不修譜者，謂之不孝。然譜之爲孝，難言也。有徵而不書，則爲棄其祖；無徵而書之，則爲誣其祖。有耻其先之賤，旁援顯人而尊之者；有耻其先之惡，而私附於聞人之族者。彼皆以爲智矣，而誠愚也。夫祖豈可擇哉？競競然尊其所知，闕其所不知，詳其所可徵，不强述其所難考，則庶乎近之矣。而世之知乎此者常鮮，趨乎僞者常多，顧不惑哉！天下有貴人，無貴族；有賢人，無賢族。有士者之子孫，不能修身而屈爲童隸，而公卿將相，常發於隴畝。聖賢之世，不能傳其遺業，則夷乎恒人，而縉紳大儒，多興於賤宗。天之生人也，果孰貴而孰賤乎？四海之廣，百氏之衆，其初不過出於數十姓也；數十姓之初，不過出於數人也；數人之先，一人也。故今天下之受氏者，多堯舜三王之後，而皆始於黄帝。譬之巨木焉，有盛而蕃，有萎而悴，其理固有然者。人見其常有顯人也，則謂之貴族；見其無有達者也，則從而賤之。貴賤豈有恒哉？在人焉耳。苟能法古之人，行古之道，聞于天下，傳于後世，則猶古人也，雖其族世未著，不患其不著也。孔子、子思以爲祖，而操庸嵬之行，則其庸嵬自若也，祖不能貴之也。故吾方氏出帝榆罔，而譜不敢列之。顯於昔者衆矣，而不附之。疑者闕之以傳疑，不可詳者略之以著實，而惟以篤學修身望乎族之人。

三代之俗，非固美也，爲治之具既美，而習使之然也。後世願治之主，王佐之臣，迭興于世，而卒不足幾乎古，豈民性之不可化邪？其具之廢已久，世主便因循而憚改作，材士昧遠略而務近功，區區補弊苴漏，而未及乎政教之全也。民心益離，而俗愈散，奚獨民之罪，君子預有責焉。

吾嘗病之而未之能行，則思以化吾之族人，而族不可徒化也，則爲譜以明本之一，爲始遷祖之祠，以維繫族人之心。今夫散處於廬，爲十爲百，而各顧其私者，是人之情也。縱其溺於情而不示之以知本，則將至於紛争而不可制。今使月一會于祠，而告之以譜之意，俾知十百之本出於一人之身。人身之疾，在乎一肢也，而心爲之煩，貌爲之悴，口爲之呻，手爲之撫。思夫一身之化爲十百也，何忍自相戕刺而不顧乎？何忍見其顛連危苦而不救乎？何爲不合乎一而相視如塗之人乎？故爲睦族之法，祠祭之餘，復置田多者數百畝，寡者百餘畝，儲其入，俾族之長與族之廉者掌之，歲量視族人所乏而補助之。其贏則以爲棺椁衣衾，以濟不能葬者。産子者，娶嫁者，喪者，疾病者，皆以私財相贈遺。立典禮一人，以有文者爲之，俾相族者吉凶之禮。立典事一人，以敦睦而才者爲之，以相族人之凡役。世擇子姓一人爲醫，以治舉族之疾，其藥物於補助之贏取之有餘財者，時增益之。族之富而賢者，立學以爲教。其師取其行而文，其教以孝悌忠信敦睦爲要。自族長以下，主財而私，典事而惰，相禮而野，不能睦族，没則告於祖而貶其主，不祠，富而不以教者不祠。師之有道，别祠之，不能師者則否。

録

焦弱侯曰：《記》有之：「進退有度，出入有局，各司其局。」書之有類例，亦猶是也。故部分不明則兵亂，類例不立則書亡。向、歆剖判百家，條綱粗立。自是以往，書名徒具，而流别莫分，官縢私楮，喪脱幾盡，無足怪者。嘗觀老、釋二氏，雖歷廢興，而篇籍具在，豈盡其人之力哉？二家類例既明，世守彌篤，亡而不能亡也。古今簿録，勝劣不同，鄭樵彈射，不遺餘力，而倫類溷殽，或自蹈之。目論之譏，誰能獨免。今别爲糾謬焉。

今制：事之最鉅者爲實録。每實録成，則焚其草于芭蕉園，異日之史也。辰、戌、丑、未，大比天下貢士，録其文曰《會試録》，子、午、卯、酉，鄉舉，録其文曰《某省鄉試録》，皆冠以前序，主考官爲之。次執事，次題問，次取士姓名，次程文。殿以後序，副考官爲之。進呈御覽，殿試，曰《登科録》。皆藏之天府，仍以其副遣官賫南都藏之。其駁者，部科得糾正之，爲禮部職掌。而户部則國計録爲重，錢穀兵馬之數，四夷之費，亦時有登耗焉。

旨

後漢崔駰作《達旨》。旨，美也，令也；達，簡言也。取達其意而已。

勢

勢，漢濟北相崔瑗作《草書勢》。勢，商畧筆勢，形容字體者也。蔡邕作《隸勢》、《篆勢》。

法

漢留侯張良序次《兵法》。《文心雕龍》曰：「法者，象也。兵謀無窮，而奇正有象，故曰法也。」《司馬法》、《魏公子兵法》皆其書也。以言乎法律之不可易也，神而明之，存乎其人矣。

諧讔

劉彦和曰：芮良夫之詩云：「自有肺腸，俾民卒狂。」夫心險如山，口壅若川；怨怒之情不一，歡謔之言無方。昔華元棄甲，城者發「睅目」之謳；臧紇喪師，國人造「侏儒」之歌。並嗤戲形貌，内怨爲俳也。又「蠶蟹」鄙諺，「貍首」淫哇，苟可箴戒，載於《禮》典。故知諧辭讔言，亦無棄矣。

諧之言皆也。辭淺會俗，皆悦笑也。昔齊威酣樂，而淳于説甘酒，楚襄讌集，而宋玉賦《好色》：意在微諷，有足觀者。及優旃之諷漆城，優孟之諫葬馬，並譎辭飾説，抑止昏暴。是以子長編史，列傳《滑稽》，以其辭雖傾回，意歸義正也。但本體不雅，其流易弊。於是東方、枚皋、餔糟啜醨，無所匡正，而詆嫚媟弄。故其自稱：「爲賦迺亦俳也，見視如倡」，亦有悔矣。至魏文因俳説以著《笑書》，薛綜憑宴會而發嘲調，雖抃推(疑誤)席，而無益時用矣。然而懿文之士，未免枉轡。潘岳《醜婦》之屬，束皙《賣餅》之類，尤相效之，蓋以百數。魏晉滑稽，盛相驅扇。遂乃應瑒之鼻，方於盜削卵；張華之形，比乎握舂杵。曾是莠言，有虧德音。豈非溺者之妄矣，胥靡之狂歌歟！

讔者，隱也，遁辭以隱意，譎譬以指事也。昔還社求拯于楚師，喻「眢井」而稱「麥麯」；叔儀乞糧于魯人，歌「佩玉」而呼「庚癸」；伍舉刺荆王以「大鳥」，齊客譏薛公以「海魚」；莊姬託辭于「龍尾」，臧文謬書于「羊裘」。隱語之用，被于紀傳，大者興治濟身，其次弼違曉惑。蓋意生于權譎，而事出于機急，與夫諧辭，可相表裏者也。漢世《隱書》，十有八篇，歆、固編文，録之歌末。昔楚莊、齊威，性好隱語，至東方曼倩，尤巧辭述，但謬辭詆戲，無益規補。自魏代以來，頗非俳優，而君子隱，化爲謎語。謎也者，廻互其辭，使昏迷也。或體目文字，或圖象品物，纖巧以弄思，淺察以衒辭，義欲婉而正，辭欲隱而顯。荀卿《蠶賦》，已兆其體。至魏文、陳思，約而密之，高貴鄉公，博舉品物，雖有小巧，用乖遠大。夫觀古之爲隱，理周要務，豈爲童稚之戲謔，摶髀而抃笑哉？然文辭之有諧讔，譬九流之有小説。蓋稗官所采，以廣視聽。若效而不已，則髡、袒而入室，旃、孟之石交乎！

篇

篇，漢司馬相如作《凡將篇》。篇，什也。積句以成章，積章而成篇也。篇本一章，非全書。其見於《詩》則曰三百篇。後世子家，多用以釋家諸體爲多，而篇則寥寥明名全書。鄭端簡著國史，亦以《吾學》名篇，蓋以避史之名而不居也。其他什、解、章、䶍、趨，詳于《詩通》。

紀事

紀事者，記志之别名，而野史之流也。古者史官掌記時事，而耳目所不逮者，往往遺焉。於是文人學士，遇有見聞，隨手紀録，或以備史官之採擇，或以裨史籍之遺亡，名雖不同，其爲紀事一也，故以紀事槧之。嗚呼！史失而求諸野，其不以此也哉？

文通卷之十六

斷

斷，漢議郎蔡邕作《獨斷》。斷者，義之證也，引其義而證其事也。語曰：「當斷不斷，反受其亂。」天子獨斷，則太阿自持而權不下移，樂禮征伐，不出自諸侯陪臣。士庶人能獨斷，則剛毅近仁，不致身聲名俱喪。故曰需者事之賊也，疑者身之毒也。疑行無功，疑事無成；緩之旦夕，失之終身；皆濡忍于利欲，而亂大謀者也。在史有斷限，獄有斷讞，文有斷制。剛腸百鍊，片言立剖，其斯斷之義乎。

《靈樞經》：「謀慮無斷者，膽虛也。」《金罍子》：「興大事在膽，弘大業在量。」先主初受獻帝衣帶中密詔，與帝舅董承，校尉种輯，將軍吴子蘭、王子服等，同謀誅操。先主未發，偶辱曹操英雄之顧，先主方食，頓失匕筯。此其膽不足張也。君子曰：漢之卒不復舊物，天也，亦先主之膽量有所局哉。

約

任彦升曰：「約，漢王褒作《僮約》。」約，券也。《釋名》曰：「約，約束之也。」《説文》云：「約，束也。」言語要結，戒令檢束，皆是也。古無此體，王褒始作《僮約》，而後世未聞有繼者，豈以其文無所於用而略之歟？後人如鄉約之類，固宜倣此，庶幾不失古意。

過所

《釋名》曰：過所，至關津以示之。或曰：傳，轉也，轉移所在，識之所以爲信也。

劉熙《釋名》曰：「過所，至關津以示之。」張晏注《漢書·文帝紀》「關傳」云：「傳，信也。若今過所。」過所者，今之行路文引也。

《史記》曰：寧成爲右内史，外戚多毁成之短，抵罪髡鉗。時九卿罪死即死，少被刑，而成極刑，自以不復收。於是解脱，詐刻傳，出關歸家。

《漢書》曰：文帝十二年詔「除關無用傳」。張晏曰：「傳，信也，若今過所。」李奇曰：「傳，棨也。」顔師古曰：「或用棨，或用繒。棨者，刻木爲合符。」《魏略》曰：「蒼爲燉煌太守，胡欲詣國家，爲封過所。《廷尉決事》曰：『廷尉上：廣平趙禮，詣洛治病。傳仕弟子張策門人。李藏賫過所，詣雒還，責禮冒渡津平。裴諒議禮一歲半刑、策半歲刑。』」《晉令》曰：諸渡關及乘船筏上下經津者，皆有所寫一通付關吏。今之路引、關批，其過所乎？

《續文獻通考》亦作「示」。每至關津，出以示之也。《拾遺記》曰：禹治水所穿鑿處，皆有泥封記，使玄龜升其上。此封堠之始。又《山海經》：黄帝遊幸天下，有記里鼓、道路記以里堆。則「堠」起軒轅時也。按《古今注》：凡「傳」皆以木爲之，長五寸，書符信於上。又以一板封之，皆封以御史印章，所以爲信也，如今之過所也。

莂

《釋名》：「莂，别也。大書中央，中破别之也。」蓋卽今市井合同、夷人木刻之類耳。佛經有記别之文，古人作僧寺文多用記别字，而不知其解如此。古文但用别。《周禮》：「八成：聽稱責以傅别。」鄭注：「爲大手書於一札中字别之」，即券書也。

契 券

《釋名》曰：券，綣也，相約束繾綣，以爲限也，大書中央中破別。契，刻也，刻識其數也。《太平御覽》

《説文》曰：券，契也。別之書，以刀判栔其旁，故曰書契也。

《漢書》曰：高帝微時，好酒及色，從王媪武負貰酒，兩家常折券。

《文心雕龍》曰：契，結也。上古純質，結繩執契。今羌胡徵數，負販記緡，其遺風也。

又曰：券者，束也。明白約束，以備情僞，字形半分，故周稱判書。古有鐵券，以堅信誓，王褒髯奴，則券之楷也。

《楚漢春秋》曰：高帝初侯者皆書券曰：「使黄河如帶，太山如礪。」

《唐書》曰：「太宗時東謝渠師來朝。」東謝者，南蠻之別種也，在黔安之東，地方千里。其俗無文書，刻木爲約。今僰夷苗仲，猶然。余履其地見之，然呼爲木刻云。

零 丁

《齊諧記》曰：國步山有廟，又一亭。吕思與少婦投宿，失婦，思逐覓。見大城廳事，一人紗帽憑几。左右競來擊之，思以刀斫，記當殺百餘人，餘便乃大走，向人盡成死狸。看向亭事，廼是古姑大冢。上穿下甚明，見一羣女子在冢裏，見其婦如失性人，因抱出冢口。又如抱取於先女子有數十。中有通身已生毛者，以有毛脚面成狸者。須臾天曉，將歸還亭。亭吏問之，具如此答。前後有失兒女者，零丁有數十。吏便斂此零丁，至冢口，迎此羣女，隨家遠近而報之，各迎取於此。後一二年，廟無復靈。

戴良，字文讓，《失父零丁》曰：「敬白諸君行路者，敢告重罪自爲積。惡致災交天困我，今月七日失阿爹。念此酷毒可痛腸，當以重弊贈用相賞。請爲諸君説事狀：我軀體與衆異，脊背傴僂倦如胾，脣吻參差不相值，此其庶形何能備；請復重陳其面目，鴟頭鵠頸楬狗，眼淚鼻涕相追逐，吻中含納無牙齒，食不能嚼左右蹉，似西域駱駝；請復重陳其形骸，爲人雖長甚細材，面目芒蒼如死灰，眼眶自陷如米囊杯。」

《齊諧記》云：有《失兒女零丁》，謝承《後漢書》，戴良有《失父零丁》。零丁，今之尋人招子也。

雜著

籍者，借也。歲借民力，條之於版，《春秋》司籍，即其事也。

簿者，圃也。草木區別，文書類聚，張湯、李廣，爲吏所簿，別情僞也。

方者，隅也。醫藥攻病，各有所主，專精一隅，故藥術稱方。

術者，路也。筭曆極數，見路乃明，《九章》積微，故以爲術，淮南《萬畢》，皆其類也。

占者，覘也。星辰飛伏，伺候乃見，精觀書雲，故曰占也。

式者，則也。陰陽盈虚，五行消息，變雖不常，而稽之有則也。

疏者，布也。布置物類，撮題近意，故小券短書，號爲疏也。

關者，閉也。出入由門，關閉當審，庶務在政，通塞應詳。《韓非》云「孫亶回聖相也，而關於州部」者，以其事有關涉也。

牒之尤密，謂之爲籤。籤者，籤密者也。

列者，陳也。陳列事情，昭然可見也。

辭者，舌端之文，通己於人。子産有辭，諸侯所賴，不可已也。

諺者，直語也。喪言亦不及文，故弔亦稱諺。廛路淺言，有實無華，鄒穆公云：「囊滿儲中」，皆其類也。《太誓》曰：「古人有言，牝雞無晨」；《大雅》云：「人亦有言，惟憂用老。」並上古遺諺，《詩》、《書》可引者也。至於陳琳諫辭，稱「掩目捕雀」；潘岳哀辭，稱「掌珠」、「伉儷」，並引俗說而爲文辭者也。夫文辭鄙俚，莫過於諺，而聖賢《詩》、《書》，採以爲談，況踰於此，豈可忽哉！

觀此四條，並書記所總，或事本相通，而文意各異；或全任質素，或雜用文綺，隨事立體，貴乎精要。意少一字則義闕，句長一言則辭妨，並有司之實務，而浮藻之所忽也。然才冠鴻筆，多疎尺牘，譬九方堙之識駿足，而不知毛色牝牡也。言既身文，信亦邦瑞，翰林之士，思理實焉。

文通卷之十七

碑

《釋名》曰：「碑者，被也。此本葬時所設也。于其鹿盧，以繩被其上，引以下棺。臣子追述君父之功美，以書其上，後人因焉。」

按周穆紀跡于弇山，秦始刻銘于鄒嶧，此碑之昉也。然考《士婚禮》：「八門當碑揖。」《註疏》云：「宮室有碑，以識日影，知早晚也。」《祭義》云：「牲入，麗于碑。」註云：「古宗廟立碑繫牲。」是知宮廟皆有碑，爲識影繫牲之用，後人因紀功德其上，而依倣刻銘，則自周秦始耳。後漢以來，作者漸盛，故山川有碑，城池有碑，宮室有碑，橋道有碑，壇井有碑，神廟有碑，家廟有碑，古跡有碑，土風有碑，災祥有碑，功德有碑，墓道有碑，寺觀有碑，託物有碑，皆因庸器彝鼎之類漸闕而後爲之也。文主於叙事，其後漸以議論雜之，則非矣。其主於叙事者曰正體，主於議論者曰變體，叙事而參之以議論者，曰變而不失其正。至於託物寓意之文，其體自別，而墓碑則又自爲體焉。

碑者，埤也。上古帝皇，始號封禪，樹石埤岳，故曰碑也。自庸器漸缺，故後代用碑，以石代金，同乎不朽，自廟徂墳，猶封墓也。後漢以來，碑碣雲起。才鋒所斷，莫高蔡邕。觀《楊〔賜〕》之碑，骨鯁《訓》、《典》；《陳》、《郭》二文，句無擇言；周乎衆碑，莫非清允。其叙事也該而要，其綴采也雅而澤。清詞轉而不窮，巧義出而卓立。察其爲才，自然而至。孔融所創，有慕伯喈。《張》、《陳》兩文，辨給足采，亦其亞也。及孫綽爲文，志在碑誄，《温》、《王》、《郤》、《庾》，辭多枝雜，《桓彝》一篇，最爲辨裁。

夫屬碑之體，資乎史才。其序則傳，其文則銘；標序盛德，必見清風之華；昭紀鴻懿，必見峻偉之烈，此碑之制也。夫碑實銘器，銘實碑文，因器立名，事光於誄。是以勒石讚勳者，入銘之域；樹碑述己者，同誄之區焉。

碑陰。《荆州記》云：「冠軍縣有張唐墓，七世孝廉。刻其碑背曰：『白楸之棺，易朽之裳，銅鐵不入，瓦器不藏。嗟爾後人，幸勿見傷。』」此刊碑陰之可考者。今人多刻樹碑姓氏，及醵錢數於陰。

其篆於額者曰篆額，書碑曰丹書。上石非丹書不可鎸也。

其劂剞曰鎸。古人善書者，往往自鎸，恐俗匠失筆法耳。

蔡邕刻石經，悉自書丹。

《世説》：魏武嘗過《曹娥碑》下，楊修從碑背上見題作「黄絹幼婦，外孫虀臼」八字，則碑陰有評語矣。

《孔宙碑》陰，不曰碑陰，而云門生故吏名。此漢碑中之僅見者。前碑云：「故吏門人，陟山采石，勒銘示後。」則此所載，皆其人也。今按：宙門生四十二人，門童一人，弟子一人，故吏八人，故民一人。《隸釋》謂漢儒開授徒親授業者，則曰弟子；次相傳授，則曰門生；未冠則曰門童；總而稱之，亦曰門生。舊所治官府，其掾屬則曰故吏；古籍者，則曰故民；非文非民，則曰處士；素非所涖，則曰義民。此皆讀漢碑者所當知，而《隸釋》人間少傳，故著之。

胡侍曰：夫俾幽貞潛德，流光莫掩；鴻勳駿伐，垂馥靡盡；高岍爲谷，而碩懿永存；委骨成塵，而聲華益亮：不有碑志，其何賴乎？故孝子文孫，靡不丐筆詞人，闡其先烈。

中世以降，藹然同風，固彌文之通懷，含靈之極致也。而時變道凉，俗靡文敝，墟墓之製，率是誇誣。獎其元忠，則行齊八凱；稱其篤孝，則蹟邁二連。或云散粟凶年，施非望報；或云却金暮夜，清恐人知。苦節與汎柏同貞，義教共斷機等辨。狀梟獍爲鸞鳳，進蹻、跖爲勛、華，雖語有精麤，而咸歸矯飾。夫以存多遺行，没獲嘉名，淑慝俱旌，眞贋誰別？不論其世，孰匪令人？譬則寫照傳神，眉目盡舛，素交卒觀，未免誰何？儻昧平生，秪云惟肖，殆令漢臺之畫，耿、鄧不分，傳野之賢，旁求靡及矣。意者非分之譽，鬼亦靦顔；無情之辭，後將奚信？而作者無愧色，受者無遜心，觀者無異論，有識之士，所深憎也。

蓋近代史編，惟憑碑志，碑志烏有，史編子虛矣。又縉紳壽耇，乃可君公；才士雅人，方堪別號。碑表之等，倬有王章；夫孺之銜，並須廷授。乃今賈豎販夫，咸冒君子之號；乘田筦庫，輒樹神道之碑；市妾里妻，詐假大孺之貴：祇以自罔，寧曰罔人，犯分誣親，憝兹彌甚。且仲叔繁纓，宣尼致惜，重耳請隧，周襄不許。方物則飾馬之具小，麗罰則闕地之罪均。而不學之徒，蔑禮任心，僭侈顛越；秉文之士，依阿緒信，不知所裁。俾表德之器，林列丘隴之間；華衮之辭，波及輿臺之鬼。憑風詭濫，其説愈長，冠履渾同，無復等別矣。

然金石之撰，體異汗青。史法則褒貶兩存，碑志則揄揚獨運，故纂文樂石，表鎮玄途，例皆黼藻温華，斧鉞不用。儻於事理泥閡，便當婉言莫承，勿令回我兔鋒，眩彼來葉。苟或情在難咈，勢不可辭，其於命翰遺言，須存商訂，不識避就，將賈釁端。蓋雖空空鄙夫，平生詎無一善，獵其可欲，舍其深瑕，裁辨之間，頗加恢潤。譬諸刻鵞，略企鵠形；若畫無鹽，不淪魍魎：庶幾是非不遠，梗槩猶存。在彼既獲稱情，於我亦非曲筆，亦摛章之活術，御物之圓機也。

孫何曰：碑非文章之名也，蓋後人假以載其銘耳。銘之不能盡者，復前之以序。而編録者通謂之文，斯失矣。陸機曰：「碑披文而相質」，則本末無據焉。銘之所始，蓋始於論譔祖考，稱述器用，因其鐫刻，而垂乎鑒誡也。銘之於嘉量者，曰「量銘」，斯可也，謂其文爲「量」，不可也。

銘之於景鍾者，曰「鍾銘」，斯可也，謂其文爲「鍾」，不可也。銘之於廟鼎者，曰「鼎銘」，斯可也，謂其文爲「鼎」，不可也。古者盤、盂、几、杖，皆有銘，就而稱之曰「盤銘」、「盂銘」、「几銘」、「杖銘」，則庶幾乎正，若指其文曰「盤」、曰「盂」、曰「几」、曰「杖」，則三尺童子皆將笑之。今人之爲碑，亦由是矣。天下皆踵乎失，故衆不知其非也。蔡邕有《黄鉞銘》，不謂其文爲「黄鉞」也。崔瑗有《坐右銘》，不謂其文爲「坐右」也。《檀弓》曰：「公室視豐碑，三家視桓楹。」釋者曰：「豐碑，斲大木爲之。桓楹者，形如大楹，〔四植〕謂之桓。」《喪大記》曰：君葬，「四綍二碑」，大夫葬，「二綍二碑」。又曰：「凡封，用綍去碑。」釋者曰：「碑，桓楹也。樹之於壙之前後，以紼繞之，間之轆轤，輓棺而下之。用綍去碑者，縱下之時也。」《祭義》曰：「祭之日，君牽牲」，「既入廟門，麗于碑。」釋者曰：「麗，繫也。謂牽牲入廟，繫著中庭碑也。或曰：以紖貫碑中也。」《聘禮》曰：「賓自碑内聽命。」又曰：「東面北上」，「碑南」。釋者曰：「宫必有碑，所以識日景、引陰陽也。」考是四説，則古之所謂碑者，乃葬、祭、饗、聘之際，所值一大木耳。而其字從石者，將取其堅且久乎，然未聞勒銘於上者也。今喪葬令具螭首龜趺，洎丈尺品秩之制，又易之以石者，後儒增耳。堯、舜、夏、商、周之盛，六經所載，皆無刻石之事。《管子》稱無懷氏封泰山，刻石紀功者，出自寓言，不足傳信。又世稱周宣王蒐于岐陽，命從臣刻石，今謂之石鼓，或曰獵碣。洎延陵墓表，俚俗目爲夫子十字碑者，其事皆不經見，吾無取焉。司馬遷著《始皇本紀》，著其登嶧山、上會稽甚詳，止言刻石頌德，或曰立石紀頌，亦無勒石之説。今或謂之《嶧山碑》者，乃野人之言耳。漢班固有《泗水亭長碑》文，蔡邕有《郭有道》、《陳太丘碑》文，其文皆有叙冠篇，末則亂之以銘，未嘗斥碑之材，而爲文章之名也，彼士衡未知何從而得之？由魏而下，迄乎李唐，立碑者不可勝數，大抵皆約班、蔡而爲者也。雖失聖人述作之意，然猶髣髴乎古。迨李翺爲《高愍女碑》，羅隱爲《三叔碑》、《梅先生碑》，則所謂叙與銘皆混而不分，集列其目，亦不復曰文。考其實，又未嘗勒之於石，是直以繞紼麗牲之具而名其文，戾孰甚焉！復古之士，不當如此。貽誤千載，職機之由。今之人爲文，揄揚前哲，謂之「贊」可也；警策官守，謂之「箴」可也；鍼砭史闕，謂之「論」可也；辨析政事，謂之「議」可也；裸獻宗廟，謂之「頌」可也；陶冶情性，謂之「歌詩」可也，何必區區於不經之題而專以「碑」爲也？設若依違時尚，不欲全咈乎譊譊者，則如班、蔡之作，存叙與銘，通謂之文，亦其次也。夫子曰：「必也正名乎。」又曰：「名不正則言不順」，君子之於名，不可斯須而不正也，況歷代之誤，終身之惑，可不革乎？

何始寓家於潁，以涉道猶淺，嘗適野見荀、陳古碑數四，皆穴其上，若實索之爲者。走而問故起居郎張公觀，公曰：「此無足異也。蓋漢實去聖未遠，猶有古豐碑之象耳，後之碑則不然矣。」五載前接柳先生仲塗，仲塗又具道前事，適與何合，且大噱昔人之好爲碑者。久欲發揮其説，以貽同志，故爲生一辨之。噫！古今之疑，文章之失，尚有大於此者甚衆，吾徒樂因循而憚改作，多謂其事之故然。生第勉而思之，則所得不獨在於碑矣。

碣

碣，晉潘尼作《潘黄門碣》。碣，傑也，揭其操行立之墓隧者也。其文與碑體同。

哀　頌

哀頌，漢會稽東郡尉張紘作《陶侯哀頌》。揚厲其盛德而思念之也。

（原缺一頁，爲論「上謚議」者）

悲　文

悲文，蔡邕作《悲温舒文》。《文選》注：「悲者傷痛之文也。」

遺　文

《遺命》，晉散騎常侍江統作。漢酈炎作《遺令》。臨没顧命，所以託後事也。

《餘冬序録》：言其鄉有富民張者，妻生一女，無子，贅某于家。久之，妾生子，名一飛。甫四歲而張卒。張妻性極妬。病時謂壻曰：「妾子不足任吾財，吾當全畀爾夫婦。爾但養彼母子，不死溝壑，即爾陰德矣。」於是出券書云：「張一，非吾子也。家財盡與吾壻，外人不得爭奪。」某乃據有張業不疑。張妻卒後，妾子壯，求分。某以券呈官，見「與吾壻」語，遂置不問。他日奉使者至，子復訴。奉使諭曰：「爾婦翁明謂『吾壻外人』，詭書『非』者，慮彼幼爲爾害耳。」《談苑》：宋張公詠守杭，有富民將死，子三歲，乃與婿遺書。曰：「他日分財，以十之三與子，七與壻。」子長，以財訟。婿持書請如約。詠閱之，以酒酹地曰：「汝之婦翁智人也，不然子死汝手矣。」皆泣謝而去。

行　狀

漢丞相倉曹傅幹，始作《楊元伯行狀》。後世因之。《文章緣起》。

劉勰曰：「狀者，貌也，禮貌本原，取其事實。先賢表謚，並有行狀，狀之大者也。」蓋具死者世系、名字、爵里、行治、壽年之詳，或牒考功太常，使議謚，或牒史館，請編録，或上作者，乞墓誌、碑表之類，皆用之。而其文多出於門生故吏親舊之手，以謂非此輩不能知也。其逸事狀，則但録其逸者，其所已載，不必詳焉。

文通卷之十八

誄

《釋名》曰：誄者，累也，累列其事而稱之也。

《周禮·太祝》：六辭，其六曰「誄」，即此文也。今考其時，賤不誄貴，幼不誄長，故天子崩，則稱天以誄之，卿大夫卒，則君誄之。魯哀公誄孔子曰：「旻天不弔，不憖遺一老，俾屏予一人以在位，煢煢予在疚！嗚呼，哀哉，尼父！」古誄之可見者止此，然亦略矣。竊意周官讀誄以定謚，則其辭必詳；仲尼有誄而無謚，故其辭獨略。豈制誄之初意然歟？抑或有變也？按古之誄本爲定謚，而今之誄唯以寓哀，則不必問其謚之有無，而皆可爲之。至於貴賤長幼之節，亦不復論矣。

《周禮·春官》曰：「太史掌建邦之六典」。「大喪，執法以涖勸防，鄭司農云勸防引六紼。遣之日，讀誄。累其行而讀之，爲之謚也。喪事考焉。爲有得失。小喪，賜謚。」

《文章流别》曰：詩頌箴銘之篇，皆有往古成文可放依，而惟作誄無定制，故作者多異焉。

《説苑》云：柳下惠死，人將誄之。妻曰：「將述夫子之德，二三子不若忘之。如爲誄曰：『夫子之不伐，夫子之不竭，謚宜爲惠。』」弟子聞而從之。

周世盛德，有銘誄之文。大夫之材，臨喪能誄。誄者，累也，累其德行，旌之不朽也。夏、商已前，其詳靡聞。周雖有誄，未被於士；又「賤不誄貴，幼不誄長」，在萬乘則稱天以誄之。讀誄定謚，其節文大矣。自魯莊戰乘丘，始及于士。逮尼父卒，哀公作誄。觀其「慭遺」之切，「嗚呼」之歎，雖非睿作，古式存焉。至柳妻之誄惠子，則辭哀而韻長矣。暨乎漢世，承流而作。揚雄之誄元后，文實煩穢；「沙麓」撮其要，而摯疑成篇，安有累德述尊，而闊略四句乎！杜篤之誄，有譽前代。《吴誄》雖工，而他篇頗疎，豈以見稱光武而改盼千金哉！傅毅所制，文體倫序；孝山、崔瑗，辨絜相參。觀序如傳，辭靡律調，固誄之才也。潘岳構意，專師孝山，巧於序悲，易入新切；所以隔代相望，能徵厥聲者也。至如崔駰《誄趙》、劉陶《誄黄》，並得憲章，工在簡要。陳思叨名而體實繁緩，《文皇誄》末，旨言自陳，其乖甚矣。若夫殷臣誄湯，追褒《玄鳥》之祚；周史歌文，上闡后稷之烈。誄述祖宗，蓋詩人之則也。至於序述哀情，則觸類而長。傅毅之誄北海，云：「白日幽光，雰霧杳冥」；始序致感，遂爲後式，景而效者，彌取於工矣。詳夫誄之爲制，蓋選言録行，傳體而頌文，榮始而哀終。論其人也，曖乎若可覿；道其哀也，悽焉如可傷。此其旨也。

祭　文

祭文，後漢車騎郎杜篤作《祭延鍾文》。夫禮祭以誠，止於告饗。《書》曰：「黷于祭祀，時謂弗欽。」言所以交鬼神之道，罔有過也。

祭文者，祭奠親友之辭也。古之祭祀，止於告饗而已。中世以還，兼讚言行，以寓哀傷之意，蓋祝文之變也。其辭有散文、四言、六言、七言、雜言、騷體、儷體之不同。劉勰云：「祭奠之楷，宜恭且哀。若夫辭華而靡實，情鬱而不宣，皆非工於此者也。」如宋人祭馬、荆川祭刀之文，是別一體。

弔　文

《周禮》曰：弔禮，哀禍災，遭水火也。《詩》云：「神之弔矣。」弔，至也。神之至，猶言來格也。

弔文者，弔死之辭也。古者弔生曰唁，弔死曰弔。若賈誼之《弔屈原》，初不稱文，後人又稱爲賦，其失愈遠矣。其有稱祭文者，其實爲弔也。濫觴於唐、宋，有《弔戰場》、《弔鎛鐘》之作。大抵弔文之體，髣髴楚騷，以切要惻愴爲尚耳。

弔者，至也。君子令終定謚，事極理哀，故賓之慰主，以「至到」爲言也。壓溺乖道，所以不弔。又宋水、鄭火，行人奉辭，國災民亡，故同弔也。及晉築虒臺，齊襲燕城，史趙、蘇秦，翻賀爲弔；虐民搆敵，亦亡之道。凡斯之例，弔之所設也：或驕貴而殞身，或狷忿以乖道，或有志而無時，或美才而兼累，追而慰之，並名爲弔。自賈誼浮湘，發憤《弔屈》，體同而事覈，辭清而理哀，蓋首出之作也。及相如之《弔二世》，全爲賦體；桓譚以爲其言惻愴，讀者歎息。及平章要切，斷而能悲也。揚雄弔屈，思積功寡，意深文略，故辭韻沉膇。班彪、蔡邕，並敏于致語，然影附賈氏，難爲並驅耳。胡、阮之《弔夷齊》，褒而無聞；仲宣所制，譏呵實工。然則胡、阮嘉其清，王子傷其隘，各志也。禰衡之《弔平子》，縟麗而輕清；陸機之《弔魏武》，序巧而文繁。降斯以下，未有可稱者矣。夫弔雖古義，而華辭未造；華過韻緩，則化而爲賦。固宜正義以繩理，昭德而塞違，割析褒貶，哀而有正，則無奪倫矣。

哀詞

任昉曰：哀詞，漢班固初作梁氏哀詞。

《文章流別》曰：哀詞者，誄之流也。崔瑗、蘇順、馬融等爲之，率以施於童殤夭折不以壽終者。建安中，文帝、臨淄侯各失稚子，命徐幹、劉禎輩爲之。其體以哀痛爲主，緣以歎息之辭。

哀辭者，哀死之文也，故或稱文。其文皆用韻語，而四言騷體，惟意所之，則與誄體異矣。吴訥並列之，殆未審歟？若夫古辭，自爲一體。

賦憲之謚：「短折曰哀。」哀者，依也。悲實依心，故曰哀也。以辭遣哀，蓋下淚之悼，故不在黄髮，必施夭昏。昔三良殉秦，百夫莫贖，事均夭横，《黄鳥》賦哀，抑亦詩人之哀辭乎？暨漢武封禪，而霍子侯暴亡，帝傷而作詩，亦哀辭之類矣。及後漢汝陽王亡，崔瑗哀辭，始變前代。然履突鬼門，怪而不辭，駕龍乘雲，仙而不哀。又卒章五言，頗似歌謡，亦彷佛乎漢武也。至於蘇慎、張升，並述哀文，雖發其情華，而未極心實。建安哀辭，惟偉長差善，《行女》一篇，時有惻怛。及潘岳繼作，實踵其美。觀其慮善辭變，情洞悲苦，叙事如傳，結言摹《詩》，促節四言，鮮有緩句，故能義直而文婉，體舊而趣新，《金鹿》、《澤蘭》，莫之或繼也。原夫哀辭大體，情主於痛傷，而辭窮乎愛惜。幼未成德，故譽止於察惠；弱不勝務，故悼加乎膚色。隱心而結文則事愜，觀文而屬心則體奢。奢體爲辭，則雖麗不哀，必使情往會悲，文來引泣，乃其貴耳。

墓表

墓表，自東漢始，安帝元初元年，立《謁者景君墓表》，厥後因之。其文體與碑碣同，有官無官皆可用，非若碑碣之有等級限制也。以其樹于神道，故又稱神道表。其爲文有正有變。又取阡表、殯表、靈表，以其遡流而窮源也。蓋阡，墓道也；殯者，未葬之稱；靈者，始死之稱。自靈而殯，自殯而墓，自墓而阡也。近世用墓表，故以墓表括之。

墓碑文

古者葬有豐碑，以木爲之，樹于槨之前後，穿其中爲鹿盧，而貫綍以窆者也。《檀弓》所載「公室視豐碑」是已。漢以來，始刻死者功業于其上，稍改用石，則劉勰所謂「自廟而徂墳」者也。晉宋間始稱神道碑，蓋堪輿家以東南爲神道，碑立其地，因名焉。唐碑制：龜趺螭首，五品以上官用之。而近世高廣各有等差，則制之密也。蓋葬者既爲誌以藏諸幽，又爲碑碣表以揭於外，皆孝子慈孫，不忍蔽先德之心也。

其爲體，有文有銘，又或有序，而其銘或謂之辭，或謂之系，或謂之頌，要之皆銘也。文與誌大略相似，而稍加詳焉，故亦有正、變二體。其或曰碑，或曰碑文，或曰墓碑，或曰神道碑文，或曰墓神道碑，或曰神道碑銘，或曰神道碑銘并序，或曰碑頌，皆別題也。至於釋老之葬，亦得立碑以僭擬乎品官，豈歷代相沿，崇尚異教而莫之禁歟？故或直曰碑，或曰碑銘，或曰塔碑銘并序，或曰碑銘并序，亦別題也。若夫銘之爲體與用韻，則諸集所載雖不能如誌銘之備，而大略亦相通焉。

東坡《祭張文定》云：「軾於天下，未嘗銘墓，獨銘五人，皆盛德。」今以文集考之，凡七篇。若富韓公、司馬温公、趙清獻公、范蜀公并張公，坡所自作。趙康靖、滕元發二誌，乃代張公者。元祐中奏云：「臣平生不爲人撰行狀，銘墓碑，士大夫所共知。及奉詔撰司馬光、富弼等碑，終非本志。況臣老病，鄙詞不稱人子之意，伏望特許辭免。」觀此一奏，近之諛墓者，可無汗背？

東坡《答張子厚書》云：「志文疏中，已作太半，計得十日半月乃成。然今書大事，略小節，已六千餘字，若纖悉盡書，萬字不了，古無此體。」

墓誌銘

墓誌，晉東陽太守殷仲文作《從弟墓誌》。漢崔瑗作《張衡墓誌銘》。洪适云：「所傳墓誌，皆漢人大隸。此云始於晉日，蓋丘中之刻，當其時未露見也。」晉隱士趙逸曰：「當今之人亦生愚死智，惑已甚矣。」人問其故，答云：「生時中庸人耳，及死也，碑文墓誌，必窮天地之大德，盡生民之能事。爲君共堯、舜連衡，爲臣與伊、皋等跡；牧民之臣，浮虎慕其清塵；執法之吏，埋輪謝其梗直。所謂生爲盜跖，死爲夷、齊。妄言傷正，華辭損實。」《國語》楚子囊議恭王謚曰：「先其善不從其過。」《白虎通》以爲人臣之義，莫不欲褒大其君德，掩惡揚善者也。義固如是，然使後世有稽無徵，何以爲戒？搆文之士，宜少鑒於逸言。蓋誌銘埋於壙者，近世則刻之墓前矣。

誌者，記也；銘者，名也。古之人有德善功烈，可名於世，殁則後人爲之鑄器以銘，而俾傳於無窮，若《蔡中郎集》所載《朱公叔鼎銘》是已。至漢，杜子夏始勒文埋墓側，遂有墓誌，後人因之。蓋於葬時述其人世系、名字、爵里、行治、壽年、卒葬日月，與其子孫大略，勒石加蓋，埋於壙前三尺之地，以爲異時陵谷變遷之防，而謂之誌銘。其用意深遠，而於古意無害也。迨夫末流，乃有假手文士，以謂可以信今傳後，而潤飾太過者，亦往往有之，則其文雖同，而意斯異矣。然使正人秉筆，必不肯徇人以情也。

至論其題：則有曰墓誌銘，有誌、有銘者是也；曰墓誌銘并序，有誌、有銘、而又先有叙者是也。然云誌銘而或有誌無銘，或有銘而無誌。然亦有單云誌而卻有銘，單云銘而卻有誌者，有題云誌而卻是銘，題云銘而卻是誌者，皆别體也。其未葬而權厝者，曰權厝誌，曰誌某；殯後葬而再誌者，曰續誌，曰後誌；殁于他所而歸葬者，曰歸祔誌；葬于他所而後遷者，曰遷祔誌。刻於蓋者，曰蓋石文；刻於磚者，曰墓磚記，曰墓磚銘；書於木版者，曰墳版文，曰墓版文；又有曰葬誌，曰誌文，曰墳記，曰壙誌，曰壙銘，曰槨銘，曰埋銘。其在釋氏，則有曰塔銘，曰塔記。凡二十題。或有誌無誌，或有銘無銘，皆誌銘之别題也。

其爲文則有正、變二體，正體唯叙事實，變體則因叙事而加議論焉。又有純用「也」字爲節段者，有虚作誌文而銘内始叙事者，亦變體也。若夫銘之爲體，則有三言、四言、七言、雜言、散文；

有中用「兮」字者，有末用「兮」字者，有末用「也」字者。其用韻有一句用韻者，有兩句用韻者，有三句用韻者，有前用韻而末無韻者，有前無韻而末用韻者，有篇中既用韻，而章内又各自用韻者，有隔句用韻者，有韻在語辭上者，有一字隔句重用自爲韻者，有全不用韻者。其更韻，有兩句一更者，有四句一更者，有數句一更者，有全篇不更者：難以例列，而銘體與韻更爲審諦。

神道碑

《事祖廣記》云：晉宋之世，始有神道碑，天子及諸侯皆有之。其刻文，正曰某帝某官神道之碑。今世尚有宋文帝神道碑墨本也。其初猶立之於葬兆之東南，地理家言以東南爲神道，若神靈往來出遊之意。亦有稱碑銘者。

宋吕夷簡臨敕，無碑神道，故以碑名耳。

文通卷之十九

口宣

口宣者，君諭臣之詞也。古者天子有命于其臣，則使使者傳言，若《春秋内外傳》所載諭告之詞是已，未有撰爲儷語使人宣于其第者也。宋人始爲之，則待下之禮愈隆，而詞臣之撰著愈繁矣。蓋諭告之變體也。

宣答

宣答者，羣臣奉表慶賀，而禮官宣制以答之也。先期詞臣撰詞以授禮官，禮官習之，至日宣示，以見君臣同慶之意。蓋雖繁文，而義則美矣。今制：詞皆兩句，尤爲古雅。又著之儀注，無臨時改撰肄習之勞，豈不度越前代哉？

貼子詞

貼子詞者，宫中粘貼之詞也。古無此體，不知起於何時。第見宋時每遇令節，則命詞臣撰詞以進，而粘諸閤中之户壁，以迎吉祥。觀其詞乃五七言絶句詩，而各宫多寡不同，蓋視其宫之廣狹而爲之，抑亦以多寡爲等差也。然此乃時俗鄙事，似不足以煩詞臣，而宋人尚之，豈所謂聲容過盛之一端歟？

表本

表本者，宋時天子告祭先帝先后之詞也。古者郊禘宗廟陵寢之祭，僅用册文祝文，至宋始加表文，呼爲表本。雖曰事死如事生，而禮則瀆矣。

致辭

致辭者，表之餘也。其原起於越臣祝其主，而後世因之。凡朝廷有大慶賀，臣下各撰表文，書之簡牘以進，而明廷之宣揚，宫壼之贊頌，又不可缺，故節略表語而爲之辭。觀《宋文鑑》以此雜於表中，蓋可知已。今之祝贊，即其制也。

右語

右語者，宋時詞臣進呈文字之詞也；謂之右語者，所進文字列于左方，而先之以此詞。實居其右，故因而名之。蓋變進書表文之體，而别其稱耳。然考之諸集，唯歐陽脩、王安石等，有《進功德疏右語》，豈其特用於此等文字，而他皆不用歟？詞皆儷語，而短簡特甚。

致語徐伯魯作樂語

樂語者，優伶獻伎之詞，亦名致語。古者天子、諸侯、卿大夫，朝覲聘問，皆有燕饗，以洽上下之情。而燕必奏樂，若《詩·小雅》所載《鹿鳴》、《四牡》、《魚麗》、《嘉魚》諸篇，皆當時之樂歌也。夫樂曰雅樂，詩曰雅詩，則雖備其聲容，娱其耳目，要歸於正而已矣。古道虧缺，鄭音興起，漢成帝時，其弊爲甚，黄門名倡，富顯於世。魏晉以還，聲伎寖盛。北齊後主爲魚龍爛熳等百戲，而周宣帝徵用之，蓋秦角抵之流也。隋煬帝誇突厥，總追四方散樂，大集東都，爲黄龍、縆舞、扛鼎、負山、吐火之戲，千變萬化，曠古莫儔，嗚呼極矣！自唐而下，雅俗雜陳，未有能洗其陋者也。宋制：正旦、春秋、興龍、地成諸節，皆設大宴，仍用聲伎，於是命詞臣撰致語以畀教坊，習而誦之。宋而吏民宴會，雖無雜戲，亦有首章，皆謂之樂語。其制大戾古樂，而當時名臣，往往作而不辭，豈其限於職守，雖欲辭之而不可得歟？然觀其文，間有諷詞，蓋所謂曲終而奏雅者也。

宋時御前内宴，翰苑撰致語，八節撰帖子，雖歐、蘇、曾、王、司馬、范鎮皆爲之。蓋張而不弛，文武不能，百日之蜡，一日之澤，聖人亦不之非也。成化中黄編脩仲昭，莊檢討昶，不撰元宵詞，又上疏論列以去，以此得名。然自是而後，内外隔絶，每有文字，别開倖門。有文華門，仁智殿輩，每得美官，甚至蠹政害人，曷若仍舊之愈乎？愚謂於麗語中寓規諫意，如六一公「玉輦經年不遊幸，上林花好莫争開。君王念舊憐遺族，長使無權保厥家」，亦何不可。南唐李後主遊燕，潘佑制詞云：「樓上春寒山四面，桃李不須誇爛熳，已失了春風一半。」意謂外多敵國，而地日侵削也。後主爲之罷宴，真詞如此，何異諫書乎？「工執藝事以諫」，况翰苑本以文章諷諫乎？諸公毋乃未習聲律而託爲此乎？

青　詞

青詞表者，釋、道陳奏之詞也。古今表詞，施於君臣之際，而二氏亦以表稱，蓋僭擬也。若乃天子之於天，固宜用表稱臣，然不以施於郊祀之際，而用老氏之法以黷神，則名雖是而實則非矣，崇正者詳焉。其曰朱、曰露香、曰默，皆别名也。

上梁文

上梁文者，工師上梁之致語也。世俗營構宫室，必擇吉上梁，親賓裹麪雜他物稱慶，而因以犒工，於是匠伯以麪抛梁，而誦此文以祝之。其文首尾皆用儷語，而中陳六詩。詩各三句，以按四方上下，蓋俗禮也。又按元陳繹曾《文筌》有寶瓶文，云「圬者墁棟脊之詞」，而諸集無之，無以爲式。竊意其詞，大略與上梁文同，末亦陳詩，如樂語口號之比，第無四方上下諸章耳。宋人又有上碑文，蓋上扁額之詞，亦因上梁而推廣之也。

道（堂）〔場〕榜

道場榜者，釋老二家修建道場榜示之詞也。品題不同，而施用亦異：其迎神馭者，曰門榜；淨壇場者，曰監壇榜；亦曰衛壇。燃燈者，曰燈榜；戒孤魂者，曰戒約榜；限孤魂者，曰結界榜；浴孤魂者，曰浴堂榜；施法食者，曰施斛榜；施水燈者，曰水燈榜；張于造齋之所者，曰監齋榜；張于設供之所者，曰供榜；張于食所者，曰茶湯榜。已上數榜，二家錯陳，而互有遺闕，其或用，或不用，亦不可知。然能觸類而長之，則亦無不通矣。此異端之教，學者勿求焉可也。

(法)〔道〕場疏

道場疏者，釋老二家慶禱之詞也。慶詞曰生辰疏，禱祠曰功德疏，二者皆道場之所用也。又按陳繹曾《文筌》云：「功德疏者，釋氏禱佛之詞。」及考諸集與《事文類聚》，並有二家疏語，則知疏者，不特用於釋氏明矣。其曰齋文，即疏之別名也。

法堂疏

法堂疏者，長老主寺之詞也。其用有三：未至，用以啓請；將行，用以祖送；既至，用以開堂。其事重，其體尊，非夫高僧，恐不足以當此也。

募緣疏

募緣疏者，廣求衆力之詞也。橋梁、祠廟、寺觀、經像與夫釋老衣食器用之類，凡非一力所能獨成者，必撰疏以募之。詞用儷語，蓋時俗所尚。而橋梁之建，本以利人，祠廟之設，或關祠典，尤非他事之比，則斯文也，豈可闕哉！

文通卷之二十

序例

序者，所以序作者之意也。竊以《書》列典謨，《詩》含比興，欲暢其旨，必資先容。今《史》、《漢》表志雜傳，時復立序。文兼史體，狀若子書。夫史以記事爲宗，自與《詩》、《書》殊例。至于《文苑》、《儒林》，序例首簡，不有例于疊床乎？自范曄而下，矜衒文彩，始革其流，於是遷、固之道替矣。爲史之道，以古傳今，古既有之，今何爲者？譬夫方朔始爲《客難》，續以《賓戲》、《解嘲》；枚乘首唱《七發》，加以《七章》、《七辨》。音辭雖異，旨趣皆同。此乃讀者所厭聞，老生之恒說也。

夫史之有例，猶國之有法。國之無法，則上下靡定；史之無例，則是非莫準。蓋夫子作經，始發凡例；左氏立傳，顯其區域。科條一辨，彪炳可觀。降及戰國，迄乎有晉，雖其體屢變，而斯文終絶。惟令升先覺，遠述丘明，重立凡例，勒成《晉紀》。鄧、孫已下，遂躡其蹤。史例中興，於斯爲盛。若沈《宋》之志序，蕭《齊》之序録，雖皆以序爲名，其實例也。干寶、范曄，理切而功多，鄧粲、道鸞，詞煩而寡要，子顯雖文場蹇蹎，而義甚優長。苟模楷曩賢，理非可諱。而魏收作例，全取蔚宗，貪天爲力，異夫范依叔駿，班習子長。攘袂公行，不陷穿窬之罪也？

蓋凡例既立，當與紀傳相符。《晉書》例云：「凡天子廟號，惟書於卷末。」而孝武崩後，竟不言廟曰烈宗。《齊書》例云：「人有本字行者，今並書其名。」如高慎、斛律光之徒，多所仍舊，謂之仲密、明月。此並非言之難，行之難也。及《晉》、《齊》史例，皆云「坤道卑柔，中宫不可爲紀，今編同列傳，以戒牝雞之晨」。竊惟録皇后者既爲傳體，自不可加以紀名。二史之以后爲傳，雖云允愜，而解釋非理，成其偶中。所謂畫蛇而加足，反失杯中之酒也。

正名

「唯名不可以假人」。「必也正名乎！」《春秋》吴、楚稱王，仍書曰「子」，此褒貶之大體。《史記》項羽僭盗，而紀之曰王，自兹真僞莫分，訛謬相仍。如更始中興，光武所臣，雖事業不成，而（歷）〔曆〕數終在。班、范二史，皆以劉玄爲目，不其慢乎？

古者二國争盟，晉、楚並稱侯伯；七雄力戰，齊、秦俱曰帝王。未聞勢窮者即爲匹庶，力屈者乃成寇賊。漢之云亡，天下鼎峙，論王道則曹逆而劉順，語國祚則魏促而吴長。但以地處函夏，人傳正朔，度長挈大，魏實居多。若方之於七國，亦猶秦繆、楚莊，與文、襄而並霸也。作者乃没吴、蜀號謚，呼權、備姓名，方於魏邦，懸隔頓爾，懲勸安歸？續以金行版蕩，戎、羯稱制，各有國家，實同王者。晉世臣子，黨附君親，嫉彼亂華，比諸群盜。此皆忘夫至公，難定得失。至蕭方等始存諸國名謚，僭帝者皆稱之以王。此則趙猶人君，加以王號；杞用夷禮，貶同子爵。變通其理，事在合宜，小道可觀，見於蕭氏者矣。

古者祖有功而宗有德，自三代以來，名實相允。降及曹氏，祖名多濫，必無慚德，其惟武王。故陳壽《國志》獨呼武曰祖，至於文、明，但稱帝而已。自晉已還，竊號者非一。如成、穆兩帝，劉、蕭二明，梁簡文兄弟，齊武成昆季，僻王庸主，猶曰祖宗。史臣載削，必書廟號，何申勸沮，杜偷濫乎？位在人臣，跡參王者，如周之亶父、季歷，晉之仲達、師、昭，追尊建號可也。若當塗所出，宦官携養，帝號徒加，人望不愜。故《國志》所録，無異匹夫，應書其人，直云皇之祖考而已。元氏，起於沙朔，一部之酋長耳。道武追崇所及，二十八君。開闢以來，未之有也。而《魏書·序紀》，襲其虚號，書帝書崩，何異腐鼠而稱璞乎！

自昔稱謂，緣情而作，本無定準。諸侯無謚者，戰國已上謂之今王；天子見黜者，漢魏已後謂之少帝。周衰有共和之相，楚殺有郟敖之主，趙佗而曰尉佗，英布而曰黥布，豪傑則平林、新市，寇賊則黄巾、赤眉，園、綺四皓，奮、建萬石，皆出於編録之弛張，取叶隨時耳。後頗纂流，時採新名，務成篇題。若王《晉》之《處士》、《寒雋》，沈《宋》之《二凶》、《索虜》是已。唯魏收自我作故，無所憲章。以平陽王爲出帝，司馬氏爲僭晉，桓、劉已下，通曰島夷。夫其諂齊則輕抑關右，黨魏則深誣江外，愛憎出於方寸，與奪由其筆端。昔原涉開道，表曰南陽阡，欲繼跡京兆，齊聲曹尹，而世人但云原氏阡耳。事非允當，誰其遵之？如收之詭名駭物，難以形諸竹帛矣。

帝王受命，（歷）〔曆〕數相承，雖舊君已没，豈可便書其名！近代文章，實同兒戲。有天子而稱諱者，若姬滿、劉莊之類是也；有匹夫而不名者，若步兵、彭澤之類是也。史論立言，理當雅正。如班述之叙聖卿也，而曰董公惟亮；范贊之言季孟也，曰隗王得士。習談漢主，則謂昭烈爲玄德；裴引魏室，則目文帝爲曹丕。夫以淫亂之臣，總隱其諱，正朔之後，反呼其名。意好奇而輒爲，文逐韻而便作，此失近多，難語中庸。略舉一隅，以存標格。

題命

夫名以定體，爲實之賓，苟失其途，有乖至瑰。上古有墳、典、丘、索、春秋、尚書、檮杌、志、乘，《史》、《漢》而下，其流漸繁，大抵多以書、記爲主，區域有限，莫踰於此焉。

至孫盛有《魏氏春秋》，孔衍有《漢魏尚書》，陳壽、王邵曰志，何之元、劉璠曰典。此又厭俗習舊，雖云稽古，未達從時。推而論之，其編年月日者，謂之紀，列記傳者謂之書，如呂、陸二不韋、賈。

書，不繫時月，而皆號曰春秋。魏、梁二史，巨細畢載，而俱牓之以略。若乃史傳立號，諒無恒規。如傳皇后而以外戚命章。夫外戚憑皇后以名，猶宗室因天子而顯，若編皇后而曰外戚傳，則書天子而曰宗室紀可乎？班固《人表》，以「古今」爲目，古誠有之，今則安在？子長《史記》，别刱八書；孟堅既以漢爲書，改書爲志；而何氏《中興》，易志爲記：斯亦貴於革舊者矣。夫雄雌未決，則宜别立科條。至如陳、項諸雄，寄篇漢籍；董、袁群賊，附列《魏志》。既同臣子之例，孰辨彼此之殊？惟東觀以平林、下江諸人列爲載記，顧後來作者，莫之遵效。逮《新晉》始以十六國主特載記表名，可謂擇善而行，巧於師古者矣。

今姑舉列傳論之。文少者則具出姓名，若司馬相如、東方朔是也。字煩者惟書姓氏，若毋將、蓋、陳、衛、諸葛是也。必人多而姓同者，則結定其數，若二袁、四張、二公孫是也。范曄始全録姓名，歷短行於卷中，叢細字於標外，子孫附注於祖先，迺藥草經方，煩碎俗猥之至矣。魏收因之，抑又甚焉。題司馬以僭晉，目劉宋爲島夷，萬世之公，其究安在乎？蓋法令滋章，古人所慎。苟忘彼大體，好茲小數，難與議夫一字之褒貶，婉而成章者矣。

編次

《尚書》記言，《春秋》記事，以日月爲遠近，年世爲前後，雁行魚貫，皎然可尋。至馬遷始錯綜爲篇，區分類聚。班固踵武，其間統體不一，名目相違，朱紫混淆，冠屨顛倒。

列傳所編，惟人而已。龜策異物，輒同黔首，不其怪乎？且所記全爲志體，若與八書齊列，庶幾得其儕焉。孟堅一姓一傳，多出附餘。其事跡尤異者，則分入它部。故博陸、去病，昆弟異篇；外戚、元后，婦姑分録。至如元王受封於楚，至孫戊而亡。獨載一卷者，實由向、歆之助耳。但交封漢始，地啓列藩；向居劉末，職才卿士。昭穆既疎，家國又别，適使分楚王子孫於高、惠之世，與夫荆、代並編；析劉向父子於元、成之間，與王、京共列。方於諸傳，不亦類乎？

又自古王室雖微，天命未改，故臺名逃債，尚曰周王；君未繫頸，且云秦國。況神璽在握，火德猶存，而居攝建年，不編《平紀》之末；孺子主祭，咸書《莽傳》之中。遂令漢餘數歲，湮没無覩，求之正朔，不亦厚誣？當漢之中興也，更始升壇改元，寒暑三易。作者乃抑聖公於傳内，登文叔於紀首，事等躋僖，位先不窋。

蓋逐兔争捷，瞻烏靡定，是以陳勝、項籍，見編於高祖之後，隗囂、孫述，不列於光武之前。而陳壽《蜀書》首標二牧，次列先主，以繼焉、璋。豈以蜀僞，不遵恒例乎？《春秋》嗣子諒闇，未踰年而廢者，既不成君，故不别加篇目。是以魯公十二，惡、視不預，子嬰、昌邑，因胡亥而得記，附孝昭而獲聞。而吴均《齊春秋》，乃以鬱林爲記，事不師古，其滋章之甚與！

載觀《齊》、《隋》兩史，東昏猶在，而遽列和年；煬帝未終，而已編《恭紀》。苟欲取悦當代，遂乃輕侮前朝。行之一時，庶叶權道；播之千載，未爲格言！

斷限

夫史之有斷限也，蓋以正厥疆里，别其源流耳。昔尼父之定《書》也，以舜爲始，而云「稽古帝堯」；丘明之傳經也，以隱爲先，而云「惠公元妃」，此皆義文交互，非濫軼也。若《漢書》之立表、志，其殆侵官離局者乎？考其濫觴，起乎司馬。《馬記》以史制名，故載數千年之事，無所不容；《班書》持漢標目，但紀十二帝之時，有限斯極。自兹以往，實踳駁與。《宋(史)〔書〕》則上括魏朝，《隋書》則仰包梁代。當魏武乘時撥亂，電掃羣雄，鋒鏑之所及，惟二袁、劉、吕而已。若進鴆行弑，燃臍就戮，總關王室，不涉霸圖，而陳壽《國志》引居傳首。夫漢之有董卓，猶秦之有趙高，昔車令之誅，既不列於漢史，何太師之斃，遂獨刊於《魏書》乎？兼復臧洪、陶謙、劉虞、孫讚，生於季末，自相吞噬。其於曹氏也，非唯理異犬牙，固亦事同風馬，漢典所具，而魏册仍編，豈非流宕忘歸，迷而不悟者也？

亦有一代之史，上下相交，若已見它記，則無宜重述。故子嬰降沛，其詳取驗於《秦紀》；伯符死漢，其事斷入於《吴書》。沈録金行，上羈劉主；魏刊水運，下列高王。惟蜀與齊，各有國史，越次而載，孰曰攸宜？

夫《尚書》者，七經之冠冕，百氏之襟袖。凡學者必先精此書，次覽羣籍。譬夫行不由徑，非所聞焉。如《班書·地理志》蓋以水濟水，床上施床耳。昔春秋諸國，賦《詩》見意，《左氏》所載，惟録章名。若夷狄本繫，種落所興，北貊起自淳維，南蠻出於盤瓠，高句麗以鼈橋獲濟，吐谷渾因馬鬬徙居。諸如上説，作者曾不知前撰已著，而相傳無改。蓋騈指在手，不加力於千鈞；附贅居身，非廣形於七尺。異乎吾黨之所聞。陸士衡云：「雖有愛而必捐。」夫能明彼斷限，定其折中，歷選自古，惟蕭子顯近諸。然必謂都無其累，則吾未許也。

煩省

荀卿云：録遠略近，史之詳略審矣。干令昇歷詆諸家，而獨歸美《左傳》云：「丘明以三十卷之約，括囊二百四十年之事，蓋著作之良模也。」張世偉著《班馬優劣》云：「遷敘三千年事，五十萬言，固敘二百四十年事，八十萬言。是班不如馬也。」然則咸以左氏爲最，馬次之，孟堅非矣。自魏、晉已還，年祚轉促，煩言彌甚，勢使之然也。

何者？春秋之時，閉境力争，吉凶大事，聞於他國者，或因假道，或通盟好，否則無得而稱。魯史所書，實用此道。至如秦、燕、楚、越，僻遠罕通，多有闕如。且自宣、成已前，三紀一卷，昭、襄已下，數歲一篇，隨所見聞，非故爲簡約也。漢則會計之吏歲奏，輶軒之使日來，作者俱於京兆府，徵事於四方，夷夏必聞，遠近無隔，此所以倍於《春秋》也。降及東京，至如名邦大都，地富才良，高門甲族，世多髦俊。邑老鄉賢，競爲别録；家譜宗録，各成私傳。此中興之所以廣于《前漢》也。夫英賢所出，何國而無？書之則與日月長懸，不書則與煙塵永滅。如謝承、陳壽，如宋、齊、梁、陳，或地比《禹貢》一州，或年方秦氏二世。適使作者採訪易洽，巨細無遺，耆舊可詢，隱諱咸露。此小國之史，所以不減于大邦也。

夫論者但當要，其苦於榛蕪，傷於簡畧，斯則可矣。如必量世事之厚薄，限篇第以多少，理則不然。且必謂丘明爲省也，若介葛辨犧於牛鳴，叔孫志夢於天壓，楚人教晉以拔旆，城者謳華以棄甲，豈得謂之省邪？且必謂《漢書》爲煩也，若武帝乞漿於柏父，陳平獻計于天山，長沙戲舞以請地，楊僕恬寵而移關，豈得謂之煩邪？從可知矣。

帝堯則天稱大，《書》惟一篇；周武觀兵孟津，言成三誓；伏羲止畫八卦，文王加以《繫辭》。若必以古方今，持彼喻此，如蚩尤、黄帝，交戰阪泉，則城濮、鄢陵之事也；有窮篡夏，少康中興，則王莽、光武之事也；夫差既滅，勾踐霸世，則桓玄、宋祖之事也；張儀、馬錯，爲秦開蜀，則鄧艾、鍾會之事也：而往之所載，其簡如彼；今之所書，其審如此。若限一概以成書，將恐學者必詬其疎遺，尤其率畧者矣。而議者苟嗤沈約、蕭衍、孫盛、習鑿齒之所編，煩於班馬，不亦繆乎！

傚 傚

効法之體有二：一曰貌同而心異，二曰貌異而心同。何以言之？古者命官有别，卿與大夫，各爲名秩，此《春秋》之例也。秦有天下，列爲帝王，譙周撰《古史考》，書李斯之棄市也云：「秦殺其大夫。」以天子之丞相，名諸侯之大夫，此與《春秋》所謂貌同而心異也。當春秋之世，列國分書，至於魯國，直云我而已。如典午既嘗統一，干寶《晉紀》，每葬必云：「葬我某皇帝。」且無二君，何我之有？此與《春秋》，又所謂貌同而心異也。齊桓繼絶，《左傳》云：「邢遷如歸，衛國忘亡。」言上下安堵，不失舊物也。如孫皓之成擒也，干寶亦云：「吴國既滅，江外忘亡。」豈司馬氏之所能致與？此與《左氏》，又所謂貌同而心異也。春秋諸國，皆用夏正，魯以行天子禮樂，故獨用周正。至如書「元年春王正月」者，年則魯君之年，月則周王之月。如曹、馬受命，躬爲帝王，非是以諸侯守藩，行天子班曆。而孫盛《魏》、《晉》二《陽秋》，每年必書「某年春帝正月」。夫年既編帝紀，而月又列帝名，此與《春秋》，又所謂貌同而心異也。《春秋》三傳，各釋經義。如《公羊》屢云：「何以書？記其事也。」此則先引經語，而繼以釋辭，勢使之然，非史體也。如吴均《齊春秋》，每書災變，亦曰：「何以書？記異也。」夫事無他議，言從己出，輒自問答者，豈叙事之體耶？此與《公羊》，又所謂貌同而心異也。《史》、《漢》每於列傳首，書人名字，至傳内有呼字處，則於傳首已詳。而《漢書·李陵傳》稱隴西任立政，「陵字立政曰：『少公，歸易耳。』」夫上不言立政之字，而輒言「字立政曰少公」者，此省文，從可知也。至令狐德棻《周書》於《伊婁穆傳》首云：「伊婁穆字奴干」，既而續云太祖「字之曰：『奴干作儀同面向我也。』」夫上書其字，而下復曰字，豈是事從簡易，文去重複者耶？此與《漢書》，又所謂貌同而心異也。世之述者，喜編次古文，撰叙今事，可謂宋人守株者矣。語曰：世異則事異，事異則治異，求其偶中，亦有可言者焉。是故君父見害，臣子所不忍言。故《左》叙桓公之在齊也，而云：「彭生乘公，公薨於車。」如干寶《晉紀》，叙愍帝歿于平陽，而云：「晉人見者多哭，賊懼，帝崩。」此與《左氏》，實所謂貌異而心同也。一時所記，詳其始末，若《左氏》成七年，鄭獲楚（鐘）〔鍾〕儀以獻晉，至九年，晉歸（鐘）〔鍾〕儀於楚，以求平是也。至裴子野《宋略》，叙索虜臨江，太子劭使力士排徐、江，徐、江僵仆，於是始與劭有隙。其後三年，有徐、江爲元凶所殺事。此與《左氏》，亦所謂貌異而心同也。凡列姓名，罕兼其字。如《左傳》上言羊斟，則下曰臧孫，前稱子產，則次見國僑是也。至裴子野《宋略》亦然。上書桓玄，則下有敬道；後叙殷鐵，則先著景仁。此與《左氏》，又所謂貌異而心同也。《左氏》、《論語》，叙人酬對，或去其「對曰」、「問曰」等字。如裴子野《宋略》云：李孝伯問張暢，「卿何姓？」曰「姓張」。「張長史乎？」此與《論》、《左》，又所謂貌異而心同也。附見者，如《左》稱楚武欲伐隨，熊率且比曰：「季梁在，何益？」蕭方等《三十國春秋》，説朝廷聞慕容雋死，曰：「中原可圖矣！」

桓温曰：「慕容恪在，其憂方大！」此與《左氏》，又所謂貌異而心同也。夫將叙其事，必預張其本。如《左》稱叔輒聞日蝕而哭，昭子曰：「叔其將死乎？」秋「八月，叔輒卒」。王邵《齊志》，稱張伯德夢山上掛絲，占者曰：「其爲幽州乎？」秋七月，拜爲幽州刺史。此與《左氏》，又所謂貌異而心同也。至如《左》叙晉敗於邲，先濟者賞，而云：「上軍、下軍争舟，舟中之指可掬。」夫不言攀舟，亂，以刃斷指，而但曰「舟指可掬」，則讀者自覩其事矣。王邵述高季式破敵於韓陵，追奔逐北，而云「夜半方歸，槊血滿袖」。夫不言奪槊，深入擊刺甚多，而但稱「槊血滿袖」，則聞者亦知其義矣。此與《左氏》，又所謂貌異而心同也。

大抵作者，自魏已前，多効三史，從晉已降，喜學五經。夫史才文淺而易模，經文意深而難擬，既難易有别，故得失亦殊。蓋貌異而心同者，模擬之上也；貌同而心異者，模擬之下也。然人皆好貌同而心異，不尚貌異而心同者，何哉？蓋鑒識不明，嗜愛多僻，悦夫似史而憎夫真史，此子張所以致譏於魯侯，有葉公好龍之喻也。袁山松云：「書之難也有五：煩而不整，一難也；俗而不典，二難也；書不實録，三難也；賞罰不中，四難也；文不勝質，五難也。」夫擬古而不類，此乃難之極者，何爲獨闕其目乎？嗚呼！自子長以還，似皆未覩斯義，後來明達，其鑒之哉！

採撰

及史之缺，宣尼所幸。自昔博雅君子，靡不徵求異説，採摭羣書，然後能成一家之言。丘明授經立傳，廣包《周志》、《晉乘》、《鄭書》、《楚杌》等篇，聚編成録。若專憑魯策，獨詢孔氏，何以能殫見洽聞之若斯也？馬遷博採《世本》諸書，班固全同太史，太初已後，雜引《新序》、《説苑》、《七略》，故能取信一時，擅名千載。

其流日煩，其失愈甚，苟出異端，虚益新事。如禹生啓石，伊産空桑，海客乘槎，嫦娥奔月，如斯踳駁，豈可殫論！嵇康好聚七國寓言，玄、晏多採六經圖讖，范曄自謂無慚良直，而王喬鳧履，左慈羊鳴，朱紫不別，穢莫大焉。沈氏好誣先代，于晉則故造奇説，在宋則多出謗言。魏收云：司馬叡出於牛金，劉駿上淫路氏，助桀爲虐，絶胤遭刑，惡乎宜乎。若《晉書》採《語林》、《世説》、《幽明録》、《搜神記》之徒，雖取悦小人，終見嗤於君子。

夫郡國之記，譜諜之書，矜里誇族，安可不練其得失，明其真僞者乎？如稱江東五隽，潁川八龍，徵彼虚譽，定爲實録；曾參殺人，不疑盜嫂，翟義不死，諸葛猶存，此皆得之行路，傳之衆口。故蜀相薨於渭濱，《晉書》稱其嘔血；魏君崩於馬圈，《齊史》云中流矢。沈炯薦書，河北以爲王韋；魏收草檄，關西謂之邢邵。夫同説一事，而分爲兩家，彼此有殊，是非無定。況古今路阻，視聽壤隔，涇渭一亂，烏兔雌雄。將師曠與軒轅並世，公明與方朔同時；堯有八眉，夔唯一足；烏白馬角，救燕丹而免禍；犬吠雞鳴，逐劉安以高蹈。此之乖濫，而欲與五經方駕，三志競爽，斯亦難矣。

言語

劉子玄曰：上古之世，人惟朴略。尋理則事簡而意深，考文則詞難而義釋。若《尚書》所載《伊訓》、《皋謨》、誥、誓是也。周文郁郁，語微婉而多切，言流靡而不淫，春秋吕相絶秦、子產獻捷、臧孫諫納鼎、魏絳揚干是也。戰國雲湧，人持弄丸之辯，家挾飛鉗之術，劇談譎誑，利口寓言，若合縱連衡，范睢反間，魯連解紛是也。漢魏已降，籌畫具于章表，獻替總歸筆札。宰我、子貢之道不行，蘇秦、張儀之業遂廢矣。假有忠言切諫，《答戲》、《解嘲》，若朱雲折檻，張綱埋輪，秦宓酬吴，王融答虜使，比之小辯，曾何足云？歷選載言，布諸方册，自漢以下，曾無足觀。

戰國已前，其言皆可諷詠，非但筆削所致也。如「鵜賁」、「鸜鵒」，童竪之謡也；「山木」、「輔車」，時俗之諺也；「皤腹棄甲」，城者之謳也；「原田是謀」，輿人之誦也。斯皆芻詞鄙句，猶温潤若此，况乎束帶立朝之士，加以多聞博古者哉！雖時有討論潤色，終不失其梗概也。三傳之説，既不習于《尚書》，兩漢之詞，又多違于《戰策》，足以驗甿俗之遞改，知歲時之不同矣。後來殊乏遠識，頗似効顰。好丘明者偏模《左傳》，愛子長者全學史公，用使周、秦言辭見于魏、晉，楚、漢應對行乎宋、齊。故裴少期譏孫盛録曹公平素之語，而全作夫差亡滅之詞，雖言似《春秋》而事殊乖越矣。

然自晉咸、洛不守，龜鼎南遷，江左爲禮樂之鄉，金陵實圖書之府，規檢風流，造次經籍，故史臣修飾，無所費功。其於中國則不然，先王桑梓，剪爲蠻貊，其中辯若駒支，學如郯子，不可多得。而彦鸞修僞國諸史，收、弘撰《魏》、《周》書，必謂彼夷音，變成華語，等楊由之聽雀，如介葛之聞牛，妄益文彩，虚加風物，遂使且渠、乞伏，儒雅比於元封，拓拔、宇文，德音同於正始。唯王、宋著書，抗詞正筆，務存直道，方言世語，由此畢彰。而今之學者，反尤二子，猶鑑者見嫫姆多媸而歸於明鏡也。

世之議者，咸以北朝衆作，《周史》爲工。蓋賞其記言之體，多同於古故也。夫以枉飾虚言，都捐實事，則董狐、南史，舉目可求，班固、華嶠，比肩皆是矣。近有燉煌張太素、中山郎餘令，自負史才。郎著《孝德傳》，張著《隋後略》，凡所撰今語，皆依倣舊辭。若選言可以効古而書，雜類者則忽而不取，料其所棄，可勝紀哉？蓋江芊罵商臣曰：「呼！役夫，宜君王廢汝而立職。」漢王怒酈生曰：「豎儒，幾敗乃公事。」單固謂楊康曰：「老奴，汝死自其分。」樂廣歎衛玠曰：「誰家生得寧馨兒！」斯並當時侮嫚之詞，流俗鄙俚之説，必播以唇吻，傳諸諷誦，而世人以爲清雅魯朴，何哉？盖已古者即謂其文，猶今者乃驚其質。後之視今，亦猶今之視昔，而作者皆怯書今語，勇効昔言，不其惑乎！荀記事則約附五經，載語則依憑三史，是春秋之俗、戰國之風，亙兩儀而並存，經千載而如一，奚以質文之屢變者哉？

蓋善爲政者，不擇人而理；工爲史者，不選事而書。若事皆不謬，言必近真，庶幾可與古人同居矣。

文通卷之二十一

體　性

劉彦和曰：夫情動而言形，理發而文見，蓋沿隱以至顯，因内而符外。然才有庸儁，氣有剛柔，學有淺深，習有雅鄭，並情性所鑠，陶染所凝，是以筆區雲譎，文苑波詭者矣。故辭理庸儁，莫能翻其才；風趣剛柔，寧或改其氣；事義淺深，未聞乖其學；體式雅鄭，鮮有反其習：各師成心，其異如面。若總其歸塗，則數窮八體：一曰典雅，二曰遠奥，三曰精約，四曰顯附，五曰繁縟，六曰壯麗，七曰新奇，八曰輕靡。典雅者，鎔式經誥，方軌儒門者也；遠奥者，馥采典文，經理玄宗者也；精約者，覈字省句，剖析毫釐者也；顯附者，辭直義暢，切理厭心者也；繁縟者，博喻醲采，煒燁枝派者也；壯麗者，高論宏裁，卓爍異采者也；新奇者，擯古競今，危側趣詭者也；輕靡者，浮文弱植，縹緲附俗者也。故雅與奇反，奥與顯殊，繁與約舛，壯與輕乖。文辭根葉，苑囿其中矣。

若夫八體屢遷，功以學成，才力居中，肇自血氣。氣以實志，志以定言，吐納英華，莫非情性。是以賈生俊發，文潔而體清；長卿傲誕，理侈而辭溢；子雲沈寂，志隱而味深；子政簡易，趣昭而事博；孟堅雅懿，裁密而思靡；平子淹通，慮周而藻密；仲宣躁鋭，穎出而才果；公幹氣褊，言壯而情駭；嗣宗俶儻，響逸而調遠；叔夜儁俠，興高而采烈；安仁輕敏，鋒發而韻流；士衡矜重，情繁而辭隱。觸類以推，表裏必符，豈非自然之恒資，才氣之大略哉？

夫才有天資，學慎始習；斲梓染絲，功在初化，器成綵定，難可翻移。故童子雕琢，必先雅製，沿根討葉，思轉自圓。八體雖殊，會通合數，得其環中，則輻輳相成。故宜摹體以定習，因性以練才，文之司南，用此道也。

神　思

劉彦和曰：古人云：「形在江海之上，心存魏闕之下」，神思之謂也。文之思也，其神遠矣。故寂然凝慮，思接千載；悄焉容動，視通萬里。吟詠之間，吐納珠玉之聲；眉睫之前，卷舒風雲之色：其思理之致乎！故思理爲妙，神與物遊。神居胸臆，而志氣統其關鍵；物沿耳目，而辭令管其樞機。樞機方通，則物無隱貌；關鍵將塞，則神有遯心。是以陶鈞文思，貴在虛静，疏瀹五藏，澡雪精神。積學以儲寶，酌理以富才，研閲以窮照，馴致以懌辭。然後使玄解之宰，尋聲律而定墨；獨照之匠，闚意象而運斤。此蓋馭文之首術，謀篇之大端。夫神思方運，萬塗競萌；規矩虛位，刻鏤無形。登山則情滿於山，觀海則意溢於海；我才之多少，將與風雲而並驅矣。方其搦翰，氣倍辭前；暨乎篇成，半折心始。何則？意翻空而易奇，言徵實而難巧也。是以意授於思，言授於意，密則無際，疏則千里。或理在方寸，而求之域表；或義在咫尺，而思隔山河。是以秉心養術，無務苦慮；含章司契，不必勞情也。

人之稟才，遲速異分；文之制體，大小殊功。相如含筆而腐毫，揚雄輟翰而驚夢，桓譚疾感於苦思，王充氣竭於思慮，張衡研《京》以十年，左思練《都》以一紀：雖有巨文，亦思之緩也。淮南崇朝而賦《騷》，枚皋應詔而成賦，子建援牘如口誦，仲宣舉筆似宿構，阮瑀據案而制書，禰衡當食而草奏：雖有短篇，亦思之速也。若夫駿發之士，心總要術，敏在慮前，應機立斷；覃思之人，情饒岐路，鑒在疑後，研慮方定。機敏故造次而成功，慮疑故愈久而致績；難易雖殊，並資博練。若學淺而空遲，才疏而徒速，以斯成器，未之前聞。是以臨篇綴慮，必有二患：理鬱者苦貧，辭溺者傷亂。然則博聞爲饋貧之糧，貫一爲拯亂之藥：博而能一，亦有助乎心力矣。

若情數詭雜，體變遷貿，拙辭或孕於巧義，庸事或萌於新意。視布於麻，雖云未費，杼軸獻功，煥然乃珍。至於思表纖旨，文外曲致，言所不追，筆固知止。至精而後闡其妙，至變而後通其數，伊摯不能言鼎，輪扁不能語斤，其微矣乎！

養氣

夫耳目鼻口，生之役也；心慮言辭，神之用也。率志委和，則理融而情暢；鑽礪過分，則神疲而氣衰：此性情之數。自三皇迄今，辭務日新，争光鬻采，慮亦竭矣。故淳言以比澆辭，文質懸乎千載；率志以方竭情，勞逸差於萬里：古人所以餘裕，後進所以莫遑也。

凡童少鑒淺而志盛，長艾識堅而氣衰，志盛者思鋭以勝勞，氣衰者慮密以傷神。故精氣内銷，似尾閭之波；神志外傷，同牛山之木。曹公懼其傷命，陸雲嘆其困神，非虚談也。

且思有利鈍，時有通塞；沐則心覆，且或反常，神之方昏，再三愈黷。是以吐納文藝，務在節宣，清和其心，調暢其氣，煩而即捨，勿使壅滯。意得則舒懷以命筆，理伏則投筆以卷懷，逍遥以針勞，談笑以藥倦，常弄閑於才鋒，賈餘於文勇。使刃發如新，腠理無滯，雖非胎息之邁術，斯亦衛氣之一方也。

風骨

詩總六義，風冠其首，斯乃化感之本源，志氣之符契也。是以怊悵述情，必始乎風；沉吟鋪辭，莫先於骨。故辭之待骨，如體之樹骸；情之含風，猶形之包氣。結言端直，則文骨成焉；意氣駿爽，則文風清焉。若豐藻克贍，風骨不飛，則振采失鮮，負聲無力。是以綴慮裁篇，務盈守氣，剛健既實，輝光乃新。其爲文用，譬征鳥之使翼也。故鍊於骨者，析辭必精；深乎風者，述情必顯。捶字堅而難移，結響凝而不滯，此風骨之力也。若瘠義肥辭，繁雜失統，則無骨之徵也；思不環周，索莫乏氣，則無風之驗也。昔潘勗《錫魏》，思摹經典，羣才韜筆，乃其骨髓峻也；相如賦《仙》，氣號「凌雲」，蔚爲辭宗，乃其風力遒也。能鑒斯要，可以定文；玆術或違，無務繁采。故魏文稱：「文以氣爲主，氣之清濁有體，不可力强而致。」故其論孔融，則云：「體氣高妙」；論徐幹，則云：「時有齊氣」；論劉楨，則云：「時有逸氣。」公幹亦云：「孔氏卓卓，信含異氣；筆墨之性，殆不可勝。」並重氣之旨也。夫翬翟備色，翾翥百步，肌豐而力沉也；鷹隼乏采，翰飛戾天，骨勁而氣猛也：文章才力，有似於此。若風骨乏采，則鷙集翰林；采乏風骨，則雉竄文囿。唯藻耀而高翔，固文章之鳴鳳也。

若夫鎔鑄經典之範，翔集子史之術，洞曉情變，曲昭文體，然後能孚甲新意，雕畫奇辭。昭體，故意新而不亂；曉變，故辭奇而不黷。若骨采未圓，風辭未練，而跨略舊規，馳騖新作，雖獲巧意，危敗亦多，豈空結奇字，紕繆而成輕矣？《周書》云：「辭尚體要，弗惟好異」，蓋防文濫也。然文術多門，各適所好，明者弗授，學者弗師；於是習華隨侈，流遁忘反。若能確乎正式，使文明以健，則風清骨峻，篇體光華。能研諸慮，何遠之有哉？

情采

劉彦和曰：聖賢書辭，總稱文章，非采而何？夫水性虚而淪漪結，木體實而花蕚振：文附質也。虎豹無文，則鞹同犬羊；犀兕有皮，而色資丹漆：質待文也。若乃綜述性靈，敷寫氣象，鏤心鳥跡之中，織辭魚網之上，其爲彪炳，縟采名矣。故立文之道，其理有三：一曰形文，五色是也；二曰聲文，五音是也；三曰情文，五性是也。五色雜而成黼黻，五音比而成《韶》、《夏》，五情發而爲辭章，神理之數也。《孝經》垂典，喪言不文，故知君子嘗言，未嘗質也。老子疾僞，故稱「美言不信」，而五千精妙，則非棄美矣。莊周云：「辯雕萬物」，謂藻飾也。韓非云：「豔采辯説」，謂綺麗也。綺麗以豔説，藻飾以辯雕，文辭之變，於斯極矣。研味《孝》、《老》，則知文質附乎性情；詳覽《莊》、《韓》，則見華實過乎淫侈。若擇源於涇渭之流，按轡於邪正之路，亦可以馭文采矣。夫鉛黛所以飾容，而盼倩生於淑姿；文采所以飾言，而辯麗本于性情。故情者，文之經；辭者，理之緯。經正而後緯成，理定而後辭暢：此立文之本源也。

昔詩人什篇，爲情而造文；辭人賦頌，爲文而造情。何以明其然？蓋《風》、《雅》之興，志思蓄憤；而吟詠情性，以諷其上：此爲情而造文也。諸子之徒，心非鬱陶，苟馳夸飾，鬻聲釣世：此爲文造情也。故爲情者要約而寫真，爲文者淫麗而煩濫，而後之作者，採濫忽真，遠棄《風》、

《雅》，近師辭賦，故體情之製日疏，逐文之篇愈甚。故有志深軒冕，而汎詠皋壤；心纏幾務，而虛述人外。真宰弗存，翩其反矣。夫桃李不言而成蹊，有實存也；男子樹蘭而不芳，無其情也。夫以草木之微，依情待實，況乎文章，述志爲本，言與志反，文豈足徵？

是以聯辭結采，將欲明經；采濫辭詭，則心理愈翳。固知翠綸桂餌，反所以失魚。「言隱榮華」，殆謂此也。是以「衣錦褧衣」，惡文大章；《賁》象窮白，貴乎反本。夫能設模以位理，擬地以置心，心定而後結音，理正而後摛藻，使文不滅質，博不溺心，正采耀乎朱藍，間色屏於紅紫：乃可謂雕琢其章，彬彬君子矣。

隱　秀

夫心術之動遠矣，文情之變深矣，源奧而派生，根盛而穎峻，是以文之英蕤，有秀有隱。隱也者，文外之重旨者也；秀也者，篇中之獨拔者也。隱以複意爲工，秀以卓絶爲巧：斯乃舊章之懿績，才情之嘉會也。夫隱之爲體，義主文外，秘響傍通，伏采潛發，譬爻象之變互體，川瀆之韞珠玉也。故互體變爻，而化成四象；珠玉潛水，而瀾表方圓。

「朔風動秋草，邊馬有歸心」，氣寒而事傷，此羈旅之怨曲也。凡文集勝篇，不盈十一，篇章秀句，裁可百二：並思合而自逢，非研慮之所果也。或有雕削取巧，雖美非秀矣。故自然會妙，譬卉木之耀英華；潤色取美，譬繒帛之染朱緑。朱緑染繒，深而繁鮮；英華曜樹，淺而煒燁：秀句所以照文苑，蓋以此也。

探賾

劉知幾曰：古之述者，豈徒然哉！或以取捨難明，或以是非相亂。由是《書》編典、誥，宣父辨其流；《詩》列《風》、《雅》，卜商通其義。夫前哲所作，後來是觀，苟失其旨歸，則難傳授。而或有妄生穿鑿，輕究本源，是乖作者之深旨，誤生人之後學，其爲繆也，不亦甚乎！

昔夫子之作魯史，學者以爲感麟而作。按子思有云：吾祖厄於陳、蔡，始作《春秋》。夫以彼聿脩，傳諸貽厥，欲求實録，難爲爽誤。是則義包微婉，因攈苺而創詞；時逢西狩，乃泣麟而絶筆。儒者徒知其一，而未知其二，以爲自反袂拭面，稱吾道窮，然後追論五始，定名三叛。此豈非獨學無友，孤陋寡聞之所致邪？

孫盛稱《左氏春秋》書吴、楚則略，荀悦《漢紀》述匈奴則簡，蓋所以賤夷狄而貴諸夏也。按春秋之時，諸國錯峙，關梁不通，史官所書，罕能周悉。異乎炎漢之世，四海一家，馬遷乘傳，以求自古遺文，而州郡上計，皆先集太史，若斯之備也。況彼吴、楚者，僻居南裔，地隔江山，去彼魯邦，尤爲迂闊，丘明所録，安能備諸？且必以蠻夷而固略也，若駒支預於晉會，長狄埋於魯門，葛盧之辨牛鳴，郯子之知鳥職，斯皆邊隅小國，人品最微，猶復收其瑣事，見於方册。安有主盟上國，勢迫宗周，争長諸華，威陵强晉，而可遺之者哉？又荀氏著書，抄撮班史，其取事也，中外一概，夷夏皆均，非是獨略胡鄉，而偏詳漢室。盛既疑丘明之擯吴、楚，遂誣仲豫之抑匈奴，可謂强奏庸音，特爲足曲者也。

蓋明月之珠，不能無瑕，夜光之璧，不能無纇，故作者著書，或有病累。而後生不能詆訶其過，又更文飾其非，遂推而廣之，强爲其説者，蓋亦多矣。如葛洪有云：「司馬遷發憤作《史記》百三十篇，伯夷居列傳之首，以爲善而無報也；項羽列於本紀，以爲居高位者非關有德也。」按史之於書也，有其事則記，無其事則闕。馬遷之馳騖今古，上下數千載，春秋已往，得其遺事者，蓋惟首陽山二子而已。然適使夷、齊生於秦氏，死于漢日，而乃升諸傳首，庸謂有情。今者考其先後，隨而編次，斯則理之常也，烏可怪乎？必謂子長以善而無報，推爲傳始，若伍子胥、大夫種、孟軻、墨翟、賈誼、屈原之徒，或行仁而不遇，或盡忠而受戮，何不求其品類，簡在一科，而乃異其篇目，各分爲卷。又遷之紕繆，其流甚多。夫陳勝之爲世家，既云無據；項羽之稱本紀，何必有憑。必謂遭彼腐刑，怨刺孝武，故書違凡例，志存激切。若先黄、老而後六經，進奸雄而退處士，此之乖刺，復何爲乎？

隋内史李德林著論，稱陳壽蜀人，其撰《國志》，黨蜀而抑魏。刊之國史，以爲格言。按曹公之創王業也，賊殺母后，幽逼主上，罪百田常，禍千王莽。文帝臨戎不武，爲國好奢，忍害賢良，疏忌骨肉。而壽評皆依違其事，無所措言。劉主地居漢宗，仗順而起，夷險不撓，終始無瑕。方諸帝王，可比少康、光武；譬以侯伯，宜輩秦繆、楚莊。而壽評抑其所長，攻其所短。是則以魏爲正朔之國，典午攸承；蜀乃僭僞之君，中朝所嫉。故曲稱曹美，而虚説劉非，安有背曹而向劉，疏魏而親蜀也？夫無其文而有其説，不亦憑虚、亡是者邪？

習鑿齒之撰《漢晉春秋》，以魏爲僞國者，此蓋定邪正之途，明逆順之理爾。而檀道鸞稱其當桓氏執政，故撰此書，欲以絶彼瞻烏，防兹逐鹿。歷觀古之學士，爲文以諷其上者多矣。若齊冏失德，《豪士》於焉作賦；賈后無道，《女史》由之獻箴。斯皆短什小篇，可俯而就也。安有變三國之體統，改五行之正朔，勒成一史，傳諸千載，而藉其權以濟物，取誡當時？豈非勞而無功，博而非要，與夫班彪《王命》，一何異乎？求之人情，理不當耳。

自二京板蕩，五胡稱制，崔鴻鳩諸僞史，聚成《春秋》，其所列者，十有六家而已。魏收云：「鴻世仕江左，故不録司馬、劉、蕭之書，又恐識者尤之，未敢出行於外。」按于時中原乏主，海内横流，逖彼東南，更爲正朔。適使素王再出，南史重生，終不能别有異同，忤非其議。安得以《魏書》無録，而猶罪歸彦鸞者乎？且必以崔氏祖宦吴朝，故情思南國，必如是，則其先徙居廣闓，委質慕容，何得書彼南燕，而與群胡並列！愛憎之道，豈若是耶？且觀鴻書之紀綱，皆以晉爲主，亦猶班《書》之載吴、項，必繫漢年，陳《志》之述孫、劉，皆宗魏世，何止獨遺其事，不取其書而已哉！但伯起躬爲《魏史》，傳列《島夷》，不欲使中國著書，推崇江表，所以輒假言崔志，用紓魏羞。且東晉之史，考其所載，幾三百篇，而僞邦墳籍，僅盈百卷。若使收矯鴻之失，南北混書，斯則四分有三，事歸江外。非惟肥瘠非類，衆寡不均；兼以東南國史，皆須記傳區別。兹又體統不純，難爲編次者矣。收之矯妄，其可盡言乎！

於是考衆家之異説，參作者之本意，或出自胸懷，枉申探賾；或妄加同異，輒有異同。而流俗腐儒，後來末學，習其狂狷，成其詿誤，自謂見所未見，聞所未聞，銘諸舌端，以爲口實。惟智者不惑，無所疑焉。

定勢

劉彦和曰：夫情致異區，文變殊術，莫不因情立體，即體成勢。勢者，乘利而爲制也。如機發矢直，澗曲湍回，自然之趣也。圓者規體，其勢也自轉；方者矩形，其勢也自安。是以模經爲式者，自入典雅之懿；効《騷》命篇者，必歸豔逸之華；綜意淺切者，類乏醖籍；斷辭辨約者，率乖繁縟。譬激水不漪，槁木無陰，自然之勢也。

是以繪事圖色，文辭盡情，色糅而犬馬殊形，情交而雅俗異勢。鎔範所擬，各有司匠，雖無嚴邪，難得踰越。然淵乎文者，並總群勢；奇正雖反，必兼解以俱通；剛柔雖殊，必隨時而適用。若愛典而惡華，則兼通之理偏，似夏人爭弓矢，勢一不可以獨射也。若雅鄭而共篇，則總一之勢離，是楚人鬻矛譽盾，兩難得而俱售也。是以括囊雜體，切在銓别；宫商朱紫，隨勢各配。章、表、奏、議，則準的乎典雅；賦、頌、歌、詩，則羽儀乎清麗；符、檄、書、移，則楷式於明斷；史、論、序、注，則師範於覈要；箴、銘、碑、誄，則體制於弘深；連珠、七辭，則從事於巧豔。此循體而成勢，隨變而立功者也。雖復契會相參，節文互雜，譬五色之錦，各以本采爲地矣。桓譚稱：「文家各有所慕，或好浮華而不知實覈，或美衆多而不見要約。」陳思亦云：「世之作者，或好煩文博采，深沉其旨者；或好離言辨白，分毫析釐者；所習不同，所務各異。」言勢殊也。劉楨云：「文之體指實强弱；使其辭已盡而勢有餘，天下一人耳，不可得也。」公幹所談，頗亦兼氣。然文之任勢，勢有剛柔；不必壯言慷慨，乃稱勢也。又陸雲自稱：「往日論文，先辭而後情，尚勢而不取悦澤；及張公論文，則欲宗其言。」夫情固先辭，勢實須澤，可謂先迷後能從善矣。

自近代辭人，率好詭巧，原其爲體，訛勢所變。厭黷舊式，故穿鑿取新；察其訛意，似難而實無他術也，反正而已。故文反正爲乏，辭反正爲奇。效奇之法，必顛倒文句；上字而抑下，中辭而出外；回互不常，則新色耳。夫通衢夷坦，而多行捷徑者，趨近故也；正文明白，而常務反言者，適俗故也。然密會者以意新得巧，苟異者以失體成怪。舊練之才，則執正以馭奇；新學之鋭，則逐奇而失正；勢流不反，則文體遂弊。秉兹情術，可無思耶？

鎔　裁

劉彦和曰：情理設位，文采行乎其中。剛柔以立本，變通以趨時。立本有體，意或偏長；趨時無方，辭或繁雜。蹊要所司，職在鎔裁，檃括情理，矯揉文采也。規範本體謂之鎔，剪截浮詞謂之裁。裁則蕪穢不生，鎔則綱領昭暢，譬繩墨之審分，斧斤之斲削矣。駢拇枝指，由侈於性；附贅懸肬，實侈於形。二意兩出，義之駢枝也；同辭重句，文之肬贅也。

凡思緒初發，辭采苦雜，心非權衡，勢必輕重。是以草創鳴筆，先標三準：履端於始，則設情以位體；舉正於中，則酌事以取類；歸餘於終，則撮辭以舉要。然後舒華布實，獻替節文，繩墨以外，美材既斲，故能首尾圓合，條貫統序。若術不素定，而委心逐辭，異端叢至，駢贅必多。

故三準既定，次討定句。句有可削，足見其疏；字不得減，乃知其密。精論要語，極略之體；游心竄句，極繁之體；謂繁與略，適分所好。引而伸之，則兩句敷爲一章；約以貫之，則一章删成兩句。思贍者善敷，才覈者善删。善删者，字去而意留；善敷者，辭殊而意顯。字删而意闕，則短乏而非覈；辭敷而言重，則蕪穢而非贍。

昔謝艾、王濟，西河文士，張駿以爲：艾繁而不可删，濟略而不可益。若二子者，可謂練鎔裁而曉繁略矣。至如士衡才優，而綴辭尤繁；士龍思劣，而雅好清省。及雲之論機，亟恨其多，而稱「清新相接，不以爲病」，蓋崇友于耳。夫美錦製衣，修短有度，雖玩其采，不倍領袖。巧猶難繁，況在乎拙？而《文賦》以爲「榛楛勿剪」，「庸音足曲」，其識非不鑒，乃情苦芟繁也。夫百節成體，共資榮衛；萬趣會文，不離辭情。若情周而不繁，辭運而不濫，非夫鎔裁，何以行之乎？

通變

文之體有常，變文之數無方。詩、賦、書、記，名理相因，此常體也；文辭氣力，通變則久，此無方也。名理有常，體必資於故實；通變無方，數必酌於新聲。然綆短者銜渴，足疲者輟塗，乃通變之術疏耳。故論文之方，譬諸草木：根幹麗土而同性，臭味晞陽而異品矣。

是以九代詠歌，志合文則：黄歌《斷竹》，質之至也；唐歌《在昔》，則廣於黄世；虞歌《卿雲》，則文於唐時；夏歌《雕墻》，縟於虞代；商周篇什，麗於夏年。至於序志述時，其揆一也。暨楚騷矩式周人，漢賦影寫楚世。魏之策制，顧慕漢風；晉之辭章，瞻望魏采。黄唐淳而質，虞夏質而辨，商、周麗而雅，楚、漢侈而豔，魏、晉淺而綺，宋初訛而新：從質及訛，彌近彌澹。何則？競今疏古，風味氣衰也。今才穎之士，刻意學文，多略漢篇，師範宋集，雖古今備閲，然近附而遠疏矣。夫青生於藍，絳生於蒨，雖踰本色，不能復化。桓君山云：「予見新進麗文，美而無採；及見劉、揚言辭，常輒有得」，此其驗也。故練青濯絳，必歸藍蒨；矯訛翻淺，還宗經誥。斟酌質文之間，隱括雅俗之際，可與言通變矣。

夫誇張聲貌，則漢初已極，自茲厥後，循環相因，雖軒翥出轍，而終入籠内。枚乘《七發》云：「通望兮東海，虹洞兮蒼天。」相如《上林》云：「視之無端，察之無涯；日出東沼，月生西陂。」馬融《廣成》云：「天地虹洞，固無端涯；大明出東，月生西陂。」揚雄《羽獵》云：「出入日月，天與地沓。」張衡《西京》云：「日月於是乎出入，象扶桑於濛汜。」此並廣寓極狀，而五家如一，諸如此類，莫不相循。

參伍因革，通變之數也。是以規略文統，宜宏大體。先博覽以精閲，總綱紀而攝契，然後拓衢路，置關鍵，長轡遠馭，從容按節，憑情以會通，負氣以適變，采如宛虹之奮鬐，光若長離之振翼，穎脱之文矣。若乃齷齪於偏解，矜激乎一致；此庭間之迴驟，豈萬里之逸步哉？

物色

陽氣萌而玄駒步，陰律凝而丹鳥羞，時之動物深矣。若夫珪璋挺其惠心，英華秀其清氣，清風與明月同夜，白日與春林共朝。流連萬象之際，沈吟視聽之區，寫氣圖貌，既隨物以宛轉；屬采附聲，亦與心而徘徊。詭勢瓌聲，模山範水，所謂詩人麗則而約言，辭人麗淫而繁句也。至于巧言切狀，如印之印泥，不加雕削，而曲寫毫芥。故能瞻言而見貌，印字而知時也。然物有恒姿，而思無定檢，或率爾造極，或精思愈疏。且《詩》、《騷》所標，並據要害，故後進鋭筆，怯於爭鋒，莫不因方以借巧，即勢以會奇，善於適要，則雖舊彌新矣。是以四序紛迴，而入興貴閑；物色雖繁，而析辭尚簡；使味飄飄而輕舉，情曄曄而更新。古來辭人，異代接武，莫不參伍以相變，因革以爲功，物色盡而情有餘者，曉會通也。若乃山林皋壤，實文思之奥府。略語則闕，詳說則繁。然屈平所以能洞監風騷之情者，抑亦江山之助乎！

彌綸

所謂附會，謂總文理，統首尾，定與奪，合涯際，彌綸一篇，使雜而不越者也。若築室之須基構，裁衣之待縫緝矣。夫才量學文，宜正體製心，必以情志爲神明，事義爲骨髓，辭采爲肌膚，宫商爲聲氣，然後品藻玄黄，摛振金玉，獻可替否，以裁厥中：斯綴思之常數也。凡大體文章，類多枝派，整派者依源，理枝者循幹。是以附辭會義，務總綱領，驅萬塗於同歸，貞百慮於一致，使衆理雖繁，而無倒置之乖，羣言雖多，而無棼絲之亂。扶陽而出條，順陰而藏跡，首尾周密，表裏一體：此附會之術也。夫畫者謹髮而易貌，射者儀毫而失墻，鋭精細巧，必疏體統。故屈寸以信尺，枉尺以直尋，棄偏善之巧，學具美之績：此命篇之經略也。

夫文變多方，意見浮雜，約則義孤，博則辭叛，率故多尤，需爲事賊。且才分不同，思緒各異，或製首以通尾，或片接以寸附，然通製者蓋寡，接附者甚多。若統緒失宗，辭味必亂，義脉不流，則偏枯文體。夫能懸識腠理，然後文節自會，如膠之粘木，豆之合黄矣。是以駟牡異力，而六轡如琴，馭文之法，有似於此。去留隨心，修短在手，齊其步驟，總轡而已。

故善附者異旨如肝膽，拙會者同音如胡越。改章難於造篇，易字艱於代句，此已然之驗也。昔張湯疑奏而再却，虞松草表而屢譴，並理事之不明，而詞旨之失調也。及倪寬更草，鍾會易字，而漢武歎奇，晉景稱善者，乃理得而事明，心敏而辭當也。以此而觀，則知附會巧拙，相去遠哉！若夫絶筆斷章，譬乘舟之振楫，克終底績，寄在寫以遠送。若首唱榮華，而媵句憔悴，則遺勢鬱湮，餘風不暢。此《周易》所謂「臀無膚，其行次且」也。惟首尾相援，則附會之體，固亦無以加於此矣。

文通卷之二十二

叙事

《史通》曰：夫史之稱美者，以叙事爲先。至若書功過，記善惡，文而不麗，質而非野，使人味其滋旨，懷其德音，三復忘疲，百遍無斁，自非作者之聖，其孰能與于此乎？昔聖人之述作也，上自《堯典》，下終獲麟，是爲屬詞比事之言，疏通知遠之旨。子夏曰：「《書》之論事也，昭昭然若日月之代明。」揚雄有云：「説事者莫辨于《書》，説理者莫辯乎《春秋》。」然則意指深奥，詁訓成義，微顯闡幽，婉而成章，雖殊途異轍，亦各有美焉，諒以師範億載，規模萬古，爲述者之冠冕，實後來之龜鑑。班、馬繼作，抑其次也。故世之學者，皆先曰五經，次云三史，故經史之目始分焉。經猶日也，史猶星也。杲日流景，則列星寢耀；桑榆既夕，而辰象粲然。故《史記》之文，當乎《尚書》、《春秋》之世也，則其言淺俗，涉乎委巷，垂翅不舉，灒籥無聞。逮于戰國已降，去聖彌遠，然後能露其鋒穎，倜儻不羈。故知人才有殊，相去若是，較其優劣，詎可同年？自漢已降，幾將千載，作者相繼，非復一家，求其善者，蓋亦無幾矣。夫班、馬執簡，既五經之罪人；而晉、宋殺青，又三史之不若，譬夫王霸有別，粹駁相懸，才難不其甚乎！

然則人之著述，雖同出一手，其間則有善惡不均，精粗非類。若《史記·蘇、張、蔡澤》等傳，是其美者。至于《三王本紀》、《日者》、《大倉公》、《龜筴傳》，故無所取焉。又《漢書》之帝紀，《陳》、《項》諸篇，是其最也。至於《淮南王》、《司馬相如》、《東方朔傳》，又安足道哉！豈繪事以丹素成妍，帝京以山水爲助，故言媸者其史亦拙，事美者其書亦工。必時乏異聞，世無奇事，英雄不作，賢儁不生，區區碌碌，抑惟恒理，而責史臣顯其良直之體，申其微婉之才，蓋亦難矣。故揚子有云：「《虞》、《夏》之書渾渾爾，《商書》灝灝爾，《周書》噩噩爾，下周者，其書憔悴乎？」觀丘明之記事也，當桓文作霸，晉楚更盟，則能飾彼詞句，成其文雅。及王室大壞，事益縱横，則《春秋》美詞，幾乎翳矣。觀子長之叙事也，自周已往，言所不該，其文闊略，無復體統。自秦、漢以下，條貫有倫，則焕炳可觀，有足稱者。至若荀悦《漢紀》，其才盡於十帝；陳壽《魏書》，其美窮于三祖。觸類而長，他皆若斯。

夫識寶者稀，知音蓋寡。近有裴子野《宋略》，王劭《齊志》，此二家者並長于叙事，無愧古人，而世人議者，皆雷同譽裴，而共詆王氏。夫江左事雅，裴筆所以專工；中原跡穢，王文由其屢鄙。且幾原務飾虚詞，君懋志存實録，此美惡所以爲異也。設使丘明重出，子長再生，記言于賀六渾之朝，書事于士尼干之代，將恐輟毫棲牘，無所施其德音，而作者安可以今方古，一概而論得失？夫叙事之體，其流甚多，非復片言所能觀縷，聊爲區分類聚於别篇，觀者省焉。

簡要

《史通》曰：夫國史之美者，以叙事爲工，而叙事之工者，以簡爲主，簡之時義大矣哉。歷觀自古作者權輿，《尚書》發蹤，所載務於寡事；《春秋》變體，其言貴于省文；斯蓋澆淳殊致，前後異跡。然則文約而事豐，此述作之尤美者也。兩漢、三國，日傷煩富。逮晉已降，流宕逾遠。尋其冗句，摘其煩詞，一行之間，必謬增數字；尺紙之内，恒虚費數行。夫聚蚊成雷，羣輕折軸，況于章句不節，言詞莫限，載之兼兩，曷足道哉？

蓋叙事之體，其别有四：有直紀其才行者，有唯書其事跡者，有因言語而可知者，有假讚論而自見者。至于《古文尚書》稱帝堯之德，標以「允恭克讓」；《春秋左傳》，言子太叔之狀，目以「美秀而文」。所謂直紀其才行者。又如《左氏》載申生爲驪姬所譖，自縊而亡；班史稱紀信爲項籍所圍，代君而死。此則不言其節操，而忠孝自彰，所謂唯書其事跡者。又如《尚書》稱武王之罪紂也，其誓曰：「焚炙忠良，刳剔孕婦。」《左傳》記隨會之論楚也，其詞曰：「蓽簵藍縷，以啓山林。」此則才行事跡，莫不闕如，而言有關涉，事便顯露，所謂因言語而可知者。又如《史記·衛青傳》後，太史公曰：蘇建嘗責大將軍不薦賢待士。《漢書・孝文紀》末，其讚曰：「吴王詐病不朝，賜以几杖。」此則傳之與紀，並所不書，而史臣發言，別出其事，所謂假讚論而自見者。然則才行、事跡、言語、讚論，凡此四者，皆不相須。若兼而畢書，則其費尤廣，能獲免者，蓋十無一二。

又叙事之省，其流有二焉：一曰省句，二曰省字。《左傳》宋華耦來盟，稱其先人得罪于宋，魯人以爲敏。夫以鈍者稱敏，則明賢達所嗤，此爲省句也。《春秋經》曰：「隕石于宋五。」夫聞之隕，視之石，數之五。加以一字太詳，減其一字太略，求諸折中，簡要合理，此爲省字也。其反於是者，若《公羊》稱郤克眇、季孫行父秃、孫良夫跛，齊使跛者逆跛者，秃者逆秃者，眇者逆眇者。蓋宜除「跛者」已下字，但云「各以其類逆」者，必事皆再述，則于文殊費，此爲煩句也。《漢書・張倉傳》云：「年老，口中無齒。」蓋于此一句之内，去「年」及「口中」可矣。夫此六文成句，而三字妄加，此爲煩字也。然則省句爲易，省字爲難，洞識此心，始可言史矣。若句盡餘賸，字皆重複，史之煩蕪，職由於此。蓋餌巨魚者，垂其千鈞，而得之在于一筌；捕高鳥者，張其萬罝，而獲之由於一目。夫叙事者，或虚益散辭，廣加閑説，必其所要，不過一字一句耳。苟能同夫獵者、漁者，既執而罟鈞必收，所留者唯一筌一目而已，則庶幾胼胝盡去，而塵垢都捐，華逝而實存，滓去而瀋在矣。嗟乎！能損之又損，而玄之又玄，輪扁所不能語斤，伊摯所不能言鼎也。

隱晦

劉子玄曰：夫飾言者爲文，編文者爲句，句積而章立，章積而篇目成。篇目既分，而一家之言備矣。古者行人出境，以詞令爲宗；大夫應對，以言文爲主。況乎列以章句，刊之竹帛，安可不勵精雕飾，傳諸諷誦者哉？自聖賢述作，是曰經典，句皆《韶》、《夏》，言盡琳琅，秩秩德音，洋洋盈耳。譬夫游滄海者，徒驚其浩曠；登泰山者，但嗟其峻極。必摘以尤最，不知何者爲先。然章句之言，有顯有晦。顯也者，繁詞縟説，理盡於篇中；晦也者，省字約文，事溢於句外。然則晦之將顯，優劣不同，較可知矣。夫能略小存大，舉重明輕，一言而巨細咸該，片語而洪纖靡漏，此皆用晦之道也。

昔古文義，務却浮詞。《虞書》云：「帝乃殂落，百姓如喪考妣。」《夏書》云：「啓呱呱而泣，予不子。」《周書》稱「前徒倒戈」，「血流漂杵」。《虞書》云：「四罪而天下咸服。」此皆文如闊略，而語實周贍。故覽之者，初疑其易，而爲之方覺其難，固非雕蟲小技所能斥其非説也。既而丘明授經，師範尼父。夫經以數字包義，而傳以一句成言，雖繁約有殊，而隱晦無異。故其綱紀而言邦俗也，則有士會爲政，晉國之盜奔秦；邢遷如歸，衛國忘亡。其款曲而言人事也，則有使婦人飲之酒，以犀革裹之，比及宋，手足皆見；宋人醢之；蕭潰，師人多寒，王撫而勉之，三軍之士，皆如挾纊。斯皆言近而旨遠，辭淺而義深，雖發語已殫，而含意未盡，使夫讀者望表而知裏，捫毛而辨骨，覩一事於句中，反三隅于字外，晦之時義，不亦大哉！洎班、馬二史，雖多謝五經，必求其所長，亦時值斯語。至若高祖亡蕭何，如失左右手；漢兵敗績，睢水爲之不流；董生乘馬，三年不知牝牡；翟公之門，可張雀羅，則其例也。

自兹已降，史道陵夷，作者蕪音累句，雲蒸泉湧。其爲文也，大抵編字不隻，捶句皆雙，修短取均，奇偶相配。故應以一言蔽者，輒足爲二言；應以三句成文者，必分爲四句。彌漫重沓，不知所裁。以處道受責于少期，子昇取譏于君懋，非不幸也。蓋作者言雖簡略，理皆要害，故能疏而不遺，儉而無闕。譬如用奇兵者，持一當百，能全克敵之功也。若才乏雋穎，思多昏滯，費詞既甚，叙事纔周，亦猶售鐵錢者，以兩當一，方成貿遷之價也。然則《史》、《漢》已前，省要如彼；《國》、《晉》已降，煩碎如此。必定其妍媸，甄其善惡。夫讀古史者，閱其章句，皆可詠歌；觀近史者，得其緒言，直求意而已。是則一貴一賤，不言可知，無假推揚，而其理自見矣。

直言

《史通》曰：夫人稟五常，士兼百行，邪正有别，曲直不同。若邪曲者，人之所賤，而小人之道也；正直者，人之所貴，而君子之德也。然世多趨邪而棄正，不踐君子之跡，而行由小人者，何哉？語曰：「直如弦，死道邊；曲如鉤，封公侯。」故寧順從以保吉，不違忤以受害也。況史之爲務，申以勸誡，樹之風聲。其有賊臣逆子，淫君亂主，苟直書其事，不掩其瑕，則穢跡彰於一朝，惡名被於千古。言之若是，吁可畏乎！

夫爲於可爲之時則從，爲于不可爲之時則凶。如董狐之書法不隱，趙盾之爲法受屈，彼我無忤，行之不疑，然後能成其良直，擅名今古。至若齊史之書崔弑，馬遷之述漢非，韋昭仗正於吴朝，崔浩犯諱於魏國，或身膏斧鉞，取笑于當時，或書填坑窖，無聞於後代。夫世事如此，而責史臣不能申其强項之風，勵其匪躬之節，蓋亦難矣。是以張儼發憤，私存《嘿記》之文；孫盛不平，竊撰遼東之本。以兹避禍，幸獲而全。是以驗世途之多隘，知實録之難遇耳。

然則歷考前史，徵諸直詞，雖古人糟粕，真僞相亂，而披沙揀金，有時獲寶。按金行在曆，史氏尤多。當宣、景開基之始，曹、馬搆紛之際：或列營渭曲，見屈武侯；或發仗雲臺，取傷成濟。陳壽、王隱，咸杜口而無言，干寶、虞預各栖毫而靡述。至習鑿齒，乃申以死葛走生達之説，抽戈犯蹕之言。歷代厚誣，一朝始雪。考斯人之書事，蓋近古之遺直歟？次有宋孝王《風俗傳》、王劭《齊志》，其敘述當時，亦務在審實。按于時河朔王公，箕裘未隕；鄴城將相，薪搆仍存。而二子書其所諱，曾無憚色。剛亦不吐，其斯人歟？

蓋烈士殉名，壯夫重氣，寧爲蘭摧玉折，不爲瓦礫長存。若南、董之仗氣直書，不避强禦；

韋、崔之肆情奮筆，無所阿容。雖周身之防有所不足，而遺芳餘烈，人到于今稱之，與夫王沉《魏書》，假回邪以竊位，董統《燕史》，持諂媚以偷榮，貫三光而洞九泉，曾未足喻其高下也。

曲筆

《史通》曰：肇有人倫，是稱家國。父父子子，君君臣臣，親疏既辯，等差有別。蓋「子爲父隱，直在其中」，《論語》之訓也；略外別内，掩惡揚善，《春秋》之義也。自茲以降，率由舊章。史氏有事涉君親，必言多隱諱，雖直道不足，而名教存焉。其有舞詞弄札，飾非文過，若王隱、虞預，毁辱相凌，子野、休文，釋紛相謝。用捨由乎臆說，威福行於筆端，斯乃作者之醜行，人倫所同疾也。亦有事每憑虚，詞多烏有：或假人之美，籍爲私惠；或誣人之惡，持報己讐。若王沉《魏録》，濫述貶甄之詔；陸機《晉史》，虚張拒葛之鋒。班固受金而始書，陳壽借米而方傳。此又記言之奸賊，載筆之凶人，雖肆諸市朝，投畀豺虎可也。

然則史之不直，代有其書，苟其事以彰，則今無所取。其有往賢者之所未察，來者之所不知，今略廣異聞，用標先覺。按《後漢書・更始傳》稱其懦弱也，其初即位，南面立，朝羣臣，羞愧流汗，刮席不敢視。夫以聖公身在微賤，已能結客報讐，避難緑林，名爲豪傑。安有貴爲人主，而反至於斯者乎？將作者曲筆阿時，獨成光武之美，諛言媚主，用雪伯升之怨也。且中興之史，出於東觀，或明帝所定，或馬后攸刊，而炎祚靈長，簡書莫改，遂使他姓追撰，空傳僞録者矣。陳氏《國志・劉後主傳》云：「蜀無史職，故災祥靡聞。」按黄氣見於秭歸，羣鳥墮於江水，成都言有景星出，益州言無宰相氣，若史官未置，此事何從而書之？蓋由父辱受髡，故加兹謗議者也。

古者諸侯並争，勝負無恒，而他善必稱，己惡不諱。逮乎近世，無聞至公，國自謂爲我長，家相謂爲彼短。而魏收以元氏出於邊裔，見侮諸華，遂高自標舉，比桑乾於姬、漢之國；曲加排抑，同建業於蠻貊之邦。夫以敵國相讐，交兵結怨，載諸移檄，用可致誣，列諸緗素，難爲妄説。苟未達此義，安可言於史耶？

蓋霜雪交下，始見貞松之操；國家喪亂，方驗忠臣之節。若漢末之董承、耿紀，晉初之諸葛、毌丘，齊興而有劉秉、袁粲，周滅而有王謙、尉迥，斯皆破家殉國，視死猶生。而歷代諸史，皆書之曰「逆」，將何以激揚名教，以觀事君者乎？古之書事也，令賊臣逆子懼，今之書事也，使忠臣義士羞。若使南、董有靈，必切齒於九泉之下矣。

自梁、陳已降，隋、周而往，諸史皆貞觀年中羣公所撰，近古易悉，情僞可求。至如朝廷貴臣，必父祖有傳，考其行事，皆子孫所爲，而訪彼流俗，詢諸故老，事有不同，言多爽實。昔秦人不死，驗苻生之厚誣；蜀老猶存，知葛亮之多枉。斯則自古所歎，豈獨於今哉！

蓋史之爲用也，記功司過，彰善癉惡，得失一朝，榮辱千載。苟違斯法，豈曰能官。但古來唯聞以直筆見誅，不聞以曲詞獲罪。是以隱侯《宋書》多妄，蕭武知而勿尤；伯起《魏史》不平，齊宣覽而無譴。故史臣得愛憎由己，高下在心，進不憚于公憲，退無愧於私室，欲求實録，不亦難乎？嗚呼！此亦有國家者所宜懲革也。

事類

文章之外，有据事以類義，援古以證今者。文王繇《易》，剖判爻位，《既濟》九三，遠引高宗之伐；《明夷》六五，近書箕子之貞：斯略舉人事，以徵義者也。至若《胤征》羲和，陳《政典》之訓；《盤庚》誥民，叙遲任之言：此全引成辭，以明理者也。然則明理引乎成辭，徵義舉乎人事，乃聖賢之鴻謨，經籍之通矩也。君子多識前言往行以畜德，屈宋雖引古事而莫取舊辭，《鵩賦》始用《鶡冠》之説，《上林》撮引李斯之書：此萬分之一會也。《百官箴》頗酌於《詩》、《書》，劉歆《遂初賦》，歷叙於紀傳，漸漸綜採矣。至於崔、班、張、蔡，遂捃摭經史，華實布濩。

夫薑桂同地，辛在本性；文章由學，能在天資。有學飽而才餒，有才富而學貧。學貧者，迍邅於事義；才餒者，劬勞於辭情：此内外之殊分也。是以才爲盟主，學爲輔佐，才學褊狹，雖美少功，表裏相資，古今一也。故魏武稱：「張子膚拙，專拾掇崔杜小文，所作不可悉難，便不知所出。」斯寡聞之病也。夫經典沉深，載籍浩瀚，實群言之奥區，而才思之神皐也。楊、班以下，莫不取資：操刀能割，必列膏腴。狐腋非一皮能温，雞蹠必數千而飽矣。綜博取約，練精理覈，衆美輻輳，表裏發輝。劉劭《趙都賦》云：「公子之客，叱勁楚令歃盟；管庫隸臣，呵强秦使鼓缶。」用事如斯，雖小成績，譬寸轄制輪，尺樞運關也。或微言美事，置於閑散，是綴金翠於足脛，靚粉黛於胸臆也。

凡用舊合機，不啻自其口出；陳思，羣才之英也，《報孔璋書》云：「葛天氏之樂，千人唱，萬人和，聽者因以蔑《韶》、《夏》矣。」此引事之實謬也。按葛天之歌，唱和三人而已。《上林》云：「奏陶唐之舞，聽葛天之歌，千人唱，萬人和。」唱和千萬人，相如推「三」成「萬」，妄書致謬。陸機《園葵》詩云：「庇足同一智，生理合異端。」夫「葵能衛足」，事譏鮑莊；「葛藟庇根」，辭自樂豫：若譬「葛」爲「葵」，則引事爲謬；若謂「庇」勝「衛」，則改事失真。山木爲良匠所度，無懈匠石矣。

因習

《史通》曰：昔五經、諸子，廣書人物，雖氏族可驗，而邑里難詳，逮太史公始革兹體。惟有列傳，先述太古。至於國有弛張，鄉有併省，隨時而載，用明審實。按夏侯孝若撰《東方朔贊》云：「朔字曼倩，平原厭次人。魏建安中，分厭次爲樂陵郡，故又爲郡人焉。」夫以身没之後，地名改易，猶復追書其事，以示後來。則知在生之前，故宜詳録者矣。

異哉！晉氏之有天下也。自雒陽蕩覆，衣冠南渡，江左僑立州縣，不存桑梓。由是斗牛之野，郡有徐、雍；吴越之鄉，州編冀、豫。欲使南北不亂，淄、澠可分，得乎？繫虚名於本土者，雖百代無易。既而天長地久，文軌大同，州郡則廢置無恒，名目則古今各異，而作者爲人立傳，每云某所人也，其地皆取舊號，施之於今。欲求實録，不亦難乎！

且人無定所，因地而化。生於荆者，言皆成楚；居於晉者，齒便從黄。涉魏而東，已經七葉；靡江而左，非唯一世。而猶以本國爲是，此鄉爲非。是則孔父里於昌平，陰氏家於新野，而系纂微子，源承管仲，乃爲齊、宋之人，非曰魯、鄧之士。求諸自古，其義無聞。

且自世重高門，人輕寒族，竟以姓望所出，邑里相矜。若仲遠之尋鄭玄，先云汝南應劭；文舉之對曹操，自謂魯國孔融是也。爰及近古，其言多僞。至於碑頌所勒，茅土定名，虚引他邦，冒爲己邑。若乃稱袁則飾之陳郡，言杜則係之京邑，姓卯金者咸曰彭城，氏禾女者皆云鉅鹿。在諸史傳，多與同風。此乃尋流俗之常談，忘著書之舊體矣。

又近世有班秩不著姓者，始以州壤自標，若楚國龔遂、漁陽趙壹是也。至於名位既隆，則不從此列，若蕭何、鄧禹、賈誼、董仲舒是也。觀《周》、《隋》二史，每述王、庾諸事，高、楊數公，必云瑯琊王褒，新野庾信，弘農楊素，渤海高熲，以此成言，豈曰省文，從而可知也。凡此諸失，皆由積習相傳，寖以成俗，迷而不返。蓋語曰：「難與慮始，可與樂成。」夫以千載遵行，持爲故事，而一朝糾正，必驚愚俗。此莊生所謂「安得忘言之人而與之言」，斯言已得之矣。庶知音君子，詳其得失者焉。

妄飾

文章既作，比興由生。鳥獸以媲賢愚，草木以方男女，擬人必以其倫，述事多比於古。漢氏君實稱帝，理異殷、周；子乃封王，名非魯、衛。而作者猶謂帝家爲王室，公輔爲王臣。磐石加建侯之言，帶河申俾侯之稱。史臣假託古詞，翻易今語，潤色之濫，萌於此矣。至如諸子短書，雜家小說，論逆臣則呼爲問鼎，稱巨寇則目以長鯨。邦國初基，皆云草昧；帝王世跡，必號龍飛。斯並異乎游、夏之措詞，南、董之顯書也。魏收《代史》，吴均《齊録》，或牢籠一世，或包舉一家，自可申不刊之格言，弘至公之正説。而收稱劉氏納貢，則曰「求獻百琛」；均敘元日臨軒，必云「朝會萬國」。夫以吴徵魯賦，禹計塗山，置于文章則可，施于簡册則否矣。亦有方以類聚。如王隱稱諸葛亮挑戰，真獲曹咎之利；崔鴻稱慕容冲見幸，爲有龍陽之姿。其事相符，言之讜矣。而盧思道稱邢邵喪子不慟，自東門吴已來，未之有也；李百藥稱王琳雅得人心，雖李將軍恂恂善誘，無以加也。斯則虚引古事，妄足庸音者矣。

《禮記·檀弓》，工言物始。夫自我作故，首創新儀，前史所刊，後來取證。是以漢初立槥，子長所書；魯始爲髽，丘明是記。河橋可作，元凱取驗于《毛詩》；男子有笄，伯支遠徵于《内則》，即其事也。按裴景仁《秦記》稱苻堅方食，撫盤而詬；王劭《齊志》述父紇洛干感恩，脱帽而謝。及彦鑾撰新史，乃易「撫盤」以「推案」，變「脱帽」爲「免冠」。夫近世通無案食，胡俗不施冠冕，學者何以考時俗之不同，察古今之有異？又自雜種稱制，言多醜俗。至如翼犍魏武所諱，黑獺周文本名；而伯起草以他語，德棻闕而不載。蓋厖降、蒯聵，字之媸也；重耳、黑臀，名之鄙也。傳諸五經，未聞别加刊定，況愁由定檟，彰于載識；河邊之狗，著于謡詠，難爲蓋藏。又或氏姓本複，減省從單，求諸自古，罕聞兹例。

「文勝質則史」，故知史之爲務，必藉于文。以文叙事，可得言焉。而今之作者，或虚加練飾，輕事雕彩；或體兼賦頌，詞類俳優。文非文，史非史，譬夫烏孫造室，雜以漢儀，而刻鵠不成，反類於鶩者也。

夸飾

形而上者謂之道，形而下者謂之器。神道難摹，精言不能追其極；形器易寫，壯辭可得喻其真。才非短長，理自難易耳。故自天地以降，豫入聲貌，文辭所被，夸飾恒存。雖《詩》、《書》雅言，風格訓世，事必宜廣，文亦過焉。是以言峻則嵩高極天，論狹則河不容舠，説多則「子孫千億」，稱少則「民靡孑遺」；襄陵舉滔天之目，倒戈立漂杵之論：辭雖已甚，其義無害也。且夫鴞音之醜，豈有泮林而變好？荼味之苦，寧以周原而成飴？並意深褒讚，故義成矯飾。大聖所録，以垂憲章。孟軻云：「説《詩》者不以文害辭，不以辭害意」也。

自宋玉、景差，夸飾始盛，相如憑風，詭濫愈甚。故上林之館，奔星與宛虹入軒；從禽之盛，飛廉與鷦鷯俱獲。及揚雄《甘泉》，酌其餘波；語瓌奇則假珍於玉樹，言峻極則顛墜於鬼神。至《東都》之比目，《西京》之海若；驗理則理無不驗，窮飾則飾猶未窮矣。又子雲《較獵》，鞭宓妃以饟屈原；張衡《羽獵》，困玄冥於朔野。孌彼洛神，既非魑魅；惟此水怪，亦非魍魎，而虛用濫形，不其疏乎？此欲夸其威而飾元脱其事，義睽刺也。至如氣貌山海，體勢宮殿；嵯峨揭業，熠燿焜煌之狀，光采煒煒而欲然，聲貌岌岌其將動矣：莫不因夸以成狀，沿飾而得奇也。於是後進之才，獎氣挾聲；軒翥而欲奮飛，騰擲而羞跼步。辭入煒燁，春藻不能程其豔；言在萎絶，寒谷未足成其凋；談歡則字與笑並，論慼則聲共泣偕。信可以發蘊而飛滯，披瞽而駭聾矣。

然飾窮其要則心聲鋒起；夸過其理，則名實兩乖。若能酌《詩》、《書》之曠旨，翦揚、馬之甚泰，使夸而有節，飾而不誣，亦可謂之懿也。

文通卷之二十三

載　事

文之作也，以載事爲難；事之載也，以蓄意爲工。觀《左氏傳》載晉敗于邲，及楚師寒拊勉之事，但云：「三軍之士，煖如挾纊」，則軍情愉悦之意，自蓄其中。《公羊》秦敗於殽之事，但云：「匹馬隻輪無反者」，則要擊之意，自蓄其中。若《公羊傳》載齊使人迓郤克、臧孫之事，《孟子》載天下歸舜之事，則曰：「天下諸侯朝覲者，不之堯之子而之舜；訟獄者，不之堯之子而之舜；謳歌者，不謳歌堯之子而謳歌舜。」凡此則意隨語竭，不容致思。

觀《檀弓》之載事，言簡而不疏，旨深而不晦，雖左氏之富艷，敢奮飛于前乎？如申生爲驪姬所譖，或令辨之。左氏載其事，則曰：「或謂太子：『子辭，君必辨焉。』太子曰：『君非姬氏居不安，食不飽。我辭，姬必有罪。君老矣，吾又不樂。』」《檀弓》則曰：「子盍言子之志于公乎？世子曰：『不可。君安驪姬，是我傷公之心也。』」一節僅百五十字，而包括曲折，有他人千言不盡者，非扛千斛龍文鼎力，未及此。

智悼子未葬，晉平公飲以樂。杜簣謂：大臣之喪重于疾日，不樂。《左氏》言其事則曰：「辰在子、卯，謂之疾日。君徹宴樂，學人舍業，爲疾故也。君之卿佐，是謂股肱。股肱或虧，何痛如之？」《檀弓》則曰：「子、卯不樂，智悼子在堂，斯其爲子卯也大矣。」《檀弓》只以十七字盡之奥矣。

載事之文，有先事而斷以起事也，有後事而斷以盡事也。如《左氏傳》欲載晉靈公厚斂雕墻，必先言「晉靈公不君」；《公羊傳》欲載楚靈王作乾谿臺，必先言「靈王爲無道」；《中庸》欲言「舜好問而察邇言」，亦先曰：「舜其大智也歟？」《孟子》欲言梁惠王「以其所愛及其所不愛」，亦先曰：「不仁哉梁惠王也。」若此流，皆先斷以起事也。如《左氏傳》載晉文公教民而用，卒言之曰：「一戰而伯，文之教也。」又載晉悼公賜魏絳和戎樂，卒言之曰：「魏絳于是乎有金石之樂，禮也。」若此流，皆後斷以盡事也。

載　文

劉子玄曰：夫觀乎人文，以化成天下；觀乎國風，以察興亡。是知文之爲用，遠矣大矣。若乃宣、僖善政，其美載於《周詩》；懷、襄不道，其惡存於《楚賦》。讀者不以吉甫、奚斯爲諂，屈平、宋玉爲謗者，何也？蓋不虚美、不隱惡故也。是則文之將史，其流一焉，固可以方駕南、董，俱稱良直者矣。

爰洎中葉，文體大變，樹理者多以詭妄爲本，飾辭者務以淫麗爲宗。譬以女工之有綺縠，音樂之有鄭、衛。蓋語曰：「不作無益害有益。」至如史氏所書，固當以正爲主。是以虞帝思理，夏后失御，《尚書》載其元首、禽荒之歌；鄭莊至孝，晉獻不明，《春秋》録其大隧、狐裘之什。其理(讜)〔讜〕而切，其文簡而要，足以懲惡勸善，觀風察俗者矣。若馬卿之《子虚》、《上林》，揚雄之《甘泉》、《羽獵》，班固《兩都》，馬融《廣成》，喻過其體，詞没其義，繁華而失實，流宕而忘返，無裨勸奬，有長奸詐，而前後《史》、《漢》，皆書列傳，不其謬乎！

且漢代詞賦，雖云虚矯，自餘它文，大抵猶實。至於魏、晉已下，則僞謬雷同。搉而論之，其失有五：一曰虚設，二曰厚顔，三曰假手，四曰自戾，五曰一概。何者？

大道爲公，以能而授，故堯咨爾舜，舜以命禹。自曹、馬已降，其取之也則不然。若乃上出禪書，下陳讓表，其間勸進殷勤，敦諭重沓，跡實同於莽、卓，言乃類於虞、夏。且始自納陛，迄於登壇。彤弓盧矢，新君膺九命之錫；白馬侯服，舊主蒙三恪之禮。徒有其文，竟無其事。此所謂虚設也。

古者兩軍爲敵，二國争雄，自相稱述，言無所隱。何者？國之得喪，如日月之蝕焉，非由飾辭嬌說所能掩蔽也。逮于近古則不然。至于曹公歎蜀主之英略，曰：「劉備吾儔」；周帝美齊宣之强盛，云：「高歡不死」。或移都以避其鋒，或斷冰以防其渡。及其申誥誓，降移檄，便稱其智昏菽麥，識昧玄黃。列宅建都，若鷦鷯之巢葦；臨戎賈勇，猶螳螂之拒轍。此所謂厚顔也。

古者詔命，皆人主所爲，故漢光武時，第五倫爲督鑄錢掾，見詔書而歎曰：「此聖主也，一見決矣。」至於近古則不然。凡有詔敕，皆責成羣下，但使朝多文士，國富辭人，肆其筆端，何事不録。是以每發璽誥，下綸言，申惻隱之渥恩，叙憂勤之至意。其君雖有反道敗德，惟頑與暴，觀其政令，則辛、癸不如；讀其詔誥，則勛、華再出。此所謂假手也。

天子無戲言，苟言之有失，則取尤天下。故漢光武謂龐萌「可以託六尺之孤」，及聞其叛也，乃謝百官曰：「諸君得無笑朕乎？」是知褒貶之言，哲王所慎。至於近古則不然。凡百具寮，王公卿士，始有褒崇，則謂其珪璋特達，善無可加；旋有貶黜，則比之斗筲下才，罪不容責。夫同爲一士之行，同取一君之言，愚智生于倏忽，是非變于俄頃，帝心不一，皇鑒無恒。此所謂自戾也。

夫國有否泰，世有污隆，作者形言，本無定準。故觀猗歟之頌，而驗有殷方興；觀《魚藻》之刺，而知宗周將殞。至於近代則不然。夫談主上之聖明，則君盡三、五；述宰相之英偉，則臣皆二、八。國止方隅，而言併吞六合；福不盈時，而稱感致百靈。雖人事屢改，而文理無易，故善之與惡，其説不殊，欲令觀者，疇爲準的。此所謂一概也。

於是考茲五失，以尋文義，雖事皆形似，而言必憑虚。夫鏤冰爲璧，不可得而用也；畫地爲餅，不可得而食也。是以行之於世，則上下相蒙；傳之於後，則世人不信。而世之作者，復不知察，聚彼虚説，編而次之，創自起居，成於國史，連章畢録，一字無廢，非復史書，更成文集。

若乃類選衆作，求其穢累，王沉、魚豢，是其甚焉；裴子野、何之元，抑其次也。陳壽、干寶，頗從簡約，猶時載浮訛，罔盡機要。惟王邵撰《齊》、《隋》二史，其所取也，文皆諳實，理多可信。至於悠悠飾詞，皆不之取。此實得去邪從正之理，（損）〔捐〕華摭實之義也。

蓋山有木，工則度之。況舉世文章，豈無其選，但苦作者書之不讀耳。至於詩有韋孟《諷諫》，賦有趙壹《嫉邪》，篇則賈誼《過秦》，論則班彪《王命》，張華述箴於女史，張載題銘於劍閣，諸葛表主以出師，王昶書家以誡子，劉向、谷永之上疏，晁錯、李固之對策，荀伯子之彈文，山巨源之啓事，此皆言成軌則，爲世龜鏡。求諸歷代，往往而有。苟書之竹帛，持之不刊，則其文可與三代同風，其事可與五經齊列。古猶今也，何遠近之有哉？

昔夫子修《春秋》，别是非，申黜陟，而賊臣逆子懼。凡今爲史而載文也，苟能撥浮華，採真實，亦可使夫雕蟲小技者，聞義而知徙矣。此乃禁淫之隄防，持雅之管轄，凡爲筆削者，可不務乎？

載言

《史通》曰：古者言爲《尚書》，事爲《春秋》。自桓、文作霸，糾合同盟，春秋之時，事之大者也，而《尚書》闕紀。秦師敗績，繆公誡誓，《尚書》之中，言之大者也，而《春秋》靡録。此則言、事有别，斷可知矣。

逮左氏爲書，不遵古法，言之與事，同在傳中。然而言事相兼，煩省合理，故使讀者尋繹不倦，覽諷忘疲。

至于《史》、《漢》則不然，凡所包舉，務存恢博。是以賈誼、晁錯、董仲舒、東方朔等傳，惟尚録言，罕逢載事。夫方述一事，得其綱紀，而隔以大篇，分其序次。遂令披閲之者，有所懵然。後史相承，不改其轍。

按遷、固列君臣於紀傳，統遺逸於表志，雖篇名甚廣，而言無獨録。愚謂凡爲史者，宜于表志之外，更立一書。若人主之制册、誥令，羣臣之章表、移檄，收之紀傳，悉入書部，題爲「制册」、「章表書」，以類區别，他皆倣此。亦猶志之有《禮樂志》、《刑法志》。又詩人之什，自成一家。故風、雅、比、興，非三傳所取。自六義不作，文章生焉。若韋孟《諷諫》之詩，揚雄出師之頌，馬卿之書封禪，賈誼之論過秦，諸如此文，皆施紀傳。竊謂宜從古詩例，斷入書中。亦猶《舜典》列《元首之歌》，《夏書》包《五子之詠》者也。夫能使史體如是，庶幾《春秋》、《尚書》之道備矣。

載言之文，有答問。若止及一事，文固不難，至有數端，文實未易。所問不言問，所對不言對。言雖簡略，意實周贍，讀之續如貫珠，應如答響。若《左氏傳》載楚望晉軍，問伯州犂，蓋得此也。至於問則屢稱「何也」，答則屢稱「對曰」，其文與意，有異《左氏》。若《樂記》，載賓牟賈與孔子言樂，皆拘此也。二文具載，則可考矣。「王曰：『騁而左右，何也？』曰：『召軍吏也。』『皆聚于中軍矣。』曰：『合謀也。』『張幕矣。』曰：『虔卜于先君也。』『徹幕矣。』曰：『將發命也。』『甚囂，且塵上矣。』曰：『將塞井夷竈而爲行也。』『皆乘矣，左右執兵而下矣。』曰：『聽誓也。』『戰乎？』曰：『未可知也。』『乘而左右皆下矣。』曰：『戰禱也。』」「曰：『夫《武》之備戒之已久，何也？』對曰：『病不得其衆也。』『詠歎之，淫液之，何也？』對曰：『恐不逮事也。』『發揚蹈厲之已蚤，何也？』對曰：『及時事也。』『《武》坐致右憲左，何也？』對曰：『非《武》坐也。』『聲淫及商，何也？』對曰：『非《武》音也。』子曰：『若非《武》音，則何音也？』對曰：『有司失其傳也。』」

《左氏傳》載諸國燕饗賦《詩》之事，但云：賦某詩。或云：賦某詩之卒章，皆不載詩而意自具。其曰：「賦《棠棣》之七章以卒」，則知賦七章以卒盡八章也。其曰：「在《楊水》卒章之四言矣」，則知取「我聞有命」也。左氏於此等文，最爲得體。

言以簡爲當，言以載事，文以著言，則文貴其簡也。文簡而理周，斯得其簡也。讀之疑有闕焉，非簡也，疏也。如《春秋》「隕石于宋五」，《公羊傳》曰：「聞其隕，然視之則石，察之則五。」《公羊》之義，經以五字盡之，是簡之難者也。劉向載泄冶之言曰：「夫上之化下，猶風靡草。東風則草靡而西，西風則草靡而東，在風所由，而草所靡。」此用三十有二言而意方顯，及觀《論語》曰：「君子之德，風；小人之德，草。草上之風，必偃。」此減泄冶之言半，而意亦顯。又觀《書》曰：「爾惟風，下民惟草。」此復減《論語》九言，而意愈顯。吾故曰是簡之難者也。《書》曰：「能自得師者王，謂人莫己若者亡。」劉向載楚莊王之言曰：「其君賢君也，而又有師者，王；其君下君也，而羣臣又莫君若者，亡。」語意煩簡不如是，何以別經傳之文？

章句

王弇州曰：首尾開闔，繁簡奇正，各極其度，章法也；抑揚頓挫，長短節奏，各極其致，句法也；點（掇）〔綴〕關鍵，金石綺綵，各極其造，字法也。篇有百尺之錦，句有千鈞之弩，字有百鍊之金。文之與詩，固異象，同則孔門。一唯曹溪汙下後，信手拈來，無非妙境。

劉彦和曰：夫設情有宅，置言有位；宅情曰章，位言曰句。故章者，明也；句者，局也。局言者，聯字以分疆；明情者，總義以包體：區畛相異，而衢路交通矣。夫人之立言，因字而生句，積句而成章，積章而成篇。篇之彪炳，章無疵也；章之明靡，句無玷也；句之清英，字不妄也：

振本而末從，知一而萬畢矣。夫裁文匠筆，篇有小大；離章合句，調有緩急：隨變適會，莫見定準。句司數字，待相接以爲用；章總一義，須意窮而成體。其控引情理，送迎際會，譬舞容迴環，而有綴兆之位；歌聲靡曼，而有抗墜之節也。尋《詩》人擬喻，雖斷章取義，然章句在篇，如繭之抽緒，原始要終，體必鱗次。啓行之辭，逆萌中篇之意，絶筆之言，追勝前句之旨；故能外文綺交，内義脉注，跗萼相銜，首尾一體。若辭失其朋，則羈旅而無友；事乖其次，則飄寓而不安。是以搜句忌於顛倒，裁章貴於順序：斯固情趣之指歸，文筆之同致也。

若夫筆句無常，而字有條數：四字密而不促，六字格而非緩；或變之以三五，蓋應機之權節也。至於詩、頌大體，以四言爲正；唯「祈父」、「肇禋」以二言爲句。尋二言肇於黄世，《竹彈》之謡是也；三言興於虞時，《元首》之詩是也；四言廣於夏年，《洛汭》之歌是也；五言見於周代，《行露》之章是也。六言、七言，雜出《詩》、《騷》，而體之篇，成於兩漢。情數運周，隨時代用矣。

若乃改韻從調，所以節文辭氣。賈誼、枚乘，兩韻輒易；劉歆、桓譚，百句不遷：亦各有其志也。昔魏武論賦，嫌於積韻，而善於資代。陸雲亦稱：「四言轉句，以四句爲佳。」觀彼制韻，志同枚、賈。然兩韻輒易，則聲韻微躁；百句不遷，則唇吻告勞。妙才激揚，雖觸思利貞，曷若折之中和，庶保無咎。

又詩人以「兮」字入於句限，《楚辭》用之，字出句外。尋「兮」字成句，乃語助餘聲，舜詠《南風》，用之久矣；而魏武弗好，豈不以無益文義邪！至於「夫」、「惟」、「蓋」、「故」者，發端之首唱；「之」、「而」、「於」、「以」者，乃劄句之舊體；「乎」、「哉」、「矣」、「也」者，亦送末之常科。據事似閑，在用實切。巧者迴運，彌縫文體，將令數句之外，得一字之助矣。外字難謬，況章句歟！

六經之道，既曰同歸，六經之文，容無異體。故《易》文似《詩》，《詩》文似《書》，《書》文似《禮》。《中孚》九二曰：「鳴鶴在陰，其子和之。我有好爵，吾與爾縻之。」使入《詩》雅，孰別爻辭？《抑》三章曰：「其在于今，興迷亂於政。顛覆厥德，荒湛於酒。女雖湛樂從，弗念厥紹，罔敷求先王，克共明刑。」使入《書》誥，孰別雅語？《顧命》曰：「牖間南嚮，敷重篾席，黼純，華玉，仍几。西序東嚮，敷重底席，綴純，文貝，仍几。東序西嚮，敷重豐席，畫純，雕玉，仍几。西夾南嚮，敷重筍席，玄粉純，漆，仍几。」使入《春官·司几筵》，孰別命語？

夫樂奏而不和，樂不可聞；文作而不協，文不可誦，文協尚矣。是以古人之文，發於自然，其協也亦自然。後世之文，出於有意，其協也亦有意。《書》曰：「任賢勿貳，去邪勿疑。疑謀勿成，百志惟熙。」《易》曰：「《乾》剛《坤》柔，《比》樂《師》憂；《臨》、《觀》之義，或與或求。」《禮記》曰：「玄酒在室，醴醆在户，粢醍在堂，澄酒在下。陳其犧牲，備其鼎俎，列其琴瑟，管磬鍾鼓。脩其祝嘏，以降上神，與其先祖。以正君臣，以篤父子，以睦兄弟，以齊上下，夫婦有所，是謂承天之祜。」若此等語自然協也。《書》曰：「無偏無黨，王道蕩蕩；無黨無偏，王道平平。」《詩》曰：「不明爾德，時無背無側；爾德不明，以無陪無卿。」二者皆倒上句，又協之一體也。

韻氣一定，故餘聲易遺；和體抑揚，故遺響難契。宋詞、元曲，皆於仄韻用和音以叶平韻，蓋以平聲爲一類，而上去入三聲附之。如東、董是和，東、中是韻也。

《説文》解「豉」字云：「配鹽幽菽也。」《三蒼》解「豔」字云：「豔，冥果青色也。」蓋「豉」本豆也，以鹽配之，幽閉於甕盎中所成，故曰幽菽。冥果，密煎果也，以銅青浸之，加密而冥於缶中，故曰冥果。「幽菽」、「冥果」，取名於「幽」、「冥」，見其與生菽生果異也。解詁之妙有如此，誰謂文章不在換字乎？

鳧脛雖短，續之則憂；鶴脛雖長，斷之則悲。《檀弓》文句，長短有法，不可增損。長句法。如：「毋乃使人疑夫不以情居瘠者乎哉？」「孰有執親之喪而沐俗佩玉者乎？」「蕢尚不如杞粱之妻之知禮也。」「苟無禮義忠信誠慤之心以涖之。」

短句法。「華而睆。」「否。」「立孫。」「畏厭溺。」

《春秋》文句，長者踰三十餘言，短者止於一言。如「季孫行父、臧孫許、叔孫僑如、公孫嬰齊、帥師會晉郤克、衛孫良父、曹公子首及齊侯，戰于鞌」之類，是長句也。如「螽」之類，是短句也。《詩》之文句，長者不踰八言，短者不減二言。八言者，如「我不敢效我友自逸」之類是也。摯虞云：「《詩》有九言，『泂酌彼行潦挹彼注兹』是也。」然此當爲二句，其説非也。二言者，若「祈父」

之類。《春秋》主於褒貶，《詩》則本於美刺，立言之間，莫不有法。

《容齋三筆》曰：六經之道同歸，旨意未嘗不一，而用字則有不同者。如佑、祐、右三字，一也。而在《書》爲「佑」，在《易》爲「祐」，在《詩》爲「右」。惟、維、唯，一也。而在《書》爲「惟」，在《詩》爲「維」，在《易》爲「唯」，《左傳》亦然。又如《易》之「无」字，《周禮》之法，眡、甕、鱻、齍、皐、獻、桌、斞、㮚、簭等字，他經皆不然。今人書「无咎」、「无妄」，多作「無」，失之矣。孝宗初登極，以潛邸爲佑聖觀，令玉册官篆牌。奏云：「篆法『佑』字無立人，只單作『右』字。」道士力争，以爲觀名去人恐不可安，有旨特增之。

謚以易名，然則謚之爲義正訓名也。司馬長卿《諭蜀文》曰：「身死無名，謚爲至愚。」顔注云：「終以愚死，後葉傳稱，故謂之謚。」柳子厚《招海賈文》曰：「君不返兮謚爲愚。」二人所用，其意則同。唯王子淵《簫賦》曰：「幸得謚爲洞簫兮，蒙聖主之渥恩。」李善謂：「謚者，號也。言得謚爲簫，而常施用之。」以器物名爲謚，其語可謂奇矣。

練　字

劉彦和曰：夫文象列而結繩移，鳥跡明而書契作，斯乃言語之體貌，而文章之宅宇也。蒼頡造之，鬼哭粟飛；黄帝用之，官治民察。先王聲教，書必同文；輶軒之使，紀言殊俗，所以一字體，總異音。《周禮》：保章氏掌教六書。秦滅舊章，以吏爲師；及李斯删籀而秦篆興，程邈造隸而古文廢。漢初草律，明著厥法：太史學童，教試六體；又吏民上書，字謬輒劾。是以「馬」字缺畫，而石建懼死，雖云性慎，亦時重文也。至孝武之世，則相如譔《篇》。及宣、成二帝，徵集小學，張敞以正讀傳業，揚雄以奇字纂訓：並貫練雅、頌，總閱音義；鴻筆之徒，莫不洞曉。且多賦京苑，假借形聲。是以前漢小學，率多瑋字，非獨制異，乃共曉難也。暨乎後漢，小學轉疏，複文隱訓，臧否太半。及魏代綴藻，則字有常檢，追觀漢作，翻成阻奧。故陳思稱：「揚、馬之作，趣幽旨深，讀者非師傳不能析其辭，非博學不能綜其理。」豈直才懸，抑亦字隱。自晉來用字，率從簡易，時並習易，人誰取難？今一字詭異，則羣句震驚，三人弗識，則將成字妖矣。後世所同曉者，雖難斯易；時所共廢，雖易斯難：趣舍之間，不可不察。

夫《爾雅》者，孔徒之所纂，而《詩》、《書》之襟帶也；《倉頡》者，李斯之所輯，而鳥籀之遺體也。《雅》以淵源詁訓，《頡》以苑囿奇文：異體相資，如左右肩股。該舊而知新，亦可以屬文。若夫義訓古今，興廢殊用，字形單複，妍蚩異體。心既託聲於言，言亦寄形於字；諷誦則績在宮商，臨文則能歸字形矣。

是以綴字屬篇，必須練擇：一避詭異，二省聯邊，三權重出，四調單複。詭異者，字體瓌怪者也。曹攄詩稱：「豈不願斯遊，褊心惡呶呶。」兩字詭異，大疵美篇，況乃過此，其可觀乎！聯邊者，半字同文者也。狀貌山川，古今咸用，施於常文，則齟齬爲瑕；如不獲免，可至三接，三接之外，其字林乎！重出者，同字相犯者也。《詩》騷適會，而近世忌同；若兩字俱要，則寧在相犯。故善爲文者，富於萬篇，貧於一字，一字非少，相避爲難也。單複者，字形肥瘠者也。瘠字累句，則纖疏而行劣；肥字積文，則黯黕而篇闇。善酌字者，參五單複，磊落如珠矣。凡此四條，雖文不必有，而體例不無。若值而莫悟，則非精解。

至於經典隱曖，方册紛綸，簡蠹帛裂，三寫易字，或以音譌，或以文變。子思弟子，「於穆不祀」者，音譌之異也；晉之史記，「三豕渡河」，文變之謬也。《尚書大傳》有「別風淮雨」，《帝王世紀》云：「列風淫雨。」「別」、「列」、「淮」、「淫」，字似潛移。「淫」、「列」義當而不奇，「淮」、「別」理乖而新異。傅毅制《誄》，已用「淮雨」；固知愛奇之心，古今一也。史之闕文，聖人所慎，若依義棄奇，則可與正文字矣。

字法

文有數句用一類字者，所以張文勢，壯文義也。然皆有法，否則以字累句，以句累篇，其不見哂于刓木爲棊者幾希。引而伸之，觸類而長之，宮嚼羽含矣。

「或」字法。《詩·北山》曰：「或燕燕居息，或盡瘁事國。或息偃在床，或不已于行。或不知呌號，或慘慘劬勞。或棲遲偃仰，或王事鞅掌。或湛樂飲酒，或慘慘畏咎。或出入風議，或靡事不爲。」退之《南山詩》云：「或連若相從，或蹙若相鬬。或妥若彌伏，或竦若驚雊。或散若瓦解，或赴若輻輳。或翩若船遊，或決若馬驟。」此句稍多，不能備載。皆廣以或字法而用之也。《老子》曰：「凡物或行，或隨；或歔，或吹；或强，或羸；或載，或隳。」又一法也。

「者」字法。《考工記》曰：「脂者、膏者、羽者、鱗者。」又曰：「以脰鳴者。」《莊子》曰：「激者、謞者、叱者、吸者、叫者、譹者、宎者、咬者，前者唱于，隨者唱喁。」韓退之《畫記》云：「行者、牽者、奔者、涉者、陸者、翹者、顧者、鳴者、寢者、訛者、立者、齕者、飲者、溲者、陟者、降者、嘘者、嗅者、秣者。」凡此用者字，其原出于《考工記》，因用《莊子》法也。

「之謂」字法。《繫辭》曰：「富有之謂大業，日新之謂盛德。生生之謂易，成象之謂乾，效法之謂坤，極數知來之謂占，通變之謂事，陰陽不測之謂神。」韓退之《賀册尊號表》云：「臣聞體仁以長人之謂元，發而中節之謂和，無所不通之謂聖，妙而無方之謂神，經緯天地之謂文，戡定禍亂之謂武，先天不違之謂法天，道濟天下之謂應道」，蓋取《易・繫辭》也。

「謂之」字法。《易・繫辭》曰：「闔户謂之坤，闢户謂之乾，一闔一闢謂之變，往來不窮謂之通，見乃謂之象，形乃謂之器，制而用之謂之法，利用出入，民咸用之謂之神。」凡經子傳記，用此多矣，故不悉載。如《爾雅》「宫謂之室，室謂之宫」等法，蓋訓詁也。「南風謂之凱風」，皆此類。

「之」字法。《孟子》曰：「勞之來之，匡之直之，輔之翼之。」《老子》曰：「故道生之，德畜之，長之育之，成之熟之，養之覆之。」若《易·説卦》曰：「雷以動之，風以散之；雨以潤之，日以烜之；艮以止之，兑以説之；乾以居之，坤以藏之。」此又一法也。《莊子》：「厲之人，夜半生其子。」又以「驪姬」作「驪之姬」，地名「南沛」作「南之沛」。《吕覽》「楚丹姬」作「丹之姬」，《家語》「江津」作「江之津」，樂府「桂樹」作「桂之樹」，文法皆異。

「可」字法。《考工記》曰：「故可規、可方、可永、可興、可量。」《表記》曰：「事君可貴可賤，可富可貧，可生可殺。」

「可以」字法。《論語》曰：「詩可以興，可以觀，可以羣，可以怨。」《月令》曰：「可以登高明，可以遠眺望，可以升山陵，可以處臺榭。」《莊子》曰：「可以保身，可以全生，可以養親，可以盡年。」

「爲」字法。《易·説卦》曰：「乾爲天，爲圜，爲君，爲父，爲玉，爲金，爲寒，爲冰，爲大赤，爲良馬，爲老馬，爲瘠馬，爲駁馬，爲木果。」《莊子》曰：「形就而入，且爲顛爲滅，爲崩爲蹶；心和而出，且爲聲爲名，爲妖爲孽。」此又一法也。《爾雅》：「蜺爲挈貳，弇日爲蔽雲。」「暴雨謂之涷。」又與「謂之」間用。《講武篇》亦然。

「必」字法。《考工記》曰：「容轂必直，陳篆必正，施膠必厚，施筋必數。」《月令》曰：「秫稻必齊，麴蘖必時，湛熾必潔，水泉必香，陶器必良，火齊必得。」

「不以」字法。《左氏傳》曰：「不以國，不以官，不以山川，不以惡疾，不以畜牲，不以器幣。」

「無」字法。《左氏傳》曰：「無始亂，無怙富，無恃寵，無違同，無敖禮，無復怒，無謀非德，無犯非義。」

「而不」字法。《左氏傳》曰：「直而不倨，曲而不屈，邇而不逼，遠而不勢，遷而不淫，復而不厭，哀而不愁，樂而不荒，用而不匱，廣而不宣，施而不費，取而不貪，處而不底，行而不流。」

「其」字法。《繫辭》曰：「其稱名也小，其取類也大，其旨遠，其辭文，其言曲而中，其事肆而隱。」《莊子》曰：「其寢不夢，其覺無憂，其食不甘，其息深深。」《樂記》曰：「其哀心感者，其聲噍以殺；其樂心感者，其聲嘽以緩；其喜心感者，其聲發以散；其怒心感者，其聲粗以厲；其敬心感者，其聲直以廉；其愛心感者，其聲和以柔。」此雖每句用其字，而二句以見意，又一法也。

「焉」字法。《祭統》曰：「見事鬼神之道焉，見君臣之義焉，見父子之倫焉，見貴賤之等焉，見親疏之殺焉，見爵賞之施焉，見夫婦之別焉，見政事之均焉，見長幼之序焉，見上下之際焉。」《學記》曰：「藏焉，脩焉，息焉，遊焉。」《三年問》曰：「翔回焉，鳴號焉，蹢躅焉，踟躕焉。」又一法也。

「于時」字法。《詩》曰：「于時處處，于時廬旅，于時言言，于時語語。」鄭康成云：「時，是也。」

「實」字法。《詩》云：「實方實苞，實種實褎，實發實秀，實堅實好，實穎實栗。」

「曾是」字法。《詩》曰：「曾是彊禦，曾是掊克，曾是在位，曾是在服。」

「侯」字法。《詩》曰：「侯主侯伯，侯亞侯旅，侯彊侯以。」

「有若」字法。《書》曰：「有若虢叔，有若閎夭，有若散宜生，有若太顛，有若南宮括。」

「未嘗」字法。《家語》曰：「未嘗知哀，未嘗知憂，未嘗知勞，未嘗知懼，未嘗知危。」

「斯」字法。《檀弓》曰：「人喜則斯陶，陶斯咏，咏斯猶，猶斯舞，舞斯愠，愠斯戚，戚斯歎，歎斯辟，辟斯踴矣。品節斯，斯之謂禮。」

「於是乎」字法。《國語》曰：「上帝之粢盛於是乎出，民之蕃庶於是乎生，事之供給於是乎在，和協輯睦於是乎興，財用蕃殖於是乎始，敦龐純固於是乎成。」

「有」字法。《禮器》曰：「有直而行也，有曲而殺也，有經而等也，有順而討也，有漸而播也，有推而進也，有放而文也，有放而不致也，有順而摭也。」《樂師》曰：「有帗舞，有羽舞，有皇舞，有旄舞，有干舞，有人舞。」《左氏傳》曰：「名有五：有信、有義、有象、有假、有類。」又一法也。《孟子》曰：「父子有親，君臣有義，夫婦有別，長幼有序，朋友有信。」此又一法也。

「兮」字法。《荀子》曰：「井井兮其有條理也，嚴嚴兮其能敬己也，分分兮其終始也，猒猒兮其能長久也，樂樂兮其執道不殆也，炤炤兮其用知之明也，修修兮其用統類之行也，綏綏兮其有文章也，熙熙兮其樂人之臧也，隱隱兮其恐人之不當也。」

「然」字法。《荀子》曰：「儼然，壯然，祺然，蕼然，恢恢然，廣廣然，昭昭然，蕩蕩然。」《莊子》曰：「注然勃然，莫不出焉；油然漻然，莫不入焉。」

「奚」字法。《莊子》曰：「奚爲奚據？奚避奚處？奚就奚去？奚樂奚惡？」

「而」字法。《莊子》曰：「而容崖然，而目衝然，而顙頯然，而口闞然，而狀義然。」《考工記》曰：「清其灰而盝之，而揚之，而沃之，而塗之，而宿之。」又一法也。

「方且」字法。《莊子》曰：「方且本身而異形，方且尊知而火馳，方且爲緒使，方且爲物絯，方且四顧而物應，方且應衆宜，方且與物化而未始有恒。」

「似」字法。《莊子》曰：「似鼻，似口，似耳，似枅，似圈，似臼，似洼者，似污者。」

「乎」字法。《莊子》曰：「與乎其觚而不堅也，張乎其虚而不華也，邴邴乎其似喜乎！崔乎其不得已乎！滀乎進我色也，與乎止我德也；厲乎其似世乎！謷乎其未可制也；連乎其似好閉也，悗乎忘其言也。」《禮器》曰：「洞洞乎其敬也，屬屬乎其忠也，勿勿乎其欲共饗之也。」《莊子》蓋廣此法而用之。

「乃」字法。《詩》曰：「乃慰乃止，乃左乃右；乃疆乃理，乃宣乃畝。」

「以之」字法。《仲尼燕居》曰：「以之居處有禮，故長幼辨也；以之閨門之內有禮，故三族和也；以之朝廷有禮，故官爵序也；以之田獵有禮，故戎事閑也；以之軍旅有禮，故武功成也。」

「足以」字法。《易》曰：「體仁足以長人，嘉會足以合禮，利物足以和義，貞固足以幹事。」《中庸》曰：「聰明睿知，足以有臨也，寬裕温柔，足以有容也，發强剛毅，足以有執也，齋莊中正，足以有敬也，文理密察，足以有别也。」又一法也。

「也」字法。《中庸》曰：「修身也，尊賢也，親親也，敬大臣也，體羣臣也，子庶民也，來百工也，柔遠人也，懷諸侯也。」《周易·雜卦》一篇，全用「也」字。

「得其」字法。《仲尼燕居》曰：「宫室得其度，量鼎得其象，味得其時，樂得其節，車得其式，鬼神得其饗，喪祭得其哀，辨説得其黨，蒞官得其本，政事得其施。」

「以」字法。《太司樂》曰：「以致鬼神示，以和邦國，以諧萬民，以安賓客，以説遠人，以作動物。」《周禮》此法極多，不能備載。

「曰」字法。《洪範》曰：「一曰水，二曰火，三曰木，四曰金，五曰土。」《周禮》凡次叙其事，皆類此一法也。《周禮·大師》曰：「曰風、曰賦、曰比、曰興、曰雅、曰頌。」《洪範》曰：「曰雨、曰霽、曰蒙、曰驛、曰克、曰貞、曰晦。」凡此類不言數，又一法也。《大宗伯》曰：「春見曰朝，夏見曰宗，秋見曰覲，冬見曰遇，時見曰會，殷見曰同。」《易·繫辭下》曰：「天地之大德曰生，聖人之大寶曰位。何以守位？曰仁。何以聚人？曰財。理財正辭，禁民爲非，曰義。」凡此類，又一法也。

「得之」字法。《莊子》曰：「豨韋氏得之，以挈天地；伏羲氏得之，以襲氣母；維斗得之，終古不忒；日月得之，終古不息；堪坏得之，以襲崑崙；馮夷得之，以遊大川；肩吾得之，以處大山；黄帝得之，以登雲天；顓頊得之，以處玄宫；禺强得之，立乎北極；西王母得之，坐乎少廣。」

「之以」字法。《文王世子》曰：「慮之以大，愛之以敬，行之以禮，修之以孝養，紀之以義，終之以仁。」

「所以」字法。《禮運》曰：「祭帝于郊，所以定天位也；祀社于國，所以列地利也；祖廟，所以本仁也；山川，所以儐鬼神也；五祀，所以本事也。」

「存乎」字法。《繫辭》曰：「列貴賤者存乎位，齊小大者存乎卦，辨吉凶者存乎辭，憂悔吝者存乎介，震無咎者存乎悔。」

「莫大乎」字法。《繫辭》曰：「法象莫大乎天地，變通莫大乎四時，懸象著明莫大乎日月，崇高莫大乎富貴，備物致用，立成器以爲天下利，莫大乎聖人。」

「知所以」字法。《中庸》曰：「則知所以修身；知所以修身，則知所以治人；知所以治人，則知所以治天下國家矣。」

「矣」字法。《六月・詩序》曰：「《鹿鳴》廢，則和樂缺矣，《四牡》廢，則君臣缺矣。」下皆類此，不能悉載。《板》詩曰：「辭之輯矣，民之洽矣；辭之懌矣，民之莫矣。」此雖每句用「矣」字，而上下之意相關。

連用五字。如「韓必德魏、愛魏、重魏、畏魏，韓必不敢反魏。」甚奇。

「焉」與「謂之」間用。如：《爾雅·五方篇》：「東方有比目魚焉，不比不行，其名謂之鰈；南方有比翼鳥焉，不比不飛，其名謂之鶼鶼；西方有比肩獸焉，與邛邛岠虛比，爲邛邛岠虛，齧甘草，即有難，邛邛岠虛負而走，其名謂之蟨；北方有比肩民焉，迭食而迭望；中有枳首蛇焉。此四方中國之異氣也。」

是以高下異，則名號異，則權力異，則事勢異，則旗章異，則符瑞異，則禮寵異，則秩禄異，則冠履異，則衣帶異，則環珮異，則車馬異，則妻妾異，則澤厚異，則宫室異，則床席異，則器皿異，則祭祀異，則死喪異。《服疑》

「何」字法。如《天問篇》，句句用「何」字，雄視千古。

對待

造化賦形，支體必雙，神理爲用，事不孤立。夫心生文辭，運裁百慮，高下相須，自然成對。唐虞之世，辭未極文，而皋陶贊云：「罪疑惟輕，功疑惟重」；益陳謨云：「滿招損，謙受益。」豈營麗辭？率然對爾。《易》之《文》、《繫》，聖人之妙思也。序《乾》四德，則句句相銜；龍虎類感，則字字相儷；乾坤易簡，則宛轉相承；日月往來，則隔行懸合：雖句字或殊，而偶意一也。至於詩人偶章，大夫聯辭，奇偶適變，不勞經營。自揚、馬、張、蔡，崇盛麗辭，如宋畫吴冶，刻形鏤法，麗句與深采並流，偶意共逸韻俱發。至魏晉群才，析句彌密，聯字合趣，剖毫析釐。然契機者入巧，浮假者無功。

故麗辭之體，凡有四對：言對爲易，事對爲難，反對爲優，正對爲劣。言對者，雙比空辭者也；事對者，並舉人驗者也；反對者，理殊趣合者也；正對者，事異義同者也。長卿《上林賦》云：「修容乎《禮》園，翱翔乎《書》圃」，此言對之類也；宋玉《神女賦》云：「毛嬙鄣袂，不足程式；西施掩面，比之無色」，此事對之類也；仲宣《登樓》云：「鍾儀幽而楚奏，莊舄顯而越吟」，此反對之類也；孟陽《七哀》云：「漢祖想枌榆，光武思白水」，此正對之類也。凡偶辭胸臆，言對所以爲易也；擬人之學，事對所以爲難也；幽顯同志，反對所以爲優也；並貴共心，正對所以爲劣也。又以事對，各有反正，指類而求，萬條自昭然矣。

張華詩稱：「遊鴈比翼翔，歸鴻知接翮」；劉琨詩言：「宣尼悲獲麟，西狩泣孔丘」：若斯重出，即對句之駢枝也。是以言對爲美，貴在精巧；事對所先，務在允當。若兩事相配，而優劣不均，是驥在左驂，駑爲右服也。若夫事或孤立，莫與相偶，是夔之一足，趻踔而行也。若氣無奇類，文乏異采，碌碌麗辭，則昏垂耳目。必使理圓事密，聯璧其章；迭用奇偶，節以雜佩，乃其貴耳。

交錯

文有交錯之體，若纏糾然。主在析理，理盡後已。《書》曰：「念茲在茲，釋茲在茲，名言茲在茲，允出茲在茲。」《莊子》曰：「有始也者，有未始有始也者，有未始有夫未始有始也者。」又曰：「以指喻指之非指，不若以非指喻指之非指也。」《荀子》曰：「不利而利之，不如利而後利之之利也。」「利而後利之，不如利而不利者之利也。」《國語》曰：「成人在始與善。始與善，善進善，不善蔑由至矣；始與不善，不善進不善，善亦蔑由至矣。」《穀梁》曰：「人之所以爲人者，言也。人而不能言，何以爲人？言之所以爲言者，信也。言而不信，何以爲言？信之所以爲信者，道也。信而不道，何以爲道？」此類多矣，不可悉舉。然取《莊子》而法之，則文斯邃矣。

複

《文選》不收《蘭亭記》，議者謂「絲竹管絃」，四言兩意，非也。「絲竹管弦」，本《漢書》語。古人文辭，故自不厭鄭重。如《易》曰：「明辨晰也。」《莊子》云：「周徧咸」，又云：「吾無糧，我無食。」《詩》云：「昭明有融，高朗令終。」宋玉賦：「旦爲朝雲。」古樂府云：「暮不夜歸。」《左傳》

云：「遠哉，遥遥。」《邯鄲淳碑》云：「丘墓起墳」，古詩云：「被服羅衣裳。」《後漢書》：「食不充糧。」在今人則以爲複矣。

《詩》、《書》之文，有若重複，而意實曲折者。《詩》曰：「云誰之思？西方美人。彼美人兮，西方之人兮。」此思賢之意，自曲折也。又曰：「自古在昔，先民有作。」此考古之意，自曲折也。《書》曰：「眇眇予末小子。」此謙托之意，自曲折也。又曰：「孺子其朋，孺子其朋，其往！」此告戒之意，自曲折也。

複字用于詩文中，最難雅馴。楊用脩取三百篇諸書之複，依均彙集，惟伐林者諗焉。《容齋隨筆》載王季朗云：「太學士嘗戲作《人焉廋哉論》，以『人焉廋哉』一句，複作數轉，大可噴飯。」

晉蘇蕙《璇璣圖詩》，徘徊宛轉，寥寥千古，白雪陽春。周如意元年五月一日，大周天册金輪皇帝《序》曰：「前秦苻堅時，秦州刺史扶風竇滔，妻蘇氏，陳留令武功蘇道賢第三女也。名蕙，字若蘭，智識精明，儀容妙麗，謙默自守，不求顯揚。年十六歸於竇氏，滔甚敬之。然蘇氏性近於急，頗傷嫉妬。滔字連波，右將軍于爽之孫，朗之第二子也。神風偉秀，該通經史，允文允武，時論高之。苻堅委以心膂之任，備歷顯職，皆有政聞。遷秦州刺史，以忤旨謫戍燉煌。會堅克晉襄陽，慮有危偪，藉滔才略，詔拜安南將軍，留鎮襄陽。初，滔有寵姬趙陽臺，歌舞之妙，無出其右。

滔置之别所，蘇氏知之，求而獲焉，苦加捶辱，滔深以爲憾。陽臺又專伺蘇氏之短，讒毁交至，滔益忿蘇氏。蘇氏時年二十三，及滔將鎮襄陽，邀蘇氏同往。蘇氏忿之，不與偕行。乃携陽臺之任，絶蘇氏音問。蘇氏悔恨自傷，因織錦爲廻文，五綵相宣，瑩心輝目。縱廣八寸，題詩二百餘首，計八百餘言，縱横反覆，皆爲文章，其文點畫無缺。才情之妙，超今邁古，名曰璇璣圖。然讀者不能悉通。蘇氏笑曰：『徘徊宛轉，自爲語言，非我家人，莫能解之。』遂發蒼頭，齎至襄陽。滔覽之，感其妙絶，因送陽臺之關中，而具車從盛禮，迎蘇氏歸于漢南，恩好愈重。蘇氏所著文詞五千餘言，屬隋季喪亂，文字散落，追求弗獲，而錦字廻文，盛傳于世。朕聽政之暇，留心墳典，散帙之次，偶見斯圖，因述若蘭之多才，復美連波之悔過，遂製此文，聊示將來。」

載言之文，有不避重複。如《穀梁傳》載麗姬故謂君曰：「吾夜者夢夫人趨而來，曰：『吾苦畏，胡不使大夫將衛士而衛冢乎？』」「故君謂世子曰：『麗姬夢夫人趨而來曰：「吾苦畏，女其將衛士而往衛冢乎？」』」此不避重複一也。《家語》載「魯公索氏將祭而亡其牲。孔子聞之，曰：『公索氏不及二年將亡。』後一年而亡。門人問曰：『昔公索氏將祭而亡其牲，而夫子曰不及二年必亡，今過期而亡』」，此不避重複二也。《公羊傳》載「陽處父諫曰：『射姑民衆不悦，不可使將。』於是廢將。陽處父出。射姑入，君謂射姑曰：『陽處父言曰：「射姑，民衆不悦，不可使將。」』」此不避重複三也。及觀《檀弓》載子游曰：「昔者夫子居於宋，見桓司馬自爲石槨，三年不成，夫子曰：『若是其靡也，死不如速朽之愈也。』死之欲速朽，爲桓司馬言之也。」云云。曾子以子游之言告於有子，然《檀弓》但云「以子游之言」，蓋避重複也。又《左氏傳》載晉師歸，「郤伯見，公曰：『子之力也夫！』」「范叔見，勞之如郤伯。」「欒伯見，公亦如之。」夫三述晉侯之語，固未爲害，而左氏兩變其文，蓋避重複也。

孤行

天下物之孤者最貴：品之孤者最高，調之孤者寡和，注之孤者必勝，角之孤者必瑞。如金毛獅子，墮地獨行，不求伴侶，奇矣哉！及乎文字，匪假發端，必藉助語，文之弊也，尚且纍纍之也。若若乎而謂《尚書》無一「也」字，不駭且笑。豈有文至千萬，不相複襲而辭理燦然者哉？然亦有數家，各自爲體，妙出天然。或文字接屬而理義炳蔚。如周興所撰千文，詞古節迫，四言一韻，鏗鏘如響。隋潘徽所撰萬文，實追其蹤。或不接不屬而通音叶響，律吕相宣。如《韻會》所收萬二千六百五十二字，合之則平上去入共歸其母，分之而陰陽平仄自叶其均。中雖有複文，而音屬轉注，或一字數音，義隨音異，而聲響懸殊，亦不可爲同。如近世《千家姓》，亦復可觀。皆以一言成句，一字成書，真天地間絶奇之體。寥寥千古，可謂獨而無耦，孤而寡和者矣。與夔之一足，跉踔而行者異矣。文章微妙，夫言豈一端而已也！

贋

贋書之作，情狀至繁，約而言之，殆十數種。有僞作於前代，而世率知之者，風后之《握奇》，岐伯之《素問》是也。有僞作於近代，而世反惑之者，卜商之《易傳》，毛漸之《連山》是也。有掇古人之事而僞者，仲尼傾蓋而有《子華》，柱史出關而有《尹喜》是也。有挾古人之文而僞者，伍員著書而有《越絶》，賈誼賦鵩而有《鶡冠》是也。有傳古人之名而僞者，尹負鼎而《湯液》聞，戚飯牛而《相經》著是也。有蹈古書之名而僞者，汲冢發而《師春》補，《檮杌》紀而楚史傳是也。有憚于自名而僞者，魏泰《筆録》之類是也。有恥于自名而僞者，和氏《香奩》之類是也。有假重于人而僞者，子瞻《杜解》之類是也。有惡其人僞以禍之者，僧儒《行紀》之類是也。有惡其人僞以誣之者，聖俞《碧雲》之類是也。有本非僞，人托之而僞者，《陰符》不言三皇，而李筌稱黄帝之類是也。有書本僞，人附之而益僞者，《乾坤鑿度》及諸緯書之類是也。又有僞而非僞者，《洞靈真經》本王士元所補，而以僞亢倉，《西京雜記》本葛稚川所傳，而以僞劉歆之類是也。又有非僞而僞者，《文子》載於劉歆《七略》，歷梁、隋皆有其目，而黄東發以爲徐靈府；《抱朴》紀於勾漏本傳，歷唐、宋皆志其書，而黄東發以非葛稚川之類是也。又有非僞而實僞者，《化書》本譚峭所著，而宋齊丘竊而序傳之，《莊注》本向秀所作，而郭子玄取而點定之類是也。又有當時知其僞，而後世弗傳者，劉炫《魯史》之類是也。又有當時記其僞，而後人弗悟者，司馬《潛虚》之類是也。又有本無撰人，後人因近似而僞托者，《山海》稱大禹之類是也。又有本有撰人，後人因亡逸而僞題者，《正訓》稱陸機之類是也。

援　引

凡伯刺厲之詩，而曰「先民有言」；吉甫美宣之詩，而曰「人亦有言」。胤侯之征，乃舉《政典》；盤庚之誥，亦載遲任。或稱古人言，或稱我聞曰，是皆有所援引也。

凡傳中引古典，必曰「《書》云」、「《詩》云」者正也，《左傳》中最多。又有變例。如子産答子皮云：「子於鄭國，棟也。棟折榱崩，僑將壓焉。」此乃引《周易》「棟橈，凶」之義，而不明言《易》。魯穆叔論伯有不敬曰：「濟澤之阿，行潦之蘋、藻，置諸宗室，季蘭尸之，敬也。」此乃引有齊季女全詩之義，而不明言《詩》，蓋一法也。又引「《書・太誓》所謂，商兆民離，周十人同者，衆也。」據《太誓》原文云：「受有億兆夷人，離心離德；予有亂臣十人，同心同德。」省二十字，作八字，而語益矯健。此蓋省字又一法也。郤至聘楚，辭享云：「百官承事，朝而不夕，此公侯之所以干城其民也。故《詩》曰：『赳赳武夫，公侯干城。』及其亂也，諸侯貪冒，侵欲不忌，争尋常以盡其民，略其武夫，以爲己腹心。故《詩》曰：『赳赳武夫，公侯腹心。』」此先言《詩》意，而後引《詩》辭，又一法也。

考宋陳文簡曰：「古文取《詩》即云《詩》，取《書》即云《書》，蓋常體也。或以《康誥》爲先王之令，見《國語》。《周書》爲西方之書，見《國語》。以《咸有一德》爲尹誥，《禮記》。以《大禹謨》爲道經，《荀子》。不曰《仲虺之誥》，而曰《仲虺之志》，《左氏》。不曰《五子之歌》，而曰夏訓有之，《左氏》。直言鄭詩、曹詩，《國語》。上稱汭曰、武曰，《左氏》。或稱芮良夫，《左氏》。或稱周文公，《國語》。指《那》頌卒章爲亂辭，《國語》。摘《小宛》首章爲篇目，《國語》。數章之末章，既謂之卒章，一章之末句，亦謂之卒章，並《左氏傳》。凡此似亦略施雕琢，少變雷同。作者考焉，毋誚無補。」陳氏之言，予論有契焉。

節節引起者，如《大學·邦畿章》、《中庸·尚褧章》，節節引《詩》起，奇絶。

後漢伏湛奏，引《書》「股肱良哉，庶事康哉」，及《詩》「濟濟多士，文王以寧」，不直引其文，而曰：「唐虞以股肱康，文王以多士寧。是故《詩》稱『濟濟』，《書》曰『良哉』。」湛之言，亦有《左氏》、《國語》之遺法乎？晉以後，不復有此工緻矣。

譬　況

《記》曰：「君子知至學之難易，而知其美惡，然後能博喻；能博喻，然後能爲師。」又曰：「罕譬而喻。」夫惟博，故能譬也。宋陳騤曰：「《易》之有象，以盡其意；《詩》之有比，以達其情；文之作可無喻乎？」抑嘗考之，《詩》之比似矣。《易》之象，皆本自然，非聖人因象後畫，故象不可爲譬喻，以其皆實事，非寓言也。各爻亦隨爻爲象，亦非寓言。張横渠曰：「象皆實體，所謂仰觀俯察，取象物宜，非寓言也。卦爻小象，容有寓言。」楊信州曰：「小象，亦無寓言。」如：「豕負塗，載鬼一車。」歐陽公疑之，遂指謂非聖人之言。以事理斷之，豕安能負塗？車安得載鬼至于一車乎？極爲不通，險怪之論。然以象求，則爻之乘承比應，内有豕象，有負象，有塗象，有鬼象，有載象，有一車象，合之爲辭，所謂以疑事爲象，亦以意取象。所以取是義者，雖以意得之，實《睽卦》内所有，合而相比，乃見其如此。若有似于寓言，而實有此象，據《睽》爲言，故謂六爻皆實事，非寓言也。然則象之與譬況有間矣。太古之人，範世訓俗，有直言者，有曲言者。直言者，直以情貢也；曲言者，假以指喻也。言之致曲，則其傳也久，傳久詭僞，則智者正之，譌甚而殽亂，則智者正之。「天地一指也，萬物一馬也。」「寓言十九」，在莊生自言之。《淮南子》曰：「説山説林者，所以竅窕穿鑿百事之壅遏，而通行貫扃萬物之窒塞者也。假譬取象，異類殊形，以領理人之意。解墮結細，説捍摶囷，而以明事、埒事者也。」噫，六書已有假借，而釋氏全用此法，以瀉淒心，愈博愈罕，生機𡚁然矣。

曰假喻。如黄帝鼎湖之事，曰采銅，鍊剛質也；登彼首山者，就高明也；大鑪者，鼓陽化也；神鼎者，熟物之器也；上水而下火，二氣升降，濟中和也；羣龍者，衆陽也，雲、龍屬也；帝鄉者，靈臺之闕也，治成而上，則精微所徹，去人遠矣。羣小臣，智識不及，攀龍子胡，有見於下也；不得上昇，無見於上也；無見於上者，士也；上下無見者，民也。弓裘衣冠，善世利俗之具也，民懷之而已。號以決慕，藏以奉其傳也。

曰直喻。或言「猶」，或言「若」，或言「如」，或言「似」，灼然可見。《孟子》曰：「猶緣木而求魚也。」《書》曰：「若朽索之馭六馬。」《論語》曰：「譬如北辰。」《莊子》曰：「凄然似秋」，此類是也。

曰隱喻。其文雖晦，義則可尋。《禮記》曰：「諸侯不下漁色」，《國語》曰：「殁平公軍無秕政」，又曰：「雖蝎譖焉避之？」《左氏傳》曰：「是豢吴也夫。」《公羊傳》曰：「其諸侯，爲其雙雙而俱至者與？」此類是也。

曰類喻。取其一類，以次喻之。《書》曰：「王省惟歲，師尹惟日，卿士惟月。」歲、日、月，一類也。賈誼《新書》曰：「天子如堂，羣臣如陛，衆庶如地。」堂、陛、地，一類也，此類是也。

曰詰喻。雖爲喻文，似成詰難。《論語》曰：「虎兕出於柙，龜玉毁於櫝中，是誰之過歟？」《左氏傳》曰：「人之有墻，以蔽惡也。墻之隙壞，誰之咎也？」此類是也。

曰對喻。先比後證，上下相符。《莊子》曰：「魚相忘乎江湖，人相忘乎道術。」《荀子》曰：「流丸止于甌、臾，流言止于知者。」此類是也。

曰博喻。取以爲喻，不一而足。《書》曰：「若金，用汝作礪；若濟巨川，用汝作舟楫；若歲大旱，用汝作霖雨。」《荀子》曰：「猶以指測河也，猶以戈舂黍也，猶以錐飧壺也。」此類是也。

曰簡喻。其文辭略而意甚明。《左氏傳》曰：「名，德之輿也。」揚子曰：「仁，宅也。」此類是也。

曰詳喻。須假多辭，然後義顯。《荀子》曰：「夫耀蟬者，務在其明乎！火振其木而已，火不明，雖振其木，無益也。今人主有能明其德，則天下歸之，若蟬之歸明火也。」此類是也。

曰引喻。援取前言，以證其事。《左氏傳》曰：「諺所謂：『庇焉而縱尋斧焉』者也。」《禮記》曰：「蟻子時術之，其此之謂乎？」此類是也。

曰虛喻。既不指物，亦不指事。《論語》曰：「其言似不足者」；《老子》曰：「飂兮似無所止。」此類是也。

「王省惟歲，卿士惟月，師尹惟日」，喻也；「天子如堂，羣臣如陛，衆如地」，亦喻也；「京邑猶身，王畿猶臂，四方猶指」，亦喻也。文章蹊徑，遠矣哉！

楊用修曰：秦漢以前，書籍之文，言多譬況，當求於意外。《尚書》云：「說築傅巖之野。」築之爲言居也，後世猶有卜築之稱。求其說而不得，遂謂傅說起于版築，雖孟子亦誤矣。伊尹負鼎以干湯，謂尹有鼎鼐之才也，猶《書》曰「迓衡」云耳。橫議者遂謂伊尹爲庖人，若然，則「衡」秤也，尹曰「迓衡」，其亦舞秤權之市魁乎？子貢多學而識之，故孔子曰：「賜不受命而貨殖焉！」莊子便謂子貢乘大馬，中紺表素之衣。太史公立《貨殖傳》，便首誣子貢，如此則子貢一猗（頓）〔頓〕

耳。聖門四科，子貢善言語，太史公信戰國游士之説，載子貢一出，存魯亂齊，破吴强晉而霸越，其文震耀，其辭辯利，人皆信之。雖朱文公亦惑之，獨蘇子由作《古史考》而知其妄。考《左傳》齊之伐魯，本于悼公之怒季姬，而非田常；吴之伐齊，本怒悼公之反覆，而非子貢，其事始白。若如太史公之言，則子貢一蘇秦耳。《毛詩》曰：「漢有游女，不可求思。」韓嬰曲爲之説曰：孔子南行至楚之阿谷，見女子有佩瑱而浣者，使子貢挑之不得。如韓嬰之言，則孔子乃一馬融，而子貢不如盧植遠矣。又《論語》：「爲命，裨諶草創之。」左氏遂謂：「裨諶謀于野則獲」，蓋因「草」之一字誣之也。孔父正色而立朝，左氏遂謂孔父之妻美而艷，蓋因「色」之一字誣之也。例此以往，則《國語》謂驪姬蝎譖申生，必將如吉甫之掇蜂；《禮》所云諸侯漁色于下，即小説家謂西施因網得之類矣。語曰：「得意忘象，得象忘言。」諸如此類，真可謂「罕譬而喻」，善繼其志者哉！

助辭

夫文章之變化無窮矣，必有餘音足句，爲其始末。是以伊、惟、夫、蓋，發語之端也；焉、哉、矣、兮，斷句之助也。去之則不足，加之則有餘。厥有定理，而史之叙事，時亦類此。故將述晉靈公厚斂彫墻，則且以不君爲稱；欲云司馬安四至九卿，而先以巧宦標目，所謂説事之端也。《書》重耳伐原示信，而續以一戰而霸，文之教也；《書》匈奴爲偶人，象郅都，令馳射莫能中，則云其見憚如此，所謂論事之助也。寄抑揚於片言隻字之間，有雋永者矣。

文有助辭，猶禮之有儐，樂之有相也。禮無儐則不行，樂無相則不諧，文無助則不順。《檀弓》曰：「勿之有悔焉耳矣。」《孟子》曰：「寡人盡心焉耳矣。」《檀弓》曰：「我弔也與哉！」《左氏傳》曰：「獨吾君也乎哉！」凡此一句，而三字連助，不嫌其多也。《左氏傳》曰：「王事無乃闕乎？」又曰：「其無乃是也乎？」此二者，六字成句，而四字爲助，亦不嫌其多也。《檀弓》曰：「南宮縚之妻之姑之喪」；《樂記》曰：「不知手之舞之，足之蹈之也。」凡此，不嫌用「之」字爲多。《禮記》曰：「言則大矣，美矣，盛矣。」此不嫌用「矣」字爲多。《檀弓》曰：「美哉輪焉！美哉奂焉！」《論語》曰：「富哉言乎！」凡此，四字成句，而助辭半之，不如是，文不健也。《左氏傳》曰：「美哉！泱泱乎！大風也哉！表東海者，其太公乎？國未可量也。」此文每句終用助辭，讀之殊無齟齬艱辛之態。《左氏傳》曰：「以三軍軍其前」，欲見下「軍」字有陳列之意，則當用「其」字爲有力。《公羊傳》曰：「勇士入其大門，則無人門焉者。」欲見下「門」字，有守禦之意，則當用「焉者」字爲有力。

《毛詩》語助，如只、且、忌、止、思、而、何、斯、旃、其之類，後所罕用。「只」字，如：「母也天只，不諒人只！」「且」字，如：「椒聊且！遠條且！」「狂童之狂也且！」「既亟只且！」「忌」字，如：「叔善射忌，又良御忌。」「止」字，如：「齊子歸止。」「曷又懷止？」「女心傷止。」「思」字，如：「不可求思。」

「爾羊來思。」「今我來思。」「而」字，如：「俟我於著乎而，充耳以素乎而。」「何」字，如：「如此良人何！」「如此粲者何！」「斯」字，如：「恩斯勤斯，鬻子之閔斯。」「彼何人斯。」「旃」字，如：「舍旃舍旃。」「其」字音基，如：「夜如何其？」「子曰何其」，皆是也。「忌」唯見於鄭詩，「而」唯見於齊詩。《楚詞·大招》，全用「只」字。《太玄經》：「其人有輯抗可與過其。」「些」字，獨《招魂》用之耳。

奪胎

古人文法皆有祖。韓非《内儲説》曰：「門人求水而夷射誅，濟陽自矯而二人罪；鄭袖言鼻惡而新人劓，費無忌教郤宛而令尹誅。陳需殺張壽而犀首走，燒芻廥而中山罪，殺老儒而濟陽賞。」班固《漢書》曰：「子翬謀桓而魯隱危，欒書構郤而晉厲弑；豎牛奔走叔孫卒，郈伯毁季昭公逐；費忌納女楚建走，宰嚭譖胥夫差喪；李園進妹春申斃，上官譖屈懷王執。趙高敗斯二世謚，伊戾坎盟宋痤死；江充造蠱太子殺，息夫作姦東平誅。」宋景文《唐書》效之，爲《姦臣贊》曰：「三宰嘯凶牝奪辰，林甫將藩黄屋奔；鬼質敗謀興元蹙，崔柳倒植李宗覆。」東坡《贈宋壽昌詩》，用此法又奇矣。

後漢肅宗詔曰：「父戰於前，子死於後，弱女乘于亭障，孤兒號於道路，老母寡妻，設虚祭，飲泣淚，想望歸魂於沙漠之表，豈不哀哉！」李華《弔古戰場文》祖之。陳陶《隴西行》云：「可憐無定河邊骨，猶是春閨夢裏人」，可謂奪胎之妙。

郭象《莊子注》曰：「工人無爲於刻木，而有爲於運矩；主上無爲於親事，而有爲於用臣。」柳子厚演之爲《梓人傳》一篇，凡數百言。毛萇《詩傳》曰：「漣風行，水成文也。」蘇老泉演之爲《蘇文甫字説》一篇，亦數百言，得奪胎换骨之三昧也。

倒法

宋陳騤曰：倒言而不失其言者，言之妙也；倒文而不失其文者，文之妙也。文有倒語之法，知者罕矣。《春秋》書曰：「吴子謁伐楚，門於巢，卒。」《公羊傳》曰：「門於巢卒者何？入巢之門而卒也。」然夫子先言門，後言於巢者，於文雖倒，而寓意深矣。何休曰：「吴子欲伐楚，過巢，不假塗卒，暴入巢門，門者以爲欲犯巢而射殺之，故與巢得殺之。若吴爲自死，死又所以彊守禦也。」仲山甫誠歸於謝，《詩》則曰：「謝于誠歸。」隱盜所得器，《左氏傳》則曰：「盜所隱器」，于義皆不害也。《禹貢》曰：「厥篚玄纖縞。」又曰：「雲土夢作乂」，用「纖」字不在「玄」上，「土」字不在「夢」下，亦一倒法也。司馬遷作《夏本紀》改曰：「雲夢土作乂」，烏足與知此？

焦弱侯曰：古文多倒語。如：息之爲長，亂之爲治，擾之爲順，荒之爲定，臭之爲香，潰之爲遂，釁之爲祥，結之爲解，坐之爲跪，浮之爲沉，面之爲背，糞之爲除，皆美惡相對之字，而反其義以用之。如「天地盈虚，與時消息」，以「息」訓長也；「亂臣十人」，「亂越我家」，「惟以亂民」，「亂爲四方新辟」，「亂爲四輔」，「厥亂明我新造邦」，「丕乃俾亂」之類，以「亂」訓治也；「安擾邦國」，「擾而毅」，「擾龍」，「六擾」之類，以「擾」訓順也；「荒度土功」，「遂荒大東」，「大王荒之」，「葛藟荒之」，以「荒」訓定也；「其臭如蘭」，「衿纓皆佩容臭」，「胡臭亶時」，「其臭亶」，「臭陰達于淵泉」，以「臭」訓香也；「是用不潰于成」，「草不潰茂」，以「潰」訓遂也；「將以釁鍾」，以「釁」訓祥也；「親結其縭」，以「結」訓解也；「則皆坐奠之，而後取之」，以「坐」訓跪也；「越浮西子於江」，以「浮」訓沈也；「馬童面之」，「面縛銜璧」，「面規榘而改錯」，以「面」訓背也；「爲長者糞」，以「糞」訓除也。

湯霍林曰：今人文絶不知有倒法。文之脉在動，動則轉，轉之妙全在用倒。昔人所悟，升裏轉，斗裏轉，地理家所謂横來直受，陽來陰受，皆轉法耳。至倒法尤難明。有意倒者，有句倒者。古人文意深遠，旁見側出，卒無不用倒者。今人尚不知順，何言倒哉？

接　屬

文有上下相接，若繼踵然。其體有三：其一曰：叙積小至大。如《中庸》曰：「能盡其性，則能盡人之性；能盡人之性，則能盡物之性；能盡物之性，則可以贊天地之化育；可以贊天地之化育，則可以與天地參矣！」此類是也。其二曰：叙由精及粗。如《莊子》曰：「古之明大道者，先明天，而道德次之。道德已明，而仁義次之；仁義已明，而分守次之；分守已明，而形名次之；形名已明，而因任次之；因任已明，而原省次之；原省已明，而是非次之；是非已明，而賞罰次之。」此類是也。其三曰：敘自流極原。如《大學》曰：「古之欲明明德於天下者，先治其國；欲治其國者，先齊其家；欲齊其家者，先脩其身；欲修其身者，先正其心；欲正其心者，先誠其意；欲誠其意者，先致其知。」此類是也。

告戒答問

唐虞三代君臣之間，告戒答問之言，雍容温潤，自然成文。及春秋，名卿才大夫輩，争重詞命，婉麗華藻，咸有古義。秦漢以來，上之詔命，皆出親製。自後不然，凡有王言，悉責成臣下，而臣下又自有章表。是以束帶立朝之士，相尚博洽，肆其筆端，徒盈篇牘，甚至於駢儷其文，俳諧其語，所謂代言與夫奏上之體，俱失之矣。

數事

數音所人行事，其體有三：或先總而後數之。如：「孔子謂子産有君子之道四焉：其行己也恭，其事上也敬，其養民也惠，其使民也義。」此類是也。或先數之而後總之。如子産數鄭公孫黑曰：「爾有亂心無厭，國不女堪。專伐伯有，而罪一也；昆弟争室，而罪二也；薰隧之盟，女矯君位，而罪三也。有死罪三，何以堪之？」此類是也。或先既總之，而後復總之。如孔子言：「臧文仲，其不仁者三，不知者三。下展禽，廢六關，妾織蒲，三不仁也。作虚器，縱逆祀，祀爰居，三不知也。」此類是也。

目人列氏

文有目人之體，有列氏之體。《論語》曰：「德行：顔淵、閔子騫、冉伯牛、仲弓；言語：宰我、子貢；政事：冉有、季路；文學：子游、子夏。」此目人之體也，而揚雄、班固得之。《左氏傳》曰：「殷民六族：條氏、徐氏、蕭氏、索氏、長勺氏、尾勺氏。」此列氏之體也，而莊周、司馬遷得之。

蹈襲

歷觀經傳之文，有相類者，非固出於蹈襲，實理之所在，不約而同也。略條于後，則可推矣。《詩》曰：「禮義不愆，何恤於人言？」《左氏傳》載士蔿稱諺曰：「心苟無瑕，何恤乎無家？」《詩》曰：「謂予不信，有如皦日。」《左氏傳》載公子重耳曰：「所不與舅氏同心者，有如白水。」《詩》曰：「不慭遺一老，俾守我王。」《左氏傳》魯哀公誄孔丘曰：「不慭遺一老，俾屏予一人以在位。」

此不約而同，一也。《左氏傳》曰：晉韓起聘魯，「觀書於太史氏，見《易》、《象》與《魯春秋》，曰：『周禮盡在魯矣，吾乃今知周公之德與周之所以王也。』」《家語》曰：「孔子適周，歷郊社之所，考明堂之則，察廟朝之度，於是喟然曰：『吾乃今知周公之聖與周之所以王也。』」此不約而同，二也。《左氏傳》曰：晉侯「疾病，求醫于秦。秦伯使醫緩爲之。醫至，曰：『疾不可爲也。在肓之上，膏之下。』」《戰國策》曰：「扁鵲見秦武王，武王示之病。扁鵲請除左右，曰：『君之病，在耳之前，目之下。』」此不約而同，三也。《左氏傳》載周子曰：「二三子用我今日，否亦今日。」《國語》載吴王曰：「孤之事君，在今日，不得事君，亦在今日。」此不約而同，四也。《國語》載觀射父曰：「先王之祀也，以一純、二精、三牲、四時、五色、六律、七事、八種、九祭、十日、十二辰，以致之。」《左氏傳》載晏子曰：「先王之濟五味、和五聲，以平其心，成其政也。聲亦如味，一氣、二體、三類、四物、五聲、六律、七音、八風、九歌，以相成也。」此不約而同，五也。《考工記》曰：「柘爲上，檍次之，檿桑次之，橘次之，木瓜次之，荆次之。」《禮器》曰：「禮，時爲大，順次之，體次之，宜次之，稱次之。」此不約而同，六也。

文通卷之二十四

人物

人之生也，有賢不肖焉。若其惡可誡，其善足傳，死之日無得而聞焉，是誰之過歟？自《尚書》知遠疏通，網羅歷代：如有虞進賢，時宗元凱；夏氏中微，國傳寒浞；殷之亡也，是生飛廉、惡來；周之興也，實有散宜、閎夭。若斯人者，或縱暴滔天，或累仁絶世，雖時淳俗質，言約義簡，此而不載，闕誰大焉！

洎夫子修《春秋》，記二百年行事，三傳並作，史道教興。若秦之由余、百里奚，越之范蠡、大夫種，魯之曹沫、公儀休，齊之甯戚、田穰苴，並命世大才，挺生傑出。或陳力就列，功冠一時；或殺身成仁，聲聞四海。苟師其德業，可以治國字人；慕其風範，可以激貪勵俗。此而不書，無乃太簡？子長之著《史記》也，馳騖古今。至如皇陶、伊尹、傅説、仲山甫之流，盍各採而編之，以爲列傳之始，而斷以夷、齊居首，何齷齪之甚乎？既而孟堅《漢書》，牢籠一代，亦云備矣。其間若薄昭、楊僕、顔駰、史岑之徒，事所以見遺者，蓋略小而存大耳。夫雖逐麋之犬，不復顧兔，而雞肋是棄，能無惜乎？當三國異朝，兩晉殊宅，若元則、仲景，時才重於許、洛；何禎、許詢，文雅高於楊、干。而陳壽《國志》、王隱《晉史》，遺而不編，斯亦網漏吞舟矣。東漢一代，賢明婦人，如秦嘉妻徐氏，動合禮儀，言成規矩，毁形不嫁，哀慟傷生，此則才德兼美者也；董祀妻蔡氏，載誕胡子，受辱虜庭，文詞有餘，節概不足，此則言行相乖者也。至蔚宗《後漢》，傳標《列女》，徐淑不齒，而蔡琰見書，欲使彤管所載，將安準酌？裴幾原删略宋史，時稱簡要。至如張禕陰受君命，將賊零陵，乃宗通不移，飲鴆而絶。雖古之鉏麑義烈，何以加諸？鮑昭文宗學府，馳名海内，方於漢代褒、朔之流。事皆闕如，何以申其褒奬？

夫天下善人少而惡人多，其書名竹帛者，蓋惟記善而已。故太史公有云：「自獲麟已來，四百餘年，賢君忠臣、死義之士，廢而不載，余甚懼焉」，即其義也。至如四凶列於《尚書》，三叛見於《春秋》，西漢之紀江充、石顯，東京之載梁冀、董卓，此皆干紀亂常，存滅興亡所繫，既有關時政，故不可闕書。但近史所刊，有異於是。至如不才之子，羣小之徒，或陰情醜行，或素湌尸禄，其惡不足以曝揚，其罪不足以懲誡，莫不搜其鄙事，聚而爲録，不其穢乎？斗筲之才，何足算也。若《漢》傳之有傅寬、靳歙，《蜀志》之有許慈，《宋書》之虞丘進，《魏史》之王憘，若斯數子者，徒以片善取知，微功見識，闕之不足爲少，書之維益其累。而史臣課虚成有，不亦煩乎？燕石妄珍，齊竽混吹者，可不慎哉？

俗士不可爲史

俗士之爲史官，孰有如李延壽之甚者乎？其爲《南史》也，稱宋武北侵，而寧朔將軍王玄謨，夜遁就逮將斬，夢有教誦《觀音經》者，因以獲免。及作《北史》，復稱盧景裕者，以敗繫晉陽獄，誦經而枷鎖自脱。且謂有當死者，亦夢沙門誨之課經，臨刑刀刃爲折。及反訊之，則《高王經》也，一何猥俗之如是耶！頃見載記言徐義之將殺也，以誦《觀音經》，比夜門開械脱，遂免慕容之禁，每切鄙之。

夫以二經具在，偏袒之徒，莫不攘是説以盪愚俗，愚俗流遁，信而不返。然而冒法之徒，臨刑懇誦者比比，竟不聞前效之一見，豈李將軍射虎難再效耶？抑當時實無是事，而記者無識以紬之邪？不然則亦齊梁之際，一時天地間有此氛侵，欲肆行於天下，適兹二子天命未訖，故山鬼得託爲靈響，以驅一世於杳昬之地爾。延壽等輒爾特書，可謂無識矣。

大抵此等皆小人之倡之。世之小人，愚暗無識，貪於欲得而輕於冒法，及觸憲綱，又無計以自釋，惟起倖心，冀空飛而隙竄，是故易以誑惑。一有誑之，則牢結胸次而不可破矣。請以鄭伯有、晉申生、楚成王之事明之。方伯有之報帶段也，通國恐矣。然伯有之出，乃子皙攻之，而後段始伐焉。使其報怨，必不先段而後皙，今也不皙之報，而急殺段，亦昧所輕重矣。此蓋人心之疑伯有者久而致之然爾。夫以申生能報公之改葬，而曷不能報譖殺己之驪姬？楚成王能使臣之改謚，而顧不能報親殺己之太子，其昧亦甚矣。且將以爲强魄邪，則三十六弑君不聞報其臣；以爲忠亮邪，則比干、子胥，不聞報其君。由此觀之，玄謨、景裕事可知矣。

雖然，以左氏猶未免俗，則碌碌延壽者，復何齒邪？或曰延壽之書，固有誦《孝經》而獲應者，斯又罔矣。《孝經》之作，豈亦世俗妄爲鬼神出没之書邪？梁使王固聘魏，魏開之晏，網設昆明，固以佛語咒之，一鱗莫獲。斯特一時巫祝小術，世固有之，此何足道？而固以爲異耶？乃若宋如周以不信佛經而面陘長之類，又何等俗語？延壽真狐埸兔落之俚儒也！

鑒識

識有通塞，神有晦明，毁譽以之不同，愛憎由其各異。是以三王受謗，值魯連而獲申；五霸擅名，逢孔宣而見詆。學者苟不能探賾索隱，致遠鉤深，焉足以辯其利害，明其善惡哉？丘明躬爲魯史，受經仲尼，而竟不列于學官；《公》、《穀》理僻言野，私淑才劣，爲世所推。王充著書，甲班而乙馬；張輔持論，劣固而優遷。他如法盛《中興》，荒拙少氣，王隱、徐廣，淪溺罕華，豈謂濬發于明心，受嗤于拙目耶？夫史之叙事也，當辯而不華，質而不俚，其文直，其事核，若斯而已，可矣！必令異同文舉，逸等公幹，含章如子雲，飛藻類長卿，此乃綺揚繡合，雕章縟彩，欲稱實録，其可得乎？雖然，廢興，時也；窮達，命也。適使時無識寶，世缺知音，若《論衡》之未遇伯喈，《太玄》之不逢平子，逝將煙盡火滅，泥沉雨絶，安有殁而不朽，揚名於後世者乎？

辨識

劉子玄曰：史之爲務，厥途有三：彰善貶惡，不避强禦，若晉之董狐，齊之南史，上也；編次勸戒，鬱爲不朽，若魯之丘明，漢之子長，次也；高才博學，名重一時，若周之史佚，楚之倚相，下也。三者苟闕，夫何爲哉？昔魯叟不獲三桓之勢，龍門無假七貴之權，而近來必以大臣居首。按《晉起居注》代康帝詔，盛稱著述任重，理藉親覽，遂以武陵王領秘書監。夫才非河獻，識異淮南，欲重而彌輕。既而齊撰國史，和士開總知，唐修《本草》，徐世勣監統。夫使辟陽、長信，指爲南、董之前，周勃、張飛，彈壓桐、雷之右，斯亦怪矣。若直如南史，才如馬遷，精懃如楊子雲，諳識如應仲遠，督彼群才，藉爲模楷，可矣。今之居斯職者，必恩幸貴臣，凡庸賤品，飽食安步，坐嘯畫諾。凡所引進，或以勢利升，或以干祈擢，遂使江左以不樂爲謡，洛中以不閑爲説，言之可爲笑歎也。若使之爲將也，而才無韜略；使之爲吏也，而術靡循良；使之屬文也，而匪閑於辭賦；使之講學也，而不習於經典。負乘致寇，悔吝旋生，五尺童子，猶調笑矣。唯修史則不然。或卒歲無述，而人莫之知；或輕弄筆端，而人莫之見。地處禁中，人同方外，可以養拙，可以藏愚。綉衣直指所不能繩，强項中威所不能及，斯固素食之窟宅，尸禄之淵藪也。昔丘明之修《傳》也，以避時難；子長之立《記》也，藏於名山；班固之成《書》也，出自家庭；陳壽之爲《志》也，創于私室。立言垂後，何必身居廨宇，跡參僚屬，而後成其事乎？是以深識之士，退居清淨，杜門不出，成一家，獨斷而已，豈與夫冠猴獻狀，評議得失者哉！

不　語

《路史》曰：見俑而知後世之有殉，覩攝而知後世之有篡，聖人之特見，豈俟于著而後知邪。是故不語力亂，懼後世見者之不一也。抑嘗語之，力亂不語，此古者史氏之成法也。下世之史，不明乎聖人之意。于履常蹈正者，率致其略，而于淫亂之等，必廣記而備言之。若張騫之遠使，衛、霍之鏖兵，石虎、齊昏、隋煬之奢靡，幽、靈、吕、武羣后之污穢，石顯、楊素、李林甫之姦回，卓、布、巢、泚、安禄山之階禍，與夫莽、丕、懿、裕、粱全忠之漸逼，每切諄復，惟恐或逸。蓋以淫亂之事，利于騁辭，而不知中人以下實衆，而聞見之易于溺人也。夫又安知聖人之所慮哉！

品藻

夫薰蕕不同器，梟鸞不比翼，而世之稱悖逆者，輒云商、冐，論忠順者，類曰伊、霍。彼徒以厥跡相符，不必差肩步武。自遷、固作傳，品彙相從。韓非、老子，共在一篇；董卓、袁紹，無聞二録。用此爲斷，粗得其倫。亦有宜爲流別，而不能定其同科，用使蘭艾相雜，朱紫不分，蓋史官之責也。

《班書·古今人表》，分三科，定九等，言亦高矣。孔門達者，顔稱殆庶，至于他子，難爲等倫。今乃先伯牛而後曾參，進仲弓而退冉有，折中罔聞焉。楚王過鄧，三甥欲殺之，鄧侯不許，卒亡鄧國。今定鄧侯入下愚之上，夫寧人負我，爲善獲戾，持此致尤，將何勸善？如謂不忍亂謀，失權加罪，三甥固見機而作，決在未萌，自當寘諸雲漢，何乃止與鄧侯鄰伍，列在中庸下流而已哉？其叙晉臣，舟之僑爲上，陽處父次之，士會爲下。述燕客高漸離居首，荆軻亞之，秦武陽居末。或珍瓴甋而賤璠璵，或策駑駘而捨騏驥。江充、息夫躬，禍延儲后，毒及忠良，過於石顯遠矣，而叙之不列奸凶。楊王孫狂狷之徒，而與朱雲同列。諸如此繆，其累實多。劉向《列女傳》，載魯之秋胡妻，考其輕生同於古冶，殉節異於曹娥，而輒與貞烈爲伍。嵇康《高士傳》，顔回、蘧瑗，獨不見書。正如董仲舒、揚子雲，亦鑽仰四科，驅馳六籍，漸孔門之教義，服魯國之儒風，與此何殊，而並可甄録。夫回、瑗是棄，而揚、董獲升，可謂識二五而不知十也。

近代史臣所書，往往而然。如陽瓚効節邊城，其劉、卜之徒歟？而沈氏唯寄編於《索虜》篇內。紀珍砥節礪行，而蕭氏乃與羣小混書，都以恩幸爲目。王（頠）〔頍〕文章不足，武藝居多，首階逆亂。撰《隋史》者不能與臯感並列，即宜附出《楊諒傳》中，輒與吉士爲伍，豈其類乎？

光武受誤於龐萌，曹公見欺於徐邈，列在方書，昭然可見。不假許、郭之深鑒，裴、王之妙察，而作者不能使善惡區分，誰之責歟？夫能申藻鏡，區流品，使小人君子，臭味得朋，上智中庸，等差有叙，懲勸永肅，激揚不朽，乃稱人倫之鑒哉。

忤時

劉子玄曰：僕幼聞《詩》、《禮》，長涉藝文，至於史傳之言，尤所躭悦。尋夫左史、右史，是曰《春秋》、《尚書》；素王、素臣，斯稱微婉志晦。兩京、三國，班、謝、陳、習闡其謩；中朝、江左，王、陸、干、孫紀其曆。劉、石僭號，方策委於和、張；宋、齊應録，惇史歸於蕭、沈。亦有汲冢古篆，禹穴殘編，孟堅所亡，葛洪刊其《雜記》；休文所缺，荀綽裁其《拾遺》。凡此諸家，其流蓋廣，莫不賾彼泉藪，尋其枝葉，原始要終，備知之矣。若乃劉峻作傳，自述長於論才；范曄爲書，盛言矜其贊體。斯又當仁不讓，庶幾前哲者焉。然自策名仕伍，待罪朝列，三爲史臣，再入東觀，竟不能勒成國典，貽彼後來者，何哉？ 静言思之，其不可，有五故也。

何者？ 古之國史，皆出自一家。如魯、漢之丘明、子長，晉、齊之董狐、南史，咸能立言不朽，藏諸名山，未聞籍以衆功，方云絶筆。惟後漢東觀，大集羣儒，著述無主，條章靡立。由是伯度譏其不實，公理以爲可焚，張、蔡二子，糾之於當代，傅、范兩家，嗤之於後葉。今者史司取士，有倍東京。人自以爲荀、袁，家自稱爲政、駿，每欲記一事，載一言，皆閣筆相視，含毫不斷，故首白可期，而汗青無日。其不可一也。

前漢郡國計書，先上太史，副上丞相。後漢公卿所撰，始集公府，乃上蘭臺。由是史官所修，載事爲博。爰自近古，此道不行。史臣編録，唯自詢採，而左、右二史，闕注起居，衣冠百家，罕通行狀。求風俗於州郡，視聽不該；討沿革於臺閣，簿籍難見。雖使尼父再出，猶且成其管窺，況僕限以中才，安能遂其博物？ 其不可二也。

昔董狐之書法也，以示於朝；南史之書弑也，執簡以往。而近代史局，皆通籍禁門，深居九重，欲人不見。尋其義者，蓋由杜彼顔面，防諸請謁故也。然今館中作者，多士如林，皆願長喙，無聞齰舌。儻有五始初成，一字加貶，言未絶口，而朝野具知，筆未棲毫，而搢紳咸誦。夫孫盛紀實，取嫉權門；王劭直書，見讎貴族。人之情也，能無畏乎？ 其不可三也。

古者刊定一史，纂成一家，體統各殊，指歸咸別。夫《尚書》之教也，以疏通知遠爲主；《春秋》之義也，以懲惡勸善爲先。《史記》則退處士而進奸雄，《漢書》則抑忠臣而飾主闕。斯並曩時得失之例，良史是非之準，作者言之詳矣。頃史官注記，多取稟監修，楊令公則云：「必須直詞。」宗尚書則云：「宜多隱惡。」十羊九牧，其令難行；一國三公，適從何在？其不可四也。

竊以史置監修，雖古無式，尋其名號，可得而言。夫言監者，蓋總領之義耳。如創立紀年，則年有斷限；草傳叙事，則事有豐約。或可略而不略，或應書而不書，此刊削之務也。屬詞比事，勞逸宜均，揮鉛奮墨，勤惰須等。某袠某篇，付之此職；某傳某志，歸之彼官。此銓配之理也。斯並宜明立科條，審定區域。儻人思自勉，則書可立成。今監之者既不指授，修之者又無遵奉，用使爭學苟且，務相推避，坐變炎涼，徒延歲月。其不可五也。

凡此不可，其流實多，雖威以刺骨之刑，勗以懸金之賞，終不可得也。遂使官若土牛，棄同芻狗。引賈生於宣室，雖歎其才；召季布於河東，反增其愧。昔劉炫仕隋，爲蜀王侍讀，尚書牛弘嘗問之：「聞君王遇子，其禮如何？」曰：「相期高於周、孔，見待下於奴僕。」僕亦竊不自揆，輒敢方於鄙宗。儻使士有澹雅若嚴君平，清廉如段干木，與僕易地而處，亦將彈鋏告勞，積薪爲恨。僕既功虧刻鵠，筆未獲麟，徒殫太官之膳，虚索長安之米。唯明公足下，哀而許之。

文通卷之二十五

才略

《文心》曰：九代之文，富矣盛矣；其辭令華采，可略而詳也。虞夏文章，則有皐陶六德，夔序八音，益則有贊。五子作歌，辭義温雅，萬代之儀表也。商、周之世，則仲虺垂誥，伊尹敷訓；吉甫之徒，並述詩頌：義固爲經，文亦師矣。及乎春秋大夫，則修辭聘會，磊落如琅玕之圃，焜燿似縟錦之肆。薳敖擇楚國之令典，隨會講晉國之禮法，趙衰以文勝從饗，國僑以修辭扞鄭，子太叔美秀而文，公孫翬善於辭令：皆文名之標者也。戰代任武，而文士不絶。諸子以道術取資，屈、宋以《楚辭》發采，樂毅《報書》辨以義，范雎《上疏》密而至，蘇秦歷説壯而中，李斯《自奏》麗而動：若在文世，則揚、班儔矣。荀況學宗而象物名賦，文質相稱，固巨儒之情也。

漢室陸賈，首發奇采，賦《孟春》而選《典》、《誥》，其辯之富矣。賈誼才穎，陵軼飛兔，議愜而賦清，豈虚至哉！枚乘之《七發》，鄒陽之《上書》，膏潤于筆，氣形于言矣。仲舒專儒，子長純史，而麗縟成文，亦詩人之「告哀」焉。相如好書，師範屈、宋，洞入夸豔，致名辭宗。然覆取精意，理不勝辭，故揚子以爲：「文麗用寡者，長卿」，誠哉是言也。王褒構采，以密巧爲致，附聲測貌，泠然可觀。子雲屬意，辭人最深，觀其涯度幽遠，搜選詭麗，而竭才以鑽思，故能理贍而辭堅矣。桓譚著論，富號猗頓，宋弘稱薦，爰比相如，而《集靈》諸賦，偏淺無才，故知長于諷論，不及麗文也。敬通雅好辭說，而坎壈盛世，《顯志》自序，亦蚌病成珠矣。二班、兩劉，奕葉繼采，舊說以爲固文優彪，歆學精向，然《王命》清辯，《新序》該練，璿璧產於崑岡，亦難得而踰本矣。傅毅、崔駰，光采比肩；瑗、實踵武，龍世厥風者矣。杜篤、賈逵，亦有聲于文，跡其爲才也，崔、傅之末流也。李尤賦、銘，志慕鴻裁，而才力沈膇，垂翼不飛。馬融鴻儒，思洽登高，吐納經範，華實相扶。王逸博識有功，而絢綵無力。延壽繼志，瓌穎獨標，其善圖物寫貌，豈枚乘之遺術歟！張衡通贍，蔡邕精雅，文史彬彬，隔世相望。是則竹柏異心而同貞，金玉殊質而皆寶也。劉向之奏議，旨切而調緩；趙壹之辭賦，意繁而體疏；孔融氣盛于爲筆，禰衡思鋭於爲文：有偏美焉。潘勗憑經以騁才，故絶羣于《錫命》；王朗發憤以託志，亦致美於序銘。然自卿、淵已前，多俊才而不課學；雄、向已後，頗引書以助文：此取與之大際，其分不可亂者也。

魏文之才，洋洋清綺，舊談抑之，謂去植千里。然子建思捷而才儁，詩麗而表逸；子桓慮詳而力緩，故不競於先鳴，而樂府清越，《典論》辯要：迭用短長，亦無懵焉。但俗情抑揚，雷同一響，遂令文帝以位尊減才，思王以勢窘益價，未爲篤論也。仲宣溢才，捷而能密，文多兼善，辭少瑕累，摘其詩賦，則七子之冠冕乎！琳、瑀以符檄擅聲，徐幹以賦論標美，劉楨情高以會采，應暘學優以得文。路粹、楊修，頗懷筆記之工；丁儀、邯鄲，亦含論述之美：有足算焉。劉邵《趙都》，能攀于前修；何晏《景福》，克光於後進。休璉風情，則《百壹》標其志；吉甫文理，則《臨丹》成其采。嵇康師心以遣論，阮籍使氣以命詩，殊聲而合響，異翮而同飛。

張華短章，奕奕清暢，其《鷦鷯》寓意，即韓非之《説難》也。左思奇才，業深覃思，盡鋭於《三都》，拔萃於《詠史》，無遺力矣。潘岳敏給，辭自和暢，鍾美於《西征》，賈餘於哀誄，非自外也。陸機才欲窺深，辭務索廣，故思能入巧，而不制繁。士龍朗練，以識檢亂，故能布采鮮净，敏於短篇。孫楚綴思，每直置以疏通；摯虞述懷，必循規以温雅，其品藻流別，有條理焉。傅玄篇章，義多規鏡；長虞筆奏，世執剛中：並楨幹之實才，非羣華之韡萼也。成公子安，選賦而時美；夏侯孝若，具體而皆微。曹攄清靡于長篇，季鷹辨切于短韻：各其善也。孟陽、景陽，才綺而相埒，可謂魯衛之政，兄弟之文也。劉琨雅壯而多風，盧諶情發而理昭，亦遇之于時勢也。景純豔逸，足冠中興，《郊賦》既穆穆以大觀，《僊詩》亦飄飄而凌雲矣。庾元規之表奏，靡密以閑暢；温太真之筆記，循理而清通：亦筆端之良工也。孫盛、干寶，文勝爲史，準的所擬，志乎《典》、《訓》：户牖雖異，而筆彩略同。袁宏發軫以高驤，故卓出而多偏；孫綽規旋以矩步，故倫序而寡狀。殷仲文之孤興，謝叔源之閒情，並解散辭體，縹緲浮音，雖滔滔風流，而大澆文意。宋代逸才，辭翰鱗萃，世近易明，無勞甄序。

觀夫後漢才林，可參西京；晉世文苑，足儷鄴都。然而魏時話言，必以元封爲稱首；宋來美談，亦以建安爲口實。何也？豈非崇文之盛世，招才之嘉會哉！嗟夫，此古人所以貴乎時也！

程器

劉彦和曰：《周書》論士，方之「梓材」，蓋貴器用而兼文采也。是以樸斲成而丹雘施，垣墉立而雕杇附。而近代詞人，務華棄實，故魏文以爲：「古今文人類不護細行。」韋誕所評，又歷詆羣才，後人雷同，混之一貫，吁可悲矣！

略觀文士之疵：相如竊妻而受金，揚雄嗜酒而少算；敬通之不循廉隅，杜篤之請求無厭；班固諂竇以作威，馬融黨梁而黷貨；文舉傲誕以速誅，正平狂憨以致戮；仲宣輕脆以躁競，孔璋惚恫以麤疏；丁儀貪婪以乞貨，路粹餔啜而無耻；潘岳詭禱於愍懷，陸機傾仄於賈、郭；傅玄剛隘而詈臺，孫楚狠愎而訟府。諸有此類，並文士之瑕累。文既有之，武亦宜然。古之將相，疵咎實多，至如管仲之盜竊，吴起之貪淫，陳平之污點，絳、灌之讒嫉，沿茲以下，不可勝數。孔光負衡據鼎，而仄媚董賢；況班、馬之賤職，潘岳之下位哉！王戎開國上秩，而鬻官囂俗，況馬、杜之磬懸，丁、路之貧薄哉？ 然子夏無虧於名儒，濬冲不塵乎竹林者，名崇而譏減也。 若夫屈、賈之忠貞，鄒、枚之機覺，黄香之淳孝，徐幹之沉默，豈曰文士，必其玷歟？

蓋人禀五材，修短殊用，自非上哲，難以求備。 然將相以位隆特達，文士以職卑多誚： 此江河所以騰湧，涓流所以寸折者也。 名之抑揚，既其然矣； 位之通塞，亦有以焉。 蓋士之登庸，以成務爲用。 魯之敬姜，婦人之聰明耳，然推其機綜，以方治國，安有丈夫學文，而不達於政事哉？ 彼揚、馬之徒，有文無質，所以終乎下位也。 昔庾元規才華清英，勳庸有聲，故文藝不稱，若非台岳，則正以文才也。 文武之術，左右惟宜，郤縠敦書，故舉爲元帥，豈以好文而不練武哉？ 孫武《兵經》，辭如珠玉，豈以習武而不曉文也？

是以君子藏器，待時而動，發揮事業，固宜蓄素以弸中，散采以彪外，楩柟其質，豫章其幹。 摛文必在緯軍國，負重必在任棟梁，窮則獨善以垂文，達則奉時以騁績。 若此文人，應梓材之士矣。

浮詞

《史通》曰： 夫人樞機之發，亹亹不窮，必有餘音足句，爲其始末。 是以伊、惟、夫、蓋，發語之端也； 焉、哉、矣、兮，斷句之助也。 去之則言語不足，加之則章句獲全。 而史之叙事，亦有時類此。故將述晉靈公厚斂彫墻，則且以不君爲稱；欲云司馬安四至九卿，而先以巧宦標目。所謂説事之端也。又書重耳伐原示信，而續以一戰而霸，文之教也；載匈奴爲偶人象郅都，令馳射莫能中，則云其見憚如此。所謂論事之助也。

昔尼父裁經，義在褒貶，明如日月，特用不刊，而史傳所書，貴乎博録而已。至於本事之外時寄抑揚，此乃得失稟于片言，是非由于一句，談何容易，可不慎歟！但近代作者，溺於煩富，則有發言失中，加字不愜，遂令後之覽者，難以取信。蓋《史記》世家有云：趙鞅諸子，「無恤最賢」。夫賢者當以仁恕爲先，禮讓居本。至如僞會鄰國，進計行戕，俾同氣女兄，摩笄引決，此則詐而安忍，貪而無親，鯨鯢是儔，大豕不若，焉得謂之賢哉！又《漢書》云：蕭何知韓信賢。按賢者處世，夷險若一，不隕穫於貧賤，不充詘於富貴。又傳曰：知進退存亡者，其唯聖人乎？如淮陰初在仄微，墮業無行，後居榮貴，滿盈速禍；躬爲逆臣，名隸惡徒。周身之防靡聞，知足之情安在？美其善將，呼爲才略則可矣，必以賢爲目，不其謬乎？又云：嚴延年「精悍」、「敏捷」，「雖子貢、冉有，通於政事，不能絶也」。夫以編名《酷吏》，列號「屠伯」，而輒比孔門達者，豈其倫哉！且以春秋至漢，多歷年所，必言貌取人，耳目不接，又焉知其才術相類，錙銖無爽，而云不能絶乎？

蓋古之記事也，或先經張本，或後傳終言，分布雖疏，錯綜逾密。今之記事也則不然。或隔卷異篇，遽相矛盾；或連行接句，頓成乖角。是以《齊史》之論魏收，良直邪曲，三説各異；《周書》之評太祖，寬仁好殺，二理不同。非惟言無準的，固亦事成首鼠者矣。夫人有一而史辭再三，良以好發蕪音，不求讜理，而言之反覆，觀者惑焉。

亦有開國承家，美惡昭露，皎如星漢，非磨涅所移，而輕事塵點，曲加粉飾。求諸近史，此類尤多。如《魏書》稱登國以鳥名官，則云「好尚淳朴，遠師少皞」；述道武結婚蕃落，則曰「招攜荒服，追慕漢高」。自餘所説，多類於此。按魏氏始興邊朔，少識典、墳，作儷蠻夷，仰惟秦晉。而鳥官創置，豈關郯子之言？髽頭而偶，奚假奉春之策？奢言無限，何甚厚顔！又《周史》稱元行恭因齊滅得回，庾信贈其詩曰：「號亡垂棘滅，齊平寶鼎歸。」陳周弘正來聘，在館贈韋敻詩曰：「德星猶未動，直車詎肯來？」其爲信、弘正所重如此。夫文以害意，自古而然，擬非其倫，由來尚矣。必以庾、周所作，皆爲實録，則其所褒貶，非止一人，咸宜取其指歸，何止採其四句而已？若乃題目不定，首尾相違，則伯藥、德棻是也；心挾愛憎，詞多出没，則魏收、牛弘是也。斯皆鑒裁非遠，智識不周，而輕弄筆端，肆情高下。故彌縫雖洽，而厥跡更彰，取惑無知，見嗤有識。

夫詞寡者，出一言而已周，才蕪者，須數句而方浹。按《左傳》稱絳父論甲子，隱言於趙孟；《班書》述楚老哭龔生，莫識其名氏。苟舉斯一事，則觸類可知。至嵇康、皇甫謐撰《高士記》，名爲二叟立傳，全採左、班之録，而其傳論云：「二叟隱德容身，不求名利，避遠亂害，安於賤役。」夫探揣古意，而廣足新言，此猶子建之詠三良，延年之歌秋婦。至於臨穴涙下，閨中長歎，雖語多本傳，而事無異説。蓋鳧脛雖短，續之則悲；史文雖約，增之反累。加減前哲，豈容易哉！

昔夫子斷唐虞以下，迄於周，剪截浮詞，撮其機要。故帝王之道，坦然明白。嗟乎！自去聖日遠，史籍逾多，得失是非，孰能刊定？假有才堪釐革，而以人廢言，此繞朝所謂「勿謂秦無人，吾謀適不用」者也。

指瑕

《文心》曰：管仲有言：「無翼而飛者聲也，無根而固者情也。」然則聲不假翼，其飛甚易；情不待根，其固匪難；以之垂文，可不慎歟！古來文才，異世爭驅，或逸才以爽迅，或精思以纖密，而慮動難圓，鮮無瑕病。陳思之文，羣才之俊也，而《武帝誄》云：「尊靈永蟄。」《明帝頌》云：「聖體浮輕。」「浮輕」有似於蝴蝶，「永蟄」頗疑於昆蟲；施之尊極，豈其當乎！左思《七諷》，說孝而不從，反古若斯，餘不足觀矣。潘岳爲才，善於哀文，然悲内兄，則云「感口澤」，傷弱子，則云心「如疑」。《禮》文在尊極，而施之下流，辭雖足哀，義斯替矣。若夫君子擬人必於其倫，而崔瑗之誄李公，比行於黄虞；向秀之賦嵇生，方罪於李斯；與其失也，雖寧僭無濫，然高厚之詩，不類甚矣。凡巧言易標，拙辭難隱，斯言之玷，實深白圭。繁例難載，故略舉四條。

若夫立文之道，惟字與義：字以訓正，義以理宣。而晉末篇章，依希其旨，始有「賞際奇至」

之言，終無「撫叩酬酢」之語，每單舉一字，指以爲情。夫「賞」訓錫賚，豈關心解；「撫」訓執握，何預情理？雅、頌未聞，漢魏莫用，懸領似如可辯，課文了不成義。斯實情訛之所變，文澆之致弊，而宋來才英，未之或改，舊染成俗，非一朝也。近代辭人，率多猜忌，至乃比語求蚩，反音取瑕：雖不屑於古，而有擇於今焉。又製同他文，理宜删革，若排人美辭，以爲己力，寶玉大弓，終非其有。全寫則揭篋，傍采則探囊，然世遠者太輕，時同者爲尤矣。

若夫注解爲書，所以明正事理，然謬於研求，或率意而斷。《西京賦》稱：「中黄、育、獲之疇」，薛綜謬注，謂之「閹尹」，是不聞執雕虎之人也。又《周禮》井賦，舊有「疋馬」，而應劭釋「疋」，或量首數蹄，斯豈辯物之要哉！原夫古之正名，車「兩」而馬「疋」，「疋」、「兩」稱目，以並耦爲用。蓋車貳佐乘，馬儷驂服，服乘不隻，故名號必雙，名號一正，則雖單爲疋矣。疋夫疋婦，亦配義矣。夫車馬小義，而歷代莫悟；辭賦近事，而千里致差；況鑽灼經典，能不謬哉！夫辯言而數筌蹄，選勇而驅閹尹，失理太甚，故舉以爲戒。丹青初炳而後渝，文章歲久而彌光，若能檃括於一朝，可以無慚於千載也。

客作

《唐書》：馬周客遊長安，舍於中郎將何常之。會旱求言，何武人不學，周代之陳便宜二十餘條。太宗怪其能，以問何。對曰：「非臣所能，家客馬周，爲臣具草耳。」上即召之，未至。遣使趣者數輩，與語甚悦，尋除監察御史。奉使稱旨，以何爲知人，賜絹三百疋。

《北史》：邢邵「彫蟲之美，獨步當時，每一文初出，京師爲之紙貴」。於時袁翻、祖瑩，文筆先達，「深共嫉之。每洛中貴人拜職，多憑邵爲謝章表。嘗有一貴勝初授官，大事賓食。翻與邵俱在座。翻意主人托己爲讓表。遂命邵作之，翻甚不悦。每告人云：『邢家小兒，嘗客作表章，自買黄紙，寫而送之。』邵恐爲翻所害，乃辭以疾」。文人以技相憎忌如此。「客作」二字，初見《吴志・焦先傳》，乃更見於是。陳用揚曰：「予與宋仲石入覲，途中切被相嬲。予謂二字甚古，但恍惚記所出，應聲輒啞，卒爲所困。今竟得之，時在山東，宋官山西，恨不即蹂碎大行也。」

知音

劉勰曰：知音其難哉！音實難知，知實難逢，逢其知音，千載其一乎！夫古來知音，多賤同而思古，所謂「日進前而不御，遥聞聲而相思」也。昔《儲説》始出，《子虚》初成，秦皇、漢武，恨不同時。既同時矣，則韓囚而馬輕，豈不明鑒同時之賤哉？至於班固、傅毅，文在伯仲，而固嗤毅云：「下筆不能自休。」及陳思論才，亦深排孔璋；敬禮請潤色，歎以爲美談；季緒好詆訶，方之於田巴：意亦見矣。故魏文稱「文人相輕」，非虚談也。至如君卿脣舌，而謬欲論文，乃稱史遷著書，諮東方朔，於是桓譚之徒，相顧嗤笑。彼實博徒，輕言負誚，况乎文士，可妄談哉？故鑒照洞明，而貴古賤今者，二主是也；才實鴻懿，而崇己抑人者，班、曹是也；學不逮文，而信僞迷真者，樓護是也。醬瓿之議，豈多歎哉？

夫麟鳳與麏雉懸絶，珠玉與礫石超殊，白日垂其照，青眸寫其形。然魯臣以麟爲麏，楚人以雉爲鳳，魏氏以夜光爲怪石，宋客以燕礫爲寶珠。形器易徵，謬乃若是；文情難鑒，誰曰易分？

夫篇章雜沓，質文交加，知多偏好，人莫圓該。慷慨者逆聲而擊節，醖藉者見密而高蹈，浮慧者觀綺而躍心，愛奇者聞詭而驚聽。會己則嗟諷，異我則沮棄，各執一隅之解，欲擬萬端之變：所謂「東向而望，不見西墻」也。

凡操千曲而後曉聲，觀千劍而後識器，故圓照之象，務先博觀。閱喬嶽以形培塿，酌滄波以喻畎澮，無私於輕重，不偏於憎愛，然後能平理若衡，照辭如鏡矣。是以將閱文情，先標六觀：一觀位體，二觀置辭，三觀通變，四觀奇正，五觀事義，六觀宫商，斯術既形，則優劣見矣。

夫綴文者情動而辭發，觀文者披文以入情，沿波討源，雖幽必顯。世遠莫見其面，覘文輒見其心，豈成篇之足深，患識照之目淺耳。夫志在山水，琴表其情，况形之筆端，理將焉匿？故心之照理，譬目之照形，目瞭則形無不分，心敏則理無不達。然而俗監之迷者，深廢淺售，此莊周所以笑《折楊》，宋玉所以傷《白雪》也！昔屈平有言：「文質疏内，衆不知余之異采。」見異，惟知音耳。揚雄自稱「心好沈博絶麗之文」，其事浮淺，亦可知矣。夫惟深識鑒奥，必歡然内懌，譬春臺之熙衆人，樂餌之止過客。蓋聞蘭爲國香，服媚彌芬；書亦國華，玩澤方美：知音君子，其垂意焉。

文通卷之二十六

解經不可牽强

張横渠曰：置心平易始知《詩》。余謂讀六經之書皆然。如《書》曰：「刑故無小」，「宥過無大」，諸家解用十數句解不盡。曾見作者説曰：「刑故，無刑小，宥過，無宥大。」只添二字，而辭意明白。不用解經而理自明。《孟子》謂「民之秉彝」句亦如此。

河圖洛書之數

知龍圖授羲之説，然後可以究河圖之宗；知左旋右轉之説，然後可以定河圖之次；知金火易位之説，然後可以論河圖之變。夫天不愛道，始有龍馬之祥；地不愛寶，始出滎河之瑞。豈非河圖之宗乎？一三七九，逆左循環；二四六八，順右森布。豈非河圖之次乎？四九宜西而不居西，二七宜南而不居南，又豈非河圖之變乎？故劉牧傳於范諤昌，諤昌傳於許堅，堅傳於李溉，溉傳於种放，放傳於陳希夷，即此圖之正印也。自後世株守拘攣之習，津迷象數之塗，或以爲不用十數，或以爲不言成數，是皆未知河圖之太極也。蓋圖有太極，渾淪於中數之五，若以五而推，則九上一下，三左七右，以二射八，以四射六，圖雖不言十，而十數隱於其中矣。一與五爲六，水成也；三與五爲八，木成也；四與五爲九，金成也；二與五爲七，火成也。圖雖不言成，而成數行乎其間矣。然則，河圖妙致，真可與識者道，莫爲俗人言也。是故《乾》用九，《坤》用六，得十五數也；七爲少陽，八爲少陰，亦得十五數也。合而言之，凡四十五。此則河圖正數，發露於《大易》也。一五行，二五事，三八政，四五紀，五皇極，六三德，七稽疑，八庶徵，是爲三十六數，以次九而足之，凡有四十五數。此則河圖本數，敷演於洛書也。天數奇而虛五，是爲二十；地數偶而虛五，是爲二十五。合而計之，亦四十五。此則河圖虛數，分布於大衍也。故嘗因是而爲之説，曰：「天地之數五十有五，所謂河圖者，缺地十，土之成數也；所謂洛書者，增地十，土之成數也；所謂大衍者，缺天五，土之生數也。」要之，大衍之五十，即洛書之四十五；洛書之四十五，即河圖之五十五也。

先後天合一圖説

朱楓林曰：「先天八卦圓圖方位以畫卦，横圖中斷之，升乾降坤，左順右逆，規而圓之。其卦畫之對待，法象之配合，純出於自然，人所可知。若後天八卦圓圖方位，則古初所以制作自然之法象，有不易知者，後人不過即其已然之迹，説卦之所已陳者而用之。唯朱子言後天卦位，某嘗以卦畫推求，縱横反覆，竟不得其安排之意。」

又曰：「以卦畫言之，震以一陽居下，兑以一陰居上，故相對；坎以一陽居中，離以一陰居中，故相對。但不知四隅之卦，却如此對，何也？噫！吾朱子推求之於卦畫，其古初所以制作自然之法象歟？愚請述平日一得之愚，以成儒先之意。

「蓋後天八卦方位，因先天方位卦畫自然之對，取用於交易而已，初無他意義也。卦畫之對，乾三陽與坤三陰，一對也；坎中陽與離中陰，一對也；震初陽與兑末陰，一對也；艮末陽與巽初陰，一對也。此四對者，造化自然之法象，而先天、後天之所同也。先天方位，乾尊於南，陽畫多於上，陰畫多於下，故乾、坤相對於南北，離、坎相對於東西，兑、震相對於東南、東北，巽、艮相對於西南、西北。八卦四對，離、坎横而六卦縱。邵子曰『乾坤定上下之位，坎離列左右之門』是也，此造化之體也。後天則因其定位之體，以著其交易之用焉。定位者，尊卑貴賤之體，故卦之純氣、中氣居四正，偏雜居四隅。交易者，升降往來之用，故卦之交者居四正，不交者居四隅。故後天方位，震用於東，陽卦降而下，陰卦升於上，故震、兑相對於東西，離、坎相對於南北，巽、艮相對於東南、東北，坤、乾相對於西南、西北。八卦四對，震、兑横而六卦縱。

「邵子曰：『至哉文王之作《易》也，其得天地之用乎！故乾、坤交而爲泰，坎、離交而爲既濟也。』又曰：『震、兑始交者也，故當朝夕之位；坎、離交之極者也，故當子午之位。艮、巽不交，而陰陽猶雜也，故居用中之偏；乾、坤純陽、純陰也，故居不用之位也。』又曰：『震、兑横而六卦縱，天地之用也。』邵子此三條之説，已深得後天方位之旨。但卦畫自然之對，在先後天方位，皆一横三縱。邵子論後天『震、兑横而六卦縱』是矣，而其論先天者猶未歸一，乃云『乾、坤縱而六子横』，故後人惑焉。朱子推求後天卦畫相對，既得之於震、兑、離、坎矣，而未能推之以通其餘，蓋因不知三縱一横之相對，而直以交午對角求之，故此義未徹。如月之將望，而猶有一分之未圓，而有待於後人也如此。

「先天八卦，除乾、坤、坎、離，以純氣、中氣居四正卦位外，四隅四卦，必兩縱相對，則不特陰陽相對，又且長少相對，然後二卦合而爲純氣、中氣，而造化進退升降，自然交互之法象具焉。若以交午射角取對，則震、巽皆一索之長男女，艮、兑皆三索之少男女。陰陽相對，雖可以合爲純氣，而長少不對，不可以合爲中氣。若六子横取爲對，則巽、兑皆女，而震、艮皆男，長少雖對，而陰陽不對，其非是尤可知也。此論與雷風相薄，山澤通氣，交午言象處並行不悖，因論卦對縱横之妙理而索言之。」

四家詩

齊、魯、燕、趙四詩，土音不同，訓詁亦異。故孔穎達曰：三家之詩，字與毛公異者，「動以百數」。及證之他書，三家之學，非徒字異，亦併與文義俱異矣。當武帝時，《毛詩》始出，自以源流出於子貢，其書貫穿先秦古書。惟河間獻王好古，博見異書，深知其精。時齊、魯、韓三家，皆列於學官，獨毛氏不得立。中興後，謝曼卿、衛宏、賈逵、馬融、鄭衆、康成之徒，皆宗毛公，學者翕然稱之。今觀其書所釋《鴟鴞》與《金縢》合，釋《北山》、《烝民》與《孟子》合，釋《昊天有成命》與《國語》合，釋《碩人》、《清人》、《皇矣》、《黄鳥》，與《左氏》合，而叙《由庚》六篇，與《儀禮》合。當毛公之時，《左氏傳》未出，《孟子》、《國語》、《儀禮》未甚行，而毛氏之説，先與之合，不謂之源流子貢，可乎？漢興，三家盛行，毛最後出。世人未知毛氏之密，其説多從齊、魯、韓氏。迨至魏、晉，有《左氏》、《國語》、《孟子》諸書證之，然後學者捨三家而從毛氏。故《齊詩》亡於魏，《魯詩》亡於晉，《韓詩》雖傳，無存之者。五十篇，今但存其《外傳》十篇而已。從韓氏之説，則二南、商頌，皆非治世音，以二南作於周衰以次，商頌作於宋襄公之世。從毛氏之説，則《禮記》、《左氏》，無往而不合，此所以《毛詩》獨存于世。

辨詩叙不可廢

或曰：「夫子何以删《詩》？昔太史公曰：『古《詩》本三千餘篇，孔子去其重複，取其可施於禮義者三百五篇。』孔氏曰：『案書傳所引之《詩》，見在者多，亡逸者少，則孔子所録，不容十分去九，馬遷所言，未可信也。』朱文公曰：『三百五篇，其間亦未必皆可施於禮義，但存其實，以爲鑒戒耳。』之三説者，何所折衷？」愚曰：「若如文公之説，則《詩》元未嘗删矣。今何以有諸逸《詩》乎？蓋文公每捨叙以言《詩》，則變風諸篇，祗見其理短而詞哇，愚於前篇已論之矣。但以經傳所引逸《詩》考之，則其辭明而理正，蓋未見其劣於三百五篇也，而何以删之？三百五篇之中，如詆其君以碩鼠、狡童，如欲刺人之惡而自爲彼人之辭，以陷於所刺之地，殆幾不可訓矣，而何以録之？蓋嘗深味聖人之言，而得聖人所以著作之意矣。昔夫子之言曰：『述而不作。』又曰：『蓋有不知而作之者，我無是也。』又曰：『多聞闕疑。』異時嘗舉史缺文之語，而歎世道之不古，存夏五郭公之書，而不欲遽正前史之缺誤。然則聖人之意，蓋可見矣。蓋《詩》之見録者，必其叙説之明白，而旨意之可考者也。其軼而不録者，必其叙説之無傳，旨意之難考，而不欲臆説者也。」

或曰：「今三百五篇之叙，世以爲衛宏、毛公所作耳，如子所言，則已出於夫子之前乎？」曰：「其説雖自毛、衛諸公而傳，其旨意則自有此詩而已有之矣。《鴟鴞》之叙，見於《尚書》；《碩人》、《載馳》、《清人》之叙，見於《左傳》。所紀皆與作詩者同時，非後人之臆説也。若叙説之意，不出於當時作詩者之口，則《鴟鴞》諸章，初不言成王疑周公之意，《清人》終篇，亦不見鄭伯惡高克之迹，後人讀之，當不能曉其爲何語矣。蓋嘗妄爲之説曰：作詩之人可考，其意可尋，則夫子録之，殆『述而不作』之意也；其人不可考，其意不可尋，則夫子删之，殆『多聞闕疑』之意也。是以於其可知者，雖比興深遠，詞旨迂晦者，亦所不廢。如《芣苢》、《鶴鳴》、《蒹葭》之類是也。於其所不可知，其雖直陳其事，文義明白者，亦不果録。如『翹翹車乘，招我以弓，豈不欲往，畏我朋友』之類是也。於其可知者，雖詞意流泆，不能不類於狹邪者，亦所不删。如《桑中》、《溱洧》、《野有蔓草》、《出其東門》之類是也。於其所不可知者，雖詞意莊重，一出於義理者，亦不果録。如『周道挺挺，我心扃扃。禮義不愆，何恤人言』之類是也。然則，其所可知者何？則三百五篇之叙意是也；其所不可知者何？則諸逸《詩》之不以叙行於世者是也。歐陽公《詩譜補亡後叙》曰：『後之學者，因迹前世之所傳而較其得失，或有之矣。若使徒抱焚餘殘脱之經，倀倀然於去聖千百年之後，不見先儒中間之説，而欲特立一家之論，果有能哉？』此説得之。蓋自其必以爲出於衛宏、毛公輩之口，而先以不經之臆説視之，於是以特立之己見，與之較短量長，於辭語工拙之間，則祇見其齟齬而不合，疏繆而無當耳。夫使叙詩之意，果不出於作詩之初，而皆爲後人臆度之説，則比興諷詠之詞，其所爲微婉幽深者，殆類東方朔『聲謷尻高』之隱語，蔡邕『黄絹幼婦』

之廋詞，使後人各出其智，以爲猜料之工拙，恐非聖經誨人之意也。」

或曰：「諸小叙之説，固有舛馳鄙淺而不可解者，盡信之可乎？」愚曰：「叙非一人之言也，或出於國史之采録，或出於講師之傳授。如《渭陽》之首尾異説，《絲衣》之兩義並存，則其舛馳固有之，擇善而從之可矣。至如其辭語之鄙淺，則叙所以釋經，非作文也，祖其意足矣，辭不必甿也。夫以夫子之聖，猶不肯雜取諸逸《詩》之可傳者與三百五篇之有叙者並行，而後之君子，乃欲盡廢叙以言《詩》，此愚所以未敢深以爲然，故復摭『述而不作』、『多聞闕疑』之言，以明孔子删《詩》之意，且見古叙之尤不可廢也。」

論古文今文尚書

九峯蔡氏曰：按漢儒以伏生之書爲今文，而謂安國之書爲古文。以今考之，則今文多艱澀，而古文反平易。或者以爲，今文自伏生女子口授，晁錯時失之。則先秦古書所引之文，皆已如此，恐其未必然也。或者以爲，記録之實語難工，而潤色之雅詞易好，故訓誥誓命，有難易之不同。此爲近之。然伏生背文暗誦，乃偏得其所難，而安國考定於科斗，古書錯亂磨滅之餘，反專得其所易，此又有不可曉者。至於諸序之文，或頗與經不合，而安國之序，又絶不類西京文字，亦皆可疑。獨諸序之本，不先經則賴安國之序而可見。

石林葉氏曰：《書》五十八篇，出於伏生者，初二十三篇，出於魯共王所壞孔子宅壁中者，增多二十六篇。伏生書，後傳歐陽歆；魯共王壁中書，孔安國爲之傳。漢興，諸儒傳經次第，各有從來。伏生當文帝時年已老，口授晁錯，頗雜齊魯言，或不能盡辯。他經專門，每輒數家，惟《書》傳一氏。安國無所授，獨以隸古易科斗，自以其意爲訓解，不及列於學官，故自漢訖西晉，言《書》惟祖歐陽氏。安國訓解晚出，皇甫謐家所謂二十六篇者，雖當時大儒揚雄、杜預之徒，皆不及見。

劉向以魯共王《書》較伏生本，《酒誥》亡簡一，《召誥》亡簡二，字之不同者尤多。《書》非一代之言也，其文字各隨其世，不一體。其授受異同復若此，然大抵簡質淵慤，不可遽通。自《立政》而上，非伊尹、周公傳説之辭，則仲虺、祖乙、箕子、召公，後世以爲聖賢不可及者也。其君臣相與往來告戒論説，則堯、舜、禹、湯、文、武是也，是以其文峻而旨遠。自《立政》而下，其君則成王、穆王、康王、平王，其臣則伯禽、君陳、君牙，下至於秦穆公，其辭則一時太史之所爲也。視前爲有間矣，是以其文亦平易明白，意不過其所言。孔子取之，特以其有合於吾道焉爾。自安國學行，歐陽氏遂廢。今世所見，惟伏生《大傳》，首尾不倫，言不雅馴。至以天地人四時爲七政，謂《金縢》作於周公没後，何可盡據？其流爲劉向《五行傳》，夏侯氏災異之説，失孔子本意益遠。安國自以爲博考經傳，採摭羣言。其所發明，信爲有功。然余讀《春秋傳》、《禮記》、《孟子》、《荀子》，間與今文異同。《孟子》載《湯誥》「造攻自牧宫」，不言鳴條，《春秋傳》述《五子之歌》衍「率彼天常」

一句，證《康誥》父子兄弟罪不相及。今文乃無有疑，亦未能盡善。若荀卿引仲虺曰：「諸侯能自得師者王，得友者霸」，引《康誥》「惟文王敬忌，一人以懌」，其謬妄有如此者；《禮記》以申勸寧王之德爲由，觀寧王以庶言同，則亡「繹」字，其乖牾有如此者。微孔氏則何所取正？余於是知求六經殘缺之餘，於千載淆亂之後，豈不甚難而不可忽哉！

先公曰：「歐陽公《日本刀歌》云：『傳聞其國居大海，土壤沃饒風俗好。前朝貢獻屢往來，士人往往工詞藻。徐福行時書未焚，逸書百篇今尚存。令嚴不許傳中國，舉世無人識古文。先王大典藏夷貊，蒼波浩蕩無通津。令人感激坐流涕，鏽澀短刀何足云。』詳此詩似謂徐福以諸生帶經典入海外，其書乃始流傳於彼也。然則秦人一熽之烈，使中國家傳人誦之書，皆放逸，而徐福區區抱編簡以往，能使先王大典獨存夷貊，可嘆也，亦可疑也。而今世經書，往往有外國本云。」

春秋左氏傳別行

李本寧曰：「孔穎達言：『漢初爲傳訓者，皆與經別行。《石經》書《公羊傳》無經文，服虔題《左氏傳解誼》，不題《春秋》。《春秋》，經題也；《左氏傳》，傳題也。杜預作《經傳集解釋例》，以「春秋」此書大名，因冠「春秋」其上。』」又曰：「馬融爲《周禮註》，欲省學者兩讀，具載本文。後漢以來，始就經爲註。然則，杜預之合經傳也，殆倣之馬融乎？魯國故有《春秋》，孔子筆削之以存王迹，左氏身爲史官，博綜羣籍，蒐合二百四十年列國之事，爲傳三十篇，要以自成一家言，如晏嬰、虞卿、吕不韋《春秋》云耳。孔子書自名《春秋》，後人名《春秋》以經，非孔子舊名也。左氏書自名傳，後人名以《春秋傳》，非左氏舊名也。其書或有傳無經，或有經無傳，或本事先，或應事後，而間引孔子《春秋》書法，及居常所評隲語麗之，其意不專釋經，其體合如是耳。《公羊》、《穀梁》則專釋經者，故有一定凡例，有互相問答，日月爵邑名氏，皆以爲褒貶所關，遂令孔子微言大義，刻類文致，晦類隱語矣。漢興，表章經學，置五經博士，諸儒以《公》、《穀》釋經，列學官，而左氏以不釋經見絀。劉歆謂左氏親見孔子，好惡與聖人同，非若《公》、《穀》，傳聞於七十二弟子之後也。此以三傳原委，定其得失，最爲正論。杜預因左氏親見孔子，而取傳與經分年相附，執《公》、《穀》之法，以求《左氏傳》，遂多牽合附會之病。蓋篤於崇信，而反乖其本指，安在有功左氏也？當預書成時，文義質直，世人未之重。惟摯虞賞之曰：『左丘明本爲《春秋》作傳，而《左傳》遂自孤行。《釋例》本爲傳設，而所發明廣，故亦孤行。』則經傳别行，杜預後尚有然者，並行而不悖。使孔子《春秋》不以左氏一人一言一事之失，而起疑端，使左氏不以釋經之故，而開罪於經，寧直全左氏，亦所以尊孔子也。漢以後諸君子而達此，註疏訓詁家何至紛紛若聚訟乎？」

春秋正旨

或問：「《孟子》云：『《春秋》，天子之事也；是故孔子曰：知我者其惟《春秋》乎！罪我者其惟《春秋》乎！』胡氏曰：『仲尼作《春秋》，以寓王法，惇典庸禮，命德討罪，其大要皆天子之事也。知孔子者，謂此書之作，遏人欲於横流，存天理於既滅，爲後世慮至深遠也；罪孔子者，以謂無其位而託二百四十二年南面之權，使亂臣賊子禁其欲而不得肆，則戚矣。』其義然否？」曰：「自孟子之有斯言也，而聖人之志益以明。自後人之不得乎其言也，而聖人之志益以晦。何以故？曰：《洪範》有云：『惟辟作威』，『惟辟作福』，『臣無有作威作福，臣之有作威作福，其害於而家，凶於而國。』故賤不得以自專，雖有其德，苟無其位，不敢作禮樂焉。此孔門明訓也。乃自託南面之權，以行賞罰，是作威作福，躬蹈無君之罪，亂賊且自我始，而又何以懼天下之亂賊乎？」曰：「周室陵夷，諸侯僭亂，孔子不得已而假權以行事，正以明君臣之分也。」曰：「所謂諸侯之僭也者，得非謂若齊、鄭等之僭公，吴、楚等之僭王者歟？」曰：「然。」曰：「孰與夫以匹夫而假天子之柄？匹夫假天子之柄，而乃以誅人之僭公僭王也，天下其孰信之？所謂諸侯之亂也者，得非謂其變禮樂、專征伐歟？」曰：「然。」曰：「孰與夫以匹夫而行天子之事？匹夫行天子之事，而乃以誅人之變禮樂、專征伐也，天下其孰信之？固知其必不然也。且《春秋》孔氏之書歟？抑魯國之書歟？」曰：「『其事則齊桓、晉文，其文則史。』是魯史也。」曰：「謂魯史也者，則國之公書也；謂公書也者，必其可以獻之天子，傳之四方，垂之後世者也。周天子在而乃改其正朔、議禮制度，以定一王之法，而修之以爲魯史，是可謂國之公書歟？是可以獻之天子、傳之四方、垂之後世歟？固知其必不然也。」曰：「然則何爲『天子之事』？」曰：「《孟子》不云乎：『王者之迹熄而《詩》亡，《詩》亡然後《春秋》作。』蓋西周盛時，文、武之典制，天下所共守也。天子之號令行於天下，罔敢有弗遵也。故其朝會宴饗之樂，與夫受釐陳戒之辭，皆有以發先德，盡下情，王政粲然具在，是之謂雅。及其變也，雖事或不同，而王政得失，猶自可見，亦尚有雅焉。至幽王爲犬戎所殺，平王東遷，周室遂弱。然其初典制猶有存，號令猶有行者。迨其末年，衰微益甚，天下不復尊周，天子虚器而已。朝會禮廢，公卿大夫，亦靡所獻納，《黍離》遂降爲風，與列國無異，而雅亡矣。蓋至是禮樂征伐自諸侯出矣。又其降，政在於大夫矣。又其降，陪臣執國命矣。暴行交作，臣弑君，子弑父者，接迹於天下矣。孔子爲是懼，以爲今日之域中，誰家之天下？周德雖衰，天命固未改也。文、武之典制，雖不共守，然有可考而知也；天子之號令雖不行於天下，然天子固在也。於是據文、武之典制，以明天子之號令，而《春秋》作焉。《春秋》始諸魯隱公。隱公元年，平王之四十九年也，是王迹熄而《詩》亡之時也。《詩》至是而亡，故《春秋》自是而作；王迹至是而熄，故《春秋》自是而始。乃以繼二雅，表王迹，續接成周之命脉耳。蓋當是時，天下皆曰，周雖有王，猶無王也。而孔子則曰，周固有王也。其典制其號令固在，有可取而行也。故曰：『《春秋》天子之事』，蓋謂周天子事，猶今人稱我太祖舊制云爾，非謂孔氏之爲天子也。是故，取桓、文者，爲其能尊周也；書王正者，存周之正朔也；尊王人以抑諸侯者，明周之等衰也。故曰：『其義則丘竊取之矣』，正謂此也。若曰《春秋》行『天子之事』，則是平王以前，政教號令，天子自行之也；平王以後，政教號令，孔子另行之也，而文、武安在哉？而時王安在哉？曰桓、文豈誠尊周者乎？胡乃取之曰固也，不曰『彼善於此則有之』乎？五霸桓、文爲盛，孔子之取桓、文也，即其取管仲者也。彼天下不知有王久矣，而桓、文者乃猶能率約諸侯，攘夷狄以尊周室，雖其假之，不猶愈於不知有王者乎？故有取爾也。夫以但能尊周，即有取焉，而不暇計其誠與假，則聖人不得已之苦心，亦自可見，又烏有倍時王之制而自爲天子以行事，反出於桓、文之所不然者哉！」

曰：「然則『春王正月』，固周正歟？」曰：「何爲其非周正也？」曰：「胡氏謂『以夏時冠周月』，而引『顔淵問爲邦』，孔子答以『行夏之時』爲證，似亦有據也。然非歟？」曰：「孔子之答顔淵也，以議道，以立法，故斟酌四代禮樂，無不可者。蓋孔子之私言也。《春秋》，魯國紀事之書也。紀事而用夏正，則其所紀者夏事歟？周事歟？用前代之正朔，以紀當代之事，則不可以成文。改當代之正朔，以紀當代之事，則不可以成史。聖莫盛於孔子，孔子之事莫大乎《春秋》，《春秋》之事，莫大乎正朔，而乃任意爲之，以爲國史，將爲私言乎？將爲公言乎？且《左傳》僖公五年，『正月辛亥朔，日南至』，使用夏正，則正月安得『日南至』也？經書『二月，無冰』，使用夏正，則二月驚蟄，舟楫既通矣，何以書『無冰』也？『秋，大水。無麥、苗』，使用夏正，則秋安得有麥也？『十月，隕霜殺菽。』使用夏正，則十月安得有菽？隕霜猶謂遲也。『冬，大雨雪。』使用夏正，則冬正雨雪之候，而何以爲災也？諸若此者，昔人曾辯之，世儒亦多稱述之者，其理自明，斷非夏正無疑也。」曰：「孔子不云『我欲托之空言，不如見諸行事之深切著明』乎？」曰：「然。有是言也。獨不觀孔子之所欲見諸行事者乎？子貢曰：『文武之道，未墜於地，在人。賢者識其大者，不賢者識其小者。夫子焉不學？』子思曰：『仲尼憲章文武。』而孔子之告哀公曰：『文武之政，布在方策，其人存，則其政舉。』自言則曰：『吾學周禮，今用之』，『吾從周。』曰：『如有用我者，吾其爲東周乎？』曰：『夢見周公』，是孔子之所欲見諸行事者，亦止是行周公之道，以興東周之治。非欲於文、武之政之外，別立一代之制，如『行夏之時』云者，而後爲見諸行事也。」

曰：「然則何以曰『吾志在《春秋》』？」曰：「孔子之修《春秋》也，是魯哀公十四年也。是時孔子年已七十一矣。以爲吾欲行周公之道，以興東周之治，乃竟不可得，而今則衰已甚矣，無復可爲之時矣。志靡所托，故托之乎《春秋》。使今王能行文、武之政，即可據而行也；使後王能行文、武之政，則亦於此取之而已矣，而無俟乎他求也，而吾志亦可畢。故曰『志在《春秋》』也。」

曰：「『天子之事』，何獨託之魯史？蘇氏云：『武王之崩也，成王幼，周公以爲天下不可以無賞罰，故不得已而假天子之權，以賞罰天下，以存周室。周之東遷也，平王昏，故夫子亦曰：天下不可以無賞罰，而魯周公之國也，居魯之地者，宜如周公，不得已而假天子之權，以賞罰天下，以尊周室。』言亦有當歟？」曰：「此曲説也。魯之郊禘非禮也。周公其衰矣，孔子蓋傷之焉，而況以天子之權假之乎？蓋《春秋》明天子之權，非以假天子之權也。以天子之權，還諸天子，非以天子之權與魯也。韓宣子適魯，見《易》、《象》與《魯春秋》，曰：『周禮盡在魯矣』，蓋周之舊典《禮經》也。當時，列國各有史。其在西周，天下尊王，國史所紀者，莫非王事。至是既不尊王，則亦不知有王事矣。而史之所紀，固皆其自行，制度無復周之典禮矣。今列國之史，雖不可見，而《國語》猶存其略。如《左氏傳》叙晉、楚之事爲詳，然語多張詡，其於亂法于紀，非惟不知爲罪，反厚自矜大，此必孟子所謂《乘》及《檮杌》之説也，而其他概可知已。惟魯史尚存周制一二，文有足徵，故孔子因而修之，以著先王之舊，則所謂『述而不作』者也。是自周天子事，夫何嘗以假魯也。」

曰：「葬成風，王不稱天，罰且加於天子矣，乃何爲周天子事？」曰：「此傳者之謬也，且如魯桓篡弑之賊也，其公則僭稱也。孔子以宗國君臣之義，乃於篡弑之賊，尚不敢改其僭稱之公。天子天下之大君也，何如魯桓王？其本稱也，何如僭公？其事則葬成風也，何如篡弑？而乃於此特加削罰，豈其君臣之義，於天下之大君，有不如宗國之君者歟？然則何以不稱天？曰：聖人立言，取諸大義，非若後世比對於一字之間者。或曰王，或曰天王，隨便而言，無異同也。猶之今人，有稱奉聖旨者焉，有稱奉旨者焉，亦隨便而言，無異同也。若以王不稱天，爲有所削罰，豈亦以旨不稱聖者，爲有所削罰歟？」曰：「葬成風無貶乎？」曰：「何爲其無貶也？以天子之尊，而會葬諸侯之妾，是冠履倒置，紀法掃地甚矣。只據事直書，所貶自見，固不在乎王之天與不天也。且仲子事與成風同。於成風，書曰：『王使召伯來會葬。』於仲子，書曰：『天王使宰咺來歸賵。』在此則王不稱天，而召伯稱爵，豈其罪在王不在伯歟？在彼則王稱天，而宰咺稱名，豈其罪在宰，不在王歟？且『狩於河陽』，是何理也？而稱『天王使毛伯來錫命』，『使家父來求車』，是何理也？而皆稱天王。又毛伯以爵，家父以字，抑又何歟？故知《春秋》之大旨，固自有在，非惟不繫乎王之天與不天，而或書名、或書字，亦非必有意乎其間也。二百四十餘年，王朝列國諸臣，其名其字，安得必可考知？或亦只據魯史舊文書之耳。」曰：「《春秋》既有褒貶，『天子之事』，又非孔子自行，則褒貶者誰？」曰：「文、武之褒貶之也。」「何謂文、武褒貶之也？」曰：「天下有聖賢之道，有朝廷之法，文、武之法皆道所在，孔子準之以作《春秋》，其所書善者，固文、武所是者也，所賞者也，是即所謂褒也；其所書惡者，固文、武所非者也，所罰者也，是即所謂貶也。人但能明乎文、武之道與法，則《春秋》所書褒貶自見，正不必求其義於一字之間也。後儒不能明文、武之道與法，乃徒求其義於一字之間，不惟求其義於一字之間也，乃又不能虛心平氣，而以謂聖人所作之經，其義當不止如此而已也，而又過爲深求之，於是求之愈深，而去聖人之意愈遠矣。譬之法律然。有明於法律者，見書殺人，即曰其罪當死，不必更求其書殺之謂何也。彼不知法律者，不知罪所抵也，乃徒深求夫書殺之義謂何，而强爲之解，則其去法律遠矣。」曰：「筆則筆，削則削，亦天子歟？」曰：「然。孔子以文、武之道與法，筆削之也。」「可指言歟？」曰：「魯史之舊文無存，故筆削之新義莫考，然亦有可知者焉。如據事直書，即所謂筆也。如齊侯、鄭伯皆稱公，其赴報之書，皆公也；楚子、吴子皆稱王，其赴報之書，皆王也。魯史舊文，固皆若是書也。孔子於齊公則削而爲侯，曰：是吾天子之命侯也；於鄭公則削而爲伯，曰：是吾天子之命伯也；於楚王、吴王，則皆削而爲子，曰：是吾天子之命子也，即所謂削也。而其他以不合王度削者，固可例知也已。」曰：「滕，侯爵。經書：『滕子來朝』，亦所謂削歟？」曰：「非也。此傳者之謬也。彼其謂魯桓篡弑，乃天下大惡，而滕侯首朝之，是黨惡也。《春秋》惡黨惡，故降而爲子。」「則安有此理？夫孔子安得降人之侯？又安得與人以子？若謂惡其黨惡，直惡之而已，乃遂降而爲子，豈以黨惡者不可爲侯，止可爲子歟？」「夫大惡魯桓也。於大惡者，曾去其僭稱之公否乎？而顧於朝之者去其本稱之侯。於大惡者曾有所降之爵否乎？而顧於朝之者降而爲子。抑何舛也？且滕子來朝，二百年前事也。彼二百年來，其子孫世承侯爵，乃緣其曾高以上之祖，曾有朝魯桓之事，遂于二百年間皆稱爲子，彼固侯焉，吾固子焉，豈不可笑之甚歟？」曰：「然則孰降之？」曰：「是周天子之降之也。周天子雖弱，然亦豈曾無一事之行於微小之國者乎？傳曰：杞，侯爵。魯莊公二十七年，書『杞伯來朝』，其後又稱『子』，蓋爲時王所黜。薛，侯爵。莊公三十一年，書『薛伯卒』，蓋爲時王所黜。滕，侯爵。隱公七年書『滕侯卒』，其後稱『子』，蓋爲時王所黜，固有記之者矣。此何不足據，而必以爲孔子降之乎？且孔子降滕侯爲子也，其杞侯之伯、之子，薛侯之伯，亦皆孔子降之乎？杞侯之伯、之子，薛侯之伯，果時王所黜也，則滕侯之子，獨非時王黜之乎？孔子作《春秋》，只可明是非以定褒貶，斷不得自行予奪，降人之侯，而又與之以子也。」曰：「若是則『知我』、『罪我』謂何？」曰：「『知我』者，謂我爲尊周也，『罪我』者，天子之法明，則僭亂之罪著諸侯，惡其害己也。且有王者起，在所賞乎？在所罰乎？在所命乎？在所討乎？如此乎而後亂臣賊子懼也。」曰：「若然，則《春秋》之事，孔子固將無與？」曰：「修則孔子修之，事則非孔子之事也。」

曰：「《經》書『齊人來歸鄆、讙、龜陰田』，而《傳》則云聖人『以天自處』，不嫌於『自叙其績』，不然歟？」曰：「不然也。聖人之心，蕩蕩平平，而其立言也，大公至正，既不嫌於自叙，亦不『以天自處』，有此事只直書此事，其事如何，只直書如何，行所無事而已，非有意也。有意非聖人也。且宣公時，書公如齊，後即書曰『齊人歸我濟西田。』是歸濟西田者，由公之如齊也，使公不如齊，固不歸也。哀公時，書『歸邾子益於邾』。後即書曰：『齊人歸讙及闡。』是歸讙及闡者，由歸益於邾也。使不歸益於邾，固不歸也。茲書曰：『及齊平，公會齊侯於夾谷。』後即書曰：『齊人來歸鄆、讙、龜陰田。』是歸鄆、讙、龜陰田者，由公之及齊平也。使不及齊平，固不歸也。三者義一而已。若以歸鄆、讙、龜陰田爲孔子之績，則歸濟西田者，誰之績歟？歸讙及闡者，又誰之績歟？且歸田小事也，『夫子之得邦家者，所謂立之斯立，道之斯行，綏之斯來，動之斯和。』如之何，其可及也？而乃以區區歸田，稱聖人之神化，又設爲『以天自處』之説，而謂其不嫌自叙，則亦非所以語聖人矣。且《孟子》只云『《春秋》天子之事』而已，而後人則遂謂其以天子自處也。以天子自處之未足，又謂其『以天自處』也。惟其謂爲『以天自處』，是故於天子亦可行賞罰焉。嘻！亦甚矣。欲尊聖人而不知所以尊，乃爲論至此，使夫子可作，其亦謂之何矣？」

曰：「獲麟之事何如？或曰：感麟而作，故文止於所起；或曰：『文成而麟至』，以爲瑞應，孰是？」曰：「皆非也。《春秋》立百王之大法，撥亂世反之正，是萬代之綱常也，而何與於麟？若曰感麟而作，則使麟終不出，《春秋》固不作歟？使麟出於哀公之前，在十一公之間，《春秋》固遂止此歟？固知其不然也。若曰文成而麟至，以爲瑞應，則安知麟之所出，瑞爲己歟？且後世亦每有麟焉，豈亦皆聖經之應歟？固又知其不然也。」曰：「王通不云乎：『《春秋》以天道終，故止於獲麟』，非歟？」曰：「天道遠，人道邇。《春秋》修人事，不言瑞應，蓋不以茫昧不可知者，參乎人事之間，以惑人也。而況可以瑞應神其書乎？以瑞應神其書，少知道者不爲，而謂聖人爲之乎？」曰：「『鳳鳥不至，河不出圖，吾已矣夫！』孔子何思鳳鳥、河圖？」曰：「孔子非思鳳鳥、河圖也。鳳鳥、河圖，伏羲、舜、文時物，孔子思伏羲、舜、文之君，而不可得見，又不可以明言，故思鳳鳥、河圖，以寓思伏羲、舜、文之意。使其得伏羲、舜、文之君而事之，雖鳳不至，圖不出，固不思也。使其不得伏羲、舜、文之君而事之，雖鳳鳥至，河圖出，猶夫思也。譬如堯之世無河圖，禹之世無鳳鳥，若孔子得生其時，相與都俞一堂，共成雍熙之治，將亦思鳳鳥、河圖乎？固知其必不思也。」曰：「然則，終於獲麟謂何？」曰：「是時孔子年已七十一矣，越歲而孔子没，則魯史之脩，宜止於此。麟非常有之物，有之，即直書之而已，固非取義於麟也。聖人不語怪神，其言其事，如日月之在天，而人無不仰之者，夫豈以茫昧不可知者，而符己之事，爲若是誕乎？且麟一獸耳，與人理無與，亦何足爲聖經輕重也！後人不知重聖人，而以聖人借重於麟，不知重聖人之《春秋》，而以《春秋》借重於麟至，亦惑矣。故謂經感於麟，是聖人經世之書，乃因一物而起，何視經之淺也？謂麟應於經，是術家者流幻妄之説，何誣經之深也？皆無得乎聖人之道者也。」

曰：「『反袂拭面』，曰：『吾道窮矣』，有諸？」曰：「此又誣聖人之甚者也。道之將行也與，命也！道之將廢也與，命也！聖人『樂天知命』而不憂，何乃『反袂拭面』，稱『吾道窮』至是乎？且道之不行，已知之矣，亦豈必俟獲麟始知而泣乎？杜預云：『亦無取焉。』蓋邪説當闢，詎止無取已也。」曰：「然則，麟不足爲瑞歟？」曰：「瑞應之事，有道者不言，謂其理之不可詳也。昔嘉靖己酉三月，鄭州生麟，予適過鄭，親見之。越歲，予門人王從諸氏家生麟，邑人皆見之，然迄無所應。則麟雖非世所常有，而亦世所有者，即有之，亦麟其所麟而已，誠何與於聖人之經也？」曰：「韓子云：麟不待聖人而出，『謂之不祥亦宜』，然乎？」曰：「此亦曲說也。彼其必以麟爲聖人之瑞也，然固有不待聖人而出者焉，求其說而不得，則從而爲之辭耳。殊不知聖人之世，亦有無麟者焉；非聖人之世，亦有有麟者焉，非必謂聖人之瑞也。以麟不待聖人而出爲不祥，猶夫以桓、宣書『有年』爲記異，理無可據者矣。」曰：「記異之說，亦非歟？」曰：「祥則書之爲祥，異則書之爲異，乃直筆也。今既書『有年』、『大有年』矣，而意則以爲記異，聖人固不若是詭也。且胡氏之說曰：『二君得罪於天，宜得水旱凶災之譴，今乃有年，是反常也。』先儒說經者，多列於瑞慶之門，至程氏發明奧旨，然後以爲記異。信斯言也，則所謂水旱凶災者，君當之歟？民當之歟？年雖大殺，何艱於君？而民則流殍，且相食矣。天誠有意誅罰無道，乃降水旱凶災之譴，而使無辜之百姓當之，亦非所以爲天矣。而況其理寔有非人所能測識者乎！《春秋》書祥異，不書事應，而後儒必以事應符合之，蓋非惟無以得聖人大公至正之旨，而又徒以啓人君矯誣之心。彼其天馬作頌，寶鼎作歌，登泰山，禪梁甫，矯誣上天以自侈者，固皆瑞應之說啓之也。故知說經貴足以取信，苟徒滋惑，則亦無貴於說經也已矣。」

曰：「古之説經者則何如？」曰：「三傳《左氏》爲優，昔人已言之矣。下此者，其杜預乎？預頗識聖人尊周之意，言固近理。但於『天子之事』，未能明其説耳。」曰：「伊川先生云：『《春秋》只是一個權』，何如？」曰：「先生誤以『天子之事』爲孔子之自爲天子也，故爲之説曰『權』，然不知孔子只是尊周，其所以明王道，正大法，以禮樂征伐歸諸天子者，皆是堂堂之陣，正正之旗，非有所委曲遷就於其間也。何謂『權』？」曰：「胡氏之傳，大較何如？」曰：「其志可尚，而於經旨則未得。彼其見金虜之淩宋也，君有父兄之讎而不以報也，朝有罔君賣國之賊臣而不以誅也，故激焉而爲是傳，其意蓋欲攘夷狄，誅奸佞，復讎雪耻，以興治道，豈不可尚？但於『天子之事』，其論甚左，且自出己意，曲求於一字之間，又多自相矛盾，仍復曲爲之説，則於經旨無當耳。」曰：「諸説之紛紛，何也？」曰：「『天子之事』之説未明也。『天子之事』之説明，則諸説可不辯而定矣。」曰：「子何所據？乃獨違衆論而力斷之也。」曰：「理有在也。吾懼夫聖人之志晦而君臣之道乖也。君臣之道乖，則亂臣賊子得以借口，仍復接迹於天下，故必君臣之道正，而後聖人之志明，聖人之志明，而後《春秋》之法可行於萬世，俾亂臣賊子無復可借口者，而永有懼焉。斯予明之之意也，蓋天之經也，地之義也，人之紀也，其理本如是也。聖人復起，不易吾言者也。」高新鄭

三傳短長

學《春秋》者，舍三傳無所考，而士之有志者，類欲盡束三傳，獨抱遺經，豈非以其互相牴牾，更相矛盾，而不一其説乎？竊嘗思之，《左氏》熟於事，而《公》、《穀》深於理。蓋左氏曾見國史，故雖熟於事而理不明；《公》、《穀》出於經生所傳，故雖深於理而事多繆。二者合而觀之可也。然《左氏》雖曰備事，而其間有不得其事之實，《公》、《穀》雖曰言理，而其間有害於理之正者，不可不知也。

蓋左氏每述一事，必究其事之所由，深於情僞，熟於世故，往往論其成敗，而不論其是非，習於時世之所趨，而不明乎大義之所在。周、鄭交質，而曰：「信不由中，質無益也。」論宋宣公立穆公而曰：「可謂知人矣。」鬻拳强諫楚子，臨之以兵，而謂「鬻拳爲愛君」。趙盾亡不越境，返不討賊，而曰：「惜也，越境乃免。」此皆其不明理之故，而其叙事失實者尤多。有如楚自得志漢東，駸駸荐食上國，齊桓出而攘之，晉文再攘之，其功偉矣。此孟子所謂「彼善如此」者。然其所以攘楚者，豈能驟舉而攘之哉，必先剪其手足，破其黨與，而後攘之易爾。是故桓公將攘楚，必先有事於蔡；晉文將攘楚，必先有事於曹、衛，此事實也。而左氏不達其故，於侵蔡則曰「爲蔡姬」，故於侵曹伐衛，則曰「爲觀浴與塊」，故此其病在於推尋事由，毛舉細故，而二公攘夷安夏之烈，皆晦而不彰。其他紀年，往往類此。然則左氏之紀事，固不可廢，而未可盡以爲據也。宗左氏者，以爲丘明受經於仲尼，所謂好惡於聖人同乎？觀孔子所謂「左丘明耻之，丘亦耻之」，乃竊比老彭」之意，則其人當在孔子之前，而左氏傳《春秋》者，非丘明，蓋有證矣。或以爲六國時人，或以爲左史倚相之後，蓋以所載「虞不臘」等語，秦人以十二月爲臘月，而左氏所述楚事極詳，蓋有無經之傳，而未有無傳之經，亦一證也。

若夫公、穀二氏，固非親受經者，其所述事，多是採之傳聞，又不曾見國史，故其事多謬誤，略其事而觀其理，則其間固有精到者，而其害於理者，亦甚衆，此尤致知者之所宜深辯之也。《公羊》論桓、隱之貴賤，而曰：「子以母貴，母以子貴。」夫謂「子以母貴」可以，謂「母以子貴」可乎？推此言也，所以長後世妾母陵僭之禍者，皆此言基之也。《穀梁》論世子蒯聵之事，則曰：「信父而辭王父，則是不尊王父也，其弗受，以尊王父也。」夫尊王父可也，不受王父命可乎？推此言也，所以啓後世父子爭奪之禍者，未必不以此言藉口也。「晉趙鞅入於晉陽以叛，趙鞅歸於晉。」《公》、《穀》皆曰：「其言歸何？以地正國也。」後之臣子，有據邑以叛，而以逐君側之小人爲辭者矣。公子結媵婦遂盟。《公羊》曰：「大夫受命不受辭。出境有可以安社稷、利國家者，則專之可也。」後之人臣，有生事異域，而以安社稷、利國家自諉者矣。祭仲執而鄭忽出，其罪在祭仲也。而《公羊》則以爲合於反經之權。後世蓋有廢置其君如奕棋者矣。聖人作經，本以明其理也。自傳者學不知道，妄爲之説，而是非易位，義利無别。其極於下之僭上，卑之陵尊，父子相夷，兄弟爲仇，爲人臣而稱兵以向闕，出境外而矯制以行事，國家異姓而爲其大臣者，反以盛德自居，而無所愧。君如武帝，臣如雋不疑，皆以《春秋》定國論，而不知其非也。此其爲害甚者，不由於叙事失實之過哉！故嘗以爲三傳要皆失實，而失之多者，莫如《公羊》。

何、范、杜，三家各自爲説，而説之繆者，莫如何休。《公羊》之失，既以略舉其一二，而何休之謬爲尤甚。「元年，春，王正月。」《公羊》不過曰「君之始年」爾。何休則曰：「《春秋》紀新王受命。」於魯「滕侯卒」，不名。《公羊》不過曰：「滕微國，而侯不嫌也。」而休則曰：「《春秋》王魯，託隱公以爲始。」黜周王魯，《公羊》未有明文，而休乃唱之。其誣聖人也甚矣。《公羊》曰：「母弟稱弟，母兄稱兄。」此其言已有失。而休又從爲之説曰：「《春秋》變周之文，從商之質，質家親親，明當親厚於群公子也。」使後世有親厚於同母弟兄，而薄於父子之根葉者，未必不斯言啓之。《公羊》曰：「立嫡以長，不以賢；立子以貴，不以長。」此言固有據也。而何休乃爲之説曰：「嫡子有孫而死，質家親，親先立弟；文家尊，尊先立孫。」使有惑於質文之異，而嫡庶互争者，未必非斯語禍之。其釋會戎之文，則曰：「王者不治夷狄，録戎來者勿拒，去者勿追也。」《春秋》之作，本以正夫夷夏之分，乃謂之不治夷狄可乎？其釋天王使來歸賵之義，則曰：「王者據土與諸侯分職，俱南面而治，有不純純臣之義。」《春秋》之作，本以正君臣之分，乃謂「有不純臣之義」可乎？隱三年春二月己巳，日有食之。《公羊》不過曰：「記異也。」而何休則曰：「是後衛州吁弒其君，諸侯初僭。」桓元年秋，大水。《公羊》不過曰：「記灾也。」而休則曰：「先是，桓篡隱與，專易朝宿之地，陰逆與怨氣所致。」凡如地震、山崩、星雹、雨雪、螽螟、彗孛之類，莫不推尋其致變之由，考驗其爲異之應，其不合者，必强爲之説。《春秋》紀災異，初不説其應，曾若是之瑣碎磔裂乎？若此之類，不一而足，凡皆休之妄也。

愚觀三子之釋傳，惟范甯差少過。其於《穀梁》之義有未安者，輒曰：「甯未詳」，蓋譏之也。而何休則曲爲之説，適以增《公羊》之過爾。故曰：范甯，《穀梁》之忠臣，何休，《公羊》之罪人也！

論語

叙曰：漢中壘較尉劉向，言《魯論語》二十篇，皆孔子弟子記諸善言也。太子太傅夏侯勝、前將軍蕭望之、丞相韋賢及子玄成等傳之。《齊論語》二十二篇，其二十篇中，章句頗多於《魯論》。瑯邪王卿及膠東庸生、昌邑中尉王吉，皆以教授。故有《魯論》，有《齊論》。魯共王時，嘗欲以孔子宅爲宫，壞，得《古文論語》。《齊論》有《問王》、《知道》，多於《魯論》二篇，《古論》亦無此二篇，分《堯曰》下章《子張問》以爲一篇，有兩《子張》，凡二十一篇。篇次不與齊、魯論同。安昌侯張禹，本受《魯論》，兼講《齊説》，善者從之，號曰《張侯論》，爲世所貴。包氏、周氏《章句》出焉。《古論》惟博士孔安國爲之訓解，而世不傳。至順帝時，南郡太守馬融，亦爲之《訓説》。漢末，大司農鄭玄，就《魯論》篇章，考之《齊》、《古》爲之註。近故司空陳群、太常王肅、博士周生烈，皆爲《義説》。前世傳授師説，雖有異同，不爲訓解，中間爲之訓解，於今多矣。所見不同，互有得失。今集諸家之善，記其姓名，有不安者，頗爲改易，名曰《論語集解》。光禄大夫關内侯臣孫邕、何晏等上。

孝經

吴澄曰：《藝文志》：「《孝經古孔氏》一篇，二十二章。《孝經》一篇十八章。」長孫氏、江翁、后蒼、翼奉、張禹傳之，各自名家，經文皆同，惟孔氏壁中古文爲異。《隋·經籍志》：「《孝經》，河間人顔芝所藏。漢初，芝子貞出之。又有《古文孝經》與《古文尚書》同出，孔安國爲傳。劉向以顔本比古文，除其繁惑，而安國之本亡於梁。至隋秘書監王邵，訪得孔傳，河間劉炫，因序其得喪，講於人間，漸聞朝廷。儒者皆云炫自作之，非孔舊本。」邢昺《正義》曰：「《古文孝經》，曠代亡逸。隋開皇十四年，秘書學生王逸，於京市陳人處買得一本，送與著作郎王邵，以示河間劉炫，仍令較定。炫遂以《庶人章》分爲二，《曾子敢問章》分爲三，又多《閨門》一章，凡二十二章。因著

《古文孝經稽疑》一篇。唐開元七年，國子博士司馬貞議曰：『《今文孝經》，是漢河間王所得顏芝本。至劉向以此較古文，定一十八章。其古文二十二章，出孔壁，未之行，遂亡其本。近儒輒穿鑿更改，僞作《閨門》一章，文句凡鄙。又分《庶人章》，從「故自天子」以下，别爲一章，以應二十二之數。』」朱子曰：「舊見衡山胡侍郎《論語疑》，説《孝經》引《詩》，非經本文。初甚駭焉。徐而察之，始悟胡公之言爲信，而《孝經》之可疑者，不但此也，因以書質之沙隨程可久。程答書曰：『頃見玉山汪端明，亦以爲此書多出後人傅會。』於是乃知前輩讀書精密，其論固已及此。又竊自幸有所因述，而得免於鑿空妄言之罪也。」又曰：「《孝經》獨篇首六七章爲本經，其後乃傳文，皆齊、魯間儒纂取左氏諸書之語，爲之傳者。又頗失其次第。」澄曰：「夫子遺言，惟《大學》、《論語》、《中庸》、《孟子》所述，醇而不雜，此外傳記諸書所載，真僞混淆，殆難盡信。《孝經》亦其一也。竊詳《孝經》之爲書，肇自孔、曾一時問答之語。今文出於漢初，謂悉曾氏門人記録之舊，已不可知。武帝時，魯共王壞孔子宅，於壁中得《古文孝經》，以爲秦時孔鮒所藏。昭帝時，魯國三老始以上獻，劉向、衛宏，蓋嘗手較。魏、晉已後，其書亡失。世所通行，惟《今文孝經》十八章而已。隋時有稱得《古文孝經》者，其間與《今文》增減異同，率不過一二字，而文勢曾不若《今文》之從順。以許慎《説文》所引，及桓譚《新論》所言考證，又皆不合，決非漢氏孔壁之《古文》也。宋大儒司馬公酷尊信之，朱子《刊誤》，亦據《古文》，未能識其何意。今觀邢氏疏説，則《古文》之爲僞審矣。又觀朱子所論，則雖《今文》亦不無可疑者焉。疑其所可疑，信其所可信，去其所當去，存其所當存，朱子意也。故今特因朱子《刊誤》，以《今文》、《古文》較其同異，定爲此本，以俟後之君子云。」

三禮總辨

《儀禮》者，述冠、婚、喪、祭、朝、聘、饗、射，威儀之事。

《周禮》者，《周官》政典之書，述官府職掌之禮。

《禮記》者，乃古經十七篇之外，諸儒雜記，合爲一書。三禮並是鄭註。北朝徐道明兼通之，以授熊安生。孔穎達采取其説，以爲正義。

《禮》之別也有三：曰《周禮》、曰《禮記》、曰《儀禮》。《孝經》疏曰：「《禮經》三百，威儀三千。」《禮經》説曰：「正經三百，動禮三千。」《禮器》曰：「《禮經》三百，《曲禮》三千。」《中庸》曰：「禮儀三百，威儀三千。」詳此諸文，當時制作，本有二書。其三百篇者，記言官府職掌上下之叙，其三千者，皆委曲升降進退之辭，安知《周禮》、《儀禮》，乃周人之禮，而所謂《禮記》者，特二禮之傳註耳。漢興《禮經》焚燒獨甚，惟魯高堂生所傳《士禮》一十七篇，今之《儀禮》是也。與夫後蒼《曲臺雜記》數萬言而已。曲臺，天子射宮。西京無學，行禮於曲臺，後蒼《禮記》數萬言，號《曲臺雜記》，今之《禮記》是也。而《周禮》一書，至武帝時，河間獻王得之於女子李氏，失其《冬官》，以

《考工記》足之，獻於武帝。時藏之秘府，五家之傳，莫得見焉。五家傳弟子高堂生、蕭奮、孟卿、后蒼、大戴、小戴。漢世諸儒傳授，皆以《曲臺雜記》，故二戴《禮》在宣帝時立學官。《周禮》、《儀禮》，世雖傳其書，未有名家者。至鄭康成，然後二經之訓釋始具焉。至孔穎達、賈公彦而後，三經之疏始備焉。

仲長統曰：「《周禮》之經，《禮記》之傳。」《禮記》作于漢儒，雖名爲經，其實傳也。陸德明曰：「此記二《禮》之遺缺，故名《禮記》。如：『介僎』、『賓主』，《儀禮》特言其名，《禮記》兼述其事。」意今之《禮記》，特《儀禮》之傳耳。傳以傳寫爲文，或親承聖旨，或師儒相傳。謂之注者，不敢傳授，特註己意而已。皇氏以爲，自漢以前爲傳，自漢以後爲注。然王肅在鄭之後，亦謂之傳，其説非也。

周禮傳授

女子李氏——河間獻王——劉歆列《七略》授二人
- 緱氏
- 杜子春

杜子春年九十，永平中人，授二人
- 鄭衆
- 賈逵——馬融年六十六，作《周禮傳》。

鄭康成作《周官註》，引杜子春、鄭衆之學，釋其意。
賈公彦作疏，唐時人也。

辨聲樂不傳

按：夾漈以爲，「《詩》本歌曲也，自齊、魯、韓、毛，各有叙訓，以說相高。義理之說既勝，而聲歌之學日微矣。」愚嘗因其說而究論之。《易》本卜筮之書也，後之儒者，知誦十翼，而不能曉占法；《禮》本品節之書也，後之儒者，知誦《戴記》而不能習儀禮：皆義理之說太勝故也，先儒蓋病之矣。然《詩》也，《易》也，《禮》也，豈與義理爲二物哉！蓋《詩》者有義理之歌曲也，後世狹邪之樂府，則無義理之歌曲也；《易》者有義理之卜筮也，後世俗師之占書，則無義理之卜筮也；《禮》者有義理之品節也，秦漢而後之典章，則無義理之品節也。《郊特牲》曰：「禮之所尊，尊其義也。失其義，陳其數，祝史之事也。故其數可陳也，其義難知也。」《荀子》曰：「不知其義，謹守其數，不敢損益，父子相傳，以持王公，是官人百吏，所以取秩禄也。」蓋春秋戰國之時，先王之禮制不至淪喪，故巫史卜祝，小夫賤隸，皆能知其數，而其義則非聖賢不能推明之。及其流傳既久，所謂義者，布在方册，格言大訓，炳如日星，千載一日也。而其數則湮没無聞久矣。姑以漢事言之，若《詩》、若《禮》、若《易》，諸儒爲之訓詁，轉相授受，所謂義也。然制氏能言鏗鏘鼓舞之節，徐生善爲容，京房、費直善占，所謂數也。今訓詁則家傳人誦，而制氏之鏗鏘，徐生之容，京、費之占，無有能知之者矣。蓋其始也，則數可陳，而義難知；及其久也，則義之難明者，簡篇可以紀述，論説可以傳授，而所謂數者，一日而不肄習，則亡之矣。數既亡則義孤行，於是疑儒者之道，有體而無用，而以爲義理之説太勝。夫義理之勝，豈足以害事哉？

爾雅

夫《爾雅》者所以通詁訓之指歸，叙詩人之興詠，總絶代之離詞，辯同實而殊號者也。誠九流之津涉，六藝之鈐鍵，學覽者之潭奥，摛翰者之華苑也。若乃可以博物不惑，多識於鳥獸草木之名者，莫近於《爾雅》。《爾雅》者，蓋興於中古，隆於漢氏。豹鼠既辨，其業亦顯。英儒贍聞之士，洪筆麗藻之客，靡不欽玩眈味，爲之義訓。璞不揆檮昧，少而習焉；沈研鑽極，二九載矣。雖註者十餘，然猶未詳備，並多紛繆，有所漏畧。是以復綴集異聞，會粹舊説，考方國之語，采謡俗之志，錯綜樊孫，博關群言，剟其瑕礫，搴其蕭稂。事有隱滯，援據徵之；其所易了，闕而不論。别爲音圖，用祛未寤，輒復擁篲清道，企望塵躅者，以將來君子，爲亦有涉乎此也。

孟子

夫總群聖之道者，莫大乎六經，紹六經之教者，莫尚乎孟子。自昔仲尼既没，戰國初興，王化陵遲，異端並作。儀、衍肆其詭辨，楊、墨飾其淫辭，遂致王公納其謀，以紛亂於上；學者循其踵，以蔽惑於下。猶洚水懷山，時盡昏墊，繁蕪塞路，孰可芟夷？惟孟子挺名世之才，秉先覺之志，拔邪樹正，高行厲辭，導王化之源，以救時弊，開聖人之道，以斷群疑。其言精而贍，其旨淵而通，致仲尼之教，獨尊於千古，非聖賢之倫，安能至於此乎？其書由炎漢之後，盛傳於世，爲之註者，則有趙岐、陸善經；爲之音釋，則有張鎰、丁公著。自陸善經已降，其所訓説，雖小有異同，而共宗趙氏。惟是音釋，二家撰録，俱未精當。張氏則徒分章句，漏落頗多；丁氏則稍識指歸，僞謬時有。若非再加刊正，詎可通行？臣奭前奉敕與同判國子監王旭等作《音義》二卷，已經進呈。今輒罄淺聞，隨趙氏所説，仰效先儒釋經，爲之《正義》。凡理有所滯，事有所遺，質諸經訓，與之增明。雖仰測至言，莫窮於奥妙，而廣傳博識，更俟於發揮。

小學

古者八歲入小學，習六甲四方，與書數之藝。成童而授之經，迨其大成也。知類通達，靡所不晰，而小學始基之矣。《爾雅》津涉九流，標正名物，講藝者莫不先之，於是有訓故之學。文字之興，隨世轉易，譌舛日繁。三蒼之説，始志字法，而《説文》興焉，於是有偏傍之學。五聲異律，清濁相生，孫炎、沈約，始作《字音》，於是有音韻之學。保氏以數學教子弟，而登之重差、夕桀、句股，與《九章》並傳，而鄉三物備焉，於是有算數之學。蓋古昔六藝，乘其虛明肆之以適用，而精神心術之微寓焉矣。古學久廢，世儒采拾經籍格言，作爲小學以補亡。夫昔人所嘆，謂數可陳而義難知；今之所患，在義可知而數難陳。孰知不得其數，則影響空疏，而所謂義者可知已，顧世所顯行，不能略也。

六經字音辯

古人制字，非直紀事而已，亦以齊天下不齊之音。「俟我於著乎而，充耳以素乎而」，「素乎」之聲，此齊人之語也，而載於國風之詩。「突如其來如，焚如，死如，棄如」。「棄如」之聲，此山西之語也，而見於《大易》之書。聲音之不齊，雖聖賢有所不免，而況欲以一言而盡古今天下之言語乎？此六經音辯之所由作也。六經之言，有出於方言，古今不變者。「贖刑」之「贖」，音樹。贖有兩音，犯諱，一音樹。北方之音也，至今河朔人謂「贖」謂樹。「罷」，音擺，部買切。吳之音也，至今吳人謂「罷」爲擺。瘍醫之初藥云「祝」，音咒。鄭康成謂「咒」爲注，齊言也，至今齊人謂「咒」爲注。「尚書」，秦之官名也，今謂之尚書。以「尚」爲常，秦音也，至今秦人謂「尚」爲常，此聲音之異，雖古今不變也。有古文無反而平仄皆通用者。古文自小率多假借，音無反切，而平仄皆通用。如「卿雲」之爲「慶雲」，「咎繇」之爲「皐陶」之類，字皆平仄不同也。有古文不通，今多緣字以起義者。如《公羊》説「會」爲「最」、「暨」爲「既」，「及」猶「汲汲」之類。《孟子》謂「仁者，人也」，《禮記》謂「禮者，體也；義者，宜也」。如此類甚多。蓋上世之書，無文字可傳，但口授而已。或以竹簡寫之，家藏不過幾本，此文所以不通於古也。有隨方訓釋，取舍不同者。土音不同，而訓詁亦異。吴、楚傷於輕淺，燕、趙傷於重濁，秦、隴則去聲爲入，梁、益則平聲似去。是以熊安生本朔人，則多用北音。孔穎達取皇、熊之説爲《禮》疏。陸德明本吴人，則多從吴音。鄭康成本齊人，則多收齊音。若夫楚音，以「來」爲「黎」。陸氏之音衛也，亦以「來」爲「黎」。楚音以「野」爲「汝」，陸氏之音衛也，亦以「野」爲「汝」，則非也。故鄭註經，字有不安，有曰「當作」、「當爲」之語，有曰「讀作」、「讀如」之語，而不敢輕改聖賢之字。揚雄作《方言》曰：「秦、晉之逝，齊之徂，魯之適，均爲往之義也。齊、魯之允，宋、衛之洵，荆、吴、淮、泗之展，均爲信之義也。」如此則六經之文字雖不同，音各有異，而義歸於一。故曰古人制字，非直紀事而已，亦以齊天下不齊之音也。

文通卷之二十七

叢史

王震澤曰：孔子没而天下不復知有經矣，班固死而天下不復知有史矣。古之史官，皆世守之，往往以身死職，不負其意。如齊南史，晉董狐，至漢班、馬，猶父子相繼。人主所至，執筆隨之。後世讀之，若親覩其事，并其情僞得之，所謂信史也。

李延壽之史，無志，故南北日食多異同，見《舊唐書》。張太素撰《魏志》百卷，志天文則其姪行一。行一嘗追步日食至於春秋，睎七十九如發矇耳。

《古史序》云：古之帝王，其必爲善，如火之必熱，水之必寒；不爲不善，如騶虞之不殺，竊脂之不縠。

夾漈曰：《史記》一書，功在十表，猶衣裳之有冠冕，木水之有本源。班固不通旁行，却以古今人物强去等差。

晉有亡漢之寔，魏有亡漢之名，抑魏是抑晉也。

夫愛憎之情忘，而後是非之論定。故史必脩於異代，豈曰才難而已乎！《堯典》述德，標以《國語》與《左傳》，同異不滿百章。

《虞書》，此聖人之志也。重華協帝，毋亦身親筆削與？《禹貢》，夏后之書也，或曰伯益所記云。

因大臣之除罷，而識君子小人進退消長之機；因政事之因革，而識取士養民治軍理財之方。

別統系，以明大一統之義；表歲年，以儆首時之體；辨名號，以正名；紀即位改元，以正始；書尊立崩葬，以叙始終；書篡弑廢徙，以討亂賊；書祭祀，以著吉禮之得失；書行幸田狩，以著巡遊之荒怠；書恩澤制詔，以著命令之美惡；書朝會聘問，以著賓禮之是非；書封拜黜罷，以見賞罰之當否；書征伐戰攻，以志用兵之正僞；書人事，以寓予奪；書災祥，以垂勸戒。

書法之難也有五：煩而不整，一也；俗而不典，二也；書不實録，三也；賞罰不中，四也；文不勝質，五也。

史以好善爲主，嫉惡次之。子長、孟堅，史之好善者也；南史、董狐，史之嫉惡者也。兼此二長而重之以文，其惟左氏乎？

宇文初習華風，事由蘇綽，至于軍國詞令，皆准《尚書》。當時風行，頗去淫麗，若夫矯枉過正多矣，故其書文而不實，雅而無檢，真跡甚寡，客氣尤繁云。

漢武帝怒司馬遷議己，收景、武二紀，自毁之。

元人之《進宋史表》曰：「聲容盛而武備衰，論建多而成効少。」宋之國是，實符斯言。我朝丘文莊公濬擬題於國學，作《進元史表》云：「非無一善之可稱，終是三綱之不正。」聞者亦快之。

監修國史，監者總領之義，明立科條，各當任使，則人思自勉，書可立成矣。

陸儼山曰：丘文莊公之論史官，其畧曰：「天下不可一日無史，亦不可一日無史官也。百官所任者，一時之事，史官所任者，萬世之事。唐、宋宰相，皆兼史官，其重如此。我朝法制，可謂簡要矣。然是職也，是非之權衡，公議之所繫也。若推其本，必得如元揭傒斯所謂有學問文章，知史事而心術正者，然後用之，則文質相稱，本末兼該，足爲一代之良史矣。」又嘗聞之王文恪公曰：「臺諫者一時之公論，史官者萬世之公論也。」並名言云。

史禍

胡元瑞曰：詩人多窮，信矣。史氏多厄，何也？世以高明鬼瞰，褒貶天刑。夫天網恢矣，而史佐其漏；鬼責眇矣，而史暴其微。幽贊參兩功則宏矣，而胡以罪也？必以紀載失實，賞罰狥私，胡以弗盲陳壽、腐魏收、而族許敬宗哉？是必有其故矣。

夫詩贊天地，通神明，文之精莫加焉。夫史贊兩儀，苞三極，文之矩莫並焉。掇其精則神以太過而竭，故詩人多窮，且多夭；肩其重則任以太過而顛，故史氏多厄且多刑。夫詩以一字千秋者也，史以千秋一字者也。其達踰王公而壽計元會矣，能亡窮且厄耶！

左丘廢，史遷辱，班椽縲，中郎獄，陳壽放，范曄戮，魏收剖，崔浩族，甚矣唐以前史氏之厄也。退之避而弗承，其有餘畏哉！而不知後之爲唐爲宋者，若劉、若宋、若二歐陽，顯特甚矣。

史臣

司馬遷，荀悅，班固，鄭玄，崔寔，應奉、劭，蔡邕，劉珍，侯瑾，魚豢，譙周，韋昭，薛瑩，王沈，陳壽，華嶠，司馬彪，皇甫謐，陸機，束皙，王隱，張勃，虞預，孫盛，干寶，鄧粲，謝沈，朱鳳，孟儀，袁山松，袁宏，王韶之，檀道鸞，徐廣，何法盛，劉義慶，謝靈運，范曄，何承天，徐爰，裴松之、子野，蕭衍，陶弘景，蕭方，沈約，崔浩，蕭子顯，江淹，許亨，陸瓊，魏收，王邵，王通，房玄齡，李百藥，姚思廉，李延壽，温大雅，許敬宗，張太素，令狐德棻，牛鳳及，劉知幾，徐堅，韋述，吴兢，柳芳，馬總，蕭穎士，韓愈，杜佑，鄭暐，劉餗，高峻，趙鳳，姚顗，劉昫，孫光憲，徐鉉，王溥，梁周翰，楊偉，王欽若，章得象，吕夷簡，王洪，孫甫，陳彭年，宋庠、祁，歐陽修，薛居正，王洙，吴充，劉恕，章衡，劉敞、攽，范祖禹，蘇轍，張唐英，林虙，胡宏，吕本中，唐仲友，曾慥，李燾，羅泌，李心傳，陳傅良，胡一桂，金履祥，陳櫟，歐陽玄，吕思誠，宋濂，王禕，陳桱，胡粹中，梁寅，丘濬，金燫，司馬光，朱熹。

大明史材

《列聖御製》、《大明會典》、《寶訓》、《大明集禮》、《大明官制》、《諸司職掌》、《一統志》、《郊禮通典》、《祀儀成典》、《大誥》、《大明律令》、《帝訓》、《承天大志》、《天潢玉牒》、《孝慈録》、《龍興慈記》、《國初禮賢録》、《吾學編》、《大政紀》、《昭代典則》、《皇明政要》、《洪武大記》、《開國事略》、《憲章録》、《兩朝憲章録》、《皇明繩武編》、《國朝謨烈輯遺》、《明初略》、《國朝事蹟》、《皇明紀略》、《泳化編》、《徵吾録》、《今言》、《九朝野記》、《鴻猷録》、《今獻彙言》、《明興雜記》、《繩蟄録》、《孝陵紀略》、《剪勝野聞》、《尊聞録》、《翊運録》、《興濠開基録》、《國初事蹟》、《賢識録》、《洪武輯遺》、《革除遺事》、《建文事蹟》、《備遺録》、《遺忠録》、《革朝志》、《遜國紀》、《奉天刑賞録》、《奉天靖難記》、《前後北征記》、《北征録》、《北征記》、《壬午功臣爵賞録》、《順命録》、《平定交南録》、《三朝聖諭録》、《正統臨戎録》、《北征事蹟》、《革書》、《復辟録》、《平夏録》、《平胡録》、《使北録》、《否泰録》、《天順日録》、《三中傳》、《可齋筆記》、《西征石城記》、《平漢録》、《撫安東夷記》、《病逸漫記》、《瑣綴録》、《燕對録》、《平蕃始末》、《興復哈密記》、《治世餘聞》、《震澤長語》、《醫閭漫記》、《後鑒録》、《北虜事蹟》、《西番事蹟》、《繼世餘聞》、《江海殲渠記》、《視草餘録》、《召對録》、《諭對録》、《宸章集録》、《南巡録》、《北還録》、《雙溪雜記》、《大同紀事》、《雲中紀變》、《菽園雜記》、《俺答前後志》、《平惠州事》、《金臺紀聞》、《玉堂漫筆》、《松寇紀略》、《海寇前後議》、《孤樹裒談》、《海寇後編》、《大獄録》、《西征日録》、《邊略》、《三封北虜始末》、《雲中降虜》、《上谷議略》、《安慶兵變》、《平曾一本叙》、《病榻遺言》、《西南紀事》、《征南紀略》、《西南三征記》、《甘州紀變》、《平夏紀事》、《遇恩録》、《正統北狩事蹟》、《古穰雜録》、《聖駕南巡日録》、《大駕北還録》、《北平録》、《平吴録》、《平蠻録》、《制府雜録》、《雲中事記》、《張司馬定浙二亂志》、《雲南機務鈔黄》、《滇載記》、《安南傳》、《南翁夢録》、《勘處播州事情疏》、《防邊紀事》、《伏戎紀事》、《撻虜紀事》、《靖夷紀事》、《綏廣紀事》、《炎徼紀聞》、《星槎勝覽》、《瀛涯勝覽》、《改正瀛涯勝覽》、《奉使安南水程日記》、《朝鮮紀事》、《使琉球録》、《名卿績紀》、《靖難功臣録》、《國琛集》、《國寶新編》、《續吴先賢讃》、《吴郡二科志》、《新倩籍》、《金石契》、《守溪筆記》、《彭文憲筆記》、《畜德録》、《青溪暇筆》、《閒中今古録》、《停驂録》、《續停驂録》、《豫章漫鈔摘録》、《科場條貫》、《水東日記》、《餘冬序録》、《鳳洲雜編》、《譯語》、《海槎餘録》、《君子堂日詢手鏡》、《庚巳編》、《四友齋叢説》、《留青日札》、《松窻寤言摘録》、《漫記》、《近峰略記》、《百可漫志》、《錦衣志》、《星變志》、《瑯琊漫鈔》、《縣笥瑣探》、《蘇談》、《寓圃雜記》、《蒹葭堂雜著》、《窺天外乘》、《二酉委譚摘録》、《閩部疏》、《江西輿地圖説》、《饒南九三府圖説》、《志怪録》、《涉異志》、《奇聞類紀》、《見聞紀訓》、《新知録》、《儲君昭鑒》、《大明主壻》、《紀非録》、《永鑒録》、《資世通訓》、《武臣訓戒》、《武臣鑒戒》、《禮儀定式》、《行移減繁體式》、《教民榜》、《忠義録》、《昭示姦黨録》、《務本之訓》、《文華寶鑑》、《爲善陰騭》、《外戚傳》、《外戚事鑒》、《歷代臣鑒》、《五倫書》、《勤政要典》、《文華大訓》、《高皇后内訓》、《仁孝皇后勸善書》、《貞烈事實》、《章聖皇太后女訓》、《醒貪録》、《清類天文分野書》、《建文彙編》、《灼艾集》、《名臣琰琬録》、《皇明奏疏》、《萬曆疏鈔》、《弇山堂别集》、《皇明文範》、《明文奇賞》、《諸家文集》、《修攘通考》、《海程》、《倭變志》、《刑書據會》、《獻徵録》、《武備志》、《諸司職掌》、《各省通志》、《嘉隆聞見紀》、《皇明臣謚》、《滇程記》、《帝后紀略》、《兩浙名賢録》、《蜀中廣志》、《海運占驗》、《海運摠圖》。

文通卷之二十八

質文

李華曰：天地之道易簡，易則易知，簡則易從。先王質文相變，以濟天下，易知易從，莫尚乎質。質弊則佐之以文，文弊則復之以質，不待其極而變之，故上無從暴，下無從亂。《記》曰：「國奢則示之以儉，國儉則示之以禮。」禮，謂易知易從之禮，非酬酢裼襲之煩也；儉，謂易知易從之儉，非茅茨土簋之陋也。蓋達其誠信，安其君親而已。質則儉，「儉則固」，固則愚。其行也豐肥，天下愚極則無恩。文則奢，「奢則不遜」，不遜則詐。其行也痼瘠，天下詐極則賊亂。故曰不待其極而變之，固而文之，無害於訓。人不遜而質之，艱難於成俗。若不化而過，則愚之病淺於詐之病也，無恩之病，緩於賊亂之極也。故曰莫尚乎奢也。奢而後化之，求固而不獲也。利害遲速，不其昭昭歟？

前王之禮世滋，百家之言世益，欲人專一而不爲詐，難乎哉！吉凶之儀，刑賞之級，繁矣，使生人無適從，巧者弄而飾之，拙者眩而失守，誠僞無由明，天下浸爲陂池，蕩爲洪荒，雖神禹復生，誰能救之？夫君人者，修德以治天下，不在智，不在功，必也質而有制，制而不煩而已。太康，啟子禹孫，當斯時，有堯、舜遺人，親受禹之賜，國爲羿奪。内則夏之六卿，外則夏之四嶽，而羿、浞愚弄鬭争，内外默然，一以聽命，至少康，艱難而後復原。由是觀之，則聖有謨訓，何補哉？漢高除秦項煩苛，至孝文玄默仁儉，斷獄幾措；及武帝修三代之法，而天下荒耗：則文不如質明矣。漢氏雖歷産、禄、吴楚之亂，而宗室異姓，同力合心，一舉而安。且漢德結於人心，不如夏家，諸吕、吴、楚之强，倍於羿、浞，安漢至易，而復夏至難，何也？周德最深，周公大聖，親則管、蔡爲亂，遠則徐、奄並興，四夷多難，復子明辟，兼虞、夏、商之典禮，後王之法備矣，太平之階厚矣，至成王季年而後理，唯康王垂拱，囹圄虚空，逮昭王南征不返，因是陵夷，則郁郁之盛，何爲哉？周法六官備職，六宫備數，四時盛祭，車服盛飾。至於下國，方五十里，卿大夫士之多，軍帥之衆，大聘小聘，朝覲會同，地狹人寡，不堪覲謁。大何得不亂，小何得不亡？《記》云：周之人强仁窮賞罰，故曰：「殷周之道，不勝其弊。」考前後而論之：夏衰，失於質而無制；周弱，失於制而過煩故也。

愚以爲，將求致理，始於學習經史。《左氏》、《國語》、《爾雅》、《荀》、《孟》等家，輔佐五經者也，及蘗石之方，行於天下，考試仕進者宜用之。其餘百家之説，讖緯之書，存而不用。至於喪制之縟，祭禮之繁，不可備舉者，以省之。考求簡易，中於人心者，以行之。是可以淳風俗，而不泥於坦明之路矣。學者局於恒度，因循而不敢失於毫釐。古人之説，豈或盡善？數骨肉之罪而褒叔向，不忍聞之言而書昭伯，敬龜筴之信而陳僂句，使不仁之人萌芽賊心，而仁義之士閉目掩卷，何如哉？其或曲書常言，無裨世教，不習可也，則煩瀆日亡，而易簡日用矣。海内之廣，億兆之多，無聊於煩，彌世曠久。今以簡質易煩文而便之，則晨命而夕周，踰年而化成，蹈五常，享五福，理必然也。孔子言：「以約失之者鮮矣。」「與其不遜也，寧固。」傳曰：「以欲從人則可。」《記》曰：「大樂必易，大禮必簡。」顔子曰：「無施勞。」經義可據也。如是爲政者，得無以爲惑乎？

六過四弊

頫仰古今而求文之所以高下，以爲其相習而不察者，其過有六，而詞不與焉；其相推而不可已者，其弊有四，而文亦不與焉。六過者，皦皦然在文之中，而四弊者，墨墨然出乎文之外，所謂可知而不可言者也。

嘗言其似夫文者器也，器各有體，體方圓也。彼莊生論議之文也，故雖徵之以寓言，而不可謂之史。馬遷叙事之史也，故雖濟之以談説，而不可謂之文。今不思遷之爲史也，而概模之以爲文，是猶慕壁之圓而規瓚之邸也，失其裁矣。是何也？不辨體之過也。大塊噫而萬竅皆號，比竹者一一而吹之，以稱于天籟，則遠矣。春氣生而百昌皆遂，雕玉者葉葉而鐫之，以稱于天巧則迂矣。文而肖此，至陋也。是何也？不練氣之過也。夫握徑寸之珠而衣褐入市，不以爲寠；家有弊帚，享之千金，而過者無不笑也。君子誠有高世之識，則辭之所運，縱横曲直，無所不可。若必求工于偏解，矜激乎一致，而以片語單辭仰模作者，雖精不逮矣。是何也？不廣識之過也。梓慶之爲鐻也，十年而不敢懷非譽巧拙，栗林父之承蜩，不以天地萬物易蜩之翼，彼篤于物者猶若是。若乃夫績文之士，逐時以爲工，偶世以爲好，失己者也。是何也？不定志之過也。夫五味調鼎，而和羹之啜不辨酸鹹；五音成文，而咸池之奏如出一管。是故古之爲文者，沉涵百氏，醞釀千古，汇乎泱泱而不知其門。若夫學一先生之言，讀之而可辨也則下矣。是何也？不儲學之過也。夫文者，以神會者也。得其事而未真，是胡寬之營新豐也；得其真而未化，是優孟之學叔敖也。古有以舞劍而悟書者，入神矣。若乃不求其所以言，而丹青藻緑，惟其色之是肖，不亦遠哉！是何也？不神會之過也。是故文有六過，而辭之工拙不與焉，此世之所習而不察也。

雖然，未足憂也。世之所憂者，在于頹波横流，不知紀極，視之若甚緩，而其關于世道之升降，不啻影響，故不可弗之思矣。請畢其説。

夫古之人非不能艷采辨説，窮極瑰麗，以駭里耳也。以爲文而至于夸，則太僈而無統，元氣漓矣，故弗爲也。又非不能哀歌忼慨，眦裂髮指，若彈鋏擊筑之流也。以爲文而至于悲，非治世之音，太和散矣，故弗爲也。又非不能離析堅白，連類要眇，若畫工之圖鬼魅也。以爲文而至于怪，是陋者之所託，雅道流矣，故弗爲也。又非不能雕鏤刻畫，棘喉滯吻，以呈其工也。以爲文而至於巧，言華道隱，太朴鑿矣，故弗爲也。此四者古人之所謂弊也。乃今講藝之士，盛稱引以爲高，舉天下而羣赴之若鶩，不知其比于夸與悲，而以爲壯麗也，不知其近于巧與怪，而以爲瓌奇也，得非有所推而不已者乎！

夫六者之過也，過于文之中，憂在文而不在世，四者之弊也，弊于文之外，憂在世而不在文。此遠識之士所謂察機于微眇，而口不得言者也。

文論

顧況曰：《周語》之略曰：孝、敬、忠、信、仁、義、智、勇、教、惠、讓，皆文也。天有六氣，地有五行，此十一者，經緯天地，叶和神人，名之爲文，其實行也。文顧行，行顧文，文行相顧，謂之君子之文，爲龍爲光。

上古云：「言之無文，行之不遠。」堯之爲君，「聰明文思。」「文王既没，文不在茲乎？」文王之代，草木鳥獸皆樂，文王之沼，曰「靈沼」，文王之臺，曰「靈臺」。虞、芮不識文王，入文王里，所見耕者讓畔，行者讓路，班白不提挈，自相謂曰：「吾黨之小子，不可治於君子之庭。」詩人美之云：

文王斷虞芮之訟。晉文與楚子戰而覇，謚曰「文公」。夫以伏羲之文造書契，黄帝之文垂衣裳，重華之文除四凶，舉八元，周公之文布法于象魏，夫子之文，木鐸狥路。此其所以理文也。伊尹之文放太甲，霍光之文廢昌邑，吕尚之文殺華士，穰苴之文斬莊賈，毛遂之文定楚從，藺相如之文奪趙璧，西門豹之文引漳水、沉女巫。建安正始，洛下鄴中，吟咏風月，此其所以亂文也。夫以文求士，十致八九。理亂由之，君臣則之。舜、堯、禹、湯有文，桀、紂、幽、厲無文；太顛、閎夭有文，飛廉、惡來無文。昔霍去病辭第曰：「匈奴未滅，無以家爲。」於國如此，不得謂之無文。范蔚宗著《後漢書》，其妻不勝珠翠，其母唯薪樵一厨，於家如此，不得謂之有文。

且夫日月麗于天，草木麗於地，風雅亦麗于人，是故不可廢。廢文則廢天，莫可法也；廢天則廢地，莫可理也；廢地則廢人，莫可象也。郁郁乎文哉，法天、理地、象人者也。《周易》贊《乾》曰：「大哉乾元，萬物資始。」贊《坤》曰：「至或坤元，萬物資生。」唯大者配乾，至者配坤，幽者蹟鬼神，明者蹟禮樂，不失於正，謂之文。

染說

蘇伯衡曰：凡染，象天、象地、象東方、象南方、象西方、象北方、象草木、象翟、象雀以爲色；取蜃、取梔、取藍、取茅蒐、取橐盧、取豕首、取象斗、取丹秫、取涗水、取欄之灰以爲材；熾之、漚之、暴之、宿之、涅之、沃之、塗之、揮之、漬之以爲法；一入、再入、三入、五入、七入以爲候；天下染工，一也。於此有布帛焉，衆染工染之，其材之分齊同，其法之節制同，其候之多寡同，其色之淺深明暗枯澤美惡則不同。其深而明、澤而美者，必其工之善者也；其淺而暗、枯而惡者，必其工之不善者也。蓋天下之技，莫不有妙焉。染之妙得之心，而後色之妙應於手，染至於妙則色不可勝用矣。夫安得不使人接于目而愛玩之乎？此惟善工能之，非不善工可能也。夫工於染者之所染，與不工於染者之所染，其色固有間矣。然雖工者所染之布帛，與天地、四方、草木、翟雀，其色則又有間矣。無他，天地、四方、草木、翟雀之色，二氣之精華，天之所生也，天下之至色也。布帛之色，假乎物采，人之所爲也，非天下之至色也。

學士大夫之於文亦然。經之以杼軸，緯之以情思，發之以議論，鼓之以氣勢，和之以節奏，人人之所同也。出于口而書于紙，而巧拙見焉。巧者有見于中，而能使了然於口與手，猶善工之工於染也。拙者中雖有見，而詞則不能達，猶不善工之不工於染也。天下之技，莫不有妙焉，而況於文乎？不得其妙，未有能入其室者也。是故三代以來，爲文者至多，尚論臻其妙者：春秋則左丘明，戰國則荀況、莊周、韓非，秦則李斯，漢則司馬遷、賈誼、董仲舒、班固、劉向、揚雄，唐則韓愈、柳宗元、李翺，宋則歐陽修、王安石、曾鞏及吾祖老泉、東坡、穎濱。上下數千百年間，不過二十人爾，豈非其妙難臻，故其人難得歟？雖然，之二十人者之於文也，誠至於妙矣。其視六經，豈不有逕庭也哉！

六經者，聖人道德之所著，非有意於爲文，天下之至文也。猶天地、四方、草木、翟雀之爲色也。左丘明之徒，道德不至，而其意皆存於爲文，非天下之至文也，猶布帛之爲色也。學者知詞氣非六經不足以言文，玄非天、黄非地、青非東方、赤非南方、白非西方、黑非北方、夏非翟、緅非雀、紅緑非草木不足以言色，可不汲汲於道德，而惟文辭之孜孜乎？

文筌

陳繹曾曰：文者何？理之至精者也。三代以上，行于禮樂刑政之中；三代以下，明於《易》、《詩》、《書》、《春秋》之策。秦人以刑法爲文，靡而上者也。自漢以來，以筆札爲文，靡斯下矣。嗚呼！經天緯地曰文，筆札其能盡諸。戰國以上，筆札所著，雖輿歌巷謡牛醫狗相之書，類非漢、魏以來，高文大策之所能及。其故可知也：彼精於事理之文，假筆札以著之耳，非若後世置事理於精神之表，而惟求筆札之文者也。取童時所聞筆札之靡者，命曰《文筌》。夫筌所以得魚也，魚得則筌忘矣；文將以見道也，豈其以筆札而害道哉？且余聞之，《詩》者情之實也，《書》者事之實也，《禮》有節文之實，《樂》有音聲之實，《春秋》有褒貶，《易》有天人，莫不因其實而著之筆札，所以六經之文，不可及者，其實理致精故耳。夫人之好於文者求之此，則魚不可勝食，何以筌爲？

四不可無

李方叔云：凡文章之不可無者有四：一曰體，二曰志，三曰氣，四曰韻。述之以事，本之以道，考其理之所在，辨其義之所宜，卑高巨細，包括并載而無所遺，左右上下，各在有職而不亂者，體也。體立於此，折衷其是非，去取其可否，不狥於流俗，不謬於聖人，抑揚損益，以稱其事，彌縫貫穿，以足其言，行吾學問之力，從吾制作之用者，志也。充其體於立意之始，從其志於造語之際，生之於心，應之於言：心在和平，則温厚典雅；心在安敬，則矜莊威重；大焉可使如雷霆之奮，鼓舞萬物；小焉可使如絡脉之行，出入無間者，氣也。如金石之有聲，而玉之聲清越；如草木之有華，而蘭華之臭芬薌；如鷄鶩之間而有鶴，清而不群；犬羊之間而有麟，仁而不猛；如登培塿之丘，以觀崇山峻嶺之秀色，涉潢汙之澤，以觀寒溪澄潭之清流；如朱絃之有遺音，大羹之有遺味者，韻也。文章之無體，譬之無耳目口鼻，不能成人；文章之無志，譬之雖有耳目口鼻，而不知視聽臭味所能，若土木偶人，形質皆具而無所用之；文章之無氣，譬之雖知視聽臭味，而血氣不充於内，手足不衛於外，若奄奄病人，支離顛頓，生意消削；文章之無韻，譬之壯夫，其軀幹枵然，骨强氣盛，而神色昏瞢，言動凡濁，則庸俗鄙人而已。

有體、有志、有氣、有韻，夫是之謂成全。四者成全，然於其間各因天姿才品，以見其情狀。故其言迂疏矯厲，不切事情，此山林之文也。其人不必居藪澤，其間不必論巖谷也，其氣與韻則然也。其言鄙俚猥近，不離塵垢，此市井之文也。其人不必坐廛肆，其間不必論財利也，其氣與韻則然也。其言豐容安豫，不儉不陋，此朝廷卿士之文也。其人不必列官寺，其間不必論職業也，其氣與韻則然也。其言寬仁忠厚，有任重容天下之風，此廟堂公輔之文也。其人不必位台鼎，其間不必論相業也，其氣與韻則然也。正真之人，其文敬以則；邪諛之人，其言夸以浮；功名之人，其言激以毅；苟且之人，其言懦以愚；捭闔縱横之人，其言辯以私；刻核忮忍之人，其言深以盡。則士欲以文章顯名後世者，不可不謹其所言之文，不可不謹乎所養之德也。

文通卷之二十九

六書原

夫文生於聲者也，有聲而後形之以文。義與聲俱然，非生於文也。生民之始，弗可考也已。以理而逆之，被髮贏形，擊剥挽削，以爲衣食。其氣未柔，若禽獸然；其知未闢，若嬰兒然，僅能號呼其欲、惡、喜、怒，以相告詔而已矣。稍益有知，然後漸能名命百物，而號召之聲稍備矣。文字未興也，其類滋，其治繁，而不可以莫之徵也，然後結繩之治興焉。治益繁，巧益生，後有刻畫竹木以爲識者，今蠻夷與俚俗不識文字者，猶或用之，所謂契也。契不足以盡變，於是象物之形，指事之狀，而刻畫之，以配事物之名，而簡牘刀筆興焉，所謂書也。象形、指事，猶不足以盡變，轉注、會意以益之。而猶不足也，無所取之，取諸其聲而已矣。是故各因其形而諧之以其聲。木之形可象也，而其别若松、若柏者，不可悉象，故借「公」以諧松之聲，借「白」以諧柏之聲；水之形可象也，而其别若江、若河者，不可悉象，故借「工」以諧江之聲，借「可」以諧河之聲，所謂諧聲也。

五者猶不足以盡變，故假借以通之，而後文字之用備焉。六書之義雖不同，皆以形聲而已矣。

六書不必聖人作也。五方之民，言語不同，名稱不一，文字不通，聖人者作，命神瞽焉，同其文字，釐其煩慝，總其要歸而已矣。夫文，聲之象也。聲，文之鳴也。有其文，則有其聲，有其聲，則有其文。聲與文雖出於人，亦各其自然之徵也。有有形而有聲者，有有事而有聲者，有有意而有聲者。有形而有聲者，象其形而聲從之，求其義於形可也；有事而有聲者，指其事而聲從之，求其義於事可也；有意而有聲者，會其義意而聲從之，求其義於意可也。是三者雖不求諸人，猶未失其義也。至於諧聲則非聲無以辨義矣，雖然，諧聲者猶有宗也。譬若人然，雖不知其名，猶可以知其姓；雖不察其精，猶未失其粗者也。至於假借，則不可以形求，不可以事指，不可以意會，不可以類便，直借彼之聲以爲此之聲而已耳。求諸其聲則得，求諸其文則惑，不可不知也。

書學既廢，章句之士，知因言以求意矣，未知因文以求義也；訓詁之士，知因文以求義矣，未知因聲以求義也。夫文字之用，莫便於諧聲，莫變於假借。因文以求義，而不知因聲以求義，吾未見其能盡文字之情也。《周禮》九歲則「屬瞽史」。聲，耳治也；書，目治也。瞽史協修而後耳目之政不爽，故侗嘗謂當先叙其聲，次叙其文，次叙其名，然後制作之道備矣。聲，形而上者也，文，形而下者也。非文則無以著其聲，故先文而繼以聲。聲，陽也；文，陰也。聲爲經，文爲緯。聲圜圜而文方，聲備而文不足。

天下之物，猶有出於六書之外者乎？其寡已矣。夫天地萬物之載具於書，能治六書者，其知所以治天地萬物矣。許氏之爲書也，不以衆辨異，故其郘居殽雜；不以宗統同，故其本末離椒。凡予之爲書也，方以類聚，物以群分，于以聯子，（于）〔子〕以聯孫，以辨其衆，以統其宗。宗統同，衆辨異，故眡繁若寡，而御萬若一。天地萬物之富，不可勝窮也，以是書而衆之，則若數二三焉。故曰知治六書者，其知所以治天下萬物矣。

墳典之盛

歷朝墳籍畜聚之多，亡如隋世；篇目之盛，僅見唐時。按向、歆《七略》，卷三萬餘，班氏東京，僅覩其半。莽、卓之亂，尺簡不存。晉荀勗、李充，洊如鳩集。宋元嘉中，謝靈運較讎至六萬卷。齊王儉、王亮、謝朏，梁殷鈞、任昉、阮孝緒等，繼造目録，率不過三萬卷。蓋宋初秘閣所藏，重複相揉，靈運概加裒録，諸人頗事芟除，雖其數僅半於前，或其實反增於舊。隋文父子，篤尚斯文，訪輯蒐求，不遺餘力，名山奥壁，捆載盈庭，嘉則殿書，遂至三十七萬餘卷。書契以來，特爲浩瀚，尋其正本，亦止三萬七千。《隋志》近九萬卷。至開元，帝累葉承平，異書間出，一時纂集及唐學者自著八萬餘卷，古今藏書，莫盛于此。趙宋諸帝，雅意文墨，慶曆間《崇文總目》所載三萬餘卷。累朝增益，卷不盈萬。宣和北狩，散亡略盡。至淳熙、嘉定間，書目乃得五萬餘卷。蓋歷代帝王圖籍，興廢聚散之由，大都具矣。夫以萬乘南面之尊，石渠東觀之富，通都大邑之購求，故家野老之獻納，而古今輯録不過如此。蓋後人述作，日益繁興，則前代流傳，寖微寖滅，增減乘除，適得此數，理勢之自然也。

蕭何入秦收圖籍。

漢興，大收篇籍，廣開獻書之路。

景帝末年，募求天下遺書，藏之祕府。

魯共王壞孔子故宅，得古文科斗《尚書》、《孝經》、《論語》等書。

武帝建藏書之策，置寫書之官。

成帝使謁者陳農，求天下遺書，詔光禄大夫劉向等較定。每一書畢，向輒條其篇目，撮其指意，録而奏之。

光武中興，日不暇給，而入洛之書，二千餘兩。後於東觀及仁壽閣集新書，較書郎班固、傅毅等典掌焉。

明帝大會諸儒於白虎觀，考詳同異，連月乃罷。

靈帝詔諸儒正定五經，刊於石碑，爲古文、篆、隸三體書法，樹之學門。

魏道武命郡縣大收書籍，悉送平城。

隋文帝分遣使人，搜討異本，每書一卷，賞絹一疋，較寫既定，本即歸主。

煬帝於東都觀文殿東西廂構屋貯書。東屋藏甲乙，西屋藏丙丁。

唐貞觀中，魏徵、虞世南、顔師古繼爲祕書監，請購天下書，選五品以上子孫工書者爲書手，繕寫藏于内庫，以宫人掌之。

玄宗幸東都，議借民間異本傳録。及還京師，遷書東宫麗正殿，置修書院於著作院，歲給紙墨筆材。元載爲相，奏以千錢購書一卷。又命拾遺苗發等，使江淮括訪。

後唐莊宗，同光中募民獻書，及三百卷，授以試銜。其選調之官，每百卷減一選。

明宗長興中，初令國子監較定九經，雕印賣之。

後漢乾祐中，禮部郎司徒調請開獻書之路。凡儒學之士，衣冠舊族，有以三館亡書來上者，計其卷帙，賜之金帛，數多者授秩。

周世宗鋭意求訪，凡獻書者，悉加優賜，以誘致之。民間之書，傳寫舛誤，乃選常參官較讎刊正，令於卷末署其名銜焉。

宋太祖乾德四年，下詔購募亡書。三禮涉弼、三傳彭幹、學究朱載等，皆詣闕獻書，合千二百二十八卷。詔分置書府，弼等並賜以科名。閏八月，又詔史館，凡吏民有以書籍來獻，當視其篇目，館中所無者收之。獻書人送學士院試問吏理，堪任職官者，具以名聞。

太宗太平興國初，搆崇文院，以藏書院之東廊爲昭文書庫，南廊爲集賢書庫，西廊分經、史、子、集四庫爲史館書庫，謂之六庫。九年，又詔以館閣所闕書，中外購募，有以亡書來上，及三百卷，當議甄録酬奬。餘第卷帙之數，等級優賜。不願送官者，借本寫畢還之。

仁宗嘉祐中，詔中外士庶，並許上館閣闕書，卷支絹一疋，五百卷與文資官。

神宗熙寧中，成都府進士郭友直，及其子大亨，獻書三千七百七十九卷，得祕閣所無者五百三卷，詔官大亨爲將作監主簿。

徽宗宣和中，詔令郡縣，諭旨訪求秘書。許士民以家藏書所在自陳，不以卷帙多寡，先具篇目，申提舉秘書省以聞，聽旨遞進，可備收録，當優與支賜。或有所闕未見之書，有足觀采，即命以官，議加崇奬，給還。於是滎州助教張頤所進二百二十五卷，李東一百六十卷，皆係闕遺。詔賜頤進士出身，東補迪功郎。又取到王闡、張宿等家藏書，以三館秘閣書目比對，所無者，凡六百五十八部，二千四百一十七卷，悉善本。比前後所進書數稍多，詔闡補承務郎，宿補迪功郎。

高宗渡江，獻書有賞。故官家藏，或命就録，鬻者悉市之。又令監司郡守，各諭所部，悉上送官，多者優賞。又復補寫，所令祕書省提舉，掌求遺書定獻書賞格。

元世祖至元庚辰，以許衡言，遣使至杭州等處，取在官書籍版刻至京師。

大明太祖高皇帝，於至正丙午秋，命求遺書。

太宗文皇帝，遷都北京，敕翰林院檢南京文淵閣所貯古今一切書籍，自一部至有百部以上，各取一部送京。

書籍之厄

雲間陸子淵，家多藏書，所著别集中有《統論》一則云：「自古典籍興廢，隋牛弘謂：仲尼之後，凡有五厄。大約謂秦火爲一厄，王莽之亂爲一厄，漢末爲一厄，永嘉南渡爲一厄，周師入郢爲一厄。雖然，經史具存，與孔壁、汲冢之復出，見於劉向父子之所輯略者，爲書凡三萬三千九十卷。孔氏之舊，蓋未嘗亡也。至隋嘉則殿，乃有書三十七萬卷，可謂富矣。柳顧言等之所較定，才七萬七千餘卷，則是重復猥雜，張其數耳。《七略》之外，所增才倍之，而諸史群撰具焉。南朝盛時，梁武之世，公私典籍七萬餘卷，尚有重本，則傳世之書，惟存舊數而已。散亡之極，猶不失萬卷。唐世分爲四庫，開元著録者五萬三千九百一十五卷。魏晉所增與釋、老之編，雜出其間，亦不過三萬餘卷。而唐之學者自爲之書，又二萬八千四百二十九卷。自是日有所益矣。安史亂後，備加搜採，而四庫之書復完。黄巢之禍，兩京蕩然。宋建隆初，三館有書萬二千餘卷。自後削平諸國，盡收圖籍，重以購募，太平興國初六庫書籍正副本凡八萬卷，固半實爾。慶曆《崇文總目》之書，三萬六百六十九卷，校之《七略》，顧有不及，參互乘除，所亡益者何等書耶？洪容齋謂：《御覽》引用一千六百九十種書，十亡八九，而姚鉉所類文集，亦多不存，因以爲歎。然經史子集之舊，宋亦未嘗闕焉。宣和訪求，一日之内，三詔並下，四方奇書，由此間出。見於著録者，溢出二萬五千二百五十四卷，以充館閣。高宗渡江，書籍散逸，加意訪求。淳熙間類次，見書凡四萬四千四百八十六卷。其數雖過於《崇文》，而新籍兼之，至于紹定之災，而書復闕矣。」右子淵所紀，古今書籍梗概頗爲簡明，大都本馬氏《通考》所載而節略之。然隋書三十七萬，柳顧言等除去猥複，止得三萬七千，見《通考》甚詳，而此以爲七萬餘卷。梁任昉、阮孝緒等目録，大約不過三萬。雖云釋典在外，要不過二萬餘。元帝收集煨燼，乃得七萬，未必無重複也。《唐志》開元書著録者五萬三千九百一十五卷，唐學者自爲二萬八千四百六十九卷，共八萬餘。陸所言釋老之編，雜出者三萬餘，迄不詳何所指。考《新舊唐書》咸不合。宋嘉定中續得一萬八千餘卷，陸亦未及載也。

牛弘所論，隋開皇之盛極矣，未幾皆燼於廣陵；唐開元之盛極矣，俄頃悉灰於安史。肅、代二宗，洊加鳩集，黄巢之亂，復致蕩然。宋世圖史，一盛於慶曆，再盛於宣和，而女真之禍成矣；三盛於淳熙，四盛於嘉定，而蒙古之師至矣。然則書自六朝之後，復有五厄：大業一也，天寶二也，廣明三也，靖康四也，紹定五也。通前爲十厄矣。

《論》曰：凡古今書籍盛聚之時，大厄之會，各有八焉：春秋也，西漢也，蕭梁也，隋文也，開元也，太和也，慶曆也，淳熙也，皆盛聚之時也。祖龍也，新莽也，蕭繹也，隋煬也，安史也，黄巢也，女真也，蒙古也，皆大厄之會也。東京之季，纂輯無聞。《班志》率西漢，東京甚希，他無校集者。魏晉之間，採摭未備。卓曜諸凶，摧頹餘燼，於聚於厄，俱未足云。古今墳籍之厄，秦固誅首，莽即次之。蓋秦所焚，率三代上書，西漢稍稍鳩集，莽又繼之，故靡尺簡也。唐之厄，厄於叛賊；宋之厄，厄於裔夷。彼非有意於焚，兵燼所經，玉石俱燬，況書宜火物也。獨湘東以文士甘心焉，罪浮政矣。煬雖雅尚，卒以不道禍延薄乎云爾。

舉業流弊

王文恪公曰：國家設科取士之法，其可謂正矣，密矣。先之經義，以觀其窮理之學；次之論表，以觀其博古之學；終之策問，以觀其時務之學。士誠窮理也，博古也，識時務也，尚何求哉？其可謂良法矣。然行之百五十年，宜其得人超軼前代，卒未聞有如古之豪傑者出於其間，而文詞終有愧于古。雖人才高下係于時，然亦科目之制爲之也。

夫科目之設，天下之士，羣趨而奔向之。上意所向，風俗隨之，人才之高下，士風之醇漓，率由是出。三代取士之法，吾未暇論。唐宋以來，科有明經，有進士。明經，即今經義之謂也；進士，則兼以詩賦。當時二科並行，而進士得人爲盛，名臣將相皆是焉。出明經雖近正，而士之拙者則爲之，謂之學究。詩賦雖近於浮豔，而士之高明者多向之，謂之進士。詩賦雖浮豔，然必博觀泛取，出入經史百家，蓋非詩賦之得人，而博古之爲益於治也。至宋王安石爲相，黜詩賦，崇經學，科場以經義論策取士，可謂一掃歷代之陋也。然士專一經，白首莫究其餘，經史付之度外，謂非己事。其學誠專，其識日陋，其才日下，蓋不過當時明經一科耳。後安石言：「初意驅學究爲進士，不意驅進士爲學究」，蓋安石亦自悔之矣。今科場雖兼策論，而百年之間，主司所重，惟在經義，士子所習，亦惟經義。以爲經既通，則策論可無俟乎習矣。近年頗重策論，而士習既成，亦難猝變。夫古之通經者，通其義焉耳。今也割裂裝綴，穿鑿支離，以希合主司之求，窮年畢力，莫有底止。偶得科目，棄如弁髦，始欲從事于學，而精力竭矣，不復能有進矣。人才之不如古，其實由此也。

然則進士之科，可無易乎？曰：科不竢易也。經義取士，其學正矣，其義精矣，所恨者其途稍狹，不能盡天下之才耳。愚欲於進士之外，別立一科，如前代制科之類，必兼通諸經，博洽子史詞賦，乃得預焉。有官無官皆得應之。其甲授翰林，次科，次道，次部屬，而有官者則遞陞焉。如此天下之士，皆將爭奮於學，雖有官者，亦翹翹然有興起之心，無復專經之陋矣。或曰：「今士子一經且不能精，如餘經何？」曰：「制科以待非常之士耳！以科目收天下之士，以制科收非常之才，如此而後，天下無遺才。故曰科不竢易也。」

升庵曰：本朝以經學取人，士子自一經之外，罕所通貫。近日稍知務博，以譁名苟進，而不究本原，徒事末節。五經諸子，則割取其碎語而誦之，謂之蠡測；歷代諸史，則抄節其碎事而綴之，謂之策套。其割取抄節之人，已不通經涉史，而章句血脉，皆失其真。有以漢人爲唐人，唐事爲宋事者；有以一人析爲二人，二事合爲一事者。余曾見考官程文，引制氏論樂，而以制氏爲致仕。又士子墨卷，引《漢書·律曆志》「先其算命」作「先算其命」。近日書坊刻布其書，士子珍之以爲秘寶，轉相差訛，殆同無目人説詞話。噫！士習至此，卑下極矣。

文通卷之三十

異人異書

孔子曰：「才難，不其然乎？」《語》曰：「真正英雄，從戰競愓厲中來。」又曰：「英能得英，不能得雄。雄能得雄，不能得英。英能得英，如鸞鳳相群；雄能得雄，如兕虎自隊。唯兼總英雄之略者，乃能羅集鸞鳳，鞭箠兕虎。」《綿》九章：「予曰有疏附，予曰有先後，予曰有奔奏，予曰有禦侮。」皇皇多士，爲周之楨。孔子稱周之德爲至德者，以其能兼總英雄之略也。曹根遂云：「歷觀古人草澤，期許必有沉潛不可見之心事，無限圖迴，乃能有成。後之史氏，靡得而窺之，而馳驅之迹，皆其郛也。五臣十亂，二老三仁，所苦之心，所籌之策，可得而窺乎？窮極五行之變，遠布三驅之羅，可得而知乎？後世豪杰特起之士，舍文王唯有屠釣死餓而已。」予嘗謂異人即異書，非異人必無異書，無文王惟有屠釣死餓而已。

道

性者，靈虛寂照之體，生天地，宰萬物，歷萬劫而不壞者也。性無方所，善於隨物，必有術以攝之，始能固而常存。命者，升降消息之機，所以攝性而全其不壞之體者也。性非命則蕩爲精魂，命非性則滯爲幻魄，未嘗相離一也。

自古論性命者必歸老氏。其曰：「常無，欲以觀其妙」，無中之有，性宗也；「常有，欲以觀其竅」，有中之無，命宗也。致虛守静，以觀其復，有無交入，性命合一之宗也。復曰常，「常曰明」，是謂長生久視之道。是義也，《大易》言之詳矣，要其所歸，不出於「身心」兩字。性以心言，神之宅也；命以身言，氣之門也。神氣，人之所資以生者也，道之紀也。吾儒之學，則中和是已。未發之中，正心邊事，所謂觀妙也。中節之和，脩身邊事，所謂觀竅也。情歸於性，是謂還丹，所謂觀復也。致中和則天地此位，萬物此育，所謂宇宙在於手，萬化歸於身，得一而萬事畢矣。夫老氏雖以鍊養爲宗，其微辭原於《大易》，未嘗詭於吾儒之教。孔云：「無意、無必、無固、無我。」孟云：「善養浩然之氣。」「無」者，無聲無臭之密機，「善養」者，勿助勿忘之妙用，是即吾儒之藥物火候，所謂極臻乎性命之奥者也。

後之養生者，雖皆本於老氏，未免似是而非，并老氏之旨而失之。下者，往往旁門曲見，狥象執有，譸張變幻，以求長生。而其上者，以無爲爲宗，得其神氣出入之機，守之以至於忘，而後爲妙。雖非旁門幻術，要亦所謂衛生之經而已。其於老氏之髓得與否，未知何如也。自尹喜而下，凡若干人，大都制鍊魂魄，出入有無，皆彼家所謂得其術者，叙其遷化之期，多者百餘年，少者七八十年，或五六十年而止。了緣修幻，住世和光，幻滅緣消，超然而逝，如此而已矣。雖彼家有五品仙道之説，要多寓言，未足據也。然則所謂長生久視之道，果何所指耶？列子曰：「天下治亂，古猶今也。五情苦樂，古猶今也。四體安危，古猶今也。百年猶恨其多，況久生乎？」此古今一大疑事。噫！安得圓機之士，與之共語不壞之旨也哉！

釋

王龍溪曰：佛教之盛，由於聖學之不明，非佛氏之罪也。孟軻氏曰：「君子反經而已矣。經正，則庶民興，斯無邪慝矣。」夫經，常道也，其在於人謂之恒性，乃上帝所降之衷，人人之所同有，無有乎不善者也。藴之而爲四德，發之而爲七情，施之而爲五倫，參贊天地，發育萬物，冒天下之道，如此而已矣。盡此者謂之聖，復此者謂之賢，悖此者謂之不肖，同此則謂之同德，異此則謂之異端，一也。以其無思、無爲，故謂之寂；以其不可覩、不可聞，故謂之微；以其無物，故謂之虚；以其無欲，故謂之静；以其知周萬物而不過，故謂之覺。而要其所歸，不出於「無」之一言，曰寂、曰微、曰虚、曰静、曰覺，皆其異名也。天下之有皆生於無，無者，有之基也。故曰神無方而易無體，變動不居，周流六虚，不可爲典要，惟變所適，聖學之宗也。是故，寂以通天下之感，静以貞天下之動，微以效天下之顯，虚以御天下之實，覺以神天下之應，是謂千聖經綸無所倚之學。譬之規矩，未嘗有方圓，而天下之方圓皆從此出，故曰規矩方圓之至也。孟軻氏以反經爲己任，發明性善之旨，正人心，息邪説，自謂有功於聖門。軻死而其傳遂泯，異端起而大義戾矣。

漢之儒者，昧於自反，徒以訓詁爲學，補綴張皇，考訂於形名器數之末，掇取古聖賢已行之迹，著爲典要，使人循而習之，相守以爲世法，不知以無爲用，羣然自信，以爲聖人之學在是矣，而變動周流之旨，遂不可復見。是蓋泥於方圓之迹，遂以方圓爲規矩，不能適變，而規矩亡矣。

彼佛氏者，窺見吾儒學術之弊，奮然攘臂其間，竊取吾聖學之精義，據之以爲己有。凡古聖賢已行之迹，一切掃歸於無，將并其方圓而棄之。而爲吾儒者，甘心兢兢自守，拘滯於形器之中，終身煩苦而不自覺。語及虚寂，則曰此異端之教也，避之惟恐不及。殊不知佛氏所謂虚寂，本吾儒之故物，彼特竊而據之爾。

嘗考後儒闢佛之説，大略數端。有謂不耕而食，不蠶而衣，以爲民害者；有謂毁形廢倫，以爲身害者；有謂瓊宫瑶宇，耗財蠹物，以爲家國之害者。韓愈氏、歐陽氏，《原道》、《本論》，欲以虚聲嚇之，此特病其迹耳。請言其精。有謂吾儒之學，主於經世，佛氏之學，主於出世，以爲公私之辨者矣；有謂耽悦禪味，偏於虚静者矣；有謂絶情去念，流於斷滅者矣；有謂經是言詮，直指單傳，不立文字者矣。夫佛氏慈悲喜捨，普度無邊衆生，雖身命有所不惜，未嘗自私也。遍於虚静，乃二乘見解。上乘之禪，從塵勞煩惱中作佛事，於衆生心行中覓佛法，未嘗厭動而有所偏也。最上乘之禪，亦以斷滅爲外道，於念離念，即情忘情，不即不離，是究竟法，未嘗欲絶而去之也。經有何過，何妨於誦？只此不立，便是文字之相，出息不涉衆緣，入息不居陰界，是爲轉經，要法不能心悟，反爲法華所轉，始落言詮耳。此其大凡也。

昔齊國守其神聖之法，傳世數百年，一旦田氏據有其國，并其神聖之法而盗之，徒知田氏之有齊國，而不知神聖之法固齊國之故物也。今之爲儒佛辨者，何以異此？善乎，文中子之言曰：「佛爲西方聖人，中國則泥」，庶幾足以盡儒佛之辨。

蓋吾儒之學，以見性爲宗；佛氏之學，亦以見性爲宗。性爲生理，吾儒以萬物各得其所爲盡性。有無相生，所謂方圓之至也。佛氏之教，名爲無不周遍，實則外於倫理，欲使萬物同歸寂滅，并其方圓之迹而棄之。要之不可以治天下國家，是則所謂泥也。其理彌近，則其辨彌微，所謂毫髮之差，存乎心悟，非言説知解可得而議其崖畧也。彼佛氏之精義，皆吾儒之所有，而佛氏之病，則吾儒之所無。使爲吾儒之學者，明於虚寂之體，以無爲用，盎然而出之。脩四德，和七情，叙五倫，人人務爲聖賢，不忍安於不肖之歸，正吾之經，以興民行，萬物訢合，天地將爲官焉。此千聖經綸之實學，萬有生於一無，萬有生於一正，雖有佛氏之教，將如爝火之於日月，無所用其明矣。又何暇與吾儒争衡而迭爲盛衰也哉？故曰：佛氏之盛，由於聖學之不明，非佛氏之罪也。

釋道

自聖學無聲無臭之旨不傳於世，世之爲二氏之學者，往往狥象執有，墮於一偏之見，并老與佛之旨而失之，非特儒者爲然也。無中生有，範圍三教之宗，道之奥也。今之儒者，類能主張是説，以爲聖學之旨在是矣，而復泥於無方無體之見，措之應感，往往蕩而無歸。其與所謂沉空罔象者，亦無以異。聖學何由而明乎？夫道雖無方所，而實有專翕之體，以爲直闢之機。所謂有無相生也，譬諸日月運行，精華所聚，實有貞明之體，始能得天而久照，而本無方所之可求也。知此則知聖學之宗傳，而二氏毫釐之差，始可得而辨矣。

名士

所謂名士者，非姓名流傳，人人皆知其名之謂也。蓋有天下萬世皆知其名，不名名士，夫伯夷、叔齊之與齊景公也。一則民到于今稱之，一則民無得而稱焉。然天下萬世亦莫不知有齊景公者，豈可謂伯夷、叔齊名士，而齊景公亦名士乎？司馬君實之賢也，兒童誦君實，走卒知司馬，豈非天下之重名哉？然同時公卿大臣，其勢力之盛，亦能使兒童走卒，皆知其名，豈可謂皆天下之重名乎？博學能文章者，或幾與名士齊名，而不名名士；庸惡詩文，偶然流傳人間者，不可謂不朽之業。推此以類，天下萬世皆知其名，而名名士者甚鮮也。

彼徒以科第仕宦爲成名，以交游遍海内、冠蓋車馬充其門者爲名士，何也？吾獨有感于古之名名士者。袁侍中謂韓康伯「門庭蕭寂，居然有名士風流」。袁粲，每經傅昭户，歎曰：「經其户，寂若無聲；披其室，其人斯在，豈非名賢？」夫名下豈有閒人，而曰「門庭蕭寂」，曰「寂若無聲」，無乃不知名者也？則古之名名士，非若今之名名士邪？王孝伯言：「名士不必奇才，但使常得無事，痛飲酒，熟讀《離騷》，便可稱名士。」夫「痛飲酒」，何關于名？而「常得無事」，又無乃不知名者也。且人知飲酒讀騷之名名士，而不知常得無事之名名士。甚矣！其不達于孝伯之旨之輕重也。王太尉問眉子：「汝叔名士，何以不相推重？」眉子曰：「何有名士終日妄語？」夫名下應接，勢必終日妄語，而何以謂終日妄語非名士也？王濟輕其癡叔湛，所食方丈，不以及湛。湛取菜蔬對食，晚與談《易》，始知之。歎曰：「家有名士，三十年而不知，濟之罪也。」夫三十年不能使從子知，而何以驟名名士也？崔瞻在御史臺，獨食，備盡珍羞。有御史姓裴者，伺瞻食造之。瞻不與交言，亦不命匕箸。明日裴自攜匕箸就食。瞻謂裴曰：「昔劉毅在京口，冒請鵝炙，豈謂是耶？君定名士。」此何以名名士？吾以爲客自攜匕箸就主人食者名士，而主人不命匕箸，亦名士也。御史自携匕箸就御史食者名士，而癡叔取菜蔬對從子方丈食者，亦名士也。其傲然不屑，一也。由此觀之，所謂名士者，必非姓名流傳，人人皆知其名之謂也。

然則士有五十無聞，没世不稱者，亦可謂名士乎？曰：「不可。」吾嘗覽故太史陶氏所撰《題名記》，推夫子聞達之旨以論士曰：「達者爲士，聞者非士。」聞猶非士，況泯焉無聞者哉！吾嘗太息以爲名言，今不特在家在邦之聞，乃至于天下萬世皆知其名，且不名名士，而況于五十無聞，没世不稱者哉！且今人謂五十無聞，没世不稱者，與草木同腐，吾嘗笑之。夫草之萋萋，木之欣欣，令人欣賞悦翫無已。彼五十無聞者，必不如草之萋萋也；没世不稱者，必不如木之欣欣也。此草木之不如，而謂與草木同腐則不可，彼其中豈有名士乎？然而五十無聞，没世不稱者，或能使人人皆知其名，未有名士而不名者也。

故一鄉一國，皆知其名，不名名士；而一鄉一國之名士，必有一鄉一國之令名。天下皆知其名，不名名士，而天下之名士，必有天下絶盛之名。萬世皆知其名，不名名士，而萬世之名士，必有萬世無窮之名。蓋姓名流傳，至天下萬世皆知其名者，僅知其姓名而已，初非令名與絶盛之名、無窮之名也。惟名士必有令名與絶盛之名、無窮之名。

苟非有令名與絶盛之名、無窮之名，不名名士，而所以名名士，又非令名與絶盛之名、無窮之名之謂也，何以故？名士之名，非名譽之名也。名即是實，不與實對，苟有其實，斯曰名士，猶曰名教、名理、名言云爾。炳若日月之謂名教，通乎神明之謂名理，至當不易之謂名言，超然不凡之謂名士。

文士

夫一世皆意不可一世，吾不知誰可一世者，一世誰可者哉？蓋意不可一世者，一世皆然，文士爲甚。顔介曰：「一事愜當，一句清巧；神厲九霄，志凌千載；自吟自賞，不覺更有傍人。」斯小才而氣浮者也。彼得意則客氣横溢，不得意則怨天尤人；得意而無厭，則亦怨天尤人，故常意不可一世。其志不在高山流水，本非伯牙也，而謂一世無子期；其聽不能察峨峨決決，本非子期也，而謂一世無伯牙。才如禰正平，必不待孔北海，以顯彼非禰正平也，而謂一世無大兒孔文舉，小兒楊德祖。夫世無孔文舉、楊德祖，何與吾事也？

甚矣！文士之急知己也。獨不聞《老子》曰：「知我者希，則我貴矣。」張仲蔚博物善屬文，所處蓬蒿没人，時人莫識，唯劉龔知之而已。楊子雲草《太玄》，衆人不好也，獨桓談以爲絶倫。夫以一世之大而并無劉龔，則仲蔚益尊矣，并無桓談，則子雲益貴矣。彼不求可知，而急求人知，惟求知愈急，而人愈不知，則意不可一世之無知己。古人抱獨知之契，以俟知己于後世。揚子雲之草《太玄》，蓋後世有揚子雲必好之也；師曠之欲調鍾，謂後世有知音者也。彼急于求知者，惡能待後世哉！且後世無知音者，而師曠之聰無窮也；後世無復揚子雲，而子雲之《玄》不朽也。張季鷹曰：「使我有身後名，不如即時一杯酒。」林君復，詩就藁，輒棄之曰：「吾且不欲以詩名一時，況後世乎？」是故，雖遯世不見知，有以自娱，而何以後世爲，而又何以一世爲哉？且即欲求天下後世之名乎，陶隱居讀書萬餘卷，一事不知，以爲深耻，顧惜光景，老而彌篤。文士知此，何敢意不可一世？

且即無一書不讀，無一事不知乎？宗杲曰：「讀書少，無明少，讀書多，無明多。」又曰：「官小人我小，官大人我大」，則才大者人我尤大。然則，有大才讀書多而意不可一世者，其無明多，而人我大耶？《鴻烈》曰：「不小學，不大迷；不小慧，不大愚。」夫未聞道而博學者，猶小學也，安得不大迷？不能行而多文者，猶小慧也，安得不大愚？然則有博學多文，而意不可一世者，其大迷、大愚耶？凡意不可一世者，固一世之所不可也，而何以不可一世哉？是故，吾意滿可一世，而亦意不可一世之意不可一世者也。然則，文士有以文章蓋一世者，則何以視一世？曰：以文章蓋一世者，必不以文章爲事；不以文章爲事者，必不以文章意不可一世也。南華以世外不可世間，靈均以獨清，不可一世之皆濁，陶元亮以無慾，不可一世之多慾，子長、太白、子瞻以超上，不可一世之齷齪。數君子皆出世者也，其意所不可以維世，曾何文章蓋世之足云！

文通卷之閏

詮　夢

乙丑蜡月泙漫子將以剞劂，于役秣陵，意忽忽有所疑而欲筮之。已端筴列龜，兒紱進曰：「夫子爲祭祀之齋，將有事於鬼神乎？抑亦問諸蓍蔡耶？」予曰：「然。予坎壈纏身，舉趾即成錯履，若涉淵水，未知所濟。每欲放聲滅跡，巢棲茹薇而隱，比求名事更爲艱，爲之奈何？今友生及子，恒以予所著足傳，日夜慫慂。予亦見獵而喜，緣是不惜家人，生又稱貸。益之産已破，家人不識，所謂徬徨牽衣。咸曰一日之澤，世所共有，而子獨栖栖皇皇，跋涉於水澤腹堅之日，憔悴如死灰，亦何時而止乎？嗟乎，予何能一二爲家人言耶？意所忽忽者，慮以副本遺凍餒之患，上及老母，下及妻孥，故欲裁之龜蔡。」紱曰：「傷哉，貧也！夫何使我至於此極也？然紱聞之，占者所以定吉凶，決嫌疑，明休咎也。昔舜之命禹曰：『志先定，鬼神其依。』《元包》曰：『至人不占者何？以其定也。』是以君子定其目而後視，定其耳而後聽，定其味而後食，定其氣而後吸，定其心而後語，定其數而後算，定其身而後動，定其志而後行。夫子立言之志，定于紱之未生，而業成於數十稔之久，上下千秋，斯文賴之，豈今日而猶待決於卜蓍邪？太史公曰：『西伯拘羑里，演《周易》；孔子戹陳蔡，作《春秋》；屈平放逐，著《離騷》；左丘失明，厥有《國語》；孫子臏脚，而論兵法；虞卿窮愁，著書八篇；韓非囚秦，《説難》、《孤憤》；《詩》三百篇，大抵皆聖賢發憤之所作也。』之數子者，可謂憂患困戹之至矣，未聞之數子者以憂患困戹而遂輟止。其志定也，而況貧乎？且貧者，天所命也，人所奪也。使子不著述，不以此書縣之國門，天不靳乎？人不奪乎？不饑寒困辱乎？無所事卜。且數君子當其立言之時，一切種種，皆置度外，故能言之犁然當天地之心，以竢後世，而子奈何不遂其初乎？紱未之前聞也。」予無以，雖遂匵繇韜（莢）〔筴〕，浩然往矣。

解明衣就枕，夜將半，夢一大象産九十九象。予往觀之，大者未見，獨所産悉在河中，如京師浴象狀。一二小者，人立而舞。覺而異之，私心難之。曰：九者陽數，九九者陽之極，豈復有陽九之遭乎？已而思之，曰：象者像也，三易皆象，而象爲文王所立，以顯明六十四卦之用者也。逮孔子《十翼》，有大象，有小象。邵子曰：「《易》之作也，其得天地之用乎？」然終疑于亢悔，不懌者久之。述之於人，雖有所詹繇而未諗也。

夫既已不卜，且得夢乎哉？遂發舟行，日日石尤。行七日，猶未達潯陽。大雪中，發書，諦其義以自解免，且舒孤棹之蘟，喟然嘆曰：「孔子曰：『文王既没，文不在茲乎？』方今文之弊也，患在不能正本澄源，反文歸質，若河傾海覆，汎濫平陸，流盪無依，奚翅洪水之患、亂臣賊子之時，而楊朱、墨翟之充塞乎？予之述諸通也，所以救其弊而障其瀾也。歲己未，曾質之耆宿，耆宿以爲可傳，而玄晏之，予亦倓然。自命復加十年之力，海以内抱予書而痛哭者一人焉。客歲流遷南都，一二先達欲災木而未果。今夏復困頓歸，杜門掃軌，潛思者六閲月，豁然大悟。因悔入海算沙，用是盡翻往案，經經緯史，縱子横集，起始究變，砭病會通，布綱陳目，設繩縣衡，謝華啓秀，吕陰律陽，覈古印今，庶幾乎可以質鬼神而無疑，俟聖人而不惑，而後知向之蓄疑者不少也。傷哉乎！太史公之言曰：『藏之名山，副在京師。』劉子玄亦云：『撫卷漣洏，淚盡繼血。』子雲慮其覆瓿，彦和詭爲貨粥，其心大可憐也。悠悠塵俗，有不鄙其愚，而哂其勞乎？今夢若斯，予何敢與執禮器、隨孔子西行者比？」

然伏而詮之，至哉道乎，芒乎芴乎，可得而窺乎？《易》稱：「聖人見天下之賾，而擬諸其形容，象其物宜，是故謂之象。」又曰：「象也者，象此者也。」道其大象乎？爻其小象乎？子貢曰：「夫子之文章可得而聞也，夫子之言性與天道，不可得而聞也。」老子曰：「大音希聲，大象無形。」《周易》起乾文也，《歸藏》、《元包》起坤質也。質者文之母也。母主生極生儀，儀生象。無極之前，陰含陽也；有象之後，陽分陰也。陰爲陽之母，陽爲陰之父，故曰生也。《鉤隱圖》曰：「河圖數四十五，陳四象而不及五行；洛書數五十五，演五行而不述四象。合而一之，一數至十數，環列爲圖，河洛之總括也。平衡取之，而八宫交午相對則書也；交午取之，而五位内外相合則圖也。圖、書所出異地，所現異時，所託異物。五位與九宫，其象異；五十五與四十五，其數異。然而一圓一方，一贏一縮，一左旋而相生，一右轉而相克，相與爲用而不可相無者，則以其原同也。」今所夢一與九十九，與河洛之數合，而古今之文字備矣。伏羲因圖畫卦；禹默計天道人事之大要，其類有九，見洛書之數而有契焉，叙九疇；箕以衍範；文以繫卦；公以繫爻；皆各抒獨創，文、周以父子而議論亦不相沿，所謂作者。至孔子，大小象第詮釋文王所繫，蓋述而不作也。劉彦和亦取大衍之數名《雕龍》，多所廓落而未盡。予述文、詩、樂、詞、曲五通，實法五行。《易》曰：「往來不窮謂之通。」《傳》曰：「五行者陰陽之精氣，造化之本源，德贊三才，功濟萬物，在乎天也，謂之五星；據乎地也，謂之五嶽；行於人也，謂之五行。若夫天無五星，則辰宿錯滅；地無五嶽，則山澤崩竭；人無五材，則性命勦絶。故知天以五星爲政，地以五嶽爲鎮，人以五材爲用。三正之立，五行所成也。」「合而行之爲五德，皆本於五行也。然則，色不以五行，雖有離婁之明，不能窮其文采；聲不以五行，雖有師曠之聰，不能定其音律；味不以五行，雖有俞跗之術，不能定其性命；氣不以五行，雖有老聃之道，不能定其噓吸；曆數不以五行，雖有重黎之算，不能守其叙；陰陽不以五行，雖有犧、炎之聖，不能定其吉凶；言不以五行，雖有仲尼之德，不能定其詞理。」予之述諸通也，實竭其耳目心思，以上繼婁、曠、俞跗、聃、黎、犧、炎、仲尼之意，以文究六經諸史百家兩藏之用，而優優于禮；以詩歌詞曲宮調遡黃鍾之源，而洋洋于樂。帝王之道，禮樂備矣。禮樂明備，天地官矣。世無諸通，何以究理亂文質之變、動天下之務、默天下之機、以知詖淫邪遁之害哉？伏而惟之，將自怡之，研而極之，將自測之。「語其義則矗而不誣，觀其詞則奓然不及。」其旨數千，其言數百萬，是必合河洛之數而後足以窮天下古今之賾，以擬諸其形容也。小象人立而舞者，僕自舞象之年，即欲窮有字之奧，而耻以功名自見也。立于河中者，此身至今垂老，而猶未免於泥塗也。《鑿度》曰：「陽動而進，變七之九，象其氣息也。」「五音六律七變，皆由此作焉。」「所以成變化而行鬼神也。」《萬形經》曰：「易變而爲一，一變而爲七，七變而爲九，九者氣變之究也，廼復變而爲一。一者形氣之始。物有始、有壯、有究，故三畫而成乾。重三三而九，九爲天德，兼坤數之成，成而後有九，乾坤相并俱生，至萬一千五百二十圻，復從于貞，聖人君子，因而消息之。」卦，純者帝，不純者王，而禮樂文章之運因之。且九在西方爲金，金克木爲雕鏤之象。又象爲西産而豢於東，物以所養者爲克。《王制》又曰：「南方曰象。」異日者，當脛翼狄鞮象譯之鄉，而形氣所變，殆與元會相推遷矣。劉勰云：「百齡影徂，千載心在。」使予書與《白虎》、《風俗》、洼丹、子玄，傳于此名，雖窮餓且死，猶得執簡記，侍羑里、蠶室諸君子于天上。噫嘻！經緯之説雖鑿鑿如此，要亦未必非予之傅會也。是何異夢之中，又占其夢焉。

而世之嫉之者，非盡吾之性命才情而攘之，則曰是向秀之注，宣和之譜耳。夫吾身之外既已攘之矣，而藏之吾身之内者，吾又盡吐之于書，固不若君平所云：「懵之以威，籠之以詐，則死不從命也。」是吾固無所靳而無待于攘，即攘之，彼亦章甫越人耳。而必欲攘之，何憎主人之無已耶？若不由聞見而妄自敢作，在大聖已不能，予惟懼聞荒見陋，無所徵信，勦一二評話，以賣笑于大方之家。故每有稱引，不書其書，必書其人。其出於臆斷者，十不得一焉。子輿氏曰：「或聞而知之，或見而知之。」予愳見之聞之而不知也，擇之識之而妄也。予何諱夫竊，比焉宣和，故有書畫博諸譜，如《奕旨》、《篆勢》然。博用六子，子六面，數自一窮六。一子含陽之三少爲圓圖，六子得乾之一筴爲方圖，老少相生，奇偶錯綜，四五爲陽，八九爲陰，變化無窮，消息莫測。由此究之，可以化質，第患用之者，詭齗竊轡，益其機械，以見斥于有道。予憾陳其數，不知其義，以覿道于瓦礫粃糠，又幸而附于竊取賢己之流，蓋惴惴如負山之蝨，當轍之螳焉。然奚第今日也，虞訥譽張率，慶虬借馬卿，非耳食于人，則耳食人，此楚人之食猴也。若張綱守廣陵，虞詡令朝歌，又食肉而食馬肝也。人情夢卜等，豈因訕謗頓起冤親？罪我者、知我者、嫉我者、痛哭我者，古今如一丘之貉，予聊詮此義以相唁慰。書之佳惡，吾自知之，後世誰相知定吾文耶？王弼曰：「言者，象之蹄也；象者，意之筌也。」吾願世之筌蹄，我也。

瀾堂夕話

〔明〕張次仲 撰

《瀾堂夕話》一卷

明 張次仲 撰

張次仲（一五八九—一六七六）字元岵，號待軒，海寧（今屬浙江）人。天啓辛酉（一六二一）浙江舉人，明亡後閉門不出，纂輯經學著作，年八十八卒。事蹟見黄宗羲《南雷文定前集》卷七《張元岵先生墓誌銘》，《四庫全書》收其經學著作《周易玩辭困學記》、《待軒詩記》二種。

張氏以經學名家，以隱行高世，是編文話亦多有心得。崇禎二年（一六二九）何偉然編集《廣快書》五十種，收入是編，附注：「選張次仲本，附《偶書》。」今張氏原本既不可見，而《廣快書》本中二十餘條，何者爲《夕話》，何者爲《偶書》，已不可辨。後楊復吉輯《昭代叢書》庚集埤編，亦據以收録。今仍依《廣快書》本，録何偉然序及張氏正文，而以《昭代叢書》本之楊復吉跋附後。

又，楊復吉跋中所謂「閔氏《快書二集》」，檢天啓本《快書》題閔景賢纂、何偉然訂，崇禎本《廣快書》題何偉然纂、吴從先定，而兩書皆有何偉然序。蓋何氏實輯兩書，而閔氏或爲出資刻印者，故《快書二集》殆即《廣快書》之異名。

（朱　剛）

夕話序

論文家開口即攫人心，斯爲心語，傳心者悉心下。設痛癢不關，作市上兒貧話，有識童子投瓦礫而走，縱善拾唾華，娓娓飾聽，終寄人籬下。羅含之鳥不靈，江淹之錦裂盡，安能自竟其説？故自來論文，無慮千家，馬脾牛頭，勉相附會，了難爲佳，所謂神靈之奥區、文章之骨髓何在？《瀾堂夕話》，真攫心語也，即所云「泣玉之精神現，玉之精神現矣」，「劍氣于斗，亦金之躍冶者也」，「文章一事，明不畏人，幽不畏鬼，食其英氣，毛髪俱靈」，「文章壽殀，存乎下筆，途窮數極，忽然天開」，「獨有一種吞吐卷舒之氣，渺渺孤行」，「寧使天下欲殺，不忍吾言不傳」，「淮南、吕不韋之徒，皆陰詭險賊，竊其精氣，自爲一家言」。讀其語，令人笑啼互作，痛癢甚親，千古寸心，真不誣矣。願五夜一燈、曉窻萬字者，于紙上吸取心血，則此一夕話，勝讀十年書矣。

仙臞何偉然題

灡堂夕話 選張次仲本，附《偶書》。

明 張次仲 撰

詩有擬古也，文亦擬古哉？《南風》、《擊壤》，歌之近古者也，尼父删弗取；都俞吁咈，居恒酬對語耳，纍纍乎如貫珠。文有古也，詩曷古哉？斯道無門無徑，意之所創，即爲祖，時之所師，即爲令。擬秦則譎，擬漢則枝，擬唐則蕪，擬宋則弱。何以擬之？擬之曰優孟之于叔敖，亦得其意思所在而已。

《典》、《謨》之文，渾渾噩噩，明白易曉。至于《周書》，恢奇錯落，遂多難解之語。此非特氣運升沉，亦所得之淺深異也。斯道卑弱，蓋亦有年。當此世界清明，豪傑應運，博綜古今，囊括天地，滔滔莽莽，自爲一家言。而一二好奇之士，時掇拾子語以標異，世俗之人多見少怪，互相尸祝。不知業貴當行，學期自得，剽剥點綴，一時膾炙，恐悮却五百歲後遇金人也。

見魯仲連、李太白，令人不敢譚名利事。文章未論理之淺深、格之奇正，但望其神氣，灑灑落落，不受人間塵垢，便是最上一乘。故吾於此道，一以臭味爲貴，修辭、説理俱屬第二事。「《易》奇而法，《詩》正而葩」，文章三昧語也。今椎魯之士，以迂庸爲正，淋漓艷冶之味蕩焉不存，既無以厭服好奇者之口；而其奇者，疾走狂叫以爲雄，滑稽謔浪以爲趣，軿連枝附以爲大，吞剥補綴以爲古，談空説謎以爲玄，眉目易位，部曲紛紜，奇則奇矣，法竟安在哉？若是者，一筆抹却。

惟其有之，是以似之，文章之學通于性命，不容假借。秦漢而後，韓、柳數君子光大爾雅，昭昭乎日月中天。其餘諸家，非不隱躍如辰星，要難與之争耀。

多指亂視，多言亂聽。昔賢著書，止存體質，中間淺深，讀者自爲領受。雅道淪夷，圈讚滿紙，賈兒射利，是或一道。乃至靈函秘笈之語、金簡玉書之文，聖人所忸怩而不敢受者，灌耳而陳。言之者不以爲煩，當之者不以爲媿。文字語言狼籍至此，厭之恨之。

草創討論，修飾潤澤，此文章家律令也。宇内至文，衝口而成者無幾；《三都》、《二京》，越歷寒暑，用能昭回萬象，鼓吹六經。今日諸君子，五夜一燈，曉窻萬字，三年之間，潑墨成溪，意興淋漓，或有潦倒不删之習，才鋒湧射，則多縱横無忌之言，不辭誕妄，謬爲點抹。知無當于千古，要不負于寸心。語云：「建安亦無朱晦菴，青田亦無陸子浄。」文章之事，上觀千世，下觀千世，互相商略，乃成不朽。有執予言而簡點其疵漏者，真吾臭味中人也。

楊子雲《太玄》書成，賈人以萬金求列名字，子雲却不許，賈人名字亦遂不傳。此子雲孤刻之性，未見處分妙手。夫子雲禄位容貌不及中人，當時厭棄，獨一賈人者形迹相慕，吾却金而列其名字，獨不可以愧天下後世不知子雲者哉！ 凡今之人，因緣附會，開卷羅列，無論子雲，賈人見之，當復唾詈。 吾故以知罪一身擔荷，有欲殺欲割者，曰某在斯，某在斯。

淵明讀書，不求甚解，此是淵明高處，亦是淵明力量不大處。 獅子搏兔搏象，俱用全力，吾儕根器淺劣，須拚徹底精神，纔有入手。 孔子服菖蒲，三年乃知其味。 夫菖蒲有何味，而孔子知之必三年耶？ 吾願讀者于紙上吸取心血，無以平淡爲無奇，無以玄奥爲弔詭，澄神冥對，養德養身，都在于是。 昔東方朔獻書萬卷，天子于上林苑讀之，每夜輒乙其處，凡三月而盡。 今懸大官大禄以餌天下士，而士不聞有如漢天子讀書者，何也？

窮源于經，取材于史，攤奇于子，游戲于稗官小説，汲冢猶存，嶧碑未斷，焚後殘書，儘供忻賞。 舌敝掌爛，伊何人斯？

長康畫龍，龍成而睛不點。 非不點也，畫思未至，龍性未全，夭矯騰驤乃在解衣槃礴之際。故曰：「五日一山，十日一石。」夫五日一山，十日一石，會心者正可想其兔起鶻落處也。《三都》、《上林賦》，經年而成，其非櫛比之謂。

荆人泣玉，知其爲玉也。 知其爲玉，何不剖璞以獻，而以其足殉也？ 知其爲玉，故不剖璞以獻，而以其足殉也。 吾愛吾玉，吾愛吾足，再獻再刖，而泣玉之精神現，玉之精神現矣。 今之時，既不能名之爲玉，又不敢題之爲石，吾將安泣也？ 夫泣之無從，而玉苦矣。 吾愛吾玉，吾愛吾足。

莊生以躍冶爲不祥，此言殊不然。金恨不干將莫邪耳，果爾干將莫邪，亦何能不躍？亦何妨于躍？物不得其平則鳴，豐城之劍幽諸圜底，而燁然者上干于斗，是亦金之躍冶者也。不則更千餘年，誰復知者？吾故爲不祥之金。

古之爲文者，傳諸通邑大都，又欲藏諸名山大川。夫通邑大都與天下欽吾寶也，名山大川何爲者？語不云乎："五百歲後，定有知吾玄者。"以一時之心思，而冀望于五百歲後人，其事甚迂，其言甚誕，其意固甚深遠也。今吾以都邑爲山川，以旦暮爲五百歲，令唾棄之餘，犁然有當於人心，而知吾之非無意于斯文者也。斯文固未喪也。

文章家動稱古文詞，塚之汲、碑之嶧，猶恨其不駕而上也，無問漢晉。至于制舉義，則曰："時耳，時耳。"夫時者，卑之無甚高論也。屬詞比事，墮少時蹊徑，風斯下矣。乃乘龍御天，譚時者莫玄于《易》，其言曰："先天弗違，後天奉天。"夫何以不言"中天"也？不先不後，微哉難言之矣。古之至人，生時于心，造氷起雷，一坐六十小劫，寧從世界問古今哉？夫世界亦何古何今哉？春秋有以千歲者矣，春秋有以萬六千歲者矣。先秦之先、後漢之後，古者逾古而有光陸離其若新，時者逾時而陳陳不可讀，若是者何説也？文章之道，古有爲古，時有爲時。包絡天地之氣，主持運會之先，我能爲古，我非古也，我能爲時，我非時也。周鼎殷彝，沉淪者不知幾千百歲，而光詼詼若五金之在冶，耽奇者按欵摹色，百計以範之，弗若也。古弗若與？時弗若與？有弗若者也。

秦漢之際，文章運會，渾淪汎濫，間道別出。鬼谷、淮南、吕不韋之徒，其人皆陰詭險賊，竊其精氣，自爲一家言。至韓退之起八代之衰，文品人品如山如河，登之可以通帝座，泛之可以入天漢。已後文章家麻立，非有品望，不得列于作者。

蒼頡書成，粟雨鬼哭。文章一事，明不畏人，幽不畏鬼，性命精神，於斯透闢，食其英氣，毛髮俱靈。吾聞之，網珊瑚者于海底，探驪珠者于頷下。丈夫擁書萬卷，一讀不再讀，如以若浮若沉之精神，而欲覿面古先，痛癢不親，義味安在？不佞癡腸，每讀一書，輒經夢寐，淋漓潦倒，哀樂不勝。念秦漢之間，挾書有禁，一二老生抱其遺經，口口相傳至于今日。今日文明如晝，諸子百家，所在成市，乃不能得阿難、耆婆者，作文字總持，大可嘆也。

日光月華，由來已久，旦旦不寐，其中有精。文章壽殀，存乎下筆，有千歲之精神，即傳千歲，有萬歲之力量，即傳萬年。「拔山」之歌，「大風」之謠，衝口而出，哀樂至到。吾輩行文，借彼鬚眉，嘔我精血，會須極其想路，空諸所有，如驚餌之魚，傷弓之鳥，高入杳冥，深沉洪洞，途窮數極，忽然天開。此則聖賢之精神，吾人之性命，急起追之，有如鶻落，傳諸通國，一任欲殺，我自憐才。若夫離離合合，實實虛虛，老生常談，我法無是。

斯道琢句鍊意，俱可揣摹，而就獨有一種吞吐卷舒之氣，渺渺孤行，如登山望海，但有蒼茫，不知其所以。此則非十年絶欲，十年讀書，十年養氣，未許商量夢見。

文章未論姸媸，先辨真僞。蘇、張家詐則真詐，申、韓家刻則真刻，渠于父子夫婦之間，語言嚬笑之際，反覆無端，殘忍百至，寧使天下欲殺，不忍吾言不傳。今人有此才情，無此見識；有此見識，無此心膽。吾嘗謂三代而後，不獨得天下不如古，即所以失天下者亦不如古。桀、紂垂亡，猶能殺戮臣民，囚文王于羑里；東周君寄命六國，奄奄殆盡；秦、漢、唐、宋，覆轍相循，不獨文章與代降也。

事到不如意處，當念古人三旬九食，更有百倍于我者。東方饑欲死，侏儒飽欲死，等死耳，世豈有不死侏儒哉？

愆期之女，撿他人嫁後針線數短論長，已是可笑，抑且癡情慕古，不念佩玉長裾之弗利走趨也。諸姊妹以爲究竟如何？

附：楊復吉《〈瀾堂夕話〉跋》

元岵先生行事，載在《南雷文案》。生平著述，惟《周易玩辭困學記》、《待軒詩記》尚存，餘皆湮没不彰矣。《夕話》一帙，議論馳騁，鋒鋩未斂，蓋先生少作，余則録從閔氏《快書二集》中者。

乙丑仲夏震澤楊復吉識。

古今文評

〔明〕王守謙　撰

《古今文評》一卷

明 王守謙 撰

王守謙，字道光，靈壁人。生平不詳。書中提及「天啓間（一六二一——一六二七），長組吴師」云云，則當爲明末人。

此書歷評自先秦直至明代的各朝文章，主張「文章之氣格，因乎世代，不能不異者也；文章之精粹，本乎性靈，不能不同者也」，尤推重莊子、司馬遷、蘇軾三家之文：莊子「挾飛仙之才，吐丹砂之口，故能翻空摘奇，蓋天地間何可無此一派議論，胸中何可無此一段見解」；極贊《史記》之「叙事」「議論」，「窮工極變，雖子長亦不知其所以然」；對蘇軾文，更評爲「如晴空鳥跡，水面風痕，有天地以來，一人而已」。對本朝文章評述尤爲詳明，其主旨實爲揭露前后七子之末流弊端，推許歐蘇。因而日本平君舒（仲緩）校印此書，目的在於借以抨擊日本當時之「古文辭派」，其《古今文評序》中引用王守謙之語，指斥「古文辭派」爲「文妖」：「采掇《左》、《史》幾字，摹擬畢肖，優孟之衣冠，幻詭日僻，此文之妖。」平君舒之一《序》一《跋》，對認識此書在日本之影響，頗有價值，故亦收録。

此書國内未見，有和刻本，即享保十三年（一七二八年）九月京都奎文館刻本，亦見於長澤規矩也編《和刻本漢籍隨筆集》第十七册，昭和五十二年（一九七九年）出版。今即據以録入。

（王宜瑗）

古今文評序

世有文評，而無古今文評，王守謙著《爽言》爲文評古今之謂也。乃茲評以罄義藴，而義藴不罄於此。其曰「《蘭亭》不入帖，李杜不入選，無可選也」，爲蘇長公發之，議論固公諸。即長公御風而行，與蒙莊、太史公同班，三子文已仙矣。讀至「元美晚喜歐蘇爲大雅」，方始愕然，謂頓令人開茅塞耳。又若曰：「采掇《左》、《史》幾字，摹擬畢肖，優孟之衣冠，幻詭日僻，此文之妖。」稱我焉。今天下士無論内外，駕秦漢而不上之，鄙魏晉而棄之，睥睨韓柳，絀歐蘇，取王李剽竊踏襲，此得彼失，則不知從己之爲古也，亦不知其關乎氣運也。寸或長，尺或短，故是梓以拯夫弊，其必云不佞黨於王氏，王氏黨於歐蘇，辭焉不敢。

享保丁未春三月吉長崎平君舒仲綬撰

古今文評

明　王守謙　撰

文章關乎氣運。結繩以前，文字未立，自河圖出，而八卦始畫，遂爲萬世斯文鼻祖。黄帝師廣成而論道，至《素問》一書，皆河圖至理，但此時去洪濛未遠，迄今世代杳茫，姑存而不論可也。《墳》、《典》、《丘》、《索》徒聞其名，僅見《連山易》三字爲句，句有山字，有曰《連山》，天易也；《歸藏》，地易也；《周易》，人易也。《周易》者，文王演易，周公作象，仲尼繫之以辭，窮極八卦之理，而易道大備。夫子晚年尤好易，至韋編三絶，鐵鎚三折，漆書三滅，何嗜之深也。《書》稱渾噩，自有十六字之傳心，而道統始開。降衷恒性，亦自湯發之，孰謂壁經止爲道政事之書哉！三百之詩，《國風》如許光景，宛在目前，與二《雅》或正或變，治亂皆指諸掌。三《頌》又是一格，獨《商頌》更覺沉古，曾子歌之，聲出金石，以致山鳥下翔，可異已。《春秋》全用《書》法，真字挾風霜，爲夫子之刑書。若《禮記》言禮，至詳備矣。《檀弓》氣古而文法更法。或者曰：《禮經》多漢儒附會之詞，諦觀大小戴所記，豈其非聖人之言乎？六經合之，俱爲聖人文字；分之，則一經各具一經之體。得仲尼而删述始定，當是開闢以來第一手，告備于天，而黄玉之降，夫豈偶然？真與兩曜齊明，而五岳四瀆比壽也。惜祖龍之焰，《樂經》淪亡，足爲千古之恨耳。《周禮》紀周官之治，條分縷析，絲粟□遺，其缺《冬官》，漢儒以《考工記》補之。夫子俯仰古今□□而獨以推公，非觀《周禮》，其才亦何自睹耶？《爾雅》斷亦公書，聖人學問真如山負海釀，無所不有。

《穆天子傳》標情于四韻，讀之若翩翩羽岑，霄霏欲仙，然文絶古雋，自是三代筆。《陰符》爲道家言，只此二字，便自可商，果以此來後車之載歟？《管子》書，大都功利之習，第所云思之不已，鬼神將通。非鬼神之力，而誠精之極，亦何符聖賢心印也。春秋之季，柱下深遠，《左》、《國》富麗，《晏子》奇譎，使後之揮玄麈者，自《道德經》翻出；秉史筆者，自《左傳》翻出；縱横滑稽之文，自《晏子春秋》翻出，不可謂非創始之文矣。嗣是列禦寇《冲虚真經》，議論已自驚人，當爲《南華》嚆矢。莊子（休）挾飛仙之才，吐丹砂之口，故能翻空摘奇。蓋天地間何可無此一派議論，胸中何可無此一段見解！聖賢之文，布帛菽粟也；《莊》、《列》之文，魚錦龍鮓也，即謂爲宇宙之異人可。戰國挐馬兔者，棘爲心，電爲舌，故其詫人主奪相印，關紐只在片言，其險語醒語，猶令讀之者若喪若驚，欲泣欲舞，而況親聆其説者乎？《離騷》悲憤淋漓，爲《三百》之變，自是三閭别創一格。

入秦，韓公子著《説難》諸篇，出入《國策》，而奇妙過之。《吕覽》集諸家而獨收其名，懸之咸陽，豈真一字不可增減哉？若李斯者，《逐客書》及《上二世書》，翻轉極文之變，與篆璽文而龍翔鳳翥，同一開山手段。蓋文字不翻則無波瀾，不轉則少情致，後來多少名家，皆祖於此，其先秦古氣又何俟言。

西京人文蔚起，陸賈有聲，迨武帝朝董仲舒、東方朔、枚乘輩繼出，然才無如兩司馬，又當以登壇與子長。彼其《史記》一書，縷縷五十萬言，或叙事，或議論，或以叙事而兼議論，或以議論而代叙事，至若議論未了，忽出叙事，叙事未了，又出議論，窮工極變，雖子長亦不知其所以然。長卿賦似不從人間來，故能使人主讀之，飄飄有凌雲氣，第以賦爲文，自緜麗而少骨，然咄咄沉雄，豈非漢人口吻？班固作《漢書》，稱史家合璧矣，謂子長之文豪，而孟堅之文整。愚竊謂有《史記》而《漢書》可廢也。子雲好奇語，多艱澀，顧奇果在艱澀哉！以正法眼觑之，則所云文章小技，衹自道之矣。《鴻烈解》集方士家言，第察其氣色，已不逮西京遠甚，豈多後人附會之詞歟！

武侯澹泊寧静，《出師》二表，知是聖賢作用。建安以來，漸覺綺麗，典午之朝，競尚清譚，乃晉人文字，另具一種風氣。獨《歸去來辭》，閒情如畫；《桃源記》，幻筆疑仙。《蘭亭》一叙，則超超塵外。至六朝而專事駢偶，文至此翻然一變，秦漢古氣澌滅殆盡矣。乃若「明月」、「玉樹」之篇，不過流連光景，纖媚取妍，竟何裨於世道耶？

李唐去六朝未遠，陋習相沿，豈能遽湔。李青蓮原是豪放人，什九發之於詩，所見文字數首，祇是俠氣飛揚。杜工部亦以詩顯。其它王勃、駱賓王輩，皆妙年能文，無非以駢偶取勝。獨韓退之文起八代之(數)〔衰〕，集中當以《原道》爲宗。若《獲麟解》僅一百八十餘字，有多少轉換；至《諱辯》一篇往復變化，議論不窮，文至此是自能成佛作祖者也。柳柳州文便奇崛，白香山亦多風致，陸宣公奏議純是忠愛經濟語，然皆不能與昌黎作對。朱梁以下皆無聞焉。

迨宋五星聚奎，已兆理學大明之象，倘論文章家，其歐、蘇、曾、王乎？四姓之中，以三蘇爲最；三蘇之中，又以長公爲最。夫蘇氏父子兄弟俱出廬陵之門，廬陵制作，何者非其醉心？而王元之、曾子固亦各有絶作。但坡公生來有仙氣，古今文章大家以百數，若其人已往，而其神日新，其行日益遠，則惟坡公獨也。故曰《蘭亭》不入帖，李杜不入選，無可選也。長公集亦然。又有云坡公文如晴空鳥跡，水面風痕，有天地以來，一人而已。長組吴師每向余云：「案頭只消司馬子長《史記》、莊子《南華》、東坡全集，便堪一生受用。何者？三子者，皆文中仙也。」知言哉！

元人腥我天地，文運至此，衰颯已極，即趙孟頫間有文字，亦難與其字畫並傳。獨王實甫、關漢卿一輩人所爲樂府，可稱一代之絶耳。

國朝改玉之初，即有才，亦勝國放棄之餘，若宋濂老儒，與劉青田、方正學輩，非無文集行世，然具大觀眼者，未免傍睨。至丘瓊山、解大紳輩，亦復如是。景泰間，陳白沙與莊定山往還講學，制作頗多，説者猶謂其左袒竺乾。成化間，薛文清爲理學之冠，王守溪制舉藝，獨執牛耳；若以古文詞，皆當別論。然有弘治間崛起如李崆峒者乎！此公獨建旗鼓，直逼秦漢，談者比之「鵰鶚初唱，驚動江南」。自是，嘉靖間濟南李于鱗、吴中王元美，南北響應，一時徐子與、宗子相、吴國倫、謝榛輩，皆烺烺詞塲，然文之南面王獨推王、李，何哉？濟南奇絶，天際峨眉，語孤高也，大海回瀾，元美自道，不亦洋洋乎大哉？大都創始者崆峒極難，而于鱗睚眦千古，元美聰明絶世，使天下復見漢官威儀，皆天生奇男子也。然當世廟時，王陽明倡明良知之學，其文字與白沙、文清同是一家眷屬。楊升菴喜讀人間異書，及謫滇，直欲捃摭往古，樂府極工，至今猶貴紙價。楊椒山集以氣節發之文章，得汪南溟一叙，九原自當心折。南溟者，闖秦漢之堂，而不得與七子之班，冤矣。王槐野、何大復俱得崆峒衣鉢，劉嵩陽學可泛海，而筆未能摇岳，益信作家之難也。盧次楩骯髒一布衣，與唐六如、桑民懌、徐文長同負狂名，而亦各以奇聞。然民懌僅免，三子俱罹奇禍，豈李長吉之鬼才，造物亦終忌之耶？噫，四子已矣！文長得石簣作傳，而文字幸被中郎拈出，所謂人奇病奇而文更奇者，自可千秋，此未許世人知也。唐荆川文字極尚議論，耻爲鉤棘，一種渾厚大雅之氣，隱隱毫端，此真所爲大家也。茅鹿門文字呑江倒海，而慣用長句，其文家之飛兎乎？奈豪氣太露何！慶、曆以來又自不同，董元仲以太識力出之大口門，浩浩汩汩，風行紫海。袁了凡得力於禪，一切議論俱是悟後語，故每每超乘。李本寧原是海内老詞宗，萬曆之季僑寓石頭城，而著作益富，其《大泌山房全集》，萬錦千絲，使人不得下目。語云：「絢爛之極，心歸平澹」，然乎哉！焦弱侯攤書萬卷樓上，凡有文字，皆自百斛之泉涌出。王百谷倩口綺心，韶秀如朝花浥露。屠赤水東海狂士，自命某集曰《白榆》，蓋天上止有白榆，若以其書非人間有也。讀之如置身閬風之巔，而下瞰塵世，第傲睨古今，直以文人配帝，即子瞻所謂「上可陪玉皇」也。才人眼界，往往而是。陳眉公於書無所不讀，議論亦多絶頂，猶嫌其文涉排比，夫王李集中，無偶句而可有排比乎，斯亦通人一蔽。乃湯宣城自闢一天地，觀其言曰：「世人見詩文謬相推擬，曰若也周秦，若也漢魏六朝，若唐若宋。於乎，周秦之與唐宋，其代既已往矣，帝自爲統，人自爲氏，則不曰若，明詩明文而反僭於異代，又胡不曰若誰之子而取既朽之骨相辱哉！後千百年以來，能自爲代者，唐惟退之，宋惟子瞻，其餘斤斤倣古而失之者多矣。」故其《睡菴集》中，不傍古人一句，而古氣逼人，至覩一種快心之論，不覺躍然起舞，真奇才也。中郎韻高一世，而亦以文爲戲，《廣莊》數篇，疑是漆園復出，其他《錦帆》、《解脱》諸集，總是不受世法，超然塵外。社友鮑淡六每爲余言：「讀中郎集，雖旅邸孤踪，可當良友，家徒四壁，豈覺蕭然，無官可，無子亦可，何佞中郎？」若大江之右，郭青螺、祝無功何嘗不膾炙人口？然奇肆無如湯海若。海若之筆，直欲倒龍門而裂五岳，即其《還魂》一叙，又當求之跌宕雄騁之外矣。閩之李九我、葉台山、何匪莪、李衷一，孰非白足，獨卓吾老子腹内五車不必論，其《焚書》、《藏書》、《初譚》、《疑耀》等著作不一，皆非區區有心以文字見奇，乃其意不可一世，而眼睛亦空古人，即周公且加彈射，它可知已，然豈其文之不工哉？《雜説》一首，若遠若近，亦澹亦玄，在可解不可解之間，較之諸名子，又别是一番機梭矣。

張侗初月豔雲嬌，人間世無此品度，吐詞靈秀，一一可餐。天啓間，長組吴師繡骨玉毫，故其文高華瑋麗，濡筆千言，常云：「以歲計者古，古莫如天地，無日而不新；以時變者新，新莫如艸木，無種而非古。儻必古之是貴，則秦漢之後無文，《騷》、《選》之後無詩矣。」其自許可知。王季重者，牙頰間自具一鑪鞴，不齊不吴不楚而自成一季重，只尋常語，經季重一點便新；只人人知得典故，經季重翻弄，并其人其事皆新。其文乍出，如玉筍之罩朱霞，奈何字字欲精鏐之光照人指骨，所稱爾雅者安在乎？鍾伯敬、譚友夏，疑是三山五城人。《詩歸》一書，兩君用破一生心矣。而近日友夏尤欲孤行於宇宙之間，其言曰：「真有性靈之言，常浮出紙上，必不與衆言伍，而自出眼光之人，專其力，一其思，以達于古人，覺古人亦有炯炯雙眸從紙上還矚人，想亦非苟然而已。」余每誦此，其餐松茹芝之仙乎？噫，才難矣。才而湮没，更可惋惜。如中州梁園馬公，一管蒼勁之筆，洗盡書生蒙氣，而翻轉跌頓，孤韻冷致，此老自負中原之鹿，亦未肯輕讓他人。評者謂詩奇于文，而余竊謂文敵其詩。又如滇南聚州王公，胸中有數百種書，故胸中有數千載事，三教之旨，叩之輒鳴，而靈氣鬱勃，本色尤佳，其爲詩若文皆韻絶爽絶，蓋直虎視三吴者也。又如吾中立盛太古世鳴生來穎異，如群雞之有孤鶴，矯矯才情，更飽奇書，見酸語輒羞澀欲死，稍一泚筆，便覺高靈，羡君之詩者，謂在沈宋間，而不知其文，寔有西京之色，作字則海岳再生矣。鮑淡六養吾，靈心慧骨，濟以博綜，聆其高談快論，真如雪爽玉香，而詩文芳秀，一一沁人，置之國朝七子中，當稱畏友，雖馬公著名蘭省，王公容與木天，然文字未付剞劂，恐沉埋此一段精光。若盛若鮑，才以地掩，如杞宋之無徵何，百世而下未必有桓譚者矣。

噫，無涯世界，何地不産奇人，湮没無稱者，可勝道哉！合而觀之，文章之氣格，因乎世代，不能不異者也；文章之精粹，本乎性靈，不能不同者也。如以氣格，無論六經，無可着手，即千載之後，有能爲盲史、爲腐令、爲莊叟、坡仙者乎？假令今人文字，果有必不可磨滅之精光，即起盲史、腐令、莊叟、坡仙，而有不心服我者乎？益信氣格不足以繩文，而恃有性靈在也。倘曰吾必爲周秦，必爲兩漢，而鄙魏晉宋唐于不齒，是何異以冠裳珮玉之時，而欲同木葉之世乎？愚以爲有出世之見解，自有絶世之議論，議論欲新而不欲腐，欲創而不欲勦，欲確而不欲浮，有此議論而詞華稱之，即不必問其孰爲雄渾，孰爲圓麗。總之以名言垂世，即睡菴所謂能自爲代者也，奈何今人自白雪樓以後，則人人言秦漢矣。不知國初之文，骨稈而氣靡，患人不讀秦漢以前之書；近日之文，神悍而意佻，患人或薄秦漢以後之文。元美暮年極喜歐蘇爲大雅，政以此耳。不然，拾得幾個《左傳》、《史記》字面，曰我能爲周漢、爲西京也，縱摹擬畢肖，已爲優孟之衣冠，況猶然邯鄲之步、里婦之顰乎？若夫説玄説幻，日詭日僻，且欲駕秦漢而上之，此文之妖也。素風欲盡，砥柱何人，吾不能不爲之懼矣。

附刻《文評》後

右《古今文評》，載乎小隱窩《爽言》，乃明王氏之所作。《爽言》數百，則其一也。蓋世之罕有，是以弗傳。鄉友盧元敏爲本邑掌書司監，家舊藏之。往歲遺至丐梓焉。余去年及入于京，謀諸書肆，書肆喜受之，即私與一儒生覽，儒生非而斥之，書肆竟止。復屢舉，衆皆弗肯，吾道窮矣，使王氏絕絃地下。咦！彼其之人，亢顔稱儒，齒載而目眯，固不善文，奚識體裁！夫文不善，識不高，何以辨《文評》，評文之有旨要哉，其非之也宜矣，真可發笑。又或有其學大過之者，挺生于東，其自許貢高酷輕率喜異，故矛盾於王論也，則曰倡古文辭焉；其事李王也，則曰修辭焉，尚辭焉。海内斗瞻而嚮信之，如蓍如龜，不識其奚若。余亦始不爲不然。然所爲未若其所云，烏足奇哉？遇不遇時乎命也。夫其遇乎時，則聲譽從之，非幸邪。但念之必稱於今者，所以其不稱於後者已，豈余謬言乎？今姑舉一二焉證之，惟口是或非者，吾嘗觀其措辭之膚淺，造語之錯亂也，又觀其便佞近古，摘章尋句，而併盜意與義也。且排宋人、擯歐蘇，以其好議論，自不好議論而好叙事，叙事不復長，若涉叙事兼議論，爲悍不爲疆，益浮而益腐，無能鏗爾，弗如前之美。此何在乎其倡之行之？又何在乎其修之尚之？古則不然，從己爲古，爲古從己，曷有其他？今而如此則然矣，不如此攻古焉者，遠則遠，豈嘗古乎哉？而和者衆，其調卑則下之日滋甚，其欲修辭尚辭難也。雖然，夫是之謂能爲李王邪？吴門周南者值見其文曰：誤助字。或者問可否，即笑爲鄙俚。然則今華人尚弗取之，李王其頷乎？吾常恐李王如靈，必不爲不鬱悒于其隧也。廼余昔與其曰：倡之云者獲其舊識焉，則不得不惜。於戲，意道光遠相後李王邪？不齒僅僅二三紀間，則知之其弗勝事之者乎？矧能洞鑒今古爲之評，令後昆開明，余讀之無所得「焉」、「哉」、「於是乎」、「云爾」，既而以爲斯人也才矣，能解作文，亦可稱當代人傑。固從吾鄉黨二生嘗俱遊而所化，洵可以論文，則非於彼非之者之比矣，非於彼非之者之比矣，余頗有所聞，故不非其所非，不是其所是，幸不爲蒙者掩，欲俾高明之士而易轍也耳。兹刻以廣焉，冀布行千里，蓋亦盧君之志也，余重之附之。戊申上元前付奎文館以鋟諸。萍隱平君舒重識。

享保戊申歲孟秋下浣

京城書林　瀨尾源兵衛刊行

書文式·文式

〔明〕左培 撰

《書文式·文式》二卷

明 左培 撰

左培，字因生，自署宛陵（西漢置，今安徽宣城）人。本書有章世純、詹應鵬兩序。章氏，《明史》卷二八八有傳，卒於明亡（甲申，一六四四年）之年；應氏，萬曆四十四年（丙辰，一六一六）進士，書中收其論文之語一則，是知左氏亦爲明末人。餘不詳。

《書文式》包括《書式》二卷、《文式》二卷，分别論述書法和時文。今僅録取《文式》二卷。上卷輯録明代中舉者之論文言論，自王鏊、唐順之、湯顯祖、許獬直至陳泰來、鍾震陽共六十人語七十八則。諸人中舉時間，從成化十一年乙未至崇禎四年辛未。左氏對明末時八股文之沉淪深致不滿：「貌以王、唐、湯、許之名而心艷，律以成（化）、弘（治）、隆（慶）、萬（曆）之法而神泄，不愚則狂也。」故有總結明代八股名家經驗以樹型範之意。所録諸家均爲場屋勝者，中多甘苦之言，頗有通於古文寫作之處，實不爲舉業所囿。如周宗建論《莊子》「殆哉，岌乎天下」句，不如《孟子》「天下殆哉，岌岌乎！」《阿房宫賦》「使天下之人，不敢言而敢怒」，勝於「敢怒不敢言」之常語，體察頗細。甚有貶斥時文之弊者，更堪參酌。如引馬君常語：「夫人與其沉湎濡首於時藝，毋寧言經、子也。但恨今之言經、子者，猶然沉湎濡首於時藝者耳。」時藝之盛，影響經、子之學逸出正途，繼又指出：「至於舍經、子而求之秦漢，又求之八大家，是無本之學也。」則對前後七子、唐宋派均持異論。諸家之語，散見各處，且有罕覯者，編者蒐討之功，亦應肯定。下卷乃左氏自撰，論述八股作法，於大題、小題、股法、調法及章、篇、句、字等法，指其大要，避其煩瑣。然八股爲聖賢立言之性質，縱然百般揣摩，亦徒勞心力；但「規矩之極，則巧自生」等語，仍有啓迪意義。

本書國内久佚。有日本享保三年（一七一八）京都刊本。今即據以録入。

（王宜瑗）

書文式叙

夫聖人之制盡矣。因實立虛，以佐道妙。故形聲以爲書，綴書以爲文，天地以察，幽隱以著，遠世以接，今古以存。故在於此而詔四海，處於今而通上世。書、文之道誠大矣。而爲功在此，則所以求其得失之盡者，亦止在此。如書，則篆、隸遞易以就便，文則横衍曲折以求盡，是亦足矣。而以爲横竪撇捺之尚有巧，開闔抑縱之尚有妙，則爲治於其餘，而顓焉以攻之，而書與文，始皆入於藝，大者爲小，精者爲粗，將爲人世之所不切，而聖賢之所不事。彼竹簡潦書，何嘗辨行壓之當，而都咈厥同，遹兹辜逋，聲重舌强之語，皆秉典誥。古之人所在方語而皆用之。而多則數言，少則片語，亦何所擇而置辭，何所措注經綜而後成篇哉！雖然，物之有實用，即有餘事，凡皆然矣。宫室興而有丹髹，衣裳興而有黼衮，飲食興而有黄目雲雷，相推以至，可奈何！然則書與文之有式，亦其漸次以至之勢也。而筆不端以爲心不正，言不文以爲行不遠，則亦有説以處此矣。蓋天地之間，不可使寂寥，有此種種相生之事，所以爲衆大，此吾左子因生所以有《書式》、《文式》之作也。苟爲必至之趣，則是説亦安可少哉！因生深於此道，故能知之悉而言之詳，余不能知因生之所知，則大略言之如是，然而余説狂矣。豫章友弟章世純大力氏題。

左因生書文式序

文扶世道，而書揚扢之。文之需書，猶世之需文也。士逅於此中，而棘手盲心，畢生搰搰者，未聞道耳。亦知庖羲一畫開千古文字之源，嗣是有黄繩緑簡、六甲飛靈之奇字，有紫府青丘三皇刻石之玄文。然而經傳子史，非書不傳；篆籀分隸，非文不韵。失其解者，風雲月露，窒情於簡篇；塗鴉書奴，窘步於波發。擨株拘而不附，摹鬼魅以莫稽，比比然矣。廼若意櫬題先，神遊筆外。游龍走電，等雲漢之昭回；竪義揮毫，亘今古而傳述。二王於晉，虞褚於唐，蘇黄於宋，祝、文、董、許於明，其庶幾乎！殷鈞袁相如，號稱墨史，而文辭不概見，則有書無文之陋也。丙辰之役，予既射策明光，而竟不獲讀書中秘，倘亦手不從心之一缺陷歟？夫文脉淵者筆性始靈，腕力神者藻彩多熾。佷乎人而侔於天，蓋兼擅之，一經指點，則愈出愈佳。吾黨左因生深解此道，歷考名賢論説，采輯成帙，而更以生平所得，參駁研摩，以陶鑄籀篆，融會經史，而上溯羲軒一畫。蓋其言曰：「不合不足以爲道。」予故并而行之，爰質修辭染翰家，是一是二，必有能晰者。

年家友生詹應鵬題

書文式序

以書爲必何如之書而後可，則吾未見儼然詞林者之盡鍾情而王態、柳骨而顔筋也；以文爲必何如之文而後可，則吾未見居然進賢者之盡王法而唐脉、瞿神而薛理也。雖然，古今來有以科目重書文，亦有以書文重科目。以科目重書文，則竟可率意而爲之矣；必欲以書文重科目，則斯二者合之雙美、離之兩傷，是固不可不亟講也。且夫書之爲道，有位置焉；文之爲道，有位置焉。得則全得，失則全失，不待明者而辨之矣。而往往學焉不精、習焉不詳者何也？良繇所求非所應，而所應非所求也。上之人之所重，不在乎書，而士以其疵者應之，上之人之所重，在乎文，而士未必得其所重之當，亦以其疵者應之。應之而螟蛉顛我久將肖焉，如聘齊之使，眇秃交御，跛僂互迓，夫且墨濤尚枯，筆禾未穎，而已朱丹其轂矣！無惑乎？目不覩《黄庭》、《廟堂》、《化度》、《九成》之爲何帖，口不能道昌黎、柳州、廬陵、眉山之姓氏，而徒以膏粱酣豢終其身者之比比也。予少而學書，既未入大雅之室；長而習文，又未登先正之堂。適楚北轅，冉冉逾壯，其去世之不精不詳者幾何！然而書與文之大端，則固嘗求其指而識其歸矣。因生英分踔絶，又加學焉，腹笥之富，擬于武庫。所自撰著，匝月之間，層積累寸，予殆縱觀而愕眙也。而尤欲使天下之學書者之情態之筋骨，與夫習文者之法脉之神理，一稟于鍾、王、顔、柳、王、唐、瞿、薛之矱，以無失位置，無玷科目。《書文式》一刻，其扶植後進豈淺鮮哉！予既爲之點次，又僭爲之序云。

古虞社弟蔣棻題

書文式凡例

一　是編迺應試先資，故《書式》止論小楷，《文式》止論時藝，急當務也。而篆、隸、行、草，詩、賦、序、記，俱屬後來餘技，概不具論。然功有後先，理無二致，領悟得到，迎刃而解矣。

一　《書式》、《文式》首列名公之論於前，而附諸法於後，欲學者一見，先知大意，然後入法不難耳。

一　書文之學，原繇心得，一落言詮，便成下乘。奈近世師説不明，文怪筆妖，所在而是。是用稱述先型，臚列正宗，或可藉此挽時趨也。罪我知我，姑以聽之。

一　名家諸論，它刻多寡不倫，或一人纍帙，或數人一意，浩瀚無歸，例難摹畫。今刻意參詳，細加删正，固鮮雷同，亦無煩碎。

一　書家古帖古碑，各宜鑑别；筆硯紙墨，各有用法。今不盡載，以無裨於實學也。

一　文家八股大小等法，他刻訓解極詳，而此獨略，以時變太甚，刻身徒勞也。姑論其大凡，以質能者。

書文式・文式目次

文式卷上

歷科諸先生文語

以上共七十八則

文式卷下

文式卷上

明　左培　撰

歷科諸先生文語有引

六經，載道文也。濫觴迄今，文豈勝論哉！制舉業視文固已遠已，然而功令存焉。即有夔龍之抱，别無進身致主之階，故予嘗言舉業即道也。證道全憑慧開，慧之盲於重障者，什而九矣。有逸羣者出，而啓之無人，養之無籍，亦半挫於村究之手。及見名人碩論，剔髓抽精，未嘗不夢之迴而醉之醒，故可以代師友提命，開學士聾聵，莫此道神也。湜昔名賢人標一説，固足抉文奥而引後進，第博而寡要，靡而亡當，近於窠臼者有之。兹删其繁辭，以歸性命，庶使觀者不曰老生談耳。

王守溪名鏊，南直吴縣人，成化乙未會元。

凡做舉業，須先打掃心地，潔潔浄浄，不使纖毫挂帶，然後執筆爲文，不論工拙，定有一種蕭灑出塵之趣。

爲文必師古，然使人讀之不知所師，乃善師古者也。韓學孟，讀韓文不見其爲孟也；歐學韓，讀歐文不覺其爲韓也。所謂師其意不師其辭也。

錢鶴灘名福，南直華亭人，弘治庚戌會元。

太祖初定舉業，有司擬格以進，見中間一比對一比，恚曰：「何故說了又說！」大哉王言！發揮聖賢精意，何須拘殺定額？又何須排列爲哉？前輩有獨繭抽絲、積絲成絹之喻，大抵詞對而意串，雖有八股而股股相生，庶幾可觀也。

左弼之名輔，南直涇縣人，弘治丙辰進士。

予非老於文，然有鍊老法；予老且憊於文，然有鍊老還不老法。鍊老法，取先進文日閱之；鍊不老法，取少年文之慧者時閱之。閱先進文，取其法，收人巧也；閱少年文，取其無法，徵天機也。

唐荆川名順之，南直武進人，嘉靖己丑會元。

文章家繩墨布置，奇正轉摺，自有專門師法。至於中一段精神、命脉、骨髓，則非洗滌心源、獨立物表、具古今隻眼者，不足以與此。今有兩人，其一心地超然，所謂具古今隻眼人也，直據胸臆，信手寫出，雖或疏漏，然絶無煙火酸餡習氣，便是宇宙間第一好文字；其一猶然塵俗中人也，其於繩墨布置盡是矣，然翻來覆去，不過幾句婆子舌頭語，索其真精神，與千古不可磨滅之見，絶無有也，則文雖工，而不免爲下格矣。

左東井名鎰，南直涇縣人，嘉靖壬辰第二名。

禁時語，不如勸人讀古書，胸中習古人書，自可不用今語。讀古人書，會古人意，并可不用古語也。夫所謂讀古者，通其條貫，會其精神，若有人從筆端授旨，紙上傳形，而我胸中亦自有古人從喉吻間湧出，夫乃可以用古人，夫乃不爲古人用。

薛方山名應旂，南直武進人，嘉靖乙未會魁。

文章宜真不宜假，宜雅不宜俗，宜清不宜濁，宜暢不宜促，宜顯不宜晦，宜的確不宜影響，宜警拔不宜卑污，宜作不經人道語，不宜拾人口中唾。然真不可漏泄金針，雅不可脩飾邊幅，清不可澹泊無味，暢不可浮靡自恣，顯不可淺近無奇。的確處更當脱灑，警拔處尤欲和平。雖作不經人道語，而句法字法皆要有源流，不可杜撰。

茅鹿門名坤，浙江歸安人，嘉靖戊戌進士。

題中精神血脉處，學者須先認得明白，了了印之心中。然後下筆，自然洞中骨理。予嘗論舉子業，淺視之則世所勦襲帖括，亦可掇一第；苟得其深處，謂之傳聖賢之神可也。孔孟學問，宗旨雖同，其間深淺大小亦自迥别。學者苟以孟子論學之言攙入孔子，便隔一層矣。

瞿昆湖名景淳，南直常熟人，嘉靖甲辰會元。

文須從心苗中流出，句句字字都要作不經人道語。韓退之云：「戛乎陳言之務去。」今之後生，專去翻閲腐爛時文，初時以爲省力，不知耳目增垢，心思轉昏，自家本來靈知，反被封閉，不得出頭矣。

作文時，心粗氣揚，不能雍容大雅，以遊於冠冕珮玉之林，則亦非利器也。

王弇州名世貞，南直太倉人，嘉靖丁未進士。

文章機竅，不過放膽小心二端。何也？文非小心，識弗沉也；非放膽，氣弗壯也。識沉，故能研理於毫芒，尋味於澹漠，鍛鍊精純，即爲元局；氣壯，故能馳域外之思，創未有之觀，伏習既成，便是魁格。故知放膽小心之説，則文章家思過半矣。

宗方城名臣，南直興化人，嘉靖庚戌進士。

人性之有文也，不猶天之雲霞，地之草木哉！雲霞之麗於天也，是日日生焉者也，非以昔日之斷雲殘霞布之今日也；草木之麗於地也，是歲歲生焉者也，非以今歲之萎葉枯株布之來歲也；人性之有文也，是時時生焉者也，非以他人之陳言庸語借之於我也。士衡云：「謝朝華之已披，啓夕秀於未振。」舍爾糟粕，茂爾精華，則幾矣。

歸震川名有光，南直嘉定人，嘉靖乙丑會魁。

古今文章無首無尾者，獨莊、騷兩家。蓋屈原、莊周哀樂過人者也。哀者毗於陰，孤亢而深往；樂者毗於陽，奔放而飄飛。哀樂之極，啼笑無端；啼笑之極，言語無端。性情所流，非關摹合，若無其情性，而以亂離爲變化，尸行偶動，叔敖衣冠矣。

學者不必逐股着力，惟在關鍵處着精神，則有斤兩，又有風致。不然，操持太急，則傷神；散漫不收，則損骨。

鄧定宇名以讚，江西新建人，隆慶辛未會元。

文章有奇有正。此題應如此做，不牽不强，詞平氣平，此便是正；但做得有挑剔，有點綴，有起伏照應，有體認發揮，不俗不浮，理到意到，此便是奇。今人以淺薄疏庸爲正，以險怪迂誕爲奇，所謂過猶不及也。

孫月峰名鑛，浙江餘姚人，萬曆甲戌會元。

文之精意，不在時文，而在傳註；不在傳註，而在本題；不在本題實字，而在本題虚字；不在有字句處，而在無字句處。惟體認題旨，精而思之，涵而咏之，聖賢口語，直是吾胸臆耳。

沈虹臺名位，南直人，萬曆甲戌進士。

文要爾我相形。如本當説東，然單説東，則或意不明，氣不揚，則當以西形之，餘可類推。

山林草野之文，其氣枯槁憔悴，其詞瑣屑單薄；朝廷臺閣之文，其氣温潤豐縟，其詞激昂明亮。

馮具區名夢禎，浙江秀水人，萬曆丁丑會元。

文之平淡可易言哉！坡公云：「漸老漸熟，乃造平淡；非平澹也，絢爛之極也。」平淡必始於神奇，而僞平澹則反薄神奇。故予衡文，不急體之正，而急真。真如種子一粒入土，時至氣行，將暢爲枝葉，騰爲菁華，此何惡於神奇而薄之？薄真神奇，必不識真平淡。

楊復所名起元，浙江人，萬曆丁丑進士。

文字當推渾雄博大爲第一。勢力厚故雄，不雕琢故渾，取材富故博，結局宏故大。此等文，不但一切小家數、小見識、小話頭都來不得，就打點要渾雄博大，也使不得。要渾雄，便到粗頑；要博大，便成痴重。須是有根氣大學問的人，機神忽到，自在流出，種種天成，乃有此文。

蕭漢冲名良有，湖廣漢陽人，萬曆庚辰會元。

心體本自靈明，惟不静不生，不一不達，不虛不擴。不佞髫年受書，一切俗累，不接於耳目。執筆爲文，沉思良久，筆乃下，不當輒棄去之。久且更圖，不得於心不已。按題一若臨場，不啻主司握管而雌黄之，即欲一二三其心不能矣。一二勝己，奉爲嚴師就正。所可者充之，所否者去之，而因以脱於筆硯之苦。夫天下未有紛擾放逸滿其心而能濟者，亦未有寧静專一虛其心而不濟者。

顧泾陽名憲成，南直無錫人，萬曆庚辰進士。

文章家有奇古，有雄傑，有雅逸，有清爽，種種不同。宜隨其性之所近，而各造其極。是故兩司馬之文，漢文之極者也；程朱之文，宋文之極者也。其文不同，而要於成名則一也。

看書死煞處多，作文圓活處多，學者宜於死煞中求出圓活，圓活中求出死煞，庶不爲書旨縛住，不得展舒。

李九我名廷機，福建晉江人，萬曆癸未會元。

文不用過求，第時時拈弄，使文機圓熟，而常觀子史諸書以佐之。蓋古人極善發揮，善模寫，善張皇，有章法，有句法，誠得其風味法度，啓口容聲，自然不同。

湯若士名顯祖，江西臨川人，萬曆癸未進士。

學者爲文，先論奇與俗，而後論其有意無意；先問清與污，而後問其有用無用。文章欲不磨，當入山讀書；其不能者，當誦法奇文。惟真體古人，故自有精詣；惟真讀古書，故另有發揮。

袁玉蟠名宗道，湖廣公安人，萬曆丙戌會元。

文章最上乘曰妙悟。妙悟非高深之謂，易簡之謂也。人不能鏤空畫天，亦烏用鏤空畫天、而反尊可鏤可畫者號爲天與空可乎？文有題，題有竅，一竅已具萬竅，而必將心覓心，象外起象，譬如衲子不尋着衣吃飯家風，而先注心於纓絡寶珠，不足當蝦蟆禪，况云悟耶？

袁了凡名黄，浙江嘉善人，萬曆丙戌進士。

文章根本在心。故欲工文，先當治心。今讀一書，收斂元神，掃除别念，口誦心維，如對聖賢，讀而未得，亦可借以收吾放心；如有所得，則超然於語言文字之外，一念在文，萬營俱息，且不知我之爲文、文之爲我也。然作文之功，有時間斷；存心之功，無時可息。不論有題無題，使眼耳鼻舌身意常要收斂，如作文時一般。則精神斂而愈邃，聰明蓄而愈深，雖不讀書而書日明，不作文而文日進矣。

坡公云：「言盡而意止者，天下之至言也。」然言止而意不止，尤爲極至。作文要令到底有餘情，便爲元局。

陶石簣名望齡，浙江會稽人，萬曆己丑會元。

少年學文，宜直尋旁討，多讀古書，多看時賢名筆，浸灌日久，自是秀穎特達，不可自縛逸足，反慕駑馬也。今人分奇分平，俱誤後學。吾論文有道，但以内外分好惡，不作奇平論也。凡自胸膈中陶寫出者，是奇是平，爲好；從外剽竊沿襲者，非奇非平，爲劣。骨相奇者以面目，波濤奇者以江河。風恬波息，天水澄碧，人曰此奇景也；西子雙目兩耳，人曰此奇麗也，豈有二哉！

董思白名其昌，南直華亭人，萬曆己丑會魁。

文章之妙，全在轉處。轉則不窮，轉則不板，如武夷九曲，遇絶則生；若江陵直下，便無轉勢。文章隨題敷衍，開口即竭，須於言盡語竭之時，别行一路，則煙波無窮矣。

作文以變合正，當正言已盡處，却得一反，更覺通篇精神透露。

聖賢語豈無缺漏處？須作者用意斡旋，李長吉云「筆補造化天無功」是也。

焦澹園名竑，南直上元人，萬曆己丑會魁。

文之萎薾凡庸，無足道也。有如發峥嶸高論，言人所不敢言；抒峭拔瑋詞，道人所不能道。

意外結象，非戈矛註疏，而堪爲註疏功臣； 題外寄情，非違背聖賢，而實爲聖賢羽翼者，禀力宏而用物傑也。 得此高曠之宗，可壯文人之膽。

吴因之名默，南直吴江人，萬曆壬辰會元。

文有講之爲講，實之爲實者。 説一句纔是一句，説一字纔是一字，其於字句之外，毫不能通，而於字句之中，又渾非其解。 惟夫以不講而講、以虚爲實也，而後批郤導窾，極文之致。 總之貴議論不貴鋪排，貴抉其所以然，不貴贅其所當然。 當然者，傳其形； 所以然者，傳其神。 鋪排者，銖積寸累而無功； 議論者，提綱挈領而了了。 故一言可當百千言，反言可當正言，無言可當有言，以意言之爲至實，以機言之爲至虚，至於善用虚，而所爲精深者、淡宕者，皆舉之矣。

湯霍林名賓尹，南直宣城人，萬曆乙未會元。

文要於一是，一是而百態廢矣。 今語人以神奇，而人馳之； 語人以是，而反唇也。 夫神奇則一才情之任耳，制義以來，能有幾是哉？

一目之立，必有一義，破止一破，承止一承，此名爲奇。 若夫可另架一局，另鑄一意，另匠一詞，此名爲偏，不名爲奇。 曾言爲曾，思言爲思，孔言爲孔，孟言爲孟，各不相借，此名爲奇。 若復

《學》義似《庸》，《論》義似《孟》，此名爲通，不名爲奇。

張洪陽師曰：「文之典顯，人則知之，獨淺字人不知，則失於太淡。蓋淺非膚淺，對艱深而言耳。」

顧隣初名起元，南直上元人，萬曆戊戌會元。

文章不在排比鋪張，而在認題説理。題認真，即一二語，足使亂者解、隱者顯，他人即煩其辭説，終不勝也。其行文之妙，不在實景、在虛景，不在比語、在泠語，色飛頤解，正如西子、太真，即其低帷昵枕，雖復淫靡，餘味索然，不若無意中停眸一盼，反使人神情欲死耳。

黄貞父名汝亨，浙江杭州人，萬曆戊戌會魁。

文之有氣，如人身之血脉，壅則病矣。氣貴清、貴達、貴溜、貴足。心清學術端，則爲醇正之氣；躁心淺見，則爲浮邪之氣，其需於氣則一。蘇氏兄弟之文，横絶一世者，以氣而已。曰：「行乎其所不得不行，止乎其所不得不止」，是純氣之守也。

許子遜名獬，福建同安人，萬曆辛丑會元。

文之命脉在神氣，火候在煉神養氣，而淺深濃澹皮肉耳。王、唐、瞿、薛不作驚世駭俗語，而一段優柔平正之雅，亦是正的。若卧龍用兵，綸巾羽扇，嬾散似不欲戰，固非暗啞咤叱，亦豈脩齋誦經云爾？若不辨此，是不識五臟六腑而議命脉，不識五金八石而議火候，又烏知一點靈光，九轉還丹也。

王緱山名衡，南直太倉人，萬曆辛丑進士。

文有一字訣乎？曰緊。緊非縮丈爲尺、蹙尺爲寸之謂也，謂文之接縫鬭筍處也。先太史曰：「極奇極險之文，必爲世俗所笑。然英雄師其意，而不泥其跡，乃步步金蓮，灣灣活水。且如篇中段落有披散者，對偶有杜撰者，有呼而不應者，有放而不收者，有粗硬句者，有湊泊助語者，皆文之弊者也。惟其節朗，其音清，有曲中而無落拍，此其所以爲奇也。」

左廣野名極，南直涇縣人，萬曆辛丑貢生。

文之機無他，虚實死活之間辨之矣。苟悟其機，則實而未嘗不虚，死而未嘗不活；不悟其機，則實而已矣，死而已矣。欲開必先闔，欲抑必先揚，或上呼而下應，或設疑而後决，合而言之，一闔一闢盡之矣。然非指一闔爲機也，亦非指一闢爲機也，又非指一闔一闢爲機也，一闔一闢之間兩在虚活者，此之謂機也。自其偏觀之，非特兩股中有闔闢，雖一股中亦有闔闢，兩句中亦有闔闢也；自其全觀之，非特兩股中有闔闢，雖四股八股中亦有闔闢，通篇中亦有闔闢也。是故君子一悟機，而天下能事畢矣，此文章正法眼藏也。杜静臺論之甚詳，予爲櫽括其文如此。

張侗初名鼐，南直華亭人，萬曆甲辰進士。

一篇有一勢。如畫山水者，先於峰巒層疊處，布得有勢，其他烟雲草樹，便可次第添設，蓋點綴之法小，取勢之力大也。文章先於胸中打得一勢出，或順或逆，或主或賓，或扼要争奇，或空中結撰，成局在我，以筆墨點綴之，家數自然正大，體氣自然高明。

文要用，亦要捨，能捨，下筆自無纏繞，光景日新。

葛屺瞻名寅亮，浙江錢塘人，萬曆甲辰進士。

文章無神，則語言意象處處不靈。夫文何以有靈？假如我與古人相隔數千載，其人已死，數語之下，令其音容氣象儼然若生，此非文之靈乎！至於圖繪山川，吟咏風月，讀之神竦，望之色飛，皆只是這些子，而其餘言句，則盡屬冥頑不靈之物，豈能動人？然文之有神無神，率本於心。心之浮游散亂者，其神必不清，其文必龎雜而無緒；心之依違遷就者，其神必不主，其文必鬱結而不揚。

施存梅名鳳來，浙江平湖人，萬曆丁未會元。

文諱詭譎，非諱奇也。奇者，自有一種豪邁魁傑之氣，鬱之心胸，勃發之手腕，不禁其淩厲振蕩，而亦不掩其高足闊步，昂藏自喜，故人得貌之曰「奇」。而黯淺者，思矯而夷易，以便其率俗而無湛思，去文遠矣。惟夫深名理，清神脉，饒韻致，商格布度，陶粗蕴精，彌積徐冲，非一日也，乃謂之真平。

左滄嶼名光斗，桐城籍涇縣人，萬曆丁未會魁。

蕪音滯節，亦文之病。須字典而贍，聲越以清，語錯則長短互陳，句偶則宫商叶應，屬意比事，更無餖飣，鎔古鑄今，寧容踵襲？有多用字而枯澀，少用字而鏗鏘者，無他，在字音之亮不亮、字理之貫不貫而已。

韓求仲名敬，浙江歸安人，萬曆庚戌會元。

好奇嗜古之士，嘐嘐慕説先輩，貌其皮不貌其神，遂趾高睎闊，欲以蓋天下士，數年後，耒耜勤而弗獲歲，廢然等之石田，終守石田而播者亦罕矣！故世有日事先輩，嘐嘐慕説之，而睥睨者已竊笑其必迂。予嘗謂今日自有先輩，政不心學先輩，似先輩而先輩矣！

鍾伯敬名惺，湖廣景陵人，萬曆庚戌會魁。

苦思而慎出，得意而疾書，此今昔名家竅會。善乎石簣先生之言曰：「作文之道，雖以平粹爲體，然必鉤深極遠，出之淺近，方爲合拍，若因循陋轍，自稱捷徑，一涉俗爛，不復可振救矣！」

鄒臣虎名之麟，南直武進人，萬曆庚戌進士。

學文如學人，龐眉皓髮之老人不可學，程式是也；潺筋緩肉之稚子不可學，經生義是也；放浪詭誕之散人不可學，宦稿是也。所可學者，自幼自老，自莊自妍，自夷自異，如伯陽初生，髮眉蒼然；如仲尼嬉戲，俎豆森然；如長源早慧，精神果然；又如子房美好，作女子觀；如道蘊風流，有丈夫氣；如純陽托迹人間，而骨法隱隱自在，人品之第一流非乎？而會元文是矣！第學之者，勿以優孟當叔敖也。

宋羽皇名鳳翔，浙江嘉善人，萬曆壬子解元。

文字不可無脉。骨立而無脉，塚中髑髏也；機運而無脉，手中傀儡也；力具而無脉，盡氣狂奔也；韵至而無脉，駃子觀場也。脉在題，亦在心，但可虚以聽其自合，不容迫而强其必逢。養深矣，氣定矣，心澄矣，聖賢之神，宛然心目之際，使人尋之無跡，而彷之不能者矣！

周玉繩名延儒，南直宜興人，萬曆癸丑會元。

舉業不可只作一場話説，性靈中具有聖賢，切莫輕易放過。佛言應以某身得度者，即現某身而説法，今日舉業，正是聖賢化身，盲人看作八股耳。須種知慧根，説大乘法，頭巾册子，盡情打破自己法輪，空中陡轉一片靈氣，未嘗下腕，早已落紙，生公講法，頑石點頭，金針度處，正在繡出鴛鴦也。願舉業家作如是觀。

周季侯名宗建，南直吴江人，萬曆癸丑進士。

文字工拙，惟在安頓字句。即如莊子云：「殆哉，岌乎天下」，句何其拙！孟子曰：「天下殆哉，岌岌乎」，則雅矣！《阿房宫賦》「使天下之人，不敢言而敢怒」，有多少氣力，多少涵蓄！若云「敢怒而不敢言」，便嬾散無味，便入俗徑矣。昔人謂酒肆帳簿，一經子長手，便是好文，謂其善於簸弄，而化俗爲雅也。

李空同曰：「文人之作，其法雖多，大抵前疏者後必密，半闊者半必細，一實者一必虚，疊景者意必二。」

吴福生名伯與，南直宣城人，萬曆癸丑進士。

文生於情，固也。然世無無情之人，無無情之文，特患情之不真也。强笑强哭，未始非情，未始非非情。醉者之情酣，夢者之情蘧，游者之情馳；女思春之情曠，士思秋之情慘，皆情而真者也。真者，恩不能喜，讎不能怒，聲之竅，情之原乎？文章之味，從耳入，從舌出，從心命手而成。伐詞伐意，自爲了了，豈堪僞設者？

方孟旋名應祥，浙江人，萬曆丙辰會魁。

文之玲瓏全在寫景，虚意游衍，微詞點綴，若有若無，若遠若近。如畫工圖物，望之色相儼然，而即之形迹都無，斯爲佳耳。先輩謂水月鏡花可玩不可捉，此善言景者也。

詹翀南名應鵬，南直宣城人，萬曆丙辰進士。

先輩論文，須十分識，十分膽。予謬謂膽不難，識難耳，蓋識透膽自壯也。劉两河云：文章家要路關鎖，惟一識而已，增十分聞見，不如增一分識。如看史，則識其終始治亂成敗之故；看書，則識聖賢立意發言之旨。識見欲細，如論理，則識到精微玄奧處；論治，則識到因革利病處；論人品，則識到真僞安勉處。識見欲大，如論理，則究竟歸於中正和平道理，而老之玄，莊之肆，佛之幻，諸子百家之奇特，終非聖人之儒；論治，則究竟歸於脩齊治平、帝王有道之化，漢唐宋自不相及也；論人品，則究竟歸於道德性命上，而事業文章又其淺也。識見欲圓，人棄我取，人擯我與，如匡章通國目爲不孝，孟子獨與之遊；王進士失火，人皆吊，而柳宗元獨賀是也。

陳秋濤名子壯，廣東人，萬曆己未探花。

有一題，必有一篇好文字，雖題極艱深，未有不可措手者。惟凝神静坐，深思熟慮，默誦題面數過，自覺一種真氣恍在心目，而平日見聞知解到此都用不着矣。蓋題中之情，乃在字句窾郤之間、語言諷咏之外，今人只向題句上周全，終是顧奴失主。

姜居之名曰廣，江西新建人，萬曆己未進士。

文章有因有變。精神骨力，不受變者也；色澤氣局，可受變者也。然變有二焉：涵養性靈，沉酣六籍，旁通子史，忽然故窮新啓、生面重開者，此自變也；筆墨不靈，性情無主，更目不涉五經子史等書，彊捃時文一二佶倔語，活剥生吞、假强硬狠者，借變也。變而爲借，何取於變？吾故貴其能自變者。

陳明卿名仁錫，南直長洲人，天啓壬戌探花。

讀《詩》至《（樸棫）〔棫樸〕》，而悟文章之道也。其曰：「追琢其章，金玉其相。」蓋金取其燦，而非追之又追，則燦爛之神不現；玉取其温，而非琢之又琢，則温潤之色不昭。歐文忠懸稿删改，至不留舊牘隻字，才名震世如彼，苦心追琢如此，况其下者與？

黄幼玄名道周，福建鎮海人，天啓壬戌進士。

「文章千古事，得失寸心知。」寸心在人亦在我，我有寸心，豈能代他人作耳目哉？作者造車，閱者合轍，微細關通，雲山不隔，我用我法，那管人是人非！

翁水因名鴻業，浙江錢塘人，天啓乙丑會魁。

文章有氣有精，氣在養而精貴積。董子曰：天積衆精以自剛。學人亦宜積精自强。從古精氣所通，小技進道，文章經國大業，詎可泄洩其精神！有不朽也者，必有所不朽也者。清心爲爐，絶欲爲丹，鍛鍊元精，陽滿大宅，取於心而注之手，非期工文也，文不能不工矣。

張濬居名盛美，山東滕縣人，天啓乙丑進士。

八股之業，體類不越尺幅，要以得氣於天地之自然者，爲深微而真至。故精聚於心，神吐於手，氣全而性無揉雜，攡爲藻，即貌其人之喜怒作止，文字之魂魄，蕩蕩而生矣。然五色紛沓，非不工極點染，畢竟設色者，仍落於色，非生於氣也。予所取者，五色各備矣。所謂氣之色，而非色之色，大抵準諸陰陽動静、不失吾性情者爲則，庶穎頭墨底，永銷妖氛兵霾矣！

項仲昭名煜，南直吴縣人，天啓乙丑進士。

夫痴重木鈍而名之爲古文，古文不服也；庸熟淺俚而名之爲時文，時文不服也。真能爲古文，如漢賈馬、唐宋四大家，生氣奕奕，何嘗不時？而真能爲時文，如震川、復所、義仍諸先輩，高文大筆，豈復遜古哉？且爲人而但爲籠統門面之人，則世間如未曾有此人；爲文而但爲籠統門面之文，則世間如未曾有此文。古之至人，義則誠義，仁則誠仁；古之至文，痛則誠痛，癢則誠癢，不過令千載而下，曾有此人，曾有此文而已。

昔文淡言已了，今滿眼雕繢而不了也；昔文雅言已異，今奇書秘字而不異也。夫雕不若淡，奇不若雅，可以覘身分矣。而更有今之僞淡，不若昔之真雕；今之僞雅，不若昔之真奇，尤可以覘身分矣。文質消息，風運淳澆，徵於此矣。

曹允大名勳，浙江嘉善人，崇禎戊辰會元。

古之雄於文者，戛乎陳言之去，豈今人已言者則陳之，昔人已言者獨新之乎？五穀之英，歲被天下，升爲鼎實，即越夕不可再御，天之所生與人之所成異也。然則物亦烏乎新陳哉，亦辨其生意之所存而已。生不可以似求，亦不能以速變，沃之無根，成之無漸，起視筆墨，忽焉改觀，幾何不以其技爲宋人苗也。

空乏之士，驟得所見而驚，漸竊所餘而喜，陸離五色，不辨其何物，取賈胡之珍，烹以享客，有目而笑之者，則曰：「我得之誰氏之子也，而若且奚笑也？」夫讀古人書，而不審其所用，類如斯矣。

張受先名采，南直太倉人，崇禎戊辰會魁。

天下義理歸文字，文字歸六經，尚矣。然文之似經，非在字句傳述，須觀其通體數行，或類《尚書》、《毛詩》、《周官》、《儀禮》者是矣。左大來廣其説曰：「非直此也，《周易》一書，爻象之奇，遠過諸子，故文有辭近子而理實經者，則是非直在詮理之處，不可不審也。」

金子駿名聲，湖廣籍南直人，崇禎戊辰進士。

「文章千古事」，而腐儒覬竄入其中，千古肯容之乎？然我爲千古，而人爲一時，一時肯容我乎？故具千古之筆者，自有千古之眼賞之；具一時之筆者，止許一時之眼收之。

吴駿公名偉業，南直太倉人，崇禎辛未會元。

時文，富貴梯也。文不富貴，多不諧時，而能作富貴文章者，類取腴於古，蓋穎心爲質地，古色爲衣冠，未有不悦服一世，況字中有眼，句中藏筋，則合法之文，自投法目，吾輩所寶以射的開來，端不越此。

張天如名溥，南直太倉人，崇禎辛未會魁。

文章有情、有詞、有事，情因詞顯，亦以事昭。今夫天下國家之政，山川雲物之情，帝王升降之機，聖賢出處之實，及夫禮樂兵刑、農圃醫卜、禪玄儒墨之貫，忠臣孝子、幽人處士、鬼神夷狄之龐，莫不各有條貫可稽，義類可紀，苟耳目不通，亡槮坎腹，徒以蔓詞虛理，謬相支持，亦何以稱經術經世乎？

馬君常名世奇，南直無錫人，崇禎辛未進士。

夫人與其沉湎濡首於時藝，毋寧言經、子也。但恨今之言經、子者，猶然沉湎濡首於時藝者耳。有大力者出，去時藝詭僻險怪之子，而存其雅馴雋永之子，惟恐其不子矣；去時藝支離割裂之經，而存其明白正大之經，惟恐其不經矣。至於舍經子而求之秦漢，又求之八大家，是無本之學也。昔賢勸人勿讀唐以後語，今至禁人勿讀唐以前語，又不知其説之孰愈也。

陳剛長名泰來，江西新昌人，崇禎辛未進士。

一般文字，氣特豪宕，其中有以自負也；一般文字，語特矜重，其中有以自貴也。作文要提起筆頭，如人在坎穽，要提到平地；在平地，要提到臺閣；在臺閣，要提到雲霄。不凌駕不高，不揮霍不大，不簸弄不奇，不澹穆不遠，不跌宕不快心，不淋灕不奪目，不莽蒼則色不古，不沉鬱則味不厚。

文以刻露爲奇，譬之高樓臨大道，過者共見，方諸明堂法宮宏邃之制，尚餘媿色。

鍾百里名震陽，南直宣城人，崇禎辛未進士。

六經而降，諸子誠龐雜，乃其言道德，言刑名，胸中的然有見，順口出之，不可弁閉，彼《潛夫》、《論衡》者無取焉。言其所言，非言所有也。時文譜六經之神，言所有以竊比於子，尚落二義，況近代諸家，割裂補綻，纍纍滿紙，秦王李斯在，將若之何？然取神明於我易給，取辯博於人難工。吾爲其易者，蓋意念深遠，實有不屑也。

文式卷下

八股窾言有引

經義，宋制也。而沿於國朝數百年間，無慮數十變，入主出奴，互有失得，要亦至巧不離規矩，不論其爲濃爲淡、爲奇爲正，總以範於法者近是。眉居目上，頤居鼻下，面之部也；頂有髮，踵有趾，身之位也。脩短不勻，濃纖失度，差數之間而已；伸目於眉，加臀於尻，猶得爲人乎？初學正宜端我步趨，豈可自涉邪徑？今不向方寸求解悟，而第勦襲無根之浮語，而逢題便扯，股段章法，悉歸烏有，是猶未能立而欲行欲趨，鮮不顛躓者矣。

破題法

破者，舍矢如破之義。聖賢大旨，一破了然。宜融會命題主意，而一言破盡。若專專破字破句，便覺淺陋。

破有不同，有明破，有渾破，有順破，有倒破，有總句破，有分句破。總之，上破貴雅，其次貴奇，其次貴巧。

承題法

承者，承接之義，蓋承上起下也。因破義渾融，不得挑出題目，故將破中緊要字面，捏一兩箇，緊緊接下，須明快斬截，不可使破自破，承自承。又須有斷制，不可依題敷演，而其斷制處，全在末句着力。

承多以反起爲主，不得已而順挈。語要力量，要提住題中一重意。其起句勿與破起句同，同則平頭；其末句勿與破末句同，同則合脚。然平頭易避，合脚難防。

起講法

起者，起議起頭之謂。前俱是己意説題，此便是替聖賢説話了。必設身處地而察其心，想這一句話，爲甚的説，有上文，則本上文來，無上文，則會本章本節本句意思來。渾渾作一段，以爲大講張本。檃括題旨，勿傷於露；寬説事理，勿傷於浮；其轉入題處，最要精細輕巧，忌纏繞費力。又有用己意斷起者，多於問答題及長題用之。

起講，對者要整齊，散作要流暢，大都以賓形主，以虛形實，須有大議論，玲瓏透徹，令人讀起語，便知題目，然却要含蓄爲妙。不則提掇處，未免重復，所謂欲切不欲盡者也。

提股法

提者，提綱挈領之謂，正文章大關鍵處，鄉會奪元，全在於此。或一意生二意，或就題中兩意提起，或承上文兩意説下，或用交互，或用反語。或題目散淡，難於提掇，必須融會題意，鍛煉數語，而題旨躍然；或題三扇四扇，難於該括，徑將題中要緊字面、要緊意思，逐一鋪叙在前，下面便好放手做去，總要冠冕靈醒。邇來立大間架、出奇峰巒，發人不能發之意，開人不敢開之口，點題面即入中比，此又另是一家數。

提得明白，方見頭腦，後面便不費力；此處少不玲瓏，後即極力發揮，終是鶻突纏繞。然又貴虛不貴實，若實語占盡，後又窘滯難成矣。

過文法

過文，乃文章命脉所係，前半賴此收成，後半賴此提起，或散或對，要渾成圓活，聯絡有情。若此處氣脉上下不相接合，雖前後文如錦綉，只似平中剪斷，不能成用者也。

問答截搭，多有不貫串者，要就本題神脉，融會渡過，如天孫裁錦，無縫跡痕方妙。

虚股法

文至虚股漸説開了，須精確切題，敷敷暢暢，固不可小家數樣。然亦當少帶些含蓄，略留些氣焰，與後面作地步。近日多無虚股徑入者，却在提處着神，神完而氣自注也。

虚股要發意，不要駡題，其法不外流水走對，最忌合掌，先輩所謂句中有眼、詞中有筋是也。至於平仄仄平，亦詞家脩練一法，不得以爲末枝而忽之。

中股法

中股，文之腹也。前路駕題竪義，大槩籠罩，至此則全題象貌，一一影見，不極力揮披，更於何處肖像，故順導直抒爲長。其法有五：反、轉、離、貼、拖是也。近日多以己意傳題，另出機軸，别開眼孔，不即不離，稱勝技已。

中股須有分柱。蓋文字不可無筋骨，股中二柱，乃筋骨也。須一意到底，若用兩意，則雜矣。又須養後比，不可太盡，太盡則後比難措手矣。

後股法

後股，乃人生老景，此處人多窘促，作者寧韜光斂鋭於前，而以奇思粹語疊見於此。或游衍，或引證，或推開一步，或深入一層，氣宜長而不宜粗，理宜完而不宜雜，詞宜富麗而不宜腐冗，味宜委婉而不宜直率。須分開合順逆方有頓挫。如中二比開做，這二比須合做，順逆做此。不然亦須有挑剔轉换，若四比文勢一樣，便失之矣。

前面題意未大罄，此則重發重翻；若前已極發了，此則輕足其意趣而已。

小結法

小結，乃一篇收煞處。因大講説開，無所統束，却作數句以收拾上文，如物之亂，而用繩以束之也。先輩文，絶無潦草結者。或通括行文之意，或於本文外别立一意，寸幅之中，精神倍出。今士即鏤思雕骨，排比之外，心與手俱無餘，聶聶厭厭，枯散緩瘠之狀，所在而是，容頭過身，不顧其尾者也。

束題多與起講相應，而詞文不可相同，嚴緊中有悠然不盡之趣則可矣。亦有不用繳者，文氣奔騰而來，須一截便止，若更發揮，便似蛇足矣。

大結法

文至大結，時文中古文也。文已説盡，又自我評斷一番，使有歸結，須凌空駕馭，死中求活，有斷制而調古，方是家數。

先輩研摩理學，臚列經濟，猶河漢而無極也。近且掃而空之，一二淡語，亦自重開生面，令人驚喜欲絶，慧心所至，豈必乞靈竺乾哉？

長短竅言有引

文至今日，幻甚矣。開也而合，順也而逆，鋪叙也而凌駕，白描也而實發，做處不做，撤處不撤，之側、之險、之艱、之纖、之窕、之詭、之戾，無不縱也。有人焉，斤斤論長短，論大小，羣起而笑之、唾之，究竟千古文章，自有正法眼藏在，决非打空拳、説鬼話，便能樹幟宇内。士見近日時文，承訛襲贋，誕怪千端，遂薄程墨爲拘攣，王唐土羹也，湯許膠柱也，先正法程，廢然莫講，那知窗下可以遊戲，而場中還須紀律，矧聖天子嘉惠來學，亟亟以正人心是務，吾恐躍冶之子，操瑟都門，未必其即售也。嘻，亦甚矣！貌以王、唐、湯、許之名而心艷，律以成、弘、隆、萬之法而神泄，不愚則狂也。

長題法

題目既長，作者當自出一機軸，令題爲我駕馭，不可令我爲題牽制。題情漶漫，我約之以剪裁；題句錯綜，我當之以凌駕。擒龍捉虎，扼要争奇，如整衣挈領，金針暗渡，任千條萬緒，可一索而穿矣。

一曰攝神駕局。或頭緒多端，旨義涣散，作者於起處，須總攝其神，凌空駕局，則血脉鍾聚在前，下便走瓴破竹矣。二曰擊首應尾，如弄丸承蜩。三曰參字貫意，使文機聯絡。

兩扇法

板扇作體遥對，若兩門然。其作法，用一起一收而已。近作此樣題，俱化爲圓活，做八股式做，然内中股法句法，最要布置有體。

有兩扇中稍分輕重者，有兩扇中自具小偶者，遣詞各宜聯絡照應。有語似兩扇而意實相串者，便須滾作中鄰，須識倒跌法。

三段法

總起爲妙，如不能，則每段中，務有的確不能移的話，末段文氣，又要悠長，此定格也。有總挈過翻題，作者有截作一頭兩脚者，規矩之極，則巧自生。

散題法

文隨題轉。題本散矣，亦宜散散運去，方有逸氣，若約之繩墨中，則騏驥伏櫪，安望千里耶？然不可平叙如講章，須有一番不磨議論頂針而下，脉絡分明，使觀者知其運用之妙，則善矣。

影喻法

題以喻意明正意，作者宜以正意爲喻意，而間以題中字眼，點影於其中，如水中月、鏡上花，斯得之矣。

理致法

理在氣先，精微之致也。當年語意，已説到最上一層，作者須息心静氣，求其指之所歸，然後靈活雅馴，合其言之無弊，固不可以艱深文淺陋，亦不可以子釋詮聖賢。

記事法

凡章首無某人之類者皆是。此等題意，無拘無束，可以旁引曲証，或將古今事參互是非，或將本人事反覆影射，皆可華觀。若就題摹倣，便被縛定矣。

口氣法

此等題極難措手，用不得一毫意見，逞不得一點才情，全要想像聖賢語意，一一體貼臨摹，使一段生氣，躍躍在筆墨之間，庶覺悠然可聽。之乎者也，全於虛處傳神；問答提呼，尚在淡中設色。

攻辯法

此等題前半多用敷衍，後半多用翻空。反復攻擊，但以聖賢攻衆人，詞語宜確；以衆人攻聖賢，語宜稍緩。其題有乎哉等字，中二比宜剔出，但脚下仍須收拾一句。

虛喝法

凡題之屬乎虛喝者，極徑拔，却極緼含，如帷燈匣劍，光鋩未露。中股須會下意，婉轉逗漏；

後股用賓主反照，纔爲合拍。

結上法

此等題，脱上意不得。若多扯，又似作上文。須於起講後接題處，緊將結上字面獻出，方不走作，前面順鋪，後面倒跌，此其大略也。又有順題逆做，逆題順做，緩題急做，急題緩做者，熟於他法，自然有得。

巧搭法

上下互相挽而成，謂之搭題。語雖若判，旨實相同。其中詞有順逆，意有重輕，得力全在接縫過脉處，綰合有情，方稱巧手。

題中頭尾真意所在，須要兩相融洽，不可隨題敷衍，又不可自相矛盾，起處更須提掇數語。近日搭題，亦以凌駕爲主。

大題總論

大題要理趣。冠裳、藏氣、雄偉、疏爽、豐潤，此其概也。

小題總論

小題要反覆辯難。慷慨、激昂、風逸、宏肆、謹嚴、直捷、描寫情狀，此其概也。

章法

章法非篇法也。篇法，乃一篇之提反虛實挑繳結也。所謂章者，片段之謂。就一篇中，股股貫串，句句接續，乃成章片，一反一正，一虛一實，一起一跌，一開一合，一放一收，絲絲密扣，纖毫勿走；若參差歪紐，不接不串，便非章法。

篇法

篇法，不外開合承乘。一股開去，一股便籠來，便要承接，末後大意，都載在彼處，所謂乘也。前二股所用，下二股不得犯重；後二股欲用，上二股不得先用。

股法

股者，起承轉合是也。股頭開口一句，即括起一股之意，下句便接此意，乃承也，承即兜上意也。

意必要轉下去，反覆敲剥，以窮其致。股末收句，則與股頭之意相合，渾成此意，此一股如一句也。

調　法

調法，惟在先呼後應，先疑後决。如將言「又」必先言「既」，將言「然」必先言「雖」，將言「則」必先言「或」，將言「今」必先言「向」，將言「愈」必先言「已」，將言「不知」必先言「人知」，將言「况乎」必先言「猶且」，將言「凡夫」必先言「非特」，將言「顧其」必先言「非不」，將言「及其」必先言「方其」，將言「則是」必先言「夫惟」，將言「則謂」必先言「自其」，將言「抑亦」必先言「其果」，變换多端，總之一開合之法而已矣。

句　法

句者，所以襯意者也。無意之句，是謂剽襲；無詞之意，是謂單枯。一句不妥，便害通股之意，所以當煉也。俗者煉之而雅，粗者煉之而細，長蔓者煉之而短勁，前虚則後實，上長則下短，或雙疊不爲重，或單挈不爲特，令音響諧和，若聲中宫商，乃成文采。

字　法

字者，所以襯句也。句有增一字而悠揚，減一字而短勁者，莫妙於虚字，虚中極有包含，如立案者，褒中寓貶，寬中寓嚴是也。股中篇中轉折之妙，亦止在一兩字，須要新鮮秀麗，顛倒推敲，平必對仄，實莫對虛，單不連用，雙勿並加，令端嚴齊整，纍如貫珠，方爲字法。

元魁文品

元品，皆繇淺入深，繇賓及主，運局正大而不纖奇，議論渾成而無劈積，寓寬局於莊嚴，寄精味於淡漠，如衆人争望高山而趨，我先登以覽勝，彼喘而我定，如元氣胚胎於亥，而四時生意渾然具備，識得此種法脉，便王、唐、湯、許可與齊驅方軌。

魁品，皆精騖八極，神遊萬仞，辭不必古人有，法不必今人襲，撇却天地大觀，別尋奇峰峭壁，脱却菽粟布帛，別尋豹胎絞綃，然皆繩削中縱横、珠盤内旋轉，非近世野狐乘也。識得此種才情，即吴越荆閩之士，皆可超乘而上。

享保三年仲夏吉辰書堂　日新堂 柳枝軒 同梓